Ueberreuter Großdruck

David Baldacci

Der Präsident

Aus dem Amerikanischen
von Michael Krug

UEBERREUTER

ISBN 3-8000-9217-4
ISBN 978-3-8000-9217-8

Titel der amerikanischen Originalausgabe: Absolute Power

Umschlaggestaltung von Agentur C21 unter Verwendung eines Fotos von Corbis
Druck: Druckerei Theiss, A-9431 St. Stefan i. L.
Gedruckt auf Salzer EOS 1,3 x Vol., naturweiß, 70g
1 3 5 7 6 4 2

www.ueberreuter-grossdruck.com
www.ueberreuter.at

Für Michelle, meine beste Freundin,
meine geliebte Frau, meine Komplizin:
Ohne Dich wäre dieser Traum
nur ein Funke in einem müden Auge geblieben.

Für meine Mutter und meinen Vater:
Keine Eltern hätten mehr tun können als ihr.

Für meinen Bruder und meine Schwester:
Ihr habt eine Menge von Eurem
kleinen Bruder aushalten müssen und wart
doch immer für mich da.

»Absolute Macht korrumpiert absolut.«
Lord Acton

Danksagung

Mein Dank gilt Jennifer Karas für ihre Freundschaft und großartige Unterstützung, die seinerzeit den Ball ins Rollen brachte. Ferner Karen Spiegel, meinem größten Fan an der Westküste; möge es viele große Filme und kleine Oscars in ihrer Zukunft geben. Und Jim und Everne Spiegel für ihre Unterstützung und Ermutigung.

Außerdem Aaron Priest, dem Mann, der mich entdeckte, meinem Agenten und Freund auf Lebenszeit – und ein netter Kerl obendrein –, und seiner Assistentin Lisa Vance, die gewissenhaft all meine Fragen beantwortete, so seltsam sie auch sein mochten. Sowie Francis Jane Miller, Mitarbeiterin der Priest Agency, deren wohlüberlegte Anmerkungen und Kommentare mir Anlaß gaben, mich in meine eigenen Figuren zu vertiefen, und den Roman dabei viel besser machten.

Meiner Lektorin Maureen Edge, daß sie meine erste Buchveröffentlichung zu so einer schmerzlosen und erfreulichen Erfahrung werden ließ. Und Larry Kirschbaum, der sehr spät in der Nacht etwas las und mein Leben dadurch grundlegend veränderte.

Stephen Wilmsen, einem Schriftstellerkollegen, der weiß, wie schwer das Schreiben ist, und der mir die ganze Zeit guten Rat und jede Menge Ermutigung zuteil werden ließ. Danke, mein Freund!

Steve und Mary Jenings für technischen Rat, Recherche und dafür, daß sie die besten Freunde waren, die man sich wünschen kann. Richard Marvin und Joe Barry für technische Hinweise zu Sicherheitssystemen.

Und Art, Lynette, Ronni, Scott und Randy für ihre Liebe und Unterstützung.

Hier fehlen mir wirklich die Worte.

Kapitel 1

Locker umfaßte er das Lenkrad, als der Wagen mit abgeschalteten Lichtern langsam zum Stehen kam. Ein paar Schotterkörner sprangen noch aus dem Reifenprofil, danach umgab ihn Stille. Er ließ sich einen Augenblick Zeit, um sich an die Umgebung zu gewöhnen, dann holte er ein abgewetztes, aber noch brauchbares Fernglas hervor. Langsam kam das Haus in den Blick. Gelassen, ruhig drehte er sich auf dem Sitz herum. Die Muskeln seiner hageren Gestalt waren so straff wie immer. Auf dem Vordersitz neben ihm lag ein Sportbeutel. Das Innere des Wagens war ausgebleicht, aber sauber.

Der Wagen war außerdem gestohlen. Und seine Herkunft war schwer zurückzuverfolgen.

Vom Rückspiegel hing ein Paar Miniaturpalmen. Er lächelte verkniffen, als sein Blick darauf fiel. Bald schon würde er selbst ins Land der Palmen reisen. Ruhiges, blaues, klares Wasser, lachsfarbene Sonnenuntergänge, langes Ausschlafen. Er mußte aufhören. Die Zeit war reif. Das hatte er sich zwar schon oft gesagt, aber diesmal war er sicher.

Luther Whitney war sechsundsechzig Jahre alt und hatte somit offiziell Anspruch auf Rente oder eine staatliche Unterstützung. Die meisten Männer seines Alters hatten bereits eine zweite Berufung als Großväter gefunden, ließen als Teilzeiteltern für die Kinder ihrer Kinder die alten Knochen in vertraute Ruhesessel sinken, während sich die Arterien mit den im Laufe eines Lebens angesammelten Ablagerungen verschlossen.

Luther war sein ganzes Leben lang nur einem Beruf nachgegangen. Dieser bestand darin, in anderer Leute Wohnungen oder Geschäfte einzusteigen – meist bei Nacht, so wie jetzt – und so viel von ihrem Eigentum mitzunehmen, wie er tragen konnte.

Wenngleich er eindeutig auf der falschen Seite des Gesetzes stand, hatte er doch nie in Wut oder Angst eine Pistole abgefeuert oder ein Messer geschleudert, außer in einem ziemlich undurchschaubaren Krieg, der im Grenzgebiet zwischen Nord- und Südkorea ausgetragen worden war. Selbst Schläge hatte er ausschließlich in Bars ausgeteilt, und dann nur zum Selbstschutz, wenn der Alkohol Männer mutiger machte, als gut für sie war.

Und er stahl nur von jenen, die den Verlust ohne weiteres verschmerzen konnten. Er sah keinen Unterschied zwischen sich und den Heerscharen, deren täglich Brot es war, um die Reichen herumzuscharwenzeln und sie ständig zu überreden, Dinge zu kaufen, die sie gar nicht brauchten.

Einen nicht unbeträchtlichen Teil seines Lebens hatte er in verschiedenen Besserungsanstalten mittlerer und später hoher Sicherheitsstufe entlang der Ostküste verbracht. Wie Fußfesseln hingen ihm drei Vorstrafen in drei verschiedenen Staaten an. Jahre waren aus seinem Leben gerissen worden – wichtige Jahre. Doch daran konnte er nichts mehr ändern.

Seine Fähigkeiten hatte er so weit verfeinert, daß er hoffen durfte, keine vierte Verurteilung mehr zu erleben. Die Folgen eines weiteren Fehltritts lagen klar auf der Hand: Er würde die vollen zwanzig Jahre bekommen. Und in seinem Alter bedeuteten zwanzig Jahre die Todesstrafe. Ebensogut konnten sie ihn auf dem elektrischen Stuhl braten, wie es der Staat Virginia mit seinen schwärzesten Schafen zu tun pflegte. Die Bürger dieses überaus geschichtsträchtigen Staates waren durch und durch gottesfürchtige Menschen, und eine Religion, die auf dem Prinzip von Schuld und Sühne beruhte, forderte konsequent die Höchststrafe.

Der Staat konnte sich rühmen, mehr Anwärter auf die Todesstrafe zu haben als alle anderen Staaten, mit Ausnahme von zweien. Und diese, nämlich Texas und Florida, teilten die moralischen Ansichten ihres Südstaatennachbarn. Bei schlichtem Einbruch war man da im guten, alten Virginia geradezu noch gnädig.

Doch selbst angesichts aller Risiken konnte er den Blick nicht von diesem Haus abwenden. Von diesem Anwesen, besser gesagt. Schon seit einigen Monaten ließ es ihn nicht mehr aus seinem Bann.

Middleton, Virginia. Fünfundvierzig Autominuten westlich von Washington, D. C. Ein Ort riesiger Landsitze, wo ein Jaguar nichts Besonderes war, ebensowenig wie Pferde, deren Wert die Bewohner eines Großstadt-Apartmenthauses ein Jahr lang hätte ernähren können. Die Häuser in diesem Gebiet erstreckten sich über so viel Land und waren so prunkvoll, daß sie eigene Namen rechtfertigten. Die Ironie des Namens dieses speziellen Anwesens – *The Coppers* – war ihm nicht entgangen. »Coppers« hießen im Slang die Polizisten.

Nichts, was er je erlebt hatte, kam dem Adrenalinstoß gleich, der einen Einbruch wie diesen begleitete. Er stellte sich vor, daß sich ein Schlagmann beim Baseball so fühlen mußte, wenn er lässig über die Male trottet und sich dafür alle Zeit der Welt läßt, nachdem das soeben geschlagene Leder irgendwo draußen auf der Straße gelandet ist. Die Menge ist aufgesprungen, fünfzigtausend Augenpaare sind auf einen einzigen Menschen gerichtet, alle Luft der Welt scheint eingesogen und angehalten zu sein, bis sie schließlich, dem grandiosen Schwung des Schlägers folgend, wieder freigesetzt wird.

Luthers immer noch scharfe Augen suchten die Gegend gründlich ab. Nur ein vereinzeltes Glühwürmchen blinkte ihm zu. Davon abgesehen, war er allein. Einen Augenblick lauschte er dem an- und abschwellenden Zirpen der Grillen, dann jedoch verblaßte der Chor ins Unterbewußtsein, so allgegenwärtig war er für jemanden, der längere Zeit in diesem Gebiet gelebt hatte.

Er fuhr ein Stück weiter die geteerte Straße hinab und setzte das Auto dann rückwärts in einen kurzen Feldweg, der in einer kleinen Gruppe dicht gewachsener Bäume endete. Sein stahlgraues Haar war von einer schwarzen Skimütze verdeckt, in das lederne Gesicht hatte er Tarnfarbe geschmiert. Ruhige, grüne Augen blickten über der breiten Kinnlade in die Dunkelheit. Er sah aus wie der Army Ranger, der er einst gewesen war. Luther stieg aus dem Wagen.

Hinter einen Baum geduckt, beobachtete er sein Ziel. Wie viele Landsitze, die über keine echten Farmhäuser und Scheunen verfügten, hatte auch *The Coppers* ein riesiges, reich verziertes Eisentor zwischen zwei gemauerten Pfeilern. Einen Zaun um das Grundstück gab es jedoch nicht. Es war direkt von der Straße oder den umliegenden Wäldern aus zugänglich. Luther wählte letzteren Weg.

Er brauchte zwei Minuten, um das Maisfeld zu erreichen, das an das Haus grenzte. Offenbar benötigte der Eigentümer kein selbst angebautes Getreide, nahm seine Rolle als Gutsbesitzer aber ernst. Darüber konnte sich Luther nicht beklagen; schließlich verschaffte ihm dieser Umstand praktisch einen verborgenen Weg zur Eingangstür.

Er verharrte einen Augenblick, dann verschwand er im hohen Dickicht der Maisstauden.

Glücklicherweise war der Boden frei von Geröll, und seine Tennisschuhe verursachten kein Geräusch, was hier sehr wichtig war, da man jeden Laut weithin hörte. Die Augen hielt er starr geradeaus gerichtet, während seine Füße sich vorsichtig einen Weg durch die schmalen Reihen suchten. Die Nachtluft war nach der lähmenden Hitze eines weiteren drückenden Sommers kühl, aber nicht annähernd kalt genug, um Atemwölkchen entstehen zu lassen, die aus der Entfernung von aufmerksamen oder schlaflosen Augen hätten wahrgenommen werden können.

Den Zeitplan dieser Operation war Luther während des letzten Monats immer und immer wieder in Gedanken durchgegangen, wobei er stets am Rand des Feldes anhielt, bevor er das Grundstück vor dem Gebäude betrat und das Niemandsland durchquerte. In seinem Kopf war jede Einzelheit Hunderte Male abgelaufen, wie ein Film, bis sich seinem Gedächtnis eine genaue Abfolge aus Gehen, Warten und Weitergehen eingeprägt hatte.

Am Rand des Grundstücks vor der Villa kauerte er sich nieder und ließ einen weiteren langen Blick über das Gelände schweifen. Er hatte keinen Grund zur Eile. Es gab keine Hunde, wegen denen er sich Sorgen machen mußte, und das war gut so. Ganz gleich wie jung und flink ein Mensch auch sein mochte, einem Hund entkam keiner. Doch es war vor allem der Lärm, den Hunde machten, der Männern wie Luther einen Strich durch die Rechnung machte. Es gab auch keine automatischen Bewegungsmelder, wahrscheinlich wegen der unzähligen Fehlalarme, die Rotwild, Eichhörnchen und Waschbären verursacht hätten, welche das Gebiet scharenweise durchstreiften. Dennoch würde er sich in Kürze einer höchst raffinierten Alarmanlage gegenübersehen. Nur dreiunddreißig Sekunden hatte er, um sie außer Betrieb zu setzen, ungerechnet der zehn Sekunden, die er allein brauchen würde, um die Schalttafel abzumontieren.

Der private Sicherheitsdienst war vor zwanzig Minuten vorbeigekommen. Diese Pseudo-Polizisten sollten eigentlich die Route ständig wechseln, die Überwachungsbereiche stündlich kontrollieren. Aber nach einem Monat Beobachtung hatte Luther mühelos ein bestimmtes Muster ausmachen können. Drei Stunden blieben ihm mindestens, bevor sie das nächste Mal vorbeikommen würden. Das war weit mehr Zeit, als er brauchte.

Ringsum war es stockfinster, und dichte Sträucher, für Luther und seinesgleichen so wichtig wie die Luft zum Atmen, reihten sich entlang der mit Kopfsteinen gepflasterten Auffahrt wie Raupenkokons am Ast eines Baumes. Er überprüfte jedes Fenster des Hauses. Alle waren dunkel, alles ruhig. Er hatte die Wagenkolonne beobachtet, mit der die Bewohner des Hauses vor zwei Tagen Richtung Süden gefahren waren. Sorgfältig hatte er sowohl die Bewohner als auch das Personal gezählt, um sicherzugehen, daß keiner mehr übrig blieb. Und das nächste Anwesen lag eine gute Meile entfernt.

Tief atmete er ein. Luther hatte alles vorausgeplant, Tatsache aber war, daß man in diesem Beruf niemals mit allem rechnen konnte.

Er lockerte den Griff um seinen Rucksack und erhob sich. In langen, zügigen Schritten überquerte er den Rasen. Zehn Sekunden später stand er vor der robusten Holztür mit verstärktem Stahlrahmen, mit einem Schloß, das auf der Hitliste der einbruchssicheren Schlösser ganz oben stand. Nichts davon bereitete Luther auch nur die geringsten Sorgen.

Er holte eine Nachbildung des Schlüssels der Eingangstür aus der Jackentasche und steckte ihn ins Schlüsselloch, ohne ihn jedoch herumzudrehen.

Abermals lauschte er einige Sekunden. Dann nahm er den Rucksack ab und wechselte die Schuhe, damit er keine Dreckspuren hinterließ. Er zog den batteriebetriebenen Schraubendreher hervor, der ihm den Schaltkreis, den es zu überlisten galt, zehnmal schneller offenlegen konnte, als es von Hand möglich war.

Der nächste Ausrüstungsgegenstand, den er vorsichtig aus dem Rucksack holte, wog genau hundertsiebzig Gramm, war etwas größer als ein Taschenrechner und – neben seiner Tochter – die beste Investition seines Lebens. Das kleine Gerät mit Spitznamen »WIT« hatte Luther bei den letzten drei Einsätzen geholfen, ohne ihn auch nur einmal im Stich zu lassen.

Die fünf Zahlen, aus denen sich der Sicherheitscode dieses Hauses zusammensetzte, waren Luther bereits zugetragen worden und in seinem Computer programmiert. Die richtige Abfolge war ihm noch ein Rätsel, doch dieses Hindernis würde kurzerhand von seinem Kumpel aus Metall, Draht und Mikrochip beseitigt werden müssen, wenn er das ohrenbetäubende Schrillen vermeiden wollte, das sofort an allen vier Ecken dieser knapp tausend Quadratmeter großen Festung aus den Lautsprechern ertönen würde. Danach würde der namenlose Computer, mit dem Luther in wenigen Augenblicken in den Clinch gehen mußte, einen Anruf bei der Polizei tätigen. Außerdem verfügte das Haus über druckempfindliche Fenster und Bodenplatten, des weiteren über manipulationssichere Türmagneten. All das war bedeutungslos, wenn Luther diesen einen Kampf gewann.

Während er auf den Schlüssel in der Tür starrte, hakte er WIT mit einer geübten Bewegung in den Werkzeuggurt, so daß er locker an seiner Seite hing. Dann streifte er sich ein Paar Plastikhandschuhe mit einer zusätzlichen Gummischicht an Fingerspitzen und Handballen über. Beweise zu hinterlassen war nicht sein Stil.

Tief durchatmend wappnete sich Luther gegen das nächste Geräusch, das er hören würde, nämlich den tiefen Ton der Alarmanlage, der den Eindringling vor einem verhängnisvollen Schicksal warnte, sollte die korrekte Antwort nicht innerhalb der vorgesehenen Zeit – und keine Zehntelsekunde später – eingegeben werden.

Der Schlüssel ließ sich widerstandslos im Schloß drehen. Dann stemmte Luther sich gegen die Tür.

Sogleich setzte ein Summton ein. Jetzt ging es um Sekunden. Rasch schlüpfte er in das riesige Foyer und wandte sich nach rechts, dem Schaltkasten zu.

Der automatische Schraubendreher drehte sich geräuschlos, die sechs Schrauben fielen in Luthers Hand und verschwanden in einer Tragetasche am Gürtel. Mondlicht drang durch das Fenster neben der Tür und schien auf dünne Drähte, die von WIT herabbaumelten. Dann fand Luther, nachdem er kurz das Innere des Kastens untersucht hatte wie ein Chirurg die Brusthöhle seines Patienten, die richtige Stelle, steckte dort die Litzen an und schaltete seinen Kumpel ein.

Aus der Eingangshalle starrte ein roter Schlitz auf Luther herab. Der Infrarotmelder hatte bereits auf seine Wärmeenergie angesprochen. Während die Sekunden verstrichen, wartete er geduldig darauf, daß ihm das »Gehirn« der Alarmanlage mitteilte, ob es sich bei dem Eindringling um Freund oder Feind handelte.

Schneller, als das Auge folgen konnte, flimmerten die Zahlen neongelb über WITs Anzeige; die verbleibenden Sekunden wurden in einem kleinen Kästchen am rechten oberen Rand heruntergezählt.

Fünf Sekunden verstrichen, dann erschienen die Zahlen 5, 13, 9, 3 und 11 auf WITs kleinem Bildschirm und verharrten.

Unvermittelt brach das Summen ab. An die Stelle des roten Lichts trat ein freundliches Grün; Luther war im Geschäft. Er entfernte die Drähte, schraubte die Schalttafel wieder an, verstaute seine Ausrüstung und schloß die Eingangstür sorgfältig hinter sich ab.

Das Schlafzimmer der Hausbesitzer befand sich im dritten Stock, wohin man vom Erdgeschoß über einen Aufzug gelangen konnte, der sich rechts von der Eingangshalle befand. Luther entschied sich statt dessen für die Treppe. Je weniger er sich von etwas abhängig machte, das er nicht völlig unter Kontrolle hatte, desto besser. Mehrere Wochen lang in einem Aufzug festzusitzen gehörte eindeutig nicht zu seinem Schlachtplan.

Er blickte zum Detektor an der Decke, der mit seinem rechteckigen Mund auf ihn herabgrinste, doch der Überwachungsmechanismus war nun außer Funktion. Dann ging Luther die Treppe hinauf.

Die Schlafzimmertür war nicht verschlossen. Innerhalb weniger Sekunden war die batteriebetriebene Niedervoltlampe einsatzbereit, und Luther sah sich einen Augenblick um. Der grüne Schimmer einer zweiten Schalttafel, die neben der Schlafzimmertür montiert war, durchbrach die Dunkelheit.

Das Haus selbst war innerhalb der letzten fünf Jahre errichtet worden. Luther hatte die Daten im Amtsgericht überprüft; es war ihm sogar gelungen, Zugang zu einem Satz Planpausen aus dem Büro des Bauinspektors zu bekommen. Das Haus war so groß, das es von der örtlichen Verwaltung gesondert hatte genehmigt werden müssen. Als ob die den Reichen je einen Wunsch abgeschlagen hätte!

Die Pläne enthielten keine Überraschungen. Es war ein großes, solides Haus, das den mehrfachen Millionenbetrag allemal wert war, den der Besitzer dafür auf den Tisch gelegt hatte.

Luther war schon einmal in diesem Haus gewesen, am hellichten Tag; überall waren Leute umhergelaufen. Genau in diesem Zimmer hatte er sich aufgehalten und dabei alles gesehen, was er sehen mußte. Und aus diesem Grund war er heute nacht hier.

Fünfzehn Zentimeter breite Deckengesimse starrten auf ihn herab, als er sich neben das riesige Himmelbett kniete. Neben dem Bett stand ein Nachttisch, auf dem sich eine kleine silberne Uhr, der neueste Roman von Jackie Collins und ein antiker, versilberter Brieföffner mit dickem Ledergriff befanden.

Alles in dem Raum war groß und teuer. In diesem Zimmer gab es drei begehbare Schränke, jeder so groß wie Luthers Wohnzimmer. Zwei waren vollgestopft mit Damenbekleidung und -schuhen, Handtaschen und allen möglichen anderen Accessoires, für die man – sinnvoll oder auch nicht – Geld ausgeben konnte. Luther erblickte die gerahmten Bilder auf dem Nachttisch und betrachtete belustigt die zierliche Frau in den Zwanzigern neben ihrem Gatten, der hart auf die Achtzig zuging.

Es gab viele Arten von Lotterien auf der Welt, und nicht alle betrieb der Staat.

Einige der Fotos betonten die Proportionen der Hausherrin beinahe bildfüllend, und eine rasche Überprüfung des Schrankes offenbarte ihm, daß auch ihr Geschmack für Kleider nicht sehr zurückhaltend war.

Er sah zu dem Ganzkörperspiegel an der Wand und betrachtete die geschnitzte Leiste an dessen Rändern. Als nächstes untersuchte er die Seiten. Es war eine feine, eine tolle Arbeit, dem äußeren Anschein nach in die Wand eingelassen, doch Luther wußte, daß in den leichten Einbuchtungen, fünfzehn Zentimeter vom oberen und unteren Rand entfernt, versteckte Türangeln montiert waren.

Er wandte sich wieder dem Spiegel zu. Luther verfügte über den klaren Vorteil, ein solches Ganzkörpermodell schon bei einem Einbruch vor einigen Jahren gesehen zu haben, wenngleich er damals nicht vorgehabt hatte, es aufzubrechen. Aber man ließ ein zweites goldenes Ei nicht links liegen, nur weil man schon eines in der Hand hielt, und in jenem Fall war das zweite Ei fünfzigtausend Dollar wert gewesen. Der Preis auf der anderen Seite dieses unauffälligen Spiegels würde vermutlich etwa zehnmal so hoch sein.

Mit brutaler Gewalt und einer Brechstange war der Schließmechanismus in der Zierleiste des Spiegels sicher zu überwinden, doch ein solches Unterfangen würde wertvolle Zeit kosten. Darüber hinaus würden deutliche Zeichen eines Einbruchs zurückbleiben. Zwar dürfte das Haus, soweit er wußte, während der nächsten paar Wochen leer stehen, doch man konnte nie vorsichtig genug sein. Wenn er ging, würde es keinen offensichtlichen Beweis dafür geben, daß er je hier gewesen war. Selbst bei ihrer Rückkehr würde man den Tresor vermutlich erst nach einiger Zeit überprüfen. Wie auch immer, er mußte nicht den harten Weg nehmen.

Rasch ging Luther hinüber zu dem Großbildfernseher, der an einer Wand des gewaltigen Zimmers stand. Dieser Bereich war als Wohnzimmer eingerichtet, mit zum Raum passenden brokatbezogenen Stühlen und einem großen Kaffeetisch. Sein Blick fiel auf die drei Fernbedienungen, die dort lagen. Eine war für den Fernseher, eine für den Videorecorder und eine würde seine Arbeit heute nacht um neunzig Prozent erleichtern. Jede trug einen Markennamen, und eine sah der anderen ziemlich ähnlich, doch ein kurzer Versuch ergab, daß zwei die entsprechenden Geräte steuerten und eine nicht.

Er ging durch das Zimmer zurück, wies mit der Fernbedienung auf den Spiegel und drückte den einzelnen roten Knopf am unteren Ende des Geräts. Normalerweise trat dadurch ein Videorecorder in Bereitschaft, oder ein Bildschirm leuchtete auf. Heute nacht, in diesem Zimmer, öffnete mit diesem Knopfdruck die Bank ihre Pforten für den einzigen, glücklichen Kunden.

Luther sah zu, wie die Tür auf den nun bloßgelegten wartungsfreien Angeln sanft und leise aufschwang. Aus alter Gewohnheit legte er die Fernbedienung genau dorthin zurück, wo sie gewesen war, holte einen zusammenfaltbaren Sportbeutel aus dem Rucksack und betrat den Tresor.

Als der Schein seiner Lampe durch die Dunkelheit strich, erblickte er zu seiner Überraschung in der Mitte des etwa zwei mal zwei Meter großen Tresorraums einen ledergepolsterten Sessel. Auf der Lehne lag dieselbe Fernbedienung, offenbar als Schutz dagegen, unbeabsichtigt eingesperrt zu werden. Dann ließ er den Blick über die Regale an beiden Seiten schweifen.

Zuerst wanderten seine Augen über das feinsäuberlich gebündelte Bargeld, dann über den Inhalt kleiner Schatullen, der eindeutig kein Modeschmuck war. Luther zählte Anleihen im Wert von etwa zweihunderttausend Dollar sowie andere Wertpapiere, des weiteren zwei kleine Kassetten mit antiken Münzen und eine dritte mit Briefmarken, darunter ein Fehldruck, bei dessen Anblick Luther kräftig schluckte. Er ließ die Blankoschecks und die Fächer mit Dokumenten außer acht, die für ihn wertlos waren. Die rasche Bestandsaufnahme endete bei fast zwei Millionen Dollar, vielleicht auch mehr.

Noch einmal sah er sich um und vergewisserte sich, daß er keinen Winkel übersehen hatte. Die Wände waren dick. Vermutlich waren sie feuerfest, zumindest so feuerfest, wie Wände überhaupt sein konnten. Der Raum war nicht hermetisch verschlossen, denn die Luft war frisch, nicht abgestanden. Hier konnte man sich tagelang verschanzen.

Zügig fuhr die Limousine, gefolgt von einem Kastenwagen, die Straße entlang. Die beiden Lenker waren erfahren genug, dieses Kunststück ohne Scheinwerferlicht zu vollbringen.

Im geräumigen Fond der Limousine befanden sich ein Mann und zwei Frauen. Eine der Frauen war ziemlich beschwipst und gab sich alle Mühe, den Mann und sich selbst an Ort und Stelle zu entkleiden, ungeachtet der sachten, aber nicht ungeschickten Abwehrversuche ihres Opfers.

Die andere Frau saß ihnen schweigend gegenüber und gab vor, diesem lächerlichen Schauspiel, das von mädchenhaftem Kichern und heftigem Gekeuche begleitet wurde, keine Beachtung zu schenken. Doch in Wahrheit entging ihr nicht die kleinste Einzelheit, die sich zwischen dem Paar abspielte. Ihre Aufmerksamkeit wechselte ständig zwischen einem großen Buch voller Termine und Notizen, das aufgeschlagen in ihrem Schoß lag, und dem Mann, der ihr gegenübersaß. Er nutzte gerade die Gelegenheit, sich einen weiteren Drink einzugießen, während seine Gefährtin die hochhackigen Schuhe von den Füßen streifte. Was er an Alkohol vertragen konnte, war enorm. Er konnte die doppelte Menge trinken, die er heute nacht schon konsumiert hatte, und trotzdem gäbe es keine äußeren Anzeichen – kein undeutliches Artikulieren, keine Beeinträchtigung seiner Bewegungen –, wie sie für einen Mann in seiner Position tödlich sein konnten.

Sie mußte ihn einfach bewundern, seine Triebhaftigkeit, seine Schwächen, die ihn doch nicht daran hinderten, der Welt ein Bild vorzugaukeln, das Ehrlichkeit und Stärke, Normalität und zugleich Größe vermittelte. Jede Frau in Amerika war verliebt in ihn, ganz gleich, welcher Altersschicht sie angehörte. Sie alle waren hingerissen von seinem zeitlos guten Aussehen, seinem immensen Selbstbewußtsein und dem, was er für sie alle darstellte. Und er erwiderte diese allgemeine Bewunderung mit einer Leidenschaft, die sie immer wieder in Erstaunen versetzte.

Leider war sie selbst nie Ziel dieser Leidenschaft

gewesen, ungeachtet der versteckten Andeutungen, der Berührungen, die ein klein wenig zu lange dauerten; ungeachtet dessen, daß sie es stets so einfädelte, daß sie ihn gleich morgens traf, wenn sie am besten aussah; ungeachtet der sexuellen Anspielungen während ihrer Lagebesprechungen. Sie war lediglich einer seiner Laufburschen. Doch es war noch genug Zeit. Bis ihre Zeit kam – und sie würde kommen, das hielt sie sich ständig vor Augen –, würde sie geduldig sein.

Sie sah aus dem Fenster. Das alles dauerte zu lang. Solche Improvisationen haßte sie, denn sie brachten alles andere durcheinander. Mißfällig verzog sie den Mund.

Luther hörte die Autos die Auffahrt heraufkommen. Seine Augen bestätigten ihm, was die Ohren ihm bereits mitgeteilt hatten. Ihm war sofort klar, daß der Rückweg abgeschnitten war und daß er sich etwas einfallen lassen mußte.

Er wechselte an ein anderes Fenster, um dem Weg der Wagen um die Ecke zu folgen. Luther zählte vier Personen, die aus der Limousine stiegen; eine weitere stieg aus dem Kastenwagen. Wer waren diese Leute? Die Gruppe war zu klein, als daß es sich um die Bewohner des Hauses handeln konnte, andererseits so groß, daß es kaum jemand sein konnte, der nur im Haus nach dem Rechten sehen wollte. Gesichter auszumachen war unmöglich. Einen Augenblick kam Luther der ironische Gedanke, daß in das Haus zweimal in der selben Nacht eingebrochen werden sollte; dann jedoch schüttelte er den Kopf. Das wäre ein gar zu großer Zufall gewesen. In diesem Geschäft, wie auch in vielen anderen, vermied man Zufälle tunlichst. Außerdem fuhren Einbrecher nicht mit mehreren Fahrzeugen vor und trugen Kleider, die eher für einen Streifzug durch das Nachtleben einer Großstadt geeignet waren.

Seine Gedanken rasten, als Lärm zu ihm drang, offenbar von der Hinterseite des Hauses her.

Luther zwang sich zur Ruhe, ergriff den Sportbeutel, aktivierte, voll stummer Dankbarkeit für die zweite Schalttafel im Schlafzimmer, die Alarmanlage des Hauses, schlich durch das Zimmer in den Tresorraum und zog vorsichtig die Tür hinter sich zu, bis sie einschnappte. Dann kauerte er sich in die hinterste Ecke des kleinen Raumes. Nun mußte er abwarten.

Er fluchte auf sein Pech, nachdem alles so glatt gegangen war. Dann schüttelte er den Kopf, um die Gedanken zu ordnen, und zwang sich, gleichmäßig zu atmen. Es war wie beim Fliegen. Je öfter man flog, desto größer war die Wahrscheinlichkeit, daß etwas passierte. Luther konnte nur abwarten und hoffen, daß die soeben angekommenen Gäste des Hauses keine Einlage bei der Privatbank vorzunehmen hatten, die er jetzt besetzte.

Ein Schwall Gelächter, gefolgt von Stimmengewirr, drang zu ihm. Gleichzeitig setzte das laute Summen ein, das sich anhörte, als brauste ein Jet unmittelbar über seinen Kopf hinweg. Anscheinend gab es leichte Probleme mit dem Sicherheitscode. Schweißperlen traten auf Luthers Stirn, als er sich vorstellte, was wäre, wenn der Alarm losginge und die Polizei käme, um jeden Winkel des Hauses zu durchsuchen, nur um ganz sicherzugehen. Angefangen bei seiner kleinen Kammer.

Luther fragte sich, wie er wohl reagieren würde, wenn er hörte, wie die verspiegelte Tür sich öffnete und ein Lichtstrahl hereindrang, der ihn unmöglich verfehlen konnte. Fremde Gesichter, die hereinstarrten, gezückte Waffen, das Verlesen seiner Rechte. Es war lachhaft. Er saß in der Falle wie eine gottverdammte Ratte, ohne jeden Ausweg. Fast dreißig Jahre lang hatte er keine Zigarette mehr geraucht, jetzt aber sehnte er sich verzweifelt nach einem Zug. Leise legte er den Beutel auf den Boden und streckte langsam die Beine aus, damit sie nicht einschliefen. Dann wartete er.

Schwere Schritte ertönten auf den Eichenstufen der Treppe. Wer immer auch kam, gab sich keine Mühe, unbemerkt zu bleiben, was gut und schlecht war. Er zählte vier, möglicherweise fünf Personen. Sie wandten sich nach links und bewegten sich in seine Richtung.

Mit leisem Knarren wurde die Schlafzimmertür geöffnet. Luther überlegte fieberhaft. Er hatte alles mitgenommen oder wieder an seinen Platz gelegt. Außer der Fernbedienung hatte er nichts berührt, und die hatte er genau in Übereinstimmung mit dem Staubmuster zurückgelegt. Jetzt vernahm er nur drei Stimmen, einen Mann und zwei Frauen. Eine der Frauen klang betrunken, die andere durch und durch geschäftsmäßig. Dann verschwand Ms. Geschäftsmäßig, die Tür wurde geschlossen, aber nicht abgesperrt, und Ms. Betrunken und der Mann blieben allein zurück. Wo waren die anderen? Wohin war Ms. Geschäftsmäßig verschwunden? Das Kichern ging weiter. Schritte näherten sich dem Spiegel. Luther drückte sich, so tief er konnte, in die Ecke und hoffte, daß der Stuhl ihn verdecken würde, wenngleich er wußte, daß dies unmöglich war.

Dann traf ihn eine Lichtexplosion genau in die Augen. Seine winzige, völlig finstere Welt war so plötzlich von grellem Licht erfüllt, daß es ihm beinahe den Atem verschlug. Hastig blinzelte er, um die Augen der neuen Helligkeit anzupassen; die Pupillen verengten sich in Sekundenschnelle auf Stecknadelgröße. Doch da war nichts außer Licht. Das Licht blieb, aber es gab keine Schreie, keine Gesichter, keine Waffen.

Schließlich, nachdem eine volle Minute verstrichen war, lugte Luther an dem Stuhl vorbei. Ein neuer Schock traf ihn. Die Tresortür war nicht mehr da! Er starrte direkt in das verfluchte Zimmer. Beinahe wäre er nach hinten umgekippt, konnte sich aber noch fangen. Schlagartig begriff Luther, wozu der Sessel diente.

Er erkannte die beiden Leute im Raum. Die Frau hatte er heute nacht schon auf den Fotos gesehen. Es war die zierliche Frau mit der Vorliebe für gewagte Kleider von zweifelhaftem Geschmack.

Den Mann kannte er aus einem ganz anderen Grund; um den Hausherrn handelte es sich eindeutig nicht. Langsam und verblüfft schüttelte Luther den Kopf und stieß den Atem aus. Seine Hände zitterten, Übelkeit legte sich über ihn. Er kämpfte das Gefühl nieder und schaute in das Zimmer.

Die Tresortür diente auch als Einwegfenster. Da draußen das Licht eingeschaltet und die kleine Kammer dunkel war, wirkte die Spiegeltür wie ein gigantischer Fernsehbildschirm.

Dann erblickte er die Halskette der Frau, und die Luft blieb ihm weg. Sein erfahrener Blick schätzte sie auf zweihunderttausend Dollar, vielleicht auch mehr. Und es war die Sorte Klunker, die man normalerweise im Heimtresor verstaute, bevor man zu Bett ging. Schließlich entspannte er sich, als er sah, wie sie das gute Stück abnahm und achtlos auf den Boden warf.

Seine Angst legte sich soweit, daß er es wagte aufzustehen, zu dem Sessel vorzuschleichen und sich hineinzusetzen. Hier also pflegte der alte Mann zu sitzen und zu beobachten, wie seine zierliche Frau sich mit strammen jungen Burschen, die noch von der großen Freiheit träumten, die Seele aus dem Leib vögelte.

Luther sah sich um, entspannte sich ein wenig, ließ die Ohren aber gespitzt für jedes Geräusch der anderen Personen im Haus. Aber was konnte er schon machen? In den über dreißig Jahren seiner Laufbahn als Dieb war ihm noch nie etwas Derartiges widerfahren; also beschloß er, das einzig Mögliche zu tun. Obwohl ihn nur zwei Zentimeter Glas vom völligen Untergang trennten, machte er es sich in dem ledergepolsterten Stuhl bequem und wartete.

Kapitel 2

Drei Blocks vom strahlend weißen Gebäudekomplex des Kapitols der Vereinigten Staaten entfernt, öffnete Jack Graham die Tür zu seiner Wohnung, warf den Mantel auf den Boden und ging schnurstracks zum Kühlschrank. Mit einem Bier in der Hand ließ er sich auf die abgewetzte Couch im Wohnzimmer fallen. Prüfend wanderte sein Blick durch das kleine Zimmer, während er die Flasche ansetzte.

Es bestand ein ziemlicher Unterschied zu dem Ort, an dem er gerade gewesen war. Er behielt das Bier einen Augenblick im Mund und schluckte es dann hinunter. Die Kiefermuskulatur spannte und lockerte sich. Langsam verflogen die nagenden Zweifel, aber sie würden wiederkommen; das taten sie immer.

Jack Graham kam von einer weiteren bedeutenden Dinnerparty bei seiner zukünftigen Frau, deren Familie und dem Kreis ihrer gesellschaftlichen und geschäftlichen Bekannten. Menschen auf diesem Niveau hatten anscheinend keine einfachen

Freunde, mit denen sie nur herumhingen. Jeder erfüllte eine bestimmte Funktion, wobei das Ganze mehr ergab als die Summe der einzelnen Teile. Zumindest war es so gedacht, wenngleich Jack seine eigene Meinung zu dem Thema hatte.

Die Industrie- und Finanzwelt war ausgiebig vertreten und warf mit Namen um sich, die Jack im Wall Street Journal las, bevor er auf die Sportseiten umblätterte, um zu sehen, wie es bei den Skins oder Bullets lief. Politiker waren eifrig unterwegs, um Stimmen für die Zukunft und Dollars für die Gegenwart abzustauben. Die Gruppe wurde abgerundet durch die allgegenwärtigen Anwälte, zu denen auch Jack gehörte, einen Arzt, der etwas konservatives Flair einbringen sollte, und ein paar Vertreter öffentlicher Einrichtungen, was zum Ausdruck bringen sollte, daß die Mächtigen auch Mitgefühl für die Nöte der Durchschnittsbürger besaßen.

Nachdem Jack das Bier ausgetrunken hatte, stellte er den Fernseher an. Er streifte die Schuhe ab und warf die gemusterten Vierzig-Dollar-Socken, die ihm seine Verlobte gekauft hatte, achtlos über den Lampenschirm. Mit der Zeit würde sie ihm vermutlich Zweihundert-Dollar-Hosenträger und dazu passende handbemalte Krawatten umhängen. Scheiße!

Während er sich die Zehen rieb, zog er ernsthaft ein zweites Bier in Erwägung. Dem Fernseher gelang es nicht, seine Aufmerksamkeit zu fesseln. Jack strich sich das dichte, dunkle Haar aus den Augen und machte sich zum tausendstenmal Gedanken darüber, in welche Richtung sich sein Leben neuerdings bewegte – und zwar mit der Geschwindigkeit eines Space-Shuttles.

Die Firmenlimousine hatte ihn und Jennifer Baldwin in ihre Stadtwohnung im Nordwesten von Washington gebracht, wohin Jack nach der Hochzeit wahrscheinlich ziehen würde; denn Jennifer haßte seine Wohnung. Irgendwie hatte er sich herausgeredet, um nicht über Nacht bleiben zu müssen, weil er sie einfach keine Minute länger hatte ertragen können. Die Hochzeit lag nur noch sechs Monate in der Zukunft, was für ein Brautpaar überhaupt keine Zeit zu sein schien, und er saß hier und fragte sich, ob das wirklich alles so richtig war.

Jennifer Ryce Baldwin war so wunderschön, daß sich Frauen ebensooft nach ihr umdrehten wie Männer. Darüber hinaus war sie klug und ehrgeizig, stammte von altem Geldadel ab und hatte die Absicht, Jack zu heiraten. Jennifers Vater leitete eine der größten Baufirmen des ganzen Landes. Einkaufszentren, Bürogebäude, Radiostationen, ganze Parzellenareale – es gab nichts, in dem er nicht die Finger hatte. Ihr Urgroßvater väterlicherseits war einer der echten Industriemagnaten des Mittelwestens gewesen, und der Familie ihrer Mutter hatte einst ein beträchtlicher Teil der Bostoner Innenstadt gehört. Die Götter meinten es schon in jungen Jahren überaus gut mit Jennifer Baldwin. Jack kannte keinen aus seiner Altersklasse, der ihn nicht zutiefst beneidete.

Er rutschte auf dem Sofa hin und her und massierte sich die steife Schulter. Seit einer Woche hatte er nicht mehr trainiert. Die Muskeln seines einsfünfundachtzig großen Körpers waren auch mit zweiunddreißig Jahren noch genauso klar definiert wie während der High-School-Zeit, wo er den anderen in praktisch jeder Sportart überlegen gewesen war, und der Zeit am College, wo die Konkurrenz dann um einiges härter wurde, er aber als Schwergewichtsringer noch gut genug für das zweite All-American- und das erste All-Academic-Team war. Diese Kombination hatte Jack an die Juristische Fakultät der Universität von Virginia gebracht. Dort schloß er als einer der Besten seiner Klasse ab und wurde gleich darauf Pflichtverteidiger für Strafrecht im Gerichtsbezirk District of Columbia.

All seine Studienkollegen hatten sich nach der

Uni für große Firmen entschieden. Mehr als einer von ihnen hatte ihn angerufen und ihm einen guten Psychiater empfohlen, der ihn von seiner geistigen Verwirrung heilen sollte. Jack lächelte. Fünf Jahre als Pflichtverteidiger. Er holte sich noch ein Bier. Nun war der Kühlschrank leer.

Die meisten Menschen waren sich der Tatsache nicht bewußt, daß die Pflichtverteidigerschaft aus höchst fähigen Anwälten bestand. Jack hatte Glück gehabt, gleich nach der Ausbildung in ihre Reihen aufgenommen zu werden. Wenn also ein erfahrener Pflichtverteidiger im Gerichtssaal gegen einen Anklagevertreter der Vereinigten Staaten antrat, standen sich meist zwei nahezu ebenbürtige Gegner gegenüber.

Jacks erstes Jahr, in dem er lernte, wie alles ablief, war hart gewesen. Er verlor mehr Fälle, als er gewann. Mit der Zeit ging er zu schwereren Delikten über. Und da er all seine jugendliche Energie, seine natürliche Befähigung und sein gesundes Urteilsvermögen in jeden dieser Fälle einbrachte, begann das Blatt sich zu wenden.

Und dann fing er an, einigen Leuten im Gericht heftig auf die Zehen zu steigen.

Bald entdeckte Jack, daß er ein Naturtalent für diese Rolle war, daß er für Kreuzverhöre genauso viel Begabung mitbrachte wie damals, als er viel größere Männer über eine fünf Zentimeter dicke Matte wirbelte. Er fühlte sich in die High-School-Zeit zurückversetzt, war wieder allen überlegen, sogar den erfahrensten Staatsanwälten. Die Richter wurden auf ihn aufmerksam. Sie brachten ihm, einem Anwalt, Respekt und Sympathie entgegen, das mußte man sich mal vorstellen!

Dann hatte er bei einem Empfang der Anwaltskammer Jennifer getroffen. Sie war Stellvertretende Leiterin für Entwicklung und Marketing bei Baldwin Enterprises. Unschwer war zu erkennen, daß sie ihre Sache hervorragend machte. Neben ihrer dynamischen Erscheinung besaß sie die Gabe, jedem, mit dem sie sprach, das Gefühl zu vermitteln, daß seine Meinung wichtig sei, auch wenn sie sich ihr nicht unbedingt anschloß. Kurz, sie war eine Schönheit, die sich nicht ausschließlich auf dieses Attribut verlassen mußte.

Unter dem aufsehenerregenden Äußeren lag noch mehr verborgen. Zumindest schien es so. Jack wäre kein Mann gewesen, hätte er sich nicht von ihr angezogen gefühlt. Und sie hatte bereits sehr bald deutlich zu erkennen gegeben, daß diese Anziehung auf Gegenseitigkeit beruhte. Dabei zeigte sie sich zunächst beeindruckt von dem Idealismus, den er für die Benachteiligten der Gesellschaft aufbrachte, die in der Bundeshauptstadt eines Verbrechens angeklagt wurden; doch Schritt für Schritt hatte sie ihn davon überzeugt, daß er seinen Teil für die Armen, die Dummen und die Pechvögel geleistet hatte und vielleicht anfangen sollte, sich um sich selbst und die eigene Zukunft zu kümmern, und daß sie vielleicht Teil dieser Zukunft sein könnte. Als Jack schließlich als Pflichtverteidiger zurücktrat, gab das Büro der Staatsanwaltschaft ihm zu Ehren eine Abschiedsfeier mit allem Drum und Dran, ein deutliches Zeichen dafür, daß man froh war, ihn loszuwerden. Das allein hätte ihm damals zeigen müssen, daß es noch eine Menge Armer, Dummer und Pechvögel gab, die seine Hilfe benötigten. Er erwartete nicht, daß sich das erregende Gefühl, das er als Pflichtverteidiger empfunden hatte, noch steigern ließ; solche Abschnitte gab es wohl nur einmal im Leben, danach nie wieder. Aber man konnte nicht immer auf der Stelle treten. Sogar kleine Jungs wie Jack Graham mußten eines Tages erwachsen werden. Vielleicht war die Zeit wirklich reif.

Er schaltete den Fernseher aus, griff sich eine Tüte Chips und trottete ins Schlafzimmer. Dabei mußte er über einen Haufen schmutziger Wäsche hinwegsteigen, der vor der Tür lag. Daß sie seine Wohnung nicht mochte, konnte er Jennifer nicht verübeln. Er war nun mal ein Chaot. Was ihn aber störte, war die Gewißheit, daß Jennifer auch dann nicht hier wohnen würde, wenn alles blitzsauber wäre. Ein Grund dafür war die Gegend. Natürlich lag die Wohnung in Capitol Hill, aber nicht im kultivierten Teil davon, weit gefehlt.

Dann war da noch die Größe. Ihre Wohnung mußte knapp fünfhundert Quadratmeter groß sein, ohne dabei die Dienstunterkünfte für die Hausmädchen und die Doppelgarage zu berücksichtigen, in der ihr Jaguar und ihr brandneuer Range Rover untergebracht waren. Als ob man in den verkehrsüberlasteten Straßen von Washington, D. C, ein Auto brauchte, das in gerader Linie einen Sechstausender erklimmen konnte!

Jacks Wohnung verfügte über vier Zimmer, wenn man das Badezimmer mitzählte. Er betrat das Schlafzimmer, zog sich aus und ließ sich ins Bett fallen. An der gegenüberliegenden Wand hing eine kleine Plakette, die seinen Eintritt bei Patton, Shaw & Lord verkündete. Sie hatte zuvor in seinem Büro gehangen, bis es ihm zu beschämend geworden war, sie anzusehen. PS&L war in der Bundeshauptstadt die Nummer eins unter den Anwaltskanzleien für Körperschaftsrecht. Die Gesellschaft betreute Hunderte von Firmen besten Rufes, einschließlich der seines künftigen Schwiegervaters, die für das Unternehmen ein Honorarvolumen von mehreren Millionen bedeutete. Es war Jack zu verdanken, daß der Baldwin-Konzern nun bei PS&L war, und als Gegenleistung winkte ihm bei der nächsten Gehaltsüberprüfung die Teilhaberschaft. Die Teilhaberschaft bei Patton, Shaw & Lord war durchschnittlich mindestens eine halbe Million Dollar pro Jahr wert. Für die Baldwins war das ein Trinkgeld, aber schließlich war er kein Baldwin. Zumindest noch nicht.

Er zog die Decke hoch – die Wärmedämmung des Gebäudes ließ ziemlich zu wünschen übrig –, steckte ein paar Aspirin in den Mund und spülte sie mit dem Rest einer Cola hinunter, der noch auf dem Nachttisch stand. Dann sah er sich im Durcheinander des kleinen Schlafzimmers um. Es erinnerte ihn an das Zimmer, in dem er aufgewachsen war; eine warme, angenehme Erinnerung. Ein Zuhause sollte das Gefühl vermitteln, daß darin gelebt wurde; es sollte immer an die Rufe von Kindern erinnern, mit denen sie von Raum zu Raum stürmten, auf der Suche nach neuen Abenteuern und neuen Dingen, die sie kaputtmachen konnten.

Auch das war so eine Sache mit Jennifer: Sie hatte unmißverständlich klargestellt, daß das Tapsen von Kinderfüßchen fürs erste nicht geplant und überhaupt ungewiß sei. An erster Stelle stand für sie die Karriere in der Firma ihres Vaters, und Jack hatte das Gefühl, daß er selber auf ihrer Werteskala noch ein gutes Stück weiter hinten rangierte. Aber er wollte die Baseball-Spiele seiner Kinder nicht erst vom Rollstuhl aus miterleben.

Als er sich zur Seite drehte und gerade die Augen schließen wollte, blies der Wind gegen das Fenster. Jack schaute in diese Richtung. Sofort versuchte er, den Blick wieder abzuwenden, doch dann ließ er die Augen resignierend zurück zu der Schachtel wandern.

Darin befand sich ein Teil der Sammlung von Trophäen und Auszeichnungen aus der High-School und dem College. Doch es war etwas anderes, das seine Aufmerksamkeit gefangen hielt. Im Halbdunkel streckte er einen Arm danach aus, entschied sich dagegen und überlegte es sich dann wieder anders.

Nicht zum erstenmal zog er das gerahmte Foto heraus. Es war fast schon ein Ritual geworden, insbesondere seit er mit Jennifer Baldwin verlobt war. Er mußte sich keine Sorgen darüber machen, daß seine Verlobte je über diesen besonderen Besitz stolperte, denn sie weigerte sich standhaft, mehr als eine Minute in seinem Schlafzimmer zuzubringen. Wenn sie gemeinsam unter die Laken schlüpften, dann entweder in ihrer Wohnung, wo

Jack immer auf dem Bett lag und an die über drei Meter hohe Decke starrte, die Gemälde mit mittelalterlichen Reitern und jungen Mädchen zierten. Unterdessen vergnügte sich Jennifer auf ihm, bis sie nicht mehr konnte und rollte sich dann nach unten, damit er es auf ihr zu Ende brachte. Oder sie taten es im Landhaus ihrer Eltern, wo die Dekken noch höher und die Gemälde aus einer römischen Kirche des dreizehnten Jahrhunderts kopiert waren. Dies alles vermittelte Jack das Gefühl, daß Gott dabei zusah, wie die wunderschöne und splitternackte Jennifer Ryce Baldwin auf ihm ritt, und daß er für diese wenigen Augenblicke fleischlichen Genusses auf ewig in der Hölle schmoren würde.

Die Frau auf dem Foto hatte seidiges braunes Haar, das sich an den Spitzen leicht wellte. Ihr Bild lächelte ihn an, und Jack erinnerte sich an den Tag, an dem er es aufgenommen hatte.

Es war auf einer Fahrradtour in die ländliche Umgebung des wunderschönen Albemarle County gewesen. Er hatte gerade mit dem Studium begonnen; sie war im zweiten College-Jahr an der Jefferson-Universität. Es war erst ihre dritte Verabredung, doch schien es, als hätten sie schon ihr ganzes Leben miteinander verbracht.

Kate Whitney.

Fast andächtig sprach er den Namen aus, fuhr dabei mit der Hand unbewußt die Kurve ihres Lächelns nach, bis hin zu dem einzelnen Grübchen gleich über der linken Wange, das ihr Gesicht ein wenig schief wirken ließ. Die mandelförmigen Wangenknochen grenzten an eine zierliche Nase über einem Paar sinnlicher Lippen. Das scharfe Kinn ließ unmißverständlich erkennen, daß sie stur sein konnte. Jack fuhr das Gesicht wieder hinauf und hielt an den tropfenförmigen Augen inne, die stets ein kleines bißchen schelmisch blickten.

Jack drehte sich wieder auf den Rücken und stellte das Foto auf die Brust, so daß sie ihn direkt ansah. Er konnte nicht an Kate denken, ohne gleichzeitig das Bild ihres Vaters vor Augen zu haben, mit seinem lebhaften Charme und dem schiefen Lächeln.

Jack hatte Luther Whitney oft in dem kleinen Reihenhaus besucht, in einer Gegend von Arlington, die bessere Tage erlebt hatte. Stundenlang tranken sie Bier und erzählten Geschichten, wobei Luther meist erzählte und Jack zuhörte.

Kate besuchte ihren Vater nie, und er versuchte nicht, mit ihr in Kontakt zu treten. Eher zufällig hatte Jack von ihm erfahren und hatte trotz Kates heftiger Einwände den Mann kennenlernen wollen. Selten sah man auf ihrem Gesicht etwas anderes als ein Lächeln, doch darüber lächelte sie nie.

Nachdem Jack seinen Abschluß gemacht hatte, zogen sie nach Washington, wo Kate sich an der Juristischen Fakultät von Georgetown einschrieb. Das Leben war eine Idylle. Sie kam zu seinen ersten paar Prozessen, bei denen er noch mit den Schmetterlingen im Bauch kämpfte und dem Piepsen, das aus seiner Kehle drang; bei denen er stets krampfhaft versuchte, sich zu erinnern, an welchen Anwaltstisch er sich zu setzen hatte. Doch mit der Schwere der Vergehen, deren man seine Klienten beschuldigte, schwand ihre Begeisterung.

Noch in seinem ersten Jahr als Anwalt hatten sie sich getrennt.

Die Gründe lagen auf der Hand: Kate konnte nicht begreifen, warum er sich der Aufgabe verschrieben hatte, Menschen zu vertreten, die das Gesetz brachen. Außerdem kam sie nicht darüber hinweg, daß er ihren Vater gut leiden konnte.

Jack erinnerte sich an die allerletzten Augenblicke ihres gemeinsamen Lebens, als sie genau in diesem Zimmer saßen und er sie gebeten, ja, angefleht hatte, ihn nicht zu verlassen. Doch sie war gegangen. Das war vor vier Jahren gewesen; seither hatte er sie weder gesehen noch etwas von ihr gehört.

Er wußte, daß sie einen Job im Büro der Staatsanwaltschaft in Alexandria, Virginia, angenommen hatte, wo sie zweifelsohne rastlos seine früheren Klienten hinter Gitter brachte, weil sie das Gesetz ihrer Wahlheimat mit Füßen traten. Abgesehen davon war Kate Whitney eine Fremde für ihn.

Aber während er so dalag, und ihr Lächeln ihm Millionen Dinge erzählte, die er von der Frau, die er in sechs Monaten heiraten sollte, nicht wußte, fragte sich Jack, ob er sich damit abfinden mußte, wo sein Leben nun doch viel komplizierter zu werden drohte, als er es je gedacht hatte. Er griff zum Telefon und wählte.

Nach viermaligem Läuten hörte er die Stimme. Eine Schärfe lag darin, an die er sich nicht erinnern konnte; vielleicht war sie auch neu. Der Piepton erklang, und er wollte eine Nachricht hinterlassen, etwas Witziges, einfach so aus dem Stegreif, doch dann, ganz unvermittelt, wurde er nervös und legte auf. Seine Hände zitterten, sein Atem ging heftig. Jack schüttelte den Kopf. Verdammt! Fünf Mordfälle hatte er hinter sich gebracht, und nun zitterte er wie ein dummer Sechzehnjähriger, der allen Mut zusammennimmt, um seinen Schwarm zur ersten Verabredung einzuladen.

Jack legte das Bild beiseite und stellte sich vor,

was Kate wohl gerade machte. Wahrscheinlich war sie noch im Büro und brütete darüber, wie viele Jahre sie aus irgend jemandes Leben reißen sollte.

Dann dachte Jack an Luther. Befand er sich im Augenblick auf der falschen Seite einer Hausschwelle? Oder verließ er gerade eine Wohnung mit einem Bündel hübscher Dinge im Gepäck?

Was für eine Familie, Luther und Kate Whitney! Beide so unterschiedlich und doch so gleich. Beider Leben so zielgerichtet, wie man es selten fand; aber zwischen ihren jeweiligen Zielen lagen Welten. An jenem letzten Abend, als Kate aus seinem Leben trat, war er zu Luther gegangen, um ihm Lebewohl zu sagen und ein letztes Bier mit ihm zu trinken. Sie hatten in seinem gepflegten Garten gesessen und die Klematis und den Efeu betrachtet, die an der Ziegelmauer emporrankten. Der Duft von Flieder und Rosen hing wie eine schwere Wolke über der Terrasse.

Der alte Mann hatte es ruhig aufgenommen, wenig Fragen gestellt und Jack alles Gute gewünscht. Manche Dinge sollten einfach nicht sein. Luther verstand das so gut wie jeder andere. Aber als Jack an jenem Abend ging, hatte er einen feuchten Schimmer in den Augen des Alten bemerkt, und dann war die Tür hinter diesem Teil seines Lebens zugefallen.

Schließlich schaltete Jack das Licht aus und schloß die Augen, in der Gewißheit, daß ihn bald ein neuer Morgen erwartete. Sein goldener Topf, die einmalige Chance seines Lebens, war der Wirklichkeit wieder einen Tag näher gekommen. Nur war auch das noch keine Garantie für einen ruhigen Schlaf.

Kapitel 3

Während Luther durch das Glas starrte, kam ihm plötzlich der Gedanke, daß die beiden ein äußerst attraktives Paar abgaben. Unter den gegebenen Umständen war dies eine absurde Überlegung; nichtsdestoweniger empfand er es so. Der Mann war groß, gutaussehend, ein sehr gepflegter Mittvierziger. Die Frau konnte nicht viel älter als zwanzig sein; sie hatte volles, goldenes Haar, ein rundes, liebliches Gesicht und unglaublich tiefblaue Augen, die nun verzückt zu dem eleganten Antlitz des Mannes emporblickten. Er berührte ihre glatte Wange, sie schmiegte die Lippen an seine Hand.

Der Mann hielt zwei Gläser, die er aus einer Flasche vollschenkte, welche er mitgebracht hatte. Ein Glas reichte er der Frau. Nachdem sie angestoßen hatten, sahen sie einander tief in die Augen. Er leerte das Glas in einem Zug, sie brachte nur einen kleinen Schluck hinunter. Sie stellten die Gläser ab und umarmten sich inmitten des Zimmers. Seine Hände glitten über ihren Rücken, dann wieder hinauf zu den nackten Schultern. Ihre Arme und Schultern waren gleichmäßig sonnengebräunt. Bewundernd streichelte er über ihre Arme, als er sich hinabbeugte, um ihren Hals zu küssen.

Luther wandte die Augen ab. Es war ihm peinlich, diese sehr persönliche Begegnung mit anzusehen. Ein seltsames Gefühl angesichts der Tatsache, daß er immer noch in Gefahr schwebte, entdeckt zu werden. Doch er war noch nicht so alt, daß ihn die Zärtlichkeit und Leidenschaft, die sich vor ihm entfalteten, nicht bewegt hätten.

Als er die Augen aufschlug, mußte er lächeln. Das Pärchen tanzte mittlerweile eng umschlungen durch den Raum. Offenbar hatte der Mann einige Übung darin; seine Partnerin wirkte eher unbeholfen, doch er führte sie sanft durch die einfachen Schritte, bis die beiden schließlich neben dem Bett landeten.

Der Mann hielt inne, um sein Glas nachzufüllen, und trank es dann zügig aus. Die Flasche war nun leer. Als er die Arme erneut um sie schlang, schmiegte sie sich an ihn, zerrte an seiner Jacke und begann, seine Krawatte zu lösen. Die Hände des Mannes wanderten zum Reißverschluß ihres Kleides und dann langsam Richtung Süden. Das schwarze Kleid glitt zu Boden; genüßlich stieg sie heraus, wodurch sie einen schwarzen Slip und hohe Seidenstrümpfe entblößte, jedoch keinen BH.

Sie besaß einen jener Körper, der weniger gut gebaute Frauen vor Neid erblassen ließ. Jede Kurve saß, wo sie hingehörte. Luther hätte ihre Taille mit den Händen umfassen können. Als sie sich zur Seite wandte, um aus den Strümpfen zu schlüpfen, bemerkte Luther, daß ihre Brüste groß, rund und voll waren. Die Beine waren schlank und durch zahlreiche Tennis- und Aerobicstunden wohlgeformt.

Rasch entkleidete der Mann sich bis auf die Boxershorts. Am Bettrand sitzend sah er der Frau zu, wie sie langsam die Unterwäsche abstreifte. Ihr Hinterteil war rund und fest und hob sich cremighell gegen den dunklen Hintergrund der zwanzigtausend Dollar teuren Hawaii-Sonnenbräune ab. Nachdem sie das letzte Kleidungsstück abgelegt hatte, huschte ein Lächeln über das Gesicht des Mannes. Die weißen Zähne waren gerade und gesund. Trotz des Alkohols wirkten seine Augen klar und aufmerksam.

Sie lächelte über den bewundernden Blick und bewegte sich anmutig auf ihn zu. Als sie vor ihm stand, packte er sie mit den langen Armen und zog sie an sich. Sie streichelte seine Brust.

Abermals wollte Luther den Blick abwenden.

Mehr als alles andere wünschte er, das Schauspiel möge bald vorbei sein und die Leute würden gehen. In ein paar Minuten könnte er beim Wagen sein, und diese Nacht würde als absolut einmalige, wenngleich um ein Haar verhängnisvolle Erfahrung in seine Erinnerung eingehen.

In diesem Augenblick sah er, wie der Mann kraftvoll den Hintern der Frau umfaßte. Dann schlug er zu, wieder und wieder. Luther zuckte angesichts der wiederholten Schläge mitfühlend zusammen. Die weiße Haut leuchtete nun rot. Entweder war die Frau zu betrunken, um den Schmerz zu fühlen, oder sie genoß eine solche Behandlung; denn ihr Lächeln verschwand nicht. Luther fühlte, wie sich sein Magen zusammenkrampfte, als der Mann die Finger in das weiche Fleisch bohrte.

Die Zunge des Mannes glitt über ihre Brüste; mit den Fingern fuhr sie durch sein dichtes Haar, als sie sich zwischen seine Beine schob. Sie warf den Kopf zurück und schloß die Augen; ihre Lippen formten ein wollüstiges Lächeln. Dann schlug sie die Augen wieder auf und küßte ihn leidenschaftlich auf den Mund.

Die kräftigen Finger ließen von ihrem mißhandelten Hinterteil ab und begannen, sanft ihren Rücken zu massieren. Dann gruben sie sich tiefer hinein, bis sie schließlich zusammenzuckte und von ihm zurückwich. Halb lächelte sie, und er hielt inne, als sie seine Finger mit den ihren berührte. Wieder wandte er die Aufmerksamkeit ihren Brüsten zu und begann, daran zu saugen. Abermals schloß sie die Augen, ihr Atem wurde zu einem tiefen Stöhnen. Erneut beugte der Mann sich über ihren Nacken; sein Blick stierte in Luthers Richtung, ohne etwas von dessen Anwesenheit zu ahnen.

Luther sah den Mann an, sah in diese Augen, und ihm gefiel nicht, was er dort sah. Er blickte in rotgeränderte Tiefen, in denen ein Schatten lauerte, einem finsteren Planeten gleich, den man durch ein Teleskop erspäht. Plötzlich überkam ihn das Gefühl, daß sich die nackte Frau in Händen befand, die nicht so liebevoll und zärtlich waren, wie sie sich das wahrscheinlich vorstellte.

Schließlich wurde die Frau ungeduldig und drückte ihren Liebhaber aufs Bett. Rittlings kletterte sie auf ihn und offenbarte Luther dadurch einen Anblick, der eigentlich ihrem Gynäkologen und ihrem Mann vorbehalten sein sollte. Sie richtete sich auf, aber in einem plötzlichen Energieausbruch stieß er sie grob zur Seite und bestieg sie, ergriff ihre Beine und hievte sie nach oben, bis sie senkrecht zum Bett standen.

Luther stockte der Atem, als er sah, was der

Mann des weiteren tat. Er packte die Frau am Hals, zerrte sie hoch und zog ihren Kopf zwischen seine Beine. Die Plötzlichkeit der Geschehnisse ließ sie nach Luft schnappen; ihr Mund war kaum zwei Zentimeter von seinen Genitalien entfernt. Dann lachte er und stieß sie wieder aufs Bett. Einen Augenblick lang war sie völlig verwirrt, doch schließlich gelang ihr ein unsicheres Lächeln. Sie stützte sich auf die Ellbogen, während er über ihr aufragte. Mit einer Hand umfaßte er sein steifes Glied, mit der anderen spreizte er ihre Beine. Als sie sich entspannt zurücklehnte und sich für ihn bereit machte, starrte er wirr auf sie hinab.

Doch anstatt sich zwischen ihre Beine zu stürzen, umfaßte er ihre Brüste und drückte sie, offenbar zu fest, denn Luther vernahm einen Schmerzensschrei, und die Frau versuchte, den Mann abzuwehren. Er ließ sie los und schlug brutal zurück, und Luther sah, wie Blut aus ihrem Mundwinkel tropfte und über die vollen, mit Lippenstift geschminkten Lippen rann.

»Du mieser Scheißkerl!« Sie glitt vom Bett und blieb am Boden sitzen, rieb sich den Mund und schmeckte das Blut. Ihr alkoholumnebelter Verstand war einen Augenblick klar. Die ersten deutlich ausgesprochenen Worte, die Luther in dieser Nacht hörte, trafen ihn wie ein Schmiedehammer.

Er stand auf und trat ein Stück auf den Spiegel zu.

Der Mann grinste. Luther erstarrte, als er dieses Grinsen sah. Es glich mehr der Fratze eines wilden Tieres, das zu töten bereit ist.

»Mieser Scheißkerl«, wiederholte sie, diesmal etwas leiser und undeutlicher.

Als sie aufstand, ergriff er ihren Arm und drehte ihn herum, daß sie hart zu Boden fiel. Der Mann saß auf dem Bett und schaute triumphierend auf sie hinab.

Luther, auf der anderen Seite des Spiegels, atmete heftig, wobei er unwillkürlich die Fäuste ballte. Während er weiter zusah, fragte er sich, wohin die anderen gegangen waren. Er hoffte, daß sie zurückkämen. Er spähte zur Fernbedienung auf dem Stuhl, dann wandte er die Augen wieder dem Schlafzimmer zu.

Die Frau kam allmählich wieder zu Atem und raffte sich halb auf. Jedwede Romantik, die sie empfunden hatte, war verflogen, das erkannte Luther an ihren vorsichtigen und kontrollierten Bewegungen. Ihr Gefährte bemerkte die Veränderung und das wütende Blitzen ihrer Augen offenbar nicht, andernfalls hätte er sich nicht erhoben und ihr die Hand hingestreckt, die sie auch ergriff.

Das Lächeln des Mannes löste sich abrupt auf, als ihr Knie ihn genau zwischen die Beine traf. Er krümmte sich, die Erektion erschlaffte. Außer dem angestrengten Atmen drang kein Laut über seine Lippen, als er sich auf dem Boden wand. Sie hob ihre Unterwäsche auf und begann, sich anzuziehen.

Als sie das Höschen halb hochgezogen hatte, packte er ihren Knöchel und zog sie zu Boden.

»Du kleine Fotze«, stieß er mühevoll hervor, während er versuchte, wieder zu Atem zu kommen, dabei ihren Knöchel festhielt und sie näher zu sich zog.

Sie trat nach ihm, traf seine Rippen, doch er ließ nicht los. »Du billige, kleine Hure«, zischte er.

Der drohende Unterton, der die Worte begleitete, trieb Luther dazu, noch näher auf den Spiegel zuzugehen. Seine Hand legte sich auf die glatte Fläche, als könnte er hindurchgreifen, den Mann packen und ihn zwingen aufzuhören.

Mühsam kam der Mann auf die Beine. Bei seinem Anblick lief Luther ein kalter Schauer über den Rücken.

Die Hände des Mannes schlossen sich um die Kehle der Frau.

Ihr vom Alkohol umnebelter Verstand arbeitete plötzlich wieder auf Hochtouren. Die nun völlig von Angst erfüllten Augen rasten suchend nach links und rechts, während der Druck um ihre Kehle stärker wurde und ihr die Luft abschnürte. Ihre Finger kratzten über seinen Arm, zogen tiefe Furchen.

Luther sah, wie das Blut in den Kratzern aufwellte, doch der Mann ließ nicht locker.

Sie trat um sich, krümmte und wand sich, aber ihr Peiniger war beinahe doppelt so schwer wie sie und rührte sich nicht von der Stelle.

Abermals blickte Luther auf die Fernbedienung. Er konnte die Tür öffnen. Er konnte all dem ein Ende bereiten. Doch seine Beine wollten sich nicht bewegen. Hilflos starrte er durch die Scheibe, Schweiß stand ihm auf der Stirn, schien aus jeder Pore seines Körpers zu dringen; sein Atem kam in kurzen Stößen. Er legte beide Hände auf das Glas.

Luther hielt den Atem an, als die Augen der Frau kurz an dem Nachttisch verharrten. Dann ergriff sie mit einer verzweifelten Bewegung den Brieföffner und traf mit einem blinden Hieb den Arm des Mannes.

Der stöhnte auf, ließ sie los und faßte sich an den blutigen Arm. Einen schauerlichen Augenblick lang starrte er ungläubig auf die Wunde; er konnte nicht fassen, daß diese Frau ihn derart verletzt hatte.

Als der Mann wieder hochblickte, fühlte Luther das mordlüsterne Knurren beinahe, bevor es von den Lippen des Mannes drang.

Dann schlug er zu, härter, als Luther je einen Mann eine Frau hatte schlagen sehen. Die geballte Faust prallte auf das weiche Fleisch; Blut spritzte aus Nase und Mund.

Luther wußte nicht, ob es an all dem Alkohol lag, den sie getrunken hatte, aber der Schlag, der einen Menschen normalerweise außer Gefecht gesetzt hätte, machte sie nur noch rasender. Mit der Kraft der Verzweiflung gelang es ihr aufzustehen. Als sie sich dem Spiegel zuwandte, erkannte Luther in ihrem Gesicht das plötzliche Entsetzen über den Verlust ihrer Schönheit. Ungläubig betastete sie die geschwollene Nase, dann fuhr sie mit einem Finger in den Mund und befühlte ihre Zähne. Von einer perfekten Ikone war sie plötzlich zu einem verschmierten Porträt geworden.

Als sie sich wieder zu dem Mann hindrehte, sah Luther die Muskeln in ihrem Rücken so deutlich hervortreten, als wären sie aus Holz geschnitzt. Sie rammte den Fuß in den Unterleib des Mannes. Sofort knickte er wieder zusammen. Die Beine versagten ihm den Dienst; Übelkeit übermannte ihn. Er ging zu Boden, rollte sich mit angezogenen Knien auf den Rücken, die Hände schützend über den Genitalien, und wimmerte.

Mit blutüberströmtem Gesicht, aus dessen Augen plötzlich nicht mehr schiere Angst, sondern Mordlust sprach, ließ sich die Frau neben ihm auf die Knie sinken und hob den Brieföffner hoch über den Kopf.

Luther ergriff die Fernbedienung und machte, mit dem Finger auf dem Knopf, einen Schritt auf die Tür zu.

Als der Mann den Brieföffner erblickte, der auf seine Brust niederstieß, um seinem Leben ein Ende zu bereiten, schrie er mit aller noch verbleibenden Kraft. Der Schrei blieb nicht ungehört.

Luthers Blick fuhr zu der Schlafzimmertür, die urplötzlich aufgerissen wurde.

Zwei Männer mit kurzem Haar und saloppen Anzügen, die den stattlichen Körperbau nicht verbargen, stürmten mit gezückten Waffen in das Zimmer. Bevor Luther noch einen Schritt tun konnte, hatten sie die Lage erkannt und eine Entscheidung getroffen.

Beide Waffen feuerten fast gleichzeitig.

Kate Whitney saß in ihrem Büro und ging die Akte noch einmal durch.

Der Kerl hatte vier Vorstrafen und war bei sechs anderen Gelegenheiten verhaftet, aber nicht verurteilt worden, weil die Zeugen zu verängstigt gewesen waren, um auszusagen, oder in Müllcontainern geendet hatten. Dieses Ekel war eine wandelnde Zeitbombe, die jederzeit ein weiteres Opfer in Stücke reißen konnte. Alle Opfer waren Frauen gewesen.

Die aktuelle Anklage lautete auf Mord in Tateinheit mit Raubüberfall und Vergewaltigung, was nach den Gesetzen von Virginia die Kriterien für ein Kapitalverbrechen erfüllte. Und sie war fest dazu entschlossen, es diesmal zu Ende zu bringen: Todesstrafe. Noch nie hatte sie dieses Strafmaß beantragt, aber wenn es jemand verdiente, dann dieser Kerl; und der Staat verhielt sich nicht zimperlich bei der Verhängung von Todesstrafen. Warum sollte gerade so einer weiterleben dürfen, der auf grausame und brutale Weise dem Leben einer neunzehnjährigen Collegestudentin ein Ende gesetzt hatte, nur weil sie den Fehler beging, am hellichten Tage in ein Einkaufszentrum zu gehen, um sich Nylonstrümpfe und ein Paar neue Schuhe zu kaufen?

Kate rieb sich die Augen und band sich die Haare mit einem Gummiband von ihrem Schreibtisch zu einer Art Pferdeschwanz zusammen. Ihr

Blick wanderte durch das kleine, überfüllte Büro. Überall im Zimmer stapelten sich Aktenberge, und zum unzähligsten Male fragte sie sich, ob es je besser werden würde. Natürlich nicht. Höchstens schlimmer, und sie konnte nur ihr Möglichstes tun, um wenigstens den Versuch zu machen, dem Blutvergießen Einhalt zu gebieten. Mit dem Tod von Roger Simmons jr. wollte sie beginnen, der mit seinen zweiundzwanzig Jahren einer der schlimmsten Gewohnheitsverbrecher war, mit denen sie sich je befaßt hatte. Und das waren in ihrer noch kurzen Laufbahn bereits wahre Horden gewesen. Sie erinnerte sich an den Blick, den er ihr vor Gericht zugeworfen hatte. Das Gesicht des jungen Mannes hatte weder Reue noch Mitgefühl oder eine andere positive Regung erkennen lassen. Es drückte nur Hoffnungslosigkeit aus, und seine Lebensgeschichte, die sich wie der Alptraum einer Kindheit las, untermauerte diesen Eindruck. Aber das war nicht ihr Problem. Sie hatte genug andere Probleme.

Kate schüttelte den Kopf und sah auf die Uhr: Schon nach Mitternacht. Da ihre Konzentration nachließ, stand sie auf, um sich noch Kaffee zu holen. Der letzte Staatsanwalt war vor fünf Stunden gegangen, das Reinigungspersonal vor drei. Auf Strümpfen ging sie den Flur hinab zur Küche. Wäre Charles Manson dieser Tage unterwegs, um sein Unwesen zu treiben, so wäre er einer der harmloseren Fälle; ein Amateur im Vergleich zu den Monstern, die heutzutage frei herumliefen.

Mit einer Tasse Kaffee in der Hand ging sie ins Büro zurück und hielt einen Augenblick inne, um ihr Spiegelbild im Fenster zu betrachten. Für ihre Arbeit spielte das Aussehen keine Rolle; Teufel noch mal, sie hatte seit über einem Jahr keine Verabredung gehabt. Doch sie konnte den Blick nicht abwenden. Sie war groß und schlank, an manchen Stellen wahrscheinlich sogar ein wenig zu dünn, aber sie joggte nach wie vor jeden Tag vier Meilen, während die tägliche Kalorienzufuhr beständig abnahm. Hauptsächlich ernährte sie sich von ungesundem Kaffee und Crackern, obwohl sie zumindest ihren Zigarettenkonsum auf zwei pro Tag eingeschränkt hatte und hoffte, mit ein bißchen Glück ganz aufhören zu können.

Kate war sich klar über den Raubbau, den sie ihrem Körper zumutete; die endlosen Stunden und den Streß, den sie in einen schrecklichen Fall nach dem anderen investierte. Doch was sollte sie tun? Kündigen, weil sie nicht wie die Frauen auf dem Titelblatt des *Cosmopolitan* aussah? Sie tröstete sich damit, daß deren Arbeit darin bestand, vierundzwanzig Stunden am Tag gut auszusehen, während sie damit beschäftigt war, sicherzustellen, daß Menschen bestraft wurden, die das Gesetz brachen. Aus welchem Blickwinkel sie es auch betrachtete, sie kam zu dem Schluß, daß sie mit ihrem Leben etwas weitaus Produktiveres anstellte.

Sie fuhr sich durch die Mähne; die Haare mußten geschnitten werden, aber woher sollte sie die Zeit dafür nehmen? Ihr Gesicht, stellte sie fest, hatte die vier Jahre mit neunzehnstündigen Arbeitstagen und zahllosen Prozessen noch einigermaßen gut überdauert. Aber vermutlich würde dies nicht so bleiben. Sie seufzte. Im College hatte sie stets die Aufmerksamkeit ihrer gesamten männlichen Kommilitonen auf sich gezogen – das reizvolle Ziel vieler Blicke, der Auslöser für schneller pochende Herzen und kalte Schweißausbrüche. Aber nun, da sie auf die Dreißig zuging, wurde ihr bewußt, daß ihr dieses Attribut, eine Gabe, die sie viele Jahre als selbstverständlich erachtet hatte, nicht mehr lange erhalten bleiben würde. Und wie bei so vielen Dingen, die man als selbstverständlich betrachtete oder als unwichtig abtat, wußte sie, daß sie die Fähigkeit vermissen würde, einen Raum durch bloßes Betreten in Schweigen zu versetzen.

Angesichts der Tatsache, daß sie während der

letzten paar Jahre verhältnismäßig wenig für ihr Aussehen getan hatte, war es bemerkenswert, wie gut sie sich gehalten hatte. Gute Gene, das war wohl der Grund; ein Glück für sie. Dann jedoch mußte sie an ihren Vater denken, und sie kam zu dem Schluß, daß sie in Sachen Erbanlagen wohl doch nicht das große Los gezogen hatte. Ein Mann, der von anderen stahl und dennoch vorgab, ein ganz normales Leben zu führen. Ein Mann, der jeden täuschte, einschließlich seiner Frau und seiner Tochter. Ein Mann, der nie da war, wenn man ihn wirklich brauchte.

Kate setzte sich an den Schreibtisch, nahm einen kleinen Schluck von dem heißen Kaffee, warf mehr Zucker hinein und betrachtete Mr. Simmons, während sie in den schwarzen Tiefen ihres nächtlichen Aufputschmittels herumrührte.

Dann griff sie zum Telefon und rief bei sich zu Hause an, um die Nachrichten auf dem Anrufbeantworter abzuhören. Es waren fünf. Zwei von anderen Anwälten, eine von einem Polizisten, den sie gegen Mr. Simmons in den Zeugenstand rufen wollte, und eine von einem Ermittler der Staatsanwaltschaft, der sie mit Vorliebe zu den unmöglichsten Zeiten anrief, um ihr überwiegend nutzlose Informationen zu geben. Sie sollte ihre Telefonnummer ändern lassen. Bei der letzten Nachricht wurde aufgelegt. Aber sie konnte am anderen Ende der Leitung tiefes Atmen hören, außerdem glaubte sie ein oder zwei Worte wahrzunehmen. Irgend etwas daran klang vertraut, doch sie konnte es nicht zuordnen. Vermutlich irgend so ein Typ, der nichts Besseres zu tun hatte.

Der Kaffee strömte in ihre Blutbahnen, und sie konnte sich wieder auf die Akte konzentrieren. Kurz fiel ihr Blick auf das kleine Bücherregal. Darauf stand ein Foto, das ihre verstorbene Mutter und die elfjährige Kate zeigte. Luther Whitney war aus dem Bild herausgeschnitten. Eine große Lücke neben Mutter und Tochter. Ein großes Nichts.

»Verdammte Scheiße!« Der Präsident der Vereinigten Staaten setzte sich auf. Mit einer Hand bedeckte er die schlaffen und übel zugerichteten Genitalien, in der anderen hielt er den Brieföffner, der noch einen Augenblick zuvor als Werkzeug seines Todes gedacht war. Nun war darauf mehr als nur sein Blut. »Verdammt noch mal, Bill, du hast sie umgebracht!«

Die Zielscheibe seiner Schimpfkanonade bückte sich, um ihm aufzuhelfen, während sein Kollege den Zustand der Frau überprüfte; eine sinnlose Geste, wenn man bedachte, daß zwei schwerkalibrige Geschosse ihr Gehirn durchschlagen hatten.

»Es tut mir leid, Sir, ich hatte keine Wahl. Tut mir leid, Sir.«

Bill Burton war seit zehn Jahren Agent beim Secret Service. Davor war er acht Jahre lang bei der Staatspolizei von Maryland gewesen. Er hatte einen Collegeabschluß in Geschichte und den Magister in Strafrecht, und eine seiner Kugeln hatte soeben den Kopf einer wunderschönen jungen Frau zerfetzt. Trotz seiner intensiven Ausbildung zitterte er wie ein kleines Kind, das gerade aus einem Alptraum erwacht ist.

Schon einmal hatte er in Ausübung seiner Pflicht getötet, bei einer routinemäßigen Verkehrskontrolle, die aus den Fugen geriet. Aber der damals Verstorbene war ein vierfach vorbestrafter Verbrecher gewesen, mit einer tiefgreifenden Abneigung gegen uniformierte Polizisten; außerdem hatte er eine halbautomatische Pistole auf ihn gerichtet gehabt, unverkennbar in der Absicht, ihm den Kopf von den Schultern zu pusten.

Burton schaute hinunter auf die zierliche, nackte Gestalt und glaubte, sich übergeben zu müssen. Sein Partner, Tim Collin, sah zu ihm herüber und faßte ihn am Arm. Schwer schluckend nickte Burton. Er würde nicht zusammenklappen.

Behutsam halfen die beiden dem Mann auf die Beine, dem ihre ganze Aufmerksamkeit galt: Alan

J. Richmond, vierundvierzigster Präsident der Vereinigten Staaten, politischer Held und Leitfigur für Menschen aller Altersklassen, im Augenblick aber bloß nackt und betrunken. Der Präsident sah zu ihnen auf. Das anfängliche Entsetzen schwand, als der Alkohol wieder Oberhand gewann. »Ist sie tot?« Die Worte kamen undeutlich, die Augen schienen wie Murmeln nach hinten in den Kopf zu rollen.

»Ja, Sir«, antwortete Collin knapp. Eine Frage des Präsidenten, ob betrunken oder nicht, ließ man nicht unbeantwortet.

Burton trat einen Schritt zurück. Er warf einen zweiten Blick auf die Frau, dann wieder auf den Präsidenten. Das war ihr Job, sein Job. Den gottverdammten Präsidenten zu beschützen. Ganz gleich, was es kostete, dieses Leben durfte nicht enden, schon gar nicht auf diese Weise. Wie ein Schwein aufgeschlitzt von irgendeinem betrunkenen Flittchen!

Der Präsident verzog den Mund. Es sah fast aus wie ein Lächeln, obwohl weder Collin noch Burton es als solches in Erinnerung behalten sollten. Der Präsident erhob sich.

»Wo sind meine Sachen?« fragte er.

»Gleich hier, Sir.« Burton, der wieder voll da war, bückte sich und hob die Sachen auf. Sie waren über und über mit Blut befleckt. Wie alles in dem Zimmer, überall. Mit *ihrem* Blut.

»Helft mir schon hoch und zieht mich an, verdammt noch mal. Ich muß doch sicher irgendwo vor irgendwem 'ne Rede halten, oder nicht?« Schrill lachte er auf. Burton sah Collin an, Collin sah Burton an. Dann sahen beide zum Präsidenten, als er auf das Bett kippte.

Als die Schüsse ertönten, hatte sich Stabschefin Gloria Russell in der Toilette im ersten Stock befunden, so weit enfernt vom Schlafzimmer wie nur möglich.

Sie hatte den Präsidenten bei vielen Eskapaden dieser Art begleitet, doch anstatt sich daran zu gewöhnen, fand sie es nur jedes Mal abstoßender, sich vorzustellen, wie ihr Boß, der mächtigste Mann auf Erden, mit all diesen Edelnutten, diesen politischen Groupies, ins Bett stieg. Es ging über ihren Verstand hinaus, doch sie hatte beinahe gelernt, darüber hinwegzusehen. Beinahe.

Russell hatte sich die Strumpfhose wieder hochgezogen, die Tür aufgerissen, war den Flur entlanggelaufen und die Treppen hochgerannt, wobei sie trotz der Stöckelschuhe zwei Stufen auf einmal nahm. Als sie die Schlafzimmertür erreichte, hielt Agent Burton sie auf.

»Sie wollen das bestimmt nicht sehen, Ma'am, es ist kein schöner Anblick.«

Sie drängte sich an ihm vorbei. Dann blieb sie aus eigenen Stücken stehen. Ihr erster Gedanke war, wieder hinauszulaufen, die Stiegen hinunter und in die Limousine, weg von hier, weg aus diesem Staat, weg aus diesem elenden Land. Mitleid für Christy Sullivan empfand sie nicht; diese kleine Nutte verdiente ein solches Ende. Sie wollte vom Präsidenten gevögelt werden. Schon seit zwei Jahren war das ihr erklärtes Ziel gewesen. Nun, manchmal bekam man nicht, was man wollte; manchmal mehr als das.

Russell faßte sich und trat Agent Collin gegenüber.

»Was ist passiert?«

Tim Collin war jung, zäh und dem Mann ergeben, zu dessen Schutz er abgestellt war. Er war dafür geschult worden, in Verteidigung des Präsidenten sogar sein Leben zu opfern, und für ihn stand außer Frage, daß er es auch tun würde, sollte es einst nötig werden. Vor nunmehr beinahe vier Jahren hatte er schon einmal einen Angreifer überwältigt, auf dem Parkplatz eines Einkaufszentrums, wo der damalige Präsidentschaftskandidat Alan Richmond einen Wahlkampfauftritt absolvieren sollte. Collin hatte den potentiellen Attentäter zu Boden gezwungen und bewegungsunfähig gemacht, bevor der Kerl die Waffe ganz aus der Tasche ziehen konnte – bevor überhaupt irgend jemand reagiert hatte. Collin betrachtete es als Lebensaufgabe, Alan Richmond zu beschützen.

Innerhalb einer Minute schilderte er Russell das Geschehen in kurzen, zusammenhängenden Sätzen. Burton bestätigte die Darstellung mit ernster Miene.

»Es hieß er oder sie, Ms. Russell. Es gab keine andere Möglichkeit einzuschreiten.« Instinktiv blickte Burton zum Präsidenten hinüber, der immer noch auf dem Bett lag und dem im Augenblick alles egal war. Die heikleren Zonen seines Körpers hatten sie mit einer Decke verhüllt.

»Wollen Sie mir erzählen, Sie hätten nichts gehört? Keine Anzeichen von Gewalt, bevor das da passiert ist?« Sie deutete auf die Schweinerei im Zimmer.

Die Agenten sahen einander an. Sie hatten schon vielerlei Geräusche aus Schlafzimmern gehört, in die sich ihr Boß verirrt hatte. Manche konnte man vielleicht mit Gewalt in Verbindung bringen, andere wiederum nicht. Aber bisher waren immer alle Beteiligten gesund und munter wieder herausgekommen. Die Frauen kamen stets die Treppe herunter, zupften ihre Blusen und Röcke zurecht und hatten dabei ein so seliges Lächeln auf den Lippen, als hätten sie soeben den Papst berührt. Dann stolzierte der Präsident mit geschwellter Brust heraus, wie der Hahn im Hühnerhof.

»Nichts Ungewöhnliches«, antwortete Burton, »aber dann hat der Präsident geschrien, und wir sind hineingestürmt.

Das Messer war vielleicht noch zehn Zentimeter von seiner Brust entfernt. Nur eine Kugel war schnell genug.«

Er richtete sich zu voller Größe auf, stand so gerade, wie er konnte, und sah ihr unmittelbar in die Augen. Collin und er hatten ihre Arbeit getan, und diese Frau würde sie nicht vom Gegenteil überzeugen. Ihm würde sie nichts anhängen.

»In diesem Zimmer war ein gottverdammtes Messer?« Ungläubig starrte sie Burton an.

»Wenn es nach mir ginge, gäbe es keine solchen ... solchen Abenteuer. Meistens erlaubt uns der Präsident nicht, daß wir vorher alles überprüfen. Wir hatten keine Möglichkeit, das Zimmer zu durchsuchen.« Er blickte sie an. »Schließlich ist er der Präsident, Ma'am«, fügte er sicherheitshalber hinzu, als rechtfertigte die Tatsache alles und jedes. Und für Russell traf dies meist auch zu, ein Umstand, dessen sich Burton voll bewußt war.

Russell sah sich im Zimmer um, prägte sich alles genau ein. Sie war ordentliche Professorin für Politikwissenschaften an der Stanford-Universität gewesen, als die Anfrage von Alan Richmond gekommen war, der damals seinen Stab zusammenstellte. Er war der Mann der Stunde gewesen, jung, erfolgreich, dynamisch; jeder hatte auf seinen Zug aufspringen wollen. Da hatte sie ihre Chance genutzt.

Seit drei Jahren war sie nun Stabschefin des Weißen Hauses, mit vielversprechenden Aussichten auf den Posten des Außenministers, wenn Richmond wiedergewählt wurde, wobei man allgemein erwartete, daß ihm das mit Leichtigkeit gelingen sollte. Wer konnte schon vorhersagen, wie sich alles entwickelte? Vielleicht war sogar ein gemeinsames Team Richmond-Russell im Entstehen begriffen. Sie ergänzten einander hervorragend. Russell war die Strategin; er war unübertroffen, was die Öffentlichkeitsarbeit anging. Ihre Zukunft schien mit jedem Tag strahlender zu werden. Und jetzt? Jetzt hatte sie eine Leiche und einen betrunkenen Präsidenten in einem Haus, das eigentlich leerstehen sollte.

Im Geiste sah sie den Expreßzug ihrer Karriere stoppen. Doch dann schaltete ihr Verstand um. Nicht wegen dieser kleinen Nutte, dieses Haufens menschlichen Abfalls. Niemals!

Burton meldete sich zu Wort. »Soll ich jetzt die Polizei anrufen, Ma'am?« Russell glotzte ihn an, als hätte er den Verstand verloren.

»Burton, darf ich Sie daran erinnern, daß es Ihr Job ist, die Interessen des Präsidenten immer und überall zu schützen, und daß nichts, aber rein gar nichts, Vorrang vor dieser Aufgabe hat. Ist das klar?«

»Ma'am, die junge Dame ist tot. Ich glaube, wir –«

»Richtig. Sie und Collin haben die Frau erschossen, und jetzt ist sie tot.« Die Worte hingen in der Luft. Collin rieb sich die Hände, instinktiv wanderte eine Hand zu der Waffe im Schulterhalfter. Er blickte zu der verstorbenen Mrs. Sullivan, als könnte er sie durch bloße Willenskraft wieder zum Leben erwecken.

Burton spannte die mächtigen Schultern und trat einen Schritt näher an sie heran, so daß der Größenunterschied voll zum Tragen kam.

»Hätten wir nicht geschossen, wäre der Präsident jetzt tot. Das ist unsere Aufgabe. Für seine Sicherheit und Gesundheit zu sorgen.«

»Wieder richtig, Burton. Und nun, da Sie seinen Tod verhindert haben, wie wollen Sie der Polizei, der Frau des Präsidenten, Ihren Vorgesetzten, den Anwälten, den Medien, dem Kongreß, den Finanzmärkten, dem Land und dem Rest der ganzen verfluchten Welt erklären, warum der Präsident hier war? Und was er hier wollte? Und die Umstände, die dazu geführt haben, daß Sie und Agent Collin die Frau eines Mannes erschossen haben, der zu den wohlhabendsten und einflußreichsten Männern der Vereinigten Staaten zählt? Denn wenn Sie die Polizei anrufen, wenn Sie überhaupt irgend jemanden anrufen, dann werden Sie genau das tun müssen. Wenn Sie also bereit sind, die volle Verantwortung für alles zu übernehmen, dann gehen Sie zum Telefon und rufen Sie an.«

Burtons Gesicht wechselte die Farbe. Er wich einen Schritt zurück. Die körperliche Überlegenheit nützte ihm nichts mehr. Collin beobachtete versteinert den stummen Zweikampf der beiden. Noch nie hatte er erlebt, daß jemand so mit Bill Burton gesprochen hatte. Der große Kerl hätte Russells Genick mit einer einzigen Handbewegung brechen können. Doch diese besondere Eigenschaft war hier und jetzt völlig wertlos für ihn.

Abermals schaute Burton auf die Leiche hinab. Wie konnte man das so erklären, daß sie alle heil aus der Sache herauskamen? Die Antwort war einfach: Gar nicht.

Aufmerksam musterte Russell sein Gesicht.

Burton blickte wieder auf, doch seine Augen flakkerten merklich; sie sahen nicht mehr direkt in ihre. Sie hatte gewonnen. Zufrieden lächelnd nickte sie. Von nun an hatte sie das Ruder in der Hand.

»Gehen Sie jetzt und machen Sie Kaffee, eine ganze Kanne«, befahl sie Burton, wobei sie den Wechsel der traditionellen Machtverhältnisse in vollen Zügen genoß. »Dann beziehen Sie an der Eingangstür Posten, nur für den Fall, daß wir nächtliche Besucher bekommen.

Collin, Sie gehen zum Wagen und reden mit Johnson und Varney. Erzählen Sie nichts von dem hier. Sagen Sie vorerst nur, daß es einen Unfall gegeben hat, daß der Präsident aber wohlauf ist. Mehr nicht. Und daß sie sich bereit halten sollen. Verstanden? Ich melde mich, wenn ich Sie brauche. Ich muß erst einmal nachdenken.«

Burton und Collin nickten und gingen hinaus. Keinem der beiden war beigebracht worden, derartige Befehle von höherer Stelle zu mißachten. Außerdem wollte Burton bei dieser Sache nicht das Kommando übernehmen. Dafür konnte ihm niemand genug bezahlen.

Seit die Schüsse den Kopf der Frau in Stücke rissen, hatte Luther sich nicht bewegt. Er hatte einfach Angst. Der Schock war schließlich vorübergegangen, doch seine Augen wanderten immer wieder auf den Boden, wo etwas lag, das vor kurzem noch ein lebendiges, atmendes menschliches Wesen war. In all den Jahren als Krimineller hatte er nur einmal miterlebt, wie jemand umgebracht worden war. Dabei hatte es sich um einen dreifach verurteilten Kinderschänder gehandelt, dem von einem Mithäftling eine zehn Zentimeter lange Klinge in den Rücken gejagt wurde. Die Empfindungen, die ihn jetzt überschwemmten, waren völlig anderer Natur. Er fühlte sich wie der einzige Passagier eines Schiffes, das einen fremden Hafen anlief. Nichts wirkte auch nur im mindesten vertraut oder bekannt. Jedes Geräusch konnte tödlich für ihn sein; dennoch ließ Luther sich wieder langsam auf den Stuhl nieder, bevor die zitternden Beine unter ihm wegknicken konnten.

Er beobachtete, wie Russell im Zimmer umherging, sich neben der toten Frau bückte, sie aber nicht berührte. Als nächstes hob sie den Brieföffner auf, wobei sie ihn mit einem Taschentuch am Ende der Klinge hielt. Lange und eindringlich betrachtete sie den Gegenstand, der beinahe dem Leben des Präsidenten ein Ende bereitet hätte und der letztendlich beim Tod eines anderen Menschen eine entscheidende Rolle gespielt hatte. Vorsichtig legte sie ihn auf den Nachttisch und steckte das

Taschentuch wieder ein. Sie warf einen flüchtigen Blick auf das verrenkte Gebilde, das noch kurz zuvor Christine Sullivan gewesen war.

Russell konnte nicht anders, als Richmond dafür zu bewundern, wie er seine außerplanlichen Aktivitäten abwickelte. All seine »Gespielinnen« waren reiche und gesellschaftlich hoch angesehene Frauen, und alle waren verheiratet. Dadurch war sichergestellt, daß seine Seitensprünge nie in der Boulevardpresse erscheinen würden. Die Frauen, mit denen er ins Bett stieg, hatten ebensoviel zu verlieren wie er selbst, wenn nicht noch mehr, und sie waren sich dieser Tatsache sehr wohl bewußt.

Überhaupt, die Presse. Russell lächelte. Heutzutage, in diesem Zeitalter, wurde der Präsident auf Schritt und Tritt beobachtet. Weder konnte er auf den Lokus gehen, noch eine Zigarre rauchen oder rülpsen, ohne daß die Öffentlichkeit jede Einzelheit darüber erfuhr. Zumindest glaubte die Öffentlichkeit das. Hauptgrund dafür war, daß die Presse und deren Fähigkeit, jedes noch so winzige Detail einer Story zum Vorschein zu bringen, weit überschätzt wurde. Etwas wurde nämlich übersehen: Zwar hatte das Amt des Präsidenten über die Jahre hinweg einen Teil der enormen Macht eingebüßt, da die Probleme einer aus den Fugen geratenen Welt zu groß geworden waren, als daß ein einzelner Mensch sie wirkungsvoll hätte bewältigen können. Doch der Präsident war von absolut loyalen und überaus fähigen Leuten umgeben, die, was verdeckte Operationen anging, in einer höheren Liga spielten als die großkotzigen Journalisten, für die das Aufspüren einer tollen Story darin bestand, einen Kongreßabgeordneten mit Allerweltsfragen zu überhäufen, der für das Privileg, in den Abendnachrichten erwähnt zu werden, mehr als bereit war, mit ihnen zu reden.

Tatsache war, daß sich der Präsident, wenn ihm der Sinn danach stand, frei bewegen konnte, ohne fürchten zu müssen, daß irgend jemand seinen Aufenthaltsort in Erfahrung bringen konnte. Es war ihm sogar möglich, sich den Augen der Öffentlichkeit zu entziehen, solange er wollte, wenngleich dies dem genauen Gegenteil dessen entsprach, was ein erfolgreicher Politiker als sein Tagewerk betrachtete. Und dieses Privileg lief auf einen gemeinsamen Nenner zusammen.

Den Secret Service. Sie waren die Besten der Besten. Das hatte diese Elitetruppe über die Jahre hinweg wiederholt bewiesen. Wie auch bei der Planung dieser jüngsten Eskapade.

Kurz nach zwölf Uhr mittags hatte Christy Sullivan den Schönheitssalon im Nordwesten von Upper Washington verlassen. Nachdem sie einen

Block weit gegangen war, betrat sie das Foyer eines Apartmenthauses und verließ es einige Augenblikke später wieder, allerdings in einen knöchellangen Mantel gehüllt, den sie in der Tasche gehabt hatte. Eine dunkle Brille verdeckte ihre Augen. Sie ging ein paar Blocks weiter und nahm dann die U-Bahn zum Metro-Center. Nachdem sie die U-Bahn verlassen hatte, schlenderte sie noch zwei Blocks weiter und verschwand in einer Gasse zwischen zwei Gebäuden, die noch dieses Jahr abgerissen werden sollten. Zwei Minuten später fuhr ein Wagen mit getönten Scheiben aus der Gasse. Collin saß am Steuer, Christy Sullivan auf dem Rücksitz. Dann war sie von Bill Burton an einem »sicheren« Ort verwahrt worden, bis der Präsident später am Abend zu ihr stoßen konnte.

Das Anwesen der Sullivans hatte man als perfekte Bühne für das Zwischenspiel gewählt, weil ironischerweise ihr Landsitz der letzte Ort war, an dem man Christy Sullivan vermutet hätte. Russell wußte außerdem, daß es gerade leerstand und die Alarmanlage kein Hindernis für ihre Pläne darstellte.

Russell ließ sich auf einem Stuhl nieder und schloß die Augen. Ja, sie hatte zwei der fähigsten Leute des Secret Service hier in diesem Haus. Und zum allerersten mal bedauerte die Stabschefin diesen Umstand. Der Präsident persönlich hatte die vier Agenten, die ihn und Russell begleiteten, aus über hundert zu seinem Schutz abgestellten Männern für seine kleinen Abenteuer ausgewählt. Sie alle waren durch und durch loyal und höchst kompetent. Sie kümmerten sich um den Präsidenten und hielten den Mund, gleichgültig, was von ihnen verlangt wurde. Bisher hatte Präsident Richmonds Leidenschaft für verheiratete Frauen noch keine größeren Schwierigkeiten hervorgerufen. Doch die Ereignisse dieser Nacht stellten alles Bisherige in Frage. Russell schüttelte den Kopf.

Luther musterte das Gesicht. Es war ein intelligentes, attraktives, gleichzeitig aber auch sehr hartes Gesicht. Man konnte die Gedankengänge beinahe sehen, als sich die Stirn abwechselnd runzelte und glättete. Die Zeit verging, doch sie rührte sich nicht. Endlich schlug Gloria Russell die Augen auf und ließ sie durch das Zimmer wandern, studierte jede Einzelheit.

Unwillkürlich zuckte Luther zusammen, als ihr Blick über ihn hinwegstreifte wie ein Suchscheinwerfer über einen Gefängnishof. Dann schaute sie zum Bett und verharrte dort.

Eine lange Minute starrte sie auf den schlafenden Mann. Danach trat ein Ausdruck in ihr Gesicht, den Luther nicht zu deuten vermochte. Es war eine Mischung aus Lächeln und Grimasse.

Russell stand auf, trat ans Bett und sah auf den Mann hinab. Ein Mann des Volkes; zumindest glaubte es das Volk. Ein großer Mann, ein Jahrhundertmann. Im Augenblick sah er nicht so groß aus. Mit gespreizten Beinen lag er halb auf dem Bett, die Füße berührten fast den Boden; für einen nackten Mann war das, gelinde ausgedrückt, eine peinliche Stellung.

Ihre Augen begutachteten den Körper des Präsidenten, wobei sie an einigen Stellen verweilten. Dieses Verhalten versetzte Luther in Anbetracht der Leiche auf dem Fußboden in Erstaunen. Er hatte Sirenen erwartet, Polizisten, Ermittlungsbeamte, Gerichtsmediziner und vielleicht sogar Pressesprecher, die hier überall herumschwirrten, während sich draußen die Wagenkolonnen der Journalisten stauten. Offenbar hatte diese Frau einen anderen Plan.

Luther hatte Gloria Russell auf CNN und den anderen wichtigen Sendern gesehen, unzählige Male in der Zeitung und einmal in Person bei einer Veranstaltung zum 4. Juli. Sie hatte einprägsame Gesichtszüge. Eine lange Adlernase zwischen hohen Wangenknochen war das Erbe eines Cherokee-Vorfahren. Das glatte, pechschwarze Haar fiel bis auf die Schultern. Die Augen waren groß und von so intensivem Blau, daß sie den tiefsten Stellen des Meeres ähnelten; zwei Seen, in denen Unvorsichtige und Unachtsame ertrinken konnten.

Langsam, leise, regte sich Luther auf dem Stuhl. Diese Frau vor einem schmucken offenen Kamin in einem antiken Ohrensessel im Weißen Haus zu sehen, wie sie über die jüngsten politischen Probleme dozierte, war eine Sache. Eine völlig andere Sache war es, sie dabei zu beobachten, wie sie durch ein Zimmer ging, in dem eine Leiche lag, und einen betrunkenen, nackten Mann anstierte, der als Führer der Freien Welt galt. Es war ein Schauspiel, das Luther nicht länger mit ansehen wollte, doch konnte er die Augen nicht davon abwenden.

Russell warf einen Blick zur Tür, durchschritt rasch das Zimmer, holte ein Taschentuch hervor, schloß die Tür und sperrte sie ab. Flink ging sie zurück, um erneut auf den Präsidenten hinabzustarren. Sie streckte die Hand aus; ahnungsvoll zuckte Luther zusammen, doch sie streichelte nur sein Gesicht. Luther atmete auf, doch dann sah er, wie ihre Hand auf seine Brust sank, auf der dichten Behaarung verweilte, dann noch weiter auf den flachen Bauch wanderte, der sich in festem Schlaf gleichmäßig hob und senkte.

Danach glitt ihre Hand noch tiefer. Langsam zog sie die Decke weg und ließ sie auf den Boden fallen. Sie faßte zwischen seine Beine und verharrte. Als nächstes spähte sie abermals zur Tür und kniete sich vor dem Präsidenten nieder. Schließlich mußte Luther die Augen schließen. Die voyeuristischen Vorlieben des Hausbesitzers teilte er nicht.

Einige lange Minuten verstrichen, dann öffnete Luther die Augen. Der Präsident war nicht annähernd bei Bewußtsein; seine Augen waren immer noch geschlossen, doch ein wesentlicher Teil seiner Anatomie war hellwach. Nun streifte Gloria Russell die Strumpfhose ab und legte sie ordentlich auf einen Sessel. Danach stieg sie auf das Bett und ließ sich über dem Präsidenten nieder.

Erneut schloß Luther die Augen. Er fragte sich, ob man unten das Bett quietschen hörte. Wahrscheinlich nicht; es war ein ziemlich großes Haus. Und selbst wenn, was konnten die Agenten schon tun?

Die Zeit verging, und endlich vernahm Luther ein kurzes, unwillkürliches Keuchen des bewußtlosen Mannes und ein tiefes Stöhnen der Frau. Doch Luther ließ die Augen geschlossen. Er wußte nicht genau warum. Es schien eine Mischung aus blanker Angst und Abscheu zu sein, Abscheu über die Pietätlosigkeit gegenüber der toten Frau.

Als er schließlich die Augen aufschlug, blickte ihn Russell direkt an. Einen Augenblick lang blieb ihm das Herz stehen, bis ihm der Verstand mitteilte, daß alles in Ordnung war.

Rasch schlüpfte sie in die Strumpfhose. Danach trug sie mit selbstsicheren, gleichmäßigen Strichen vor dem Spiegel den Lippenstift wieder auf.

Um ihre Lippen spielte ein Lächeln, die Wangen waren gerötet. Sie wirkte jünger. Luther schaute zum Präsidenten. Er war wieder in tiefen Schlaf verfallen. An die letzte halbe Stunde würde er sich vermutlich als besonders realistischen und angenehmen Traum erinnern. Luther wandte den Blick zurück zu Russell.

Es war beklemmend, daß ihm die Frau direkt ins Gesicht sah, in diesem Zimmer des Todes, ohne zu wissen, daß er hier war. Aus dem Gesicht der Frau sprach Macht. Und Luther erkannte einen Blick, den er in diesem Raum bereits gesehen hatte. Diese Frau war ebenfalls gefährlich.

»Ich will, daß alles im Zimmer desinfiziert wird, ausgenommen das da.« Russell deutete auf die verstorbene Mrs. Sullivan. »Nein, warten Sie. Wahrscheinlich war er auf ihr. Burton, ich will, daß Sie jeden Millimeter ihres Körpers absuchen und alles beseitigen, was auch nur im entferntesten so aussieht, als ob es nicht hingehört. Danach ziehen Sie sie wieder an.«

Mit behandschuhten Händen machte sich Burton daran, den Auftrag auszuführen.

Collin saß neben dem Präsidenten und flößte ihm eine weitere Tasse Kaffee ein. Das Koffein würde helfen, die Benommenheit zu überwinden, aber nur die Zeit konnte den Rausch völlig vertreiben. Russell setzte sich neben ihn. Sie nahm die Hand des Präsidenten in die ihre. Mittlerweile war er vollständig angezogen, lediglich sein Haar war noch zerzaust. Sein Arm schmerzte, aber sie hatten ihn, so gut es ging, verbunden. Er war in ausgezeichneter Verfassung; die Wunde würde rasch heilen.

»Mr. President? Alan? ALAN?« Russell nahm sein Gesicht zwischen die Hände und drehte es zu sich.

Hatte er gespürt, was sie mit ihm getan hatte? Sie bezweifelte es. So sehnlich hatte er sich eine heiße Nummer für die Nacht gewünscht, hatte in eine Frau eindringen wollen. Unaufgefordert hatte sie ihm ihren Körper dargebracht. Technisch gesehen, hatte sie ihn vergewaltigt. Rein technisch. Tatsächlich aber wußte sie zuversichtlich, daß sie ihm den Traum vieler Männer erfüllt hatte. Es spielte keine Rolle, wenn er sich an ihr Opfer nicht erinnerte. Dafür würde sie verdammt sicherstellen, daß er mitbekam, was sie nun für ihn tat.

Die Augen des Präsidenten blickten mal klar, mal wieder verschwommen. Collin rieb sich den Nacken. Langsam kam der Mann wieder zu sich. Russell spähte auf die Uhr. Zwei Uhr morgens. Sie mußten zurückfahren. Sie schlug ihn ins Gesicht, zwar nicht fest, aber doch hart genug, um seine Aufmerksamkeit zu erlangen. Dabei bemerkte sie, wie Collin zusammenzuckte. Gott, diese Kerle waren so einfältig.

»Alan, hast du Sex mit ihr gehabt?«

»Was ...«

»Hast du Sex mit ihr gehabt ?«

»Was ... nein. Glaub' ich nicht. Weiß nicht ...«

»Geben Sie ihm noch mehr Kaffee, mit Gewalt, wenn es sein muß, aber machen Sie ihn nüchtern!« Collin nickte und tat, wie ihm geheißen.

Russell ging zu Burton, der mit behandschuhten Händen sorgfältig jeden Fingerbreit der verblichenen Mrs. Sullivan untersuchte.

Burton war bei zahlreichen Polizeiermittlungen dabeigewesen. Er wußte ganz genau, wonach Polizeibeamte suchten und wo sie danach suchten.

Nie hätte er sich träumen lassen, dieses besondere Wissen einmal einsetzen zu müssen, um Ermittlungen zu behindern; aber schließlich hätte er sich auch nie träumen lassen, daß er in eine derartige Lage schlittern konnte.

Er sah sich im Zimmer um und überlegte, welche Bereiche er noch bearbeiten mußte, welche anderen Räume sie benutzt hatten. Gegen die Male am Hals der Frau konnten sie nichts unternehmen, ebenso wenig gegen andere mikroskopisch kleine Beweise, die sich zweifellos in ihrer Haut finden würden. Der Gerichtsmediziner würde sie aufspüren, ganz gleich, was sie versuchten. Aber realistisch betrachtet, konnte keiner dieser Beweise in Richtung des Präsidenten zurückverfolgt werden, sofern die Polizei ihn nicht als Verdächtigen betrachtete. Das jedoch lag weit jenseits des Denkbaren.

Einen Zusammenhang zwischen der versuchten Strangulierung einer zierlichen Frau und dem tatsächlichen Tod durch Kugeln herzustellen blieb der Vorstellungskraft der Polizei überlassen.

Burton wandte sich wieder der Leiche zu und begann vorsichtig, ihr das Unterhöschen über die Beine zu streifen. Er spürte, wie ihm jemand auf die Schulter klopfte.

»Sehen Sie nach!«

Burton blickte nach oben. Er wollte etwas erwidern.

»Sie sollen nachsehen!« Russell zog die Augenbrauen hoch. Schon Tausende Male hatte Burton gesehen, wie sie mit dem Stab des Weißen Hauses so verfahren war. Alle hatten höllischen Respekt vor ihr. Zwar hatte er selber keine Angst, doch er war klug genug, sich zurückzuhalten, wenn sie anwesend war. Zögernd tat er, was ihm befohlen wurde. Dann legte er den Körper wieder genauso hin, wie er gefallen war. Er teilte Russell seine Erkenntnisse durch ein einziges Kopfschütteln mit.

»Sind Sie sicher?« Russell wirkte nicht überzeugt, obwohl sie durch ihr Zwischenspiel mit dem Präsidenten wußte, daß er höchstwahrscheinlich keinen Verkehr mit der Frau gehabt oder den Akt zumindest nicht vollendet hatte. Aber es könnten Spuren zurückgeblieben sein. Was man heutzutage aus den geringsten Samenspuren ablesen konnte, war einfach teuflisch.

»Verdammt noch mal, ich bin kein Frauenarzt. Ich habe nichts gefunden, und ich glaube, das hätte ich, aber ich trage nicht ständig ein Mikroskop mit mir herum.«

Russell mußte es dabei bewenden lassen. Es gab noch soviel zu tun und nur wenig Zeit dafür.

»Haben Johnson und Varney etwas gesagt?«

Collin blickte herüber. Er saß noch neben dem Präsidenten, der gerade die vierte Tasse Kaffee hinunterspülte. »Sie fragen sich natürlich, was hier los ist, wenn Sie das meinen.«

»Sie haben doch nicht ...«

»Ich habe ihnen gesagt, was Sie angeordnet haben, mehr nicht, Ma'am.« Er sah sie an. »Das sind gute Männer, Ms. Russell. Sie sind seit dem Wahlkampf beim Präsidenten und werden keine Probleme machen, okay?«

Russell belohnte Collin mit einem Lächeln. Ein gutaussehender Junge. Und, was viel wichtiger war, ein loyales Mitglied des persönlichen Stabs des Präsidenten. Collin würde ihr sehr nützlich sein. Burton konnte ein Problem werden. Er war älter, weiser, und Russell hielt ihn für einen Klugscheißer. Aber sie hatte einen starken Trumpf. Er und Collin hatten abgedrückt, vielleicht in Ausübung ihrer Pflicht, aber wer konnte das schon so genau sagen? Auf jeden Fall steckten die beiden bis zum Hals mit in der Sache drin.

Luther beobachtete das Treiben mit einer Hochachtung, die ihm unter den gegebenen Umständen geradezu Schuldgefühle bereitete. Diese Männer waren gut; sie gingen methodisch und gewissenhaft vor und übersahen nichts. Qualifizierte

Gesetzeshüter und professionelle Verbrecher waren gar nicht so verschieden. Die Fähigkeiten und Verfahren waren ziemlich ähnlich, lediglich der Einsatzzweck war ein anderer; doch gerade der machte letztendlich den ganzen Unterschied aus. Oder etwa nicht?

Die Frau war inzwischen vollständig angezogen und lag genau an der Stelle, an der sie gefallen war. Collin wurde gerade mit ihren Fingernägeln fertig. Unter jeden hatte er eine Flüssigkeit gespritzt, und ein kleines Sauggerät hatte sämtliche Hautpartikel und andere belastende Spuren beseitigt.

Das Bett war frisch überzogen und gemacht worden; das beweisträchtige Laken war bereits in einem Beutel verstaut und blickte seinem letzten Bestimmungsort, einem Verbrennungsofen, entgegen. Das Erdgeschoß war Collin bereits durchgegangen.

Alles, was sie berührt hatten, war abgewischt worden, mit Ausnahme eines Gegenstandes. Burton bearbeitete gerade Teile des Teppichs mit einem Staubsauger. Er sollte der letzte sein, der rückwärts den Raum verlassen und peinlich genau alle restlichen Spuren verwischen würde.

Luther sah zu, wie sie den Raum durchstöberten. Ihre augenscheinliche Absicht brachte ihn trotz allem zum Lächeln. Einbruch. Die Halskette verschwand mitsamt der Unmenge an Ringen in einem Beutel. Es würde so aussehen, als hätte die Frau einen Einbrecher überrascht, der sie ermordet hatte. Bei all dem wußten sie nicht, daß knapp zwei Meter entfernt ein echter Einbrecher alles sah und hörte, was sie taten.

Ein Augenzeuge!

Luther war noch nie Augenzeuge eines Einbruchs gewesen, abgesehen von denen, die er selbst begangen hatte. Verbrecher haßten Augenzeugen. Auch diese Leute würden Luther hassen, wüßten sie, daß er hier war. Sie würden ihn töten, das stand außer Frage. Es ging um den Präsidenten. Eine Menge stand auf dem Spiel. Ein alter Krimineller, ein dreifach Verurteilter, war in diesem Fall kein großes Opfer. Nicht im Vergleich zum Idol des Volkes.

Der immer noch benommene Präsident kam mit Burtons Hilfe auf die Beine und taumelte die Treppe hinunter. Russell beobachtete, wie die beiden hinausgingen. Vorsichtig hob Collin den Brieföffner auf und wollte ihn gerade abwischen. Unwillkürlich zuckte Luther zusammen, als er sah, wie Russell die Hand des jungen Agenten ergriff.

»Tun Sie das nicht!«

Collin war nicht so gerissen wie Burton, und

ganz gewiß spielte er nicht in Russells Liga. Verwirrt glotzte er sie an.

»Aber überall auf dem Ding sind seine Fingerabdrücke, Ma'am. Auch die der Frau, außerdem noch andere Beweise, Sie wissen schon. Es ist Leder, hat sich alles vollgesaugt.«

»Agent Collin, ich wurde vom Präsidenten als Strategie- und Taktikexpertin geholt. Was für Sie ganz offensichtlich erscheint, bedarf meiner Meinung nach reiflicher Überlegung. Bis das geschehen ist, werden Sie diesen Gegenstand nicht abwischen. Stecken Sie ihn in einen eigenen Beutel und geben Sie ihn mir.«

Collin wollte protestieren, doch Russells drohender Blick ließ ihn davon Abstand nehmen. Pflichtbewußt steckte er den Brieföffner in einen Plastikbeutel und gab ihn ihr.

»Seien Sie bitte vorsichtig damit, Ms. Russell.«

»Tim, ich bin immer vorsichtig.«

Abermals belohnte sie ihn mit einem Lächeln. Er lächelte zurück. Noch nie hatte sie ihn beim Vornamen genannt. Er war gar nicht sicher gewesen, ob sie ihn überhaupt kannte. Außerdem fiel ihm zum erstenmal auf, daß die Stabschefin eine äußerst gutaussehende Frau war.

»Ja, Ma'am.« Er machte sich daran, die Ausrüstung zu verstauen.

»Tim?«

Er blickte zurück zu ihr. Russell ging auf ihn zu, schlug die Augen nieder, dann trafen sich ihre Blicke. Sie sprach mit leiser Stimme. Für Collin wirkte sie beinahe beschämt.

»Tim, wir sind mit einer ziemlich außergewöhnlichen Situation konfrontiert. Ich muß mir erst über alles klarwerden. Verstehen Sie das?«

Collin nickte. »Ich würde auch sagen, daß es eine außergewöhnliche Situation ist. Ich hatte eine Höllenangst, als ich sah, wie dieses Messer auf die Brust des Präsidenten zuging.«

Die Stabschefin berührte ihn am Arm. Ihre Fingernägel waren erstaunlich lang und perfekt manikürt. Sie hielt den Brieföffner hoch. »Das hier muß unter uns bleiben, Tim, in Ordnung? Weder der Präsident noch Burton erfahren davon.«

»Ich weiß nicht recht …«

Sie ergriff seine Hand. »Tim, ich brauche hierbei wirklich Ihre Unterstützung. Der Präsident hat keine Ahnung, was passiert ist. Und ich glaube, Burton steht der ganzen Sache augenblicklich nicht sehr rational gegenüber. Ich brauche jemanden, auf den ich mich verlassen kann. Ich brauche Sie, Tim. Das hier ist einfach zu wichtig. Sie verstehen das doch, nicht wahr? Wäre ich nicht sicher, daß Sie dem gewachsen sind, würde ich Sie nicht darum bitten.«

Er lächelte über das Kompliment und sah sie offenherzig an.

»Okay, Ms. Russell. Was immer Sie sagen.«

Russell betrachtete das etwa achtzehn Zentimeter lange Metallstück, das beinahe ihre politischen Ambitionen zerstört hätte. Wäre der Präsident getötet worden, es hätte keine Möglichkeit gegeben, die Sache zu vertuschen. Vertuschen, das war ein häßliches Wort, aber oft unvermeidlich in der Welt der Spitzenpolitik. Beim Gedanken an die Schlagzeilen schauderte sie leicht. »Präsident tot aufgefunden, im Schlafzimmer des Hauses eines guten Freundes. Frau wegen Mordes verhaftet. Stabschefin Gloria Russell wird von den Parteiführern dafür verantwortlich gemacht.« Aber das war nicht geschehen. Und es würde nicht geschehen.

Der Gegenstand, den sie in der Hand hielt, war mehr wert als ein ganzer Berg waffentaugliches Plutonium, mehr als die gesamte Ölproduktion Saudi-Arabiens.

Wer konnte sagen, was mit diesem Gegenstand in ihrem Besitz alles möglich war? Vielleicht eine gemeinsame Russell-Richmond-Kandidatur? Die Möglichkeiten waren nahezu uneingeschränkt.

Sie lächelte, ließ den Beutel in der Handtasche verschwinden und legte sie auf den Nachttisch.

Der Schrei ließ Luther herumfahren.

Schmerz schoß durch seinen Nacken, und er hätte sich beinahe durch einen Laut verraten. Der Präsident stürmte ins Schlafzimmer. Die Augen waren weit aufgerissen, aber immer noch halb vom Alkohol umwölkt. Die Erinnerung an die letzten Stunden war wie eine Boeing 747 in seinem Gehirn gelandet.

Burton tauchte hinter ihm auf. Der Präsident rannte auf die Leiche zu. Russell und Collin stoppten ihn auf halbem Weg.

»Gottverdammt! Sie ist tot. Ich hab' sie umgebracht. O gütiger Jesus, hilf mir. Ich habe sie getötet!« Brüllend, schluchzend, abermals brüllend versuchte er die Mauer vor sich zu durchbrechen, doch er war noch zu schwach. Burton hielt den Präsidenten von hinten zurück.

Mit einer verzweifelten Anstrengung riß Richmond sich los, raste durch das Zimmer und krachte gegen die Wand. Er fiel gegen den Nachttisch, und schließlich stürzte der Präsident der Vereinigten Staaten zu Boden und blieb, zusammengekrümmt wie ein Embryo, wimmernd neben der Frau liegen, mit der er die Nacht hatte verbringen wollen.

Angewidert beobachtete Luther die Szene. Er rieb sich den Nacken und drehte den Kopf hin und her. Die Unglaublichkeit der Ereignisse wurde langsam zu viel für ihn.

Unbeholfen setzte sich der Präsident auf; er machte einen völlig verwirrten Eindruck. Burton sah so aus, wie Luther sich fühlte, schwieg aber. Collin schaute zu Russell und wartete auf Anweisungen. Russell bemerkte den Blick und nahm die subtile Wachablösung wie selbstverständlich zur Kenntnis.

»Gloria?«

»Ja, Alan?«

Luther hatte gesehen, wie Russell das Messer anstarrte. Nun wußte er etwas, was sonst niemand im Raum wußte.

»Kommt wieder alles in Ordnung? Du bringst doch alles in Ordnung, Gloria, nicht wahr? Bitte! O Gott, Gloria!«

Sie legte ihm die Hand auf die Schulter, so beruhigend, wie sie es bei unzähligen Gelegenheiten während des Wahlkampfes getan hatte. »Es ist alles unter Kontrolle, Alan. Ich habe alles im Griff.«

Der Präsident war viel zu betrunken, um die Bedeutung ihrer Worte zu begreifen, doch das war ihr einerlei. Was er dachte, interessierte sie eigentlich nicht mehr.

Burton faßte an seinen Ohrempfänger und

lauschte einen Augenblick angestrengt. Er wandte sich an Russell.

»Wir sollten besser schleunigst von hier verschwinden. Varney hat gerade einen Streifenwagen gesehen, der die Straße runterkommt.«

»Die Alarmanlage … ?« Fragend sah Russell ihn an.

Burton schüttelte den Kopf. »Wahrscheinlich ist es nur ein privater Wachdienst auf Routinefahrt, aber wenn er was Verdächtiges sieht …« Er mußte nichts weiter hinzufügen.

Ironischerweise war es in dieser reichen Gegend vermutlich die beste Tarnung, in einer Limousine wegzufahren. Sie dankte Gott für die Routine, die sie entwickelt hatte. Stets mietete sie Limousinen ohne Fahrer für Ausflüge dieser Art. Selbst wenn sie gesehen wurden, die Namen auf den Formularen waren allesamt falsch, Leihgebühr und Kaution waren bar bezahlt, und der Wagen wurde nach Dienstschluß abgeholt und zurückgegeben. Mit der ganzen Abwicklung ließen sich keine Gesichter in Verbindung bringen. Das Auto mußte natürlich desinfiziert werden. Es würde sich für die Polizei als Sackgasse erweisen, sollte sie überhaupt je diese Spur verfolgen, was höchst zweifelhaft war.

»Gehen wir!« Russell wurde nun doch von leichter Panik ergriffen.

Sie halfen dem Präsidenten auf. Russell führte ihn hinaus. Collin packte die Beutel. Dann hielt er inne.

Luther schluckte schwer.

Collin drehte sich um, griff sich Russells Handtasche vom Nachttisch und eilte hinaus.

Burton nahm den kleinen Staubsauger in Betrieb, schloß seine Arbeit in dem Zimmer ab und verließ es, wobei er die Tür zumachte und das Licht abdrehte.

Luthers Welt wurde wieder pechschwarz.

Nun war er zum erstenmal mit der toten Frau allein im Zimmer. Die anderen hatten sich offenbar an den blutigen Körper auf dem Boden gewöhnt; achtlos stiegen sie über das leblose Objekt hinweg oder daran vorbei. Luther aber hatte sich noch nicht mit der Anwesenheit der Toten abfinden können, die kaum zweieinhalb Meter entfernt lag.

Zwar konnte er die blutbefleckten Kleider und den leblosen Körper nicht mehr sehen, doch er wußte, daß beides da war. »Eine reiche Schlampe weniger«, würden manche auf der Straße denken, wenn auch nicht laut sagen. Ja, sie hatte ihren Mann betrogen, was ihn im übrigen nicht zu stören schien. Aber sie hatte es nicht verdient, auf diese Weise zu sterben. Richmond hätte sie umgebracht, daran bestand kein Zweifel. Hätte sie nicht ihren überraschenden Gegenangriff gestartet, der Präsident wäre zum Mörder geworden.

Den Männern vom Secret Service konnte er eigentlich keine Schuld geben. Sie hatten nur ihre Aufgabe erledigt. Christine Sullivan hatte sich einfach den falschen Mann ausgesucht, den sie in der Hitze des Gefechts töten wollte. Vielleicht war es besser so. Wäre sie ein wenig schneller gewesen oder hätten die Agenten ein wenig langsamer reagiert, sie hätte vermutlich den Rest ihres Lebens hinter Gittern verbracht. Wahrscheinlich stand sogar die Todesstrafe auf Ermordung des Präsidenten.

Luther setzte sich auf den Stuhl. Seine Beine fühlten sich an wie Gummi. Er zwang sich zur Ruhe. Bald würde er sich auf die Socken machen müssen, als wäre der Teufel hinter ihm her.

Es gab eine Menge zu überdenken. Schließlich war Luther Whitney nichtsahnend zum Verdächtigen Nummer eins bei einem Verbrechen geworden, das zweifellos als abstoßend und grauenvoll angesehen werden mußte. Der Reichtum des Opfers würde einen gewaltigen Ermittlungsaufwand bedingen, der für die Ergreifung des Übeltäters bürgen sollte. Aber die Aussichten, daß man in der Pennsylvania Avenue 1600 nach dem Mörder suchte, waren gleich Null. Man würde in eine andere Richtung ermitteln, und trotz Luthers ausgeklügelter Vorbereitungen war es durchaus möglich, daß sie ihn aufspürten. Er war gut, sehr gut sogar, doch er war auch noch nie mit den Kräften konfrontiert gewesen, die man auf dieses Verbrechen ansetzen würde.

Rasch ging er den gesamten Plan durch, der zu dieser Nacht geführt hatte. Dabei stieß er auf keine offensichtlichen Fehler, aber für gewöhnlich waren es die weniger offensichtlichen, über die man stolperte. Luther schluckte, beugte und dehnte die Finger und streckte die Beine, um sich zu beruhigen. Eins nach dem anderen. Noch war er nicht hier raus. Vieles konnte schiefgehen, und das eine oder andere davon würde schiefgehen.

Zwei Minuten wollte er noch warten. In Gedanken zählte er die Sekunden, stellte sich vor, wie sie in den Wagen stiegen. Gewiß würden sie auf ein Geräusch oder Zeichen der Streife warten, ehe sie losfuhren.

Leise öffnete Luther den Sack, der einen Großteil des Inhalts dieses Raumes enthielt. Beinahe hatte er vergessen, daß er hergekommen war, um zu stehlen, und auch gestohlen hatte. Sein Wagen stand gut eine Viertelmeile weit entfernt. Gott sei

Dank hatte er schon vor vielen Jahren mit dem Rauchen aufgehört; jeden Kubikzentimeter Luft in den Lungen würde er jetzt dringend brauchen. Wie viele Agenten des Secret Service hatte er als Gegner? Mindestens vier. Scheiße!

Die verspiegelte Tür schwang auf, und Luther betrat das Zimmer. Nochmals betätigte er die Fernbedienung und warf sie zurück auf den Stuhl, während die Tür zuglitt.

Sein Blick fiel auf das Fenster. Er hatte bereits einen zweiten Fluchtweg durch diese Öffnung geplant. In seinem Sack befand sich eine Dreißig-Meter-Rolle extrem starken Nylonseils, mit Knoten in Abständen von fünfzehn Zentimetern.

Um die Leiche machte er einen weiten Bogen, sorgsam darauf bedacht, nicht in die Blutflecken zu treten, deren Lage er sich genau eingeprägt hatte. Nur einen einzigen, flüchtigen Blick warf er auf die Überreste von Christine Sullivan. Ihr Leben war dahin, unwiederbringlich. Luther mußte sich darum kümmern, sein eigenes zu retten.

In wenigen Sekunden erreichte er den Nachttisch und faßte dahinter.

Luthers Finger fanden den Plastikbeutel. Als der Präsident gegen das Möbelstück geprallt war, hatte er dadurch Gloria Russells Handtasche umgeworfen. Der Plastikbeutel und sein ungemein wertvoller Inhalt waren herausgefallen und hinter den Nachttisch gerutscht.

Durch das Plastik betastete Luther die Klinge des Brieföffners, bevor er ihn in seinem Sportbeutel verschwinden ließ. Rasch ging er ans Fenster und schaute abwägend hinaus. Die Limousine und der Kastenwagen waren immer noch da. Das war nicht gut.

Er durchquerte das Zimmer, holte das Seil hervor und sicherte es unter einem Bein der unglaublich schweren Kommode. Dann zog er das Seil zu dem Fenster, welches auf die hintere Seite des Hauses führte, die von der Straße aus auch nicht einzusehen war. Behutsam öffnete Luther das Fenster und betete um ein gut geöltes Scharnier. Das nahezu geräuschlose Aufgleiten war seine Belohnung.

Er warf das Seil hinaus und beobachtete, wie es sich entlang der Ziegelmauer des Hauses nach unten wand.

Gloria Russell blickte die massive Front der Villa empor. Dahinter steckte eine Menge Geld. Geld und eine Stellung, die Christine Sullivan nicht verdient hatte. Beides hatte sie durch ihre Titten erlangt, den kunstvoll zur Schau gestellten Hintern und ihr wertloses Geschwätz. Es mußte den alternden Walter Sullivan irgendwie beeindruckt, ein Gefühl in ihm geweckt haben, das lange Zeit in den Tiefen seiner Seele geschlummert hatte. In einem halben Jahr würde er sie nicht mehr vermissen. Seine Welt unantastbaren Reichtums und unglaublicher Macht würde sich weiterdrehen.

Dann traf es sie wie ein Blitz.

Sie war bereits halb aus der Limousine gesprungen, als Collin sie am Arm packte. Er hielt die Ledertasche hoch, die sie in Georgetown für hundert Dollar gekauft hatte und die nun für sie unvergleichbar mehr wert war. Sie sank zurück in den Sitz, ihre Atmung beruhigte sich. Beinahe beschämt lächelte sie Collin an.

Der Präsident, der wie ein Mehlsack in sich zusammengesunken war, bemerkte den Blickwechsel nicht.

Russell lugte in die Tasche, nur um sicherzugehen. Sie riß den Mund weit auf, die Hände durchwühlten panisch den Inhalt der Tasche. All ihre Willenskraft mußte sie aufbieten, um nicht laut aufzukreischen, als sie den jungen Agenten entsetzt anstarrte. Der Brieföffner war nicht da. Er mußte noch im Haus sein.

Collin rannte die Treppen zum Haus zurück; der völlig verwirrte Burton hetzte hinter ihm her.

Luther befand sich auf halbem Weg die Mauer hinunter, als er sie kommen hörte.

Noch drei Meter.

Sie rissen die Tür auf.

Noch eineinhalb Meter.

Verblüfft starrten die beiden Agenten des Secret Service auf das Seil. Burton hechtete danach.

Noch ein halber Meter. Luther ließ das Seil fahren und sprintete los.

Burton stürzte ans Fenster. Collin stieß den Nachttisch zur Seite: Nichts. Er hetzte zu Burton ans Fenster. Luther war bereits um die Ecke verschwunden. Burton wollte gerade aus dem Fenster klettern, doch Collin hielt ihn zurück. Der Weg, den sie gekommen waren, würde schneller sein.

Sie stürmten zur Tür hinaus.

Luther preschte durch das Maisfeld. Er achtete nicht mehr darauf, ob er Spuren hinterließ, es ging nur noch darum, den Rest der Nacht zu überleben. Der Sportbeutel behinderte ihn ein wenig, doch er hatte während der letzten Monate zu hart gearbeitet, um nun mit leeren Händen abzuziehen.

Er brach aus der schützenden Deckung der Maisstauden hervor und sah sich in die gefährlichste Phase seiner Flucht katapultiert: etwa hundert Meter offenes Gelände. Der Mond war zwar hinter dichten Wolken verschwunden, und es gab keine Straßenbeleuchtung auf dem Land; es sollte nahezu unmöglich sein, ihn in der schwarzen Kleidung auszumachen. Doch das menschliche Auge war meisterlich darin, Bewegungen in der Dunkelheit aufzuspüren, also rannte er, so schnell er konnte.

Die zwei Agenten des Secret Service hielten einen Augenblick bei dem Kastenwagen an. Gemeinsam mit Agent Varney starteten sie wieder los und hetzten weiter.

Russell ließ das Fenster hinunter und sah ihnen nach. Bestürzung stand ihr ins Gesicht geschrieben. Sogar der Präsident merkte, daß etwas vor sich ging, doch sie beruhigte ihn rasch, und er verfiel wieder in seinen Halbschlaf.

Collin und Burton setzten Nachtsichtgeräte auf; sofort ähnelte ihr Blickfeld einer Art von Computerspiel. Wärmeenergiefelder erschienen rot, alles andere war dunkelgrün.

Agent Travis Varney, ein großer, langbeiniger Bursche, wußte nur vage, worum es ging. Er lief vor ihnen, mit den geübten Bewegungen des Tausendfünfhundertmeter-Läufers, der er am College gewesen war.

Varney war seit drei Jahren beim Secret Service.

Er war ungebunden, gab sich ganz seinem Beruf hin und betrachtete Burton als Ersatz für den Vater, der aus Vietnam nicht wieder zurückgekommen war. Sie verfolgten jemanden, der etwas in diesem Haus angerichtet hatte. Etwas, das den Präsidenten betraf; deshalb betraf es auch Varney. Er bewunderte und respektierte Alan Richmond, und sollte es ihm gelingen, den Unbekannten einzuholen, dann gnade ihm Gott …

Luther hörte die Geräusche der hinter ihm herjagenden Männer. Sie hatten die Verfolgung schneller aufgenommen, als er gedacht hatte. Sein Vorsprung war zwar geschwunden, dennoch sollte er ausreichen. Einen schweren Fehler hatten sie begangen, indem sie nicht in den Kastenwagen gesprungen und hinter ihm hergefahren waren. Sie mußten schließlich damit rechnen, daß er ein Fahrzeug hatte und nicht etwa mit dem Hubschrauber eingeschwebt war. Es war nicht so, daß er den Fehler bedauerte. Vielmehr war Luther dankbar, daß sie nicht ganz so ausgebufft waren, wie sie hätten sein müssen. Andernfalls dürfte er den nächsten Sonnenaufgang wohl nicht mehr erleben.

Er nahm eine Abkürzung über einen Waldweg, den er bei seiner letzten Begehung des Geländes entdeckt hatte. Das brachte ihm etwa eine Minute ein. Sein Atem ging stoßweise, wie Maschinengewehrfeuer. Die durchgeschwitzten Kleider klebten schwer an ihm; die Beine schienen sich in Zeitlupe zu bewegen, wie in einem Alptraum.

Endlich brach er aus dem Wald hervor, erblickte den Wagen und war erneut dankbar dafür, daß er sich die Zeit genommen hatte, ihn hier abzustellen.

Hundert Meter hinter ihm sahen Burton und Collin erstmals eine andere Wärmeenergie auf dem Bildschirm als jene Varneys. Es war ein Mann, der rannte, verzweifelt rannte. Ihre Hände flogen an die Schulterhalfter. Keiner trug eine Waffe, die für große Entfernungen konstruiert war, doch sie hatten im Augenblick keine Zeit, sich darüber Gedanken zu machen.

Ein Motor brüllte auf; Burton und Collin liefen, als klebte ein Tornado an ihren Fersen.

Varney war immer noch links vor ihnen. Er hatte die bessere Schußposition, aber würde er auch feuern? Etwas sagte den beiden, daß er es nicht tun würde; es war nicht Teil seiner Ausbildung gewesen, auf einen Flüchtenden zu schießen, der keine Gefahr für den Mann darstellte, den zu beschützen er geschworen hatte. Doch Varney wußte auch nicht, daß hier weit mehr auf dem Spiel stand als das Leben eines Menschen. Es ging um eine ganze Institution, die unwiderruflich zusammenbrechen konnte. Darüber hinaus war die Karriere zweier Secret-Service-Agenten gefährdet, die überzeugt waren, nichts falsch gemacht zu haben, aber auch intelligent genug, um zu wissen, daß man ihnen einen Großteil der Schuld in die Schuhe schieben würde.

Burton war nie ein großer Läufer gewesen, aber bei diesen Gedanken beschleunigte er die Schritte, daß der jüngere Collin nur noch mühevoll mithalten konnte. Dennoch wußte Burton, daß es zu spät war. Er wurde bereits langsamer, als der Wagen losschoß und von ihnen wegraste. Augenblikke später war er bereits zweihundert Meter die Straße hinuntergebraust.

Burton hielt an, fiel auf die Knie, zielte mit der Waffe, doch alles, was er noch sehen konnte, war der Staub, den das davonpreschende Fahrzeug aufwirbelte. Dann gingen die Rücklichter aus, und Sekunden später hatte er das Ziel aus den Augen verloren.

Er wandte sich um und erblickte Collin, der neben ihm stand und auf ihn herabstarrte, während ihm die ganze Tragweite des Geschehens zu Bewußtsein kam. Langsam erhob sich Burton und steckte die Waffe weg. Er nahm die Nachtsichtgläser ab. Collin tat es ihm gleich.

Sie sahen einander an.

Burton holte tief Luft; seine Knie zitterten. Nun, da der Adrenalinfluß versiegte, reagierte der Körper auf die eben durchgemachte Anstrengung. Es war vorbei, oder etwa nicht?

Dann kam Varney gelaufen. Burton war nicht zu müde, um mit einem Anflug von Neid – und auch ein bißchen Stolz – zu bemerken, daß der junge Mann noch nicht einmal außer Atem war. Er würde dafür sorgen, daß Varney und Johnson nicht mit ihnen untergingen. Sie hatten es nicht verdient.

Für ihn und Collin gab es keine Rettung, aber das war's dann auch. Es tat ihm leid wegen Collin, doch daran konnte er nichts ändern. Als jedoch Varney die Stimme erhob, drang in Burtons düstere Zukunftsvisionen ein kleiner Funken Hoffnung.

»Ich habe das Kennzeichen, Boß.«

»Wo, zum Teufel, hat er sich versteckt?« Ungläubig sah sich Russell im Schlafzimmer um. »War er etwa unter dem verfluchten Bett?«

Sie versuchte, Burton in Grund und Boden zu starren. Der Kerl war nicht unter dem Bett gewesen, ebensowenig in einem der Schränke. Burton hatte überall dort nachgesehen, als er das Zimmer desinfizierte. Das teilte er Russell unmißverständlich mit.

Burton betrachtete das Seil, dann das offene Fenster.

»Himmel, es scheint, als hätte uns der Kerl die ganze Zeit beobachtet, als hätte er genau gewußt, wann wir das Haus verlassen haben.« Burton beendete den Satz, dann sah er sich nach weiteren unerwünschten Gästen um, die sich möglicherweise irgendwo versteckt hielten. Sein Blick fiel auf den Spiegel, wanderte weiter, hielt inne, und wanderte zurück.

Er starrte auf den Teppich vor dem Spiegel.

Immer und immer wieder war er mit dem Staubsauger darübergefahren, bis er glatt gewesen war. Der teure Plüschteppich war gut einen halben Zentimeter dicker gewesen, als er damit fertig war, vielleicht sogar mehr. Niemand war dort aufgetreten, seit sie ins Zimmer zurückgekommen waren.

Und dennoch, als er sich hinunterbeugte, entdeckte er grobe Fußspuren. Vorher hatte er sie nicht bemerkt, da der ganze Bereich niedergedrückt schien, als ob etwas herausgeschwungen wäre ... Er streifte die Handschuhe über, lief zum Spiegel und zerrte und fummelte an dessen Rändern herum. Dann brüllte er Collin zu, er sollte Werkzeug holen, während Russell verblüfft zusah.

Burton setzte die Brechstange etwa in der Mitte der Seitenleiste des Spiegels an. Collin und er stemmten sich mit voller Kraft dagegen. Das Schloß war nicht übermäßig stark. Das Schutzprinzip beruhte mehr auf Täuschung denn auf Widerstandsfähigkeit.

Ein quietschendes Geräusch ertönte, gefolgt von einem Krachen, dann schwang die Tür auf.

Burton stürmte hinein, gleich hinter ihm Collin. An der Wand befand sich ein Lichtschalter. Das Licht ging an, und die Männer sahen sich um.

Russell spähte hinein und entdeckte den Stuhl. Als sie sich umwandte, versteinerte ihr Blick. Dort, wo der Spiegel gewesen wäre, starrte sie genau auf das Bett. Das Bett, auf dem sie vor kurzem ... Sie rieb sich die Schläfen, als ein plötzlicher Schmerz durch ihren Kopf zuckte.

Ein Einwegspiegel.

Sie drehte sich um. Burton schaute über ihre Schulter hinweg auf die Spiegeltür. Seine Bemerkung darüber, daß jemand sie beobachtet haben mußte, hatte sich soeben als prophetisch erwiesen.

Hilflos starrte er Russell an. »Er muß die ganze

Zeit über hier gewesen sein. Die ganze verdammte Zeit. Scheiße, das ist kaum zu glauben. Wahrscheinlich hat er eine Menge mitgehen lassen, Bargeld und Wertsachen.«

»Wen interessiert das!« fuhr Russell ihn an und deutete auf den Spiegel. »Dieser Kerl hat alles gehört und gesehen, und Sie haben ihn entwischen lassen.«

»Wir haben sein Autokennzeichen.« Collin hoffte auf ein weiteres Lächeln als Belohnung. Er bekam es nicht.

»Und? Glauben Sie, er legt jetzt die Hände in den Schoß und wartet, bis wir seine Adresse herausgefunden haben und bei ihm an die Tür klopfen?«

Russell setzte sich auf das Bett. Ihre Gedanken wirbelten durcheinander. Wenn der Kerl da drin gewesen war, hatte er alles gesehen. Sie schüttelte den Kopf. Eine ernste, aber kontrollierbare Lage hatte sich plötzlich in eine unzusammenhängende Katastrophe verwandelt, die sie ganz und gar nicht mehr unter Kontrolle hatte. Besonders angesichts der Information, die Collin ihr anvertraut hatte, als sie ins Schlafzimmer gekommen war.

Der Kerl hatte den Brieföffner! Fingerabdrükke, Blut, alles, alles wies geradewegs auf das Weiße Haus.

Sie schaute zum Spiegel hinüber, vor dem sie kurz zuvor den Präsidenten bestiegen hatte. Instinktiv zog sie die Jacke enger. Plötzliche Übelkeit ergriff Besitz von ihr; sie klammerte sich an den Bettpfosten.

Burton trat aus dem Tresorraum. »Hey, er hat ein Verbrechen begangen. Er kann ziemlichen Ärger bekommen, wenn er zu den Bullen geht.« Dieser Gedanke war Burton gekommen, als er sich im Tresorraum umsah.

Er hätte besser zweimal darüber nachdenken sollen.

Russell unterdrückte den starken Drang, sich zu übergeben. »Er muß sich nicht unbedingt stellen, um ihnen das hier zu erzählen, Burton. Verflucht noch mal, haben Sie schon mal etwas von Telefon gehört? Wahrscheinlich ruft er gerade die *Washington Post* an. VERDAMMT! Und danach die Boulevardpresse, und Ende der Woche können wir ihn vermutlich bei Talkshows erleben, die ihn mit verdecktem Gesicht von irgendeiner kleinen Insel einspielen, auf die er sich zurückgezogen hat. Dann kommt das Buch und dann der Film. SCHEISSE!«

Russell sah vor sich, wie ein gewisses Päckchen in Donald Grahams Büro bei der Post ankam oder beim FBI im J. Edgar Hoover Building oder im

Büro der Bundesstaatsanwaltschaft oder im Büro des Minderheitssprechers des Senats. All das waren mögliche Adressen, die ein Maximum an politischem Schaden anrichten konnten, ganz zu schweigen vom rechtlichen Nachspiel.

Die beiliegende Nachricht würde dazu auffordern, die Fingerabdrücke und das Blut mit Gewebeproben des Präsidenten der Vereinigten Staaten zu vergleichen. Wie ein Witz würde es sich anhören; trotzdem würden sie es tun. Selbstverständlich würden sie es tun. Richmonds Fingerabdrükke waren bereits archiviert. Die DNA würde übereinstimmen. Man würde die Leiche finden, das Blut überprüfen und sie mit Fragen überhäufen, auf die sie unmöglich Antworten finden konnten.

Sie waren erledigt; sie waren so gut wie tot. Und dieser Mistkerl hatte einfach hier gesessen und auf seine Chance gewartet. Dabei hatte er noch gar nicht gewußt, daß ihm diese Nacht den größten Erfolg seines Lebens bescheren sollte. Nicht bloß Dollars. Er konnte einen Präsidenten mit wehenden Fahnen in den Untergang schicken, ihn ohne Hoffnung auf Überleben zur Erde krachen lassen. Wie oft bot sich eine derartige Gelegenheit? Bernstein und Woodward waren zu Helden geworden, nachdem sie den Watergate-Skandal aufgedeckt hatten. Das hier war Watergate in vielfacher Potenz. Es war verdammt noch mal zu viel, um damit fertig zu werden.

Nur mit Mühe schaffte es Russell bis ins Badezimmer. Burton betrachtete die Leiche, dann sah er Collin an. Keiner sprach ein Wort. Ihre Herzen schlugen schneller, während sich die Erkenntnis über das Ausmaß der Situation wie eine bleierne Wolke auf sie senkte. Da ihnen nichts anderes einfiel, holten Burton und Collin pflichtbewußt die Desinfektionsausrüstung wieder hervor, während Russell sich übergab. Innerhalb einer Stunde hatten sie wieder alles verpackt und waren verschwunden.

Leise zog Luther die Tür hinter sich zu.

Vermutlich hatte er bestenfalls ein paar Tage, vielleicht auch weniger. Er ging das Risiko ein, Licht anzumachen. Rasch flogen seine Augen über die Einrichtung des Wohnzimmers.

Sein zuvor normales – oder annähernd normales – Leben hatte sich in einen Alptraum verwandelt.

Luther nahm den Rucksack ab, schaltete das Licht aus und schlich ans Fenster.

Nichts; alles war ruhig. Die Flucht aus dem Haus war die nervenaufreibendste Erfahrung seines Lebens gewesen, schlimmer noch als der Ansturm schreiender Nordkoreaner im Krieg. Immer noch zuckten seine Hände. Auf dem Rückweg schien jedes Auto die Scheinwerfer direkt in sein Gesicht zu bohren, um dort nach dem entsetzlichen Geheimnis zu fahnden. Zweimal war ein Streifenwagen an ihm vorbeigefahren; der Schweiß war ihm von der Stirn geströmt, und seine Kehle war wie zugeschnürt gewesen.

Er hatte den Wagen wieder zum Verwahrungsparkplatz für sichergestellte Fahrzeuge gebracht, von wo er ihn zuvor »geliehen« hatte. Das Kennzeichen würde sie nicht weiterbringen, aber vielleicht irgend etwas anderes.

Luther bezweifelte, daß sie ihn richtig gesehen hatten. Selbst wenn, wären ihnen nur seine Größe und Statur bekannt. Alter, Rasse und Gesichtszüge mußten ihnen verborgen geblieben sein, und ohne das hatten sie nichts in der Hand. Und nach der Geschwindigkeit, mit der er gerannt war, nahmen sie wahrscheinlich an, er wäre ein jüngerer Mann. Es gab nur ein Leck, und er hatte auf der Rückfahrt darüber nachgedacht, wie er es stopfen konnte. Für den Augenblick begnügte er sich damit, so viel aus den letzten dreißig Jahren zusammenzupacken, wie in zwei Taschen Platz fand; hierher würde er niemals zurückkehren.

Morgen früh wollte er sein Konto leerräumen.

Mit dem Geld konnte er sich ziemlich weit absetzen. In seinem langen Leben hatte er mehr als genug Gefahren getrotzt. Aber die Wahl zwischen Untertauchen und einem Kampf gegen den Präsidenten der Vereinigten Staaten bedurfte keiner langen Überlegung.

Die Beute dieser Nacht hatte Luther an einem sicheren Ort versteckt. Drei Monate Arbeit für einen Preis, der ihn das Leben kosten konnte.

Er schloß die Tür hinter sich ab und verschwand in der Nacht.

Kapitel 4

Um sieben Uhr morgens öffneten sich die vergoldeten Lifttüren, und Jack betrat das aufwendig dekorierte Areal, das Patton, Shaw & Lord als Empfang diente.
Lucinda war noch nicht da, deshalb war die zentrale Emp/angstheke unbesetzt, ein Stück aus solidem Teakholz, das gut tausend Pfund wiegen mochte, wobei jedes Pfund etwa zwanzig Dollar gekostet hatte.

Er schlenderte unter dem sanften Licht der Wandleuchten den hellen Flur entlang, wandte sich nach rechts, dann nach links und öffnete eine Minute später die massive Eichentür zu seinem Büro. Im Hintergrund kündete das Läuten unzähliger Telefone davon, daß die Stadt zu einem weiteren Arbeitstag erwachte.

Sechs Stockwerke und gut zehntausend Quadratmeter Nutzfläche in einer der besten Adressen der Innenstadt beherbergten über zweihundert hochbezahlte Anwälte; außerdem gab es eine zweistöckige Bibliothek, einen vollständig ausgestatteten Fitneßraum, eine Sauna, Duschen und Umkleideräume für Männer und Frauen, zehn Konferenzräume, Hilfspersonal im Umfang von mehreren hundert Personen sowie – und das war am wichtigsten – eine Klientenliste, die sich jede größere Firma im Land gewünscht hätte. Das war das Imperium von Patton, Shaw & Lord.

Die Firma hatte die magere Zeit gegen Ende der achtziger Jahre überdauert und nach der Rezession kräftig zugelegt. Nun lief das Geschäft auf vollen Touren, denn viele der Mitbewerber hatten zwischenzeitlich Personal abgebaut. Für jeden Rechtsbereich – zumindest für die lukrativsten – verfügte man über die besten Anwälte. Viele hatte man anderen führenden Firmen abgeworben, indem man sie mit Eintrittsprämien köderte, außerdem mit dem Versprechen, nicht zu sparen, wenn es um die Werbung neuer Klienten ging.

Drei ranghohe Teilhaber waren von der derzeitigen Regierung in Spitzenpositionen gehievt worden. Die Firma hatte ihnen Abfindungen in Höhe von über zwei Millionen Dollar gezahlt, unter anderem für die stillschweigende Vereinbarung, daß sie nach ihrer Amtszeit in die Firma zurückkehrten und zig Millionen Dollar aus Rechtsgeschäften mitbrächten, die ihre neu erworbenen Kontakte im In- und Ausland versprachen.

Die ungeschriebene, aber strikt befolgte Regel der Firma war, keine Klienten anzunehmen, deren Anliegen nicht mindestens Honorarnoten über hunderttausend Dollar rechtfertigten. Die Geschäftsführung hatte entschieden, daß alles darunter nur Zeitverschwendung für die Firma wäre. Und trotz Einhaltung dieser Regel florierte das Geschäft. Die Leute kamen in die Hauptstadt der Nation, weil sie die Besten suchten, und sie waren bereit, für dieses Privileg zu bezahlen.

Die Firma hatte nur eine Ausnahme von der Regel gestattet, und ironischerweise handelte es sich dabei um Jacks einzigen Klienten neben Baldwin. Er hatte im Sinn, die Regel zunehmend auf die Probe zu stellen. Wenn er bei dieser Firma blieb, dann sollte es zu seinen eigenen Bedingungen geschehen, soweit das möglich war. Er war sich bewußt, daß er diesbezüglich fürs erste nur mit kleinen Erfolgen rechnen konnte, aber damit konnte er leben.

Er setzte sich an den Schreibtisch, öffnete den mitgebrachten Kaffeebecher und sah die Post durch. Patton, Shaw & Lord hatte fünf Küchen und drei ganztags beschäftigte Hauswirtschafterinnen, die sogar über eigene Computer verfügten. In der Firma wurden täglich vermutlich fünfhundert Kannen Kaffee konsumiert, aber Jack brachte sich den seinen von dem kleinen Kiosk an der Ecke mit, denn er konnte das Zeug nicht leiden, das er hier bekam – eine importierte Spezialmischung, die ein Vermögen kostete und wie Pferdemist mit Seetang schmeckte.

Jack lehnte sich auf dem Sessel zurück und betrachtete sein Büro. Für das Büro eines Sozius einer großen Firma war es ziemlich geräumig, etwa viereinhalb mal viereinhalb Meter, und es bot einen hübschen Ausblick auf die Connecticut Avenue.

Bei der Pflichtverteidigerschaft hatte Jack ein Büro mit einem anderen Anwalt geteilt. Es hatte kein Fenster gegeben, nur ein riesiges Poster, das einen Strand in Hawaii zeigte. Jack hatte es an einem entsetzlich kalten Morgen aufgehängt. Aber der Kaffee hatte dort besser geschmeckt.

Sobald man ihn zum Teilhaber machte, würde er ein neues Büro bekommen, zweimal so groß. Vielleicht noch kein Eckbüro, doch selbst das war absolut möglich. Mit Baldwin als Klient war er nun der viertgrößte Devisenbringer der Firma, und die obersten drei waren bereits über fünfzig beziehungsweise sechzig Jahre alt und verbrachten mehr Zeit auf dem Golfplatz als im Büro. Er sah auf die Uhr. Zeit, sich in die Arbeit zu stürzen.

Normalerweise war Jack einer der ersten im

Büro, aber bald schon würde reges Treiben herrschen. Patton, Shaw & Lord zahlten Gehälter, die denen der besten New Yorker Unternehmen entsprachen; dafür erwarteten sie jedoch auch uneingeschränkten Einsatz. Die Firmen, die sie vertraten, waren von enormer Größe, ebenso ihre juristischen Ansprüche. Auf diesem Niveau konnte ein Fehler zur Folge haben, daß ein Rüstungsauftrag über vier Milliarden Dollar den Bach hinunter ging oder eine ganze Stadt den Bankrott erklären mußte.

Jeder ihm bekannte Sozius und Juniorpartner der Firma klagte über Magenbeschwerden, ein Viertel von ihnen unterzog sich der einen oder anderen Therapie. Oft betrachtete Jack die bleichen Gesichter und schlaffen Körper, wenn sie Tag um Tag durch die makellosen Gänge von PS&L schlurften, gebeugt unter der Last einer weiteren juristische Schwerstaufgabe. Das war der Preis für eine Gehaltsstufe, die sie bundesweit unter die obersten fünf Prozent aller Berufsgruppen reihte.

Ihm allein blieb das Buhlen um die Teilhaberschaft erspart. Die Klientel, die man anwarb, war der große Gleichmacher im juristischen Gewerbe. Zwar war er erst seit etwa einem Jahr bei PS&L, ein Neuling im Körperschaftsrecht, doch man zollte ihm genausoviel Respekt wie den ranghöchsten und erfahrensten Mitarbeitern der Firma.

Eigentlich müßte er sich deshalb schuldig fühlen, dieser unverdienten Gunst halber. Und das hätte er auch, wäre er nicht so restlos unglücklich über sein übriges Leben gewesen.

Jack steckte den letzten Mini-Doughnut in den Mund, beugte sich auf dem Sessel vor und schlug eine Akte auf. Vertragsangelegenheiten waren oft eintönig, und angesichts seiner juristischen Qualifikationen mochten solche Aufgaben nicht unbedingt besonders aufregend erscheinen. Pachtverträge prüfen, Einträge ins Handelsregister vorbereiten, Gesellschaften mit beschränkter Haftung errichten, Vertragsvereinbarungen abklopfen und Papiere für finanzielle Transaktionen aufsetzen – all das gehörte zur täglichen Arbeit, und die Tage wurden immer länger; aber er lernte schnell. Das mußte er auch, um zu überleben; denn seine Kenntnisse aus dem Gerichtssaal waren hier praktisch nutzlos.

Aus alter Tradition übernahm die Firma keine Rechtsstreitigkeiten. Man zog es vor, sich auf die lukrativeren und weniger riskanten Körperschafts- und Steuerangelegenheiten zu beschränken. Tauchte ein Rechtsstreit auf, so wurde er an eine von mehreren ausgewählten, hochrangigen

Kanzleien übergeben, die sich ausschließlich mit derlei Dingen beschäftigten. Diese wiederum verwiesen sämtliche Klienten, die keinen Prozeßbeistand benötigten, an Patton, Shaw & Lord. Es war eine Übereinkunft, die sich über die Jahre hinweg hervorragend bewährt hatte.

Bis mittag hatte Jack zwei Aktenstapel aus dem Eingangspostkorb in den Ausgangspostkorb transferiert, drei letzte Checklisten für vertragsreife Abschlüsse sowie ein paar Briefe diktiert – und vier Anrufe von Jennifer entgegengenommen, die ihn an das Dinner im Weißen Haus erinnerte, an dem sie heute abend teilnehmen würden.

Ihr Vater sollte von irgendeiner Organisation zum Geschäftsmann des Jahres gekürt werden. Es sprach Bände über die enge Beziehung des Präsidenten zur Geschäftswelt, daß ein solches Ereignis einen Empfang im Weißen Haus wert war. Zumindest aber bot sich Jack auf diese Weise die Gelegenheit, den Mann einmal aus der Nähe zu sehen. Zwar würde er ihn wohl kaum persönlich kennenlernen, aber man konnte ja nie wissen.

»Haben Sie eine Minute Zeit?« Barry Alvis steckte den zunehmend kahler werdenden Kopf zur Tür herein. Er war Leitender Sozius, was bedeutete, daß er bei der Vergabe der Teilhaberschaft bereits dreimal übergangen worden war.

Tatsächlich würde er niemals die nächste Sprosse der Karriereleiter erklimmen. Er war intelligent und arbeitete hart; jede Firma konnte sich glücklich schätzen, einen Anwalt wie ihn in den Reihen zu haben. Doch seine Redegewandtheit und damit die Fähigkeit, Kunden zu werben, war gleich Null. Pro Jahr verdiente Alvis hundertvierzigtausend Dollar, und er arbeitete hart genug, um weitere fünfzehntausend jährlich an Prämien zu kassieren. Seine Frau war nicht berufstätig, die Kinder besuchten Privatschulen, er fuhr einen einigermaßen neuen BMW; er hatte somit wenig, worüber er sich beklagen konnte.

Alvis war ein überaus erfahrener Anwalt, der auf zehn Jahre intensiver und hochkarätiger Vertragsarbeit zurückblickte, und er hatte allen Grund, Jack seine Position übelzunehmen. Was er auch tat.

Jack winkte ihn herein. Er wußte, daß Alvis ihn nicht mochte, wußte warum und ließ es dabei bewenden. Er konnte genausoviel einstecken wie alle anderen auch, wenngleich mit dem Bewußtsein, daß er sich zur Wehr setzen könnte, wenn es nicht mehr anders ginge.

»Jack, wir müssen die Bishop-Fusion ankurbeln.« Verblüfft sah Jack ihn an. Diese Transaktion, eine äußerst lästige Angelegenheit, war abgeblasen worden. Zumindest hatte er das angenommen. Mit zitternden Händen zog er einen Notizblock hervor.

»Ich dachte, Raymond Bishop wollte sich nicht mit TCC einlassen.«

Alvis nahm Platz, legte die fast vierzig Zentimeter dicke Akte, die er bei sich trug, auf den Tisch und lehnte sich zurück.

»Manche Geschäfte sterben und stehen dann aus dem Grab wieder auf. Wir brauchen Ihre Stellungnahme über die Unterlagen zur Sekundärfinanzierung bis morgen nachmittag.«

Jack ließ beinahe den Kugelschreiber fallen. »Das sind vierzehn Verträge und über fünfhundert Seiten, Barry. Wann haben Sie das erfahren?«

Alvis stand auf. Jack glaubte, ein verstohlenes Lächeln auf dem Gesicht des Mannes zu erkennen.

»Fünfzehn Verträge, die offizielle Seitenzahl beträgt sechshundertdreizehn, einzeilig geschrieben. Anlagen nicht mitgezählt. Danke, Jack, PS&L weiß es zu schätzen.« Er drehte sich um. »Oh, viel Spaß beim Präsidenten heute abend. Und grüßen Sie Ms. Baldwin.«

Alvis ging hinaus.

Jack betrachtete den Stapel und rieb sich die Schläfen. Er fragte sich, wann der kleine Mistkerl tatsächlich erfahren hatte, daß die Bishop-Fusion wieder zum Leben erweckt worden war. Irgend etwas sagte ihm, daß es nicht erst heute morgen geschehen sei.

Er sah auf die Uhr. Über das Sprechgerät wies er seine Sekretärin an, alle Termine für den Rest des Tages abzusagen; dann packte er die vier Kilo schwere Akte und machte sich auf den Weg zu Konferenzraum Nummer neun. Es war der kleinste und abgelegenste Konferenzraum der Firma, ideal, um sich zurückzuziehen. Wenn er sich dort sechs Stunden in die Arbeit hineinkniete, zu dem Empfang ging, danach das Weite suchte, die Nacht durchrackerte, sich im Dampfbad duschte und rasierte und dann seine Stellungnahme abfaßte, würde er es gerade noch schaffen, sie bis drei, spätestens vier Uhr auf Alvis' Schreibtisch zu pakken. Der kleine Dreckskerl!

Nach vier Verträgen aß Jack die letzten Chips, trank die Cola aus, zog die Jacke an und rannte die zehn Stockwerke zur Lobby hinunter.

Vor seiner Wohnung sprang er aus dem Taxi. Er blieb abrupt stehen, als er sah, was auf der Straße parkte.

Es war ein Jaguar. Das Wunschkennzeichen »SUCCESS« bestätigte, daß seine künftige Angetraute oben auf ihn wartete. Wahrscheinlich war sie wütend auf ihn. Jennifer Baldwin ließ sich niemals dazu herab, in seine Wohnung zu kommen, wenn sie nicht über irgend etwas verärgert war und ihn das wissen lassen wollte.

Die Uhr verriet ihm, daß er zwar ein wenig spät dran war, es aber immer noch leicht schaffen konnte. Während Jack die Eingangstür aufsperrte, rieb er sich das Kinn; vielleicht konnte er sich eine Rasur sparen, um so zusätzlich Zeit zu gewinnen.

Jennifer saß auf der Couch, über die sie vorsorglich eine Decke gebreitet hatte. Er mußte zugeben, daß sie umwerfend aussah; ein echtes Blaublut, was auch immer das heutzutage heißen mochte. Sie stand auf und musterte ihn mit unbewegter Miene.

»Du bist spät dran.«

»Ich weiß. Aber ich bin nun mal nicht mein eigener Herr.«

»Das ist keine Entschuldigung. Schließlich arbeite ich auch.«

»Sicher, der Unterschied ist nur, daß dein Boß denselben Nachnamen hat und sich von seiner hübschen kleinen Tochter um den Finger wickeln läßt.«

»Meine Eltern sind schon vorausgefahren. Die Limousine kommt in zwanzig Minuten.«

»Das schaffe ich leicht.« Jack zog sich aus und

sprang unter die Dusche. Er schob den Vorhang zur Seite. »Jenn, kannst du mir den blauen Zweireiher raushängen?« Sie kam ins Badezimmer und sah sich unverhohlen angewidert um.

»Auf der Einladung steht aber schwarzer Abendanzug.«

»Schwarzer Abendanzug erwünscht«, verbesserte er sie und rieb sich die Seife aus den Augen.

»Jack, tu das nicht. Wir gehen ins Weiße Haus, um Himmels willen. Wir treffen den Präsidenten.«

»Man darf selbst entscheiden, ob man einen schwarzen Abendanzug anziehen will. Ich nehme mein Recht wahr, es nicht zu tun. Außerdem habe ich keinen Smoking.« Grinsend zog er den Vorhang zu.

»Du solltest dir doch einen besorgen.«

»Hab' ich vergessen. Komm schon, Jenn! Niemand wird mich ansehen, niemanden wird interessieren, was ich anhabe.«

»Danke. Danke vielmals, Jack Graham. Ich habe dich nur um einen kleinen Gefallen gebeten.«

»Weißt du, was die Dinger kosten?«

Die Seife brannte in den Augen. Er dachte an Barry Alvis und daran, daß er die ganze Nacht würde arbeiten müssen und wie er es Jennifer und danach ihrem Vater erklären sollte, und plötzlich schwang Wut in seiner Stimme mit. »Und wie oft werde ich den verdammten Fetzen tragen? Einmal oder zweimal im Jahr?«

»Nach der Hochzeit werden wir an vielen Veranstaltungen teilnehmen, wo ein schwarzer Abendanzug nicht wahlfrei, sondern verpflichtend ist. Es ist eine gute Investition.«

»Lieber investiere ich in Baseball-Sammelkarten.« Er schob den Kopf heraus, um ihr zu zeigen, daß er scherzte, doch sie war nicht da.

Jack rieb sich mit dem Handtuch durch die Haare, schlang es um die Taille und ging in das kleine Schlafzimmer, wo ein neuer Smoking an der Tür hing. Lächelnd kam Jennifer herein.

»Mit den besten Wünschen von Baldwin Enterprises. Es ist ein Armani. Er wird dir hervorragend stehen.«

»Woher weißt du meine Größe ?«

»Du bist ein Musterbeispiel für Größe 42; du könntest Dressman sein. Jennifer Baldwins privater Dressman.« Sie schlang die parfümierten Arme um seine Schultern und preßte sich an ihn. Als er ihre Brüste im Rücken spürte, fluchte er innerlich, daß die Zeit nicht reichte, um die Gunst der Stunde zu nutzen. Vielleicht wäre es ganz anders, einmal ohne diese verdammten Deckenmalereien, ohne Engel und Streitwagen.

Sehnsüchtig blickte er auf das kleine, unordentliche Bett. Und er mußte die ganze Nacht durcharbeiten, wegen dieses Idioten Barry Alvis und des wankelmütigen Raymond Bishop.

Warum nur wünschte er sich jedesmal, wenn er mit Jennifer zusammen war, daß die Dinge zwischen ihnen anders sein könnten? Wobei anders für besser stand. Daß sie sich ein bißchen änderte; oder er. Oder daß sie sich irgendwo in der Mitte treffen würden? Sie war so wunderschön; die ganze Welt schien ihr zu Füßen zu liegen. Gott, was stimmte bloß nicht mit ihm?

Mühelos bahnte sich die Limousine den Weg durch die Ausläufer des Berufsverkehrs. Nach sieben Uhr abends war die Innenstadt von Washington an Wochentagen ziemlich verlassen.

Jack betrachtete seine Verlobte. Ihr leichter, aber exorbitant teurer Mantel verhüllte nicht den tief ausgeschnitten Kragen. Die makellose Haut rundete die feinen Gesichtszüge ab, über die gelegentlich ein makelloses Lächeln blitzte. Das dichte, rotbraune Haar hatte sie hochgesteckt. Für gewöhnlich trug sie es offen. Jennifer sah aus wie eines jener Supermodels ohne Nachnamen.

Er rückte näher zu ihr. Sie lächelte ihn an, überprüfte ihr perfektes Make-up und tätschelte seine Hand.

Zärtlich streichelte er ihren Schenkel und schob das Kleid hoch, doch sie stieß ihn weg.

»Später vielleicht«, flüsterte sie, damit der Fahrer sie nicht hören konnte.

Jack lächelte und bedeutete ihr, daß er später vielleicht Kopfschmerzen haben könnte. Sie lachte; dann erinnerte er sich, daß es heute nacht kein »später« geben würde.

Er ließ sich in den weich gepolsterten Sitz zurücksinken und starrte aus dem Fenster. Im Weißen Haus war er noch nie gewesen. Jennifer schon zweimal. Sie wirkte nicht nervös; er schon. Als sie auf den Executive Drive bogen, zupfte er an der Fliege herum und glättete sein Haar.

Das Wachpersonal des Weißen Hauses überprüfte sie routinemäßig. Alle Anwesenden, Männer wie Frauen, bedachten Jennifer wie üblich mit einem zweiten oder gar dritten Blick. Als sie sich bückte, um ihren Stöckelschuh zu richten, wogte sie beinahe aus dem fünftausend Dollar teuren Kleid und ließ die Herzen einiger Mitarbeiter des Weißen Hauses höher schlagen. Jack wurde wie gewöhnlich zugewinkt und -genickt; einige Männer bedachten ihn mit den üblichen neidischen Blicken. Dann betraten sie das Gebäude und zeigten ihre Einladungskarten einem Marinesergeant vor, der sie durch die Eingangshalle im

Erdgeschoß geleitete und dann die Treppe hinauf in den East Room.

»Verdammt!« Der Präsident hatte sich gebückt, um eine Kopie seiner Rede für den Empfang des Abends aufzuheben, und der Schmerz fuhr ihm bis in die Schulter. »Ich glaube, eine Sehne ist angerissen, Gloria.«

Gloria Russell saß auf einem der breiten Plüschsofas, mit denen die Gattin des Präsidenten das Oval Office ausgestattet hatte.

Die Frau hatte einen guten Geschmack, das mußte man ihr lassen. Sie war zudem hübsch anzusehen, wenn auch etwas unterbemittelt auf intellektuellem Gebiet. Keine Gefahr für die Macht des Präsidenten, aber ein Plus bei den Meinungsumfragen.

Ihr familiärer Hintergrund war tadellos: alter Geldadel, beste Beziehungen. Die Nähe des Präsidenten zu den Vertretern des konservativen Wohlstandes und Einflusses im Land hatte sein Ansehen bei der liberalen Wählerschaft nicht im mindesten beeinträchtigt. Hauptsächlich war das auf sein Charisma und sein Talent für Kompromißlösungen zurückzuführen. Und auf sein gutes Aussehen, das weit mehr ausmachte, als man gemeinhin zugeben wollte.

Ein erfolgreicher Präsident mußte eindrucksvolle Reden schwingen können, und Alan Richmond schwang seine so gut wie Ted Williams, die amerikanische Baseball-Legende, den Schläger.

»Ich glaube, ich brauche einen Arzt.« Der Präsident war nicht unbedingt bester Laune, aber das war Russell auch nicht.

»Und wie willst du den Schreiberlingen, die über das Weiße Haus berichten, eine Schnittwunde erklären, Alan?«

»Was ist bloß aus dem Vertrauensverhältnis zwischen Arzt und Patient geworden!«

Russell rollte mit den Augen. Trotz aller rhetorischen Fähigkeiten konnte er manchmal ziemlich dumm sein.

»Du bist wie eines der Top-Unternehmen des Landes, Alan. Alles, was dich betrifft, ist von öffentlichem Interesse.«

»Nicht alles.«

»Das wird sich noch zeigen, nicht wahr? Die Sache ist noch lange nicht ausgestanden.« Seit letzter Nacht hatte Russell drei Packungen Zigaretten geraucht und zwei Kannen Kaffee getrunken. Ihr Leben, ihre Karriere, alles konnte jeden Augenblick zusammenbrechen. Vielleicht stand die Polizei schon vor der Tür. Sie mußte sich mit Gewalt zusammenreißen, um nicht schreiend aus dem

Zimmer zu laufen. Eine Art Übelkeit schwappte ständig in Wellen über sie hinweg. Sie biß die Zähne zusammen und umklammerte die Sofalehne. Das Bild wollte einfach nicht aus ihrem Kopf weichen.

Der Präsident überflog den Zettel, prägte sich das eine oder andere ein, den Rest würde er aus dem Stegreif halten. Er hatte ein phänomenales Gedächtnis; eine Gabe, die ihm schon so manchen wertvollen Dienst erwiesen hatte.

»Dafür habe ich doch dich, Gloria. Damit du alles in Ordnung bringst.«

Er sah sie an. Einen Augenblick lang überlegte sie, ob er es wußte. Ob er wußte, was sie mit ihm angestellt hatte. Sie erstarrte, entkrampfte sich dann aber wieder. Er konnte es nicht wissen, das war unmöglich. Sie erinnerte sich noch an sein betrunkenes Gebrabbel; oh, wie sehr doch eine Flasche Whiskey einen Menschen verändern konnte.

»Natürlich, Alan. Aber es müssen einige Entscheidungen getroffen werden. Je nachdem, was auf uns zukommt, müssen wir uns verschiedene Vorgehensweisen überlegen.«

»Meinen Terminplan kann ich nicht gut absagen. Außerdem glaube ich kaum, daß uns der Kerl was anhaben kann.«

Russell schüttelte den Kopf. »Da wäre ich mir nicht so sicher.«

»Denk doch mal nach! Er müßte einen Einbruch gestehen, um überhaupt glaubhaft zu machen, daß er dort war. Kannst du dir vorstellen, wie er mit der Geschichte in den Abendnachrichten auftritt? Die stecken ihn doch in die Klapsmühle, bevor er nur Piep sagt.« Der Präsident schüttelte den Kopf. »Nein, Gloria, der Bursche kann mich nicht zu Fall bringen; nicht in einer Million Jahren.«

Schon auf dem Rückweg in die Stadt hatten sie in der Limousine eine Übergangsstrategie festgelegt. Sie würden schlicht und einfach alles kategorisch bestreiten und die Absurdität der Beschuldigung – falls es überhaupt je dazu kommen sollte – für sich nutzen. Und es war eine absurde Geschichte, abgesehen davon, daß sie absolut der Wahrheit entsprach. Das Weiße Haus würde Mitleid für den armen, gestörten Kerl zeigen, der zudem erwiesenermaßen ein Verbrecher war. Und für seine vor Scham im Erdboden versinkende Familie.

Natürlich gab es noch eine andere Möglichkeit, aber Russell hatte sich entschlossen, diese nicht ausgerechnet jetzt mit dem Präsidenten zu erörtern. Tatsächlich betrachtete sie es als das wahrscheinlichere Szenario.

»Es sind schon merkwürdigere Dinge passiert.« Sie sah ihn an.

»Das Zimmer wurde desinfiziert, oder? Es gibt dort nichts zu finden außer ihr, richtig?«

»Richtig.« Russell fuhr mit der Zunge über die Lippen. Der Präsident wußte nicht, daß sich der Brieföffner mit seinen Fingerabdrücken und seinem Blut nun im Besitz ihres verbrecherischen Augenzeugen befand. Die Stabschefin erhob sich und schritt im Zimmer auf und ab. »Über gewisse Spuren sexuellen Kontakts kann ich natürlich nichts sagen. Aber das würde man ohnehin nicht mit dir in Verbindung bringen.«

»Gott, ich kann mich gar nicht erinnern, ob wir es getan haben oder nicht. Ich glaube, wir haben.« Bei dieser Bemerkung mußte Russell unwillkürlich lächeln. Der Präsident wandte sich um und blickte sie an.

»Was ist mit Burton und Collin?«

»Was meinst du?«

»Hast du mit ihnen gesprochen?« Die Botschaft war unmißverständlich.

»Sie haben genausoviel zu verlieren wie du, Alan, findest du nicht?«

»Wie *wir,* Gloria, wie wir.« Er band sich vor dem Spiegel die Krawatte. »Schon irgendeinen Hinweis auf unseren kleinen Spanner?«

»Noch nicht; sie überprüfen gerade das Kennzeichen.«

»Wann glaubst du, wird man sie vermissen?«

»Nachdem es den ganzen Tag so warm war, schätze ich bald.«

»Sehr witzig, Gloria.«

»Man wird sie vermissen, und man wird Nachforschungen anstellen. Man wird ihren Mann benachrichtigen, er wird zum Haus kommen. Morgen, vielleicht übermorgen, allerspätestens in drei Tagen.«

»Und dann wird die Polizei ermitteln.«

»Dagegen können wir nichts machen.«

»Aber du wirst doch am Ball bleiben?« Eine Spur von Besorgnis huschte über die Stirn des Präsidenten, als er die verschiedenen Möglichkeiten durchdachte. Hatte er *Christy Sullivan gevögelt? Er hoffte es. Dann wäre die Nacht zumindest kein völliges Debakel gewesen.*

»Soweit es möglich ist, ohne zuviel Verdacht zu erregen.«

»Das ist nicht allzu schwierig. Als Vorwand kannst du angeben, daß Walter Sullivan mein enger Freund und politischer Verbündeter ist. Es wäre völlig normal, daß ich persönliches Interesse an dem Fall hätte. Nachdenken, Gloria, dafür bezahl' ich dich!«

Und du hast mit seiner Frau geschlafen, dachte Russell. *Ein schöner Freund.*

»Die Idee ist mir schon gekommen, Alan.«

Sie zündete eine Zigarette an und blies den Rauch langsam aus. Das tat gut. In dieser Angelegenheit mußte sie ihm einen Schritt voraus bleiben. Nur einen winzigen Schritt, dann war alles in Ordnung. Es würde nicht einfach sein; er war gerissen. Aber er war auch arrogant. Arrogante Menschen neigten dazu, die eigenen Fähigkeiten überzubewerten, die aller anderen hingegen zu unterschätzen.

»Und niemand hat gewußt, daß sie dich treffen wollte?«

»Ich glaube, wir können davon ausgehen, daß sie diskret war, Gloria. Christy hatte nicht viel im Oberstübchen, ihre Gaben waren etwas tiefer gesät, aber selbst sie wußte, was auf dem Spiel stand.« Der Präsident zwinkerte seiner Stabschefin zu. »Sie hatte etwa achthundert Millionen zu verlieren, wenn ihr Mann dahinterkam, daß sie durch die Gegend hurte, und sei's mit dem Präsidenten.«

Russell mußte an den Spiegel und den Sessel dahinter denken, was Walter Sullivans Vorstellungen von ehelicher Treue in etwas anderem Licht erscheinen ließ. Dennoch konnte man nicht sagen, wie er auf Seitensprünge reagieren würde, von denen er nicht gewußt, die er nicht beobachtet hatte. Gott sei Dank war es nicht Sullivan gewesen, der dort in der Dunkelheit gesessen hatte.

»Alan, ich habe dich gewarnt, daß uns deine kleinen Eskapaden eines Tages in Schwierigkeiten bringen würden.«

Richmond musterte sie mißbilligend. »Hör mal, glaubst du, ich bin der erste, der dieses Amt innehat und sich nebenbei etwas Spaß gönnt? Tu doch nicht so naiv, Gloria! Zumindest bin ich sehr viel diskreter als einige meiner Vorgänger. Ich nehme die Pflichten dieses Amtes wahr … und die Vergünstigungen. Verstanden?«

Russell rieb sich nervös den Hals. »Vollkommen, Mr. President.«

»Es geht also nur um diesen einen Kerl, der eigentlich gar nichts in der Hand hat.«

»Einer reicht, um das Kartenhaus zum Einsturz zu bringen.«

»Ja? Nun, in diesem Haus leben eine Menge Leute. Vergiß das nicht!«

»Das tue ich niemals, Boß.«

Es klopfte an der Tür. Russells Assistent lugte herein. »Noch fünf Minuten, Sir.« Der Präsident nickte und winkte ihn hinaus.

»Ein großartiges Timing für diese Veranstaltung.«

»Ransome Baldwin hat viel zu deinem Wahlkampf beigetragen, wie all deine Freunde.«

»Über politische Schulden brauchst du mir nichts zu erzählen, Herzchen.«

Russell stand auf und ging auf ihn zu. Sie ergriff seinen gesunden Arm und blickte ihn eindringlich an. Auf der linken Wange hatte er eine kleine Narbe. Die Erinnerung an einen Granatsplitter, den er während eines kurzen Einsatzes bei der Armee gegen Ende des Vietnamkriegs abbekommen hatte. Als seine politische Karriere ins Rollen kam, war sich die Frauenwelt darüber einig, daß die kleine Unvollkommenheit seine Attraktivität noch steigerte.

»Alan, ich tue, was nötig ist, um deine Interessen zu wahren. Du wirst es überstehen, aber wir müssen zusammenarbeiten. Wir sind ein Team, Alan, ein verdammt gutes Team. Niemand kann uns zu Fall bringen, nicht wenn wir an einem Strang ziehen.« Einen kurzen Augenblick musterte der Präsident ihr Gesicht, dann belohnte er sie mit einem Lächeln, wie es sonst immer die Schlagzeilen auf den Titelseiten begleitete. Er küßte sie leicht auf die Wange und drückte sie an sich. Sie erwiderte die Umarmung.

»Ich liebe dich, Gloria. Du bist ein treuer Soldat.« Richmond nahm seine Rede. »Es ist Showtime.«

Damit wandte sich der Präsident um und ging aus dem Zimmer. Russell starrte dem breiten Rükken nach, rieb sich einmal über die Wange und folgte ihm hinaus.

Jack betrachtete den übertriebenen Prunk des gewaltigen East Room. In dem Saal befanden sich einige der mächtigsten Männer und Frauen des Landes. Überall wurden hochkarätige Kontakte geknüpft und gepflegt, und Jack konnte nichts tun als dazustehen und zu gaffen. Er sah, wie sich seine Verlobte auf der anderen Seite des Raumes an einen Kongreßabgeordneten aus irgendeinem westlichen Staat heranmachte. Zweifellos trug sie ihm vor, wie wichtig die Unterstützung des geschätzten Gesetzgebers für das dringende Anliegen von Baldwin Enterprises hinsichtlich der Uferanliegerrechte wäre.

Jennifer verbrachte einen Großteil ihrer Zeit damit, Verbindungen zu Leuten aus allen Schichten aufzubauen, die Macht besaßen. Egal, ob es sich um Bezirksräte oder Senatsvorsitzende handelte, Jennifer schmeichelte den richtigen Egos, schüttelte die richtigen Hände und stellte sicher, daß jeder die richtige Position einnahm, wenn Baldwin Enterprises ein weiteres Mammutgeschäft über die Bühne bringen wollte. Die Kapitalverdoppelung des Firmenimperiums ihres Vaters innerhalb der letzten fünf Jahre war in erheblichem Maße darauf zurückzuführen, daß Jennifer ihre Aufgabe hervorragend löste. Aber welcher Mann war schon gegen sie gefeit?

Ransome Baldwin war eins sechsundneunzig groß, hatte dichtes weißes Haar und eine Baritonstimme. Er absolvierte gerade eine Begrüßungsrunde. Selbstsicher schüttelte er die Hände von Politikern, die er bereits für sich gewonnen hatte, und machte sich derweil an die paar heran, die es noch zu überzeugen galt.

Die Verleihungszeremonie war gnadenvoll kurz gewesen. Jack blickte auf die Uhr. Bald mußte er ins Büro zurück. Auf der Fahrt hierher hatte Jennifer eine private Party im Willard Hotel um elf Uhr erwähnt. Er fuhr sich durchs Gesicht. Ausgerechnet jetzt noch!

Gerade wollte er sein Glas austrinken und Jennifer beiseite nehmen, um ihr zu erklären, warum er gehen mußte, als er sah, wie der Präsident auf sie zutrat. Ihr Vater kam hinzu, und einen Augenblick später waren alle drei auf dem Weg in Jacks Richtung.

Er stellte das Glas weg und räusperte sich, damit er nicht wie ein völliger Idiot dastand, wenn er den Mund aufmachte. Jennifer und ihr Vater sprachen mit dem hohen Herrn wie mit einem alten Bekannten. Sie lachten, redeten und benahmen sich, als handle es sich um Cousin Ned aus Oklahoma. Aber das war nicht Cousin Ned, es war der Präsident der Vereinigten Staaten!

»Sie sind also der Glückliche?« Das Lächeln des Präsidenten war direkt und einnehmend. Sie reichten einander die Hände. Er war genauso groß wie Jack, und Jack bemerkte bewundernd, daß es ihm selbst bei diesem Job gelang, sich fit zu halten.

»Jack Graham, Mr. President. Es ist eine Ehre für mich, Sir.«

»Ich habe das Gefühl, Sie bereits zu kennen, Jack. Jennifer hat mir so viel von Ihnen erzählt. Überwiegend Gutes.« Er grinste.

»Jack ist Partner bei Patton, Shaw & Lord.« Jennifer hakte sich beim Präsidenten ein. Sie sah Jack an und schenkte ihm ein zuckersüßes Lächeln.

»Nun, Partner noch nicht gerade.«

»Nur eine Frage der Zeit«, warf Ransome Baldwin ein. »Mit Baldwin Enterprises als Klienten kann man jeder Firma des Landes seinen Preis diktieren. Vergiß das nicht. Laß dich von Sandy Lord bloß nicht über den Tisch ziehen.«

»Hören Sie auf ihn, Jack. Der Mann spricht aus Erfahrung.« Der Präsident erhob das Glas und zuckte unwillkürlich zusammen. Jennifer taumelte und ließ seinen Arm los.

»Tut mir leid, Jennifer. Zuviel Tennis. Der verdammte Arm macht mir wieder Probleme. Nun, Ransome, scheint so, als hätten Sie da einen vielversprechenden Zögling gefunden.«

»Na, er wird mit meiner Tochter um das Imperium kämpfen müssen. Vielleicht kann Jack Königin und Jenn König werden. Wie wäre das für die Gleichberechtigung?« Ransome lachte dröhnend, alle stimmten mit ein.

Jack fühlte, wie er errötete. »In erster Linie bin ich Rechtsanwalt, Ransome; ich suche nicht unbedingt nach einem leeren Thron, den ich besteigen kann. Es gibt auch andere Ziele im Leben.«

Jack nahm sein Glas. Die Unterhaltung entwikkelte sich nicht so, wie er es sich vorgestellt hatte. Er fühlte sich in der Defensive. Jack biß auf einen Eiswürfel. Was mochte Ransome Baldwin tatsächlich von seinem künftigen Schwiegersohn halten? Vor allem jetzt im Augenblick? Der springende Punkt war, daß es Jack eigentlich überhaupt nicht interessierte.

Ransome hörte auf zu lachen und musterte ihn scharf. Jennifer legte den Kopf schief, wie sie es immer tat, wenn er etwas sagte, das sie für unpassend hielt. Was häufig der Fall war. Der Präsident sah alle drei an, lächelte unverbindlich und entschuldigte sich. Er ging hinüber in die Ecke, wo eine Frau stand.

Jack schaute ihm nach. Wie ganz Washington hatte auch er die Frau im Fernsehen gesehen, wie sie die Standpunkte des Präsidenten zu Millionen verschiedenen Themen verteidigte. Gloria Russell sah im Augenblick nicht übermäßig glücklich aus, doch bei all den Krisen auf der Welt war Glück wahrscheinlich ein seltenes Gut im Zuge ihrer Arbeit.

Das war das Stichwort. Jack hatte den Präsidenten getroffen, hatte ihm die Hand geschüttelt. Mehr konnte er nicht erwarten. Er zog Jennifer zur Seite und entschuldigte sich für den Rest des Abends. Sie war alles andere als begeistert.

»Das ist unmöglich, Jack. Hast du eigentlich daran gedacht, daß es für Daddy ein ganz besonderer Tag ist?«

»He, ich bin nur ein kleiner Angestellter. Weißt du das nicht? Nach Stunden bezahlt.«

»Das ist doch lächerlich! Und du weißt es. Niemand in der Firma kann das von dir verlangen, schon gar keine Null von einem Sozius.«

»Jenn, das ist keine große Sache. Es war ein toller Abend. Dein Dad hat seine Auszeichnung erhalten. Jetzt ist es an der Zeit, daß ich mich wieder an die Arbeit mache. Alvis ist ganz in Ordnung. Er tritt mir zwar ein wenig auf die Zehen, aber er arbeitet genauso hart wie ich, wenn nicht noch härter. Durch so was muß jeder mal durch.«

»Das ist nicht okay, Jack. Das paßt mir nicht.«

»Jenn, das ist mein Job. Ich hab' dir gesagt, du sollst dir keine Gedanken darüber machen, also laß es gut sein. Wir sehen uns morgen. Ich nehme ein Taxi zurück.«

»Daddy wird sehr enttäuscht sein.«

»Daddy wird mich bei all den Industriekapitänen, die Lobeshymnen auf ihn singen, nicht einmal vermissen. He, trink einen für mich mit. Und erinnerst du dich, was du wegen später gesagt hast? Das können wir auf ein andermal verschieben. Vielleicht zur Abwechslung mal bei mir?«

Sie ließ sich von ihm küssen. Aber gleich nachdem Jack gegangen war, stürmte sie zu ihrem Vater.

Kapitel 5

Kate Whitney stellte ihren Wagen vor dem Haus ab. Die Einkaufstasche schlug gegen ein Bein, die vollgestopfte Aktentasche gegen das andere, als sie die vier Treppen zu ihrer Wohnung hinauflief. Gebäude dieser Preisklasse verfügten zwar über Aufzüge, allerdings über keine, die ununterbrochen funktionierten. Rasch zog sie den Jogginganzug an, hörte die Nachrichten auf dem Anrufbeantworter ab und lief wieder hinaus. Vor der Statue von Ulysses S. Grant machte sie erst ein paar Streckübungen, um sich aufzuwärmen, dann begann sie ihre Runde.

Kate trabte Richtung Westen, vorbei am Luft- und Raumfahrt-Museum und am Smithsonian Castle, das mit seinen Türmen und Zinnen und seiner italienischen Architektur im Stil des zwölften Jahrhunderts am ehesten wie das Haus eines verrückten Wissenschaftlers aussah. Ihr lockerer, gleichmäßiger Laufschritt führte sie über die breiteste Stelle der Mall, danach umkreiste sie zweimal das Washington Monument.

Mittlerweile ging ihr Atem etwas schneller. Schweiß begann durch das T-Shirt zu sickern und das Georgetown-Law-Sweatshirt zu benetzen, das sie trug. Als sie sich den Weg am Rand des Tidal Basin vorbei bahnte, wurde die Menschenmenge dichter. Der Frühherbst brachte aus dem ganzen Land Flugzeuge, Busse und Autos voller Menschen, die hofften, so um den Sommeransturm der Touristen und die berüchtigte Hitze von Washington herumzukommen.

Als sie einen Bogen lief, um einem verirrten Kind auszuweichen, stieß sie mit einem Jogger zusammen, der aus der anderen Richtung kam. Die beiden stürzten in einem Knäuel von Armen und Beinen zu Boden.

»Mist.« Der Mann rollte sich behende zur Seite und sprang wieder auf die Beine. Sie wollte gerade aufstehen und sah mit einer Entschuldigung auf den Lippen zu ihm auf, als sie sich unvermittelt wieder hinsetzte. Ein langer Augenblick verstrich, während kameraschwingende Horden aus Arkansas und Iowa um sie herumschwirrten.

»Hallo, Kate.« Jack hielt ihr die Hand hin und half ihr unter einen der nun kahlen Kirschbäume, die rings um das Tidal Basin wuchsen. Groß und majestätisch thronte das Jefferson Memorial über dem ruhigen Wasser, die riesige Silhouette des dritten Präsidenten des Landes war in dem Rundbecken deutlich sichtbar.

Kates Knöchel schwoll an. Sie zog Schuh und Socke aus und begann, ihn zu massieren.

»Ich hätte nicht gedacht, daß du noch Zeit zum Joggen hast, Jack.«

Sie sah ihn an: kein zurückweichender Haaransatz, kein Bauch, keine Falten im Gesicht. Die Zeit war für Jack Graham stillgestanden. Großartig sah er aus, das mußte sie gestehen. Sie dagegen war ein völliges Fiasko.

Heimlich fluchte sie, daß sie die Haare noch nicht hatte schneiden lassen; gleich darauf verfluchte sie sich für diesen Gedanken. Auf ihrer Nase bildete sich ein Schweißtropfen, den sie gedankenverloren mit der Hand wegwischte.

»Dasselbe habe ich von dir gedacht. Ich hätte nicht geglaubt, daß Staatsanwälte vor Mitternacht nach Hause dürfen. Du läßt wohl nach, was?«

»Genau.« Sie rieb sich den Knöchel, der ziemlich weh tat. Jack sah es ihr an, beugte sich vor und nahm den Fuß in die Hände. Sie zuckte zurück. Er sah sie an.

»Weißt du noch, ich habe das fast berufsmäßig gemacht, und du warst mein bester und einziger Kunde. Noch nie habe ich eine Frau mit so schwachen Knöcheln gesehen, dabei siehst du sonst kerngesund aus.«

Sie entspannte sich und ließ ihn den Fuß bearbeiten. Bald erkannte sie, daß er das richtige Gefühl nicht verloren hatte. Ob er wohl ernst meinte, was er über ihr Aussehen sagte? Sie runzelte die Stirn. Schließlich hatte sie mit ihm Schluß gemacht. Und damit das einzig Richtige getan.

»Ich habe von der Sache mit Patton, Shaw & Lord gehört. Glückwunsch.«

»Ach, Quatsch. Jeder Anwalt mit einem millionenschweren Klienten an der Hand hätte dasselbe geschafft.« Er lächelte.

»Ja, von der Verlobung habe ich auch in der Zeitung gelesen. Nochmals meinen Glückwunsch.« Darüber lächelte er nicht. Sie fragte sich, wieso.

Schweigend zog Jack ihr Socke und Schuh wieder an und schaute ihr ins Gesicht. »Er ist ziemlich geschwollen, du wirst einen oder zwei Tage lang nicht laufen können. Mein Wagen steht gleich da drüben. Ich nehm' dich mit.«

»Ich kann ein Taxi rufen.«

»Du vertraust einem Washingtoner Taxifahrer mehr als mir?« Er tat beleidigt. »Außerdem sehe ich keine Hosentaschen. Willst du eine Gratisfahrt aushandeln? Viel Glück.«

Kate blickte auf die Turnhose hinunter. Den

Schlüssel trug sie in einer Socke. Die Ausbuchtung hatte er bereits bemerkt. Er grinste über ihr Dilemma. Sie preßte den Mund zusammen und fuhr mit der Zunge über die Unterlippe. An diese alte Gewohnheit erinnerte er sich. Obwohl er das jahrelang nicht gesehen hatte, schien es ihm vollkommen vertraut.

Er streckte die Beine aus. »Ich würde dir ja was leihen, aber ich bin selber gerade pleite.«

Sie stand auf und legte ihm einen Arm um die Schultern, als sie versuchte, mit dem Knöchel aufzutreten.

»Ich dachte, in der Privatwirtschaft gäbe es mehr zu holen.«

»Stimmt, aber du weißt doch, mit Geld konnte ich noch nie umgehen.« Das war nur allzu wahr. Das Haushaltsgeld hatte ausschließlich sie verwaltet. Auch wenn es damals nicht viel zu verwalten gegeben hatte.

Jack stützte sie an einem Arm, als sie auf den Wagen zuhumpelte, einen zehn Jahre alten Subaru Kombi. Verblüfft betrachtete Kate das Auto.

»Du hast das alte Ding immer noch ?«

»Hey, der ist noch für eine Menge Meilen gut. Außerdem steckt er voller Erinnerungen. Siehst du den Fleck dort drüben? Das war das Karameleis, mit dem du in der Nacht vor meiner Abschlußprüfung in Steuerrecht gekleckert hast, 1986. Du konntest nicht schlafen, ich konnte nicht mehr lernen. Weißt du noch? Du hast die Kurve zu schnell genommen.«

»Du hast ein lausiges Gedächtnis. Soweit ich mich erinnere, hast du mir deinen Milchshake über den Rücken gegossen, weil ich mich über die Hitze beschwert habe.«

»Oh, das auch.« Lachend stiegen sie ins Auto.

Kate untersuchte den Fleck eingehender und betrachtete das Innere des Wagens. So viele Erinnerungen brachen plötzlich über sie herein. Als sie auf den Rücksitz schaute, zog sie die Augenbrauen hoch. Wenn dieser Ort sprechen könnte! Sie wandte sich wieder um, bemerkte, daß er sie anstarrte, und errötete.

Die beiden reihten sich in den nicht sehr dichten Verkehr ein und fuhren Richtung Osten. Kate war nervös, aber das Gefühl war nicht unangenehm. Es war, als wäre das Rad der Zeit vier Jahre zurückgedreht worden, als wären sie bloß ins Auto gesprungen, um einen Kaffee trinken zu gehen, die Zeitung zu holen oder im *Corner* in Charlottesville oder einem anderen der über Capitol Hill verstreuten Cafés zu frühstücken. Aber sie rief sich ins Gedächtnis, daß dies alles Vergangenheit war. Die Gegenwart sah völlig anders aus. Sie kurbelte das Fenster ein wenig herunter.

Mit einem Auge achtete Jack auf den Verkehr, mit dem anderen auf sie. Es war kein Zufall gewesen, daß sie sich getroffen hatten. Seit sie beide nach Washington gezogen waren, wo sie in dem kleinen Apartmenthaus ohne Aufzug im Südwesten nahe Eastern Market gelebt hatten, lief sie auf der Mall, tatsächlich sogar genau diese Route.

Heute morgen war Jack mit einer Verzweiflung aufgewacht, die er nicht mehr empfunden hatte, seit Kate ihn vor vier Jahren verlassen hatte und ihm nach etwa einer Woche klargeworden war, daß sie nicht zurückkommen würde. Nun, da seine Hochzeit bevorstand, hatte er beschlossen, daß er Kate irgendwie sehen mußte. Er würde und konnte die Flamme nicht verlöschen lassen, noch nicht. Aller Wahrscheinlichkeit nach war er von ihnen beiden der einzige, in dem der Funke noch glomm. Zwar hatte er nicht den Mut aufgebracht, auf dem Anrufbeantworter eine Nachricht zu hinterlassen, doch er war sicher, daß er mit ihr reden konnte, wenn es ihm nur gelänge, sie auf der Mall unter all den Touristen und Einheimischen ausfindig zu machen. Er hatte es darauf ankommen lassen.

Vor dem Zusammenstoß war Jack eine Stunde gelaufen, hatte die Menschenmenge beobachtet und nach dem Gesicht aus dem Bilderrahmen Ausschau gehalten. Etwa fünf Minuten vor der abrupten Begegnung hatte er sie entdeckt. Hätte sich sein Herzschlag nicht schon durch das Laufen verdoppelt, so spätestens in dem Augenblick, als er sie mühelos durch die Menge laufen sah. Den Knöchel wollte er ihr nicht verrenken, aber eigentlich saß sie nur deshalb in seinem Wagen. Nur deshalb durfte er sie nach Hause fahren.

Kate strich die Haare zurück und band sie mit einem Gummiband, das sie ums Handgelenk getragen hatte, zu einem Pferdeschwanz.

»Wie läuft es denn bei der Arbeit?« fragte sie.

»Ganz gut.« Er wollte nicht über Arbeit reden. »Wie geht es deinem alten Herrn?«

»Das müßtest du doch besser wissen als ich.« Sie wollte nicht über ihren Vater reden.

»Ich habe ihn seither nicht mehr gesehen ...«

»Ein Glück für dich.« Sie verfiel in Schweigen. Jack schüttelte den Kopf über seine eigene Dummheit, daß er das Thema zur Sprache gebracht hatte. Er hatte gehofft, daß es vielleicht im Laufe der Jahre zu einer Versöhnung zwischen Luther und Kate gekommen war. Offenbar war das jedoch nicht der Fall.

»Man hört großartige Dinge über deine Arbeit bei der Staatsanwaltschaft.«

»Ach, ja?«

»Ich meine es ernst.«

»Seit wann?«

»Jeder wird einmal erwachsen, Kate.«

»Nicht Jack R. Graham. Alles, nur das nicht!«

Er bog nach rechts auf den Constitution Drive und fuhr auf die Union Station zu. Dann besann er sich eines Besseren. Er wußte zwar, welche Richtung er nehmen mußte, wollte aber nicht, daß Kate das merkte. »Ich fahre im Moment einfachso durch die Landschaft, Kate. Wo muß ich lang?«

»Tut mir leid. Um das Kapitol herum, Richtung Maryland, dann nach links in die Third Street.«

»Magst du die Gegend?«

»Für mein Gehalt lebt es sich dort ganz gut. Laß mich raten, du wohnst wahrscheinlich in Georgetown, in einem der großen Apartmenthäuser mit eigenem Quartier für das Personal, richtig?«

Er zuckte die Schultern. »Ich bin nicht umgezogen. Ich habe noch dieselbe Wohnung wie früher.«

Ungläubig starrte sie ihn an. »Jack, was machst du bloß mit dem ganzen Geld?«

»Ich kaufe mir, was ich will. Ich will bloß nicht allzu viel.« Er starrte zurück. »Wie wäre es mit einem Dairy-Queen-Karameleis?«

»So etwas gibt es in dieser Stadt nicht, ich habe schon alles abgesucht.«

Grinsend über die hupenden Fahrer machte Jack kehrt und brauste los.

»Anscheinend, Frau Staatsanwältin, haben Sie nicht genügend recherchiert.«

Eine halbe Stunde später rollten sie auf Kates Parkplatz. Er rannte um den Wagen herum, um ihr herauszuhelfen. Der Knöchel war noch dicker angeschwollen. Das Karameleis hatte sie fast aufgegessen.

»Ich helfe dir.«

»Nicht nötig.«

»Ich hab' dir den Knöchel verrenkt. Laß mich für einen Teil der Schuld Buße tun.«

»Ich schaffe es schon, Jack.« Der Tonfall war ihm auch nach vier Jahren noch vertraut. Mit einem matten Lächeln trat er einen Schritt zurück. Sie hatte sich vorsichtig die Hälfte der Treppe hinaufgekämpft, und er wollte gerade in den Wagen steigen, als sie sich umdrehte.

»Jack?« Er schaute zu ihr hinauf. »Danke für das Eis.« Damit verschwand Kate im Haus.

Als Jack losfuhr, sah er nicht den Mann, der sich neben der kleinen Baumreihe an der Einfahrt zum Parkplatz verbarg.

Luther Whitney trat aus dem Schatten der Bäume und blickte das Apartmenthaus hoch.

Sein Aussehen hatte sich innerhalb von zwei Tagen drastisch gewandelt. Glücklicherweise wuchs sein Bart rasch. Die Haare waren kurz geschoren, darüber trug er einen Hut. Eine Sonnenbrille verdeckte die wachsamen Augen, ein schwerer Mantel verhüllte die hagere Gestalt.

Er hatte gehofft, sie noch einmal zu sehen, bevor er untertauchte. Als er Jack erblickte, war er überrascht gewesen; doch es war ihm keineswegs unlieb. Er mochte Jack.

Luther zog den Mantel enger. Der Wind wurde stärker; es war kälter, als man es im September in Washington gewohnt war. Er schaute zum Fenster seiner Tochter hinauf.

Apartment Nummer vierzehn. Er kannte es gut, war schon des öfteren dort gewesen. Natürlich wußte seine Tochter nichts davon. Das Standardschloß der Eingangstür war ein Kinderspiel für ihn. Jemand mit einem Schlüssel brauchte länger, um es zu öffnen. Meist hatte er dann auf dem Sofa im Wohnzimmer gesessen und hundert verschiedene Dinge betrachtet, die allesamt Erinnerungen aus vielen Jahren in sich trugen. Manche davon waren angenehm, die meisten jedoch ernüchternd.

Manchmal schloß er auch einfach die Augen und nahm die verschiedenen Gerüche in sich auf. Er wußte, welches Parfüm sie benutzte; es war ein unaufdringlicher Duft, und sie trug nur sehr wenig auf. Die Möbel waren groß, stabil und ein wenig abgenutzt. Der Kühlschrank war stets leer. Beim Anblick des kärglichen und ungesunden Inhalts der Vorratsschränke war er jedesmal entsetzt gewesen. Sie hielt die Wohnung in Ordnung, war aber nicht penibel; es war ein Ort, wo jemand hauste, mehr nicht.

Und sie bekam jede Menge Anrufe. Manche hörte er sich an, und manche ließen ihn wünschen, sie hätte einen anderen Beruf ergriffen. Da er selbst auf der anderen Seite des Gesetzes stand, wußte er, wie viele wirklich verrückte Mistkerle da draußen herumliefen. Aber es war zu spät, um seinem einzigen Kind einen Laufbahnwechsel zu empfehlen.

Luther war sich bewußt, daß es eine seltsame Beziehung zwischen Vater und Tochter war, doch er sagte sich, daß er es selbst nicht besser verdiente. Das Bild seiner Frau drängte sich in seine Gedanken; einer Frau, die ihn geliebt und all die Jahre zu ihm gehalten hatte, und wofür? Nur für Schmerz und Elend. Und dann, nachdem sie zur Vernunft gekommen war und sich von ihm hatte scheiden lassen, war sie viel zu früh gestorben. Abermals, wohl zum hundertstenmal, fragte er sich, warum er all die Jahre Verbrechen verübt hatte. Gewiß nicht des Geldes wegen. Er hatte stets ein einfaches Leben geführt; einen Großteil der Beute aus den Einbrüchen hatte er über die Jahre hinweg verschenkt. Die Wahl, die er für sein Leben getroffen hatte, hatte seine Frau vor Sorge fast in den Wahnsinn, seine Tochter aus seinem Leben getrieben. Und zum hundertstenmal wußte er keine wirkliche Antwort auf die Frage, was ihn dazu trieb, von den wohlbehüteten Reichen zu stehlen. Wahrscheinlich tat er es nur, um zu zeigen, daß er es konnte.

Erneut blickte Luther zum Apartment seiner Tochter hinauf. Er war nicht für sie dagewesen, warum also sollte sie für ihn dasein? Aber er konnte die Verbindung nicht ganz abbrechen lassen, auch wenn sie das getan hatte. Wenn sie es wollte, würde er für sie dasein; aber das war nur eine Hoffnung, und er glaubte selbst nicht daran.

Rasch ging Luther die Straße hinunter, verfiel dann schließlich in Laufschritt, um den Metro-Bus zu erwischen, der zur U-Bahn an der Union Station fuhr. Er war immer ein sehr selbständiger Mensch gewesen, der sich nie übermäßig auf andere verlassen hatte. Er war ein Einzelgänger und wollte es nicht anders. Nun fühlte Luther sich einsam, und diesmal war das Gefühl nicht so angenehm.

Es begann zu regnen. Als der Bus abfuhr, saß Luther auf der hinteren Bank und starrte zurück. Das Wasser perlte die glatte Oberfläche der Heckscheibe hinab und ließ die Sicht auf Kates Haus verschwimmen. Er wußte, er würde es nie wieder sehen, so sehr er es auch wollte.

Luther drehte sich auf dem Sitz herum, zog den Hut tiefer ins Gesicht und schneuzte sich in ein Taschentuch. Dann hob er eine weggeworfene Zeitung auf und überflog die alten Schlagzeilen. Wann würde man sie wohl finden? Wenn es soweit war, würde er es erfahren. Wenn reiche Leute starben, waren das Nachrichten für die Titelseite. Arme Leute und Durchschnittsbürger kamen nicht über die Lokalnachrichten hinaus. Christine Sullivan würde gewiß auf Seite eins erscheinen, oben in der Mitte.

Luther warf die Zeitung auf den Boden und drückte sich tiefer in den Sitz. Er mußte noch einen Anwalt aufsuchen, danach wollte er verschwinden. Der Bus brummte weiter, und schließlich schloß Luther die Augen, aber er schlief nicht. Im Geiste befand er sich im Wohnzimmer seiner Tochter, und diesmal war sie bei ihm.

Kapitel 6

Luther saß an dem kleinen Konferenztisch eines sehr schlicht möblierten Zimmer. Die Stühle und der Tisch waren alt und ziemlich zerkratzt. Der Teppich war mindestens ebenso alt und alles andere als sauber. Außer seiner Akte befand sich auf dem Tisch lediglich ein Kartenständer. Er nahm eine der Karten zwischen die Finger. »Legal Services, Inc.« Diese Leute gehörten nicht zu den Top-Leuten der Branche; sie waren weit entfernt von den Hallen der Macht in der Innenstadt.

Sie alle hatten ihren Abschluß an drittklassigen Universitäten gemacht, hatten somit keinerlei Aussicht, in einer namhaften Firma unterzukommen, und mußten nehmen, was sie kriegten, in der Hoffnung, irgendwo in der Zukunft einen Zipfel des großen Glücks zu erhaschen. Doch mit jedem Jahr, das verstrich, verblaßten die Träume von großen Büros, großen Klienten und – vor allem – vom großen Geld ein bißchen mehr. Luther aber brauchte nicht die Besten. Er brauchte nur jemanden, der eine Zulassung als Anwalt und die richtigen Formulare hatte.

»Es ist alles in Ordnung, Mr. Whitney.« Der Junge sah aus wie fünfundzwanzig, noch voller Hoffnung und Energie. Dieser Ort war nicht sein endgültiges Ziel. Daran glaubte er noch unverkennbar. Das erschöpfte, verhärmte, schwammige Gesicht des älteren Mannes hinter ihm brachte keine derartige Hoffnung mehr zum Ausdruck. »Das ist Jerry Burns, der geschäftsführende Anwalt. Er wird als zweiter Zeuge für Ihren Letzten Willen fungieren. Wir haben Ihre rechtsgültige, eigenhändige Vollmacht, wir müssen also nicht vor Gericht erscheinen, um klären zu lassen, ob wir das Testament bezeugt haben oder nicht.« Eine etwa vierzigjährige Frau betrat mit ernster Miene den Raum. Sie hatte Füllfeder und Notariatssiegel bei sich. »Phyllis ist unser Notar, Mr. Whitney.« Alle nahmen Platz. »Möchten Sie, daß ich Ihnen die Bedingungen des Testaments vorlese?«

Jerry Burns hatte am Tisch gesessen, tödlich gelangweilt in die Luft gestarrt und von all den Plätzen geträumt, an denen er jetzt lieber wäre. Jerry Burns, der geschäftsführende Anwalt. Er vermittelte den Eindruck, als würde er lieber auf einer Farm im Mittelwesten Kuhmist schaufeln. Nun bedachte er seinen jungen Kollegen mit einem verächtlichen Blick.

»Ich habe sie gelesen«, antwortete Luther.

»Gut«, meinte Jerry Burns. »Können wir also anfangen?«

Eine Viertelstunde später verließ Luther Legal Services, Inc., mit zwei Kopien seines Testaments in der Manteltasche.

Verdammte Juristen. Man konnte ohne sie weder leben noch sterben. Weil nämlich alle Gesetze von Juristen gemacht wurden. So hatten sie den Rest der Welt fest im Griff. Luther dachte an Jack und lächelte. Jack war nicht wie sie. Jack war anders. Dann dachte er an seine Tochter, und das Lächeln verschwand. Auch Kate war nicht wie sie. Aber Kate haßte ihn.

In einem Fotogeschäft kaufte er eine Polaroid-Kamera und eine Packung Filme. Luther hatte nicht vor, irgend jemand die Bilder entwickeln zu lassen, die er machen wollte. Dann kehrte er zurück zum Hotel. Eine Stunde später hatte er insgesamt zehn Fotos geschossen. Er wickelte sie in Papier, danach legte er sie in eine Kartonmappe, die er tief in seinem Rucksack verstaute.

Er setzte sich und schaute aus dem Fenster. Beinahe eine Stunde verstrich, bevor er sich wieder bewegte, zum Bett wankte und sich hineinfallen ließ. Was für ein zäher Kerl er doch war. Zu einfühlsam, um beim Anblick des Todes nicht zusammenzuzucken, um nicht entsetzt zu sein von einem Ereignis, bei dem einem Menschen das Leben geraubt wurde, der noch viel länger auf Erden hätte wandeln sollen. Und der Gipfel war, daß der Präsident der Vereinigten Staaten darin verwickelt war. Ein Mann, den Luther respektiert, dem er seine Stimme gegeben hatte. Ein Mann, der das höchste Amt des Landes bekleidete und der in betrunkenem Zustand mit bloßen Händen beinahe eine Frau ermordet hätte. Selbst der Anblick seines nächsten Verwandten, der kaltblütig jemanden zu Tode prügelte, hätte Luther nicht schwerer treffen können. Es war, als wäre er selbst das Opfer gewesen, als hätte er die mörderischen Hände um den eigenen Hals gespürt.

Doch noch etwas anderes ließ ihn nicht los. Etwas, das er nicht wahrhaben wollte. Er wühlte das Gesicht in die Kissen und schloß die Augen in dem vergeblichen Versuch einzuschlafen.

»Es ist toll, Jenn.« Jack betrachtete die Villa aus Ziegel und Stein, die von einem Ende zum anderen mehr als sechzig Meter maß und über mehr Zimmer als ein College-Internat verfügte. Er fragte sich, warum sie überhaupt hier waren. Die kurvenreiche Auffahrt endete hinter dem massiven Bau in einer Garage für vier Autos. Der Rasen war so perfekt gepflegt, daß er in Jacks Augen einem mit Jade gefüllten Swimmingpool glich. Das Grundstück hinter dem Haus war in drei Terrassen angelegt, auf jeder befand sich ein eigener Pool. Das Anwesen entsprach dem Standard der Reichsten: Tennisplätze und Reitställe sowie 200 Hektar Grund, auf dem man umherstreifen konnte – das alles kam im nördlichen Virginia einem wahren Grundstücksimperium gleich.

Die Immobilienmaklerin wartete an der Eingangstür. Ihr neuer Mercedes parkte neben einem großen Springbrunnen aus Stein, den faustgroße Rosen aus Granit zierten. In ihrem Kopf rotierten bereits die Provisionssummen. Waren die beiden nicht ein fantastisches junges Paar? Das hatte sie so oft wiederholt, daß Jacks Schläfen inzwischen pochten.

Jennifer Baldwin nahm ihn am Arm; zwei Stunden später hatten sie den Rundgang beendet. Jack schlenderte zum Rand des großzügig angelegten Rasens und bewunderte die stämmigen Bäume; in einer zusammengewürfelten Gruppe drängten sich Ulmen, Fichten, Ahornbäume, Pinien und Eichen um die Vorherrschaft. Die Blätter begannen bereits, sich zu verfärben, und Jack betrachtete das erste Laub, das sich rot, gelb und orange leuchtend über das Anwesen verteilte, das zum Kauf angeboten wurde.

»Also, wieviel?« Er fühlte sich berechtigt, diese Frage zu stellen. Aber das hier mußte über ihre Verhältnisse hinausgehen. Zumindest über seine. Er mußte gestehen, daß es günstig gelegen war. Nur fünfundvierzig Minuten in der Hauptverkehrszeit von seinem Büro entfernt. Aber der Preis? Erwartungsvoll sah er seine Verlobte an.

Jennifer wirkte nervös und spielte mit ihrem Haar. »Drei Millionen achthundert.«

Jack wurde bleich. »Drei Millionen achthunderttausend Dollar?«

»Jack, es ist dreimal so viel wert.«

»Warum verkaufen sie es dann für drei Millionen achthunderttausend? Wir können es uns nicht leisten, Jenn. Vergiß es.«

Sie antwortete, indem sie die Augen verdrehte. Beschwichtigend winkte sie der Immobilienmaklerin zu, die im Wagen saß und den Vertrag vorbereitete.

»Jenn, ich verdiene hundertzwanzigtausend im Jahr. Du kassierst genausoviel, vielleicht ein bißchen mehr.«

»Wenn du erst Teilhaber bist –«

»Stimmt. Ich bekomme mehr Gehalt, aber

nicht genug für das da. Wir können die Hypothek nicht bezahlen. Ich hatte ohnehin angenommen, wir würden zu dir ziehen?«

»Das ist nicht der passende Ort für ein Ehepaar.«

»Nicht der passende Ort? Es ist ein verdammter Palast.« Jack ging zu einer waldgrün gestrichenen Bank und setzte sich.

Mit verschränkten Armen und entschlossenem Blick baute sie sich vor ihm auf. Ihre Sonnenbräune begann zu verblassen. Sie trug einen hellbraunen Hut, unter dem ihr das lange Haar um die Schultern wehte. Die maßgeschneiderte Hose war exakt der eleganten Form der schlanken Beine angepaßt. Die Füße steckten in polierten Lederstiefeln, die unter den Hosenbeinen verschwanden.

»Wir brauchen keine Hypothek, Jack.«

Er sah zu ihr auf. »Wirklich? Schenken sie uns das Haus, weil wir ein so fantastisches junges Paar sind?«

Sie zögerte, dann sagte sie: »Daddy bezahlt bar dafür, und wir zahlen es ihm zurück.«

Darauf hatte Jack gewartet.

»Wir zahlen es ihm zurück? Wie zur Hölle sollen wir es ihm zurückzahlen, Jenn?«

»Er bietet uns einen sehr großzügigen Rückzahlungsplan an, der zukünftige Einkommenserwartungen berücksichtigt. Um Himmels willen, Jack, ich könnte das Haus mit den aufgelaufenen Zinsen aus einem meiner Fonds bezahlen, aber ich wußte, daß dir das nicht recht wäre.« Jennifer setzte sich neben ihn. »Ich dachte, wenn wir es so machen, könntest du dich bei der ganzen Sache besser fühlen. Ich weiß, wie du über das Geld der Baldwins denkst. Wir müssen es Dad zurückzahlen. Es ist kein Geschenk. Es ist ein Darlehen, mit Zinsen. Ich verkaufe meine Wohnung. Dafür bekomme ich etwa achthunderttausend. Du wirst auch Geld beisteuern müssen. Wir kriegen es nicht gratis.« Spielerisch piekte sie ihn mit dem Finger in die Brust, um die Wirkung ihrer Worte zu unterstreichen. Sie blickte über die Schulter zum Haus zurück. »Ist es nicht wundervoll, Jack?

Wir werden hier so glücklich sein. Wir sind dafür bestimmt, hier zu leben.«

Jack schaute ebenfalls zur Vorderseite des Hauses, ohne sie wirklich zu sehen. Alles, was er sah, war Kate Whitney, in jedem einzelnen Fenster des verdammten Klotzes.

Jennifer drückte seinen Arm und lehnte sich an ihn. Jacks Kopfschmerzen steigerten sich ins Unerträgliche. Der Verstand verweigerte den Dienst. Seine Kehle fühlte sich trocken an, die Beine steif. Sanft löste er sich von seiner Verlobten, stand auf und ging schweigend zurück zum Wagen.

Jennifer blieb noch einen Augenblick sitzen. Ungläubigkeit war das vorherrschende Gefühl, das ihr Gesicht widerspiegelte. Wütend folgte sie ihm.

Die Immobilienmaklerin, die in ihrem Mercedes saß und das Gespräch der beiden aufmerksam beobachtet hatte, hörte auf, an dem Vertrag zu schreiben. Mißbilligend verzog sie den Mund.

Es war früher Morgen, als Luther das kleine Hotel verließ, das zwischen den dicht aneinandergebauten Häuserreihen im Nordwesten Washingtons verborgen lag. Er nahm ein Taxi zur U-Bahn-Station Metro Center und bat den Fahrer, einen Umweg zu nehmen. Als Vorwand gab er an, einen Blick auf eine Reihe von Sehenswürdigkeiten werfen zu wollen. Der Wunsch überraschte den Taxifahrer nicht. Ohne nachzudenken, schlug er die Route ein, die er tausendmal fuhr, ehe die Touristensaison offiziell zu Ende ging, sofern das in dieser Stadt je tatsächlich der Fall war.

Der Himmel drohte mit Regen, was jedoch nichts bedeuten mußte. Das unberechenbare Wetter wirbelte und peitschte nur so durch die Region; entweder ging es an der Stadt vorbei, oder aber es ließ seine ganze Naturgewalt an ihr aus, bevor es weiter gen Atlantik zog. Luther blickte hinauf in das dunkle Gewölk, gegen das die aufgehende Sonne vergeblich ankämpfte.

Würde er in sechs Monaten überhaupt noch am Leben sein? Vielleicht nicht. Es war durchaus denkbar, daß sie ihn trotz aller Vorsichtsmaßnahmen aufspürten. Aber er hatte vor, die Zeit zu genießen, die ihm noch blieb.

Mit der U-Bahn fuhr er zum Washington National Airport, wo er einen Zubringerbus zum Hauptterminal nahm. Das Gepäck hatte er bereits im voraus für den Flug der American Airlines aufgegeben, der ihn nach Dallas/Forth Worth bringen sollte. Dort würde er die Fluglinie wechseln und nach Miami weiterreisen, wo er übernachten wollte, um am nächsten Morgen einen weiteren Flug nach Puerto Rico zu nehmen. Ein letzter Flug schließlich würde ihn nach Barbados bringen.

Alles war bar bezahlt. Sein Reisepaß wies ihn als Arthur Lanis aus, 65 Jahre alt, aus Michigan, USA. Er besaß ein halbes Dutzend solcher Ausweise; alle waren feinste Handarbeit, wirkten hochoffiziell und waren doch ausnahmslos gefälscht. Der Reisepaß war noch acht Jahre gültig und zeigte, daß er häufig reiste.

Luther setzte sich in die Wartehalle und gab vor, eine Zeitung zu lesen. Die Halle war erfüllt von Lärm und Getriebe, wie es für einen gewöhnlichen Werktag auf dem viel frequentierten Flughafen üblich war. Gelegentlich spähte Luther über die Zeitung, um sich zu vergewissern, daß ihm niemand mehr als nur zufällige Aufmerksamkeit schenkte, doch er bemerkte nichts dergleichen. Und mittlerweile war er lange genug im Geschäft, daß sich etwas in ihm geregt hätte, wäre ein Grund zur Sorge vorhanden gewesen. Sein Flug wurde aufgerufen, man überreichte ihm die Bordkarte, und er trottete die Treppe hinab auf das schlanke Geschoß zu, das ihn in drei Stunden im Herzen von Texas absetzen sollte.

Das Ziel Dallas/Ft. Worth war einer der häufig gebuchten Flüge der American Airlines, überraschenderweise aber fand Luther einen leeren Sitz neben sich vor. Er legte seinen Mantel darauf ab, um niemanden in Versuchung zu führen, dort Platz zu nehmen. Dann setzte er sich und schaute aus dem Fenster.

Als das Flugzeug auf die Startbahn zurollte, konnte er durch den dichten, wirbelnden Nebel des kaltfeuchten Septembermorgens die Spitze des Washington Monument erkennen. Nur knapp eine Meile entfernt würde seine Tochter bald aufstehen, um zur Arbeit zu gehen, während ihr Vater in die Wolken abhob, um notgedrungen und nicht unbedingt leichten Herzens ein neues Leben zu beginnen.

Während die Maschine sich in die Lüfte erhob, schaute er nach unten und betrachtete den Potomac, der sich durch die Landschaft schlängelte, bis er außer Sicht geriet. Einen Moment lang schweiften Luthers Gedanken zu seiner vor langer Zeit verstorbenen Frau, dann zurück zu seiner überaus lebendigen Tochter.

Luther blickte in das freundliche, aufmerksame Gesicht der Flugbegleiterin, bestellte Kaffee und nahm eine Minute später auch das einfache Frühstück an, das sie ihm reichte. Er stürzte das heiße Getränk hinunter, dann griff er ans Fenster hinüber und berührte die mit seltsamen Streifen und Kratzern übersäte Oberfläche. Als er die Brille putzte, erkannte er, daß seine Augen heftig tränten. Rasch sah er sich um; die meisten Passagiere beendeten gerade das Frühstück oder lehnten sich zurück, um vor der Landung noch ein kurzes Nikkerchen zu halten.

Er klappte das Tablett hoch, öffnete den Gurt und ging auf die Toilette, wo er sich im Spiegel betrachtete. Seine Augen waren geschwollen und blutunterlaufen. Die Tränensäcke hingen schlaff nach unten; innerhalb der letzten sechsunddreißig Stunden war er merklich gealtert.

Luther ließ sich Wasser über das Gesicht laufen, wartete, bis sich die Tropfen unter dem Kinn sammelten, und benetzte es ein zweites Mal. Abermals rieb er sich die Augen. Sie schmerzten. Er lehnte sich gegen das winzige Waschbecken und versuchte, die zuckenden Gesichtsmuskeln unter Kontrolle zu bekommen.

Trotz aller Willensanstrengung wanderten die Gedanken zurück zu jenem Zimmer, wo er gesehen hatte, wie eine Frau brutal geschlagen wurde. Der Präsident der Vereinigten Staaten war ein Säufer, ein Ehebrecher, und er prügelte Frauen. Er grinste in Pressekameras, küßte Babys und flirtete mit alten Damen, die bezaubert von ihm waren; er nahm an bedeutenden Konferenzen teil, flog als oberster Repräsentant seines Landes in alle Welt – und er war ein verdammtes Arschloch, das verheiratete Frauen vögelte, sie zusammenschlug und umbringen ließ.

Was für eine Kombination!

Es war mehr Wissen, als ein einzelner Mensch mit sich herumschleppen sollte.

Luther fühlte sich sehr einsam. Und stinksauer.

Das Traurigste daran war, daß der Mistkerl damit durchkommen würde.

Die ganze Zeit hatte Luther sich eingeredet,

daß er den Kampf aufgenommen hätte, wenn er dreißig Jahre jünger gewesen wäre. Aber das war er nicht. Noch immer hatte er stärkere Nerven als die meisten, doch wie Flußgestein waren sie über die Jahre hinweg erodiert; sie waren nicht mehr, was sie einst gewesen waren. In seinem Alter überließ man solche Schlachten anderen, die sie entweder gewannen oder verloren. Seine Zeit war nun endlich gekommen. Luther Whitney war zu alt für die Herausforderung. Sogar er mußte diese Tatsache einsehen und sich damit abfinden.

Abermals betrachtete er sich im Spiegel. Ein Schluchzen staute sich in der Kehle, bis es schließlich herausdrang und den kleinen Raum erfüllte.

Es gab keine Entschuldigung, die rechtfertigen konnte, was er *nicht* getan hatte. Er hatte die verspiegelte Tür nicht geöffnet. Er hatte den Mann nicht von Christine Sullivan heruntergezerrt. Er hätte den Tod der Frau verhindern können; das war die einfache Wahrheit. Hätte er gehandelt, sie wäre noch am Leben. Seine Freiheit, wahrscheinlich sogar sein Leben, hatte er gegen ein anderes eingehandelt. Gegen das Leben eines Menschen, der Hilfe gebraucht hätte, der gegen den Tod ankämpfte, während Luther nur zusah. Ein menschliches Wesen, das knapp ein Drittel von Luthers Zeit auf Erden verbracht hatte. Er war zu feige gewesen, und diese Erkenntnis umklammerte ihn wie eine wilde Anakonda, die ihn zu zerquetschen drohte.

Tief beugte er sich zum Waschbecken hinunter, als die Beine unter ihm nachgaben. Er war geradezu dankbar dafür. Er konnte sein Gesicht im Spiegel nicht länger ansehen. Als die Maschine durch ein Luftloch sackte, wurde ihm speiübel.

Einige Minuten verstrichen; er tränkte ein Papierhandtuch mit kaltem Wasser und wischte sich damit über Gesicht und Nacken. Schließlich gelang es ihm, an seinen Platz zurückzutaumeln. Während das Flugzeug weiterdröhnte, schien sein Schuldgefühl mit jeder Meile zu wachsen.

Das Telefon klingelte. Kate sah auf den Wecker. Elf Uhr. Normalerweise ließ sie Anrufe um diese Zeit aufzeichnen. Aber irgend etwas veranlaßte sie, die Hand auszustrecken und den Hörer abzunehmen, bevor die Maschine sich einschalten konnte.

»Hallo.«

»Warum bist du nicht mehr bei der Arbeit?«

»Jack?«

»Wie geht's deinem Knöchel?«

»Weißt du eigentlich, wie spät es ist?«

»Ich muß mich doch nach meiner Patientin erkundigen. Ärzte schlafen nie.«

»Der Patientin geht es gut. Danke für die Fürsorge.« Sie mußte unwillkürlich lächeln.

»Karameleis. Diese Medizin hat mich noch nie im Stich gelassen.«

»Aha, es gab also auch andere Patientinnen?«

»Mein Anwalt hat mir geraten, auf diese Frage nicht zu antworten.«

»Ein guter Anwalt.«

Jack konnte sich genau vorstellen, wie sie dasaß und mit einem Finger an den Haarspitzen spielte, wie damals, wenn sie gemeinsam gelernt hatten; er hatte Sicherheitsvorschriften gepaukt, sie Französisch.

»Dein Haar wellt sich auch ohne Hilfe an den Enden.« Sie zog den Finger zurück, lächelte, dann runzelte sie die Stirn. Diese Bemerkung rief eine Menge Erinnerungen wach. Nicht alle davon waren angenehm.

»Es ist spät, Jack. Ich habe morgen einen Gerichtstermin.«

Jack stand auf und schritt mit dem schnurlosen Hörer auf und ab. Blitzschnell überlegte er, wie er sie noch ein paar Sekunden am Telefon halten konnte. Er fühlte sich schuldig, als schnüffelte er herum. Unwillkürlich blickte er über die Schulter. Aber da war niemand, zumindest niemand, den er sehen konnte.

»Tut mir leid, daß ich so spät noch angerufen habe.«

»Schon in Ordnung.«

»Und überhaupt, daß ich dir den Knöchel verrenkt habe.«

»Dafür hast du dich doch schon entschuldigt.«

»Ja. Wie geht's dir so? Ich meine, abgesehen vom Knöchel?«

»Jack, ich brauche wirklich ein bißchen Schlaf.«

Er hatte gehofft, daß sie das sagen würde.

»Gut, dann erzähl es mir morgen beim Mittagessen.«

»Ich hab' dir doch gesagt, daß ich einen Gerichtstermin habe.«

»Nach dem Gerichtstermin.«

»Jack, ich weiß nicht, ob das eine gute Idee ist. Eigentlich bin ich ziemlich sicher, daß es eine lausige Idee ist.«

Er fragte sich, was sie damit wohl meinte. Es war schon immer eine seiner schlechten Angewohnheiten gewesen, zuviel aus ihren Bemerkungen herauszulesen.

»Ach, komm, Kate. Es ist nur ein Mittagessen. Ich bitte dich doch nicht, mich zu heiraten.« Er lachte, wußte aber bereits, daß er voll ins Fettnäpfchen getreten war.

Kate spielte nicht mehr mit ihrem Haar. Auch sie stand auf. Sie betrachtete im Spiegel auf dem Flur, wie sie am Kragen des Nachthemdes zupfte. Falten traten deutlich auf der Stirn hervor.

»Es tut mir leid«, rief er rasch. »Es tut mir leid, das habe ich nicht so gemeint. Hör zu, ich lade dich ein. Für irgend etwas muß ich mein Geld schließlich ausgeben.« Jack sprach in tiefe Stille hinein. Tatsächlich war er nicht sicher, ob sie überhaupt noch dran war.

Die letzten zwei Stunden lang hatte er die Unterhaltung geprobt. Jede mögliche Antwort, jeden Wortwechsel, jede Abweichung. Er betont unbekümmert, sie verständnisvoll. Sie hätten sich prima verstanden. Bisher jedoch war überhaupt nichts nach Plan verlaufen. Also griff er auf Plan B zurück. Er beschloß zu betteln.

»Bitte, Kate. Ich möchte wirklich mit dir reden. Bitte.«

Kate setzte sich wieder hin, verschränkte die Beine und rieb sich die langen Zehen. Sie holte tief Luft. Die Jahre hatten sie doch nicht so sehr verändert, wie sie glaubte. War das gut oder schlecht? Im Augenblick konnte sie sich darüber nicht den Kopf zerbrechen.

»Wann und wo?«

»Morton's?«

»Zum Mittagessen?«

Er sah sie vor sich, ihr ungläubiges Gesicht bei dem Gedanken an das ultrateure Restaurant. Wie sie sich fragte, in welchen Kreisen er mittlerweile verkehrte. »Na gut, wie wär's mit dem Bistro in Old Town, am Founders Park, so gegen zwei? Dann kommen wir nicht in den Mittagstrubel.«

»Schon besser. Aber ich kann dir nichts versprechen. Wenn ich es nicht schaffe, rufe ich dich an.«

Langsam blies er den Atem aus. »Danke, Kate.«

Er legte den Hörer rasch auf, bevor sie es sich anders überlegen konnte, und warf sich auf die Couch. Nun, da sein Plan funktioniert hatte, überlegte er, was er sich eigentlich vorstellte. Was würde er sagen? Was würde sie sagen? Streiten wollte er nicht mit ihr. In dieser Hinsicht hatte er sie nicht belogen; er wollte einfach mit ihr sprechen, sie sehen. Das war alles. Zumindest redete er sich das ein.

Jack ging ins Badezimmer, ließ das Waschbecken mit kaltem Wasser vollaufen und steckte den Kopf hinein. Dann holte er sich ein Bier und ging nach oben zum Dachpool; dort saß er in der Dunkelheit und beobachtete, wie Flugzeuge über den Potomac hinweg in Richtung National Airport flogen. Die beiden grellroten Lichter des

Washington Monument blinkten tröstend zu ihm herüber. Die Straßen, acht Stockwerke unter ihm, waren ruhig, abgesehen von vereinzelten Polizei- und Rettungssirenen.

Während er die ruhige Oberfläche des Pools betrachtete, streckte er den Fuß in das mittlerweile abgekühlte Wasser und schaute zu, wie sich die Wellen verteilten. Jack trank das Bier aus, ging nach unten und schlief auf einem Stuhl im Wohnzimmer ein; der Fernseher dröhnte weiter. Das Telefon läutete, aber er hörte es nicht; es wurde auch keine Nachricht hinterlassen. Fast zweitausend Meilen entfernt legte Luther Whitney den Hörer auf und rauchte die erste Zigarette seit über dreißig Jahren.

Langsam fuhr der Laster des Federal Express die abgelegene Landstraße entlang; der Fahrer suchte auf den rostigen, schief stehenden Briefkästen nach der richtigen Adresse. Noch nie hatte er hier draußen eine Lieferung zugestellt. Der Wagen schien die schmale Straße vollständig auszufüllen.

Er bog in die Auffahrt des letzten Hauses ein und wollte gerade zurücksetzen. Zufällig sah er sich um und entdeckte die Adresse auf einem kleinen Holzschild neben der Tür. Kopfschüttelnd lächelte er. Manchmal war es wirklich nur Glück.

Das Haus war klein und in keinem besonders guten Zustand. Die verwitterten Markisen aus Aluminiumblech über den Fenstern, die etwa zwanzig Jahre vor der Geburt des Fahrers modern gewesen waren, neigten sich nach unten, als wären sie inzwischen müde und wollten sich ausruhen.

Die alte Frau, die an die Tür kam, trug ein geblümtes Kleid und hatte sich einen dicken Pullover um die Schultern gebunden. Ihre dicken, roten Knöchel ließen auf Durchblutungsstörungen und zahlreiche andere Gebrechen schließen. Sie wirkte überrascht, als habe sie das Päckchen nicht erwartet, unterschrieb aber bereitwillig dafür.

Der Fahrer warf einen Blick auf die Unterschrift auf dem Block: Edwina Broome. Dann stieg er in den Wagen und fuhr weg. Sie sah ihm nach, bevor sie die Tür schloß.

Das Sprechfunkgerät knisterte.

Fred Barnes hatte diesen Job seit mittlerweile sieben Jahren. Er fuhr durch die Wohngegenden der Reichen, sah protzige Häuser und von Gärtnern gepflegte Grundstücke; gelegentlich beobachtete er auch, wie teure Autos mit mannequinähnlichen Insassen die sauber asphaltierte Auffahrt herunter und durch die wuchtigen Tore brausten. Noch nie hatte er eines der Häuser betreten, für deren Bewachung er bezahlt wurde; er erwartete auch nicht, daß dies je geschehen werde.

Fred blickte an dem eindrucksvollen Gebäude hinauf. Vier bis fünf Millionen Dollar, schätzte er. Mehr Geld, als er in fünf Leben verdienen konnte. Manchmal war die Welt einfach nicht gerecht.

Über das Funkgerät gab er eine Meldung durch. Er sollte hier nach dem Rechten sehen. Was los war, wußte er nicht genau. Ihm war lediglich bekannt, daß der Hausbesitzer angerufen und gebeten hatte, man möge einen Wagen zur Überprüfung losschicken.

Die kalte Luft, die ihm ins Gesicht wehte, ließ Barnes an eine Tasse heißen Kaffee und Plundergebäck denken, gefolgt von acht Stunden Schlaf, bevor er wieder hinaus mußte, um eine weitere Nacht lang seine Runden zu drehen und die Besitztümer der Reichen zu beschützen. Die Bezahlung war nicht übel, die Sozialleistungen jedoch unter aller Kritik. Auch seine Frau hatte eine Ganztagsarbeit, und bei drei Kindern kamen sie mit dem gemeinsamen Einkommen gerade über die Runden. Aber schließlich hatten es alle schwer. Barnes schaute zu der fünftorigen Garage auf der Hinterseite, betrachtete den Swimmingpool und die Tennisplätze. Nun, manche vielleicht nicht ganz so.

Als er um die Ecke rollte, entdeckte er das herabhängende Seil, und die Gedanken an Kaffee und Plundergebäck verpufften. Er duckte sich, und seine Hand fuhr automatisch nach der Waffe im Schulterhalfter.

Über das Mikrofon erstattete er Bericht, wobei seine Stimme sich vor Aufregung fast überschlug. In ein paar Minuten würde die echte Polizei hier sein. Er konnte auf sie warten oder selbst nach dem Rechten sehen. Aber für acht Dollar die Stunde, sagte er sich, war das entschieden zuviel verlangt.

Als erster traf Barnes' Vorgesetzter in dem grellweißen Lieferwagen mit dem Firmenlogo ein. Eine halbe Minute später kam der erste von fünf Streifenwagen die Asphaltauffahrt heraufgefahren, bis die Autos schließlich wie ein wartender Zug vor dem Haus parkten.

Zwei Beamte sicherten das Fenster. Wahrscheinlich hatten die Einbrecher den Tatort schon lange verlassen, doch Mutmaßungen waren im Polizeialltag gefährlich.

Vier Polizisten gingen zur Vorderseite, zwei weitere deckten die Hinterseite. Paarweise drangen die vier Beamten in das Haus ein. Sie bemerkten, daß die Eingangstür unversperrt und die Alarmanlage ausgeschaltet war. Sie überprüften das Erdgeschoß und stiegen vorsichtig die breite Treppe hinauf, alle Sinne in höchster Alarmbereitschaft auf jedes Zeichen eines Geräusches oder einer Bewegung.

Als sie den Treppenabsatz zum zweiten Stock erreichten, witterte die Nase des verantwortlichen Sergeants, daß es sich hierbei um keinen gewöhnlichen Einbruch handelte.

Vier Minuten später standen die Polizisten im Kreis um die Überreste einer ehemals jungen, hübschen Frau. Die gesunde Gesichtsfarbe der Männer war einem fahlen Weiß gewichen.

Der Sergeant, ein dreifacher Familienvater, der die Fünfzig bereits überschritten hatte, schaute dankbar zum offenen Fenster hinüber. Doch selbst mit der frischen Luft von draußen war der Gestank im Zimmer betäubend. Nach einem weiteren Blick auf die Leiche schritt er rasch ans Fenster und sog gierig die klare Luft ein.

Er hatte eine Tochter in etwa demselben Alter. Einen Augenblick lang stellte er sich vor, sie läge dort auf dem Fußboden, mit kaum mehr erkennbarem Gesicht, das Leben brutal ausgelöscht. Die Angelegenheit fiel nun nicht mehr in seinen Zuständigkeitsbereich, dennoch hatte er einen Wunsch: Er wollte dabei sein, wenn derjenige geschnappt wurde, der dieses abscheuliche Verbrechen begangen hatte.

Kapitel 7

Lieutenant Seth Frank kaute an einem Stück Toast und versuchte gleichzeitig, seiner sechsjährigen Tochter die Zöpfe für die Schule zurechtzumachen, als der Anruf kam. Der Blick seiner Frau sagte ihm alles. Sie übernahm die Haarbänder. Seth klemmte den Hörer zwischen Ohr und Schulter, während er die Krawatte band und den ruhigen, knappen Worten des Anrufers lauschte. Zwei Minuten später saß er bereits im Wagen. Obwohl überflüssig, war das Einsatzlicht auf dem Dach des Ford befestigt, der ihm als Dienstwagen zur Verfügung stand, und verstreute weithin sichtbar sein unheilverkündendes Blau, als er durch die nahezu verlassenen Landstraßen des County brauste.

Franks großer, schwerknochiger Körper wies bereits erste Anzeichen der unvermeidlichen Erschlaffung auf, auch die schwarzen Locken waren nicht mehr so dicht wie einst. Er war einundvierzig, Vater dreier Töchter, die jeden Tag komplizierter und befremdlicher wurden, und er hatte inzwischen gelernt, daß nicht alles im Leben einen Sinn ergab. Aber insgesamt betrachtet, war er ein glücklicher Mann. Das Leben hatte ihn mit keinen allzu schweren Schicksalsschlägen gestraft. Noch nicht. Er war lange genug Gesetzeshüter, um zu wissen, daß sich das schlagartig ändern konnte.

Frank wickelte einen Streifen Juicy Fruit aus, den er gemächlich kaute, während dichte Reihen von Pinien am Fenster vorbeiflogen. Er hatte seine Laufbahn als Streifenpolizist in den schlimmsten Vierteln von New York City begonnen, wo der Begriff »Wert des Lebens« ein Widerspruch in sich war und wo er praktisch jede mögliche Art gesehen hatte, wie Menschen einander umbringen konnten. Schließlich war er Detective geworden; seine Frau war vor Freude ganz aus dem Häuschen gewesen. Zumindest würde er nun am Ort des Verbrechens eintreffen, wenn die bösen Jungs bereits verschwunden waren. Sie schlief nachts besser, seit sie wußte, daß der gefürchtete Anruf, der ihr Leben zerstören konnte, wahrscheinlich ausbleiben würde. Das war das Höchste, was sie als Frau eines Polizisten erhoffen durfte.

Schließlich war Frank dem Morddezernat zugeteilt worden, was in seinem Beruf vermutlich die größte Herausforderung darstellte. Nach ein paar Jahren war er zu dem Schluß gekommen, daß er die Arbeit und die Herausforderung mochte, nicht aber im Ausmaß von sieben Leichen pro Tag. Also war er in den Süden gezogen, nach Virginia.

Hier durfte er sich Leiter des Morddezernats von Middleton County nennen, was sich tatsächlich besser anhörte, als es eigentlich war, denn er war zugleich der einzige Ermittler in Mordfällen, den das County sich leistete. Aber in dem relativ harmlosen ländlichen Gebiet waren über die Jahre hinweg nicht viele anspruchsvolle Aufgaben auf ihn zugekommen. Dazu waren die Bewohner in der Regel einfach zu gut betucht. Zwar wurden Menschen ermordet, doch abgesehen von Frauen, die ihre Ehemänner erschossen und umgekehrt, und erbgierigen Kindern, die ihre Eltern um die Ecke brachten, gab es nichts Aufregendes. Die Täter waren in diesen Fällen ziemlich offensichtlich; es handelte sich weniger um geistige als vielmehr um Laufarbeit. Der Anruf von vorhin konnte das alles möglicherweise ändern.

Die Straße wand sich durch bewaldetes Gebiet und erstreckte sich dann zwischen umzäunten, grünen Weiden, auf denen langbeinige Vollblutpferde träge dem neuen Morgen entgegenblickten. Hinter eindrucksvollen Toren und langen, gewundenen Auffahrten befanden sich die Residenzen der Reichen, von denen es in dieser Gegend nur so wimmelte. Frank kam zu dem Schluß, daß er von den Nachbarn bei diesem Fall nicht viel Hilfe erwarten konnte. Hatten sie sich erst in ihren jeweiligen Festungen verschanzt, sahen und hörten sie vermutlich nichts mehr von dem, was draußen vor sich ging. Zweifellos wollten sie es so und zahlten teuer für dieses Privileg.

Als Frank sich dem Anwesen der Sullivans näherte, rückte er im Rückspiegel die Krawatte gerade und strich ein paar verirrte Strähnen aus der Stirn. Er empfand keine besondere Sympathie für die Reichen, aber auch keine ausgeprägte Abneigung. Sie waren Teile des Puzzles. Ein Rätsel, das längst nichts mehr mit einem Spiel zu tun hatte. Das wiederum führte zum befriedigendsten Aspekt seiner Arbeit. Denn zwischen all den unerwarteten Wendungen eines Falles, den Täuschungen, falschen Spuren und offensichtlichen Fehlern lauerte eine unumstößliche Wahrheit: Wer einen Menschen tötete, fiel in die Zuständigkeit von Seth Frank und wurde letztlich bestraft. Normalerweise interessierte er sich nicht dafür, wie diese Strafe aussah. Was ihn sehr wohl interessierte, war, daß solche Menschen vor Gericht kamen, und – im Falle einer Verurteilung – die über sie verhängte Strafe verbüßten. Ganz gleich, ob es sich nun um Reiche, Arme oder Mittelständler handelte. Seine

Fähigkeiten mochten ein wenig eingerostet sein, doch die Instinkte waren immer noch da. Alles in allem hatte er sich auf letztere stets verlassen können.

Als er in die Auffahrt bog, bemerkte Frank einen Mähdrescher, der sich durch ein angrenzendes Maisfeld wühlte. Der Fahrer beobachtete das rege Treiben der Polizei aufmerksam. Bald schon würde sich die Neuigkeit wie ein Lauffeuer in der Gegend verbreiten. Der Mann konnte nicht wissen, daß er gerade Spuren einer Flucht vernichtete. Ebensowenig wußte es Seth Frank, als er aus dem Wagen stieg, die Jacke anzog und durch die Eingangstür eilte.

Die Hände tief in den Hosentaschen vergraben, ließ der Kommissar den Blick langsam durch den Raum wandern, vom Boden über die Wände hinauf an die Decke; anschließend zurück zur verspiegelten Tür und an die Stelle, an der die Verstorbene während der letzten paar Tage gelegen hatte. Seine Augen nahmen jede Einzelheit auf.

»Ich will jede Menge Fotos, Stu«, sagte Seth Frank. »Sieht so aus, als könnten wir sie brauchen.«

Der Polizeifotograf schritt, ausgehend von der Leiche, in einem exakten Raster durch den Raum, um jeden Aspekt des Zimmers auf Film zu bannen, einschließlich des einzigen Bewohners. Danach würde eine vollständige Videoaufnahme des gesamten Tatorts mit Erläuterungen erfolgen. Das war zwar vor Gericht nicht unbedingt zulässig, doch es war von unschätzbarem Wert für die Ermittlungen. So wie Footballspieler sich auf Video Spiele ansahen, durchforschten Fahnder immer öfter Videos nach zusätzlichen Hinweisen, die sie erst nach der achten, zehnten oder hundertsten Betrachtung entdeckten.

Das Seil war noch an der Kommode befestigt und hing aus dem Fenster. Nur war es mittlerweile mit schwarzem Fingerabdruckpulver bedeckt, wenngleich sie kaum etwas finden würden. Im Normalfall trug man Handschuhe, wenn man ein Seil hinunterkletterte.

Sam Magruder, der Einsatzleiter, trat an Frank heran, nachdem er gerade zwei Minuten aus dem Fenster gebeugt nach frischer Luft geschnappt hatte. Er war Mitte Fünfzig, mit einem buschigen roten Haarschopf über dem rundlichen, bartlosen Gesicht, und er hatte Mühe, das Frühstück im Magen zu behalten. Man hatte einen tragbaren Ventilator ins Zimmer gebracht, und die Fenster standen weit offen. Das gesamte Ermittlungspersonal trug geruchsfilternde Masken, dennoch war der Gestank unerträglich. Der Abschiedsgruß der Toten an die Lebenden. Wunderschön in einem Augenblick, im nächsten nur noch faules Fleisch.

Frank sah Magruders Notizen durch, als er die grünliche Gesichtsfarbe des Einsatzleiters bemerkte.

»Sam, wenn du vom Fenster wegbleibst, stellt sich dein Geruchssinn in etwa vier Minuten darauf ein. So machst du es nur schlimmer.«

»Ich weiß, Seth. Mein Verstand sagt es mir, aber meine Nase will nicht darauf hören.«

»Wann hat ihr Mann angerufen?«

»Heute morgen, 7 Uhr 45 Ortszeit.«

Frank versuchte, das Gekritzel des Polizisten zu entziffern. »Und wo ist er?«

»Auf Barbados.«

Frank sah hoch. »Wie lange schon?«

»Das überprüfen wir gerade.«

»Gut so.«

»Wie viele Visitenkarten haben sie hinterlassen, Laurie?« Frank wandte sich der Spurensicherungsexpertin, Laurie Simon, zu.

Sie schaute auf, ohne ihm in die Augen zu sehen. »Viel finde ich nicht, Seth.«

Frank ging zu ihr hinüber. »Komm schon, Laurie. Sie muß überall im Zimmer gewesen sein. Was ist mit ihrem Mann? Dem Hausmädchen? Hier müssen überall verwertbare Abdrücke sein.«

»Ist aber nicht viel da.«

»Du willst mich wohl auf den Arm nehmen, Laurie?«

Simon, die ihre Arbeit sehr ernst nahm, war die beste Aufspürerin von Fingerabdrücken, mit der Frank je zusammengearbeitet hatte, das New York Police Department miteingeschlossen. Beinahe entschuldigend sah sie ihn an. Überall war Karbonpulver, und es gab keine Abdrücke? Ganz im Gegensatz zum weit verbreiteten Glauben hinterließen zahlreiche Verbrecher Fingerabdrükke am Tatort. Man mußte nur wissen, wo man danach zu suchen hatte. Leider wußte Laurie Simon, wo sie zu suchen hatte, und meldete dennoch Fehlanzeige. Hoffentlich ergab sich nach der Laboranalyse etwas. Viele latente Abdrücke waren einfach mit bloßem Auge nicht zu erkennen, ganz gleich, aus welchem Winkel man Licht darauf warf. Deshalb nannte man sie auch latente Abdrücke. Man konnte nur alles bepulvern und abnehmen, von dem man annahm, die Täter könnten es berührt haben. Und vielleicht hatte man Glück.

»Ich hab' ein paar Sachen zusammengepackt, die ich mir im Labor näher ansehen will. Wenn ich sie mit Ninhydrin präpariert und die Reste mit Super Glue bearbeitet habe, kommt vielleicht was dabei raus.« Pflichtbewußt machte sie sich wieder an die Arbeit.

Frank schüttelte den Kopf. Super Glue, ein Zyanoakrylat, war vermutlich das beste Dampfverfahren und konnte Fingerabdrücke zum Vorschein bringen, die man nicht für möglich halten würde. Das Problem war, daß es Zeit brauchte, bis der Zauber wirkte. Und Zeit hatten sie keine.

»Ach komm, Laurie, so wie die Leiche aussieht, haben die bösen Jungs ohnehin schon einen gehörigen Vorsprung.«

Sie sah ihn an. »Ich habe ein anderes Zyanoakrylester, das ich ausprobieren möchte. Es arbeitet schneller. Notfalls kann ich den Super Glue immer noch anzünden, um die Sache zu beschleunigen.« Sie lächelte.

Der Kommissar zog eine Grimasse. »Genau. Bei deinem letzten Versuch mußten wir das ganze verfluchte Gebäude evakuieren.«

»Nichts in dieser Welt ist vollkommen, Seth.«

Magruder räusperte sich. »Sieht so aus, als hätten wir es hier mit echten Profis zu tun.«

Seth bedachte den Einsatzleiter mit einem strengen Blick. »Das sind keine Profis, Sam, das sind Mörder. Die haben kein College besuchen müssen, um so etwas zu lernen.«

»Nein, Sir.«

»Ist es sicher, daß es die Hausherrin ist?« wollte Frank wissen.

Magruder wies auf das Foto auf dem Nachttisch. »Christine Sullivan. Natürlich lassen wir sie noch identifizieren.«

»Irgendwelche Zeugen?«

»Nicht, daß ich wüßte. Ich habe noch nicht mit den Nachbarn gesprochen. Das werd' ich heute morgen machen.«

Frank begann, sich ausführliche Notizen über den Raum sowie den Zustand des Opfers zu machen; dann fertigte er eine genaue Skizze des Zimmers und des Mobiliars an. Ein guter Verteidiger konnte einen unvorbereiteten Zeugen der Staatsanwaltschaft wie den letzten Idioten aussehen lassen. Unvorbereitet zu sein bedeutete, daß schuldige Verbrecher freikamen.

Die einzige Lektion, die er zu dem Thema je brauchen sollte, hatte Frank bei einer Verhandlung wegen Einbruchs gelernt. Er war damals noch Anfänger und als erster am Tatort gewesen. Nie zuvor in seinem Leben war ihm beschämter oder deprimierter zumute gewesen als in dem Augenblick, als er den Zeugenstand verließ. Der Verteidiger hatte seine Zeugenaussage förmlich zerpflückt und auf dieser Grundlage am Ende einen Freispruch für den Angeklagten erwirkt. Hätte

Frank im Gerichtssaal seine 38er tragen dürfen, gäbe es seit jenem Tag einen Anwalt weniger auf Erden.

Frank ging durch das Zimmer zum Gerichtsmediziner, einem feisten, weißhaarigen Mann, der trotz der Morgenkälte, die draußen herrschte, heftig schwitzte. Er zog gerade den Rock der Leiche herunter. Frank kniete nieder und untersuchte eine der in Plastikbeutel gehüllten Hände, dann betrachtete er das Gesicht der Frau. Es sah so aus, als wäre sie grün und blau geschlagen worden. Die Kleidung war durchtränkt mit ihren Körperflüssigkeiten. Mit dem Tod ging die fast unverzügliche Entspannung der Schließmuskeln einher. Die daraus entstandene Geruchskombination war alles andere als angenehm. Glücklicherweise war der Insektenbefall trotz des offenen Fensters äußerst gering.

»Hast du schon den ungefähren Todeszeitpunkt?« fragte Seth Frank den Gerichtsmediziner.

»Das Rektalthermometer hilft mir hier nicht viel, wenn du verstehst, was ich meine. Zweiundsiebzig bis vierundachtzig Stunden. Genaueres kann ich sagen, sobald ich sie aufgemacht habe.« Der Gerichtsmediziner stand auf. »Schußwunden am Kopf«, fügte er hinzu, wenngleich für niemanden im Raum Zweifel hinsichtlich der Todesursache der Frau bestanden.

»Mir sind die Male am Hals aufgefallen.«

Der Leichenbeschauer musterte Frank einen Augenblick, dann zuckte er die Schultern. »Die sind da. Ich weiß noch nicht, was sie bedeuten.«

»Ich hätte gerne einen raschen Bericht über diesen Fall.«

»Den bekommst du. Hier draußen gibt's nicht viele Morde. Die wenigen haben normalerweise Vorrang.«

Bei der sarkastischen Bemerkung zuckte der Kommissar zusammen. Der Gerichtsmediziner sah ihn an. »Ich hoffe, du schlägst dich gerne mit den Pressefritzen herum. Auf das hier stürzen sie sich bestimmt wie ein Bienenschwarm auf einen Topf Honig.«

»Eher wie ein Wespenschwarm.«

Abermals zuckte der Gerichtsmediziner die Schultern. »Besser du als ich. Für diesen Mist bin ich viel zu alt. Von mir aus könnt ihr sie wegschaffen.«

Der Leichenbeschauer verstaute seine Instrumente und ging.

Frank hielt die zierliche Hand zu seinem Gesicht hoch und betrachtete die professionell manikürten Nägel. Zwei der Nagelhäute waren mehrfach eingerissen, was darauf hindeuten mochte, daß es einen Kampf gegeben hatte, bevor man sie abknallte. Der Körper war aufgebläht; überall wüteten Bakterien, die den Verwesungsprozeß vorantrieben. Die Totenstarre hatte schon lange eingesetzt, was bedeutete, daß sie seit mindestens achtundvierzig Stunden tot war. Die Gliedmaßen fühlten sich geschmeidig an, da sich die weiche Hautschicht des Körpers auflöste. Frank seufzte. Sie lag tatsächlich schon eine ganze Weile hier. Das war gut für den Mörder, schlecht für die Polizei.

Vorsichtig hob er den Kopf der Leiche an und drehte jede Seite gegen das Licht. An der rechten Seite klafften zwei Eintrittswunden, an der linken ein großes, gezacktes Austrittsloch. Sie hatten es mit schwerkalibrigen Geschossen zu tun. Stu hatte die Wunden bereits aus allen möglichen Winkeln fotografiert, einschließlich direkt von oben. Die rundlichen Schürfränder und das Fehlen von Brand- oder Druckstellen an der Hautoberfläche ließen Frank darauf schließen, daß die Schüsse aus mehr als einem halben Meter Entfernung abgefeuert worden waren.

Kleinkalibrige Kontaktwunden, verursacht durch Schüsse aus weniger als fünf Zentimeter Distanz oder unmittelbare Mündungsberührung mit der Haut konnten vielerlei verschiedenartige Eintrittswunden am Opfer hinterlassen. Doch wenn sie es mit einer Kontaktwunde zu tun hatten, wären noch Pulverrückstände im Gewebe entlang der Geschoßbahn vorhanden. Die Autopsie würde in diesem Punkt Gewißheit bringen.

Als nächstes begutachtete er die Quetschung am rechten Kiefer. Teilweise wurde sie durch die natürliche Blasenbildung des verwesenden Körpers verdeckt, doch Frank hatte genug Leichen gesehen, um den Unterschied zu erkennen. Die Hautoberfläche an der Stelle war ein merkwürdiges Gemisch aus Grün, Braun und Schwarz. Nur ein gewaltiger Schlag konnte so etwas verursacht haben. Ein Mann? Das war merkwürdig. Er rief nach Stu, damit er von dem Bereich Fotos mit einer Farbskala machte. Dann legte er den Kopf mit der Ehrfurcht zurück, die der Verstorbenen gebührte, selbst unter den überwiegend klinischen Umständen.

Bei der nachfolgenden Autopsie würde man nicht soviel Pietät zeigen.

Langsam hob Frank den Rock hoch. Die Unterwäsche war unbeschädigt. Der Autopsiebericht würde die offensichtliche Frage klären.

Frank sah sich den Raum an, während die Mitglieder des Untersuchungsteams weiterarbeiteten. Es hatte etwas Gutes, in einer reichen, wenn auch eher ländlichen Gegend zu leben: Die Steuereinnahmen reichten problemlos aus, um eine kleine, aber erstklassige Untersuchungsmannschaft für den Tatort auszurüsten, mit der neuesten Technologie und allen Geräten, die es theoretisch erleichterten, Verbrecher zu fangen.

Das Opfer war auf die linke Körperseite gefallen, von der Tür abgewandt. Die Knie waren teilweise angezogen, der linke Arm ausgestreckt, der rechte ruhte an der Hüfte. Das Gesicht wies nach Osten, weg von der rechten Bettseite; sie lag in beinahe fötaler Stellung. Frank rieb sich die Nase. Vom Anfang zum Ende, wieder zurück zum Anfang. Niemand konnte wissen, auf welche Weise man von Mutter Erde schied, nicht wahr?

Mit Simons Hilfe vermaß er die Lage des Leichnams; das Maßband quietschte, als es ausgezogen wurde. In diesem Raum des Todes klang es irgendwie blasphemisch. Er betrachtete die Tür und die Lage des Körpers. Dann nahmen Simon und er eine vorläufige Flugbahnbestimmung der Kugeln vor. Daraus ergab sich, daß die Schüsse höchstwahrscheinlich von der Tür aus abgegeben worden waren. Bei einem Einbruch, wenn der Täter auf frischer Tat ertappt wurde, hätte man das Gegenteil erwartet. Doch es gab noch ein Beweisstück, das mit großer Wahrscheinlichkeit bestätigen würde, welchen Weg die Kugeln zurückgelegt hatten.

Abermals kniete Frank sich neben die Leiche. Es gab keine Schleifspuren auf dem Teppich, auch die Blutflecken und Spritzmuster deuteten darauf hin, daß die Tote genau an dieser Stelle gefallen war. Sachte drehte Frank die Leiche um und hob erneut den Rock hoch. Nach Eintritt des Todes sammelte sich das Blut an den untersten Stellen des Körpers, ein Umstand, der *Livor mortis* genannt wird. Nach vier bis sechs Stunden bleibt der *Livor mortis* unverändert. Folglich führt eine Bewegung des Körpers zu keiner Änderung der Blutverteilung im Körper. Frank legte die Leiche zurück. Alles wies darauf hin, daß Christine Sullivan genau hier gestorben war.

Die Blutspuren erhärteten ferner den Schluß, daß die Verstorbene wahrscheinlich zum Bett hingesehen hatte, als der Tod sie ereilte. Wenn dem so war, wen oder was hatte sie angeschaut? Normalerweise würde jemand, der erschossen werden sollte, den Mörder anblicken und um Gnade flehen. Christine Sullivan hätte gebettelt, dessen war Frank sicher. Der Fahnder betrachtete das prunkvoll ausgestattete Zimmer. Sie besaß eine Menge, wofür es sich zu leben lohnte.

Eingehend untersuchte Frank den Teppich, wobei er mit dem Gesicht bis auf wenige Zentimeter an die Oberfläche heranging. Die Blutspritzer waren ungleichmäßig verteilt, als hätte etwas vor oder neben dem Opfer gelegen. Das konnte sich in weiterer Folge noch als wichtig erweisen. Über Spritzmuster war schon viel geschrieben worden. Frank sah sie als nützliche Indizien, versuchte aber, nicht zu viel daraus erkennen zu wollen. Aber wenn etwas den Teppich teilweise vor Blut geschützt hatte, dann wollte er wissen, worum es sich dabei gehandelt hatte. Verwirrend fand er auch, daß auf dem Kleid keinerlei Blutflecken waren. Das mußte er sich notieren; es konnte ebenfalls von Bedeutung sein.

Simon öffnete ihren Spezialkoffer und nahm mit Franks Hilfe einen Abstrich an der Vagina der Toten vor. Als nächstes kämmten sie sowohl durch ihr Kopf- als auch Schamhaar, wobei keine offensichtlichen Fremdkörper zu Tage traten. Schließlich stopften sie die Kleidung des Opfers in Plastikbeutel.

Frank betrachtete die Leiche eingehend. Er warf Simon einen Blick zu. Sie erriet den Gedanken.

»Es wird keine geben, Seth.«

»Tu mir den Gefallen, Laurie.«

Pflichtbewußt breitete Simon das Fingerabdruck-Set aus und trug Pulver auf, an den Handgelenken, Brüsten und Innenseiten der Oberarme. Nach ein paar Sekunden sah sie zu Frank auf und schüttelte den Kopf. Dann verstaute sie die Ausbeute ihrer Arbeit.

Frank beobachtete, wie der Leichnam in ein weißes Tuch gehüllt und in eine Leichentasche gepackt wurde. Danach wurde Christine Sullivan hinausgetragen, wo ein Rettungswagen sie ohne Sirenen an einen Ort bringen würde, den zu sehen sich niemand wünschte.

Danach untersuchte Frank den Tresorraum, wo ihm Stuhl und Fernbedienung ins Auge stachen. Auf dem Boden des Tresors waren Staubmuster aufgewirbelt. Simon hatte den Bereich bereits bearbeitet. Die Sitzfläche des Stuhls war voll mit dem schwarzen Pulver. Der Tresorraum war aufgebrochen worden, Tür und Wand wiesen Beschädigungen auf, wo das Schloß geknackt worden war. Sie würden den Hebelansatzpunkt als Beweisstück herausschneiden und versuchen, eine Werkzeugsbestimmung vorzunehmen. Nochmals blickte Frank durch die Tresortür und schüttelte den Kopf. Ein Einwegspiegel. Wie fein. Noch dazu im Schlafzimmer. Er konnte es kaum erwarten, den Hausbesitzer kennenzulernen.

Frank ging zurück ins Zimmer und betrachtete

das Foto auf dem Nachttisch. Fragend schaute er zu Simon hinüber.

»Habe ich schon, Seth«, sagte sie. Er nickte und ergriff das Bild. Eine hübsche Frau, dachte er, wirklich hübsch auf eine gewisse Komm-und-fick-mich-Art. Das Foto war in diesem Zimmer geschossen worden, die kürzlich Verblichene saß auf dem Sessel neben dem Bett. Dann bemerkte er die Delle in der Wand. Es waren echte Stukkaturwände, nicht der übliche Schnellputz, dennoch war die Einbuchtung tief. Frank stellte außerdem fest, daß der Nachttisch bewegt worden war; der dicke Teppich zeigte noch die ursprüngliche Stellung. Er wandte sich zu Magruder um.

»Sieht so aus, als wäre jemand dagegengerannt.«

»Wahrscheinlich während des Kampfes.«

»Wahrscheinlich.«

»Habt ihr die Kugel schon gefunden?«

»Eine steckt noch in ihr drin, Seth.«

»Ich meine die andere, Sam.« Ungehalten schüttelte Frank den Kopf. Magruder deutete an die Wand neben dem Bett, in der sich ein kleines, kaum sichtbares Loch befand.

Frank nickte. »Schneidet den Bereich aus; die Jungs vom Labor sollen die Kugel herausholen. Fingert bloß nicht selbst daran herum.« Im letzten

Jahr waren die ballistischen Tests zweimal nutzlos geworden, weil ein übereifriger Uniformierter ein Projektil aus der Wand gekratzt und dabei die Schleifspuren zerstört hatte.

»Hülsen?«

Magruder schüttelte den Kopf. »Wenn die Mordwaffe leere Hülsen ausgespuckt hat, dann hat sie jemand aufgehoben.«

Frank wandte sich Simon zu. »Irgend etwas aus dem E-Vak?« Der spezielle Hochleistungs-Staubsauger, den sie verwendeten, war ein höchst nützliches Gerät; er arbeitete mit einer Reihe von Filtern und wurde verwendet, um den Teppich und andere Materialien nach Fasern, Haaren und sonstigen winzigen Objekten zu durchforsten, die sich oftmals als große Hilfe erwiesen. Denn was der Täter nicht sah, konnte er auch nicht entfernen.

Magruder versuchte, witzig zu sein. »Ich wünschte, mein Teppich wäre so sauber.«

Frank wandte sich an das Untersuchungsteam. »Haben wir irgendeine Spur, Leute?« Alle sahen einander an und überlegten, ob Frank wohl scherzte oder nicht. Das fragten sie sich immer noch, als er den Raum verließ und die Treppe hinunterging.

An der Eingangstür sprach ein Vertreter der Alarmanlagenfirma mit einem Beamten. Ein Mitglied des Untersuchungsteams packte gerade die

Abdeckplatte und die Drähte in Plastikbeutel für Beweisstücke. Man zeigte Frank, wo die Farbe leicht zerkratzt war, außerdem einen mikroskopisch kleinen Metallsplitter, der darauf hinwies, daß die Schalttafel abmontiert worden war. An den Drähten waren geringfügige zahnartige Einbuchtungen erkennbar. Bewundernd betrachtete der Fachmann für Alarmanlagen die Handarbeit des Einbrechers. Magruder trat zu ihnen; langsam kehrte Farbe in sein Gesicht zurück.

Der Vertreter nickte mit dem Kopf. »Sieht so aus, als hätten sie einen Zähler benutzt.«

Seth sah ihn an. »Was ist das?«

»Ein computerunterstütztes Verfahren, um Unmengen von Zahlenkombinationen in die Erkennungsbank des Systems zu schaufeln, bis man die richtige Kombination hat. Sie wissen schon, wie die Dinger, die zum Knacken von Geldautomaten verwendet werden.«

Frank blickte zu dem leergeräumten Schaltschrank, dann zurück zu dem Mann. »Überrascht mich, daß ein solches Haus über kein besseres System verfügt.«

»Es ist ein hervorragendes System.« Der Vertreter klang geradezu beleidigt.

»Eine Menge Gauner benützen heutzutage Computer.«

»Ja, aber der springende Punkt ist, daß dieses Baby hier fünfzehn Stellen hat, nicht zehn, außerdem ein Zeitlimit von dreiundvierzig Sekunden. Wenn man es nicht innerhalb der Zeit schafft, schnappt die Falle zu.«

Frank rieb sich die Nase. Er mußte nach Hause, um zu duschen. Der Gestank des Todes, der sich mehrere Tage lang in dem heißen Zimmer ausgebreitet hatte, hinterließ kaum entfernbare Rückstände in Kleidung, Haaren und Haut. Und in den Nasenhöhlen.

»Also?« fragte Frank.

»Also, die tragbaren Modelle, die man wahrscheinlich für einen Einbruch wie den hier verwenden würde, können einfach in dreißig Sekunden nicht genügend Kombinationen durchspielen. Bei einer fünfzehnstelligen Konfiguration hat man es mit über dreiunddreißig Trillionen Möglichkeiten zu tun! Und es ist ja nicht so, daß die Kerle PCs mit sich herumschleppen.«

Der Einsatzleiter schaltete sich ein. »Warum dreißig Sekunden?«

Frank antwortete. »Man braucht auch ein wenig Zeit, um die Abdeckung loszuschrauben, Sam.« Er wandte sich wieder dem Sicherheitsspezialisten zu. »Was also wollen Sie damit sagen?«

»Ich will damit sagen, daß er bereits einige der

möglichen Stellen ausgeschlossen haben muß, wenn er diese Anlage mit einem Nummernsucher überlistet hat. Vielleicht die Hälfte, vielleicht auch mehr. Ich meine, vielleicht haben sich die Typen ja selbst etwas zusammengebastelt, um diese Nuß zu knacken. Und wir reden hier auf keinen Fall von billiger Hardware und irgendwelchen Pennern, die in ein Elektrogeschäft gehen und mit einem Taschenrechner wieder herauskommen. Aber es bleibt ein Haken dabei: Die Computer werden zwar jeden Tag schneller und kleiner, doch man muß auch wissen, daß die Geschwindigkeit der *eigenen* Hardware das Problem nicht löst. Entscheidend ist, wie schnell der Computer der Alarmanlage auf die eingegebenen Kombinationen reagiert. Wahrscheinlich um einiges langsamer als die eigene Maschine. Kurz und gut, man braucht für so einen Job eine Rückversicherung, verstehen Sie? In dem Gewerbe kriegt man keine zweite Chance.«

Frank begutachtete die Montur des Mannes, dann die Schalttafel. Er wußte, was es bedeutete, sollte der Bursche recht haben. In diese Richtung hatte er schon selbst gedacht, und zwar aufgrund der Tatsache, daß an der Eingangstür weder Gewalt angewendet, noch sonst irgendeine Spur hinterlassen worden war.

Der Vertreter der Alarmanlagenfirma redete weiter: »Tatsächlich könnten wir die Möglichkeit der Manipulation sogar ganz ausschließen. Wir haben Systeme, die sich weigern, auf riesige Zahlenmengen zu reagieren, die man hineinstopft. Das Problem ist nur, solche Anlagen sind so störungsempfindlich, daß sie auch immer wieder bei den Besitzern anschlagen, wenn die sich nicht beim ersten oder zweiten Versuch an die Kombination erinnern. Wir hatten so viele falsche Alarme, daß die Polizeireviere uns schon Rechnungen geschickt haben. Stellen Sie sich das mal vor ...«

Frank dankte ihm und nahm sodann den Rest des Hauses in Augenschein. Wer immer das Verbrechen begangen hatte, wußte, was er tat. Dieser Fall würde sich nicht im Schnellverfahren lösen lassen. Gute Planung vor dem Verbrechen bedeutete meist ebenso gute Planung danach. Die Hausherrin umzupusten war jedoch vermutlich nicht vorgesehen gewesen.

Plötzlich lehnte sich Frank gegen den Türrahmen und dachte über das Wort nach, das sein Freund, der Gerichtsmediziner, gebraucht hatte: *Schußwunden.*

Kapitel 8

Er war zu früh dran. Die Uhr zeigte fünf nach halb zwei. Den Tag hatte er sich freigenommen und den ganzen Vormittag überlegt, was er anziehen sollte. Noch nie hatte er sich darüber Gedanken gemacht, heute aber schien es unglaublich wichtig zu sein. Jack zupfte an der grauen Tweedjacke, fingerte an einem Knopf des weißen Baumwollhemdes herum und rückte zum zehntenmal die Krawatte zurecht.

Er spazierte zum Kai hinunter und beobachtete, wie die Deckshelfer die *Cherry Blossom* putzten, ein Rundfahrtschiff, das einem alten Mississippidampfer nachgebaut war. Kate und er waren in ihrem ersten Jahr in Washington einmal damit gefahren, an einem der seltenen freien Nachmittage. Es war ein warmer Tag gewesen, so wie heute, aber klarer. Nun zogen von Westen her dunkle Wolken auf. Um diese Jahreszeit mußte man täglich mit einem Nachmittagsgewitter rechnen.

Neben der kleinen Hütte des Hafenmeisters setzte Jack sich auf eine verwitterte Bank und betrachtete die Möwen, die träge über dem aufgewühlten Wasser kreisten. Von diesem Aussichtspunkt konnte man das Kapitol sehen. Lady Liberty thronte majestätisch über der berühmten Kuppel. Man hatte sie erst kürzlich von dem Schmutz befreit, der sich in über hundertdreißig Jahren angesammelt hatte. In dieser Stadt bleibt niemand vom Dreck verschont, dachte Jack; es mußte wohl an der Umgebung liegen.

Seine Gedanken wanderten zu Sandy Lord. Er sorgte für die ergiebigsten Geldzuströme der Firma und war der größte Egozentriker, der je bei Patton, Shaw & Lord ein Büro besetzt hatte. In den Justiz- und Politkreisen von Washington, D. C., war Sandy fast schon etwas wie eine fixe Einrichtung geworden. Die anderen Teilhaber sprachen seinen Namen so ehrfurchtsvoll aus, als wäre er soeben vom Berge Zion herabgestiegen und hätte seine eigene Version der Zehn Gebote verkündet, beginnend mit den Worten: »Du sollst für Patton, Shaw & LORD soviel Geld wie möglich machen.«

Ironischerweise hatte Sandy Lord einen Teil des Reizes ausgemacht, als Ransome Baldwin die Firma damals erwähnte. Wenn Lord nicht das allerbeste Beispiel für einen einflußreichen Anwalt in der Stadt war, dann zumindest eines der besten.

Er spielte in der obersten Liga, die es für Anwälte gab. Lords Möglichkeiten waren grenzenlos. Jack wagte jedoch zu bezweifeln, ob das allein für ein glückliches Leben ausreichte.

Er war auch nicht sicher, was er sich von diesem Mittagessen erwartete. Sicher war nur, daß er Kate Whitney sehen wollte. Das wünschte er sich aus ganzem Herzen. Je näher die Hochzeit rückte, desto tiefer zog er sich in seine Gefühlswelt zurück. Und wo sonst konnte dieser Rückzug enden als bei der Frau, der er vor mehr als vier Jahren einen Heiratsantrag gemacht hatte? Rasch schüttelte Jack den Kopf, als die Erinnerung über ihn hereinbrach. Er hatte eine Heidenangst davor, Jennifer Baldwin zu heiraten. Eine Heidenangst davor, daß er sich vielleicht bald nicht mehr mit seinem Leben identifizieren konnte.

Irgend etwas brachte ihn dazu, sich umzudrehen; er wußte selbst nicht genau, was. Aber da stand sie am Rand des Piers und beobachtete ihn. Der Wind wehte den langen Rock um ihre Beine. Zwar brach die Sonne nur mühsam durch die Wolken, dennoch fielen einige Strahlen auf Kates Gesicht, während sie die langen Haarsträhnen aus den Augen strich. Ihre Waden und Knöchel waren sonnengebräunt. Die weite Bluse gab den Blick auf die Schultern frei, mit all den Sommersprossen und dem winzigen Halbmond, den Jack so gerne mit dem Finger nachzog, nachdem sie einander geliebt hatten. Wie gerne hatte er sie betrachtet, wenn sie schlief.

Als Kate auf ihn zukam, lächelte er. Sie mußte zu Hause gewesen sein, um sich umzuziehen. Das war zweifellos nicht die Kleidung, mit der sie vor Gericht auftrat. Was sie trug, offenbarte eine durch und durch feminine Seite von Kate Whitney, eine Seite, die ihre Gegner vor Gericht nie zu Gesicht bekommen würden.

Gemeinsam schlenderten sie die Straße zu dem kleinen Bistro hinunter. Sie bestellten und verbrachten die ersten paar Minuten damit, aus dem Fenster auf die Vorboten des nahenden Sturms zu starren, die durch die Bäume peitschten. Dazwischen tauschten sie verlegene Blicke aus, als wäre dies ihr erstes Rendezvous und jeder von ihnen zu schüchtern, dem anderen fest in die Augen zu schauen.

»Freut mich, daß du dir Zeit genommen hast, Kate.«

Sie zuckte die Schultern. »Ich bin schon lange nicht mehr hier gewesen. Ein bißchen Abwechslung tut ganz gut. Normalerweise esse ich am Schreibtisch.«

»Cracker und Kaffee?« Lächelnd betrachtete er

ihre Zähne. Darunter war einer, der sich leicht nach innen neigte, als wollte er seinen Nachbarn umarmen. Den mochte Jack am liebsten. Es war der einzige winzige Schönheitsfehler, der ihm je an Kate aufgefallen war.

»Cracker und Kaffee.« Sie lächelte zurück. »Nur noch zwei Zigaretten pro Tag.«

»Gratuliere.« Der Regen setzte im selben Augenblick ein, als sie das Essen bekamen.

Sie schaute vom Teller auf, sah zum Fenster hinaus und dann plötzlich in Jacks Gesicht. Dabei ertappte sie ihn, wie er sie anstarrte. Jack lächelte verlegen; rasch trank er einen Schluck.

Kate legte die Serviette auf den Tisch.

»Ist schon merkwürdig, daß ausgerechnet wir zusammengestoßen sind. Die Mall ist ein ziemlich großer Platz, findest du nicht auch?«

Jack sah sie nicht an. »In letzter Zeit habe ich eine Glückssträhne.« Nun blickte er ihr ins Gesicht. Sie wartete. Schließlich sackten seine Schultern nach unten. »Na gut, es war kein reiner Zufall, ein wenig Planung war auch im Spiel. Aber du mußt zugeben, daß es nicht umsonst war.«

»Wieso? Weil wir jetzt zusammen mittagessen?«

»Ich schaue nicht voraus, nehme immer nur eine Stufe. Meine neue Lebensauffassung. Die Veränderung hat mir ganz gut getan.«

Unverhohlen sarkastisch meinte sie: »Na ja, zumindest verteidigst du keine Vergewaltiger und Mörder mehr.«

»Und Einbrecher?« schoß er zurück, bereute es aber sogleich.

Kate wurde blaß.

»Tut mir leid, Kate. Das war nicht so gemeint.«

Sie holte Streichhölzer und Zigaretten aus der Tasche, zündete eine an und blies ihm den Rauch ins Gesicht.

Jack fächelte den Qualm beiseite. »Ist das heute deine erste oder zweite?«

»Die dritte. Irgendwie treibst du mich immer dazu, über die Stränge zu schlagen.« Sie starrte aus dem Fenster und schlug die Beine übereinander. Dabei berührte sie mit dem Fuß sein Knie und zog ihn hastig zurück. Dann drückte sie die Zigarette aus, stand auf und ergriff ihre Tasche.

»Ich muß zurück an die Arbeit. Wieviel bin ich dir schuldig?«

Verwirrt glotzte er sie an. »Ich habe dich zum Mittagessen eingeladen. Obwohl du gar nichts gegessen hast.«

Kate kramte eine Zehndollarnote hervor und warf sie auf den Tisch, bevor sie zur Tür hinauslief.

Jack warf einen weiteren Schein dazu und rannte hinter ihr her.

»Kate!«

Vor der Tür holte er sie ein. Mittlerweile regnete es stärker. Obwohl er das Jackett über ihre Köpfe hielt, waren sie innerhalb kürzester Zeit naß bis auf die Knochen, was Kate gar nicht zu bemerken schien. Hastig stieg sie in den Wagen, er huschte auf der Beifahrerseite hinein. Sie schaute ihn an.

»Ich muß wirklich zurück.«

Jack holte tief Luft und wischte sich Wasser aus dem Gesicht. Der Regen trommelte heftig auf das Wagendach. Er fühlte, wie ihm alles aus den Händen glitt, und hatte keine Ahnung, was in dieser Lage zu tun war. Aber irgend etwas mußte er sagen.

»Ach komm, Kate. Wir sind triefnaß, und es ist schon fast drei Uhr. Weißt du was? Wir ziehen uns um und gehen ins Kino. Besser noch, wir könnten aufs Land fahren. Erinnerst du dich noch an das Windsor Inn?«

Völlig verblüfft starrte sie ihn an. »Jack, alles was recht ist, hast du darüber mit der Frau gesprochen, die du bald heiratest?«

Jack schlug die Augen nieder. Was sollte er darauf antworten? Daß er Jennifer Baldwin nicht liebte, obwohl er sie gebeten hatte, seine Frau zu werden? Im Augenblick konnte er sich nicht einmal daran erinnern, sie überhaupt gefragt zu haben.

»Ich möchte nur ein wenig Zeit mit dir verbringen, Kate. Das ist alles. Was soll daran so falsch sein?«

»Alles, Jack. *Alles.*« Sie wollte den Schlüssel ins Zündschloß stecken, doch er hielt sie zurück.

»Ich will nicht mit dir streiten.«

»Jack, du hast deine Entscheidung gefällt. Für das hier ist es jetzt ein bißchen zu spät.«

Jack glaubte, nicht recht gehört zu haben. »Entschuldige mal, meine Entscheidung? Ich hatte vor vier Jahren beschlossen, dich zu heiraten. Das war meine Entscheidung. Deine war es, Schluß zu machen.«

Ungeduldig strich sie die nassen Haare aus den Augen. »Na gut, es war meine Entscheidung. Und?«

Er drehte sich ihr zu und packte sie an den Schultern.

»Hör zu, mir ist gestern nacht ein Licht aufgegangen. Ach, Quatsch, nicht erst gestern. Jede Nacht, seit du mich verlassen hast. Ich weiß, daß es ein verdammter Fehler war! Aber ich bin kein Pflichtverteidiger mehr. Du hast es selbst gesagt, ich verteidige keine Verbrecher mehr. Ich führe

ein normales, rechtschaffenes Leben. Ich, wir …«
Als er den erstaunten Gesichtsausdruck sah, wußte er plötzlich nicht mehr weiter. Seine Hände zitterten. Er ließ sie los und sackte in den Sitz.

Jack nahm die völlig durchnäßte Krawatte ab und steckte sie achtlos in die Tasche, dann stierte er auf die kleine Uhr an der Konsole. Kate betrachtete eindringlich den Tachometer, schließlich wanderte der Blick zu ihm. Obwohl Schmerz in ihren Augen lag, sprach sie mit sanfter Stimme.

»Jack, es war schön, mit dir zu Mittag zu essen. Es hat gutgetan, dich wiederzusehen. Aber mehr kann daraus nicht werden. Es tut mir leid.« Sie biß sich auf die Lippen, was er nicht mehr sah, denn er stieg bereits aus dem Wagen.

Noch einmal steckte Jack den Kopf herein. »Ich wünsche dir viel Glück, Kate. Wenn du je etwas brauchst, ruf mich an.«

Sie starrte den breiten Schultern nach, während er durch den heftigen Regen zu seinem Wagen ging, einstieg und losfuhr. Noch mehrere Minuten saß sie im Wagen. Eine Träne rollte ihr über die Wange. Wütend wischte Kate sie weg, startete das Auto und fuhr in entgegengesetzter Richtung davon.

Am nächsten Morgen griff Jack zum Telefon, hob den Hörer, ließ ihn aber langsam zurücksinken. Was hatte es für einen Sinn? Heute morgen war er seit sechs Uhr im Büro, hatte die dringendsten Sachen bereits aufgearbeitet und machte sich nun an Projekte, die seit Wochen anstanden. Er starrte aus dem Fenster. Beton- und Ziegelsteingebäude reflektierten die Sonnenstrahlen. Er rieb sich die geblendeten Augen und ließ die Jalousien herunter.

Kate würde nicht Hals über Kopf in sein Leben zurückkehren, und damit mußte er sich abfinden. Die Nacht hatte er damit zugebracht, alle möglichen Entwicklungen durchzuspielen; die meisten davon waren gänzlich wirklichkeitsfremd. Jack zuckte die Schultern. So etwas passierte sowohl Männern als auch Frauen, in jedem Land der Erde, jeden Tag. Manchmal sollte es einfach nicht sein. Auch wenn man es sich noch so sehr wünschte. Man konnte niemanden zwingen, Liebe zu erwidern. Das Leben ging weiter. Eine strahlende Zukunft erwartete Jack. Vielleicht war es an der Zeit, sich mit dieser so viel greifbareren Zukunft anzufreunden.

Er setzte sich an den Schreibtisch und ging die nächsten anstehenden Projekte durch: ein Joint-Venture-Unternehmen, für das er niedrigste, anspruchsloseste Routinearbeit erledigte, und ein Projekt für Tarr Crimson, den einzigen Klienten, den er neben Baldwin hatte.

Crimson besaß eine kleine Audio-Video-Firma. Der Mann war ein Genie, was computergenerierte Graphiken und Bilder anging, und verdiente einen ordentlichen Batzen Geld damit, in verschiedenen Hotels im Land AV-unterstützte Konferenzen für Firmen zu arrangieren. Außerdem fuhr er Motorrad, trug abgeschnittene Jeans, rauchte alles und jedes – sogar ab und zu eine Zigarette – und sah aus wie der verkommenste Kiffer der Welt.

Jack und er hatten sich kennengelernt, als Tarr von einem Freund von Jack wegen Trunkenheit und Erregung öffentlichen Ärgernisses vor Gericht gestellt worden war. Und gewonnen hatte. Tarr war in einem dreiteiligen Anzug und mit Aktenkoffer aufgekreuzt, Haare und Bart frisch gestriegelt. Überzeugend brachte er vor, daß die Zeugenaussage des Polizisten nicht zulässig, da voreingenommen sei, weil die Verhaftung nach einem Konzert von Grateful Death stattgefunden hatte. Ferner führte er aus, daß der Alkoholtest unzulässig sei, weil der Beamte ihm seine Rechte nicht vorgelesen habe, und letztlich auch deshalb, weil das beim Test verwendete Gerät nicht ordnungsgemäß funktioniert habe.

Der Richter, der sich mit mehr als hundert Anklagen wegen Trunkenheit und Erregung öffentlichen Ärgernisses im Zuge des Konzertes herumschlagen mußte, wies die Klage ab. Nicht jedoch bevor er den Beamten ermahnt hatte, sich künftig strikt an die Verfahrensregeln zu halten. Jack verfolgte das Schauspiel fasziniert. Zutiefst beeindruckt verließ er mit Tarr gemeinsam das Gericht. An diesem Abend hatten sie miteinander ein Bier getrunken und sich rasch angefreundet.

Sah man von gelegentlichen, relativ harmlosen Reibereien mit dem Gesetz ab, war Crimson ein guter, wenn auch nicht sehr willkommener Klient. Jack hatte bei seinem Eintritt die Bedingung gestellt, daß Tarr, der seinen vorigen Rechtsanwalt gefeuert hatte, ihm zu Patton, Shaw & Lord folgen durfte. Selbstverständlich hatte die Firma dem neuen Vier-Millionen-Dollar-Mann diesen Wunsch nicht abgeschlagen.

Jack legte den Kugelschreiber hin und ging abermals ans Fenster, als die Gedanken zurück zu Kate Whitney wanderten. Eine Idee begann Gestalt anzunehmen. Als Kate ihn damals verlassen hatte, war Jack zu Luther gegangen. Der alte Mann hatte Jack weder mit Weisheiten überhäuft, noch eine Blitzlösung für das Problem gehabt. Tatsächlich war Luther Whitney wohl der letzte Mensch auf

Erden, der einen Rat erteilen konnte, wie man das Herz seiner Tochter eroberte. Und dennoch hatte Jack immer mit Luther reden können. Über alles. Der Mann hörte wirklich zu. Er wartete nicht bloß auf eine Atempause, damit er den eigenen Kummer loswerden konnte. Jack war nicht sicher, was er erzählen sollte. Aber das spielte im Grunde keine Rolle; Luther würde sich alles anhören. Und das mußte ganz einfach reichen.

Eine Stunde später summte der Alarm von Jacks elektronischem Terminkalender. Er sah auf die Uhr und schlüpfte in das Jackett.

Jack eilte den Flur entlang. In zwanzig Minuten sollte er sich mit Sandy Lord treffen. Bei dem Gedanken, mit dem Mann allein zu sein, wurde ihm etwas flau im Magen. Um Sandy Lord rankten sich Legenden, und die meisten, vermutete Jack, entsprachen der Wahrheit. Er wollte mit Jack Graham zu Mittag essen. Jack hatte die Nachricht heute morgen von seiner Sekretärin erfahren. Und was Sandy Lord wollte, das bekam er auch. Leise hatte ihn seine Sekretärin an diese Tatsache erinnert, was Jack ein wenig verunsicherte.

Zwanzig Minuten, doch zuerst mußte Jack bei Alvis vorbeischauen, ob mit den Bishop-Unterlagen alles in Ordnung war.

Jack mußte lächeln bei dem Gedanken an Barrys Gesicht, als er die Entwürfe dreißig Minuten vor Ablauf der Frist ordentlich auf den Schreibtisch gelegt hatte. Mit unverhohlenem Erstaunen hatte Alvis die Akten durchgesehen.

»Das sieht nicht übel aus. Mir ist klargeworden, daß die Frist sehr knapp war. Ich tue so etwas nicht gerne.« Er wandte die Augen ab. »Ich weiß das wirklich zu schätzen, Jack. Es tut mir leid, wenn ich Ihre Pläne durcheinandergebracht habe.«

»Schon in Ordnung, Barry, dafür werde ich schließlich bezahlt.« Jack wollte gehen. Barry stand vom Schreibtisch auf.

»Äh, Jack, wir haben eigentlich noch keine Gelegenheit gehabt, miteinander zu reden, seit Sie hier sind. Die Firma ist so verdammt groß. Was halten Sie von einem Mittagessen in den nächsten Tagen?«

»Klingt großartig, Barry. Ihre Sekretärin soll meiner einen Termin geben.«

In dem Augenblick erkannte Jack, daß Barry Alvis gar kein so übler Kerl war. Er hatte Jack auf die Probe gestellt, na und? Verglichen damit, wie die leitenden Teilhaber mit ihren Untergebenen umsprangen, war Jack mit einem blauen Auge davongekommen. Außerdem war Barry ein erstklassiger Fachmann für Körperschaftsrecht, von dem Jack eine Menge lernen konnte.

Jack kam am Tisch von Barrys Sekretärin vorbei, doch Sheila war nicht da. Dann fielen ihm die Schachteln auf, die sich an der Wand stapelten. Die Tür zu Barrys Büro war geschlossen. Jack klopfte, bekam jedoch keine Antwort. Er blickte über die Schulter, dann öffnete er die Tür. Als er die leeren Regale erblickte, kniff er ungläubig die Augen zusammen. An der Wand hoben sich deutlich jene Stellen von der Tapete ab, die nicht von der Sonne ausgebleicht waren; Diplome und Zeugnisse hatten dort gehangen.

Was ging hier vor sich? Jack schloß die Tür, drehte sich um und stieß mit Sheila zusammen.

Seit zehn Jahren war Sheila Barrys Sekretärin. Normalerweise verhielt sie sich durch und durch geschäftsmäßig und korrekt. Jedes Haar saß, wo es hingehörte, die Brille ruhte stets gerade auf der Nase. Heute aber war Sheila völlig konsterniert. Sie starrte Jack an; Feuer blitzte in ihren blaßblauen Augen auf und war dann wieder verschwunden. Sie wandte sich um, ging in ihre Kabine zurück und begann, die Schachteln zu füllen. Fassungslos starrte Jack sie an.

»Sheila, was wird hier gespielt? Wo ist Barry?« Sie antwortete nicht. Statt dessen arbeitete sie schneller, bis sie die Sachen geradezu in die Schachteln schmiß. Jack ging zu ihr hinüber und schaute auf die zierliche Gestalt hinab.

»Sheila? Was ist los? Sheila!« Er packte ihre Hand. Sie schlug nach ihm und war darüber so erschrocken, daß sie sich unwillkürlich hinsetzte. Schwer sank ihr Kopf auf den Schreibtisch, wo er liegenblieb. Leise begann sie zu schluchzen.

Jack sah sich abermals um. War Barry etwa tot? Hatte es einen Unfall gegeben, von dem ihm niemand erzählt hatte? War die verdammte Firma wirklich so groß, so gefühllos? Würde er es erst aus einer Hausmitteilung erfahren? Er betrachtete seine Hände. Sie zitterten.

Er ließ sich auf den Schreibtischrand nieder und berührte sanft Sheilas Schulter. Erfolglos versuchte er, sie zu beruhigen. Hilflos blickte Jack sich um, während das Schluchzen weiterging und immer heftiger wurde. Schließlich kamen zwei Sekretärinnen um die Ecke und führten Sheila schweigend weg. Beide warfen Jack einen Blick zu, den man nicht gerade freundlich nennen konnte.

Was, zum Teufel, hatte er denn getan? Er schaute auf die Uhr. In zehn Minuten sollte er Lord treffen. Plötzlich war er sehr erpicht auf dieses Mittagessen. Lord wußte über alles Bescheid, was in der Firma vor sich ging, für gewöhnlich sogar im voraus.

Dann keimte in seinem Hinterkopf ein Gedanke auf, ein wahrhaft entsetzlicher Gedanke. Das Dinner im Weißen Haus und seine aufgebrachte Verlobte fielen ihm ein. Er hatte ihr gegenüber Barry Alvis' Namen erwähnt. Aber sie hatte doch nicht …?

Jack sprintete den Flur geradezu hinunter, daß seine Rockschöße hinter ihm her flatterten.

Fillmore's stellte eines der Wahrzeichen Washingtons aus der neueren Epoche dar. Die Türen waren aus massivem Mahagoni und mit dickem, schwerem Metall verziert. Die Teppiche und Gardinen waren handgewebt und überaus teuer. Jeder Tisch war ein in sich geschlossener Bereich, in dem man auch während des Essens uneingeschränkt dem Geschäft frönen konnte. Telefon, Faxgerät und Kopierer standen zur Verfügung und wurden auch weidlich genutzt. Rund um die kunstvoll geschnitzten Tische standen weich gepolsterte Stühle, auf denen die Elite der Wirtschafts- und Politkreise Washingtons zu thronen pflegte. Die Preise bürgten dafür, daß die Klientel unter sich blieb.

Zwar war das Restaurant gut besucht, dennoch gab es keine Hektik. Die Gäste waren nicht gewohnt, in irgendeiner Form bevormundet zu werden, und gaben selbst das Tempo vor. Manchmal reichte allein die Anwesenheit an einem bestimmten Tisch, eine hochgezogene Augenbraue, ein unterdrücktes Husten oder ein vielsagender Blick, um ihnen oder der Institution, die sie vertraten, gewaltige Einnahmen zu sichern. Geld und pure Macht wanderten beinahe sichtbar durch den Raum, kreuzten und entwirrten sich in einem verschlungenen Geflecht.

Kellner in adretten Hemden und mit biederen Fliegen tauchten in unaufdringlichen Intervallen an den Tischen auf. Man verhätschelte die Gäste, bediente sie, hörte ihnen zu oder ließ sie allein, wenn die Umstände es erforderten. Und die Trinkgelder zeugten von der Zufriedenheit der Kundschaft.

Fillmore's war Sandy Lords bevorzugtes Restaurant zum Lunch. Über die Speisekarte hinweg durchsuchten seine tiefgründigen, grauen Augen den riesigen Saal nach möglichen Geschäften oder anderweitig Interessantem. Er bewegte seine massige Gestalt, die dennoch einer gewissen Anmut nicht entbehrte, und rückte sorgfältig ein paar graue Haarsträhnen zurecht. Ärgerlich war, daß vertraute Gesichter mit der Zeit ausblieben. Entweder raffte der Tod sie hinweg, oder aber sie zogen sich in den Süden aufs Altenteil zurück. Er seufzte und entfernte einen Staubfleck von einem seiner gravierten Manschettenknöpfe. Lord hatte dieses Restaurant, vielleicht die ganze Stadt, gesäubert.

Er drückte einen Knopf auf dem Mobiltelefon, um die Nachrichten auf dem Anrufbeantworter abzuhören. Walter Sullivan hatte sich nicht gemeldet. Wenn Sullivan sein Geschäft durchzog, würde dies bedeuten, daß Lord eines der früheren Ostblockländer als Klienten gewonnen hätte.

Ein ganzes verdammtes Land! Wieviel konnte man einem Land für juristische Beratung in Rechnung stellen? Normalerweise eine ganze Menge. Das Problem war nur, daß die früheren Kommunisten kein Geld hatten, es sei denn, man meinte damit Rubel, Sloty und Kopeken oder was auch immer man dort als Zahlungsmittel benutzte. Ebensogut konnte man sich damit den Hintern abwischen.

Doch diese Tatsache bereitete Lord keinen Kummer. Die Ex-Kommunisten verfügten nämlich über Rohstoffe im Überfluß, und Sullivan geiferte danach, diese zu bekommen. Deshalb hatte Lord drei lausige Monate dort verbracht. Aber wenn Sullivan Erfolg hatte, war es das wert gewesen.

Lord hatte gelernt, über jedermann Zweifel zu hegen. Doch wenn jemand das Geschäft an Land ziehen konnte, dann war es Walter Sullivan. Alles, was er anfaßte, schien sich in Gold zu verwandeln. Und was dabei für seine Handlanger abfiel, war wirklich nicht zu verachten. Der Mann war fast achtzig Jahre alt und hatte noch keinen Deut zurückgesteckt. Er arbeitete fünfzehn Stunden am Tag und war mit einer knapp über Zwanzigjährigen verheiratet, die er in irgendeinem Autokino aufgegabelt hatte. Derzeit befand sich Sullivan auf Barbados, wohin er mit drei höchstrangigen Politikern geflogen war, um ihnen einen Eindruck zu vermitteln, wie man im Westen Geschäfte abwikkelte und sich vergnügte. Sullivan würde anrufen. Und auf Sandys kurzer, aber ausgewählter Klientenliste würde ein weiterer Name aufscheinen – und was für einer.

Lord wurde auf die junge Frau mit dem aufsehenerregend kurzen Rock und den hohen Stökkelschuhen aufmerksam, die durch den Speisesaal stolzierte.

Sie lächelte zu ihm herüber. Mit leicht hochgezogenen Augenbrauen erwiderte er den Blick. Das war eine seiner Lieblingsgesten, weil sie so mehrdeutig war. Die Frau unterhielt die Kontakte zum Kongreß für einen der großen Vereine aus der 16. Straße. Nicht daß ihn das besonders interessiert hätte. Sie war hervorragend im Bett; das interessierte ihn.

Der Anblick rief zahlreiche angenehme Erinnerungen wach. Er mußte sie in nächster Zeit anrufen. Rasch schrieb er eine diesbezügliche Anmerkung in sein elektronisches Notizbuch. Dann wandte er – wie auch die meisten der anwesenden Damen – die Aufmerksamkeit der großen, kantigen Gestalt von Jack Graham zu, der quer durch den Raum geradewegs auf ihn zumarschierte.

Lord erhob sich und streckte die Hand aus. Jack ergriff sie nicht.

»Sagen Sie, was ist mit Barry Alvis passiert?«

Lord begegnete der Konfrontation mit einem seiner Unschuldsblicke und nahm wieder Platz.

Ein Kellner steuerte auf den Tisch zu, zog sich aber nach einem kurzen Wink von Lord zurück. Lord musterte Jack, der nach wie vor stand.

»Sie verlieren wohl keine Zeit, was? Raus aus dem Mund und direkt rein ins Gesicht. Manchmal ist das eine gute Strategie, aber nicht immer.«

»Ich scherze nicht, Sandy, ich will wissen, was los ist. Barrys Büro ist leergeräumt, und seine Sekretärin schaut mich an, als hätte ich persönlich das Feuer auf ihn eröffnet. Ich will ein paar Antworten.« Jack wurde lauter und zog zunehmend Blicke auf sich.

»Was auch immer Sie auf dem Herzen haben, ich bin sicher, wir können das ein wenig stilvoller besprechen. Warum nehmen Sie nicht Platz und fangen an, sich wie ein Teilhaber der besten verdammten Anwaltskanzlei der Stadt zu benehmen?«

Ihre Blicke blieben noch ganze fünf Sekunden ineinander verhaftet, bevor Jack sich langsam setzte.

»Was zu trinken?«

»Bier.«

Der Kellner kam an den Tisch und zog mit einer Bestellung über ein Bier und Sandys Gin Tonic wieder ab. Sandy zündete sich eine Raleigh an und blickte beiläufig aus dem Fenster, dann zurück zu Jack.

»Sie wissen also schon über Barry Bescheid.«

»Ich weiß nur, daß er nicht mehr da ist. Den Grund dafür will ich von Ihnen erfahren.«

»Da gibt es nicht viel zu erzählen. Er wurde mit heutigem Datum entlassen.«

»Warum?«

»Was hat das mit Ihnen zu tun?«

»Barry und ich haben zusammengearbeitet.«

»Aber Sie waren nicht miteinander befreundet.«

»Wir hatten noch keine Gelegenheit, Freunde zu werden.«

»Wieso, um Himmels willen, sollten Sie Freundschaft mit Barry Alvis schließen? Der Mann war ein ewiger Sozius, glauben Sie mir; von der Sorte habe ich schon reichlich kennengelernt.«

»Er war ein verdammt guter Anwalt.«

»Nein, technisch gesehen war er ein höchst kompetenter Sachbearbeiter für Körperschaftsrecht und Steuerangelegenheiten, mit Spezialkenntnissen im Bereich der Vorsorgeaufwendungen. Er hat keinen einzigen Cent an Geschäften hereingebracht, und hätte es auch nie getan. Deshalb war er kein ›verdammt guter Anwalt‹.«

»Sie wissen genau, was ich meine. Er war sehr wertvoll für die Firma. Man braucht auch jemanden, der die Drecksarbeit macht.«

»Wir haben rund zweihundert Anwälte, von denen jeder fähig ist, die Drecksarbeit zu machen. Dagegen haben wir nur etwa ein Dutzend Leute, die neue Klienten ins Haus bringen. Das ist nicht unbedingt ein wünschenswertes Verhältnis. Eine Unmenge Soldaten, aber zu wenige Anführer. Sie betrachten Barry Alvis als wertvolle Unterstützung, wir sahen ihn als hochbezahlte Verbindlichkeit. Er stellte genug Honorarnoten aus, um selbst reichlich zu verdienen. Aber damit machen wir, die Teilhaber, nicht das große Geld. Deshalb wurde die Entscheidung getroffen, die Zusammenarbeit zu beenden.«

»Sie wollen mir also weismachen, daß es keinen kleinen Anstoß von Baldwin gegeben hat?«

Lords Miene vermittelte echte Überraschung. Als Anwalt mit über fünfunddreißig Jahren Erfahrung, der den Leuten Rauch ins Gesicht blies, war er ein geübter Lügner. »Warum, um alles in der Welt, sollten sich die Baldwins für Barry Alvis interessieren?«

Eine ganze Minute lang musterte Jack das füllige Gesicht eingehend, bevor er leise den Atem ausstieß. Er sah sich im Restaurant um und kam sich plötzlich ziemlich dumm vor. Hatte er sich grundlos aufgespielt? Aber wenn Lord nun log? Abermals betrachtete er den Mann, doch das Gesicht blieb unbewegt. Warum sollte er lügen? Jack fielen mehrere Gründe ein, doch keiner davon ergab einen Sinn. War es möglich, daß er sich irrte? Hatte er soeben vor dem mächtigsten Teilhaber der Firma einen kompletten Narren aus sich gemacht?

Lords Stimme klang nun sanfter, beinahe tröstlich. »Barry Alvis' Entlassung war Teil eines Konzepts zur Lichtung der toten Bäume in Gipfelnähe. Wir wollen mehr Rechtsanwälte, die sowohl die Arbeit erledigen als auch Geld hereinbringen können. Leute wie Sie. So einfach ist das. Barry war nicht der erste und nicht der letzte. Wir arbeiten schon lange daran, Jack. Tatsächlich haben wir schon damit begonnen, bevor Sie überhaupt zur Firma gestoßen sind.« Lord setzte ab und musterte Jack eindringlich. »Ist da irgend etwas, das Sie mir verheimlichen? Wir sind bald Partner, und vor seinen Partnern soll man keine Geheimnisse haben.«

Innerlich kicherte Sandy. Die Liste von geheimen Geschäften, die er mit seinen Klienten getätigt hatte, war ziemlich lang.

Jack war dicht daran, mit der Sprache herauszurücken, entschied sich aber dagegen.

»Ich bin noch nicht Teilhaber, Sandy.«

»Reine Formsache.«

»Man soll den Dingen nicht vorgreifen.«

Unbehaglich rutschte Lord auf dem Sessel hin und her und schwang die Zigarette wie einen Zauberstab. Also stimmten die Gerüchte vielleicht doch, wonach Jack vorhatte abzuspringen. Die Gerüchte waren der Grund dafür, warum Lord nun mit dem jungen Anwalt hier saß. Die beiden Männer musterten einander. Um Jacks Lippen spielte ein Lächeln. Jacks Vier-Millionen-Dollar-Etat war ein unwiderstehlicher Leckerbissen. Insbesondere weil dabei für Sandy Lord vierhundert Riesen heraussprangen. Nicht, daß er sie unbedingt gebraucht hätte, aber er war ihnen auch alles andere als abgeneigt. Er stand im Ruf, einem ziemlich kostspieligen Lebenswandel zu frönen. Und Anwälte traten nicht in den Ruhestand. Sie arbeiteten, bis sie tot umfielen. Die besten verdienten eine Menge Geld, aber verglichen mit Spitzenpolitikern, Rockstars und Schauspielern spielten sie einkommensmäßig immer noch in der zweiten Liga.

»Ich dachte, Ihnen gefällt unser Laden.«

»Sicher.«

»Also?«

»Also was?«

Erneut schweifte Sandys Blick durch den Speisesaal. Er entdeckte eine weitere weibliche Bekannte. Sie trug ein gepflegtes, teures Kostüm, und Sandy hatte berechtigten Grund zu der Annahme, daß sie nichts darunter trug. Er trank seinen Gin Tonic aus und wandte sich wieder Jack zu. Langsam wurde Lord ärgerlich. Dieser dumme, grüne Mistkerl.

»Sind Sie schon mal hier gewesen?«

Jack schüttelte den Kopf. In der umfangreichen Speisekarte suchte er nach einem Burger mit Pommes frites, fand jedoch keinen. Dann wurde ihm die Speisekarte aus der Hand gerissen; Lord beugte sich zu ihm herüber und blies schweren, schalen Atem in Jacks Gesicht.

»Nun, warum sehen Sie sich dann nicht um?«

Lord hob einen Finger, und man brachte Whisky und Wasser. Jack nahm den Oberkörper zurück, doch Lord rückte näher und lag beinahe auf dem geschnitzten Tisch.

»Ob Sie es glauben oder nicht, ich war schon vorher in Restaurants, Sandy.«

»Nicht in diesem, oder? Sehen Sie die niedliche Lady dort drüben?« Lords erstaunlich dünne Finger wiesen die Richtung. Jacks Blick fiel auf die Kongreßbetreuerin. »Fünfmal habe ich diese Frau in den letzten sechs Monaten gevögelt.« Lord konnte sich ein Lächeln nicht verkneifen, als Jack die Dame abschätzend betrachtete und überaus angetan von ihr zu sein schien.

»Und nun überlegen Sie, warum ein so holdes Wesen sich dazu herabläßt, mit einem alten Fettsack wie mir ins Bett zu gehen.«

»Vielleicht hat sie Mitleid mit Ihnen.« Jack lächelte.

Lord lächelte nicht. »Wenn Sie das wirklich glauben, dann verfügen Sie über mehr Naivität, als die Polizei erlaubt. Glauben Sie tatsächlich, daß die Frauen in dieser Stadt auch nur eine Spur besser sind als die Männer? Warum sollten sie? Nur weil sie Titten haben und Röcke tragen, heißt daß noch lange nicht, daß sie sich nicht nehmen, was sie wollen, und dafür jedes zur Verfügung stehende Mittel einsetzen.

Sehen Sie, mein Junge, sie tut es, weil ich ihr geben kann, was sie will, wenn auch nicht im Bett. Sie weiß es, ich weiß es. Ich kann ihr Türen öffnen, zu denen in dieser Stadt nur eine Handvoll Menschen Schlüssel hat. *Quid pro quo.* Als Gegenleistung darf ich sie ficken. Es ist eine rein geschäftliche Vereinbarung, die zwei intelligente, kultivierte Parteien miteinander eingehen. Was meinen Sie dazu?«

»Was soll ich dazu schon meinen?«

Lord setzte sich wieder hin, zündete eine neue Zigarette an und blies vollendete Rauchringe an die Decke. An seiner Lippe zupfend kicherte er.

»Was ist so komisch, Sandy?«

»Ich habe mir nur gerade vorgestellt, wie Sie sich über Leute wie mich an der Uni lustig gemacht haben. Wahrscheinlich haben Sie sich vorgenommen, niemals so zu werden wie ich. Lieber illegale Einwanderer zu verteidigen, die um politisches Asyl ansuchen, oder arme Idioten aus der Todeszelle freizukriegen, die ein paar Leute zuviel aufgeschlitzt haben und die Schuld darauf schieben, daß ihnen Mama immer den Hintern versohlte, wenn sie schlimm waren. Nun mal ehrlich, Jack, so war es doch, oder nicht?«

Jack lockerte die Krawatte und trank einen

Schluck Bier. Er hatte Lord schon in Aktion erlebt, und er witterte eine Falle.

»Sie sind einer der besten Anwälte weit und breit, Sandy, das sagt jeder.«

»Quatsch, ich habe schon jahrelang nicht mehr praktiziert.«

»Weil Sie es so wollten.«

»Und was wollen Sie, Jack?«

Jack fühlte, wie sich sein Magen leicht, aber wahrnehmbar zusammenkrampfte, als er hörte, wie sein Name über Lords Lippen glitt. Es ließ eine künftige Intimität erahnen, die ihn erschreckte. Partner? Jack holte tief Luft und zuckte die Schultern.

»Wer weiß schon, was er mal tun will, wenn er erwachsen ist?«

»Aber Sie sind erwachsen, Jack, und es ist Zeit, Farbe zu bekennen. Also, was wollen Sie?«

»Ich weiß nicht, was Sie meinen.«

Lord beugte sich wieder herüber, mit geballten Fäusten, wie ein Schwergewichtsboxer, der auf einen Deckungsfehler des Gegners lauert. Tatsächlich schien er einen Augenblick lang zuschlagen zu wollen. Jack zog den Kopf ein.

»Sie halten mich für ein Arschloch, nicht wahr?«

Jack griff wieder zur Speisekarte. »Was empfehlen Sie?«

»Rücken Sie schon raus damit, Junge, Sie halten mich für ein gieriges, egozentrisches, machtverliebtes Arschloch, das sich einen Dreck um jeden schert, der nichts für mich tun kann. Ist es nicht so, Jack?« Lords Stimme schwoll an, der füllige Leib war halb aus dem Sessel erhoben. Er drückte die Speisekarte zurück auf den Tisch.

Nervös schaute Jack durch den Raum. Niemand schien sie zu beachten, was darauf schließen ließ, daß jedes Wort der Unterhaltung aufmerksam mitgehört wurde. Lords rote Augen starrten direkt in Jacks, zogen sie förmlich an.

»Sehen Sie, ich weiß, daß ich das bin. Genau das, Jack.«

Triumphierend ließ Lord sich auf den Sessel zurückfallen. Obwohl er sich angewidert fühlte, war Jack zum Lächeln zumute.

Fast, als hätte es dies gespürt und wollte ihm keinen Raum geben, sich zu entspannen, rutschte Lord mit dem Stuhl näher an Jack heran. Einen Augenblick lang dachte Jack ernsthaft darüber nach, dem älteren Mann eins aufs Auge zu geben. Was zuviel war, war zuviel.

»Genau so ist es, Jack, all das bin ich, all das und noch einiges mehr. Aber wissen Sie was, Jack? So bin ich nun mal. Ich versuche weder, es zu verbergen, noch zu erklären. Jeder Hundesohn, der mir je über den Weg gelaufen ist, wußte genau, mit wem er es zu tun hatte. Ich glaube an das, was ich tue. Bei mir gibt es keine Heuchelei.« Lord holte tief Luft und blies sie langsam wieder aus. Kopfschüttelnd versuchte Jack seine Gedanken zu ordnen.

»Was ist mit Ihnen, Jack?«

»Was soll mit mir sein?«

»Wer sind Sie, Jack? Woran glauben Sie? Wenn Sie überhaupt an etwas glauben.«

»Ich war zwölf Jahre lang an einer katholischen Schule; an irgend etwas muß ich glauben.«

Müde schüttelte Lord den Kopf. »Sie enttäuschen mich. Ich habe gehört, Sie wären ein kluger Kopf. Entweder hat man mich schlecht informiert, oder Sie haben dieses dämliche Grinsen im Gesicht, weil Sie Angst haben, etwas Falsches zu sagen.«

Jack umklammerte Lords Handgelenk wie ein Schraubstock.

»Sagen Sie, was wollen Sie von mir?«

Lord lächelte und tätschelte sanft Jacks Hand, bis er den Griff lockerte.

»Mögen Sie Orte wie diesen? Mit Baldwin als Klienten werden Sie in solchen Restaurants speisen, bis Sie alt und grau sind. In etwa vierzig Jahren werden Sie vielleicht auf irgendeinem Golfplatz in der Karibik den Löffel abgeben und dadurch Ihre dritte, junge Frau reich machen. Aber Sie werden glücklich sterben, glauben Sie mir.«

»Für mich ist ein Ort wie der andere.«

Lords Hand krachte auf den Tisch. Diesmal drehten sich mehrere Köpfe nach ihnen um. Der Oberkellner blickte in ihre Richtung, wobei er versuchte, seine Besorgnis hinter dem dichten Schnurrbart und der distanzierten Ausstrahlung zu verbergen.

»Genau darum geht es, mein Junge. Sie können sich nicht entscheiden!« Er senkte die Stimme, als er sich wieder hinsetzte, beugte sich aber weiterhin viel zu dicht zu Jack. »Ein Ort ist definitiv nicht wie der andere. Sie haben den Schlüssel zu Orten wie diesem in der Hand. Ihr Schlüssel ist Baldwin und seine hübsche Tochter. Zu klären ist nun: Werden Sie die Tür öffnen oder nicht? Was uns interessanterweise zu meiner ursprünglichen Frage zurückbringt. Woran glauben Sie, Jack? Denn wenn Sie nicht an das hier glauben« – Lord machte eine ausholende Bewegung –, »wenn Sie nicht der Sandy Lord der nächsten Generation werden möchten, wenn Sie nachts aufwachen und über meine Eigenart – meine Arschlöchrigkeit, wenn Sie so wollen – lachen oder fluchen, wenn Sie wirklich und fest glauben, Sie stehen darüber, wenn Sie es wirklich nicht ertragen können, mit Ms. Baldwin zu rammeln, und Sie nicht ein verdammtes Gericht auf der Speisekarte finden, das Ihnen schmeckt, warum sagen Sie dann nicht einfach, ich soll mich zum Teufel scheren? Und stehen auf und gehen erhobenen Hauptes, reinen Gewissens und gestärkten Glaubens zur Tür hinaus? Denn ehrlich gesagt: Dieses Spiel ist zu bedeutsam und zu rücksichtslos für Unentschlossene.«

Lord sank zurück auf den Sessel. Seine Masse quoll nach außen, bis sie die Sitzfläche vollkommen ausfüllte.

Draußen vor dem Restaurant entfaltete sich ein wahrhaft wundervoller Herbsttag. Weder Regen noch übermäßig viele Wolken trübten den klaren Himmel. Eine sanfte Brise blies durch weggeworfene Zeitungen. Die Hektik der Stadt schien vorübergehend nachzulassen. Weiter unten in der Straße, im LaFayette-Park, lagen Sonnenanbeter im Gras und hofften, noch etwas Bräune abzubekommen, bevor der Herbst einsetzte. Radboten machten gerade Pause und schlenderten durch die Gegend, um vielleicht einen Blick auf unverhüllte Beine und leicht geöffnete Blusen zu erhaschen.

Im Restaurant starrten Jack Graham und Sandy Lord einander an.

»Sie reden nicht um den heißen Brei herum, was?«

»Dafür hab' ich keine Zeit, Jack. Hatte ich in den letzten zwanzig Jahren nicht. Wenn ich nicht sicher wäre, daß man mit Ihnen unverblümt reden kann, hätte ich Ihnen irgendeinen Mist erzählt und es dabei belassen.«

»Was wollen Sie jetzt von mir hören?«

»Ich will nur wissen, ob Sie dabei sind oder nicht. Die Wahrheit ist, daß Sie mit Baldwin als Klienten zu jeder anderen Firma in der Stadt wechseln könnten. Ich nehme an, Sie haben sich für uns entschieden, weil Ihnen gefallen hat, was Sie sahen.«

»Baldwin hat Sie empfohlen.«

»Er ist ein kluger Mann. Viele Menschen würden seinem Rat folgen. Sie sind jetzt seit einem Jahr bei uns. Wenn Sie sich entschließen zu bleiben, machen wir Sie zum Teilhaber. Offen gesagt, war die Wartezeit von zwölf Monaten eine reine Formsache, um zu sehen, ob wir zueinander passen. Danach werden Sie niemals Geldsorgen haben, auch nicht ohne das beträchtliche Vermögen Ihrer künftigen Gattin. Ihre Hauptbeschäftigung wird darin bestehen, Baldwin bei Laune zu halten, diese Geschäftsbeziehung auszubauen und jede weitere an Land zu ziehen, die Sie kriegen können. Sehen wir der Wahrheit doch ins Gesicht, Jack, die einzige Sicherheit eines Anwalts ist sein Klientenstamm. An der Uni bringt einem das keiner bei, obwohl es die wichtigste Lektion ist, die man zu lernen hat. Vergessen Sie das niemals, wirklich niemals. Dem gegenüber sollte sogar die Arbeit Nachrang haben. Es wird immer jemanden geben, der die Arbeit erledigen kann. Sie haben freie Hand, um Klienten zu werben. Niemand macht Ihnen Vorschriften, ausgenommen Baldwin. Die Arbeit, die wir für Baldwin erledigen, müssen Sie nicht überwachen, dafür haben wir andere. Alles in allem kein so schlechtes Leben.«

Jack starrte auf seine Hände. Jennifers Gesicht erschien dort. So vollkommen. Er fühlte sich schuldig, da er angenommen hatte, sie hätte Alvis feuern lassen. Dann dachte er an die endlosen Stunden als Pflichtverteidiger. Schließlich wanderten die Gedanken zu Kate, wo sie unvermittelt zum Stillstand kamen. Was konnte er sich in dieser Richtung erhoffen? Die Antwort lautete: Gar nichts. Er blickte wieder auf.

»Eine dumme Frage: Kann ich weiterhin als Anwalt tätig bleiben?«

»Wenn Sie wollen.« Lord musterte ihn eindringlich. »Darf ich das nun als ›Ja‹ auffassen?«

Jack las in der Speisekarte. »Der Krabbencocktail hört sich verlockend an.«

Breit lächelnd blies Sandy Rauch an die Decke. »Ich liebe ihn, Jack. Verdammt noch mal, ich liebe ihn.«

Zwei Stunden später stand Sandy Lord in seinem riesigen Büro und starrte auf den regen Verkehr hinunter, während er sich per Konferenzschaltung durch eine telefonische Besprechung quälte.

Dan Kirksen kam zur Tür herein. Die konservative Fliege und das gestärkte Hemd verhüllten den schlanken Körper eines regelmäßigen Joggers. Er hatte uneingeschränkte Kontrolle über jeden hier, ausgenommen Sandy Lord. Und nun wahrscheinlich Jack Graham.

Lord bedachte ihn mit einem gleichgültigen Blick. Kirksen nahm Platz und wartete geduldig, bis sich die Teilnehmer der Konferenzschaltung voneinander verabschiedet hatten. Lord schaltete den Lautsprecher aus und ließ sich auf dem mächtigen Ruhesessel nieder. An die Decke starrend, zündete er sich eine Zigarette an. Der Gesundheitsfanatiker Kirksen wich vom Schreibtisch zurück.

»Was gibt's?« Endlich blickte Lord in Kirksens schmales, bartloses Gesicht. Der Mann brachte beständig Geschäfte im Wert von knapp unter sechshunderttausend Dollar pro Jahr, was ihm bei

PS&L eine langfristige und ungefährdete Position sicherte. Für Lord jedoch waren solche Summen Hühnerdreck, und er gab sich keine Mühe zu verbergen, daß er den geschäftsführenden Teilhaber der Firma nicht ausstehen konnte.

»Wir haben uns gefragt, wie das Mittagessen verlaufen ist.«

»Kleine Fische, Danny. Ich habe keine Zeit für kleine Fische. Das ist was für Sie.«

»Wir hatten eben beunruhigende Gerüchte gehört, und dann mußte auch noch Alvis gekündigt werden, nachdem Ms. Baldwin anrief.«

Lord machte eine verächtliche Handbewegung. »Darum habe ich mich schon gekümmert. Es gefällt ihm hier, er bleibt. Und ich habe zwei Stunden verplempert.«

»Bei dem Betrag, der auf dem Spiel stand, Sandy, dachten wir alle, es wäre besser und würde ihn am ehesten beeindrucken, wenn Sie –«

»Ja. Ich weiß, um welche Beträge es geht, Kirksen. Besser als Sie. Okay? Jacky-Boy bleibt an Bord. Mit ein bißchen Glück verdoppelt er bis in zehn Jahren seinen Ertrag, und wir alle können uns früh zur Ruhe setzen.« Lord fixierte Kirksen, der unter dem Blick des massigen Mannes immer kleiner zu werden schien. »Der Bursche hat mehr auf dem Kasten als alle anderen, die ich hier kenne.«

Kirksen zuckte zusammen.

»Um ehrlich zu sein, ich mag den Jungen.« Lord schaute wieder aus dem Fenster und beobachtete, wie eine mit Schnüren aneinandergekettete Vorschulklasse zehn Stockwerke tiefer die Straße überquerte.

»Dann kann ich dem Vorstand einen positiven Bericht erstatten?«

»Sie können berichten, was Sie wollen. Merken Sie sich nur eines: Belästigen Sie mich nie wieder mit solchen Dingen, es sei denn, es ist wirklich ungemein wichtig, verstanden?«

Lord bedachte Kirksen mit einem weiteren, kurzen Blick, dann starrte er wieder aus dem Fenster. Sullivan hatte immer noch nicht angerufen. Das war nicht gut. Er fühlte, wie ihm das große Geschäft aus den Fingern glitt, so wie die Kinder um die Ecke verschwanden. Futsch.

»Danke, Sandy.«

»Ja.«

Kapitel 9

Walter Sullivan starrte in das Gesicht oder was davon übrig war. Der bloßliegende Fuß trug das offizielle Namensschild des Leichenschauhauses. Während seine Begleiter draußen warteten, saß er schweigend allein bei ihr. Die Identifizierung war bereits formell erfolgt. Die Polizisten waren weggefahren, um ihre Berichte zu ergänzen, die Reporter, um ihre Stories vorzubereiten.

Doch Walter Sullivan, einer der mächtigsten Männer der Gegenwart, der aus nahezu allem, was er seit dem vierzehnten Lebensjahr anpackte, ein Vermögen machte, fühlte sich mit einem Mal aller Energie, jedweder Willenskraft beraubt.

Für die Presse waren Christy und er ein gefundenes Fressen gewesen, nachdem seine erste Frau nach siebenundvierzig Jahren Ehe gestorben war. Aber mit fast achtzig Jahren wollte er einfach etwas Junges und Lebendiges an seiner Seite haben. Nach so vielen Todesfällen wollte er mit jemandem zusammensein, der ihn mit ziemlicher Sicherheit überleben würde. So viele seiner engen Freunde und nahen Verwandten waren in letzter Zeit verschieden; er hatte es einfach satt, ewig nur zu trauern. Alt zu werden war nicht einfach, nicht einmal für die Reichsten.

Doch Christy Sullivan hatte ihn nicht überlebt. Und das wollte er nicht ohne weiteres hinnehmen. Sie so im Gedächtnis zu bewahren, wie er sie gekannt hatte, das reichte nicht aus. Dazu blieb ihm zu wenig Zeit.

Es war gut, daß Walter Sullivan nicht wußte, was mit der Leiche seiner Frau geschehen würde, sobald er diesen Raum verließ. Der Beobachter hinter dem Einwegspiegel, der keinen Blick von ihm wandte, wußte es um so besser. Es war ein notwendiges Verfahren, doch eines, daß nicht im mindesten geeignet war, die Familie des Opfers zu trösten.

Als erstes würde ein Techniker hereinkommen, um die verstorbene Mrs. Sullivan in den Autopsiesaal zu bringen, wo eine schier endlose Prozedur folgen sollte: das Wiegen und Messen des Leichnams. Das Fotografieren, zunächst angekleidet, dann nackt. Dann Röntgen, Abnahme der Fingerabdrücke. Eine komplette äußerliche Untersuchung der Leiche, um möglichst viele brauchbare Beweise und Anhaltspunkte zu gewinnen. Entnahme von Proben der Körperflüssigkeiten für die Toxikologie, wo man diese nach Alkohol und Drogen untersuchte und andere Tests damit durchführte. Ein Y-Schnitt, der die Leiche von Schulter zu Schulter, von der Brust zu den Genitalien öffnete – selbst für den abgebrühten Beobachter ein grauenvoller Anblick. Eine Analyse und Wiegung sämtlicher Organe. Eine Untersuchung der Genitalien auf Anzeichen für Geschlechtsverkehr oder Verletzungen. Die Einsendung jedweder Spur von Samen, Blut oder fremden Haaren zu einer DNA-Analyse.

Eine äußere Untersuchung des Schädels, die Aufzeichnung der Wundmuster. Danach ein Schädeldeckenschnitt mit einer Säge rund um den Kopf, damit man die Schädeldecke abnehmen und das Gehirn durch die obere Schädelpartie entfernen konnte. Die Sicherstellung der Kugel, die als Beweismittel markiert und der Ballistik bereitgestellt wurde.

Nach Abschluß dieses Verfahrens würde Walter Sullivan seine Frau zurückerhalten.

Die Toxikologie würde den Mageninhalt sowie Spuren von Fremdsubstanzen in Blut und Urin überprüfen.

Schließlich würde man einen Autopsiebericht erstellen, der Todesursache, Todeshergang, alle relevanten Erkenntnisse und die offizielle Stellungnahme des Gerichtsmediziners enthielt.

Zusammen mit sämtlichen Fotos, Röntgenaufnahmen, Fingerabdrücken, toxikologischen Berichten und anderen Informationen würde der Autopsiebericht dem zuständigen Ermittler zugeleitet werden.

Endlich erhob sich Walter Sullivan, bedeckte die sterblichen Reste seiner toten Frau und wandte sich um.

Hinter dem Einwegspiegel folgte der Blick des Beobachters dem gramgebeugten Mann, bis dieser verschwunden war. Dann setzte Seth Frank den Hut auf und verließ seinerseits schweigend den Raum.

Konferenzraum Nummer eins, der größte der Firma, befand sich in bester Lage, gleich hinter dem Empfang. Hinter den dicken Schiebetüren wurde soeben eine Sitzung aller Teilhaber abgehalten.

Zwischen Sandy Lord und Al Bund saß Jack Graham. Zwar war er offiziell noch kein Teilhaber, doch heute war das Protokoll nicht so wichtig, und Sandy Lord hatte darauf beharrt.

Das Hauspersonal goß Kaffee ein, reichte Gebäck herum, zog sich daraufhin zurück und schloß die Türen.

Alle Köpfe wandten sich Dan Kirksen zu. Er trank seinen Saft, tupfte sich den Mund mit der Serviette ab und erhob sich.

»Wie Sie gewiß schon erfahren haben, hat sich für einen unserer bedeutendsten Klienten« – Kirksen warf einen raschen Blick auf Lord –, »besser gesagt, für unseren bedeutendsten Klienten eine Tragödie ereignet.« Jack schaute den achtzehn Meter langen Tisch entlang. Die meisten Blicke blieben auf Kirksen gehaftet, in manche Ohren flüsterten die Nachbarn, was geschehen war. Jack hatte die Schlagzeilen gelesen. Zwar hatte er nie an irgendeiner Sache für Sullivan gearbeitet, doch er wußte, daß sein Bedarf an Rechtsberatung groß genug war, um vierzig Anwälte der Firma fast ganztags zu beschäftigen. Er war sicherlich mit Abstand PS&Ls wichtigster Kunde.

Kirksen fuhr fort. »Die Polizei ermittelt mit großem Eifer in der Angelegenheit. Bisher gibt es noch keine Fortschritte.« Kirksen hielt inne, blickte abermals zu Lord, dann setzte er fort. »Sie können sich vorstellen, daß dies eine überaus schmerzliche Zeit für Walter Sullivan ist. Um ihm die Abwicklung seiner Geschäfte in der Zwischenzeit möglichst zu erleichtern, ersuchen wir alle Anwälte, Sullivans Fällen besondere Aufmerksamkeit zu widmen und nach Möglichkeit jedes potentielle Problem im Keim zu ersticken. Wir glauben zwar, daß es sich um einen gewöhnlichen Einbruch mit furchtbaren Folgen handelt, der in keiner Weise mit Walters geschäftlichen Angelegenheiten in Zusammenhang steht, dennoch bitten wir Sie alle, auf Ungewöhnlichkeiten bei Transaktionen zu achten, an denen Sie für Walter arbeiten. Verdächtige Vorgänge sind unverzüglich zu melden, entweder mir persönlich oder Sandy.« Einige Köpfe drehten sich nach Lord um, der in der ihm eigenen Art an die Decke starrte. Drei Zigarettenkippen lagen im Aschenbecher vor ihm, daneben stand der Rest einer Bloody Mary.

Ron Day, Abteilung Internationales Recht, ergriff das Wort. Sein kurz geschnittenes Haar umrahmte ein eulenhaftes Gesicht, das teilweise von schmalen, runden Brillengläsern verdeckt wurde. »Die Sache hat doch nichts mit Terrorismus zu tun, oder? Ich errichte gerade eine Reihe von Gemeinschaftsunternehmen in Nahost für Sullivans Tochtergesellschaft, und diese Leute arbeiten nach eigenen Regeln, das können Sie mir glauben. Muß ich um meine persönliche Sicherheit fürchten? Ich soll heute abend nach Riad fliegen.«

Lord drehte den Kopf herum, bis sein Blick auf Day fiel. Manchmal erstaunte es ihn, wie kurzsichtig, ja, geradezu idiotisch einige der Teilhaber dachten. Auch Day war Vorstandsmitglied; seine größte – und in Lords Augen einzige – Stärke war, daß er sieben Sprachen beherrschte und wußte, wie man den Saudis in den Hintern kroch.

»Ich würde mir da keine Sorgen machen, Ron. Wenn es sich um eine internationale Verschwörung handelt, dann sind Sie nicht wichtig genug, um hineingezogen zu werden. Sollten Sie wirklich zur Zielscheibe werden, sind Sie tot, bevor Sie etwas davon mitbekommen.«

Day fummelte unbehaglich an seiner Fliege herum, als unterdrückte Heiterkeit die Runde machte.

»Danke für die Klarstellung, Sandy.«

»Nichts zu danken, Ron.«

Kirksen räusperte sich. »Seien Sie versichert, daß alles nur Erdenkliche veranlaßt wird, um dieses abscheuliche Verbrechen aufzuklären. Man sagt sogar, der Präsident persönlich wolle eine Sonderkommission auf die Sache ansetzen. Wie Sie wissen, hat Walter Sullivan mehrere Regierungen in verschiedenen Funktionen unterstützt, außerdem ist er einer der engsten Freunde des Präsidenten. Ich glaube, wir können davon ausgehen, daß die Verbrecher bald in Haft sind.« Kirksen nahm Platz.

Lord schaute in die Runde, zog die Augenbrauen hoch und drückte die letzte Zigarette aus. Die Sitzung war zu Ende.

Seth Frank schwenkte mit dem Sessel herum. Sein Büro war ein zwei mal zwei Meter großer Pferch; das einzige geräumige Zimmer in dem kleinen Gebäude des Polizeihauptquartiers stand dem Sheriff zu. Der Bericht des Gerichtsmediziners lag auf Franks Schreibtisch. Es war erst halb acht Uhr morgens, doch Frank hatte bereits jedes Wort des Berichts dreimal gelesen.

Bei der Autopsie war er dabeigewesen. Das gehörte einfach zu den Aufgaben eines Ermittlers, aus vielerlei Gründen. Wohl hatte er schon buchstäblich Hunderten davon beigewohnt, dennoch hatte er sich nie richtig damit anfreunden können, wie an den Toten herumhantiert wurde, als handle es sich dabei um die Tierkadaver, in denen jeder Biologiestudent herumwühlen mußte. Wurde ihm mittlerweile auch nicht mehr schlecht bei dem Anblick, so fuhr er doch danach meistens erst einmal zwei bis drei Stunden ziellos durch die Gegend, bis er wieder soweit war, sich auf die Arbeit konzentrieren zu können.

Der Bericht war umfassend und sauber mit Maschine geschrieben. Christy Sullivan war seit mindestens zweiundsiebzig Stunden tot gewesen, wahrscheinlich länger. Die Schwellungen und Blasenbildungen der Leiche sowie der Beginn bakterieller Zersetzung und Gasbildung in den Organen legten mit ziemlicher Sicherheit eine solche Zeitspanne nahe. Im Zimmer war es jedoch sehr warm gewesen, was die nach dem Todeseintritt begonnene Verwesung des Leichnams beschleunigt hatte. Dieser Umstand wiederum gestaltete die Bestimmung des tatsächlichen Todeszeitpunkts einigermaßen schwierig. Keinesfalls aber weniger als drei Tage, dessen war sich der Gerichtsmediziner sicher. Außerdem hatte Frank zusätzliche Informationen, die darauf schließen ließen, daß Christine Sullivan Montag nacht ihrem Schöpfer gegenübergetreten war, was wieder genau in die Zeitspanne von drei bis vier Tagen paßte.

Unwillkürlich legte Frank die Stirn in Falten. Mindestens drei Tage. Das bedeutete, er mußte einer eiskalten Spur folgen. Jemand, der wußte, was er tat, konnte in drei oder vier Tagen vom Antlitz der Erde verschwinden. Hinzu kam, daß er inzwischen schon Zeit genug gehabt hatte, sich Gedanken zu machen, aber mit den Ermittlungen noch keinen Schritt weiter war als zu Beginn. Er konnte sich an keinen Fall erinnern, bei dem es so wenig Anhaltspunkte gegeben hatte.

Soweit sich das überprüfen ließ, gab es keine

Zeugen für den Vorfall im Anwesen der Sullivans, ausgenommen das Opfer selbst und den Mörder. Sie hatten mit jedem Hausbesitzer innerhalb von drei Meilen gesprochen. Alle waren schockiert, wütend und verängstigt gewesen. Letzteres hatte Frank aus Augenzucken, hochgezogenen Schultern und nervösem Händereiben erkannt. Die Sicherheitsvorkehrungen in dem kleinen County würden künftig noch schärfer werden als bisher. So viele Emotionen und keine brauchbaren Auskünfte. Auch die Angestellten sämtlicher Nachbarn waren eingehend befragt worden. Nichts. Sullivans Hauspersonal, das ihn nach Barbados begleitet hatte, war über Telefon interviewt worden. Auch sie wußten nichts Überwältigendes zu berichten. Außerdem hatten sie alle ein felsenfestes Alibi. Obwohl auch solche nicht unbedingt unumstößlich waren. Frank vermerkte sich das im Hinterkopf.

Darüber hinaus wußten sie nicht viel über den Verlauf von Christine Sullivans letztem Tag unter den Lebenden. Sie war in ihrem Haus ermordet worden, vermutlich spät nachts. Aber wenn sie Montag nacht getötet worden war, was hatte sie tagsüber gemacht? Frank glaubte, die Antwort auf diese Frage würde einen Anhaltspunkt liefern.

Um halb zehn Uhr morgens an jenem Montag

war Christine Sullivan in der City von Washington gesehen worden, in einem noblen Schönheitssalon. Frank hätte zwei Wochenlöhne hinblättern müssen, um seiner Frau dort eine Behandlung zu bezahlen. Nun galt es herauszufinden, ob Christy Sullivan sich für ein nächtliches Stelldichein hatte herausputzen lassen oder ob reiche Damen sich solche Besuche regelmäßig gönnten. Die Nachforschungen hatten nichts über Mrs. Sullivans Verbleib ergeben, nachdem sie den Salon gegen Mittag verlassen hatte. Soweit man dies feststellen konnte, war sie nicht in ihre Stadtwohnung zurückgekehrt und hatte auch kein Taxi genommen.

Die junge Frau mußte doch einen Grund dafür gehabt haben, daß sie zurückblieb, als die anderen in den sonnigen Süden flogen, mutmaßte Frank. Mit wem mochte sie in jener Nacht zusammengewesen sein? Mit dem Kerl wollte er reden, ihm vielleicht sogar Handschellen anlegen.

Kurioserweise stellt Mord in Tateinheit mit Einbruch in Virginia kein Kapitalverbrechen dar, Mord in Tateinheit mit bewaffnetem Raubüberfall hingegen sehr wohl. Für einen Raubmord konnte man zum Tode verurteilt werden. Wer irgendwo einbrach und dabei jemanden umbrachte, erhielt schlimmstenfalls lebenslänglich, was bei den barbarischen Bedingungen der meisten Staatsgefängnisse keinen großen Unterschied machte. Aber Christine Sullivan hatte teuren Schmuck getragen. In jedem Bericht, den der Fahnder in die Hand bekam, wurde sie als große Liebhaberin von Diamanten, Smaragden und Saphiren beschrieben. Es gab nichts, was sie nicht besaß. An der Leiche war kein Schmuck gefunden worden, wenngleich man noch deutlich erkennen konnte, wo sie die Ringe getragen hatte. Sullivan bestätigte außerdem, daß die Diamantenhalskette seiner Frau fehlte. Auch der Besitzer des Schönheitssalons erinnerte sich, das kostbare Stück am Montag gesehen zu haben.

Ein guter Staatsanwalt konnte aus den Fakten einen Raubüberfall machen, dessen war Frank sicher. Die Täter hatten das Opfer erwartet, die ganze Sache war geplant gewesen. Warum sollte das brave Volk von Virginia zwanzig Riesen pro Jahr zahlen müssen, um einen kaltblütigen Mörder durchzufüttern, zu kleiden und zu beherbergen? Einbruch? Raubüberfall? Wen interessierte das schon? Die Frau war tot. Von irgendeinem Mistkerl über den Haufen geschossen. Juristische Feinheiten dieser Art behagten Frank nicht sonderlich. Wie viele Ordnungshüter fand er, das Strafrechtssystem sei zu sehr auf den Vorteil des Angeklagten bedacht. Oft kam es ihm so vor, als ginge in dem ganzen verschlungenen Prozeß mit komplizierten Vergleichen, juristischen Spitzfindigkeiten und aalglatten Verteidigern die Tatsache unter, daß jemand tatsächlich das Gesetz gebrochen hatte; daß ein Mensch verletzt, vergewaltigt oder getötet worden war. Das war durch und durch verkehrt. Frank hatte keine Möglichkeit, das System zu ändern, doch er konnte ein bißchen daran drehen.

Er zog den Bericht näher heran, setzte die Brille auf und nahm einen weiteren Schluck starken, schwarzen Kaffee. Todesursache: Laterale Schußwunden im Schädel, verursacht durch ein Halbmantelgeschoß mit freiliegendem Bleikern, das aus einer Hochgeschwindigkeitswaffe abgefeuert worden war und eine Durchbruchswunde zur Folge hatte; sowie durch eine zweite Kugel unbekannter Zusammensetzung aus einer unbekannten Waffe, die eine Durchdringungswunde herbeigeführt hatte. Mit anderen Worten: Ihr Gehirn war von ziemlich schweren Geschossen zerfetzt worden. Außerdem gab der Bericht als Todesart Tötung an. Nach Franks Auffassung war das der einzige klare Punkt an dem Fall. Er bemerkte, daß er die Entfernung, aus der die Schüsse abgegeben worden waren, richtig eingeschätzt hatte. Am Wundeintritt fanden sich keine Pulverspuren. Die Schüsse waren aus mehr als einem halben Meter

Abstand abgefeuert worden. Frank nahm an, daß die Entfernung weniger als zwei Meter betragen hatte, doch das war nur so ein Gefühl. Natürlich war Selbstmord nie in Betracht gezogen worden. Aber gedungene Mörder zogen es für gewöhnlich vor, den Lauf so nahe wie möglich an das Opfer zu bringen, da dies erfahrungsgemäß die Fehlerrate erheblich minderte.

Frank beugte sich dichter über den Schreibtisch. Warum mehr als einen Schuß? Mit Sicherheit hatte bereits die erste Kugel zum Tod geführt. War der Angreifer ein Sadist, der eine Ladung um die andere in einen toten Körper pumpte? Aber schließlich hatten sie nur zwei Eintrittwunden festgestellt, was man kaum als Trommelhagel eines Irren bezeichnen konnte. Dann waren da noch die Kugeln selbst. Ein Dumdumgeschoß und eines unbekannter Art.

Er hielt einen Plastikbeutel mit seinem Zeichen darauf hoch. Aus dem Leichnam hatte man nur eine Kugel gewonnen. Sie war unter der rechten Schläfe eingetreten, durch den Aufprall flachgedrückt und geweitet worden, hatte den Schädel und das Gehirn durchschlagen und dabei eine Schockwelle durch die weiche Hirnmasse gejagt, wie sie bei einem Peitschenschlag entstand.

Vorsichtig berührte er, was von dem Objekt im

Beutel noch übrig war. Es handelte sich um ein abscheuliches Projektil, dafür geschaffen, durch Aufprall flachgedrückt zu werden, um danach alles in Stücke zu reißen, was sich in den Weg stellt. Bei Christine Sullivan hatte es wie vorgesehen funktioniert. Das Problem war, daß Dumdumgeschoße mittlerweile überall zu bekommen waren. Und die Verformung der Kugel war enorm. Ballistische Tests waren da nahezu nutzlos.

Der zweite Schuß war einen Zentimeter unter dem anderen eingedrungen, hatte das gesamte Gehirn durchdrungen und war auf der anderen Seite wieder ausgetreten, wo ein klaffendes Loch zurückblieb, viel größer als die Eintrittswunde. Der Schaden an Knochen und Gewebe war beträchtlich gewesen.

Der Verbleib dieser Kugel hatte sie alle überrascht. In der Wand neben dem Bett hatte man ein fünfzehn Millimeter großes Loch gefunden. Normalerweise wurde in solchen Fällen das Gipsstück herausgeschnitten, und die Labortechniker lösten das Geschoß mit speziellen Werkzeugen vorsichtig heraus, damit das Schleifmuster erhalten blieb. Damit ließ sich zunächst die Art der Waffe näher festlegen, und man konnte es – was zu hoffen blieb – schließlich einem bestimmten Lauf zuordnen. Fingerabdrücke und ballistische Tests gehörten zweifellos zu den sichersten Beweisen in dieser Branche.

Nur gab es in diesem Fall zwar ein Loch, aber keine Kugel darin, auch kein weiteres Projektil im Raum. Als ihn das Labor angerufen hatte, um ihm die Entdeckung mitzuteilen, war er selbst hinuntergegangen, um sich zu vergewissern. So wütend war er schon lange nicht mehr gewesen.

Warum sollte sich jemand die Mühe machen, eine Kugel aus der Wand zu kratzen, wenn doch noch eine andere in der Leiche steckte? Wie konnte das eine Geschoß mehr verraten als das andere ? Es gab verschiedene Möglichkeiten.

Frank machte sich ein paar Notizen. Das fehlende Projektil konnte ein anderes Kaliber oder von anderer Machart sein, was ein Indiz dafür wäre, daß es einen zweiten Schützen gegeben hatte. Bei aller Phantasie konnte sich Frank nicht vorstellen, daß ein Einzeltäter in jeder Hand eine Waffe schwang und auf die Frau ballerte. Also gab es vermutlich zwei Verdächtige. Das hätte auch die verschiedenen Wundmuster beim Eintritt, Austritt und im Gehirn erklärt. Das Eintrittsloch des sich verformenden Dumdumgeschoßes war wesentlich größer als das der anderen Kugel. Die hatte den Schädel auf geradem Weg durchschlagen und dabei einen Tunnel von der halben Breite eines kleinen

Fingers hinterlassen. Wahrscheinlich war die Projektilverformung minimal, was aber bedeutungslos war, da er die verdammte Kugel nicht hatte.

Frank sah seine Notizen über den Tatort durch. Noch war er dabei, Informationen zu sammeln, doch er hoffte, daß er dabei nicht ewig festsitzen würde. Zumindest mußte er sich bei diesem Verbrechen um die Verjährung keine Gedanken machen.

Zum wiederholten Male schaute er in den Bericht; erneut legte er die Stirn in Falten.

Er griff zum Telefon und wählte. Zehn Minuten später saß er dem Gerichtsmediziner in dessen Büro gegenüber. Der massige Mann kratzte mit einem alten Skalpell an seinen Fingernägeln herum und blickte schließlich zu Frank auf.

»Strangulationsmale. Zumindest *versuchte* Strangulation. Das heißt, der Kehlkopf war nicht eingedrückt, obwohl es geringfügige Gewebeschwellungen gab, außerdem habe ich eine leichte Fraktur der Gaumenplatte festgestellt. Ferner Spuren von Petechien in der Bindehaut unter den Augenlidern. Keine Ligatur. Steht alles im Bericht.«

Frank dachte darüber nach. Petechien, winzige Blutungen in der Binde- oder Schleimhaut der Augen und Augenlider, konnten durch Strangulation und den dadurch auf das Gehirn ausgeübten Druck entstehen.

Er lehnte sich auf dem Sessel vor und betrachtete die Diplome an der Wand, die bescheinigten, daß sein Gegenüber schon lange und hingebungsvoll als Gerichtsmediziner arbeitete.

»Mann oder Frau?«

Der Pathologe zuckte die Schultern.

»Schwer zu sagen. Wie du weißt, ist die menschliche Haut nicht gerade eine geeignete Oberfläche für Abdrücke. Tatsächlich gibt es außer an einigen versteckten Stellen so gut wie nie welche, und sofern je etwas vorhanden war, ist es nach einem halben Tag verschwunden. Aber ich kann mir nur schwer vorstellen, daß eine Frau versucht, eine andere mit bloßen Händen zu erwürgen, obwohl auch das schon vorgekommen ist. Man braucht nicht allzuviel Kraft, um den Kehlkopf einzudrükken. Trotzdem, normalerweise morden eher Machos durch Erwürgen mit bloßen Händen. Unter hundert Fällen von Strangulation habe ich noch keinen erlebt, bei dem erwiesenermaßen eine Frau die Täterin war. Außerdem erfolgte der Angriff von vorne«, fügte er hinzu. »*Mit bloßen Händen*. Dafür muß man schon ziemlich von seiner körperlichen Überlegenheit überzeugt sein. Meine professionelle Einschätzung? Wenn du mich fragst, es war ein Mann.«

»Im Bericht steht auch, daß an der linken Kieferseite Quetschungen und Schwellungen waren, des weiteren lockere Zähne und Abschürfungen im Mund.«

»Sieht so aus, als hätte ihr jemand ein ziemliches Ding verpaßt. Einer der Backenzähne hatte beinahe die Wange durchdrungen.«

Frank schaute in die Akte. »Die zweite Kugel?«

»Der angerichtete Schaden läßt darauf schließen, daß es ein schweres Kaliber war, genau wie die erste.«

»Irgendeine Vorstellung von der ersten?«

»Ich kann nur Vermutungen anstellen. Vielleicht eine 357er oder 41er. Könnte auch eine 9mm gewesen sein. Himmel, du hast die Kugel gesehen. Das verdammte Ding war flach wie ein Pfannkuchen, die Hälfte davon in der Gehirnmasse und -flüssigkeit verteilt. Keine Rillen, keine Zug- oder Drallmerkmale. Selbst wenn es dir gelingt, eine mutmaßliche Mordwaffe zu finden, wäre es unmöglich zu beweisen, daß die Kugel daraus abgefeuert wurde.«

»Wenn wir das zweite Projektil in die Hände bekämen, hätten wir einen besseren Anhaltspunkt.«

»Vielleicht auch nicht. Wer auch immer sie aus der Wand holte, hat wahrscheinlich die Schleifspuren unbrauchbar gemacht. Die Ballistiker könnten damit nichts anfangen.«

»Ja, aber vielleicht sind Haar-, Blut- oder Hautpartikel in der Spitze der Kugel eingebettet. Das wären Hinweise, die ich liebend gern unter die Lupe nehmen würde.«

Der Gerichtsmediziner kratzte sich gedankenvoll am Kinn. »Durchaus möglich. Aber erst mußt du sie finden.«

»Wahrscheinlich wird uns das nicht gelingen.« Frank lächelte.

»Man kann nie wissen.«

Die beiden Männer sahen einander an. Beide wußten, daß es keinerlei Möglichkeit gab, das zweite Geschoß zu finden. Selbst wenn es ihnen gelingen sollte, konnten sie es nicht mit dem Tatort in Verbindung bringen, solange keine Spuren der Toten daran waren; sie mußten überdies die dazugehörige Waffe in die Hände bekommen und diese mit dem Tatort in Verbindung bringen. Für beides hätten sie ein kleines Wunder benötigt.

»Irgendwelche Hülsen?«

Frank schüttelte den Kopf.

»Dann sucht ihr wirklich nach der Nadel im Heuhaufen, Seth.«

»Ich habe nie behauptet, daß es einfach sein würde. Übrigens, lassen dir die Oberen genügend Zeit, damit du dich um den Fall kümmern kannst?«

Der Gerichtsmediziner lächelte. »Die verhalten sich erstaunlich ruhig. Ja, wenn man Walter Sullivan umgepustet hätte! Ich habe meinen Bericht schon nach Richmond geschickt.«

Dann stellte Frank die Frage, wegen der er eigentlich gekommen war.

»Warum zwei Schüsse?«

Der Gerichtsmediziner hörte auf, an den Nägeln herumzuschaben, legte das Skalpell auf den Tisch und musterte Frank.

»Warum nicht?« Seine Augen flatterten. Er befand sich in der wenig glücklichen Lage, für die gelegentlichen Vorkommnisse in dem ruhigen County mehr als qualifiziert zu sein. Er war einer von etwa fünfhundert Gerichtsmedizinern des Staates. Zudem besaß er eine gutgehende Praxis für Allgemeinmedizin, war jedoch persönlich fasziniert von polizeilichen Ermittlungen und Gerichtsmedizin. Bevor er sich in Virginia zu einem ruhigeren Leben niederließ, hatte er fast zwanzig Jahre lang in Los Angeles als stellvertretender Coroner gearbeitet. Schlimmere Morde als in L.A. bekam man kaum zu sehen. Dennoch stellte dieser Fall eine echte Herausforderung für ihn dar.

Frank sah ihn eindringlich an. »Beide Schüsse wären ganz offensichtlich tödlich gewesen. Zweifellos. Warum also eine zweite Kugel? Vieles spricht dagegen. Zunächst mal der Lärm. Zweitens, wenn man so schnell wie möglich verschwinden will, warum sollte man sich dann Zeit nehmen, eine zweite Ladung Blei in das Opfer zu pumpen? Und mehr noch, warum sollte man eine zweite Kugel zurücklassen, die als Beweismittel dienen könnte? Hatte Mrs. Sullivan den Täter überrascht? Wenn ja, warum verlief der Schuß von der Tür ins Zimmer und nicht umgekehrt? Und warum war die Schußlinie fallend? Kniete sie? Wahrscheinlich, oder der Schütze war überdurchschnittlich groß. Wenn sie kniete, warum? Eine Hinrichtung? Aber es gab keine Kontaktwunden. Und dann sind da noch die Male am Hals. Warum versucht jemand, sie zuerst zu erwürgen, läßt von ihr ab, greift zur Kanone und pustet ihr den Kopf weg? Schießt noch mal. Nimmt eine Kugel mit. Warum? Warum eine zweite Waffe? Warum wurde versucht, das zu verschleiern? Ich sehe keinen Sinn darin!«

Frank erhob sich und schritt im Zimmer auf und ab, die Hände tief in den Taschen vergraben. Das war eine Gewohnheit, wenn er angestrengt nachdachte. »Und der Tatort war so verdammt sauber, daß ich es kaum glauben konnte. Nichts ist zurückgeblieben, absolut nichts. Keine Fasern, keine Flüssigkeiten, keine Haare, nichts. Wundert mich, daß man die zweite Kugel nicht operativ entfernt hat.

Also, ich meine, dieser Kerl *war* ein Einbrecher. Vielleicht will man uns das auch nur glauben lassen. Jedenfalls *wurde* der Tresor ausgeräumt. Etwa viereinhalb Millionen Dollar Beute. Und was hat Mrs. Sullivan dort gewollt? Sie hätte eigentlich in der Karibik in der Sonne liegen sollen. Kannte sie den Kerl? Hatte sie auch heimliche Affären? Wenn dem so war, hängt beides irgendwie zusammen? Und wieso spaziert jemand zur Eingangstür hinein, überlistet die Alarmanlage und klettert dann über ein Seil aus dem Fenster? Jede Frage, die ich mir stelle, wirft eine neue auf.« Ein wenig erstaunt über den eigenen Wortschwall setzte Frank sich wieder.

Der Pathologe lehnte sich im Sessel zurück, zog die Akte zu sich und überflog sie eine Minute lang. Er nahm die Brille ab, putzte sie am Ärmel und klemmte die Unterlippe zwischen Daumen und Zeigefinger.

Franks Nasenflügel bebten. »Nun sag schon, was hältst du von der Sache?«

»Du hast gesagt, am Tatort gab es nichts zu finden. Darüber habe ich nachgedacht. Du hast recht. Es war zu sauber.« Gemächlich zündete der Gerichtsmediziner sich eine Pall Mall an, filterlos, wie Frank bemerkte. Alle Leichenbeschauer, die er kannte, hatten geraucht. Der Gerichtsmediziner blies Rauchringe in die Luft. Anscheinend genoß er die geistige Herausforderung.

»Die Fingernägel waren zu sauber.«

Verwirrt glotzte Frank ihn an.

Der Pathologe fuhr fort. »Ich will damit sagen, da war kein Schmutz, auch kein Nagellack, obwohl sie so ein hellrotes Zeug getragen hat. Keine Rückstände, die man normalerweise finden würde. Nichts. Es schien, als wären sie ausgeputzt worden; verstehst du, was ich meine?« Er machte eine Pause, dann sprach er weiter. »Außerdem habe ich geringfügige Spuren einer Lösung gefunden.« Abermals hielt er inne. »Ähnlich einem Reinigungsmittel.«

Frank machte einen Erklärungsvorschlag. »Sie war an dem Morgen in einem dieser schicken Schönheitssalon. Ließ sich die Nägel richten und all so was.«

Sein Gegenüber schüttelte den Kopf. »Dann wären mehr Rückstände zu erwarten gewesen, nicht weniger, bei all den Chemikalien, die dort benutzt werden.«

»Worauf willst du hinaus? Daß man ihr die Fingernägel absichtlich ausgeputzt hat?«

Der Gerichtsmediziner nickte. »Da war jemand sorgfältig darauf bedacht, nichts zu hinterlassen, was in irgendeiner Form der Identifizierung dienen könnte.«

»Das heißt, jemand hatte panische Angst davor, irgendwelche äußeren Beweise zu hinterlassen.«

»Das haben die meisten Täter, Seth.«

»Bis zu einem gewissen Grad. Aber Fingernägel auszuspritzen und einen Ort so zu hinterlassen, daß unser Staubsauger praktisch leer blieb, ist schon ein bißchen übertrieben.«

Frank blätterte den Bericht durch. »Du hast auch Spuren von Öl an ihren Handballen gefunden?«

Der Pathologe nickte und blickte den Ermittler eindringlich an. »Ein Imprägniermittel. Du weißt schon, wie man es für Textilien, Leder und ähnliches verwendet.«

»Sie hat also möglicherweise etwas in der Hand gehabt, von dem die Rückstände stammen?«

»Genau. Obwohl wir natürlich nicht sicher sein können, wann das Öl an ihre Hände kam.« Der Mediziner setzte die Brille wieder auf. »Glaubst du, sie kannte den Täter, Seth?«

»Nichts weist darauf hin, es sei denn, sie hat ihn eingeladen, in das Haus einzubrechen.«

Plötzlich hatte der Gerichtsmediziner eine Eingebung. »Vielleicht hatte sie den Einbruch geplant. Kannst du mir folgen? Sie hat genug von dem alten Mann, läßt ihren neuen Stecher das nötige Kleingeld stehlen und setzt sich dann mit ihm ab?«

Frank überdachte die Theorie. »Aber die beiden zerstreiten sich, oder der Täter treibt die ganze Zeit ein Doppelspiel, und letztlich bekommt sie eine Ladung Blei ab?«

»Es paßt zu den Fakten, Seth.«

Frank schüttelte den Kopf. »Soweit wir wissen, *liebte* sie es, Mrs. Walter Sullivan zu sein. Nicht nur wegen des Geldes, wenn du weißt, was ich meine. Überall auf der Welt kam sie mit Berühmtheiten in Berührung, mit manchen wahrscheinlich sogar ziemlich intim. Das ist schon etwas für jemanden, der früher bei Burger King serviert hat.«

Der Gerichtsmediziner starrte ihn an. »Ist nicht wahr?«

Der Fahnder lächelte. »Achtzigjährige Milliardäre haben manchmal seltsame Anwandlungen. Wohin setzt sich ein vierhundert Kilo schwerer Gorilla? Wohin es ihm gefällt.«

Grinsend schüttelte der Leichenbeschauer den Kopf. Milliardär? Was würde er mit einer Milliarde Dollar anfangen? Er betrachtete den Tintenlöscher auf dem Schreibtisch. Dann drückte er die Zigarette aus und schaute auf den Bericht, danach zu Frank. Er räusperte sich.

»Ich glaube, die zweite Kugel war ein Halbmantel- oder Vollmantelgeschoß.«

Frank löste die Krawatte und stützte sich mit

den Ellbogen auf den Schreibtisch. »Einverstanden.«

»Es hat auf beiden Seiten die Schädelwand durchschlagen und dabei ein Austrittsloch hinterlassen, das mehr als doppelt so groß wie das Eintrittsloch war.«

»Wir sprechen also definitiv von zwei Waffen.«

»Außer der Kerl hat verschiedene Munition in ein und dieselbe Waffe gepackt.« Eingehend musterte er den Fahnder. »Scheint dich nicht zu überraschen, Seth.«

»Vor einer Stunde hätte es das noch. Jetzt nicht mehr.«

»Wahrscheinlich gibt es also zwei Täter.«

»Zwei Täter, zwei Kanonen. Wie groß war die Frau?«

Der Gerichtsmediziner mußte seine Notizen nicht zu Rate ziehen. »Hundertsiebenundfünfzig Zentimeter, dreiundfünfzig Kilo.«

»Also eine zierliche Frau und vermutlich zwei männliche Täter, die versuchen, sie zu erwürgen, sie dann verprügeln und abschließend gemeinsam das Feuer auf sie eröffnen, um sie zu töten.«

Beinahe mußte der Gerichtsmediziner lächeln. Die Fakten waren ziemlich verwirrend.

Frank las in dem Bericht nach. »Bist du sicher,

daß sie vor ihrem Tod gewürgt und geschlagen wurde ?«

Der Gerichtsmediziner schien fast ein wenig beleidigt zu sein. »Selbstverständlich. Ziemlich kurios, was?«

Frank blätterte den Bericht durch, wobei er sich Notizen machte. »Kann man wohl sagen. Keine versuchte Vergewaltigung? Nichts in der Art?«

Der Leichenbeschauer antwortete nicht.

Schließlich schaute Frank zu ihm auf, nahm die Brille ab, legte sie auf den Tisch und lehnte sich zurück. Er nahm einen Schluck des schwarzen Kaffees, der ihm zuvor angeboten worden war.

»Im Bericht steht nichts über sexuelle Gewalt«, erinnerte er seinen Freund.

Endlich antwortete der Gerichtsarzt. »Der Bericht ist korrekt. Es gab keine sexuelle Gewalt. Keine Samenspuren, keine Anzeichen für ein Eindringen, keine offensichtlichen Male. Was mich offiziell zu der Schlußfolgerung führt, daß keine sexuelle Gewalt angewendet wurde.«

»Und? Du bist mit dieser Aussage nicht ganz zufrieden?« Frank blickte erwartungsvoll drein.

Der Gerichtsmediziner trank einen Schluck Kaffee und streckte die langen Arme, bis die altgedienten Gelenke angenehm knackten.

»Geht deine bessere Hälfte gelegentlich zum Frauenarzt?«

»Sicher, tut das nicht jede Frau?«

»Du würdest dich wundern«, antwortete der Gerichtsmediziner trocken und fuhr fort. »Es ist so, bei jeder Untersuchung, egal wie gut der Gynäkologe auch sein mag, entstehen leichte Schwellungen und geringfügige Abschürfungen an den Genitalien. Ist nun mal so. Wenn man es gründlich machen will, muß man hineingreifen und darin herumbohren.«

Frank stellte den Kaffee ab und setzte sich anders hin. »Was willst du damit sagen? Daß sie mitten in der Nacht, kurz vor ihrem Tod, einen Hausbesuch ihres Frauenarztes hatte?«

»Die Zeichen sind geringfügig, geradezu winzig, aber sie sind da.« Er hielt inne, suchte nach den richtigen Worten. »Es geht mir nicht aus dem Kopf, seit ich das Protokoll eingereicht habe. Versteh mich richtig, vielleicht ist es gar nichts. Sie könnte es auch selbst getan haben, weißt du. Jedem das seine. Aber so wie es aussieht, kann ich mir das nicht vorstellen. Ich denke, jemand hat sie kurz *nach* ihrem Tod untersucht. Vielleicht zwei Stunden danach, möglicherweise auch früher.«

»Wieso? Um nachzusehen, ob sie Verkehr hatte?« Frank gab sich keine Mühe, seine Ungläubigkeit zu verbergen. Der Gerichtsmediziner blickte ihm ins Gesicht. »Sonst gibt es in einer solchen Situation wohl nicht viel, wonach man dort unten suchen könnte, oder?«

Lange starrte der Ermittler den Mann an. Diese Information trug das ihre zu Franks pochenden Schläfen bei. Er schüttelte den Kopf. Schon wieder die Ballontheorie. Man drückte an einer Seite hinein, an der anderen entstand eine Ausbuchtung. Mit gerunzelter Stirn kritzelte er ein paar Notizen und griff dabei unbewußt zum Kaffee.

Der Pathologe betrachtete ihn. Es handelte sich um keinen einfachen Fall, aber bis jetzt hatte der Fahnder an den richtigen Stellen angesetzt, gute Fragen gestellt. Zwar stand er vor einem Rätsel, doch das gehörte dazu. Selbst die besten Ermittler fanden nie die Antworten auf alle Fragen. Aber sie blieben auch nicht ewig ahnungslos. Wenn man Glück hatte und sorgfältig arbeitete, was sich verschieden auf die Fälle verteilte, knackte man die Nuß letztlich, und die Teile fügten sich zusammen. Der Gerichtsmediziner hoffte, daß es in diesem Fall so sein würde. Bislang jedoch sah es noch nicht danach aus.

»Sie war ziemlich betrunken, als es passiert ist.« Frank las den toxikologischen Befund durch.

»Zwei Komma ein Promille. Ich selbst habe solche Werte seit meiner Studentenzeit nicht mehr gesehen.«

Frank lächelte. »Nun, ich frage mich, woher sie die zwei Komma eins hatte.«

»Im Haus gab es genug Alkohol.«

»Ja, aber wir haben keine schmutzigen Gläser, keine offenen Flaschen, auch nichts im Müll gefunden.«

»Dann hat sie vielleicht woanders gesoffen.«

»Und wie kam sie nach Hause?«

Der Gerichtsarzt überlegte einen Augenblick und rieb sich die Müdigkeit aus den Augen. »Ich schätze, sie ist gefahren. Ich habe schon Leute mit höheren Werten hinter dem Steuer erlebt.«

»Im Autopsieraum, meinst du wohl?« Frank fuhr fort. »Das Problem mit dieser Theorie ist, daß keiner der Wagen aus der Garage bewegt wurde, seit die Hausbewohner in die Karibik gereist sind.«

»Woher weißt du das? Nach drei Tagen ist kein Motor mehr warm.«

Frank blätterte sein Notizbuch durch, fand, wonach er suchte, und schob es seinem Freund hin.

»Sullivan hat einen eigenen Chauffeur. Ein alter Kerl namens Bernie Kopeti. Er kennt die Wagen, ist penibel wie ein Buchhalter und führt genaue Aufzeichnungen über Sullivans Fuhrpark.

Schreibt die Zählerstände aller Autos in ein Fahrtenbuch, das er *zweimal* täglich aktualisiert, kannst du dir das vorstellen? Ich habe ihn gebeten, die Kilometerzähler aller Wagen in der Garage zu überprüfen. Höchstwahrscheinlich waren es die einzigen, zu denen die Frau Zugang hatte, außerdem standen nur diese Autos in der Garage, als man die Leiche fand. Und Kopeti hat bestätigt, daß kein Fahrzeug fehlt. Bei keinem Wagen war auch nur ein zusätzlicher Kilometer auf dem Zähler. Christine Sullivan ist mit keinem davon nach Hause gefahren. Wie also kam sie heim?«

»Mit einem Taxi?«

Frank schüttelte den Kopf. »Wir haben mit jeder nur erdenklichen Taxifirma gesprochen. In jener Nacht wurde niemand zu Sullivans Haus gefahren. Und einen solchen Ort würde man kaum vergessen, was meinst du?«

»Außer vielleicht, es war der Taxifahrer, der sie ermordet hat und sich nun ausschweigt.«

»Willst du damit andeuten, sie hätte einen Taxifahrer in ihr Haus eingeladen?«

»Ich meine nur, sie war betrunken und hat wahrscheinlich nicht gewußt, was sie tat.«

»Das paßt aber nicht zu dem Umstand, daß an der Alarmanlage manipuliert wurde oder daß ein Seil aus dem Fenster hing. Oder daß wir es wahrscheinlich mit zwei Tätern zu tun haben. Ich habe noch nie ein Taxi mit zwei Fahrern gesehen.«

Frank hatte eine Idee, die er in den Notizblock kritzelte. Er war sicher, daß Christine Sullivan von jemandem nach Hause gefahren worden war, den sie kannte. Da sich der- oder diejenige nicht gemeldet hatte, glaubte Frank den Grund dafür ziemlich genau zu kennen.

Der Gerichtsmediziner lehnte sich zurück. Ihm fiel nichts mehr ein. Er breitete die Arme aus. »Irgendwelche Verdächtigen?«

Frank schrieb zu Ende. »Vielleicht.«

Der Pathologe musterte ihn nachdenklich. »Was sagt der Ehemann? Einer der reichsten Männer des Landes.«

»Der ganzen Welt.« Frank steckte das Notizbuch weg, nahm den Bericht und schüttete den Rest Kaffee hinunter. »Sie hat sich auf dem Weg zum Flughafen entschlossen auszusteigen. Ihr Mann glaubt, sie wollte zurück, um in ihrer Stadtwohnung in Watergate zu bleiben. Das wurde bestätigt. Der Privatjet sollte sie drei Tage später abholen und zu Sullivans Haus in Bridgetown, Barbados, bringen. Als sie nicht am Flughafen aufkreuzte, machte sich Sullivan Sorgen und rief an. Das ist seine Geschichte.«

»Hat sie ihm irgendeinen Grund genannt, warum sie ihre Pläne änderte?«

»Keinen, den er mir gesagt hätte.«

»Reichen Typen ist alles zuzutrauen. Er läßt es nach einem Einbruch aussehen, während er viertausend Kilometer entfernt in der Hängematte liegt und Inselcocktails schlürft. Glaubst du, er ist einer von der Sorte?«

Einen langen Augenblick starrte Frank an die Wand. Er dachte zurück an Walter Sullivan, wie er schweigend im Leichenschauhaus neben seiner Frau gesessen hatte. Wie gramerfüllt er ausgesehen hatte, als er sich unbeobachtet wähnte.

Frank blickte den Gerichtsmediziner an. Dann stand er auf, um zu gehen.

»Nein. Glaube ich nicht.«

Kapitel 10

Bill Burton saß in der Unterkunft des Secret Service im Weißen Haus. Langsam legte er die Zeitung hin, die dritte, die er an diesem Morgen las. In jeder fanden sich Folgeberichte über den Mord an Christine Sullivan. Die Fakten glichen praktisch denen aus den ersten Berichten. Offensichtlich gab es keine wesentlichen Fortschritte.

Er hatte mit Varney und Johnson gesprochen. Bei einer Grillparty bei sich zu Hause. Nur er, Collin und die beiden Kollegen. Der Kerl war im Tresorraum gewesen und hatte den Präsidenten und die Frau gesehen. Er war herausgekommen, hatte den Präsidenten niedergeschlagen, die Frau getötet und war trotz aller Bemühungen Burtons und Collins entwischt. Die Geschichte paßte zwar nicht ganz zum tatsächlichen Ablauf der Ereignisse jener Nacht, doch beide Agenten schenkten Burtons Version uneingeschränkt Glauben. Außerdem zeigten sich beide wütend und entrüstet, daß jemand Hand an den Mann legte, den zu beschützen sie geschworen hatten. Der Verbrecher sollte seine gerechte Strafe erhalten. Von ihnen würde niemand erfahren, daß der Präsident in den Vorfall verwickelt war.

Nachdem sie gegangen waren, hatte Burton sich wieder auf die Terrasse gesetzt und noch ein Bier getrunken. Sie hatten ja keine Ahnung. Er leider schon. Sein ganzes Leben lang war Bill Burton ein aufrichtiger Mensch gewesen und konnte sich mit der neuen Rolle als Lügner ganz und gar nicht anfreunden.

Burton schlürfte die zweite Tasse Kaffee und sah auf die Uhr. Er goß sich eine weitere Tasse ein und schaute sich um.

Immer schon hatte er von diesem Posten geträumt. Er war Mitglied einer Elitetruppe, die den bedeutendsten Menschen auf Erden beschützte. Die Größe der Verantwortung, die Fähigkeit und das Wissen eines Agenten des Secret Service, die enge Kameradschaft. Jederzeit mit der Erwartung zu leben, das eigene Leben für das eines anderen zu opfern, zum Wohle der Allgemeinheit. Allein diese Gewißheit zeugte von einer höchst edlen Gesinnung in einer zunehmend tugendloseren Welt. All das hatte dafür gesorgt, daß Agent William James Burton jeden Morgen mit einem Lächeln im Gesicht aufgewacht war und nachts ruhig geschlafen hatte. Nun war das Gefühl verschwunden. Er hatte nur seine Arbeit getan, und das Gefühl war verschwunden. Kopfschüttelnd steckte er sich eine Zigarette an.

Er saß auf einem Pulverfaß. Sie alle. Je eindringlicher Gloria Russell ihm versicherte, alles käme in Ordnung, desto weniger glaubte er daran.

Der Wagen war ein völliger Reinfall gewesen. Äußerst diskrete Nachforschungen hatten direkt zum Verwahrungsparkplatz für sichergestellte Fahrzeuge in Washington geführt. Es war zu riskant, weiter daran zu rühren. Russell war stinksauer gewesen. Sollte sie. Sie gab vor, alles unter Kontrolle zu haben. Von wegen. Burton faltete die Zeitung wieder zusammen und legte sie ordentlich für den nächsten Agenten zurück.

Zum Teufel mit Russell! Je mehr Burton darüber nachdachte, desto ärgerlicher wurde er. Aber es war zu spät, um noch etwas zu ändern. Sie alle steckten bis zum Hals in der Sache drin. Er faßte an die linke Seite seines Jacketts. Die zementgefüllte 357er lag gemeinsam mit Collins 9mm am Grund des Severn River, an der abgelegensten Stelle, die sie finden konnten. Die meisten hätten das wahrscheinlich für übertriebene Vorsicht gehalten, doch für Burton gab es keine übertriebene Vorsicht. Die Polizei hatte eine nutzlose Kugel und würde die zweite niemals finden. Selbst wenn, der Lauf seiner Magnum wäre blitzsauber. Burton machte sich keine Sorgen darüber, daß ihn die ballistische Abteilung der Bezirkspolizei von Virginia zu Fall bringen konnte.

Dennoch würde es früher oder später geschehen. Irgendwo, irgendwie, würde der Mann an die Öffentlichkeit treten und der ganzen Welt erzählen, was sich zugetragen hatte. Es war nur eine Frage der Zeit. Der Präsident der Vereinigten Staaten war ein Ehebrecher. Seine Bettgefährtin für die Nacht hatte er so brutal verprügelt, daß sie ihn umbringen wollte, und die Agenten Burton und Collin hatten sie töten müssen.

Und dann hatten sie alles vertuscht. Das ließ Burton jedesmal zusammenzucken, wenn er in den Spiegel blickte. Die Vertuschung. Sie hatten gelogen. Durch ihr Schweigen hatten sie gelogen. Aber hatte er das nicht die ganze Zeit über getan? Bei all den nächtlichen Stelldicheins? Wenn er morgens die First Lady grüßte? Wenn er im Garten hinter dem Haus mit den beiden Kindern des Präsidentenpaares spielte? Und ihnen verheimlichte, daß der Ehemann und Vater Alan J. Richmond, Präsident der Vereinigten Staaten, nicht so nett, so freundlich, so liebenswürdig war, wie sie vermutlich glaubten? Wie das ganze Land glaubte.

Secret Service. Geheimdienst. Burton verzog das Gesicht. Aus einem befremdlichen Grund war es eine treffende Bezeichnung. Über die Jahre hinweg hatte er jede Menge Mist gesehen. Doch Burton hatte stets weggeschaut. Wie alle Agenten gelegentlich wegschauten. Es war ein besonderer, wenn auch unangenehmer Aspekt der Arbeit. Macht trieb Menschen in den Größenwahn; sie fühlten sich unbezwingbar. Das konnte gefährlich sein.

Mehr als einmal hatte Burton schon zum Telefon gegriffen, um den Chef des Secret Service anzurufen. Er wollte ihm alles erzählen, wollte retten, was noch zu retten war. Doch jedesmal hatte er den Hörer wieder aufgelegt, unfähig, die Worte auszusprechen, die seine Karriere und damit sein Leben ruiniert hätten. Mit jedem Tag wuchs Burtons Hoffnung, daß alles vorübergehen werde, wenngleich der gesunde Menschenverstand ihm sagte, daß dies unmöglich war. Er wußte, es war mittlerweile zu spät, um die Wahrheit zu sagen. Hätte er einen oder zwei Tage danach angerufen und den Vorfall berichtet, wäre das noch erklärbar gewesen; inzwischen war es das nicht mehr.

Seine Gedanken kreisten um die Ermittlungen zu Christine Sullivans Tod. Mit großem Interesse hatte Burton den Autopsiebericht gelesen, den die Bezirkspolizei auf Anfrage des ach so betroffenen Präsidenten freundlicherweise zur Verfügung stellte. Zum Teufel auch mit dem Präsidenten!

Zerschmetterter Kiefer und Würgemale. Diese Verletzungen stammten nicht von seinen und Collins Schüssen. Christine Sullivan hatte allen Grund gehabt, den Mann umbringen zu wollen. Aber so etwas konnte Burton nicht zulassen, unter keinen Umständen. Es gab nicht mehr viel Unumstößliches, doch diese Tatsache zählte dazu, so sicher wie das Amen im Gebet.

Er hatte richtig gehandelt. Tausende Male sagte er sich das vor. Dafür war er praktisch sein ganzes Leben lang geschult worden. Gewöhnliche Menschen konnten nicht wissen, konnten unmöglich begreifen, wie sich ein Agent fühlte, wenn etwas schiefging, während er Dienst versah.

Vor langer Zeit hatte Burton mit einem von Kennedys Leibwächtern gesprochen. Der Mann war nie über Dallas hinweggekommen. Er war direkt neben der Limousine des Präsidenten marschiert und hatte doch nichts tun können. Der Präsident war gestorben. Genau vor seinen Augen war der Schädel des Präsidenten zerplatzt. Es wäre nie zu verhindern gewesen; dennoch redete man sich ein, man hätte irgend etwas tun, zusätzliche Sicherheitsvorkehrungen treffen können.

Nach links statt nach rechts zu schauen, ein Gebäude aufmerksamer zu beobachten, als man es getan hatte. Die Menge ein wenig wachsamer im Auge zu behalten. Der Agent war nie wieder der Alte geworden. Er kündigte beim Secret Service, seine Ehe ging in die Brüche. Den letzten Atemzug tat er zwar in irgendeinem Rattenloch in Mississippi, doch gedanklich hatte er die letzten zwanzig Jahre seines Lebens nur noch in Dallas verbracht.

Bill Burton würde das nicht passieren. Deshalb hatte er sich vor sechs Jahren vor Alan Richmonds Vorgänger geworfen und trotz der kugelsicheren Weste zwei 38er Kugeln abbekommen. Eine durch die Schulter, eine durch den Unterarm. Wie durch ein Wunder traf keiner der Schüsse ein lebenswichtiges Organ oder eine Arterie, so daß Burton nur ein paar Narben und den tiefempfundenen Dank der ganzen Nation davontrug. Was noch wichtiger war, er hatte sich dadurch die Hochachtung seiner Kollegen errungen.

Und deshalb hatte er auf Christine Sullivan gefeuert. Heute würde er es wieder genauso machen. So oft es nötig war, würde er sie töten. Er würde den Abzug betätigen, zusehen, wie die 180 Gramm schwere Kugel mit mehr als dreihundert Metern pro Sekunde ihre Schläfe zerschmetterte und dem jungen Leben ein Ende bereitete. Sie hatte es so gewollt, nicht er.

Burton ging zurück an die Arbeit. Solange er es noch konnte.

Stabschefin Russell ging mit forschem Schritt den Flur entlang. Sie hatte soeben mit dem Pressesprecher des Präsidenten die angemessene Stellungnahme zum Russisch-Ukrainischen Konflikt durchgesprochen. Rein politisch betrachtet, hätte man sich auf Rußlands Seite schlagen müssen, doch in der Regierung Richmond wurden Entscheidungen selten auf rein politischer Grundlage getroffen. Zwar verfügte Rußland nun über sämtliche nukleare Interkontinentalwaffen, doch die Ukraine hatte weitaus bessere Aussichten, sich zu einem wichtigen Handelspartner für den Westen zu entwickeln. Walter Sullivan, der enge und jüngst von einem schweren Schicksalsschlag getroffene Freund des Präsidenten, verfolgte ein größeres Geschäft mit der Ukraine. Dieser Umstand war das Zünglein an der Waage zugunsten der Ukraine. Sullivan und seine Freunde hatten auf verschlungenen Pfaden etwa zwölf Millionen Dollar zu Richmonds Wahlkampf beigesteuert und ihm jede wichtige Unterschrift besorgt, die er für den Weg ins Weiße Haus brauchte. Richmond konnte nicht umhin, diese Bemühungen mit einem gewaltigen Gefallen seinerseits zu vergüten. Folglich würden die Vereinigten Staaten die Ukraine unterstützen.

Russell sah auf die Uhr. Sie war heilfroh, daß es auch noch andere Gründe gab, Kiew Moskau vorzuziehen, wenngleich sie sicher war, daß Richmond seine Entscheidung ohnehin nicht anders gefällt hätte. Loyalität war ihm überaus wichtig. Man blieb keinen Gefallen schuldig. Nur war ein Präsident eben in der Lage, Gefälligkeiten auf breiter, weltweiter Basis zu erweisen. Nun, da sie ein ernstes Problem beseitigt hatte, ließ sie sich am Schreibtisch nieder und wandte die Aufmerksamkeit einer ständig wachsenden Krisenliste zu.

Nach nur fünfzehn Minuten politischen Grübelns stand Russell wieder auf und trat langsam ans Fenster. Auf der bekanntesten Straße der Bundeshauptstadt herrschte nach wie vor reger Verkehr. Das Leben nahm in Washington seinen seit zweihundert Jahren nahezu unveränderten Lauf. Überall in der Stadt schickten Interessengruppen Geld, Intellekt und bekannte Persönlichkeiten auf das politische Schlachtfeld. Hauptsächlich drehte es sich darum, andere über den Tisch zu ziehen, bevor die es tun konnten. Russell kannte die Regeln besser als die meisten. Sie liebte und beherrschte das Spiel. Hier war sie ganz in ihrem Element; seit sie diesen Job hatte, fühlte sie sich so glücklich wie schon lange nicht mehr. Der Umstand, daß sie unverheiratet und kinderlos war, hatte ihr damals erstmals zu schaffen gemacht. Die beruflichen Auszeichnungen waren eintönig und bedeutungslos geworden. Doch dann trat Alan Richmond in ihr Leben und rüttelte sie wieder wach. Durch ihn erhielt sie die Möglichkeit, höhere Stufen zu erklimmen. Möglicherweise sogar eine Stufe, die nie zuvor eine Frau erreicht hatte. Der Gedanke hielt sie so sehr gefangen, daß die Erwartung sie manchmal erbeben ließ.

Und plötzlich riß ein verdammtes Stück Metall ein Loch in dieses feingesponnene Netz. Wo war das Ding? Warum meldete der Mann sich nicht? Zweifellos wußte er, was sich in seinem Besitz befand. Wenn er bloß Geld wollte, würde sie zahlen. Die Schmiergeldfonds, über die sie verfügen konnte, reichten selbst für irrwitzige Forderungen, und Russell rechnete mit dem Schlimmsten. Das war einer der wundervollen Aspekte des Weißen Hauses. Niemand wußte, wieviel Geld tatsächlich erforderlich war, um den Betrieb aufrechtzuerhalten. Deshalb steuerten zahlreiche Ministerien einen Teil ihres Budgets und Personals bei, um das Weiße Haus zu unterstützen. Bei all dem finanziellen Durcheinander ließ sich selbst für die aufwendigsten Investitionen stets problemlos Geld auftreiben. Nein, dachte Russell, Geld war das geringste Problem. Dennoch blieben genügend andere, die ihr Kopfzerbrechen bereiteten.

Wußte der Mann, daß der Präsident sich wegen des Vorfalls längst keine Gedanken mehr machte? Die Frage lag Russell schwer im Magen. Was, wenn er versuchte, mit dem Präsidenten direkten Kontakt aufzunehmen, anstatt den Weg über sie zu wählen? Sie begann zu zittern und ließ sich auf einen Sessel neben dem Fenster fallen. Plötzlich war ihr kalt. Richmond würde Russells Absichten sofort erkennen, das stand völlig außer Zweifel. Zwar war er arrogant, doch gewiß kein Narr. Er würde sie vernichten. Richmond auffliegen zu lassen hätte auch keinen Sinn. Beweisen konnte sie gar nichts. Sein Wort stünde gegen ihres. Mit Schimpf und Schande würde sie im politischen Abfalleimer enden und, was viel schlimmer war, in Vergessenheit geraten.

Irgendwie mußte sie den Kerl finden und ihm mitteilen, daß er sich ausschließlich bei ihr melden sollte. Nur ein Mensch konnte ihr dabei helfen. Sie setzte sich an den Schreibtisch, atmete einmal tief durch und nahm die Arbeit wieder auf. Panik war im Augenblick fehl am Platz. Sie mußte stärker sein als je zuvor in ihrem Leben. Immer noch konnte sie es schaffen; immer noch hatte sie es in der Hand, das Ende der Geschichte zu beeinflussen, wenn sie nur die Nerven behielt und den erstklassigen Verstand benutzte, mit dem Gott sie gesegnet hatte. Sie konnte aus dem Schlamassel herauskommen. Und sie wußte, wie sie es anstellen mußte.

Die Vorgangsweise, die Gloria Russell sich zurechtgelegt hatte, wäre jedem, der sie kannte, höchst seltsam erschienen. Doch die Stabschefin hatte eine Seite, die viele überrascht hätte. Seit sie in die Politik gegangen war, hatte ihre Aufgabe alles andere in ihrem Leben in den Schatten gestellt. Einschließlich der privaten Beziehungen, die man in ihrem Alter zu unterhalten pflegte. Dennoch verfügte Gloria Russell über eine feminine Seite, die einen krassen Gegensatz zu ihrem förmlichen Auftreten als Stabschefin bildete. Die rasch verfliegenden Jahre trugen hinlänglich dazu bei, daß sie sich dieser Unausgeglichenheit ihres Daseins zunehmend bewußt wurde. Zwar hatte sie in dieser Hinsicht keine konkreten Pläne, schon gar nicht angesichts der drohenden Katastrophe, mit der sie sich auseinandersetzen mußte, doch sie glaubte zu wissen, wie sie diese taktische Aufgabe am besten erfüllen und sich dabei gleichzeitig ihre

Attraktivität bestätigen lassen konnte. Ihren Gefühlen konnte sie sich ebensowenig entziehen wie ihrem Schatten. Warum also sich nicht ihrer bedienen? Sie vertraute ohnehin darauf, daß der feine Unterschied dem geplanten Opfer der Strategie nicht bewußt werden würde.

Zwei Stunden später schaltete sie das Licht aus und bestellte den Wagen. Dann warf sie einen Blick auf den aktuellen Dienstplan des Secret Service und griff zum Telefon. Nach drei Minuten stand Agent Collin vor ihr, die Hände in typischer Agentenmanier vor sich gefaltet. Sie bedeutete ihm, einen Augenblick zu warten, während sie ihr Make-up überprüfte, mit den Lippen ein perfektes Oval formte und den Lippenstift nachzog. Aus dem Augenwinkel betrachtete sie den großen, schlanken Mann neben dem Schreibtisch. Sein Aussehen, das des Titelblatts eines Frauenmagazins durchaus würdig war, wäre von jeder normalen Frau schwerlich zu ignorieren. Sein Beruf, der ein ständiges Leben in Gefahr bedingte, und der Umstand, daß er selbst gefährlich sein konnte, trugen nur vorteilhaft zum Gesamtbild bei. Es war dasselbe wie mit den bösen Buben an der High-School, zu denen sich Mädchen stets hingezogen fühlten, und sei es nur, um die Stumpfheit der eigenen Existenz zeitweilig hinter sich zu lassen. Sie war überzeugt, daß Tim Collin in seinem relativ jungen Leben schon das Herz so mancher Frau gebrochen hatte.

Ihr Terminkalender für den Abend war leer, was nicht häufig vorkam. Sie rollte mit dem Stuhl zurück und schlüpfte in die Stöckelschuhe. Dabei entging ihr, daß Agent Collins Blick kurz auf ihre Beine wanderte, bevor er wieder geradeaus starrte. Hätte sie es bemerkt, sie wäre vermutlich erfreut gewesen, nicht zuletzt aus dem offensichtlichen Grund.

»Der Präsident gibt nächste Woche im Gericht von Middleton eine Pressekonferenz, Tim.«

»Ich weiß, Ma'am, um neun Uhr fünfunddreißig morgens. Wir arbeiten gerade an den Vorbereitungen.« Er starrte weiterhin geradeaus.

»Finden Sie das nicht ein wenig ungewöhnlich?«

Collin sah sie an. »Wieso sollte ich, Ma'am?«

»Ich bin nicht mehr im Dienst, Sie können mich Gloria nennen.«

Unsicher trat Collin von einem Fuß auf den anderen. Sie konnte ein Lächeln über seine augenscheinliche Verlegenheit nicht unterdrücken.

»Sie kennen doch das Thema der Pressekonferenz, nicht wahr?«

»Der Präsident wird sich über«, Collin schluckte merklich, »über den Mord an Mrs. Sullivan äußern.«

»Stimmt genau. Ein Präsident gibt eine Pressekonferenz zur Ermordung einer Privatperson. Finden Sie das nicht merkwürdig? Ich glaube, daß ist einmalig in der Geschichte, Tim.«

»Das weiß ich nicht, Ma' – … Gloria.«

»Sie haben doch kürzlich viel Zeit mit ihm verbracht. Ist Ihnen etwas Ungewöhnliches am Präsidenten aufgefallen?«

»Wie zum Beispiel?«

»Wirkte er vielleicht übermäßig gestreßt oder angespannt? Mehr als üblich?«

Zögernd schüttelte Collin den Kopf. Er hatte keine Ahnung, wohin das Gespräch führen sollte.

»Ich fürchte, wir könnten ein kleines Problem bekommen, Tim. Ich glaube, der Präsident braucht unsere Hilfe. Sie sind doch bereit, ihm zu helfen?«

»Er ist der Präsident, Ma'am. Meine Aufgabe ist es, mich um ihn zu kümmern.«

Während sie in der Handtasche kramte, meinte sie: »Haben Sie heute abend etwas vor, Tim? Um neun ist doch Ihr Dienst zu Ende, nicht wahr? Der Präsident bleibt heute nacht hier.«

Er nickte.

»Sie wissen, wo ich wohne. Kommen Sie um

zehn Uhr vorbei. Ich möchte das Gespräch gerne privat mit Ihnen weiterführen. Wollen Sie mir und dem Präsidenten helfen?«

Collins Antwort kam wie aus der Pistole geschossen. »Heute abend um zehn, Gloria.«

Nochmals klopfte er an die Tür. Keine Antwort. Die Jalousien waren heruntergezogen, kein Licht drang aus dem Haus. Entweder schlief er, oder aber er war nicht zu Hause. Jack sah auf die Uhr. Es war neun. Soweit er sich erinnern konnte, ging Luther Whitney selten vor zwei oder drei Uhr morgens zu Bett. Der alte Ford stand in der Einfahrt. Das Tor der kleinen Garage war geschlossen. Jack spähte in den Briefkasten neben der Tür. Er quoll über vor Post. Das sah nicht gut aus. Wie alt war Luther mittlerweile? Mitte Sechzig? Würde er seinen alten Freund auf dem Boden liegend finden, mit kalten, an die Brust gepreßten Händen? Jack sah sich um, dann hob er einen tönernen Blumentopf an, der neben der Tür stand. Der Reserveschlüssel lag immer noch darunter. Abermals blickte er sich um, dann steckte er den Schlüssel ins Schloß und ging hinein.

Das Wohnzimmer war sauber und aufgeräumt. Alles befand sich an seinem Platz.

»Luther?« Er ging durch den Flur und rief sich

die einfache Raumanordnung ins Gedächtnis. Links das Schlafzimmer, rechts das Bad, an der Hinterseite des Hauses die Küche. Über der Hintertür ein kleines Wetterdach, dann der Garten. Luther befand sich in keinem der Räume. Jack betrat das kleine Schlafzimmer, das – wie der Rest des Hauses – sauber und ordentlich war.

Auf dem Nachttisch standen mehrere gerahmte Fotos; verschiedene Bilder von Kate schauten ihn an. Rasch wandte er sich ab und verließ den Raum.

Die winzigen Kammern im Obergeschoß standen weitgehend leer. Angestrengt lauschte er einen Augenblick. Nichts.

In der Küche nahm er auf dem kleinen Plastiksessel Platz und sah sich um. Das Licht machte er nicht an, sondern zog es vor, im Dunkeln zu sitzen. Jack beugte sich vor, öffnete den Kühlschrank und grinste. Zwei Sechserpack Budweiser lächelten ihn an. Man konnte sich immer darauf verlassen, daß Luther ein kaltes Bier zu Hause hatte. Mit einer Dose in der Hand öffnete er die Hintertür und trat hinaus.

Der Garten wirkte verwahrlost. Obwohl sie im Schatten einer mächtigen Eiche wuchsen, ließen Spitzwegerich und Farn die Köpfe hängen; die Klematis, die sich am Lattenzaun entlangrankte, war völlig verdorrt. Jack begutachtete Luthers geliebtes Saisonblumenbeet und entdeckte mehr Opfer als Überlebende des Washingtoner Backofens.

Er hob das Bier an die Lippen und nahm einen Schluck. Luther war eindeutig eine Weile nicht hier gewesen. Na und? Sein Freund war erwachsen und konnte gehen, wohin er wollte, wann er wollte. Trotzdem, irgend etwas stimmte nicht. Aber schließlich war es schon einige Jahre her. Gewohnheiten änderten sich. Jack dachte gründlicher darüber nach. Luther würde seine Gewohnheiten nicht ändern. Das entsprach nicht seiner Art. Er war grundsolide, der zuverlässigste Mensch, den Jack je kennengelernt hatte. Ein überquellender Postkasten, vertrocknete Blumen, das Auto vor der Garage; so hätte Luther sein Zuhause niemals freiwillig zurückgelassen.

Jack ging zurück ins Haus. Auf dem Anrufbeantworter war keine Nachricht. Nochmals marschierte er in das kleine Schlafzimmer, abermals überraschte ihn die muffige Luft, als er die Tür öffnete. Erneut blickte er prüfend durch den Raum. Verdammt, er war doch kein Detektiv! Dann mußte er über sich lachen. Wahrscheinlich ließ es sich Luther gerade ein paar Wochen auf irgendeiner Insel gutgehen, und er stand hier und mimte die besorgte Amme. Luther war gewiß in der Lage, auf sich selbst aufzupassen. Zudem ging es ihn nichts mehr an. Die Familie Whitney war nicht mehr sein Bier, weder Vater noch Tochter. Warum war er eigentlich hier? Wollte er die alten Zeiten wiederaufleben lassen? Wollte er über den alten Mann Kates Herz zurückerobern? Das war wohl das Unwahrscheinlichste, was man sich vorstellen konnte.

Vielmehr suchte er eine Schulter, an der er sich ausweinen konnte.

Beim Hinausgehen schloß Jack die Tür wieder ab und legte den Schlüssel zurück unter den Blumentopf. Nach einem letzten Blick auf das Haus trottete er zum Auto.

Gloria Russells Wohnung befand sich in einer Sackgasse in der Nähe der River Road in einem ziemlich noblen Vorort von Bethesda. Durch ihre Beratertätigkeit für viele der größten Firmen des Landes, verbunden mit ihrem Gehalt zunächst als Professorin und nun als Stabschefin, das sie über die Jahre klug angelegt hatte, besaß sie mehr als genug zum Leben, und sie umgab sich gerne mit schönen Dingen. Den Eingang zierte eine alte Laube, überwuchert von kräftigem, dichtem Efeu. Der gesamte Vorhof, von einer hüfthohen, gewundenen Ziegelsteinmauer umfangen, war als abgeschiedener Garten eingerichtet, komplett mit

Tischen und Sonnenschirmen. In der Dunkelheit, die nur vom fahlen Licht aus dem Erkerfenster an der Vorderseite des Hauses durchbrochen wurde, gurgelte und plätscherte ein Springbrunnen.

Gloria Russell saß an einem der Gartentische, als Agent Collin in seinem Cabriolet vorfuhr. Der Anzug war nach wie vor makellos, die Krawatte fest geknüpft, und er stand da, als hätte er einen Besenstiel verschluckt. Auch die Stabschefin hatte sich nicht umgezogen. Sie lächelte ihn an. Gemeinsam schlenderten sie über den Gartenweg ins Haus.

»Etwas zu trinken? Sie sehen mir nach Bourbon mit Wasser aus.« Russell betrachtete den jungen Mann und trank genüßlich ihr drittes Glas Wein. Es war lange her, daß sie einen jüngeren Mann zu sich eingeladen hatte. Vielleicht zu lange, dachte sie, obwohl der Alkohol dafür sorgte, daß sie nicht allzu klar dachte.

»Bier, wenn Sie welches dahaben.«

»Kommt sofort.« Kurz blieb sie stehen, um die Stöckelschuhe von den Füßen zu streifen, dann ging sie weiter in die Küche. Collin betrachtete das riesige Wohnzimmer, mit den wallenden, maßgefertigten Vorhängen, den Relieftapeten und den geschmackvollen Antiquitäten. Wieso war er eigentlich hier, überlegte er. Hoffentlich beeilte sie sich mit dem Drink. Er war ein hervorragender

Sportler, weshalb er schon früher von Frauen verführt worden war. Schon seit der High-School, aber das hier war nicht die High-School, und Gloria Russell war kein Cheerleader. Collin kam zu dem Schluß, daß es an der Zeit war, sich einen anzutrinken. Eigentlich hatte er Burton von der ungewöhnlichen Einladung erzählen wollen, doch irgend etwas hatte ihn zurückgehalten. Burton benahm sich in letzter Zeit sonderbar. Was sie getan hatten, war nicht falsch gewesen. Zugegeben, die Umstände waren ziemlich heikel; deshalb mußte eine Tat, die ihnen normalerweise das Lob eines ganzen Landes eingebracht hätte, geheimgehalten werden. Es tat ihm leid, daß er die Frau hatte töten müssen, doch er hatte keine andere Wahl gehabt. Immer wieder fand der Tod ein Opfer, ständig ereigneten sich Tragödien. Diesmal war sie an der Reihe gewesen. Christine Sullivans Nummer war aufgerufen worden.

Collin schlürfte das Bier und betrachtete die Hinteransicht der Stabschefin, während sie auf dem breiten Sofa ein Kissen aufschüttelte, ehe sie Platz nahm. Genüßlich am Wein nippend, lächelte sie ihn an.

»Wie lange sind Sie schon beim Secret Service, Tim?«

»Seit sechs Jahren.«

»Sie sind rasch aufgestiegen. Der Präsident hält große Stücke auf Sie. Er hat nicht vergessen, daß Sie ihm das Leben gerettet haben.«

»Das freut mich. Wirklich.«

Während sie ihn mit Blicken abtastete, nahm sie einen weiteren Schluck Wein. Er saß kerzengerade. Seine augenscheinliche Nervosität belustigte sie. Zutiefst beeindruckt schloß sie die Begutachtung ab. Dem jungen Agenten war ihre Aufmerksamkeit nicht entgangen. Indem er die zahlreichen Gemälde an den Wänden betrachtete, versuchte er, sein Unbehagen zu verbergen.

»Hübsch.« Er deutete auf die Kunstwerke.

Sie lächelte ihn an und beobachtete, wie er zügig das Bier austrank. Hübsch. Dasselbe hatte sie gerade gedacht.

»Setzen wir uns doch an einen gemütlicheren Ort, Tim.« Russell erhob sich und blickte auf ihn hinab. Sie führte ihn aus dem Wohnzimmer durch einen langen, schmalen Flur und schließlich durch Doppeltüren in eine große Bibliothek. Das Licht ging von selbst an. Collin bemerkte, daß er durch eine weitere Doppeltür das Bett der Stabschefin erkennen konnte.

»Sie haben doch nichts dagegen, wenn ich mich rasch umziehe? Ich stecke schon viel zu lange in den Sachen.«

Collin sah ihr nach, als sie ins Schlafzimmer schlenderte. Die Türen blieben offen. Von seinem Sitzplatz aus konnte er durch einen Spalt in das Zimmer spähen. Er wandte den Blick ab und versuchte statt dessen, sich auf einen altmodischen, offenen Kamin zu konzentrieren, in dem bald ein Feuer knistern würde. Kaum hatte er den Rest des Biers hinuntergekippt, wünschte er sich schon ein weiteres. Er ließ sich in die weiche Polsterung zurücksinken. Zwar bemühte er sich wegzuhören, dennoch vernahm er jedes Geräusch, das sie verursachte. Schließlich konnte er nicht mehr widerstehen. Er drehte den Kopf, schielte durch die offene Tür. Mit leichtem Bedauern stellte er fest, daß es nichts zu sehen gab. Zunächst. Dann schritt sie an dem offenen Spalt vorbei.

Es dauerte nur einen Augenblick, während sie am Bettende innehielt, um irgendein Stück Wäsche anzuziehen. Stabschefin Gloria Russell nackt zu Gesicht zu bekommen traf Collin wie ein Schlag, obwohl er es irgendwie erwartet hatte.

Da nun feststand, wie die Nacht verlaufen sollte, wandte sich Collin wieder ab, vermutlich ein wenig zu langsam. Von der Bierdose leckte er die letzten Tropfen der goldgelben Flüssigkeit. Der Griff der neuen Waffe bohrte sich ihm in die

Brust. Normalerweise fühlte sich das kalte Metall gut auf der Haut an. Heute tat es weh. Seine Gedanken kreisten um die Regeln über interne Beziehungen. Es war bekannt, daß die Agenten des Secret Service der First Family sehr am Herzen lagen. Im Laufe der Jahre hatte es immer wieder Gerede über diverse Affären gegeben; die offizielle Haltung zu dem Thema war jedoch unmißverständlich. Sollte man Collin hier vorfinden, während sich im Nebenzimmer die nackte Stabschefin aufhielt, wäre er erledigt.

Fieberhaft überlegte er. Noch konnte er gehen und Burton Bericht erstatten. Aber wie sähe das aus? Russell würde alles leugnen. Collin stünde da wie ein Idiot, und seine Karriere wäre wahrscheinlich dennoch vorbei. Sie hatte ihn aus einem bestimmten Grund eingeladen, hatte gesagt, der Präsident brauche seine Hilfe. Im Augenblick fragte er sich, wem er wohl tatsächlich helfen sollte. Zum erstenmal fühlte sich Agent Collin gefangen. In der Falle. Seine Athletik, die raschen Reflexe, die 9mm, all das nutzte ihm hier und jetzt nicht das Geringste. Auf geistiger Ebene konnte er der Frau nicht das Wasser reichen. In der offiziellen Machthierarchie stand er so weit unter ihr, als starrte er mit einem Fernrohr aus einem Abgrund hinauf und könnte dennoch nicht einmal einen

Blick auf ihre Absätze erhaschen. Er machte sich auf eine lange Nacht gefaßt.

Walter Sullivan schritt im Zimmer auf und ab, während Sandy Lord ihn beobachtete. Alles war wie immer, abgesehen vielleicht von der großen Flasche Scotch auf Lords Schreibtisch. Draußen durchbrach der gedämpfte Schein der Straßenlaternen die Finsternis. Die Hitze war kurzzeitig zurückgekehrt, und Lord hatte angeordnet, daß die Klimaanlage bei Patton, Shaw heute nacht für diesen ganz besonderen Gast eingeschaltet bleiben mußte.

Der Besucher unterbrach seine Wanderung und starrte auf die Straße hinunter. Ein paar Häuserblocks entfernt befand sich das vertraute weiße Gebäude, das Zuhause von Alan Richmond, der Schlüssel zu Sullivans und Lords Geldsegen. Heute nacht jedoch dachte Sullivan nicht ans Geschäft. Lord sehr wohl. Doch er war viel zu gerissen, sich das anmerken zu lassen. Heute nacht widmete er sich seinem Freund und Klienten. Er würde seinem Kummer lauschen, würde ihn sich alles von der Seele reden lassen, würde Sullivan die kleine Nutte beweinen lassen. Je rascher das erledigt war, desto eher konnten sie sich auf die wirklich wichtigen Dinge stürzen.

»Es war eine ergreifende Beisetzung, man wird sich noch lange daran erinnern.« Sorgsam wählte Lord die Worte. Walter Sullivan war ein alter Freund, doch die Freundschaft beruhte auf dem Verhältnis von Anwalt zu Klient, daher konnte sich das Fundament unvorhergesehen verschieben. Außerdem war Sullivan der einzige Mensch in Lords Umfeld, der ihn nervös machte; denn Lord wußte, daß er den alten Mann nicht völlig unter Kontrolle hatte. Sullivan war ihm zumindest ebenbürtig, wahrscheinlich sogar überlegen.

»Ja, war es.« Sullivan starrte weiter auf die Straße hinunter. Er nahm an, daß es ihm letztendlich gelungen war, der Polizei klarzumachen, daß der Einwegspiegel nichts mit dem Verbrechen zu tun hatte. Ob er sie völlig überzeugt hatte, stand auf einem anderen Blatt. Auf jeden Fall war es ein ziemlich peinlicher Augenblick gewesen, und Sullivan war dergleichen nicht gewohnt. Der Ermittler, an dessen Namen er sich nicht erinnern konnte, hatte ihm nicht den schuldigen Respekt gezollt. Das hatte den alten Mann verärgert. Denn wenn er etwas verdiente, dann war es Respekt. Es war der Sache zudem nicht unbedingt zuträglich, daß Sullivan keinen Funken Vertrauen in die Fähigkeit der Bezirkspolizei setzte, die Personen aufzuspüren, die für die Tat verantwortlich waren.

Beim Gedanken an den Spiegel schüttelte er den Kopf. Zumindest hatte man der Presse gegenüber nichts davon erwähnt. Diese Art Aufmerksamkeit konnte Sullivan nicht ertragen. Der Spiegel war Christines Einfall gewesen. Doch er mußte zugeben, daß auch er Spaß daran gefunden hatte. Nun, da er zurückdachte, erschien es ihm grotesk. Zunächst hatte es ihn fasziniert, seine Frau mit anderen Männern zu beobachten. Er selbst war über das Alter hinaus, in dem er sie selbst hätte befriedigen können, doch er wußte keinen vernünftigen Grund, warum er ihr die körperlichen Freuden verbieten sollte, die er längst hinter sich gelassen hatte. Aber die ganze Sache war absurd gewesen, einschließlich der Heirat. Nun erkannte er das. Sullivan hatte versucht, seine Jugend zurückzugewinnen, doch er hätte wissen müssen, daß sich die Natur nicht zwingen ließ, gleichgültig, wie reich man auch sein mochte. Nun fühlte er sich beschämt, und er war zornig.

Schließlich wandte er sich Lord zu.

»Ich habe nicht allzu viel Vertrauen zu dem Kommissar, der die Untersuchung leitet. Was können wir tun, damit sich die Bundespolizei der Sache annimmt?«

Lord nahm die Brille ab, holte eine Zigarre aus

einem Kästchen in einer der Schreibtischladen und wickelte sie bedächtig aus.

»Mord an Privatpersonen ist kein Grund für eine Bundesermittlung.«

»Richmond will sich einschalten.«

»Eine Augenauswischerei, wenn du mich fragst.«

Sullivan schüttelte den massigen Kopf. »Nein. Er schien wirklich betroffen zu sein.«

»Vielleicht. Verlaß dich aber nicht darauf, daß die Anteilnahme lange anhält. Er muß sich um tausend andere Dinge kümmern.«

»Ich will, daß die Leute geschnappt werden, die das getan haben, Sandy.«

»Das kann ich gut verstehen, Walter. Keiner versteht das besser als ich. Man wird sie kriegen. Du mußt Geduld haben, das waren keine Strauchdiebe. Die wußten, was sie taten. Aber jeder macht Fehler. Man wird sie vor Gericht stellen, das kann ich dir versichern.«

»Und was dann? Lebenslänglich, richtig?« meinte Sullivan verächtlich.

»Wahrscheinlich wird man sie keines Kapitalverbrechens beschuldigen, also werden sie lebenslänglich bekommen. Aber ohne Aussicht auf Bewährung, Walter, glaub mir. Die werden nie wieder ungesiebte Luft atmen. Und nach ein paar Jahren, während der sie jede Nacht einen reingeschoben bekommen, werden sie sich wünschen, man hätte sie mit der Spritze in den Arm gepiekst.«

Sullivan setzte sich hin und musterte seinen Freund. Walter Sullivan wollte überhaupt keine Verhandlung, wo all die Einzelheiten des Verbrechens offenkundig würden. Ihm schauderte bei dem Gedanken, daß alles von vorne aufgerollt werden könnte. Fremde würden intime Einzelheiten aus seinem Leben und dem seiner verstorbenen Frau erfahren. Das würde er nicht ertragen. Er wollte nur, daß die Männer geschnappt wurden. Um den Rest wollte er sich selbst kümmern. Lord meinte, der Staat Virginia würde die Verantwortlichen lebenslang hinter Gitter sperren. In jenem Augenblick beschloß er, dem Staat die Kosten eines langen Gefängnisaufenthaltes zu ersparen.

Gloria Russell rekelte sich am Ende des Sofas. Die nackten Beine hatte sie unter einen weiten Baumwollpullover gezogen, der bis knapp über die Unterschenkel reichte. Wo der Stoff ausgeschnitten war, stach ihm das dünne Dekolleté ins Auge. Collin hatte sich noch zwei Bier geholt und schenkte ihr ein weiteres Glas Wein aus der Flasche ein, die er mitgebracht hatte. Sein Kopf fühlte sich mittlerweile ein wenig heiß an, als lodere darin ein winziges Feuer. Die Krawatte hatte er gelockert, Jackett und Waffe lagen auf dem gegenüber stehenden Sofa. Sie hatte das Schießeisen in die Hand genommen, als er es ablegte.

»Ist ziemlich schwer.«

»Man gewöhnt sich dran.« Die Frage, mit der man ihn üblicherweise konfrontierte, stellte sie nicht. Daß er bereits getötet hatte, wußte sie.

»Würden Sie wirklich für den Präsidenten eine Kugel abfangen?« Die Lider wurden zunehmend schwerer. Immer wieder hämmerte sie sich ein, daß sie konzentriert bleiben mußte. Das hatte sie jedoch nicht davon abgehalten, diesen jungen Mann an die Schwelle ihres Schlafzimmers zu führen.

Mit fast übermenschlicher Anstrengung versuchte sie, etwas von ihrer Selbstkontrolle zurückzugewinnen. Was stellte sie sich eigentlich vor? Ihr Leben steckte in einer Krise, und sie führte sich auf wie eine Prostituierte. So durfte sie an die Sache nicht herangehen, das wußte sie. Das Drängen, das sie aus einem anderen Teil ihrer Seele verspürte, einem Teil, der jahrelang verdrängt worden war, beeinträchtigte den Prozeß der kühlen, rationalen Überlegung. Das durfte sie nicht zulassen, nicht jetzt.

Sie sollte sich wieder umziehen und ihn ins

Wohnzimmer zurückführen oder aber ins Arbeitszimmer, wo das dunkle Eichenholz und die Bücherwände das erregende Knistern zunichte machen würden.

Eindringlich musterte er sie. »Ja.«

Sie wollte gerade aufstehen, kam aber nicht mehr dazu.

»Ich würde auch für dich eine abfangen, Gloria.«

»Für mich?« Ihre Stimme bebte. Mit weit aufgerissenen Augen starrte sie ihn an. Die Strategie war vergessen.

»Ohne nachzudenken. Es gibt eine Menge Secret-Service-Agenten. Aber nur eine Stabschefin. So läuft das nun mal.« Er schlug die Augen nieder und flüsterte: »Das ist kein Spiel, Gloria.«

Als er noch ein Bier holte, bemerkte er, daß sie mittlerweile so nahe herangerückt war, daß ihr Knie seine Hüfte berührte, als er sich hinsetzte. Russell streckte die Beine aus, rieb sie an seinen und legte sie dann auf den Tisch vor ihnen. Auf wundersame Weise war der Pullover hochgerutscht und entblößte lange, schlanke Unterschenkel und volle, cremig-weiße Hüften. Es waren die Beine einer reiferen Frau – und zwar einer verflucht attraktiven. Langsam wanderten Collins Augen über die nackte Haut.

»Weißt du«, sagte sie, »ich habe dich immer bewundert. Ich meine, alle Agenten.« Sie wirkte beinahe beschämt. »Ich weiß, manchmal betrachtet man euch als Selbstverständlichkeit. Du sollst wissen, ich bin froh, daß ihr auf uns aufpaßt.«

»Ist 'n guter Job. Ich würd' ihn gegen nichts eintauschen.« Er schlürfte das nächste Bier und fühlte sich besser. Seine Atmung beruhigte sich.

Sie lächelte ihn an. »Ich bin froh, daß du heute nacht vorbeigekommen bist.«

»Stets zu Diensten, Gloria.« Sein Selbstvertrauen stieg in selbem Maße wie der Alkoholpegel. Nachdem er das letzte Bier ausgetrunken hatte, deutete sie mit bebenden Fingern auf einen Getränkewagen an der Tür. Er mixte zwei Drinks, dann setzte er sich wieder hin.

»Ich fühle, daß ich dir vertrauen kann, Tim.«

»Das kannst du.«

»Ich hoffe, du faßt das nicht falsch auf, aber bei Burton bin ich da nicht so sicher.«

»Bill ist 'n Spitzenagent.«

Russell berührte seinen Arm, ließ die Hand dort ruhen.

»So habe ich es nicht gemeint. Ich weiß, daß er gut ist. Ich werde manchmal einfach nicht schlau aus ihm. Es ist schwer zu erklären. Nur so ein Instinkt.«

»Du solltest auf deine Instinkte vertrauen. Mache ich auch.« Collin sah sie an. Sie wirkte jünger, viel jünger, wie eine Collegeabsolventin, bereit, die Welt zu erobern.

»Der Instinkt sagt mir, daß ich mich auf dich verlassen kann, Tim.«

»So ist es.« Er kippte den Drink hinunter.

»Immer?«

Collin musterte sie, stieß mit dem leeren Glas an ihres. »Immer.«

Seine Lider fühlten sich schwer an. Er dachte zurück an die High-School. Als er den entscheidenden Touchdown für die Football-Meisterschaft gemacht hatte. Cindy Purket hatte ihn genauso angesehen. Mit einem durch und durch bereitwilligen Blick.

Die Hand legte er auf ihre Hüfte und begann, sie zu streicheln. Die Haut fühlte sich geschmeidig an, überaus weiblich. Gloria wehrte sich nicht, sondern rückte noch näher. Dann schob er die Hand unter den Pullover, strich über den immer noch festen Bauch, berührte die Unterseite ihrer Brüste. Mit dem anderen Arm umfaßte er ihre Taille und zog sie dichter an sich. Danach faßte er hinunter an ihr Gesäß und packte zu. Mit einem tiefen Ein- und Ausatmen ließ sie sich an seine Schulter sinken. Er fühlte, wie die Brüste seinen Arm berührten; die wogende Masse war warm und weich. Sie legte die Hand zwischen seine Schenkel, wo sich die Erregung bemerkbar machte, und drückte zärtlich zu. Ihre Lippen berührten sich; sanft wich sie zurück und blickte ihn an.

Sie stellte den Drink ab und schlüpfte langsam, verführerisch aus dem Pullover. Leidenschaftlich stürzte er sich auf sie, seine Hände glitten unter die Träger des BH und lösten ihn; ihre Brüste wogten auf ihn zu, er vergrub das Gesicht in den sanften Hügeln. Dann riß er ihr das letzte Kleidungsstück, ein schwarzes Spitzenhöschen, vom Leib; sie lächelte, als sie es gegen die Wand segeln sah. Sie hielt den Atem an, während er sie mühelos aufhob und ins Schlafzimmer trug.

Kapitel 11

Langsam rollte der Jaguar die lange Auffahrt hinauf und hielt an. Zwei Leute stiegen aus.
Jack schlug den Mantelkragen hoch. Regenschwangere Wolken zogen auf; es war ein kühler Abend.
Jennifer kam um den Wagen herum und kuschelte sich an ihn, als sie sich gegen den Luxuswagen lehnten.

Jack betrachtete das Anwesen. Dichter Efeu wucherte über der Eingangstür. Das Haus strahlte Beständigkeit und Sicherheit aus. Vermutlich würde ein Großteil davon auf die Bewohner übergehen. Gerade jetzt konnte er so etwas in seinem Leben gebrauchen.

Er mußte gestehen, daß es wunderschön war. Was konnte so falsch an schönen Dingen sein? Als Teilhaber war er für vierhunderttausend Dollar gut. Wer konnte vorhersagen, in welche Höhen sein Gehalt steigen würde, wenn es ihm gelänge, weitere Klienten in die Firma zu bringen? Lord verdiente fünfmal so viel, zwei Millionen im Jahr, und das war nur sein Grundgehalt.

Die Entlohnung der Teilhaber war streng vertraulich und wurde in der Firma noch nicht einmal bei den ungezwungensten Unterhaltungen besprochen. Jedoch hatte Jack das Paßwort zur Computerdatei über die Teilhaber herausgefunden. Der Code lautete »Gier«. Irgendeine Sekretärin mußte sich darüber wohl ausgeschüttet haben vor Lachen.

Jack begutachtete den Rasen vor dem Haus, dessen Größe der eines Flugzeugträgers entsprach. Eine Vision zog an ihm vorbei. Er blickte seine Verlobte an.

»Hier ist genug Platz, um mit den Kindern Football zu spielen.« Er lächelte.

»Ja, wirklich.« Sie lächelte zurück und küßte ihn zärtlich auf die Wange. Dann ergriff sie seinen Arm und schlang ihn sich um die Hüfte.

Jack schaute zurück zu der Villa, die bald sein drei Komma acht Millionen Dollar teures Zuhause werden sollte. Jennifer nahm den Blick nicht von ihm. Das Lächeln wurde breiter, als sie seine Hand ergriff. Selbst in der Dunkelheit schienen ihre Augen zu glänzen.

Während Jacks Blick weiter über das Gemäuer schweifte, stellte er mit Erleichterung fest, daß er diesmal nur Fenster sah.

In elftausend Meter Höhe lehnte sich Walter Sullivan in die weiche Polsterung des Flugzeugsessels zurück und starrte aus dem Fenster der Boeing 747 in die Finsternis. Da sie von Osten nach Westen flogen, hatte Sullivans Tag einige Stunden mehr, doch Zeitverschiebungen waren noch nie ein Problem für ihn gewesen. Je älter er wurde, desto weniger Schlaf benötigte er, und sonderlich viel Schlaf hatte er nie gebraucht.

Der Mann ihm gegenüber nutzte die Gelegenheit, um den alten Mann eingehend zu studieren. Überall auf der Welt war Sullivan als rechtschaffener, wenngleich manchmal harter Geschäftsmann bekannt. Rechtschaffen. Das war das Schlüsselwort, das sich durch Michael McCartys Gedanken zog. Normalerweise war es für rechtschaffene Geschäftsleute weder erforderlich noch wünschenswert, mit Männern aus McCartys Berufssparte zu sprechen. Doch wenn man über verschlungene Kanäle erfuhr, daß einer der reichsten Männer der Welt ein Treffen wünschte, dann erschien man auch. McCarty war nicht deshalb einer der weltweit gefragtesten Berufskiller geworden, weil ihm die Arbeit besondere Freude bereitete. Vielmehr genoß er das Geld und den damit verbundenen Luxus.

Außerdem verfügte er über den Vorteil, selbst

wie ein Geschäftsmann zu wirken. Er hatte das gepflegte Äußere eines Hochschulabsolventen, was gar nicht so weit hergeholt war, denn er besaß ein Diplom der Universität Dartmouth in Internationaler Politik. Mit den dichten, blonden Locken, den breiten Schultern und dem faltenlosen Gesicht hätte er ein ehrgeiziger Unternehmer auf dem Weg nach oben oder ein Filmstar auf dem Höhepunkt seiner Karriere sein können. Der Umstand, daß er sein Geld verdiente, indem er Menschen umbrachte und dabei über eine Million Dollar pro Mord kassierte, dämpfte weder seinen jugendlichen Enthusiasmus noch seine Lebensfreude.

Schließlich wandte Walter sich ihm zu. Obwohl McCarty uneingeschränkt auf seine Fähigkeiten vertraute und unter Druck absolute Ruhe bewahrte, machte ihn der bohrende Blick des Milliardärs nervös. Die Elite war unter sich.

»Ich möchte, daß Sie jemanden für mich töten«, erklärte Sullivan schlicht. »Leider weiß ich derzeit noch nicht, um wen es sich handelt. Aber mit ein bißchen Glück erfahre ich es noch. Bis dahin möchte ich Sie unter Vertrag nehmen, damit mir Ihre Dienste im Bedarfsfall jederzeit zur Verfügung stehen.«

Lächelnd schüttelte McCarty den Kopf. »Vermutlich kennen Sie meinen Ruf, Mr. Sullivan.

Meine Dienste sind sehr gefragt. Wie Sie sicher wissen, führt mich die Arbeit in die ganze Welt. Würde ich Ihnen meine gesamte Zeit widmen, bis sich die Gelegenheit ergäbe, entgingen mir andere Aufträge. Ich fürchte, sowohl mein Konto als auch mein Ruf würden darunter leiden.«

Sullivan antwortete, ohne zu zögern: »Einhunderttausend Dollar pro Tag bis zu Ihrem Einsatz, Mr. McCarty. Nach erfolgreicher Erledigung des Auftrags dürfen Sie Ihre übliche Gage verdoppeln. Ich kann zwar nichts tun, um Ihren Ruf zu wahren, aber ich bin sicher, das Tageshonorar kann jedweden Schaden von Ihrem finanziellen Status abwenden.«

McCartys Augen weiteten sich ein wenig, dann gewann er die Fassung zurück.

»Ich denke, das ist angemessen, Mr. Sullivan.«

»Es versteht sich von selbst, daß ich nicht nur vollstes Vertrauen in Ihre Fähigkeiten bei der Beseitigung von Personen setze, sondern auch in Ihre Diskretion.«

McCarty unterdrückte ein Lächeln. Er war in Istanbul um zwölf Uhr nachts Ortszeit in Sullivans Flugzeug gestiegen. Die Besatzung hatte keine Ahnung, wer er war. Niemand hatte ihn je identifiziert, es bestand also kein Grund zu der Sorge, jemand könnte ihn wiedererkennen. Daß Sullivan sich persönlich mit ihm traf, schloß eine weitere Gefahr aus, nämlich einen Mittelsmann, der Sullivan in der Hand gehabt hätte. McCarty hingegen hatte keinen vernünftigen Grund, Sullivan zu hintergehen, ganz im Gegenteil.

Sullivan fuhr fort. »Die Einzelheiten erfahren Sie, sobald ich sie weiß. Sie finden sich im Stadtgebiet von Washington, D. C, ein, obwohl der Auftrag selbst überall auf der Welt auszuführen sein könnte. Sie müssen mir auf Abruf zur Verfügung stehen. Ihren Aufenthaltsort teilen Sie mir ständig mit. Über eine abhörsichere Geheimleitung, die ich noch einrichten lasse, rufen Sie mich täglich an. Ihre Spesen tragen Sie selbst aus dem Tageshonorar. Für die Bezahlung erteile ich einen Überweisungsauftrag auf ein Konto Ihrer Wahl. Wenn es soweit ist, stehen Ihnen meine Flugzeuge zur Verfügung. Alles klar?«

McCarty nickte, ein wenig befremdet durch den Befehlshagel seines Klienten. Aber schließlich wurde man nicht Milliardär, ohne auf die eine oder andere Weise anspruchsvoll zu sein, nicht wahr? Außerdem hatte McCarty Berichte über den Mord an Christine Sullivan gelesen. Wer, zur Hölle, konnte es dem alten Mann verdenken?

Sullivan drückte einen Knopf an der Sessellehne.

»Thomas? Wann sind wir in den Staaten?«

Die Anwort aus dem Lautsprecher kam rasch und präzise. »In fünf Stunden und fünfzehn Minuten, Mr. Sullivan, wenn wir die derzeitige Reisegeschwindigkeit und Flughöhe beibehalten können.«

»Sorgen Sie dafür.«

»Ja, Sir.«

Sullivan drückte einen anderen Knopf, und die Flugbegleiterin servierte beflissen ein Abendessen, wie es McCarty noch nie in einem Flugzeug gereicht worden war.

Nachdem das Geschirr abgeräumt war und der junge Mann von der Flugbegleiterin in die Schlafkoje geführt werden sollte, hielt Sullivan ihn zurück. Auf eine Handbewegung Sullivans hin entfernte sich die Stewardeß in den hinteren Teil des Flugzeuges.

»Nur noch eine Frage, Mr. McCarty. Haben Sie je bei einem Auftrag versagt?«

McCartys Augen verengten sich zu Schlitzen, als er den Blick seines neuen Arbeitgebers erwiderte. Zum erstenmal wurde deutlich, daß der junge Mann brandgefährlich war.

»Einmal, Mr. Sullivan. Die Israelis. Manchmal scheinen sie übermenschlich zu sein.«

»Bitte leisten Sie sich das kein zweites Mal. Danke.«

Seth Frank streifte durch die Hallen von Sullivans Villa. Draußen hingen noch die gelben Polizeiabsperrungen, die sanft in der zunehmend stärkeren Brise flatterten. Immer dichter werdende, dunkle Wolkenbänke drohten mit starkem Regen. Sullivan wohnte im Stadtzentrum, in seinem Penthouse in Watergate. Die Hausangestellten befanden sich in der Residenz ihres Arbeitgebers auf Fisher Island in Florida, wo sie sich um Sullivans Verwandte kümmerten. Frank hatte bereits jeden einzelnen aus der Dienerschaft persönlich befragt, doch man würde sie in Kürze zu einer weiteren Befragung einfliegen.

Einen Augenblick nahm er sich Zeit, die Umgebung zu bewundern. Er fühlte sich, als wanderte er durch ein Museum. All das viele Geld. Der Ort stank geradezu danach. Angefangen bei den superteuren Antiquitäten bis zu den verschiedensten Gemälden, die überall hingen und alle handsigniert waren. Anscheinend gab es in dem Haus ausschließlich Originale.

Er schlenderte in die Küche, danach ins Eßzimmer. Der Tisch glich einer Brücke, die sich über den blaßblauen Läufer spannte, der auf dem versiegelten Parkettboden ausgebreitet lag. Franks Füße schienen in den dichten, schweren Fasern zu versinken. Am Kopfende des Tisches nahm er Platz.

Rastlos wanderten die Augen durch den Raum. Soweit sich das feststellen ließ, war hier nichts geschehen. Die Zeit verstrich, und sie machten kaum Fortschritte.

Draußen brach kurzzeitig die Sonne durch die dichten Wolken und bescherte Frank den ersten wirklichen Erfolg bei dem Fall. Da sein Vater Zimmermann war, bestaunte er die Deckenfriese, deren Verbindungen glatt wie ein Babypopo waren. Hätte er das nicht getan, wäre es ihm nicht aufgefallen.

Denn dabei bemerkte er den Regenbogen, der über die Decke flimmerte. Während er das Farbenspiel betrachtete, rätselte er über dessen Ursprung. Eingedenk der Sage vom Goldschatz am Ende des Regenbogens, blickte er suchend durch das Zimmer. Nach einigen Sekunden fand er es. Hastig kniete er sich neben dem Tisch auf den Boden und lugte unter eines der Tischbeine. Bei dem Tisch handelte es sich um einen Sheraton, achtzehntes Jahrhundert, schwer wie ein Sattelschlepper. Frank brauchte zwei Anläufe. Schweiß strömte ihm von der Stirn, und ein Tropfen rann ihm ins rechte Auge und brachte es zum Tränen, doch schließlich gelang es ihm, den Tisch zu verschieben und das Ding herauszuziehen.

Er setzte sich hin und betrachtete seinen neuen Besitz; vielleicht war es ja ein Goldschatz. Das kleine Stück silberfarbenen Materials diente zum Schutz der Möbel, damit feuchte Teppiche nicht das Holz oder die Polsterung beschädigen und die Möbel nicht in die feuchten Fasern ausbluten konnten. Mit Hilfe von Sonnenlicht erzeugte die reflektierende Oberfläche einen hübschen Regenbogen. Auch Frank hatte solche Dinger im Haus gehabt, als seine Frau wegen eines Besuchs der Schwiegereltern ganz aus dem Häuschen gewesen war und beschlossen hatte, daß umfangreiche Aufräumarbeiten erforderlich wären.

Er holte sein Notizbuch hervor. Die Hausangestellten sollten morgen vormittag um zehn Uhr in Dulles ankommen. Frank bezweifelte, daß sie die kleine Folie, die er in der Hand hielt, in diesem Haus so lange unter dem Tischbein gelassen hätten. Es konnte nichts bedeuten. Es konnte alles bedeuten. Wenn er großes, wirklich großes Glück hatte, lag die Wahrheit irgendwo in der Mitte.

Erneut sank er zu Boden und schnüffelte an dem Läufer, fuhr mit den Fingern durch die Fasern. Man konnte nie wissen, was für Zeug heutzutage für die Reinigung verwendet wurde. Es war geruchlos und trocknete innerhalb weniger Stunden. Bald würde er erfahren, wie lange es tatsächlich gedauert hatte; vorausgesetzt, man fand

Rückstände auf der Folie. Er hätte Sullivan anrufen können, aber aus einem bestimmten Grund wollte er es von jemand anderem als dem Hausherrn hören. Der alte Mann stand zwar nicht weit oben auf der Liste der Verdächtigen, doch Frank war erfahren genug, Sullivan darauf zu belassen. Ob er in der Rangordnung nach oben oder unten rutschte, hing davon ab, was Frank heute, morgen oder nächste Woche herausfand. So einfach war das, wenn man die Sache nüchtern betrachtete. Das tat gut, denn bislang war nichts an den Ermittlungen zu Christine Sullivans Tod einfach gewesen. Während er den Raum verließ, grübelte er über die seltsame Beschaffenheit von Regenbogen und polizeilichen Nachforschungen im allgemeinen nach.

Burton ließ die Augen durch die Menschenmenge wandern. Collin stand neben ihm. Alan Richmond trat an das schmucklose Rednerpult, das auf den Stufen des Gerichtsgebäudes von Middleton aufgestellt worden war, einem großen Klotz aus vermauerten Ziegeln mit grellweißen Stuckleisten und einer verwitterten Freitreppe. Die allgegenwärtige amerikanische Flagge flatterte und wirbelte neben ihrem Gegenstück aus Virginia in der Morgenbrise.

Punkt neun Uhr fünfunddreißig begann der Präsident seine Rede. Hinter ihm stand Walter Sullivan mit ausdruckslosem, zerfurchtem Gesicht, daneben der schwergewichtige Herbert Sanderson Lord.

Collin rückte ein wenig näher an die Schar der Reporter, die an den Stufen des Gerichtsgebäudes drängten und Position bezogen wie Basketballspieler, die abwarteten, ob der Freiwurf sich in den Korb senkte oder davon abprallte. Er hatte die Wohnung der Stabschefin um drei Uhr morgens verlassen. Was für eine Nacht! Was für eine Woche! Im öffentlichen Leben wirkte Gloria Russell unbeugsam und gefühllos, doch Collin hatte eine andere Seite der Frau kennengelernt. Noch immer empfand er es wie einen arglosen Tagtraum, daß er mit der Stabschefin des Präsidenten geschlafen hatte. So etwas durfte einfach nicht geschehen. Doch es war geschehen. Und es sollte sich wiederholen. Sie hatten vereinbart, sich heute abend zu treffen. Vorsicht war geboten, doch sie waren beide von Natur aus vorsichtig. Wohin das Ganze führen sollte, wußte Collin nicht.

Er war in Lawrence, Kansas, aufgewachsen und von den traditionellen Werten des Mittelwestens geprägt worden. Man ging miteinander aus, verliebte sich, heiratete und zeugte vier oder fünf

Kinder, genau in dieser Reihenfolge. Das konnte er sich in diesem Fall kaum vorstellen. Fest stand, daß er sie wiedersehen wollte. Er schaute zu ihr hinauf und betrachtete sie einen Augenblick; sie stand links hinter dem Präsidenten. Sanft wehte der Wind durch ihr Haar. Russell trug eine Sonnenbrille und schien alles um sich herum fest im Griff zu haben.

Burton beobachtete die Menschenmenge, warf dann kurz einen Blick zu seinem Partner, gerade noch rechtzeitig, um zu sehen, wie dessen Augen kurz auf der Stabschefin verweilten. Burton runzelte die Stirn. Collin war ein guter Agent, der seinen Beruf geradezu mit Übereifer ausübte, ein Wesenszug, der sich in ihrer Branche durchaus nicht nachteilig auswirkte. Aber man ließ die Augen auf der Menschenmenge, nur dort. Was ging hier vor sich? Burton schielte aus den Augenwinkeln zu Russell, doch sie blickte starr geradeaus und schenkte dem Mann, der zu ihrem Schutz abgestellt war, anscheinend keine Beachtung. Burton schaute zurück zu Collin. Nun ließ der Junge den Blick über die Menge schweifen, wobei er den Rhythmus ständig änderte; von links nach rechts, von rechts nach links, inzwischen wieder nach oben, unverhofft geradeaus. Es gab kein erkennbares Muster, auf das sich ein möglicher Attentäter verlassen konnte. Doch Burton ging der Blick nicht aus dem Sinn, mit dem Collin die Stabschefin bedacht hatte. Hinter der Sonnenbrille hatte Burton etwas gesehen, das ihm nicht behagte.

Alan Richmond beendete seine Ansprache, indem er mit ausdrucksloser Miene in den wolkenlosen Himmel starrte, während der Wind durch sein perfekt gestyltes Haar blies. Er schien Gott um Hilfe anzuflehen, doch in Wirklichkeit versuchte er, sich daran zu erinnern, ob er den japanischen Botschafter heute nachmittag um zwei oder drei Uhr empfing. Aber der abwesende, beinahe überirdische Blick würde sich in den Abendnachrichten gut machen.

Im richtigen Augenblick kam er wieder zu sich, wandte sich Walter Sullivan zu und versah den trauernden Witwer mit einer Umarmung, wie es einem Mann von dessen Stand geziemte.

»Es tut mir so leid, Walter. Mein tiefempfundenes Beileid. Wenn ich irgend etwas für dich tun kann, dann laß es mich wissen. Du weißt, ich bin immer für dich da.«

Sullivan ergriff die ihm dargebotene Hand. Seine Beine begannen zu zittern; unsichtbar für die Öffentlichkeit stützten ihn kräftige Arme aus seiner Gefolgschaft.

»Danke, Mr. President.«

»Alan, bitte. Wir reden hier von Freund zu Freund, Walter.«

»Danke, Alan. Du weißt gar nicht, wie sehr ich zu schätzen weiß, daß du dir die Zeit hierfür genommen hast. Christy wäre so bewegt von deinen heutigen Worten gewesen.«

Nur Gloria Russell, die das Paar aufmerksam beobachtete, bemerkte den leichten Ansatz eines Lächelns um die Mundwinkel ihres Chefs. Dann, nur ein Augenzwinkern später, war es wieder verschwunden.

»Ich weiß, daß es keine Worte gibt, die dem gerecht werden, was du empfinden mußt, Walter. Immer öfter scheint auf der Welt etwas völlig ohne Grund zu geschehen. Wäre Christine nicht krank geworden, sie wäre mitgeflogen, und die Tragödie hätte sich nie ereignet. Ich kann nicht erklären, warum solche Dinge passieren, niemand kann das. Aber du sollst wissen, daß du auf mich zählen kannst, wenn du mich brauchst. Immer und überall. Wir haben so viel gemeinsam durchgestanden. Und oft hast du mir durch mächtig schwere Zeiten geholfen.«

»Deine Freundschaft war mir immer sehr wichtig, Alan. Ich werde dir das hier nicht vergessen.«

Richmond legte dem alten Mann einen Arm um die Schultern. Im Hintergrund hingen Mikrophone von langen Stangen. Wie Köder an riesigen Angelruten umgaben sie die beiden Männer, trotz der vereinten Bemühungen der jeweiligen Gefolgschaften.

»Walter, ich werde mich in die Ermittlungen einschalten. Gewiß wird manch einer sagen, das gehöre nicht zu meinen Aufgaben, und ich darf mir in meiner Position keine persönliche Beteiligung erlauben. Aber verflucht noch mal, Walter, du bist mein Freund, und ich werde nicht einfach zusehen. Wer immer es getan hat, wird dafür bezahlen.«

Abermals umarmten sich die beiden Männer, während die Fotografen ein Blitzlichtgewitter entflammten. Die sechs Meter lange Antenne, die aus einer Flotte von Sendewagen ragte, übertrug den bewegenden Augenblick pflichtbewußt in alle Welt. Ein weiteres Beispiel, das verdeutlichte, daß Präsident Alan Richmond mehr als nur ein Präsident war. Die Abteilung für Öffentlichkeitsarbeit des Weißen Hauses rieb sich bei dem Gedanken an die ersten Meinungsumfragen zur Vorwahl freudig erregt die Hände.

Der Fernseher wechselte von MTV auf Grand Ole Opry, auf einen Zeichentricksender, auf QVC, auf CNN, dann auf Pro Wrestling, dann zurück auf

CNN. Der Mann richtete sich im Bett auf und drückte die Zigarette aus. Er legte die Fernbedienung beiseite. Der Präsident gab eine Pressekonferenz. Seine Miene war ernst und angemessen entsetzt über den abscheulichen Mord an Christine Sullivan, der Frau des Milliardärs Walter Sullivan, eines der besten Freunde des Präsidenten. Außerdem empörte er sich über den Symbolwert des tragischen Ereignisses, was die zunehmende Gewalt im Land betraf. Niemand fragte danach, ob der Präsident denselben Aufwand betrieben hätte, wäre das Opfer eine arme Schwarze, Latino oder Asiatin gewesen, die mit aufgeschlitzter Kehle in irgendeiner Seitengasse im Südosten von Washington gefunden wurde. Der Präsident sprach mit fester, klarer Stimme und brachte die richtige Nuance Zorn und Härte ein. Die Gewalt mußte ein Ende haben. Die Menschen mußten sich wieder sicher in ihren Häusern oder, in diesem besonderen Fall, Villen fühlen können. Es war ein eindrucksvolles Schauspiel.

Die Reporter bissen bereitwillig an und stellten die richtigen Fragen.

Auch Stabschefin Gloria Russell war zu sehen. Sie trug schwarz und nickte zustimmend, wenn der Präsident die Schlüsselworte seiner Strategie zu Verbrechen und Bestrafung nannte. Die Stimmen der Polizisten und Rentner hatte er damit in der Tische. Vierzig Millionen Wähler, das war den kleinen Aufwand wert.

Russell wäre nicht ganz so glücklich gewesen, hätte sie gewußt, wer sie in diesem Augenblick beobachtete, wessen Augen sich in ihr Gesicht und das des Präsidenten bohrten, während die Erinnerung an jene Nacht, die ständig unter der Schwelle des Bewußtseins schwelte, wieder aufflammte wie ein Waldbrand, der seine zerstörerische Hitze in alle Richtungen trieb.

Der Flug nach Barbados war ereignislos verlaufen. Der Airbus war ein riesiges Luftschiff, dessen gewaltige Triebwerke das Flugzeug mühelos von der Startbahn in San Juan, Puerto Rico, abhoben und in wenigen Minuten auf die Reisehöhe von elftausend Meter trugen. Der Flieger war voll, denn San Juan diente als Verkehrsknotenpunkt für Touristen, die unterwegs zu einer der zahlreichen Inseln des karibischen Ferienparadieses waren. Reisende aus Oregon und New York sowie allen möglichen Orten dazwischen blickten hinaus auf die dunklen Wolkenbänke, als das Flugzeug nach links schwenkte und die Ausläufer eines Tropensturmes der Vorsaison hinter sich ließ, der nie die Gewalt eines Hurrikans erreichte.

Über eine metallene Treppe verließen die Passagiere das Flugzeug. Ein für amerikanische Begriffe winziger Wagen fuhr mit fünf von ihnen auf der falschen Straßenseite vom Flughafen nach Bridgetown, Hauptstadt der früheren britischen Kolonie. Die lange Kolonialzeit schlug sich noch deutlich in Sprache, Kleidung und Gebaren der Insulaner nieder. Mit melodiöser Stimme berichtete der Fahrer von den zahlreichen Wundern der kleinen Insel und erklärte ihnen im Vorbeifahren die Piratenschifftour. Das Schiff mit der Totenkopfflagge stampfte in der immer noch aufgewühlten See. An Bord ließen sich käsige Touristen, deren Haut sich bereits zu röten begann, mit Rumpunsch verwöhnen. Die konsumierten Mengen würden dafür sorgen, daß sie alle betrunken und/oder seekrank sein würden, wenn sie später am Nachmittag wieder am Dock anlegten.

Auf dem Rücksitz des Wagens schmiedeten zwei Ehepaare aus Des Moines eifrig abenteuerliche Pläne. Die Gedanken des älteren Mannes auf dem Beifahrersitz, der stumpf durch die Windschutzscheibe starrte, kreisten um Dinge zweitausend Meilen weiter nördlich. Ein- oder zweimal vergewisserte er sich, wohin sie fuhren; er gab damit dem tiefsitzenden Instinkt nach, seine Umgebung auszukundschaften. Es gab relativ wenig auffällige Landschaftsmerkmale. Die Insel war kaum einundzwanzig Meilen lang und maß an der breitesten Stelle vierzehn Meilen. Eine ständige Brise milderte die nahezu ununterbrochene Hitze von dreißig Grad. Das Geräusch des Windes tauchte letztlich ins Unterbewußtsein, verschwand aber nie zur Gänze, wie ein blasser und dennoch lebendiger Traum.

Das Hotel war ein Hilton und entsprach dem amerikanischen Standard. Es befand sich an einem künstlich angelegten Strand, der sich über eine Seite der Insel erstreckte. Das Personal war gut geschult, höflich und mehr als bereit, sich zurückzuziehen, wenn die Kundschaft dies wünschte. Während sich die meisten Gäste durchaus gern verwöhnen ließen, scheute einer jeden Kontakt. Er verließ das Zimmer nur, um die abgelegenen Gebiete des weißen Strandes oder des hügeligen Geländes auf der Seite zum Atlantischen Ozean entlangzuschlendern. Die übrige Zeit verbrachte er im Hotel. Der Raum war schwach beleuchtet, der Fernseher lief ständig, während sich auf dem Teppich und den Korbmöbeln die Tabletts des Zimmerservice ansammelten.

Am ersten Tag war Luther in ein Taxi vor dem Hotel gestiegen und nach Norden gefahren, fast bis ans Meer, wo auf einem der zahlreichen Hügel der Insel die Villa der Sullivans thronte. Luther hatte nicht rein zufällig Barbados ausgewählt.

»Sie kennen Mr. Sullivan? Er ist nicht da. Zurück nach Amerika geflogen.« Die Worte des Taxifahrers rissen Luther aus seiner Gedankenwelt. Die massiven Eisentore am Fuße des grasbewachsenen Hügels verdeckten eine lange, gewundene Auffahrt zu der Villa, die sich mit lachsfarbenen Stukkaturmauern und fünf Meter hohen Marmorsäulen seltsam in das üppige Grün fügte, wie eine gewaltige lila Rose, die aus einem Busch erblüht.

»Ich war schon einmal in seinem Haus«, antwortete Luther. »In den Vereinigten Staaten.«

Mit neugewonnenem Respekt betrachtete der Taxilenker seinen Fahrgast.

»Ist irgend jemand hier? Vielleicht jemand vom Hauspersonal?«

Der Mann schüttelte den Kopf. »Alle weg. Heut' morgen.«

Luther sank zurück in den Sitz. Der Grund lag auf der Hand. Man hatte die Dame des Hauses gefunden.

Die nächsten Tage verbrachte Luther auf den strahlend hellen Stränden. Er sah zu, wie ganze Scharen von Passagieren aus Kreuzfahrtschiffen stiegen, um die Duty-Free-Shops heimzusuchen, die überall im Stadtzentrum verstreut waren, während rastalockige Insulaner mit abgewetzten Koffern voller Uhren, Parfüms und anderer Plagiate ihre Runden zogen.

Für fünf amerikanische Dollar schnitten die Inselbewohner ein saftiges Aloeblatt auf und füllten die Flüssigkeit in Glasfläschchen. Man konnte sie auftragen, wenn die Sonne der weißen Haut zusetzte, die bisher stets unberührt unter Anzügen und Blusen verborgen gewesen war. Eine handgeflochtene Zopffrisur kostete vierzig Dollar und dauerte etwa eine Stunde. Zahlreiche Frauen mit schwammigen Armen und dicken, unförmigen Füßen lagen geduldig im Sand und ließen die Prozedur über sich ergehen.

Die Schönheit der Insel hätte Luther bis zu einem gewissen Grad aus seiner Melancholie reißen müssen. Und schließlich war es der warmen Sonne, den angenehmen Brisen und dem ungezwungenen Lebenswandel der Insulaner auch gelungen, seine blank liegenden Nerven soweit zu beruhigen, daß er gelegentlich einem Passanten zulächelte, sich einsilbig mit dem Bartender unterhielt und bis tief in die Nacht am Strand lag und Cocktails schlürfte. Die Brandung rauschte in der Dunkelheit und trug ihn sanft von seinem Alptraum fort. In ein paar Tagen hatte er weiterziehen wollen. Er war noch nicht sicher gewesen, wohin.

Doch dann erschien beim Umschalten die

CNN-Übertragung auf dem Fernsehschirm, und hilflos wie ein Fisch an der Angel wurde Luther mitten in die entsetzliche Erinnerung zurückgeschleudert, der zu entkommen er mehrere tausend Dollar ausgegeben und mehrere tausend Meilen zurückgelegt hatte.

Gloria Russell kroch aus dem Bett und ging hinüber zum Schreibtisch, wo sie eine Packung Zigaretten hervorkramte.

»Die Dinger verkürzen dein Leben um zehn Jahre.« Collin rollte sich herum und betrachtete mit Genuß ihre nackten Verrenkungen.

»Das hat mein Job bereits getan.« Sie zündete sich eine Zigarette an, inhalierte einige Sekunden lang tief, blies den Rauch wieder aus und kletterte zurück ins Bett. Mit dem Rücken schmiegte sie sich an Collin und lächelte befriedigt, als er sie in seine langen, muskulösen Arme nahm.

»Die Pressekonferenz ist ganz gut gelaufen, findest du nicht auch?« Sie spürte, wie er nachdachte. So einfach war er zu durchschauen. Ohne die dunkle Brille waren das vermutlich alle Agenten.

»Solange niemand rausfindet, was wirklich passiert ist.«

Sie drehte sich ihm zu, fuhr mit dem Finger

über seinen Nacken und beschrieb ein V auf seiner Brust. Richmonds Brust war behaart, und einige der Büschel waren bereits ergraut und an den Enden gewellt. Collins war glatt wie ein Babypopo, doch sie konnte die harte Muskelmasse unter der Haut fühlen. Es hätte ihn nicht mehr als eine beiläufige Bewegung gekostet, Russells Genick zu brechen. Flüchtig überlegte sie, wie sich das anfühlen mußte.

»Du weißt, daß wir ein Problem haben.«

Fast hätte Collin laut aufgelacht. »O ja, irgendwo da draußen läuft ein Typ rum, der ein Messer mit den Fingerabdrücken und dem Blut des Präsidenten und der toten Frau hat. Ich würde sagen, das kann man als Problem bezeichnen.«

»Was meinst du, warum meldet er sich nicht?«

Collin zuckte die Schultern. Er an der Stelle des Kerls hätte sich aus dem Staub gemacht. Hätte die Beute geschnappt und wäre verschwunden. Millionen Dollar. So treu ergeben Collin auch sein mochte, mit dermaßen viel Geld ließ sich schon einiges anfangen. Auch er wäre untergetaucht. Eine Zeitlang. Er betrachtete sie. Hätte er so viel Geld, ließe sie sich dann wohl dazu herab, mit ihm zusammenzuleben? Dann dachte er wieder über das eigentliche Thema nach. Vielleicht war der Mann ein Parteigänger des Präsidenten; vielleicht hatte er für ihn gestimmt. Wie auch immer, warum sollte er sich auf den ganzen Ärger einlassen?

»Wahrscheinlich hat er Angst«, antwortete er schließlich.

»Es gibt aber auch Möglichkeiten, anonym dabei zu bleiben.«

»Vielleicht ist der Bursche nicht so ausgebufft. Oder er sieht keinen Nutzen darin. Möglicherweise ist es ihm auch scheißegal. Du kannst es dir aussuchen. Wenn er die Absicht hätte, sich zu melden, hätte er es wahrscheinlich längst getan. Macht er's trotzdem, werden wir es wohl bald merken.«

Russell richtete sich im Bett auf.

»Tim, ich mache mir deshalb wirklich Sorgen.« Die Furcht in ihrer Stimme veranlaßte ihn, sich ebenfalls aufzusetzen. »Es war meine Entscheidung, das Messer nicht anzurühren. Wenn der Präsident das herausfindet ...« Sie sah ihn an. Aus ihren Augen las er die Botschaft, strich ihr übers Haar und berührte mit der Hand ihre Wange.

»Von mir erfährt er es nicht.«

Sie lächelte. »Das weiß ich, Tim, da bin ich ganz sicher. Aber was, wenn dieser Kerl irgendwie versucht, mit dem Präsidenten persönlich Kontakt aufzunehmen?«

Verdutzt blickte Collin sie an. »Warum sollte er?«

Russell rutschte an den Bettrand und ließ die Füße über den Boden baumeln. Zum erstenmal fiel Collin das kleine, rötliche, runde Muttermal in ihrem Nacken auf, nur halb so groß wie ein Penny. Als nächstes bemerkte er, daß sie zitterte, obwohl es im Zimmer warm war.

»Warum sollte er, Gloria?« Collin rückte näher.

Sie sprach gegen die Schlafzimmerwand. »Hast du dir schon mal überlegt, daß dieses Messer jetzt einer der teuersten Gegenstände der Welt ist?« Sie drehte sich zu ihm um, zauste ihm das Haar und mußte über den ratlosen Gesichtsausdruck lächeln. Langsam begriff er.

»Erpressung?«

Sie nickte.

»Du meinst, den Präsidenten?«

Die Stabschefin stand auf, warf einen leichten Morgenmantel über und goß sich aus der nahezu leeren Karaffe einen Drink ein.

»Als Präsident ist man nicht immun gegen Erpressungsversuche. Man hat sogar viel mehr zu verlieren ... oder zu gewinnen.«

Gedankenverloren rührte sie den Drink um, ließ sich auf dem Sofa nieder und nahm einen Schluck. Warm und wohltuend glitt die Flüssigkeit die Kehle hinunter. In letzter Zeit trank sie weit mehr als das übliche Maß. Zwar beeinträchtigte es in keiner Weise ihre Arbeit, dennoch mußte sie achtgeben, gerade jetzt, in dieser kritischen Zeit. Doch sie beschloß, morgen damit zu beginnen. Heute nacht, mit dem Gewicht einer möglichen politischen Katastrophe auf den Schultern und einem jungen, gutaussehenden Mann im Bett, würde sie trinken. Sie fühlte sich fünfzehn Jahre jünger. Mit jedem Augenblick, den sie mit ihm verbrachte, fühlte sie sich begehrenswerter. Das Hauptziel durfte sie nicht aus den Augen verlieren, doch wo stand geschrieben, daß sie den Weg dorthin nicht genießen konnte?

»Was soll ich tun?« Collin sah sie an.

Russell hatte auf die Frage gewartet. Ihr eigener junger, hübscher Secret-Service-Agent. Eine moderne Version des edlen Ritters, von dem sie als Mädchen immer geträumt hatte. Mit dem Glas in der einen Hand musterte sie ihn. Mit der anderen zog sie verführerisch langsam den Morgenmantel aus und ließ ihn zu Boden fallen. Soviel Zeit mußte sein, besonders für eine siebenunddreißigjährige Frau, die nie eine längerfristige Beziehung zu einem Mann unterhalten hatte. Für alles war genug Zeit. Der Alkohol spülte die Furcht, die lauernde Panik fort. Und gleichzeitig die Vorsicht, die sie im Übermaß nötig hatte. Doch nicht heute nacht.

»Es gibt da etwas, das du für mich tun könntest. Aber das hat Zeit bis morgen.« Sie lächelte, legte sich auf das Sofa und streckte die Hand aus. Gehorsam erhob er sich und kam zu ihr. Kurze Zeit später war nur noch das Stöhnen zweier Menschen und das beständige Quietschen der überlasteten Couch zu vernehmen.

Einen halben Block von Russells Haus entfernt saß Agent Bill Burton mit einer Dose Cola Light zwischen den Beinen im unscheinbaren Chevy Bonneville seiner Frau. Gelegentlich schaute er zu dem Haus, das sein Partner um 22.14 Uhr betreten hatte. Dabei erhaschte er mitunter einen Blick auf die Stabschefin. Sie trug Kleidung, die darauf schließen ließ, daß es sich nicht um ein dienstliches Treffen handelte. Mit dem Teleobjektiv hatte er Fotos von zwei bestimmten Situationen geschossen. Russell hätte gemordet, um an die Bilder heranzukommen. Die Lichter im Haus hatten den Weg der beiden durch die Wohnung bis in den Osttrakt beschrieben. Vielsagend war der Raum verdunkelt worden.

Burton betrachtete die ausgeschalteten Rücklichter des Wagens seines Partners. Der Junge machte einen großen Fehler; das hier konnte sowohl seine als auch Russells Karriere beenden. Das

Ende jener Nacht kam Burton in den Sinn: Collin war ins Haus zurückgestürmt. Russell war kalkweiß gewesen. Weshalb? In all der Aufregung hatte Burton vergessen, danach zu fragen. Und dann waren sie durch Maisfelder hinter jemanden hergejagt, der nicht in dem Zimmer hätte sein dürfen, aber todsicher dort gewesen war.

Collin war nicht grundlos zurück ins Haus gelaufen. Und Burton fand es an der Zeit, daß er den Grund erfuhr. Er hatte das dumpfe Gefühl, daß sich eine Verschwörung anbahnte. Man hatte ihn nicht eingeweiht; folglich nahm er an, daß er nicht unbedingt davon profitieren sollte. Keine Sekunde lang glaubte er, daß Russell ausschließlich daran interessiert war, was hinter dem Reißverschluß seines Partners verborgen hing. Das paßte nicht zu ihr, in keiner Weise. Alles, was sie tat, diente einem bestimmten Zweck, einem wichtigen Zweck. Eine flotte Nummer mit einem jungen Burschen war nicht annähernd wichtig genug.

Weitere zwei Stunden verstrichen. Burton blickte auf die Uhr, dann sah er Collin durch die Tür kommen, langsam den Gehsteig entlangschlendern und in sein Auto steigen. Als Collin losfuhr, duckte Burton sich tief in den Sitz. Leichte Schuldgefühle plagten ihn, weil er einen Kollegen beschattete. Er sah, wie der Blinker anging, als der Ford auf die Hauptstraße einbog.

Burton schaute wieder zum Haus. Drinnen ging ein Licht an, vermutlich im Wohnzimmer. Es war spät, doch offenbar legte die Dame des Hauses gerade erst los. Im Weißen Haus rankten sich Legenden um ihr Durchhaltevermögen. Flüchtig überlegte Burton, ob sie im Bett ebenso ausdauernd sein mochte. Zwei Minuten später war die Straße verlassen. Das Licht im Haus blieb eingeschaltet.

Kapitel 12

Das Flugzeug setzte auf und donnerte über den kurzen Asphaltstreifen, der die Hauptlandebahn des National Airport darstellte. Nur wenige hundert Meter entfernt von einem kleinen Seitenarm des Potomac, der an Wochenenden als Zugang zum Fluß für die Schwärme der Hobbykapitäne diente, beschrieb der Flieger eine Linksfeurue und rollte zu Flugsteig Nummer neun.

Ein Sicherheitsbeamter der Flughafenverwaltung beantwortete Fragen einer Gruppe aufgeregter, kameraschwingender Touristen und beachtete den Mann nicht, der eilig an ihm vorbeihuschte. Es bestand ohnehin keine Ausweispflicht.

Luthers Rückreise war dem Verlauf der Hinreise gefolgt. Abermals hatte er einen Zwischenstop in Miami eingelegt und war dann über Dallas/Ft. Worth weiter nach Washington geflogen.

Er rief ein Taxi und beobachtete den Stoßverkehr auf dem George Washington Parkway Richtung Süden, wo sich müde Pendler nach Hause kämpften. Der Himmel sah nach weiterem Regen aus, der Wind fegte durch die Allee, die sich träge entlang des Potomac dahinwand. In kurzen Abständen stiegen Flugzeuge auf, schwenkten nach links und verschwanden rasch in den Wolken.

Luther hatte sich entschieden. Ein Bild beherrschte nunmehr sein Leben: Das Bild des ach so entrüsteten Präsidenten, der während seiner leidenschaftlichen Rede gegen die Gewalt auf das Pult hämmerte, mit der selbstgefälligen Stabschefin an seiner Seite. Der alte, erschöpfte und verängstigte Mann, der aus dem Land geflohen war, hatte Müdigkeit und Angst abgeschüttelt. Das überwältigende Schuldgefühl, einer jungen Frau beim Sterben zugesehen zu haben, war durch überwältigenden Haß verdrängt worden, einen Zorn, der durch den ganzen Körper pulsierte. Wenn das Schicksal ihn als Christine Sullivans Racheengel auserkoren hatte, so wollte er der Aufgabe mit all der Energie und Gerissenheit nachkommen, die er noch besaß.

Luther lehnte sich im Sitz zurück und kaute ein paar Cracker, die er aus dem Flugzeug mitgenommen hatte. Er überlegte, wie nervenstark sich Russell bei dem gewagten Spiel erweisen würde.

Seth Frank schaute aus dem Wagenfenster. Die persönliche Befragung der Hausangestellten Walter Sullivans hatte zwei interessante Punkte ans Licht gebracht. Zunächst die Firma, vor der Frank gerade parkte. Der zweite Punkt konnte warten. In einem langen, grauen Betonklotz in der Gewerbezone von Springfield, nahe dem Autobahnring, war die Firma Metro Steam Cleaner untergebracht. Das Firmenschild verkündete, daß man seit 1949 im Geschäft war. Diese Art von Beständigkeit beeindruckte Frank nicht. Eine Menge alteingesessener, rechtschaffener Unternehmen diente mittlerweile als Fassade für das organisierte Verbrechen, sei es die chinesische oder die selbstgezüchtete Version der Mafia. Und ein Teppichreiniger, der für wohlhabende Hausbesitzer arbeitete, verfügte über ausgezeichnete Voraussetzungen, um Alarmanlagen, Bargeld- und Schmuckbestände und Verhaltensmuster der geplanten Opfer und deren Angestellten auszukundschaften. Frank wußte nicht, ob er es mit einem Einzelgänger oder einer ganzen Organisation zu tun hatte. Noch wahrscheinlicher war, daß er mit Volldampf in eine Sackgasse brauste, aber es war zumindest einen Versuch wert. Drei Autominuten entfernt standen drei Streifenwagen bereit. Nur für alle Fälle. Frank stieg aus.

»Das waren Rogers, Budizinski und Jerome Pettis. Jawohl, 30. August, 9 Uhr morgens. Drei Etagen. Das verdammte Haus war so groß, die haben sogar zu dritt den ganzen Tag gebraucht.« George Patterson stöberte in seinen Aufzeichnungen, während Frank sich in dem schmutzigen Büro umsah.

»Kann ich mit ihnen sprechen?«

»Mit Pettis. Die anderen beiden sind nicht mehr da.«

»Überhaupt nicht mehr?« Der andere nickte. »Wie lange haben sie bei Ihnen gearbeitet?«

Patterson ging die Mitarbeiterakte durch. »Jerome arbeitet seit fünf Jahren für mich. Er ist einer meiner besten Leute. Rogers war etwa zwei Monate hier. Ich glaube, er ist aus der Gegend weggezogen. Budizinski war etwa vier Wochen bei uns.«

»Ziemlich kurz.«

»So ist das nun mal in diesem Gewerbe. Man wirft jede Menge Geld raus, um die Kerle anzulernen, und – schwups – weg sind sie. Das ist nicht unbedingt ein Job, in dem man Karriere machen kann, Sie verstehen? Es ist eine heiße, dreckige Arbeit. Und mit der Bezahlung kann man sich kaum einen Urlaub an der Riviera leisten, wenn Sie wissen, was ich meine.«

»Haben Sie die Adressen von beiden?« Frank holte sein Notizbuch hervor.

»Nun, wie ich schon sagte, Rogers ist umgezogen. Pettis ist heute hier, wenn Sie mit ihm reden wollen. In etwa einer halben Stunde hat er drüben in McLean einen Auftrag. Er ist jetzt hinten und belädt den Wagen.«

»Wer entscheidet, welche Mannschaft zu welchem Haus fährt.«

»Ich.«

»Immer?«

Patterson zögerte. »Nun, ich habe Arbeiter, die auf unterschiedliche Gebiete spezialisiert sind.«

»Wer hat sich auf teure Gegenden spezialisiert?«

»Jerome. Wie gesagt, er ist mein bester Mann.«

»Wer hat ihm die anderen beiden zugewiesen?«

»Ich weiß nicht, das wird immer verschieden gehandhabt. Hängt manchmal auch davon ab, wer überhaupt zur Arbeit kommt.«

»Können Sie sich daran erinnern, daß einer der drei besonderes Interesse daran zeigte, in Sullivans Haus zu arbeiten?«

Patterson schüttelte den Kopf.

»Was ist mit Budizinski? Haben Sie von ihm eine Adresse ?«

Patterson schrieb sie auf ein Stück Papier. »Drüben in Arlington. Ich weiß nicht, ob er noch dort wohnt.«

»Ich brauche Anstellungsverträge, Sozialversicherungsnummern, Geburtsdaten, berufliche Laufbahn, alles, was Sie haben.«

»Lorie kann Ihnen das geben. Das Mädchen am Eingang.«

»Danke. Haben Sie Fotos von den Männern?«

Patterson starrte Frank an, als hätte er den Verstand verloren. »Das soll wohl ein Witz sein. Wir sind hier doch nicht beim FBI!«

»Können Sie mir eine Beschreibung geben?« erkundigte Frank sich geduldig.

»Ich habe fünfundsechzig Mitarbeiter und eine Fluktuation von über sechzig Prozent. Normalerweise laufe ich den Kerlen gar nicht mehr über den Weg, nachdem ich sie eingestellt habe. Nach einer Weile sehen sie ohnehin alle gleich aus. Pettis kann sich bestimmt erinnern.«

»Sonst noch etwas, was mir vielleicht weiterhelfen könnte?«

Patterson schüttelte den Kopf. »Glauben Sie, einer der drei hat die Frau umgebracht?«

Frank erhob und streckte sich. »Ich weiß es nicht. Was glauben Sie?«

»Hey, ich habe alle möglichen Typen hier. Mich überrascht nichts mehr.«

Frank wandte sich zum Gehen, drehte sich aber noch einmal um. »Ach, übrigens, ich brauche eine Aufstellung über alle Häuser und Wohnungen in Middleton, die während der letzten zwei Jahre von Ihrer Firma gereinigt wurden.«

Patterson sprang auf. »Sind Sie verrückt?!«

»Haben Sie die Aufzeichnungen?«

»Ja, hab' ich.«

»Gut, dann rufen Sie mich an, wenn ich sie haben kann. Schönen Tag noch.«

Jerome Pettis war ein großer, ausgezehrter Schwarzer Anfang Fünfzig, dem ständig eine Zigarette aus dem Mundwinkel hing. Bewundernd beobachtete Frank, wie der Mann planvoll und geübt die schweren Reinigungsgeräte in den Wagen lud. Der blaue Overall zeigte, daß er ein leitender Mitarbeiter bei Metro war. Er sah Frank nicht an, sondern ließ die Augen bei der Arbeit. Überall in der riesigen Garage wurden weiße Kastenwagen in ähnlicher Weise beladen. Ein paar Männer schauten kurz zu Frank herüber, wandten sich aber sogleich wieder der Arbeit zu.

»Mr. Patterson meinte, Sie hätten ein paar Fragen?«

Frank ließ sich auf die vordere Stoßstange des Lasters nieder. »Ein paar. Am 30. August dieses Jahres haben Sie im Haus von Walter Sullivan in Middleton einen Auftrag erledigt.«

Pettis runzelte die Stirn. »August? Teufel auch,

ich arbeite jeden Tag in etwa vier Häusern. An alle kann ich mich nicht erinnern.«

»Bei dem haben Sie einen ganzen Tag gebraucht. Es ist ein großes Haus in Middleton, Virginia. Rogers und Budizinski waren bei Ihnen.«

Pettis lächelte. »Ach ja. Mann, das war das größte Haus, das ich je gesehen habe. Und ich hab' schon eine Menge gesehen.«

Frank lächelte ebenfalls. »Genau das habe ich auch gedacht, als ich es sah.«

Pettis richtete sich auf und zündete die Zigarette wieder an. »Das Problem waren die Möbel. Wir mußten jedes einzelne Stück verschieben, und ein paar von den Dingern waren wahnsinnig schwer; so was wird heute überhaupt nicht mehr gebaut.«

»Sie waren also den ganzen Tag dort?« Frank hatte die Frage anders stellen wollen.

Pettis kniff die Augen zusammen, sog an der Camel und lehnte sich gegen die Tür des Lasters. »Wieso interessieren sich die Bullen eigentlich dafür, wie Teppiche gereinigt werden?«

»In dem Haus wurde eine Frau ermordet. Anscheinend hat sie Einbrecher überrascht. Lesen Sie keine Zeitung?«

»Nur den Sportteil. Und Sie fragen sich, ob ich einer der Kerle bin?«

»Nicht unbedingt. Ich sammle nur Informationen. Jeder, der kürzlich in der Nähe des Hauses war, interessiert mich. Als nächstes rede ich wahrscheinlich mit dem Postboten.«

»Für einen Bullen sind Sie ganz witzig. Glauben Sie, ich hab' die Frau umgelegt?«

»Ich glaube, wenn Sie es getan hätten, wären Sie schlau genug, nicht hier herumzuhängen, bis ich bei Ihnen aufkreuze. Die beiden Männer, die bei Ihnen waren, was können Sie mir über die erzählen?«

Pettis rauchte seine Zigarette aus und blickte Frank an, ohne zu antworten. Frank wollte das Notizbuch wieder wegstecken.

»Wollen Sie einen Anwalt, Jerome?«

»Brauche ich einen?«

»Soweit es mich betrifft nicht, aber es liegt an Ihnen. Ich habe jedenfalls nicht vor, Ihnen Ihre Rechte vorzulesen, wenn Sie sich darüber Gedanken machen.«

Schließlich schaute Pettis auf den Betonboden, trat die Zigarette aus und sah wieder zu Frank auf. »Hören Sie, Mann, ich bin schon lange bei Mr. Patterson. Komme jeden Tag her, mach' meine Arbeit, nehm' den Lohn und geh' nach Hause.«

»Klingt, als hätten Sie nichts zu befürchten.«

»Stimmt. Aber wissen Sie, vor einer ganzen Weile hab' ich mal Scheiße gebaut. Hab' ein bißchen Zeit abgesessen. Ihr Computer spuckt's Ihnen in fünf Sekunden aus. Also hab' ich nicht vor, hier rumzusitzen und Sie zu verscheißern, klar?«

»Klar.«

»Ich habe vier Kinder und keine Frau. In das Haus bin ich nicht eingebrochen, und ich hab' der Frau nichts getan.«

»Ich glaube Ihnen, Jerome. Rogers und Budizinski interessieren mich weit mehr.«

Mehrere Sekunden lang musterte Pettis den Fahnder. »Machen wir einen kleinen Spaziergang.«

Die beiden Männer verließen die Garage und marschierten auf einen alten, schiffsgroßen Buick zu, der nur noch vom Rost zusammengehalten wurde. Pettis stieg ein. Frank folgte ihm.

»Zu viele Ohren in der Garage, Sie verstehen?«

Frank nickte.

»Brian Rogers. Wir haben ihn Slick genannt, weil er ein guter Arbeiter war und schnell gelernt hat.«

»Wie hat er ausgesehen?«

»Ein Weißer um die Fünfzig, vielleicht älter. Nicht allzu groß, etwa einsfünfundsiebzig. Hat gern geredet. Und hart gearbeitet.«

»Und Budizinski?«

»Buddy. Jeder hier kriegt einen Spitznamen. Ich

bin ›Skel‹. Kommt von Skelett, wissen Sie.« Darüber mußte Frank lächeln. »Auch ein Weißer, eine Spur größer. Vielleicht ein wenig älter als Slick. Hat kaum was von sich gegeben. Er hat getan, was man ihm sagte, aber keinen Handstrich mehr.«

»Wer hat das Schlafzimmer der Hausbesitzer gemacht?«

»Wir alle. Wir mußten das Bett und den Schreibtisch hochheben. Hat beides ein paar Tonnen gewogen. Mein Rücken tut immer noch weh.« Jerome faßte auf den Rücksitz und holte eine Kühlbox nach vorn. »Hatte heute morgen noch keine Zeit fürs Frühstück«, erklärte er, als er eine Banane und ein Eiersandwich herausnahm.

Unbehaglich rutschte Frank auf dem abgewetzten Sitz hin und her. Ein Metallstück bohrte sich ihm in den Rücken. Der Wagen stank nach Zigarettenqualm.

»War einer der beiden mal allein im Schlafzimmer oder im Haus?«

»Es war immer irgend jemand im Haus. Viele Leute arbeiten dort. Slick und Buddy könnten aber allein hinaufgegangen sein. Hab' nicht ständig auf die beiden geachtet. War nicht mein Job.«

»Wieso haben gerade Rogers und Budizinski an diesem Tag mit Ihnen zusammengearbeitet?«

Jerome überlegte einen Augenblick. »Weiß ich

nicht mehr genau. Ich kann mich erinnern, daß ich schon früh losfahren sollte. Kann sein, daß sie einfach als erste hier waren. Manchmal reicht das schon.«

»Wenn die beiden also vorher gewußt hätten, daß Sie an dem Tag schon früh zu dem Haus sollten, und sie vor allen anderen dagewesen wären, hätten sie mit Ihnen rausfahren können?«

»Ja, schon möglich. Mann, wir brauchen bloß kräftige Hände, verstehen Sie? Für diesen Mist muß man kein Gehirnchirurg sein.«

»Wann haben Sie die beiden zum letztenmal gesehen?«

Sein Gegenüber runzelte die Stirn und biß in die Banane.

»Vor ein paar Monaten, kann aber auch schon länger her sein. Buddy ist als erster gegangen. Hat nie gesagt, warum. Diese Typen kommen und gehen ständig. Ich bin neben Mr. Patterson am längsten hier. Slick ist weggezogen, glaube ich.«

»Wissen Sie, wohin?«

»Ich glaube, er hat mal irgendwas von Kansas gesagt, von einer Baufirma. Früher war er Zimmermann. Hat seine Arbeit hier oben verloren, als die Zeiten härter wurden. Hatte geschickte Hände, der Bursche.«

Frank notierte sich die Auskunft, während Jerome sein Frühstück aufaß. Zusammen gingen sie zur Garage zurück. Frank schaute in den Laster, auf all die Schläuche, Düsen, Flaschen und schweren Reinigungsmaschinen.

»Sind Sie mit diesem Laster zu Sullivans Haus gefahren?«

»Das ist seit drei Jahren mein Wagen. Der beste der Firma.«

»Und Sie haben immer dieselbe Ausrüstung dabei?«

»Verdammt richtig.«

»Dann suchen Sie sich wohl besser vorübergehend einen neuen Wagen.«

»Was?« Langsam kletterte Jerome vom Fahrersitz herunter.

»Ich rede mit Patterson. Dieser hier ist beschlagnahmt.«

»Verarschen Sie mich?«

»Nein, Jerome. Ich fürchte nicht.«

»Walter, das ist Jack Graham. Jack, Walter Sullivan.« Sandy Lord wuchtete sich auf den Sessel. Jack und Sullivan schüttelten einander die Hände, dann setzten sie sich an den kleinen Tisch in Konferenzraum Nummer fünf. Es war acht Uhr morgens, und Jack war nach zwei durchgearbeiteten Nächten seit sechs Uhr im Büro. Drei Tassen

Kaffee hatte er bereits getrunken, eine vierte goß er sich soeben aus der silbernen Kaffeekanne ein.

»Walter, ich habe Jack von dem Geschäft mit der Ukraine erzählt. Wir sind das Gerüst durchgegangen. Der Kongreß steht der Sache recht positiv gegenüber. Richmond hat die richtigen Fäden gezogen. Der russische Bär ist tot. Kiew kriegt den silbernen Pantoffel. Dein Plan ist aufgegangen.«

»Alan ist einer meiner besten Freunde. Ich erwarte das von meinen Freunden. Aber ich dachte, wir hätten genug Anwälte, die daran arbeiten. Willst du die Rechnung rauftreiben, Sandy?« Sullivan erhob sich und starrte aus dem Fenster in den klaren Morgenhimmel, der einen wunderschönen Herbsttag für die Bundeshauptstadt versprach. Während Jack sich letzte Notizen über das nächtliche Schnellstudium von Sullivans jüngster Transaktion machte, warf er aus den Augenwinkeln einen Blick auf den Mann. Sullivan schien nicht übermäßig daran interessiert zu sein, das internationale Multi-Milliarden-Dollar-Geschäft abzuschließen. Jack konnte nicht wissen, daß die Gedanken des alten Mannes zurück zu einer Leichenhalle in Virginia wanderten und um ein bestimmtes Gesicht kreisten.

Als Lord ihm feierlich offenbart hatte, daß er neben Lord den zweiten Platz beim größten derzeit in der Firma laufenden Projekt einnehmen sollte, war Jack zunächst die Luft weggeblieben. Lord überging damit mehrere höchstrangige Teilhaber und so manchen Sozius, der schon bedeutend länger hier arbeitete als Jack. In den feudalen Hallen von Patton, Shaw & Lord waren bereits erste Spannungen zu verspüren. Im Augenblick war Jack das gleichgültig. Niemand hatte Ransome Baldwin als Klienten. Es spielte keine Rolle, wie er es angestellt hatte, aber er brachte Geld in die Firma, eine Menge Geld. Er war es leid, sich seiner Position wegen schuldig zu fühlen. Lord wollte offensichtlich Jacks Fähigkeiten auf die Probe stellen. Nun, wenn er das Geschäft durchgezogen haben wollte, würde Jack dafür sorgen. Philosophisches, politisch korrektes Gelaber aus der grauen Theorie war hier fehl am Platz. Nur die Ergebnisse zählten.

»Jack ist einer unserer besten Anwälte. Er ist auch Baldwins Rechtsbeistand.«

Sullivan schaute zu den beiden Anwälten hinüber. »Ransome Baldwin?«

»Jawohl.«

Sullivan betrachtete Jack in einem anderen Licht, dann drehte er sich erneut zum Fenster.

»Die Sache ist die, unser Handlungsfreiraum wird jeden Tag kleiner«, fuhr Lord fort. »Wir müssen festlegen, wer an der Sache mitarbeitet und sicherstellen, daß Kiew verdammt genau weiß, was zu tun ist.«

»Kannst du das nicht machen?«

Lord sah Jack an, dann zurück zu Sullivan. »Natürlich kann ich es erledigen, Walter, aber glaub bloß nicht, du könntest dich gerade jetzt aus der Sache zurückziehen. Du spielst noch immer eine entscheidende Rolle. Für alle Beteiligten ist es unbedingt erforderlich, daß du weiterhin mit dabei bist.« Sullivan zeigte keine Regung. »Walter, das ist der krönende Höhepunkt deiner Karriere.«

»Das sagst du mir jedesmal.«

»Kann ich etwas dafür, wenn du dich immer wieder selbst übertriffst?« schoß Lord zurück.

Schließlich lächelte Sullivan fast unmerklich, zum erstenmal seit jenem Anruf aus den Staaten, der sein Leben in einen Trümmerhaufen verwandelt hatte.

Lord entspannte sich ein wenig und schielte zu Jack hinüber. Den nächsten Schritt hatten die beiden mehrere Male geprobt.

»Ich würde vorschlagen, daß du mit Jack rüberfliegst. Du schüttelst die richtigen Hände, klopfst auf die richtigen Schultern, zeigst ihnen einfach, daß du die Sache immer noch voll im Griff hast. Die brauchen das. Kapitalismus ist noch sehr neu für sie.«

»Und Jacks Rolle?«

Lord gab Jack ein Zeichen.

Jack stand auf und trat ans Fenster. »Mr. Sullivan, ich habe die letzten achtundvierzig Stunden damit verbracht, alles über das Projekt in Erfahrung zu bringen. Alle anderen Anwälte bearbeiten nur Teile davon. Ich glaube, außer Sandy weiß niemand in der Firma besser als ich, was Sie erreichen möchten.«

Langsam wandte sich Sullivan Jack zu. »Das sind ziemlich große Worte.«

»Nun, es handelt sich auch um ein ziemlich großes Projekt, Sir.«

»Sie wissen also, was ich erreichen möchte?«

»Ja, Sir.«

»Nun, warum klären Sie mich dann nicht darüber auf, was das Ihrer Meinung nach ist.« Sullivan nahm Platz, verschränkte die Arme und blickte erwartungsvoll zu Jack hoch.

Der verlor keine Zeit damit, zu schlucken oder Luft zu holen. »Die Ukraine verfügt über reiche Rohstoffvorkommen, über alles, was die Schwerindustrie auf der ganzen Welt verwendet und braucht. Die Frage ist nun: Wie bekommt man die Rohstoffe, angesichts der dortigen politischen Lage, zu den geringsten Kosten und mit dem kleinstmöglichen Risiko aus der Ukraine heraus?«

Sullivan streckte die Arme aus, setzte sich aufrecht hin und nippte an seinem Kaffee.

Jack fuhr fort. »Der Haken an der Sache ist folgender: Sie wollen, daß die Ukraine glaubt, Ihre Firma vergüte die Exporte durch Investitionen in die Zukunft der Ukraine. Das sind langfristige Geldanlagen, zu denen Sie sich – so nehme ich an – nicht verpflichten möchten.«

»Ich hatte mein ganzes Leben lang Angst vor diesen roten Hunden. An Perestroika und Glasnost glaube ich nicht mehr als an die Märchenfee. Ich betrachte es als meine patriotische Pflicht, den Kommunisten so viel wie möglich wegzunehmen. Damit sie nicht mehr über die Mittel verfügen, die Welt zu beherrschen, was sie, trotz dieser jüngsten Demokratieanwandlungen, auf lange Sicht planen.«

Jack erwiderte: »Genau, Sir. Wegnehmen ist das Schlüsselwort. Dem angeschlagenen Riesen so viel wie möglich wegnehmen, bevor er sich selbst zugrunde richtet … oder angreift.« Jack machte eine Pause und studierte die Reaktion der beiden Männer. Lord starrte an die Decke, man konnte unmöglich etwas aus seinen Zügen ablesen.

Sullivan regte sich. »Fahren Sie fort. Sie kommen gerade zum interessanten Teil.«

»Der interessante Teil ist: Wie kann man es einrichten, daß Sullivan & Company bei dem Projekt nur geringe oder überhaupt keine Risiken erwachsen, trotzdem aber die größtmöglichen Vorteile? Sie können das Geschäft entweder vermitteln oder aber selbst von der Ukraine kaufen und an internationale Konzerne weiterverkaufen. Einen kleinen Teil des Gewinns lassen Sie in der Ukraine.«

»Genauso ist es. Letztlich ist das Land leergeräumt, und ich habe mindestens zwei Milliarden Dollar Reingewinn in der Tasche.«

Jack warf einen Blick zu Lord, der mittlerweile aufrecht im Sessel saß und aufmerksam lauschte. Nun kam der Knaller. Erst gestern war Jack daraufgekommen.

»Aber warum soll man der Ukraine nicht das wegnehmen, was sie wirklich gefährlich macht?« Jack schwieg einen Augenblick. »Und gleichzeitig den Reingewinn verdreifachen.«

Sullivan starrte ihn an. »Wie?«

»IRBMs. Mittelstreckenraketen. Die Ukraine hat massenweise davon. Und da der 94er Atomwaffensperrvertrag in die Binsen gegangen ist, bereiten die Dinger dem Westen wieder ziemliches Kopfzerbrechen.«

»Was also schlagen Sie vor? Daß ich die Dinger kaufe? Was soll ich damit?«

Jack bemerkte, daß Lord sich nun sogar vorlehnte, und setzte fort. »Sie kaufen sie zu einem Spottpreis, vielleicht für eine halbe Milliarde, indem Sie einen Teil der Einnahmen aus den Rohstoffverkäufen dafür heranziehen. Sie zahlen mit Dollars, mit denen die Ukraine ihrerseits andere wichtige Dinge auf dem Weltmarkt kaufen kann.«

»Wieso zu einem Spottpreis? Jedes Land in Nahost wird mitbieten.«

»Aber die Ukraine kann nicht an diese Länder verkaufen. Die G-7-Nationen würden es niemals zulassen. Widersetzt sich die Ukraine, wird sie von der EU und anderen westlichen Wirtschaftsmächten boykottiert. Und wenn das geschieht, krepiert die Ukraine.«

»Ich kaufe die Raketen also. Und wem verkaufe ich sie dann?«

Jack konnte ein Grinsen nicht unterdrücken. »An uns. An die Vereinigten Staaten. Sechs Milliarden Dollar sind nur eine vorsichtige Schätzung des Wertes. Zum Teufel, das waffentaugliche Plutonium in den Dingern ist unbezahlbar. Wahrscheinlich würden sogar die übrigen G-7er ein paar Milliarden beisteuern. Nur Ihre Beziehung zu Kiew macht das ganze Projekt möglich. Man wird Sie als Retter der freien Welt betrachten.«

Sullivan war sprachlos. Er wollte aufstehen,

überlegte es sich aber wieder. Selbst für ihn waren die möglichen Beträge atemberaubend. Geld hatte er zwar genug, mehr als genug sogar. Aber so könnte er das Elend der Welt zumindest um einen Teil der nuklearen Bedrohung erleichtern …

»Und wessen Idee war das?« Sullivan schaute zu Lord, als er die Frage stellte. Lord deutete auf Jack.

Sullivan lehnte sich im Sessel zurück und blickte zu dem jungen Mann hinauf. Dann stand er mit einer Behendigkeit auf, die Jack überraschte. Der Milliardär umfaßte Jacks Hand mit eisernem Griff.

»Junger Mann, Sie werden es weit bringen. Was dagegen, wenn ich mitziehe ?«

Lord strahlte übers ganze Gesicht wie ein stolzer Vater. Jack mußte einfach lächeln. Er hatte fast vergessen, was für ein Gefühl es war, einen Volltreffer zu landen.

Nachdem Sullivan gegangen war, saßen Jack und Sandy am Tisch.

Schließlich meinte Sandy: »Ich weiß, daß es keine einfache Aufgabe war. Wie fühlen Sie sich?«

Jack konnte sich ein Grinsen nicht verkneifen. »Als hätte ich gerade mit dem hübschesten Mädchen der High-School geschlafen. Ein durch und durch prickelndes Gefühl.«

Lord lachte und stand auf. »Sie fahren jetzt besser nach Hause und ruhen sich ein wenig aus. Sullivan ruft seinen Piloten wahrscheinlich noch vom Wagen aus an. Zumindest«, fügte er hinzu, »denkt er nicht mehr an die kleine Schlampe.«

Der letzte Teil entging Jack, da er bereits eilig den Raum verlassen hatte. Im Augenblick fühlte er sich, zum erstenmal seit langer Zeit, wieder richtig gut. Er sah keine Probleme, nur Möglichkeiten. Unbegrenzte Möglichkeiten.

An jenem Abend saß er lange mit einer begeisterten Jennifer Baldwin zusammen und erzählte ihr alles. Danach erlebte das Paar bei einer Flasche gekühltem Champagner und einer eigens zu Jennifers Wohnung gelieferten Austernplatte den lustvollsten Liebesakt, seit sie zusammen waren. Zum erstenmal stieß Jack sich nicht an den hohen Decken mit den Malereien. Tatsächlich begann er, Gefallen daran zu finden.

Kapitel 13

Im Weißen Haus treffen jährlich Millionen »inoffizieller« Postsendungen ein. Jede wird sorgfältig untersucht und dementsprechend behandelt. Diese Aufgabe wird von internen Mitarbeitern erfüllt, welche vom Secret Service weitgehend unterstützt und beaufsichtigt werden.

Rein äußerlich wirkten die beiden Briefe völlig harmlos, obwohl sie an Gloria Russell adressiert waren, während die meisten Schriftstücke an den Präsidenten oder an Mitglieder der First Family gingen, oft sogar an das Haustier der Familie, derzeit ein Golden Retriever namens Barney.

Beide waren in Blockbuchstaben beschriftet, die Umschläge weiß und billig und somit überall erhältlich. Russell bekam sie gegen zwölf Uhr in die Hand, an einem Tag, der bis zu diesem Zeitpunkt recht gut verlaufen war. In einem befand sich ein einzelnes Blatt Papier, im anderen ein Objekt, das sie mehrere Minuten lang anstarrte. Folgende Worte, ebenfalls in Blockbuchstaben, standen auf dem Bogen:

Frage: Was stellt ein Verbrechen oder Vergehen dar? Antwort: Ich glaube nicht, daß Sie es herausfinden möchten. Wertvolles Objekt zu verkaufen, weitere Einzelheiten folgen, Chefin. Gezeichnet: Kein heimlicher Verehrer.

Wenngleich sie es erwartet, ja, verzweifelt darauf gehofft hatte, es endlich zu erhalten, spürte sie doch, wie ihr Herz schneller schlug und gegen die Brust trommelte. Ihr Mund wurde so trocken, daß sie nach einem Glas Wasser griff und es gierig hinunterstürzte. Sie schenkte nach und wiederholte den Vorgang, bis sie endlich den Brief halten konnte, ohne zu zittern. Dann betrachtete sie den zweiten Gegenstand. Ein Foto. Der Anblick des Brieföffners ließ die alptraumhaften Ereignisse wieder über sie hereinbrechen. Krampfhaft umklammerte sie die Armlehnen des Stuhls. Schließlich ging der Anfall vorüber.

»Zumindest ist er verhandlungsbereit.« Collin legte die Nachricht und das Foto zurück und setzte sich wieder. Er bemerkte, daß die Stabschefin aschfahl war und fragte sich, ob sie stark genug war, die Sache durchzustehen.

»Vielleicht. Es könnte auch ein Täuschungsmanöver sein.«

Collin schüttelte den Kopf. »Glaube ich nicht.«

Russell lehnte sich zurück, massierte sich die Schläfen und schluckte noch eine Tyienol. »Wieso nicht?«

»Warum sollte er uns auf diese Weise täuschen wollen? Warum sollte er uns überhaupt täuschen wollen? Er hat alles, was er braucht, um uns fertigzumachen. Er will Geld.«

»Er hat doch die Millionen von Sullivan.«

»Möglich. Aber wir wissen nicht, wieviel davon Bargeld war. Vielleicht hat er es auch versteckt und kommt nicht ran. Vielleicht ist er aber auch nur gierig. Die Welt ist voll von solchen Leuten.«

»Ich brauche einen Drink. Kannst du heute abend vorbeikommen?«

»Der Präsident ist zum Abendessen in der kanadischen Botschaft eingeladen.«

»Scheiße. Kannst du niemanden finden, der für dich einspringt?«

»Möglicherweise, wenn du ein paar Fäden ziehst.«

»Betrachte sie als gezogen. Wann, glaubst du, hören wir wieder von ihm?«

»Er scheint nicht besonders verängstigt zu sein, obwohl er bestimmt vorsichtig ist. Ich an seiner Stelle wäre es.«

»Großartig. Also darf ich jetzt täglich zwei Packungen Mentholzigaretten rauchen, bis er sich bequemt, sich wieder bei uns zu melden. Bis dahin bin ich wahrscheinlich an Lungenkrebs gestorben.«

»Was machst du, wenn er Geld will?« fragte der Agent.

»Je nachdem, wieviel er will, läßt sich das ohne größere Schwierigkeiten regeln.« Nun wirkte sie ruhiger.

Collin stand auf und wollte gehen. »Du bist der Boß.«

»Tim?« Russell kam zu ihm herüber. »Halt mich einen Augenblick fest.«

Als er sie umarmte, spürte er, wie sie über die Waffe strich.

»Tim, wenn er mehr als Geld will; wenn wir den Brieföffner nicht zurückbekommen, ...«

Collin blickte auf sie hinab.

»Dann kümmere ich mich um ihn, Gloria.« Mit den Fingern berührte er ihre Lippen, drehte sich um und ging.

In der Halle stand Burton, um auf Collin zu warten.

Von oben bis unten musterte der andere Agent den jungen Mann. »Wie kommt sie damit zurecht?«

»Ganz gut.« Collin marschierte weiter den Flur

entlang, bis Burton ihn am Arm packte und zu sich herumwirbelte.

»Was, zum Teufel, spielt sich da ab, Tim?«

Collin löste sich aus dem Griff seines Partners. »Das ist weder die richtige Zeit noch der richtige Ort, Bill.«

»Nun, dann sag mir Zeit und Ort. Ich werde dasein, denn wir müssen uns unterhalten.«

»Worüber?«

»Sag mal, willst du mich allen Ernstes verarschen?« Grob zerrte er Collin in eine Ecke.

»Ich möchte, daß du über die Frau da drin ganz genau Bescheid weißt. Sie interessiert sich einen Scheißdreck für dich, mich, oder sonst irgend jemand. Die will nur ihren eigenen kleinen Hintern retten. Ich weiß nicht, mit welchem Märchen sie dich einwickelt, und ich weiß nicht, was ihr beide ausbrütet, aber ich rate dir, sei vorsichtig. Ich will nicht mit ansehen müssen, wie du ihretwegen alles wegwirfst.«

»Ich bin dir wirklich dankbar für deine Fürsorge, Bill, aber ich weiß, was ich tue.«

»Ach wirklich, Tim? Gehört es zum Aufgabengebiet eines Secret-Service-Agenten, die Stabschefin zu vögeln? Warum zeigst du mir nicht, wo genau das in der Dienstordnung steht? Ich möchte es gerne selbst lesen. Und wenn wir gerade dabei sind, warum zur Hölle beglückst du mich nicht mit dem Grund, warum wir ins Haus zurückgerannt sind? Denn was immer wir gesucht haben, wir haben es nicht, und ich glaube ziemlich genau zu wissen, wer es hat. Mein Hintern steht hier genauso auf dem Spiel, Tim. Und wenn ich schon untergehe, dann will ich wissen, wieso.«

Eine Haushilfe kam im Gang an ihnen vorbei und warf einen seltsamen Blick auf die beiden Männer. Burton lächelte, nickte und wandte die Aufmerksamkeit wieder Collin zu.

»Komm schon, Tim, mal ehrlich, was würdest du an meiner Stelle tun?«

Der junge Mann blickte seinen Freund an, und der harte Gesichtsausdruck, den er üblicherweise im Dienst zur Schau stellte, löste sich auf. Was würde er an Burtons Stelle tun? Die Antwort war einfach. Er würde einigen Leuten vors Schienbein treten, bis er Antworten bekäme. Burton war sein Freund; er hatte es wiederholt bewiesen. Vermutlich stimmte, was er über Russell sagte. Collins Verstand hatte sich in ihrer Seidenunterwäsche nicht vollends aufgelöst.

»Hast du Zeit für 'ne Tasse Kaffee, Bill?«

Frank lief die zwei Treppen hinab, wandte sich nach rechts und öffnete die Tür zum Labor. Es war klein und konnte einen neuen Anstrich vertragen, doch der Raum war überraschend ordentlich. Überwiegend war dies darauf zurückzuführen, daß Laura Simon eine Ordnungsfanatikerin war. Frank stellte sich ihre Wohnung genauso aufgeräumt und sauber vor, obwohl dort zwei Vorschulkinder herumwirbelten und Laura hinlänglich auf Trab hielten. Überall im Raum stapelten sich unbenutzte Beweissätze, deren intakte orange Siegel einen krassen Gegensatz zu den abblätternden grauen Wänden bildeten. In einer anderen Ecke standen sorgfältig beschriftete Kartons übereinander. In wieder einem anderen Winkel befand sich ein kleiner Safe auf dem Boden, der die wenigen Beweisstücke beherbergte, für die zusätzliche Sicherheitsmaßnahmen erforderlich waren.

Der Fahnder betrachtete ihren schmalen Rükken, während sie sich am anderen Ende des Raumes über ein Mikroskop beugte.

»Du hast mich angerufen?« Frank lehnte sich vor. Auf dem Glasscheibchen befanden sich winzige Fragmente irgendeiner Substanz. Er konnte sich nicht vorstellen, die Tage damit zu verbringen, mikroskopisch kleine Teile zu begutachten, doch er war sich sehr wohl bewußt, daß Laura Simon durch ihre Tätigkeit entscheidend zur Überführung von Straftätern beitragen konnte.

»Sieh dir das mal an.« Simon deutete auf die Linse.

Frank nahm die Brille ab, die er noch auf der Nase hatte. Nach einem Blick durch das Mikroskop richtete er sich wieder auf.

»Laurie, du weißt, daß ich nie eine Ahnung habe, was ich da sehe. Also, was ist es?«

»Es ist eine Probe des Teppichs aus Sullivans Schlafzimmer. Wir hatten sie nicht bei der ersten Tatortuntersuchung mitgenommen, sondern erst später.«

»Und was ist so bedeutsam daran ?« Frank hatte sich angewöhnt, der Technikerin überaus aufmerksam zuzuhören.

»Der Teppich im Schlafzimmer ist eines dieser superteuren Modelle, die pro Quadratmeter über zweitausend Dollar kosten. Allein für das eine Zimmer muß der Boden beinahe eine Viertelmillion gekostet haben.«

»Heiliges Kanonenrohr!« Frank stopfte noch einen Kaugummi in den Mund. Der Versuch, mit dem Rauchen aufzuhören, wirkte sich verheerend auf seine Zähne und seine Leibesmitte aus. »Zweihundertfünfzigtausend für etwas, worauf man herumläuft?«

»Er ist unglaublich widerstandsfähig, man könnte mit einem Panzer darüberrollen, und die Fasern würden sich problemlos wiederaufrichten. Er liegt dort erst seit etwa zwei Jahren. Damals wurde einiges renoviert.«

»Renoviert? Das Haus selbst ist doch erst ein paar Jahre alt.«

»Zu der Zeit hat die Verstorbene Walter Sullivan geehelicht.«

»Oh.«

»Frauen haben zu solchen Dingen ihre eigene Meinung. Tatsächlich hatte sie, was Teppiche anging, einen guten Geschmack.«

»Schön, und wohin bringt uns ihr guter Geschmack?«

»Sieh dir die Fasern noch einmal an.«

Frank seufzte, tat aber wie ihm geheißen.

»Siehst du die Spitzen? Schau dir mal den Querschnitt an. Sie wurden abgeschnitten. Vermutlich mit einer nicht allzu scharfen Schere. Obwohl die Fasern, wie erwähnt, ungemein widerstandsfähig sind, ist der Schnitt ziemlich ausgefranst.«

Er sah sie an. »Der Schnitt? Wozu sollte das jemand tun? Wo hast du die Fasern gefunden?«

»Diese Probe wurde an der Tagesdecke gefunden, die auf dem Bett lag. Wer auch immer die Fäden abgeschnitten hat, hat wahrscheinlich nicht bemerkt, daß ein paar Fasern an seiner Hand hängengeblieben sind. Dann hat er die Bettdecke angefaßt, und voilà!«

»Hast du auf dem Boden das entsprechende Gegenstück gefunden?«

»Gleich unter der linken Bettseite, wenn man aus etwa zehn Zentimeter Entfernung in rechtem Winkel hinsieht. Die Stelle war geringfügig, aber nachweisbar ausgeschnitten.«

Frank richtete sich auf und setzte sich auf einen der Stühle neben Simon.

»Das ist noch nicht alles, Seth. Auf einem der Fragmente habe ich auch Spuren einer Lösung gefunden. Wie von einem Fleckentferner.«

»Das könnte von der Teppichreinigung vor kurzem stammen. Oder vielleicht haben die Dienstmädchen etwas verschüttet.«

Simon schüttelte den Kopf. »Nein. Die Reinigungsfirma arbeitet mit Dampfgeräten. Für die Entfernung einzelner Flecken verwenden die einen besonderen Reiniger auf organischer Grundlage. Ich hab's überprüft. Das hier ist handelsübliches Putzmittel auf Petroleum-Basis. Und die Hausmädchen verwenden den vom Hersteller empfohlenen Reiniger. Auch organisch. Eine ganze Ladung von dem Zeug steht im Haus. Außerdem ist der Teppich chemisch imprägniert, damit sich keine Flecken einsaugen können. Mit einem Mittel auf Petroleum-Basis würde man wahrscheinlich alles nur noch schlimmer machen. Vermutlich haben sie deshalb ein Stück herausgeschnitten.«

»Wir können also davon ausgehen, daß der Täter die Fasern mitgenommen hat, weil sie etwas Bestimmtes zeigen. Ist es so?«

»Nicht die Probe, die ich habe. Aber vielleicht hat er auch noch um den eigentlichen Fleckenbereich herumgeschnitten, um auf Nummer Sicher zu gehen, und wir haben ein paar der sauberen Fasern erwischt.«

»Was kann auf dem Teppich gewesen sein, das irgend jemandem wichtig genug erschien, um einen Zentimeter tief Fasern herauszuschneiden? Muß sich um einen wahren Fluch gehandelt haben.«

Simon und Frank dachten beide dasselbe, sogar mehrere Augenblicke lang.

»Blut«, meinte Simon schlicht.

»Und nicht vom Opfer. Wenn ich mich recht erinnere, war dort in der Nähe kein Blut von ihr«, fügte Frank hinzu. »Ich glaube, du mußt noch einen Test machen, Laurie.«

Sie nahm ein Aluminiumköfferchen von einem Haken an der Wand. »Ich habe schon alles dafür vorbereitet, wollte dir nur vorher Bescheid geben.«

»Kluges Mädchen.«

Die Fahrt dauerte dreißig Minuten. Frank kurbelte das Fenster hinunter und ließ sich den Wind ins Gesicht blasen. Das vertrieb auch den Rauchgestank, der immer noch im Wagen hing.

Auf Franks Anordnung hin war das Schlafzimmer versiegelt geblieben.

Von einer Ecke in Walter Sullivans Schlafzimmer aus beobachtete er, wie Laura Simon sorgsam die Chemikalien mischte und das Gebräu in einen Zerstäuber aus Plastik füllte. Dann half ihr Frank dabei, Handtücher unter die Tür zu stopfen und braunes Packpapier über die Fenster zu kleben. Sie zogen die schweren Vorhänge zu und sperrten damit praktisch jedes natürliche Licht aus.

Abermals ließ Frank die Augen über den Raum schweifen. Er betrachtete den Spiegel, das Bett, das Fenster und die Schränke; schließlich blieb sein Blick am Nachttisch und dem klaffenden Loch dahinter hängen, wo ein Stück aus der Mauer geschnitten worden war. Dann schaute er zurück zu dem Bild. Er nahm es in die Hand.

Wieder wurde er daran erinnert, daß Christine Sullivan eine äußerst schöne Frau gewesen war, alles andere als das zerstörte Wrack, das er vorgefunden hatte. Auf dem Foto saß sie in dem Stuhl neben dem Bett. Der Nachttisch war an der linken Seite deutlich erkennbar. Der Bettrand ragte an der rechten Seite ins Bild. Es war schon ironisch, wenn man bedachte, wie ausgiebig sie diesen bestimmten Einrichtungsgegenstand vermutlich benutzt hatte. Für die Federn war aller Voraussicht nach ein Service fällig. Danach würden sie wahrscheinlich nicht mehr allzu sehr in Anspruch genommen werden. Frank erinnerte sich an den Ausdruck in Walter Sullivans Gesicht. Viel Energie hatte nicht mehr darin gelegen.

Der Lieutenant stellte das Foto zurück und beobachtete wieder Laura bei der Arbeit mit den Flüssigkeiten. Er warf noch einen flüchtigen Blick zurück auf das Bild; irgend etwas daran störte ihn, doch was auch immer das sein mochte, entschwand ihm, bevor er es fassen konnte.

»Wie heißt das Zeug noch mal, Laurie?«

»Luminol. Es wird unter verschiedenen Namen verkauft, aber es ist immer dasselbe Reagens. Ich bin soweit.«

Sie hielt die Flasche über den Teppichabschnitt, aus dem die Fasern geschnitten worden waren.

»Gott sei Dank mußt du den Teppich nicht bezahlen.« Der Ermittler grinste sie an. Simon wandte sich um und sah ihn an. »Das wäre mir egal. Ich würde mich einfach für bankrott erklären. Man könnte meinen Lohn bis in alle Ewigkeit pfänden. Das ist der Ausgleich der armen Leute.«

Frank drückte auf den Lichtschalter und tauchte dadurch den Raum in tiefschwarze Finsternis. Ein leises Zischen ertönte, als Simon die Pumpe des Zerstäubers betätigte. Fast unverzüglich begann ein kleiner Teil des Teppichs blaßblau zu leuchten, wie ein Schwarm Leuchtkäfer. Dann war die Erscheinung verschwunden. Frank schaltete das Licht wieder ein und blickte Simon an.

»Also haben wir das Blut einer zweiten Person. Mordsmäßiger Fund, Laurie. Kannst du irgendwie genug zusammenkratzen, um die Blutgruppe zu bestimmen? Eine DNA-Analyse vorzunehmen?«

Zweifelnd sah Simon ihn an. »Wir können den Teppich beiseite ziehen, um zu sehen, ob etwas durchgesickert ist, aber das bezweifle ich. Durch einen imprägnierten Teppich dringt nicht viel. Außerdem ist es mit anderem Zeug vermischt. Verlaß dich also nicht darauf.«

Frank dachte laut nach. »Nun gut, ein Täter wird verwundet. Es gibt zwar nicht viel Blut, aber doch ein wenig.« Er blickte zu Simon, damit sie ihm die Feststellung bestätigte, was sie durch zustimmendes Nicken auch tat. »Verwundet, aber womit? Sie hatte nichts in der Hand, als wir sie gefunden haben.«

Simon erriet seine Gedanken. »Und nachdem

der Tod so plötzlich eintrat, setzte vermutlich Reflexstarre ein. Sie hätten ihr fast die Finger brechen müssen, um ihr etwas aus der Hand zu nehmen.«

Frank führte den Gedanken zu Ende. »Und dafür gab es bei der Autopsie keine Anzeichen.«

»Außer die Hand öffnete sich, als die Kugeln einschlugen.«

»Wie oft kommt so etwas vor?«

»In diesem Fall reicht einmal.«

»Gut, nehmen wir mal an, sie hatte eine Waffe, und diese Waffe fehlt nun. Was für eine Waffe könnte es wohl sein?«

Simon dachte darüber nach, während sie die Ausrüstung wieder verstaute.

»Eine Schußwaffe können wir wahrscheinlich ausschließen, denn sie hätte es zumindest schaffen sollen, eine Kugel abzufeuern, aber an ihren Händen war kein Pulver. Und das hätte sich auch nicht entfernen lassen, ohne deutliche Spuren dabei zu hinterlassen.«

»Gut. Außerdem gibt es keine Hinweise darauf, daß jemals eine Waffe auf sie zugelassen war. Und daß es im Haus keine Waffe gab, wurde bereits bestätigt.«

»Also keine Kanone. Dann vielleicht ein Messer. Schwer zu sagen, um was für eine Wunde es sich dann handelt, vielleicht um eine Schnittwunde. Wahrscheinlich eher eine oberflächliche. Es wurden nur wenige Fasern ausgeschnitten, daher kann die Wunde kaum lebensgefährlich gewesen sein.«

»Sie sticht also auf einen der Täter ein, vielleicht in den Arm oder ins Bein. Dann kommen ihm die anderen zu Hilfe und erschießen sie? Oder sticht sie im Sterben begriffen auf ihn ein?« Sofort verbesserte sich Frank. »Nein. Sie starb auf der Stelle. Sie sticht in einem anderen Zimmer auf einen der Täter ein, läuft hierher und wird erschossen. Als die Mörder dann über ihr stehen, verliert der Verwundete ein paar Blutstropfen.«

»Aber der Tresor ist in diesem Zimmer. Es ist viel wahrscheinlicher, daß sie die Einbrecher auf frischer Tat ertappt hat.«

»Na gut, aber denk daran, die Schüsse kamen von der Tür ins Zimmer. Und die Flugbahn verlief nach unten. Das ist es, was mir noch den letzten Nerv raubt.«

»Warum haben sie das Messer mitgenommen? Vorausgesetzt, es war ein Messer.«

»Weil es auf irgendeine Weise jemanden identifizieren könnte.«

»Fingerabdrücke?« Simons Nasenflügel bebten bei dem Gedanken an das Beweisstück irgendwo da draußen.

Frank nickte. »Das könnte es sein.«

»Hatte die verstorbene Mrs. Sullivan die Angewohnheit, ständig ein Messer bei sich zu tragen?«

Frank antwortete, indem er sich so heftig mit der Hand auf die Stirn schlug, daß Simon zusammenfuhr. Er stürzte zum Nachttisch und ergriff das Foto. Kopfschüttelnd reichte er es ihr.

»Da hast du dein verdammtes Messer.«

Simon betrachtete das Bild. Darauf war auf dem Nachttisch ein langer Brieföffner mit Ledergriff zu sehen.

»Das erklärt auch die öligen Rückstände an ihren Handballen.«

Beim Hinausgehen hielt Frank an der Eingangstür inne. Er schaute auf die Schalttafel der Alarmanlage. Dann erhellte ein Lächeln sein Gesicht.

»Laurie, hast du die Ultraviolettlampe im Kofferraum?«

»Ja, warum?«

»Würdest du sie wohl holen?«

Verwirrt gehorchte Simon. Sie kam zurück in die Eingangshalle und steckte die Lampe an.

»Leuchte mal genau auf die Schalttafel.«

Was unter dem UV-Licht zutage trat, brachte Frank abermals zum Lächeln.

»Verdammt, ist das raffiniert.«

»Was soll das bedeuten?« Simon runzelte die Stirn.

»Das bedeutet zweierlei. Erstens, sie hatten eindeutig Unterstützung von innen; zweitens, unsere Einbrecher waren wirklich sehr einfallsreich.«

Frank saß in dem kleinen Befragungszimmer. Nach kurzer Überlegung entschied er sich gegen eine weitere Zigarette und stopfte sich statt dessen ein Kaugummidrops in den Mund. Er betrachtete die gemauerten Wände, den billigen Metalltisch und die heruntergekommenen Sessel und kam zu dem Schluß, daß dies ein deprimierender Ort für eine Befragung war. Das war gut so. Deprimierte Menschen waren verwundbar, und verwundbare Menschen neigten – wenn man ein wenig nachhalf – zum Reden. Und Frank würde zuhören. Den ganzen Tag würde er zuhören.

Der Fall selbst war immer noch höchst verwirrend, doch bestimmte Teile wurden zunehmend klarer.

Buddy Budizinski lebte noch in Arlington und arbeitete nun in einer Autowaschanlage in Falls Church. Er hatte zugegeben, in Sullivans Haus gewesen zu sein, hatte über den Mord gelesen, wußte darüber hinaus aber nichts. Frank war geneigt, ihm zu glauben. Der Mann war nicht gerade eine Leuchte, wies keine Vorstrafen auf und hatte sein Leben lang relativ minderwertige Arbeiten verrichtet, was zweifellos daher rührte, daß er über die fünfte Klasse nie hinausgekommen war. Sein Apartment war bescheiden, um nicht zu sagen armselig. Budizinski war eine Sackgasse.

Rogers hingegen hatte sich als wahre Fundgrube erwiesen. Die Sozialversicherungsnummer, die er bei seiner Bewerbung angegeben hatte, gab es zwar durchaus, doch sie gehörte einer Beamtin des Außenamtes, die seit zwei Jahren in Thailand den Dienst versah. Er mußte gewußt haben, daß die Teppichreinigungsfirma es nicht überprüfen würde. Warum sollte sie auch? Die Adresse auf der Bewerbung war ein Motel in Beltsville, Maryland. Im letzten Jahr hatte sich dort niemand unter dem Namen eingetragen, und niemand war dort gesehen worden, auf den die Beschreibung paßte. Der Staat Kansas verfügte über keine Aufzeichnungen über ihn. Darüber hinaus hatte er keinen einzigen Lohnscheck von Metro eingelöst. Das allein sprach Bände.

Gemäß Pettis' Erinnerung wurde nebenan gerade ein Phantombild angefertigt, das überall in der Gegend verteilt werden sollte.

Rogers war ihr Mann; Frank hatte es im Gespür. Rogers war im Haus gewesen, war verschwunden und ließ dabei eine Spur falscher Angaben zurück. In diesem Augenblick untersuchte Simon peinlich genau Pettis' Laster, in der Hoffnung, daß irgendwo noch Rogers' Fingerabdrücke auf sie warteten. Sie hatten zwar keine Fingerabdrücke vom Tatort zum Vergleich, aber wenn sie Rogers identifizieren konnten, würden Vorstrafen zu Tage treten, so sicher wie das Amen in der Kirche. Und Franks Fall würde sich schließlich zusammenfügen. Es wäre ein gewaltiger Schritt vorwärts, sollte sich die Person, die er erwartete, dazu entschließen, mit ihm zusammenzuarbeiten.

Walter Sullivan hatte bestätigt, daß tatsächlich ein antiker Brieföffner aus dem Schlafzimmer fehlte. Frank hoffte fieberhaft, eines Tages dieses mögliche Juwel von einem Beweis in die Finger zu bekommen. Er hatte Sullivan die Theorie offenbart, daß dessen Frau den Angreifer mit dem Gegenstand verletzt hatte. Der alte Mann schien die Information gar nicht richtig wahrzunehmen. Frank fragte sich, ob Sullivan bereits aufgegeben hatte.

Der Ermittler überprüfte nochmals die Liste von Sullivans Hausangestellten, obwohl er sie mittlerweile auswendig kannte. Eigentlich interessierte er sich nur für eine Person.

Die Aussage des Fachmannes für Alarmanlagen

fiel ihm wieder ein. Die Variationsmöglichkeiten, für fünfzehn Positionen einen Code aus fünf Zahlen in der richtigen Abfolge zusammenzustellen, waren für einen tragbaren Computer in der kurzen Zeit wahrscheinlich unmöglich zu knacken, insbesondere, wenn man die alles andere als rasante Reaktionszeit des Computers der Alarmanlage berücksichtigte. Um das zu bewerkstelligen, mußte man einige der Kombinationen von vornherein ausschließen können. Wie war das möglich?

Eine Untersuchung der Tasten hatte ergeben, daß eine nur unter ultraviolettem Licht sichtbare Chemikalie – Frank hatte den genauen Namen vergessen, obwohl Simon ihn gewußt hatte – auf jeder Zahlentaste aufgetragen worden war.

Frank lehnte sich zurück und stellte sich vor, wie Sullivan, der Butler oder wer auch immer den Alarm aktivierte in die Eingangshalle hinunterging, um den Code einzugeben. Der Finger drückt die richtigen Tasten, insgesamt fünf, und der Alarm ist aktiviert. Die Person geht weg und hat keine Ahnung, daß sie nun an den Fingern winzige Spuren einer Chemikalie trägt, die mit freiem Auge nicht sichtbar und geruchlos ist. Wichtiger noch, die Person hat keinen blassen Schimmer davon, daß sie soeben die Zahlen preisgegeben hat, die den Code der Alarmanlage bilden. Unter UV-

Licht ist es den Einbrechern möglich zu erkennen, welche Zahlen eingegeben wurden, denn die Chemikalie ist auf diesen Tasten verschmiert. Mit diesem Wissen brauchte der Computer nur noch die richtige Abfolge zu finden. Der Alarmanlagenexperte war sicher, daß dies in der zulässigen Zeit möglich war, da ja nun 99,9 Prozent der möglichen Zahlenfolgen ausgeschlossen waren.

Blieb die Frage: Wer hatte die Chemikalie aufgetragen? Zunächst hatte Frank angenommen, daß Rogers, oder wie auch immer sein richtiger Name sein mochte, es getan haben könnte, als er im Haus war. Doch zu vieles sprach dagegen. Erstens war das Haus stets voller Leute gewesen, und selbst für den arglosesten Beobachter mußte ein Fremder, der um die Schalttafel der Alarmanlage schlich, Verdacht erregen. Zweitens war die Eingangshalle groß und offen, der am ehesten einsehbare Ort im Haus. Zu guter Letzt hätte es Zeit und Sorgfalt gekostet, das Mittel aufzutragen. Diesen Luxus hatte sich Rogers nicht leisten können. Selbst der geringste Verdacht, der flüchtigste Blick, hätte seinen ganzen Plan zum Scheitern verurteilen können. Wer sich diesen Einbruch ausgedacht hatte, war niemand, der solch ein Risiko einging.

Nein, Rogers war es nicht gewesen. Doch Frank glaubte ziemlich sicher zu wissen, wer.

Auf den ersten Blick wirkte die Frau so dürr, daß sie den Eindruck vermittelte, die Magerkeit könnte womöglich auf Krebs zurückzuführen sein. Bei näherer Betrachtung ließen die Farbe der Wangen, der zierliche Körperbau und die anmutigen Bewegungen folgern, daß sie sehr schlank, aber kerngesund war.

»Bitte nehmen Sie Platz, Ms. Broome. Ich danke Ihnen, daß Sie gekommen sind.«

Die Frau nickte und ließ sich auf einem der Stühle nieder. Sie trug ein geblümtes, knielanges Kleid. Um den Hals hing eine unechte Perlenkette. Die Haare hatte sie zu einem sauberen Knoten gebunden; einige Strähnen auf der Stirn wurden bereits silbergrau, wie Tinte, die sich in Papier saugt. Nach der glatten, faltenlosen Haut zu urteilen, hätte Frank ihr Alter auf Ende Dreißig geschätzt. Tatsächlich war sie ein paar Jahre älter.

»Ich dachte, Sie brauchten mich nicht mehr, Mr. Frank.«

»Nennen Sie mich doch Seth. Rauchen Sie?«

Sie schüttelte den Kopf.

»Ich habe nur ein paar Nachfragen, reine Routine. Das betrifft nicht nur Sie. Ich habe gehört, daß Sie bei Mr. Sullivan kündigen?«

Sie schluckte merklich, sah zu Boden, dann wieder hoch. »Ich stand Mrs. Sullivan ziemlich nahe.

Es ist ziemlich schwer, wissen Sie …«Ihre Stimme verlor sich.

»Ich weiß, ich weiß. Eine schreckliche Sache.« Frank schwieg einen Augenblick. »Wie lange arbeiten Sie schon bei den Sullivans ?«

»Etwas über ein Jahr.«

»Sie putzen und … ?«

»Ich helfe beim Putzen. Wir sind zu viert, Sally, Rebecca und ich. Und Karen Taylor, die Köchin. Ich habe mich auch um Mrs. Sullivans Sachen gekümmert. Ihre Kleider und was weiß ich noch alles. Ich glaube, man könnte sagen, ich war eine Art Zofe für sie. Mr. Sullivan hatte seinen eigenen Diener, Richard.«

»Möchten Sie Kaffee?«

Frank wartete die Antwort nicht ab. Er öffnete die Tür.

»Hey, Molly, kannst du mir zwei Tassen frischen Kaffee bringen?« Er wandte sich zu Ms. Broome um. »Schwarz? Mit Milch ?«

»Schwarz.«

»Zweimal ohne alles, Molly, danke.«

Er schloß die Tür und setzte sich wieder hin.

»Verdammt kalt heute, mir will einfach nicht richtig warm werden.« Er klopfte an die rauhe Wand. »Diese Ziegel helfen auch nicht viel. Was haben Sie gerade über Mrs. Sullivan gesagt?«

»Sie war wirklich nett zu mir. Ich meine, sie hat mit mir über verschiedene Dinge geredet. Sie war keine dieser ... dieser Klassefrauen, so würde man es wohl nennen. Sie hat hier in Middleton die High-School besucht, genau wie ich.«

»Der Altersunterschied zwischen ihnen beiden war wohl auch nicht allzu groß, was?«

Die Bemerkung zauberte ein Lächeln auf ihre Lippen; unbewußt hob sie die Hand, um eine unsichtbare Haarsträhne geradezurücken.

»Größer, als ich zugeben möchte.«

Die Tür öffnete sich, und der Kaffee wurde hereingebracht. Gott sei Dank war er heiß und frisch gebrüht. Was die Kälte anging, hatte Frank nicht gelogen.

»Ich würde nicht sagen, daß sie unbedingt in diese Welt paßte, aber man hat ihre Art akzeptiert. Sie hat nicht versucht, sich anzugleichen, wenn Sie verstehen, was ich meine.«

Frank hatte allen Grund, das zu glauben. Nach allem, was er gehört hatte, war die verstorbene Mrs. Sullivan in vielerlei Hinsicht ein ziemlicher Feger gewesen.

»Wie würden Sie das Verhältnis der Sullivans zueinander bezeichnen ... gut, schlecht, mittelmäßig?«

Sie antwortete, ohne zu zögern. »Ausgezeichnet. Ich weiß, was viele Leute über den Altersunterschied und so denken, aber sie war gut für ihn, und er war gut für sie. Davon bin ich überzeugt. Er hat sie geliebt, das kann ich Ihnen versichern. Vielleicht eher wie ein Vater seine Tochter, aber es war dennoch Liebe.«

»Und sie?«

Nun zögerte sie doch merklich. »Sie müssen wissen, Christy Sullivan war eine sehr junge Frau, in manchen Dingen vielleicht weniger reif als andere Frauen ihres Alters. Mr. Sullivan hat ihr eine ganz neue Welt eröffnet, und ...« Sie brach ab, da sie nicht wußte, wie sie fortfahren sollte.

Frank wechselte das Thema. »Was ist mit dem Tresor im Schlafzimmer? Wer hat davon gewußt?«

»Keine Ahnung. Ich jedenfalls nicht. Ich nehme an, daß Mr. und Mrs. Sullivan davon wußten. Richard, Mr. Sullivans Kammerdiener, dürfte es auch gewußt haben. Aber da bin ich nicht sicher.«

»Also haben Christine Sullivan oder ihr Mann Ihnen gegenüber nie erwähnt, daß sich hinter dem Spiegel ein Safe befand?«

»Nie im Leben! Ich war eine Art Freundin für sie, aber trotzdem war ich eine Angestellte. Und erst seit einem Jahr dort. Mr. Sullivan hat eigentlich nie richtig mit mir geredet. Und so was gehört auch nicht gerade zu den Dingen, die man jemandem wie mir anvertrauen würde, oder?«

»Ich schätze, nein.« Frank war sich ziemlich sicher, daß sie log, aber er konnte es nicht beweisen. Christine Sullivan war das Musterbeispiel eines Menschen, der seinen Reichtum für ihresgleichen zur Schau stellte, und sei es nur, um zu zeigen, in welche Höhen sie plötzlich aufgestiegen war.

»Also haben Sie auch nicht gewußt, daß man von hinten durch den Spiegel ins Schlafzimmer schauen konnte?«

Diesmal wirkte die Frau aufrichtig überrascht. Frank bemerkte Röte unter dem leichten Makeup aufsteigen.

»Wanda – darf ich Sie Wanda nennen – Wanda, Sie wissen doch, daß die Alarmanlage von den Einbrechern außer Betrieb gesetzt wurde, oder? Sie wurde ausgeschaltet, indem der richtige Code eingegeben wurde. Wer aktiviert die Alarmanlage abends?«

»Richard macht das«, antwortete sie wie aus der Pistole geschossen. »Manchmal auch Mr. Sullivan selbst.«

»Also kannte jeder im Haus den Code?«

»O nein, natürlich nicht. Nur Richard. Seit fast vierzig Jahren ist er bei Mr. Sullivan. Außer den Sullivans kennt nur er den Code, soweit ich weiß.«

»Haben Sie je gesehen, wie er den Alarm aktivierte?«

»Um diese Zeit war ich normalerweise schon im Bett.«

Frank musterte sie. *Ich wette, das warst du, Wanda, ganz bestimmt sogar.*

Wanda Broomes Augen weiteten sich. »Sie … Sie glauben doch nicht, daß Richard etwas mit der Sache zu tun hat, oder?«

»Nun, Wanda, irgendwie konnte irgend jemand die Alarmanlage ausschalten, der dazu eigentlich nicht in der Lage sein durfte. Und selbstverständlich fällt der Verdacht auf jeden, der Zugang zum Code hatte.«

Wanda Broome sah aus, als würde sie gleich in Tränen ausbrechen, doch dann faßte sie sich. »Richard ist fast siebzig Jahre alt.«

»Dann brauchte er vielleicht eine kleine Altersvorsorge. Es versteht sich doch von selbst, daß alles, was ich Ihnen erzähle, streng vertraulich bleiben muß?«

Sie nickte, gleichzeitig putzte sie sich die Nase. In hastigen Schlucken trank sie nun den Kaffee, den sie bisher nicht angerührt hatte.

Frank fuhr fort. »Und bis mir irgend jemand erklären kann, wie die Alarmanlage überlistet wurde, muß ich natürlich alle Möglichkeiten in Betracht ziehen, die einen Sinn ergeben.«

Er nahm den Blick nicht von ihr. Den vergangenen Tag hatte er damit zugebracht, so viel wie möglich über Wanda Broome in Erfahrung zu bringen. Mit einer Ausnahme war ihr Leben ziemlich gewöhnlich verlaufen. Sie war vierundvierzig, zweifach geschieden, hatte zwei erwachsene Kinder. Sie wohnte im Hausdienerflügel bei den übrigen Angestellten. Etwa vier Meilen entfernt lebte ihre Mutter, einundachtzig Jahre alt, in einem recht bescheidenen, etwas verkommenen Haus und kam mit der Sozialhilfe und der Eisenbahnerpension ihres Mannes ganz gut über die Runden. Broome war von den Sullivans, wie sie erwähnt hatte, vor etwa einem Jahr eingestellt worden. Dieser Umstand hatte zunächst Franks Aufmerksamkeit erregt. Sie war mit Abstand das jüngste Mitglied der Dienerschaft. Das allein mußte noch nichts bedeuten, doch nach allem, was man hörte, behandelte Sullivan seine Angestellten sehr gut, und die Loyalität von dauerhaften, gutbezahlten Beschäftigten hatte schon etwas für sich. Auch Wanda Broome vermittelte den Eindruck, als könnte sie sehr loyal sein. Die Frage war nur: Wem gegenüber?

Die Ausnahme bestand darin, daß Wanda Broome im Gefängnis gewesen war. Das lag mehr als zwanzig Jahre zurück. Man hatte sie wegen Unterschlagung verurteilt, als sie bei einem Arzt in Pittsburgh als Buchhalterin arbeitete. Die anderen Hausangestellten waren blitzsauber. Sie war also fähig, das Gesetz zu brechen, und sie hatte bereits eingesessen. Damals war ihr Name Wanda Jackson gewesen. Nachdem sie wieder frei gewesen war, hatte sie sich von Jackson scheiden lassen; besser gesagt, er ließ sie sitzen. Seither gab es keine Aufzeichnungen über strafbare Handlungen ihrerseits. Da sie einen anderen Namen trug, und die Verurteilung weit in der Vergangenheit lag, hatten die Sullivans bei einer Überprüfung vermutlich nichts gefunden; vielleicht war es ihnen aber auch gleichgültig gewesen. Wanda Broome galt in den letzten zwanzig Jahren als aufrichtige, hart arbeitende Bürgerin. Frank überlegte, weshalb sich das wohl geändert haben konnte.

»Fällt Ihnen noch etwas ein, das mir vielleicht helfen könnte, Wanda?« Frank versuchte, so arglos wie möglich zu wirken, öffnete sein Notizbuch und gab vor, etwas hineinzukritzeln. Wenn sie die Komplizin war, dann wollte er um alles in der Welt vermeiden, daß sie zu Rogers lief und er in der Folge noch tiefer abtauchte. Andererseits, wenn es ihm gelang, sie weichzukochen, wechselte sie möglicherweise die Fronten.

Er stellte sich vor, wie sie in der Eingangshalle Staub wischte. Es wäre so einfach gewesen, so unglaublich einfach, die Chemikalie auf das Tuch aufzutragen und dann ganz beiläufig damit über die Schalttafel zu wischen. So natürlich hätte es ausgesehen, niemand, selbst jemand, der sie direkt dabei beobachtete, hätte sich etwas dabei gedacht. Nur ein gewissenhaftes Hausmädchen, das seine Arbeit verrichtete. Dann, als alle schliefen, hätte sie hinunterschleichen und die Schalttafel rasch anleuchten können. Damit wäre ihre Aufgabe erfüllt gewesen.

Rechtlich gesehen mußte man das wohl als Beihilfe zum Totschlag werten, denn daß bei einem Einbruch Menschenleben gefährdet wurden, galt als angemessen wahrscheinliche Folge. Doch Frank war kaum daran interessiert, Wanda Broome für ein Gutteil ihres restlichen Lebens hinter Gitter zu bringen. Die Frau ihm gegenüber hatte den Plan nicht ausgeheckt. Sie hatte eine kleine, wenn auch nicht unwichtige Rolle gespielt. Frank jedoch wollte den Mann, der abgedrückt hatte, und er war durchaus bereit, den Staatsanwalt dazu zu bringen, Wanda ein Geschäft vorzuschlagen, um sein Ziel zu erreichen.

»Wanda?« Frank beugte sich über den Tisch und ergriff mit aufrichtiger Miene ihre Hand. »Fällt Ihnen noch etwas ein? Irgend etwas, das mir helfen könnte, den Mörder Ihrer Freundin zu schnappen?«

Schließlich erntete er als Antwort ein leichtes Kopfschütteln. Frank lehnte sich zurück. Viel hatte er von dieser Runde nicht erwartet, doch zumindest einen Punkt hatte er gemacht. Die Mauer begann zu bröckeln. Sie würde den Kerl nicht warnen, dessen war Frank gewiß. Er drang zu Wanda Broome durch, Schritt für Schritt.

Wie er noch herausfinden sollte, war er bereits zu weit gegangen.

Kapitel 14

Jack warf sein Handgepäck in die Ecke, schleuderte den Mantel auf die Couch und kämpfte gegen den Drang, an Ort und Stelle auf dem Teppich zusammenzuklappen. Die Ukraine hin und retour in nur fünf Tagen war mörderisch gewesen. Die Zeitverschiebung von sieben Stunden hatte ihm schwer genug zugesetzt, doch für jemanden, der auf die Achtzig zuging, hatte sich Walter Sullivan als schier unermüdlich erwiesen.

Man hatte sie mit dem Zuvorkommen durch die Sicherheitskontrollen geschleust, wie es Sullivans Reichtum und Ruf gebührte. Von da an hatte eine schier endlose Reihe von Treffen begonnen. Sie besichtigten Produktionsstätten, Bergbauanlagen, Bürogebäude und Krankenhäuser; der Bürgermeister von Kiew lud sie zum Essen ein und betrank sich mit ihnen gemeinsam. Am zweiten Tag empfing sie der Präsident der Ukraine. Innerhalb einer Stunde hatte ihn Sullivan soweit, daß er ihm aus der Hand fraß. Kapitalismus und Unternehmertum genossen in der nun freien Republik höchstes Ansehen, und Sullivan war das Musterbeispiel eines Kapitalisten. Alle hatten mit ihm sprechen, ihm die Hand schütteln wollen, als übertrüge er dadurch eine Brise des geldbringenden Zaubers auf sie und verschaffe ihnen innerhalb kürzester Zeit enormen Reichtum.

Das Ergebnis übertraf ihre kühnsten Hoffnungen, denn die Ukrainer waren mit dem wirtschaftlichen Aspekt des Geschäfts mehr als einverstanden und brachten überschwengliches Lob für dessen Weitblick zum Ausdruck. Der Dreh mit den Dollars für Atomwaffen würde zu angemessener Zeit folgen. Was für ein Vermögen! Ein unnötiges Vermögen, das sich zu Geld machen ließ.

Sullivans aufgerüstete 747 war nonstop von Kiew nach Washington geflogen, und seine Limousine hatte Jack soeben abgesetzt. Er trottete in die Küche. Im Kühlschrank stand nur saure Milch. Das ukrainische Essen war gut, aber außergewöhnlich schwer gewesen. Nach den ersten paar Tagen hatte er nur noch darin herumgestochert. Und es hatte viel zuviel Alkohol gegeben, ohne den sich anscheinend kein Geschäft abschließen ließ. Dagegen muteten die in den Staaten üblichen zwei Martini zum Mittagessen geradezu asketisch an.

Jack rieb sich über das Gesicht. Der massive Schlafentzug machte ihm schwer zu schaffen. Tatsächlich war er zu müde, um zu schlafen. Aber er war hungrig. Er sah auf die Uhr. Seine innere Uhr meinte, es wäre bald acht Uhr morgens. Die Armbanduhr beharrte darauf, es sei erst nach Mitternacht. Zwar war die Bundeshauptstadt nicht New York, wo jeder Appetit und jedes Interesse rund um die Uhr befriedigt werden konnten, doch Jack kannte ein paar Plätze, wo es an einem Werktag trotz der späten Stunde noch etwas zu essen gab.

Als er sich in den Mantel mühte, läutete das Telefon. Jack war schon auf dem Weg nach draußen, dann zögerte er. Er lauschte der kurzen Mitteilung, auf die ein Piepton folgte.

»Jack?«

Eine Stimme aus der Vergangenheit stieg in ihm auf, bis sie schließlich ins Bewußtsein blitzte wie ein unter Wasser gehaltener Ball, den man plötzlich losläßt. Er riß den Hörer von der Gabel. »Luther?«

Das Restaurant war ein besseres Loch in der Wand und somit eines von Jacks bevorzugten Lokalen. Hier konnte man jederzeit, Tag und Nacht, irgend etwas Eßbares bekommen. Es gehörte zu den Gaststätten, in die Jennifer nie auch nur einen Fuß gesetzt hätte und in denen Kate und er häufig zu essen pflegten. Noch vor kurzer Zeit hätte ihn das Ergebnis dieses Vergleichs beunruhigt. Doch inzwischen hatte er einen Entschluß gefaßt, den zu überdenken er nicht beabsichtigte. Das Leben war nun mal nicht vollkommen. Man konnte sein Dasein damit fristen, auf diese Vollkommenheit zu warten, er jedoch wollte das nicht tun.

Jack verschlang Rühreier, Schinken und vier Scheiben Toast. Heiß rann der frisch gebrühte Kaffee seine Kehle hinunter. Nach fünf Tagen Instantkaffee und Mineralwasser schmeckte er köstlich.

Er betrachtete den Mann gegenüber, der an seinem Kaffee nippte; bald schaute er durch die schmutzige Spiegelglasscheibe hinaus auf die dunkle Straße, bald ließ er den Blick durch das kleine, schmuddelige Lokal schweifen.

Jack stellte die Tasse ab. »Du siehst müde aus.«

»Du auch, Jack.«

»Ich war im Ausland.«

»Ich auch.«

Das erklärte den Zustand des Hinterhofs und der Post. Eine unnötige Sorge. Jack schob den Teller weg und winkte nach mehr Kaffee.

»Ich habe gestern bei dir vorbeigeschaut.«

»Wieso das?«

Diese Frage hatte Jack erwartet. Luther Whitney hatte nie etwas anderes als das direkte Gespräch gesucht. Doch etwas im voraus zu wissen und eine Antwort parat zu haben, waren zwei Paar Schuhe. Jack zuckte mit den Schultern.

»Ich weiß nicht. Ich glaube, ich wollte dich einfach mal besuchen. Ist schon eine Weile her.«

Luther nickte zustimmend.

»Triffst du dich wieder mit Kate ?«

Jack schluckte einen Mundvoll Kaffee, bevor er antwortete. Die Schläfen begannen zu pochen.

»Nein. Warum?«

»Ich dachte, ich hätte euch beide vor kurzem zusammen gesehen.«

»Wir sind uns bloß irgendwie über den Weg gelaufen. Das ist alles.«

Jack war nicht sicher, doch Luther schien betrübt über die Antwort. Der alte Mann bemerkte, daß Jack ihn aufmerksam musterte, und lächelte.

»Früher warst du für mich die einzige Möglichkeit herauszufinden, ob es meinem kleinen Mädchen gutgeht. Du warst mein Nachrichtendienst, Jack.«

»Hast du je daran gedacht, mit ihr persönlich zu sprechen, Luther? Weißt du, es könnte einen Versuch wert sein. Die Jahre vergehen.«

Luther winkte ab und starrte wieder aus dem Fenster.

Jack studierte ihn eingehend. Das Gesicht war schmäler als üblich, die Augen geschwollen. An der Stirn und rings um die Augen befanden sich mehr Falten, als Jack in Erinnerung hatte. Aber schließlich war es vier Jahre her. Luther war mittlerweile in ein Alter gekommen, in denen der Alterungsprozeß rasch voranschritt und der Verfall jeden Tag deutlicher wurde.

Er ertappte sich dabei, daß er in Luthers Augen starrte. Diese Augen hatten Jack schon immer fasziniert. Sie waren tiefgrün und groß, wie die Augen einer Frau, und sie strahlten unglaubliches Selbstvertrauen aus. Wie bei Piloten sprach aus ihnen gelassene Ruhe dem Leben gegenüber. Nichts konnte solche Menschen erschüttern. Jack hatte auch Freude in diesen Augen gesehen, als Kate und er ihre Verlobung ankündigten; öfter jedoch hatte er Traurigkeit darin entdeckt. Und nun bemerkte Jack dicht unter der Oberfläche zwei Dinge, die er noch nie zuvor in Luther Whitneys Augen gesehen hatte. Er sah Angst. Und er sah Haß. Was ihn mehr beunruhigte, konnte er nicht sagen.

»Luther, steckst du in Schwierigkeiten?«

Luther holte seine Brieftasche hervor und bezahlte trotz Jacks Einwänden das Essen.

»Laß uns einen Spaziergang machen.«

Sie fuhren mit einem Taxi zur Mall und schlenderten schweigend zu einer Bank gegenüber dem Smithsonian Castle. Frostige Nachtluft senkte sich über die beiden. Jack schlug den Mantelkragen hoch. Er saß auf der Bank, während Luther stehengeblieben war und eine Zigarette rauchte.

»Das ist neu.« Jack betrachtete den Rauch, der sich träge in die klare Nachtluft kräuselte.

»Was soll's, in meinem Alter?« Luther schnippte das Streichholz zu Boden und begrub es mit dem Fuß im Dreck. Er setzte sich hin.

»Jack, ich möchte dich um einen Gefallen bitten.«

»Okay.«

»Du kennst den Gefallen noch nicht.« Plötzlich stand Luther auf. »Stört es dich, wenn wir weitergehen? Meine Gelenke werden steif.«

Sie ließen das Washington Monument hinter sich und spazierten auf das Kapitol zu, als Luther das Schweigen brach.

»Ich sitze irgendwie in der Patsche, Jack. Noch ist es nicht allzu tragisch, aber ich habe das Gefühl, es könnte eher früher als später schlimmer werden.« Luther sah ihn nicht an. Er schien nach vorne auf die imposante Kuppel des Kapitals zu starren, ohne sie jedoch wahrzunehmen.

»Ich weiß im Augenblick noch nicht, wie sich die Dinge weisen werden, aber wenn sich alles so entwickelt, wie ich befürchte, dann brauche ich einen Anwalt, und ich will dich, Jack. Ich will keinen Klugscheißer, und ich will keinen grünen Neuling. Du bist der beste Strafverteidiger, den ich kenne, und ich habe viele gesehen, ganz persönlich, aus nächster Nähe.«

»So etwas mache ich nicht mehr, Luther. Ich wälze jetzt Papier, wickle Geschäfte ab.« In dem Augenblick erkannte Jack, daß er eigentlich mehr Geschäftsmann als Anwalt war. Diese Einsicht war nicht besonders angenehm.

Luther schien ihn nicht gehört zu haben. »Du sollst es nicht umsonst tun. Ich bezahle dich. Aber ich will jemanden, dem ich vertrauen kann. Und du bist der einzige, dem ich vertraue, Jack.« Luther hielt inne und drehte sich dem jüngeren Mann zu. Er wartete auf eine Antwort.

»Luther, willst du mir nicht erzählen, was los ist?«

Vehement schüttelte er den Kopf. »Nicht, bevor es sein muß. Das wäre weder gut für dich noch für irgend jemand sonst.« Eindringlich musterte er Jack, bis es dem Jüngeren unbehaglich wurde.

»Jack, falls du mein Anwalt in der Sache wirst,

muß ich dir sagen, daß es eine kitzlige Angelegenheit wird.«

»Was meinst du damit?«

»Ich meine, daß dabei Menschen verletzt werden könnten, Jack. Auf die Art, wie sie nicht mehr im Krankenhaus behandelt wird.«

Jack hielt an. »Wenn dir solche Typen auf den Fersen sind, solltest du besser sofort einen Handel herausschinden, dir Immunität verschaffen und in irgendeinem Zeugenschutzprogramm untertauchen. Viele machen das. Ist nichts Außergewöhnliches.«

Luther lachte lauthals auf. Er lachte, bis er husten mußte und sich schließlich krümmte und das Wenige erbrach, das er im Magen hatte. Jack half ihm wieder auf die Beine. Er spürte, wie die Knie des alten Mannes zitterten. Was er nicht erkannte, war, daß er vor Zorn bebte. Der Ausbruch widersprach so ganz und gar dem Wesen des Mannes, daß Jack ein kalter Schauer über den Rücken lief. Ihm fiel auf, daß er schwitzte, obwohl sein Atem kleine Wölkchen im nächtlichen Frost bildete.

Luther bekam sich wieder in den Griff. Er atmete tief durch und wirkte beinahe beschämt.

»Danke für den Rat, schick mir die Rechnung. Ich muß gehen.«

»Gehen? Wohin, zur Hölle, willst du gehen? Ich will wissen, was los ist, Luther.«

»Sollte mir etwas zustoßen, dann –«

»Verdammt noch mal, Luther, ich habe langsam den Kanal voll von diesem geheimnisvollen Getue.«

Luthers Augen verengten sich zu Schlitzen. Urplötzlich kehrte die Selbstsicherheit zurück, verbunden mit einem Hauch von Wut. »Ich tue nichts ohne Grund, Jack. Wenn ich dir jetzt nicht die ganze Geschichte erzähle, dann habe ich auch dafür einen verdammt guten Grund. Im Augenblick verstehst du es vielleicht nicht, aber ich versuche nur, dich nach Möglichkeit nicht in Gefahr zu bringen. Ich würde dich da überhaupt nicht mit hineinziehen, wenn ich nicht wissen müßte, ob du bereit wärst, für mich zu kämpfen, wenn und falls ich dich brauche. Denn wenn nicht, dann vergiß das Gespräch – und vergiß, daß du mich je gekannt hast.«

»Das kannst du doch nicht ernst meinen.«

»Todernst, Jack.«

Die beiden Männer musterten einander. Die Bäume hinter Luthers Kopf hatten bereits die meisten Blätter verloren. Die kahlen Zweige ragten gen Himmel, wie dunkle, gefrorene Blitze.

»Ich werde für dich dasein, Luther.« Geschwind

ergriff Luther seine Hand, und einen Augenblick später war der alte Mann in den Schatten der Nacht verschwunden.

Das Taxi setzte Jack vor dem Apartmenthaus ab. Gleich auf der gegenüber liegenden Straßenseite befand sich ein Münztelefon. Er hielt einen Augenblick inne und sammelte Kraft und Nerven, um durchzustehen, was er vorhatte.

»Hallo?« Die Stimme klang schlaftrunken.

»Kate?«

Jack zählte die Sekunden, bis ihr Verstand erwachte und die Stimme erkannte.

»Jack? Weißt du, wie spät es ist?«

»Kann ich zu dir rüberkommen?«

»Nein, kannst du nicht. Ich dachte, wir hätten das ein für alle Male geklärt.«

Er zögerte, wappnete sich. »Darum geht es nicht, es geht um deinen Vater.«

Das ausgedehnte Schweigen war schwer zu deuten.

»Was ist mit ihm?« Der Tonfall war nicht so abweisend, wie Jack erwartet hatte.

»Er steckt in Schwierigkeiten.«

Nun kehrte der vertraute Klang zurück. »Ach? Und wieso überrascht dich das immer noch?«

»Ich meine, in ernsten Schwierigkeiten. Er hat

mir einen Mordsschrecken eingejagt, ohne mir wirklich etwas zu erzählen.«

»Jack, es ist spät, und in was auch immer mein Vater hineingeschlittert ist –«

»Kate, er hatte Angst, richtige Angst. So große Angst, daß er sich übergeben mußte.«

Abermals eine lange Pause. Jack konnte sich ihre Gedankengänge vorstellen, als sie über den Mann nachgrübelte, den sie beide so gut kannten.

Luther Whitney und Angst? Das ergab keinen Sinn. Sein Berufszweig erforderte Nerven wie Drahtseile. Zwar war er kein gewalttätiger Mensch, doch hatte er sein ganzes Leben am Rande der Gefahr verbracht.

Kurz angebunden fragte sie: »Wo bist du?«

»Gleich über die Straße.«

Jack sah nach oben, als er eine schlanke Gestalt bemerkte, die an ein Fenster des Gebäudes trat und hinausblickte. Er winkte.

Auf Jacks Klopfen hin öffnete sich die Tür, und er bekam gerade noch mit, wie sie in der Küche verschwand. Dann hörte er einen Teekessel klappern, Wasser wurde eingegossen und das Gas am Herd angezündet. Er stand einfach an der Tür, sah sich im Zimmer um und kam sich ein wenig töricht vor.

Kate trottete zurück ins Zimmer. Der flauschige Bademantel, den sie trug, endete an den Knöcheln. Sie war barfuß. Jack ertappte sich dabei, wie er auf ihre Füße starrte. Sie folgte dem Blick und schaute ihn an. Er zuckte zurück.

»Wie geht es dem Knöchel? Sieht gut aus.« Er lächelte.

Mit gerunzelter Stirn erwiderte sie knapp: »Es ist mitten in der Nacht, Jack. Was ist mit Luther?«

Er schritt in das winzige Wohnzimmer und setzte sich. Ihm gegenüber nahm sie Platz.

»Vor ein paar Stunden hat er mich angerufen. Wir haben in der kleinen Kneipe am Eastern Market einen Happen gegessen und sind dann spazierengegangen. Er meinte, er müßte mich um einen Gefallen bitten. Und daß er Ärger hätte. Ziemlichen Ärger, mit Leuten, die ihm dauerhaften Schaden zufügen könnten. Unheilbaren Schaden.«

Der Teekessel pfiff. Kate sprang auf. Er schaute ihr nach. Der Anblick der vollendet geformten Rückenpartie, die sich unter dem Bademantel abzeichnete, brachte eine Flut von Erinnerungen, von der Jack lieber verschont geblieben wäre.

»Was für einen Gefallen?« Sie nippte an ihrem Tee. Jack rührte den seinen nicht an.

»Er sagte, er brauchte einen Anwalt. Er brauchte vielleicht einen Anwalt. Obwohl die Sache auch so ausgehen könnte, daß es nicht nötig wäre. Er wollte, daß ich dieser Anwalt bin.«

Sie stellte den Tee ab. »Ist das alles?«

»Reicht das nicht?«

»Für einen aufrichtigen, ehrbaren Bürger vielleicht, für ihn nicht.«

»Mein Gott, Kate, der Mann hatte Angst. Ängstlich habe ich ihn noch nie erlebt, du etwa?«

»Ich habe alles von ihm gesehen, was ich sehen mußte. Er hat sich seinen Lebensstil selbst ausgesucht, und nun bekommt er anscheinend die Rechnung dafür präsentiert.«

»Verdammt noch mal, er ist doch dein Vater!«

»Jack, ich habe keine Lust, mich weiter darüber zu unterhalten.« Sie wollte aufstehen.

»Was ist, wenn ihm etwas zustößt? Was dann?«

Gefühllos blickte sie ihn an. »Dann passiert es. Das ist nicht mein Problem.«

Jack erhob sich und wandte sich zur Tür. »Gut. Ich erzähle dir dann, wie die Beerdigung war. Aber wenn ich's mir recht überlege, was interessiert dich das? Ich sorge einfach dafür, daß du eine Kopie des Totenscheins für dein Poesiealbum bekommst.«

Nie hätte er für möglich gehalten, daß sie sich so blitzartig bewegen konnte, doch er sollte den Schlag noch eine Woche lang spüren, als hätte ihm jemand Säure über die Wange gegossen. Ein besserer Vergleich, als er im Augenblick annahm.

»Was fällt dir eigentlich ein?« Ihre Augen funkelten ihn an, während er sich verdutzt die Wange rieb.

Dann brachen die Tränen mit solcher Gewalt aus ihr hervor, daß sie bis auf den Bademantel tropften.

Leise, so sanft er konnte, meinte er, »Laß es nicht an mir aus, Kate. Ich habe es Luther gesagt, und ich sage es dir: Das Leben ist viel zu kurz für solchen Unsinn. Meine Eltern habe ich schon vor langer Zeit verloren. Na gut, du hast Gründe, den Kerl nicht zu mögen. Das ist deine Sache. Aber der alte Mann liebt dich und sorgt sich um dich. Auch wenn du der Meinung bist, er habe dein Leben zerrüttet, mußt du diese Liebe anerkennen. Das ist mein Rat für dich, nimm ihn an oder laß es bleiben.«

Er schritt auf die Tür zu, doch abermals war sie schneller.

»Du weißt gar nichts darüber.«

»Gut, ich weiß gar nichts darüber. Geh zurück ins Bett, ich bin sicher, du schläfst gleich wieder ein, und nichts wird dein Gewissen trüben.«

Sie packte ihn mit solcher Kraft am Mantel, daß sie ihn herumgewirbelt hätte, wäre er nicht vierzig Kilo schwerer als sie gewesen.

»Als er zum letztenmal ins Gefängnis wanderte, war ich zwei Jahre alt. Als er herauskam, war ich neun. Kannst du dir eigentlich vorstellen, wie entsetzlich sich ein kleines Mädchen schämen muß, dessen Vater im Gefängnis sitzt? Dessen Vater sein Geld damit verdient, daß er das Eigentum anderer Leute stiehlt? Wie es bei der Vorstellrunde in der Schule ist? Ein Vater ist Arzt, ein anderer Lastwagenfahrer, dann bist du an der Reihe, und die Lehrerin schlägt die Augen nieder, erzählt der Klasse, daß Katies Vater weggehen mußte, weil er etwas Schlimmes angestellt hatte, und nimmt das nächste Kind dran?

Nie war er für uns da. *Nie!* Mom war die ganze Zeit krank vor Sorge um ihn. Aber sie hat ihm immer vertraut, bis zum bitteren Ende. Sie hat es ihm leicht gemacht.«

»Letztlich hat sie sich von ihm scheiden lassen, Kate«, erinnerte Jack sie freundlich.

»Nur, weil ihr nichts anderes mehr übrig blieb. Und gerade, als sie ihr Leben langsam in den Griff bekam, fand man einen Knoten in ihrer Brust und sechs Monate später war alles vorbei.«

Kate lehnte sich ausdruckslos an die Wand zurück. Es war schmerzvoll mit anzusehen, wie erschöpft sie aussah. »Und weißt du, was das Verrückteste daran ist? Sie hat nie aufgehört, ihn zu lieben. Nach all dem unsagbaren Elend, in das er sie gestürzt hat.«

Kate schüttelte den Kopf. Sie konnte kaum glauben, was sie da von sich gegeben hatte. Mit leicht bebendem Kinn blickte sie zu Jack auf.

»Aber das macht nichts, weil ich genug Haß für uns beide in mir trage.« Sie sah ihn mit einer Mischung aus Stolz und Selbstgerechtigkeit an.

Jack wußte nicht, ob es an der völligen Erschöpfung lag, die er verspürte, oder an dem Umstand, daß sich die Worte, die ihm auf der Zunge lagen, so viele Jahre lang in ihm aufgestaut hatten. Jahre, in denen er über diese Farce hinweggesehen hatte, zugunsten der Schönheit und Lebendigkeit der Frau ihm gegenüber, seiner Traumfrau.

»Ist das deine Vorstellung von Gerechtigkeit, Kate? Genug Haß gegen genug Liebe, und alles gleicht sich aus?«

Sie trat einen Schritt zurück. »Was soll das heißen?«

Er ging auf sie zu, während sie weiter in den kleinen Raum zurückwich. »Ich habe deiner verfluchten Leidensgeschichte so lange zugehört, daß sie mir wirklich zum Hals heraushängt. Du hältst dich für die unfehlbare Beschützerin der armen Opfer. Nichts hat dem gegenüber Vorrang. Nicht du, nicht ich, nicht dein Vater. Der einzige

Grund, warum du jeden Hundesohn anklagst, der dir über den Weg läuft, ist, daß dein Vater dir weh getan hat. Jede Verurteilung ist ein weiterer Pfeil in das Herz deines alten Herrn.«

Ihre Hand schnellte auf sein Gesicht zu. Er fing sie ab, hielt sie fest. »Dein ganzes Leben ist ein einziger Rachefeldzug gegen deinen Vater. Für all das Unrecht. Für all den Schmerz. Dafür, daß er niemals für dich da war.« Er preßte ihre Hand zusammen, bis Kate hörbar nach Luft schnappte. »Ist dir eigentlich je der Gedanke gekommen, daß du vielleicht nie für ihn da warst?«

Er ließ die Hand los. Sie stand da und starrte ihn mit einem Blick an, den er nie zuvor an ihr gesehen hatte.

»Verstehst du es denn nicht? Luther liebt dich so sehr, daß er nie versucht hat, mit dir Kontakt aufzunehmen, ein Teil deines Lebens zu werden; weil er wußte, daß du es so wolltest. Du bist sein einziges Kind und lebst nur ein paar Meilen von ihm entfernt, aber er ist völlig von deinem Leben abgeschnitten. Hast du dir je überlegt, wie er sich fühlen muß? Oder hat das dein Haß nicht zugelassen?«

Sie antwortete nicht.

»Hast du dich nie gefragt, warum ihn deine Mutter geliebt hat? Ist dein Bild von Luther so verzerrt, daß du nicht erkennen kannst, weshalb sie ihn liebte ?«

Jack packte sie an den Schultern und schüttelte sie. »Läßt dein verfluchter Haß jemals Mitgefühl zu? Läßt er dich jemals lieben, Kate?«

Er stieß sie weg. Kate stolperte rückwärts, doch ihre Augen hafteten an seinem Gesicht.

Einen Augenblick zögerte er. »Die Wahrheit ist, du verdienst ihn nicht.« Abermals zögerte er, dann entschloß er sich, ihr den Rest zu geben. »Du verdienst nicht, geliebt zu werden.«

Grimmig fletschte sie die Zähne; ihr Gesicht verwandelte sich in eine Fratze der Wut. Kreischend stürzte sie sich auf ihn, hämmerte mit den Fäusten gegen seine Brust, schlug ihn ins Gesicht. Die Tränen rollten über ihre Wangen; Jack spürte keinen ihrer Hiebe.

Der Anfall brach so jäh ab, wie er begonnen hatte. Bleiern hingen ihre Arme an seinem Mantel, klammerten sich daran fest. Dann fing sie an zu keuchen und sank zu Boden. Tränen strömten aus ihren Augen, das Schluchzen hallte in dem winzigen Raum wider.

Mühelos hob er sie hoch und legte sie sanft auf die Couch.

Neben ihr kniend ließ er sie ausweinen; sie brauchte lange dafür. Immer wieder verkrampfte und entspannte sie sich, bis Jack schließlich selbst schwach wurde. Seine Hände fühlten sich kalt und feucht an. Endlich legte er die Arme um sie und lehnte sich mit der Brust an ihre Seite. Ihre schlanken Finger gruben sich krampfhaft in den Mantel, während beide Körper scheinbar eine Ewigkeit gemeinsam zitterten.

Als es vorüber war, richtete sie sich langsam auf. Ihr Gesicht war rot gefleckt.

Jack wich von ihr zurück. Sie sah ihm nicht in die Augen. »Raus hier, Jack.«

»Kate –«

»Raus!« Obwohl sie brüllte, klang ihre Stimme zerbrechlich und schwach. Sie vergrub das Gesicht in den Händen.

Er drehte sich um und ging zur Tür hinaus. Als er die Straße entlangmarschierte, schaute er zurück zum Haus. Ihre Silhouette zeichnete sich im Fenster ab. Zu ihm herunter blickte sie nicht. Er war nicht sicher, wohin sie starrte; vermutlich wußte sie es selbst nicht. Während er sie weiter beobachtete, trat sie vom Fenster weg. Kurz darauf ging das Licht in ihrem Apartment aus.

Jack wischte sich die Augen, drehte sich um und lief weiter die Straße entlang. Nach einem der längsten Tage, an die er sich erinnern konnte, war er endlich auf dem Weg nach Hause.

»*Verdammt!* Wie lange?« Seth Frank stand neben dem Wagen. Es war noch nicht ganz acht Uhr morgens.

Der junge Streifenpolizist des County Fairfax wußte nicht um die Bedeutung des Ereignisses und war erschrocken über den Wutausbruch des Kommissars.

»Wir haben sie vor etwa einer Stunde gefunden. Ein Jogger hat den Wagen entdeckt und uns angerufen.«

Frank stapfte um das Auto herum und spähte von der Beifahrerseite aus hinein. Der Gesichtsausdruck war friedlich, ganz anders als bei der letzten Leiche, die er gesehen hatte. Das lange, offene Haar strömte an den Seiten des Sitzes hinunter und ergoß sich über den Boden. Wanda Broome sah aus, als schliefe sie.

Drei Stunden später war die Tatortuntersuchung abgeschlossen. Man hatte vier Pillen auf dem Wagensitz gefunden. Die Autopsie sollte bestätigen, daß Wanda Broome an einer massiven Überdosis Digitalis gestorben war. Die Tabletten hatte sie mit einem Rezept für ihre Mutter bekommen, offenbar aber nie bei ihr abgeliefert.

Als man die Leiche auf einer abgelegenen Seitenstraße gefunden hatte, die rund um einen zwanzig Hektar großen Teich verlief, war Wanda bereits seit zwei Stunden tot gewesen. Der Teich lag nur etwa acht Meilen vom Anwesen der Sullivans entfernt, gleich hinter der Bezirksgrenze.

Das einzig greifbare Beweisstück neben den Tabletten steckte in einem Plastikbeutel, den Frank zurück zum Hauptquartier mitnehmen wollte, sobald er von der Staatsanwaltschaft seines Nachbarbezirkes die Zustimmung hatte. Die Nachricht stand auf einem Stück Papier geschrieben, das von einem Spiralblock abgerissen worden war. Es war die Handschrift einer Frau, geschwungen und geschnörkelt. Wandas letzte Worte waren ein verzweifeltes Flehen um Vergebung. Ein Schuldbekenntnis in fünf Worten.

Es tut mir so leid.

Frank fuhr durch das rasch verwelkende Laub auf dem Feldweg entlang des nebeligen Sumpfes. Er hatte die Sache königlich vermasselt. Aber nie im Leben hätte er diese Frau für eine Selbstmordkandidatin gehalten. Ihre Lebensgeschichte wies Wanda Broome als Überlebenstyp aus. Unwillkürlich empfand Frank Mitleid für die Frau, war jedoch gleichzeitig wütend über ihre Dummheit. Er hätte für sie etwas aushandeln können, Bedingungen, bei denen jeder Ganove mit der Zunge geschnalzt hätte. Dann wurde ihm bewußt, daß ihn sein Instinkt in einer Hinsicht nicht getäuscht hatte. Wanda Broome *war* eine durch und durch loyale Person gewesen. Sie war loyal gegenüber Christine Sullivan gewesen und konnte nicht mit der Schuld leben, daß sie, wenngleich unbeabsichtigt, zu ihrem Tod beigetragen hatte. Eine verständliche, zugleich jedoch bedauerliche Reaktion. Doch mit ihrem Tod war auch Franks aussichtsreichste und vermutlich einzige Möglichkeit gestorben, den dicken Fisch an die Angel zu bekommen.

Die Erinnerung an Wanda Broome verblaßte ins Unterbewußtsein, als er sich darauf konzentrierte, wie er den Mann vor Gericht bringen konnte, der nunmehr den Tod von zwei Frauen auf dem Gewissen hatte.

»Verdammt, Tarr, hatten wir heute ausgemacht?« Jack starrte seinen Klienten am Empfang von Patton, Shaw & Lord an. Der Mann wirkte hier ebenso fehl am Platze wie ein Müllhaldenköter auf einer Hundeausstellung.

»Zehn Uhr dreißig. Jetzt ist es elf Uhr fünfzehn, heißt das, ich bekomme fünfundvierzig Minuten gratis? Übrigens, du siehst aus wie hingespuckt.«

Jack schaute auf den zerknitterten Anzug hinunter und fuhr mit der Hand durch das ungekämmte Haar. Seine innere Uhr schlug immer noch nach ukrainischer Zeit, und die schlaflose Nacht fügte seinem Aussehen das ihre hinzu.

»Glaub mir, ich sehe besser aus, als ich mich fühle.«

Die beiden Männer schüttelten einander die Hände. Tarr hatte sich für das Treffen herausgeputzt, was bedeutete, daß in den Jeans keine Löcher klafften und er Socken in den Tennisschuhen trug. Das Kordjackett war ein Relikt aus den frühen Siebzigern, den Kopf zierte das übliche Gewirr von Locken und Strähnen.

»Hey, wir können das auch ein andermal machen, Jack. Ich habe Verständnis für durchfeierte Nächte.«

»Nicht, wo du dich so rausgeputzt hast. Komm mit nach hinten. Ich brauche nur etwas zu futtern. Essen wir zusammen zu Mittag. Ich setze dir die Restaurantrechnung auch nicht auf die Honorarnote.«

Als die beiden Männer den Gang hinunter verschwanden, atmete Lucinda, die sich wie üblich sittsam und züchtig in das Bild der Firma fügte, erleichtert auf. Mehr als nur ein Teilhaber von PS&L war durch ihr Reich geschlendert und hatte dabei einen entsetzten Blick auf Tarr Crimson geworfen. Diese Woche würde es wieder Memoranden hageln.

»Tut mir leid, Tarr, in letzter Zeit koche ich an etwa zwölf Herden gleichzeitig.« Jack warf den Mantel über einen Stuhl und ließ sich schwer in den Sessel fallen, hinter einem fünfzehn Zentimeter hohen Stapel rosaroter Mitteilungen, der sich auf dem Schreibtisch türmte.

»Ich habe gehört, du warst außer Landes. Hoffentlich hattest du auch ein wenig Spaß dabei.«

»Kaum. Wie läuft das Geschäft ?«

»Blendend. Möglicherweise kannst du mich schon bald als ordentlichen Klienten bezeichnen. Dann würden sich deine Partner um einiges besser fühlen, wenn sie mich in der Empfangshalle sitzen sehen.«

»Scheiß auf sie, Tarr. Du bezahlst deine Rechnungen.«

»Besser ein großer Klient, der einige Rechnungen löhnt, als ein kleiner, der sie alle bezahlt.«

Jack lächelte. »Du hast uns durchschaut, was?«

»Hey, Mann, kennst du einen Anwalt, kennst du alle.«

Jack öffnete Tarrs Akte und las sie rasch durch.

»Deine neue Firma ›S‹ haben wir bis morgen errichtet. Eine Eintragung in Delaware mit Zulassung im District of Columbia. Richtig?«

Tarr nickte.

»Wie willst du sie finanzieren?«

Tarr holte einen Notizblock hervor. »Ich habe die Liste der möglichen Investoren. Dieselben wie beim letztenmal. Bekomme ich einen vergünstigten Tarif?« Tarr lächelte. Er mochte Jack, aber Geschäft war Geschäft.

»Ja, diesmal mußt du nicht die Lernphase eines überbezahlten und unterinformierten Sozius mitbezahlen.«

Beide lächelten.

»Ich halte die Rechnung so niedrig wie möglich, Tarr, wie immer. Übrigens, was macht diese neue Firma?«

»Ich habe eine Option auf eine neue Technologie für Überwachungssysteme.«

Jack schaute von seinen Notizen auf. »Überwachung? Das liegt doch etwas außerhalb deines Interesses, nicht?«

»Hey, man muß mit der Zeit gehen. Das Geschäft mit Firmen ist am Boden. Aber als der tüchtige Unternehmer, der ich nun mal bin, sehe ich mich nach anderen Möglichkeiten um, wenn ein Markt versiegt. Überwachungstechnik im privaten Bereich war schon immer ein Bombengeschäft. Der neueste Dreh heißt Überwachungstechnik im Dienste der Polizei.«

»Das hört sich ein wenig seltsam an für jemanden, der während der Sechziger in jeder größeren Stadt in den Bau gewandert ist.«

»Hey, das waren harmlose Kleinigkeiten. Außerdem werden wir alle mal erwachsen.«

»Wie funktioniert die Sache?«

»Auf zwei Arten. Zum einen werden tieffliegende Satelliten auf stationären Umlaufbahnen mit Polizeibodenstationen in den Großstädten gekoppelt. Die Dinger haben vorprogrammierte Überwachungsradien. Sie erkennen Ärger und senden fast augenblicklich ein Signal mit genauen Angaben über den Zwischenfall an die Bodenstation. Für die Bullen läuft das ganze in Echtzeit ab. Beim zweiten Verfahren bringt man paramilitärische Überwachungsmodule mit Sensoren und Zielspürgeräten an Telefonleitungsmasten, Außenwänden von Gebäuden oder unterirdisch mit Oberflächensensoren an. Die genauen Aufstellungsorte sind natürlich geheim, aber man will die Geräte in den schlimmsten Verbrechensgebieten einsetzen. Wenn es irgendwo zu Kampfhandlungen kommt, wird die Kavallerie gerufen.«

Jack schüttelte den Kopf. »George Orwell muß sich wohl im Grab herumdrehen. Ich könnte mir gut vorstellen, daß ein paar Bürgerrechtler auf die Barrikaden steigen.«

»Wem sagst du das. Aber es sind wirkungsvolle Methoden.«

»Bis die bösen Jungs verduften.«

»Ist ziemlich schwer, einem Satelliten zu entkommen, Jack.« Abermals schüttelte Jack den Kopf und konzentrierte sich wieder auf die Akte.

»Hey, was machen die Hochzeitsvorbereitungen?«

Jack schaute auf. »Ich weiß nicht, ich versuche, mich da rauszuhalten.«

Tarr lachte. »Oh, Mann, Julie und ich hatten insgesamt zwanzig Dollar für die Hochzeit, einschließlich der Flitterwochen. Für zehn Dollar haben wir einen Friedensrichter angeheuert. Mit dem Rest haben wir eine Kiste Bier gekauft und sind mit der Harley runter nach Miami gebraust. Dort haben wir am Strand geschlafen. War eine verdammt schöne Zeit.«

Kopfschüttelnd lächelte Jack. »Ich glaube, den Baldwins schwebt etwas geringfügig Formelleres vor. Obwohl sich dein Vorschlag nach wesentlich mehr Spaß anhört.«

Tarr betrachtete ihn zweifelnd, als ihm plötzlich etwas einfiel. »Hey, was ist eigentlich mit der Puppe, mit der du ausgegangen bist, als du noch die kriminellen Elemente dieser gerechten Stadt verteidigt hast? Kate, richtig?«

Jack blickte auf den Schreibtisch. »Wir haben beschlossen, getrennte Wege zu gehen«, flüsterte er.

»Und dabei habt ihr ein so glückliches Paar abgegeben.«

Jack schaute ihn an, leckte sich über die Lippen und schloß dann kurz die Augen, bevor er antwortete. »Nun, der äußere Eindruck kann manchmal täuschen.«

Tarr musterte ihn eindringlich. »Bist du sicher?«

»Ich bin sicher.«

Nach dem Mittagessen und nachdem er längst überfällige Arbeit erledigt hatte, beantwortete Jack die Hälfte der Telefonmitteilungen und beschloß, die andere Hälfte für morgen aufzuheben. Während er aus dem Fenster starrte, kreisten seine Gedanken ausschließlich um Luther Whitney. Worin der alte Mann verwickelt war, konnte Jack nur raten. Das Verwirrendste daran war, daß Luther im privaten wie auch im beruflichen Leben stets ein Einzelgänger gewesen war. In seiner Zeit als Pflichtverteidiger hatte Jack einige von Luthers Vorstrafen überprüft. Er arbeitete alleine. Sogar bei den Fällen, für die er nicht verhaftet, sondern nur verhört worden war, gab es keine Anzeichen dafür, daß mehr als eine Person beteiligt gewesen waren. Wer also konnten diese Leute sein? Ein Hehler, den Luther übers Ohr gehauen hatte? Aber Luther war schon viel zu lange im Geschäft, um so etwas zu tun. Es lohnte sich nicht. Seine Opfer vielleicht? Möglicherweise konnten sie nicht beweisen, daß Luther das Verbrechen begangen hatte, und führten statt dessen einen Rachefeldzug gegen ihn. Doch wer konnte solchen Groll entwickeln, weil bei ihm eingebrochen worden war? Das wäre verständlich gewesen, wenn Luther jemanden verletzt oder umgebracht hätte, doch dazu war Luther nicht fähig.

Jack ließ sich an seinem kleinen Konferenztisch nieder und dachte flüchtig an die vorige Nacht zurück. Es waren die schmerzvollsten Augenblikke seines Lebens gewesen, schlimmer noch als damals, als Kate ihn verlassen hatte. Aber er hatte nur gesagt, was gesagt werden mußte.

Er rieb sich die Augen. In dieser Phase seines Lebens konnte er die Whitneys nicht gut brauchen. Doch er hatte Luther sein Versprechen gegeben. Warum bloß hatte er das getan? Jack löste die Krawatte. Irgendwann mußte er einen Schlußstrich ziehen, den Faden abschneiden, und sei es nur seiner seelischen Ausgeglichenheit wegen. Im Augenblick konnte er nur hoffen, daß der versprochene Gefallen niemals eingefordert wurde.

Nachdem er sich aus der Küche ein Mineralwasser geholt hatte, setzte er sich zurück an den Schreibtisch und stellte die Honorarnoten für den letzten Monat fertig. Die Firma verrechnete Baldwin Enterprises um die dreihunderttausend Dollar pro Monat, und die Arbeit mehrte sich rasch. Während Jacks Abwesenheit hatte Jennifer zwei neue Fälle herübergeschickt, die ein Regiment von Anwälten für etwa sechs Monate beschäftigen würden. Überschlagsmäßig rechnete Jack seinen Gewinnanteil für das Quartal aus und pfiff leise durch die Zähne. Es war fast zu einfach.

Das Verhältnis zwischen Jennifer und ihm entwickelte sich tatsächlich zum Besseren. Der Verstand riet ihm, daran nicht zu rühren. Das Organ in seiner Brust hingegen zeigte sich weniger überzeugt, doch Jack war der Meinung, es sei an der Zeit, daß der Verstand das Kommando über sein Leben übernähme. Es war nicht so, daß sich die Beziehung selbst verändert hatte. Verändert hatten sich nur Jacks Erwartungen. War das ein Kompromiß seinerseits? Vermutlich. Aber wer konnte schon von sich behaupten, das Leben ohne Kompromisse zu meistern? Kate Whitney hatte es versucht, und Jack hatte erlebt, was aus ihr geworden war.

Er rief in Jennifers Büro an, doch sie war nicht

da. Für heute hatte sie bereits Feierabend gemacht. Er warf einen Blick auf die Uhr. Halb sechs. Wenn Jennifer Baldwin nicht auf Reisen war, verließ sie das Büro nur selten vor acht Uhr. Jack sah in seinen Kalender. Sie war die ganze Woche über in der Stadt. Als er gestern nacht versucht hatte, sie vom Flughafen aus anzurufen, hatte er sie auch nicht erreicht. Hoffentlich war alles in Ordnung.

Gerade als er sich bereit machte zu gehen und zu ihrem Haus zu fahren, steckte Dan Kirksen den Kopf zur Tür herein.

»Haben Sie einen Augenblick Zeit?«

Jack zögerte. Der kleine Mann, der stets eine Fliege trug, irritierte Jack; den Grund dafür kannte er sehr genau. So respektvoll Kirksen sich auch verhielt, ohne die Millionen Dollar, die Jack kontrollierte, hätte er ihn wie ein Stück Dreck behandelt. Darüber hinaus wußte Jack, daß Kirksen sich sehnsüchtig wünschte, Jack trotzdem wie ein Stück Scheiße behandeln zu dürfen, und daß er hoffte, dieses Ziel eines Tages zu erreichen.

»Ich wollte gerade gehen. In letzter Zeit habe ich ziemlich hart gerackert.«

»Ich weiß.« Kirksen lächelte. »Die ganze Firma spricht davon. Sandy sollte sich besser vorsehen; nach allem, was man hört, ist Walter Sullivan geradezu begeistert von Ihnen.«

Innerlich lächelte Jack. Lord war der einzige, dem Kirksen noch sehnsüchtiger in den Hintern treten wollte als ihm. Ohne Sullivan wäre Lord verwundbar. All diese Gedanken konnte Jack lesen, während sie hinter den Brillengläsern des geschäftsführenden Teilhabers der Firma vorbeizogen.

»Ich glaube nicht, daß Sandy sich über irgend etwas Sorgen machen muß.«

»Natürlich nicht. Es dauert nur ein paar Minuten. Konferenzraum Nummer eins.« Kirksen verschwand so schnell, wie er gekommen war.

Was hatte das zu bedeuten, fragte sich Jack. Er packte seinen Mantel und marschierte den Flur hinunter. Als er im Gang an ein paar Kollegen vorbeiging, warfen sie ihm versteckte Seitenblicke zu, die Jacks Verwirrung nur steigerten.

Die Schiebetüren des Konferenzraumes waren geschlossen. Das war ungewöhnlich, sofern sich dahinter nicht etwas abspielte. Jack zog eine der robusten Türen auf. Urplötzlich erstrahlte der dunkle Raum vor ihm in grellem Licht, und Jack glotzte erstaunt, als er begriff, daß eine Feier im Gang war. Das Spruchband an der gegenüberliegenden Wand erklärte alles: WILLKOMMEN, TEILHABER!

Lord hatte den Vorsitz über ein reichhaltiges

Getränkesortiment und eine teure, üppige Tafel. Jennifer war da, ebenso ihr Vater und ihre Mutter.

»Ich bin so stolz auf dich, mein Schatz.« Sie hatte bereits etwas getrunken, und die sanften Augen ließen Jack erahnen, daß die Dinge sich heute nacht nur noch besser entwickeln konnten.

»Nun, wir können uns bei deinem Dad für die Teilhaberschaft bedanken.«

»Aber, aber, Liebling. Wäre Dad nicht zufrieden mit deiner Arbeit, würde er dich ohne mit der Wimper zu zucken absetzen. Sei nicht so streng mit dir. Glaubst du, Sandy Lord und Walter Sullivan sind leicht zufriedenzustellen? Schatz, du hast Walter Sullivan nicht nur zufriedengestellt, du hast ihn sogar beeindruckt, und es gibt gerade eine Handvoll Anwälte, die das je geschafft haben.«

Jack schlürfte den Rest seines Drinks und dachte darüber nach. Es klang vernünftig. Bei Sullivan hatte er einen hervorragenden Eindruck hinterlassen, und wo stand geschrieben, daß Ransome Baldwin seine Fälle nicht jemand anderem übertragen hätte, wäre Jack der Aufgabe nicht gewachsen gewesen?

»Vielleicht hast du recht.«

»Selbstverständlich habe ich recht, Jack. Wäre diese Firma ein Football-Team, man hätte dich zum wertvollsten Spieler oder zum Anfänger des Jahres gewählt, vielleicht zu beidem.« Jennifer nahm sich einen neuen Drink und schlang den Arm um Jacks Hüfte. »Außerdem kannst du es dir jetzt leisten, mir den Lebensstil zu bieten, an den ich mich gewöhnt habe.« Sie grinste.

»An den du dich gewöhnt hast. Genau!« Sie gaben einander einen raschen Kuß.

»Du mischst dich besser unters Volk, Superstar.« Jennifer schob ihn beiseite und machte sich auf die Suche nach ihren Eltern.

Jack sah sich im Raum um. Jeder Anwesende war Millionär. Augenblicklich war er mit Abstand der Ärmste von ihnen, doch seine Zukunftsaussichten übertrafen vermutlich die aller anderen. Sein Grundgehalt hatte sich soeben vervierfacht. Der Gewinnanteil würde dieses Jahr gut das Doppelte ausmachen. Er begriff, daß er nun selbst, rein theoretisch, Millionär war. Wer hätte das gedacht? Noch vor vier Jahren hatte er geglaubt, eine Million Dollar sei mehr Geld, als überhaupt auf der Welt existiere.

Nicht des Geldes wegen hatte er das Gesetz zu seinem Beruf gemacht. Jahrelang hatte er wie ein Pferd geschuftet, für einen Apfel und ein Ei. Er hatte es sich doch verdient, oder? Dies war schließlich der typische amerikanische Traum, nicht wahr? Warum nur fühlte man sich schuldig, wenn er endlich in Erfüllung ging?

Ein massiger Arm legte sich auf Jacks Schulter. Als er sich umwandte, blickte er in Lords rotgeränderte Augen.

»War doch 'ne Mordsüberraschung, was?«

Dem mußte Jack zustimmen. Sandys Atem war eine Mischung aus harten Getränken und Roastbeef. Dabei mußte Jack an seine erste Begegnung mit Lord bei *Fillmore's* denken; nicht unbedingt eine angenehme Erinnerung. Diskret wich er einen Schritt von seinem betrunkenen Partner zurück.

»Sehen Sie sich doch mal in diesem Zimmer um, Jack. Hier ist kein einziger, der nicht in Ihren Schuhen stecken möchte, ausgenommen vielleicht meine Wenigkeit.«

»Das ist ziemlich überwältigend. Es kommt mir alles so schnell vor.« Jack schien eher mit sich selbst als mit Lord zu sprechen.

»Das geht immer so. Die wenigen Glücklichen erklimmen mir nichts, dir nichts in Sekundenschnelle den Gipfel. Unglaublicher Erfolg ist genau das: unglaublich. Aber gerade deshalb ist er so ungemein befriedigend. Übrigens, lassen Sie mich Ihnen die Hand dafür schütteln, daß Sie sich so aufmerksam um Walter gekümmert haben.«

»War mir ein Vergnügen, Sandy. Ich kann den Mann gut leiden.«

»Oh, ich gebe am Samstag bei mir zu Hause eine kleine Party. Es werden einige Leute da sein, die ich Ihnen vorstellen möchte. Versuchen Sie, Ihre überaus attraktive bessere Hälfte zu überreden mitzukommen. Für sie könnte sich im Bereich Marketing etwas ergeben. Das Mädchen ist ein Arbeitstier, genau wie der Vater.«

Jack schüttelte jedem Teilhaber im Raum die Hand, einigen sogar mehrmals.

Gegen neun Uhr brachte Jennifers Firmenlimousine sie und Jack nach Hause. Gegen ein Uhr hatten sie sich bereits zweimal geliebt. Gegen ein Uhr dreißig schlief Jennifer tief und fest.

Jack nicht.

Er stand am Fenster und starrte hinaus auf die vereinzelten Schneeflocken. Ein frühes Winter-Sturmtief hing über dem Gebiet, obwohl den Voraussagen nach keine heftigen Niederschläge zu erwarten waren. Jacks Gedanken jedoch kreisten nicht um das unfreundliche Wetter.

Er schaute zu Jennifer hinüber. Sie trug ein seidenes Nachthemd, lag eingekuschelt in Satinlaken, in einem Bett, das der Größe von Jacks Schlafzimmer entsprach. Sein Blick wanderte hinauf zu seinen alten Freunden, den Deckenmalereien. Ihr neues Heim sollte zu Weihnachten fertig sein, obwohl die sittsame Familie Baldwin kein offizielles Zusammenleben der beiden erlauben würde, bevor nicht die Ringe getauscht waren. Die Innenausstattung wurde unter dem gestrengen Auge seiner Verlobten renoviert; einerseits, um ihren und Jacks individuellen Geschmack einzubringen, andererseits, um dem Haus eine persönliche Note zu verleihen, was immer das auch bedeuten mochte. Als er die mittelalterlichen Gesichter an der Decke musterte, hatte Jack den Eindruck, sie lachten ihn aus.

Soeben war er Teilhaber der renommiertesten Kanzlei in der Stadt geworden; er war der Liebling der einflußreichsten Leute, die man sich vorstellen konnte und von denen jeder bestrebt war, seinen ohnehin schon kometenhaften Aufstieg noch weiter voranzutreiben. Er hatte alles. Angefangen bei der wunderschönen Prinzessin über den reichen, alten Schwiegervater und den abgebrühten, zugleich entsetzlich rücksichtslosen Mentor bis hin zu einem Haufen Geld auf der Bank. Hinter ihm stand eine Armee mächtiger Gönner, vor ihm lag eine wahrhaft grenzenlose Zukunft, doch Jack hatte sich nie einsamer gefühlt als in dieser Nacht. Und trotz aller Bemühungen kehrten seine Gedanken ständig zurück zu einem alten, verängstigten und zornigen Mann und dessen emotional ausgezehrter Tochter. Die beiden Gestalten geisterten durch seinen Kopf, während er schweigend dem sanften Fall der Schneeflocken zusah, bis ihn die ersten Strahlen der Sonne wissen ließen, daß ein neuer Morgen anbrach.

Die alte Frau beobachtete durch die verstaubten Jalousien vor dem Wohnzimmerfenster, wie die dunkle Limousine in ihre Auffahrt einbog. Die Arthritis in den dick angeschwollenen Knien bereitete ihr unsägliche Schmerzen beim Aufstehen, erst recht, wenn sie versuchte, umherzugehen. Ihr Rücken war dauerhaft gekrümmt, und die Lungen waren nach fünfzig Jahren Mißhandlung durch Teer und Nikotin gnadenlos kurzatmig. Ihr Leben neigte sich dem Ende zu; bald hatte der Körper so lange ausgehalten, wie er konnte. Länger als der ihrer Tochter.

Sie betastete den Brief in der Tasche ihres alten rosa Hauskleides, das die roten Knöchel nicht ganz bedeckte. Früher oder später hatte die Polizei ja auftauchen müssen. Nachdem Wanda vom Polizeirevier zurückgekommen war, hatte sie gewußt, daß es nur noch eine Frage der Zeit war, bis etwas dergleichen geschehen würde. Tränen traten in ihre Augen, als sie an die letzten Wochen dachte.

»Es war meine Schuld, Momma.« Ihre Tochter hatte in der winzigen Küche gesessen. Als kleines Mädchen hatte sie ihrer Mutter dort oft dabei geholfen, Kuchen zu backen oder Tomaten und Stangenbohnen einzukochen, die sie aus dem kleinen Gartenstreifen hinter dem Haus geerntet hatten. Unaufhörlich hatte sie die Worte wiederholt, auf dem Tisch zusammengesunken, von einem krampfhaften Schluchzen geschüttelt. Edwina hatte versucht, mit ihrer Tochter zu reden; doch sie war nicht wortgewaltig genug, um die Mauer der Schuld um die schlanke Frau herum zu durchbrechen, deren Leben als pummeliges Baby mit dichtem, dunklem Haar und O-Beinchen begonnen hatte. Sie hatte Wanda den Brief gezeigt, doch auch das hatte nichts geholfen. Die alte Frau hatte ihr Kind einfach nicht zur Vernunft bringen können.

Nun war sie für immer gegangen, und die Polizei stand vor der Tür. Und nun mußte Edwina das Richtige tun. Edwina Broome war einundachtzig Jahre alt und eine gottesfürchtige Frau, doch sie würde die Polizei belügen; denn das war alles, was sie tun konnte.

»Es tut mir sehr leid wegen Ihrer Tochter, Mrs. Broome.«

Franks Worte klangen aufrichtig in den Ohren der alten Frau. Eine einzelne Träne rollte ihr übers Gesicht. Frank gab Edwina Broome die Nachricht, die Wanda hinterlassen hatte. Mit einer dicken Lesebrille, die stets in Reichweite auf dem Tisch lag, studierte sie den Zettel. Sie schaute in das ernste Gesicht des Ermittlers. »Ich habe keine Ahnung, was sie damit gemeint haben könnte.«

»Sie wissen, daß im Haus der Sullivans ein Einbruch stattgefunden hat? Und daß Christine Sullivan dabei ermordet wurde?«

»Ich habe im Fernsehen davon gehört, gleich nachdem es passiert ist. Das war schrecklich. Einfach schrecklich.«

»Hat Ihre Tochter je mit Ihnen über den Vorfall gesprochen?«

»Natürlich. Das alles hat sie ziemlich mitgenommen. Sie und Mrs. Sullivan kamen gut miteinander aus, sehr gut sogar. Wanda war völlig am Boden zerstört.«

»Was glauben Sie, wieso hat sie sich das Leben genommen?«

»Wenn ich Ihnen das sagen könnte, Sir, ich würde es tun.«

Sie ließ die zweideutige Bemerkung im Raum stehen, bis Frank schließlich den Zettel wieder zusammenfaltete.

»Hat Ihre Tochter irgend etwas über ihre Arbeit erzählt, das Licht auf den Mordfall werfen könnte?«

»Nein. Sie mochte die Arbeit sehr. Nach allem, was sie mir erzählte, wurde sie dort sehr gut behandelt. Hat ihr gut gefallen, in einem so großen Haus zu leben.«

»Mrs. Broome, ich habe erfahren, daß Wanda vor einer Weile mit dem Gesetz in Konflikt geriet.«

»Das ist alles lange her, Mr. Frank, sehr lange, und seitdem hat sie ein anständiges Leben geführt.«

»Davon bin ich überzeugt«, fügte Frank rasch hinzu. »Hat Wanda in den letzten paar Monaten jemanden hierher mitgebracht?« fuhr er fort. »Vielleicht jemanden, den Sie nicht kannten?«

Edwina schüttelte den Kopf. Das entsprach tatsächlich der Wahrheit.

Frank musterte sie einen langen Augenblick. Die vom grauen Star befallenen Augen hielten seinem Blick stand.

»Soweit ich weiß, war Ihre Tochter im Ausland, als das Verbrechen verübt wurde?«

»Sie war mit den Sullivans auf dieser Insel. Jedes Jahr fahren sie dorthin.«

»Aber Mrs. Sullivan ist nicht mitgereist.«

»Das nehme ich an, denn ich habe gehört, daß sie hier ermordet wurde, während die anderen dort unten waren, Sir.«

Beinahe mußte Frank lächeln. Die alte Dame war keineswegs so einfältig, wie sie vorgab.

»Sie haben nicht zufällig eine Ahnung, warum Mrs. Sullivan nicht mitgefahren ist? Hat Ihnen Wanda irgend etwas darüber gesagt?«

Edwina schüttelte den Kopf, während sie eine grau-weiße Katze streichelte, die ihr auf den Schoß gesprungen war.

»Nun, ich danke Ihnen für das Gespräch. Ich möchte Ihnen nochmals versichern, daß es mir sehr leid tut wegen Ihrer Tochter.«

»Danke, Sir, mir auch. Sehr leid.«

Als sie sich hochquälte, um ihn zur Tür zu begleiten, glitt der Brief aus ihrer Tasche. Ihr müdes Herz machte einen Satz, als Frank sich bückte, das Papier aufhob und es ihr zurückgab, ohne einen Blick darauf zu werfen.

Sie sah zu, wie er die Auffahrt hinunterrollte. Behutsam ließ sie sich in den Stuhl am Kamin sinken und faltete den Brief auseinander.

Die Handschrift war ihr bestens vertraut: *Ich war es nicht. Aber du würdest mir nicht glauben, wenn ich dir erzählte, wer es war.*

Edwina Broome brauchte nicht mehr zu wissen. Luther Whitney war ein alter Freund, und er war nur Wandas wegen in das Haus eingebrochen. Sollte ihn die Polizei schnappen, dann gewiß nicht mit ihrer Hilfe.

Und sie wollte tun, worum ihr Freund sie gebeten hatte; es war das Mindeste, was sie tun konnte.

Seth Frank und Bill Burton schüttelten einander die Hände und setzten sich. Sie befanden sich in Franks Büro; die Sonne war noch nicht ganz aufgegangen.

»Ich weiß zu schätzen, daß Sie sich Zeit für mich nehmen, Seth.«

»Es ist ein wenig ungewöhnlich.«

»Verdammt ungewöhnlich, wenn Sie mich fragen.« Burton grinste. »Stört es Sie, wenn ich mir eine anstecke?«

»Was halten Sie davon, wenn ich mitrauche?« Beide Männer holten ihre Päckchen hervor.

Burton riß das Streichholz an, während er sich in den Sessel zurücklehnte.

»Ich bin schon lange beim Secret Service und habe so etwas noch nie gemacht. Aber ich kann es verstehen. Der alte Mr. Sullivan ist einer der besten Freunde des Präsidenten. Er hat ihm beim Einstieg in die Politik geholfen. Die beiden haben viel gemeinsam durchgemacht. Ganz unter uns gesagt, ich glaube, der Präsident will eigentlich nicht mehr, als daß wir den Eindruck erwekken, wir würden uns beteiligen. In keiner Weise wollen wir Ihnen auf die Zehen treten.«

»Dazu hätten Sie auch überhaupt keine Ermächtigung.«

»Sie sagen es, Seth, ganz genau. Wissen Sie, ich war selbst acht Jahre lang bei der Polizei. Ich weiß, wie Ermittlungen ablaufen. Das letzte, was Sie brauchen, ist jemand, der Ihnen ständig über die Schulter guckt.«

Allmählich wich der Argwohn aus Franks Augen. Ein früherer Polizist als Secret-Service-Agent. Der Bursche hatte Karriere gemacht. Viel mehr konnte man nach Franks Ansicht nicht erreichen.

»Was also schlagen Sie vor?«

»Ich betrachte mich als Informationsleitung zum Präsidenten. Wenn es etwas Neues in dem Fall gibt, rufen Sie mich an, und ich gebe es dem Präsidenten weiter. Wenn er dann Walter Sullivan trifft, kann er etwas Vernünftiges zu den Ermittlungen von sich geben. Glauben Sie mir, es ist nicht alles nur Schall und Rauch. Der Präsident ist wirklich betroffen von dem Vorfall.« Innerlich lächelte Burton.

»Und die Bundespolizei mischt sich nicht ein ? Keine Klugscheißerei?«

»Hören Sie, ich bin doch nicht vom FBI! Das ist keine Bundesangelegenheit. Betrachten Sie mich als den inoffiziellen Abgesandten einer wichtigen Persönlichkeit. Eigentlich handelt es sich um kaum mehr als eine Aufmerksamkeit unter Kollegen.«

Franks Augen wanderten durch den Raum, während er über die Lage nachdachte. Burton folgte dem Blick und versuchte, sein Gegenüber dabei einzuschätzen. Er hatte im Lauf der Zeit schon viele Kriminalbeamte kennengelernt. Die meisten verfügten über durchschnittliche Fähigkeiten, die angesichts einer außergewöhnlich rasch steigenden Flut von Fällen nur zu sehr niedrigen Verhaftungs- und noch niedrigeren Verurteilungsraten reichten. Doch er hatte Seth Frank überprüft. Der Kerl war früher beim New York Police Department gewesen, und die Liste seiner Auszeichnungen war ellenlang. Seit er nach Middleton County gezogen war, hatte es hier keinen einzigen ungeklärten Mord gegeben. Keinen einzigen. Zwar handelte es sich um ein ländliches Gebiet, dennoch war eine hundertprozentige Aufklärungsrate höchst beeindruckend.

Aufgrund all dieser Tatsachen fühlte sich Burton nicht sonderlich wohl in seiner Haut. Der Präsident hatte ihn aufgefordert, in Kontakt mit der

Polizei zu bleiben, um sein Versprechen Sullivan gegenüber zu erfüllen, doch Burton hatte durchaus ein eigenes Interesse daran, die Ermittlungen im Auge zu behalten.

»Wenn sich sehr rasch etwas ergibt, habe ich vielleicht nicht die Möglichkeit, sofort Bescheid zu geben.«

»Ich erwarte keine Wunder, Seth. Nur eine kleine Information, wenn Sie Zeit dazu haben. Das ist alles.« Burton erhob sich und drückte die Zigarette aus. »Sind wir uns einig?«

»Ich tue mein Bestes, Bill.«

»Mehr kann man nicht verlangen. Nun denn, gibt es schon irgendwelche konkreten Hinweise?«

Seth Frank zuckte die Schultern. »Vielleicht. Könnten sich aber auch im Sand verlaufen, schwer zu sagen. Sie wissen, wie das ist.«

»Das können Sie laut sagen.« Burton war im Begriff zu gehen, schaute aber noch einmal zurück. »Hey, als Gegenleistung rufen Sie mich an, wenn Sie Probleme mit Behördenkram haben oder Zugang zu Datenbanken brauchen. Ich sorge dafür, daß Ihre Anfragen höchste Priorität bekommen. Hier ist meine Nummer.«

Frank nahm die ihm angebotene Karte. »Ich weiß das zu schätzen, Bill.«

Zwei Stunden später griff Frank zum Telefon, und nichts rührte sich. Kein Freizeichen, keine Freileitung. Die Telefongesellschaft wurde benachrichtigt.

Als Seth Frank eine Stunde später erneut zum Telefon griff, war das Freizeichen da. Die Anlage funktionierte wieder. Der Telefonschaltschrank wurde ständig unter Verschluß gehalten, doch selbst wenn jemand einen Blick hineingeworfen hätte, so wäre das Durcheinander der Leitungen und anderer Bauteile völlig nichtssagend für den Laien gewesen. Überdies machte sich die Polizei gewöhnlich auch keine Gedanken darüber, daß jemand ihre Leitungen anzapfen könnte.

Bill Burtons Informationsleitung war nun geöffnet, weiter geöffnet, als Seth Frank es sich je hätte träumen lassen.

Kapitel 15

»Ich halte es für einen Fehler, Alan. Ich finde, wir sollten versuchen, uns aus den Ermittlungen herauszuhalten, nicht, sie zu übernehmen.« Gloria Russell stand neben dem Schreibtisch des Präsidenten im Oval Office.

Richmond saß am Tisch und ging aktuelle Gesetzesvorlagen zur Gesundheitsvorsorge durch; gelinde ausgedrückt, handelte es sich dabei um ein einziges Minenfeld, für das er vor der Wahl nicht viel politisches Kapital aufzuwenden gedachte.

»Gloria, halte dich ans Programm, ja?« Richmond war mit anderen Dingen beschäftigt. Zwar lag er in den Umfragen weit voran, dennoch war er der Meinung, der Abstand müßte größer sein. Sein voraussichtlicher Gegner, Henry Jacobs, war klein und weder besonders gutaussehend noch ein brillanter Redner. Alles, was er vorzuweisen hatte, waren dreißig Jahre Plackerei für die Bedürftigen und Benachteiligten des Landes. Folglich war er eine wandelnde Medienkatastrophe, und gerade im

Zeitalter der Kurzinterviews und Schnappschüsse war es unabdingbar, gut auszusehen und sich großartig ausdrücken zu können. Jacobs war noch nicht einmal der beste aus einer überaus schwachen Gruppe, deren beide führende Kandidaten über verschiedene Skandale sexueller wie auch anderer Art gestolpert waren. Aus all diesen Gründen war es Richmond ein Rätsel, weshalb sein Vorsprung nur zweiunddreißig und nicht fünfzig Punkte betrug.

Schließlich wandte er seine Aufmerksamkeit der Stabschefin zu.

»Hör mal, ich habe Sullivan versprochen, an der Sache dranzubleiben. Das habe ich vor der ganzen Nation als Publikum gesagt, und es hat mir in den Umfragen ein Dutzend Punkte gebracht, die dein eingespieltes Wiederwahlteam offenbar nicht verbessern kann. Muß ich erst losziehen und einen Krieg vom Zaun brechen, damit die Meinungsumfragen so aussehen, wie sie sollten?«

»Alan, wir haben die Wahl in der Tische, das wissen wir beide. Aber wir dürfen kein Risiko eingehen. Wir müssen vorsichtig sein. Dieser Kerl läuft immer noch da draußen rum. Was, wenn man ihn schnappt?«

Aufgebracht sprang Richmond aus dem Sessel. »Wirst du ihn wohl endlich vergessen! Wenn du doch nur für eine Sekunde nicht mehr daran denken würdest! Die Tatsache, daß ich mich persönlich mit der Sache befasse, nimmt dem Kerl jede wie auch immer geartete Glaubwürdigkeit. Hätte ich nicht öffentlich mein Interesse an dem Fall bekundet, würde vielleicht irgendein neugieriger Reporter hellhörig werden, wenn es heißt, der Präsident hätte irgend etwas mit dem Tod von Christine Sullivan zu tun. Aber jetzt, da ich der Nation erzählt habe, ich sei erzürnt und fest entschlossen, den Täter vor Gericht zu bringen, werden die Leute glauben, der Kerl hätte mich im Fernsehen gesehen und sei ein Spinner, falls er die Anschuldigung überhaupt vorbringt.«

Russell setzte sich auf einen Stuhl. Das Problem war, daß Richmond nicht alle Fakten kannte. Hätte er dieselben Schritte unternommen, wenn er von dem Messer wüßte? Und von der Nachricht und dem Foto, die Russell erhalten hatte? Sie enthielt ihrem Boß Informationen vor, Informationen, die sie beide vollständig und unwiderruflich zerstören konnten.

Als Gloria den Flur entlang zu ihrem Büro marschierte, bemerkte sie Bill Burton nicht, der sie von einem Korridor aus beobachtete. Sein Blick verriet alles andere als Zuneigung.

Dumme, blöde Schlampe. Von seinem Standort aus hätte er ihr drei Kugeln in den Hinterkopf jagen können. Kein Problem. Nach seiner Unterhaltung mit Collin war er jetzt über alles im Bilde. Hätte er in jener Nacht die Polizei angerufen, es hätte Ärger gegeben, aber nicht für ihn und Collin. Der Präsident und seine Handlangerin hätten den ganzen Brocken schlucken müssen. Die Frau hatte ihn verladen. Und nun wandelte er hart am Rande dessen, wofür er gearbeitet, geschwitzt, ja, sogar Kugeln abgefangen hatte.

Viel besser als Russell wußte er, worauf sie sich da eingelassen hatten. Und aufgrund dieses Wissens hatte er letzte Nacht eine Entscheidung gefällt. Keine einfache zwar, doch die einzig mögliche. Deshalb hatte er Seth Frank aufgesucht; und deshalb hatte er auch die Telefonleitung des Ermittlers anzapfen lassen. Burton war sich bewußt, daß die Vorgehensweise vermutlich riskant war, doch für sie alle gab es keinerlei Garantien mehr. Sie mußten mit den Karten spielen, die sie in der Hand hatten, und hoffen, daß ihnen das Glück irgendwann hold sein würde.

Abermals schüttelte sich Burton vor Zorn über die Lage, in die ihn dieses Weibsstück gebracht hatte. Über die Entscheidung, die er aufgrund ihrer Dummheit hatte fällen müssen. Er mußte an sich halten, um nicht die Treppe hinunterzustürmen und ihr den Kragen umzudrehen. Aber eines schwor er sich: Er wollte dafür sorgen, daß diese Frau leiden mußte, und wenn es das letzte sein sollte, was er tat. Aus dem sicheren Schoß ihrer machtvollen Position würde er sie reißen und sie direkt in die beschissene Wirklichkeit schleudern, und jeden Augenblick davon würde er genießen.

Gloria Russell überprüfte im Spiegel ihr Haar und den Lippenstift. Sie wußte, daß sie sich töricht wie ein verliebter Teenager aufführte, doch Tim Collin besaß eine so naive und doch maskuline Ausstrahlung, daß sie tatsächlich von ihrer Arbeit abgelenkt wurde. So etwas war noch niemals vorgekommen. Doch es war eine historische Tatsache, daß Männer in machtvollen Positionen sich nebenher auch etwas Spaß gönnten. Russell war keine überzeugte Feministin und fand daher nichts dabei, es ihren männlichen Gegenstücken gleichzutun. Sie betrachtete es einfach als eine Vergünstigung, die mit ihrer Position einherging.

Während sie aus dem Kleid und der Unterwäsche und in ihr durchsichtigstes Nachthemd schlüpfte, erinnerte sie sich daran, weshalb sie den jungen Mann verführte. Aus zwei Gründen brauchte sie ihn. Zum einen wußte er über den Mist Bescheid, den sie mit dem Messer gebaut hatte, und sie mußte zweifelsfrei sicherstellen, daß er es für sich behielt. Zum anderen brauchte sie seine Hilfe, um das Beweisstück zurückzubekommen. Das waren triftige, vernünftige Gründe – und dennoch, heute nacht, so wie in all den Nächten zuvor, dachte sie nicht im entferntesten vernünftig.

Im Augenblick fühlte sie sich, als könnte sie den Rest ihres Lebens jede Nacht mit dem Mann ins Bett steigen, ohne der Gefühle überdrüssig zu werden, die nach jeder Vereinigung ihren Körper durchfluteten. Ihr Gehirn wußte tausend Gründe aufzuzählen, warum sie besser damit aufhören sollte, doch der Rest ihres Körpers wollte diesmal nicht hören.

Ein wenig zu früh klopfte es an der Tür. Rasch machte sie ihre Haare fertig, überprüfte abermals das Make-up und schlüpfte hastig in die Stöckelschuhe, während sie bereits den Gang entlangeilte. Als sie die Eingangstür öffnete, glaubte sie, jemand hätte ihr einen Dolch in die Brust gestoßen.

»Was wollen Sie denn hier?«

Burton stellte einen Fuß in die halb geöffnete Tür und stemmte eine Hand dagegen.

»Wir müssen uns unterhalten.«

Unbewußt suchte Russell hinter ihm nach dem

Mann, mit dem sie heute nacht ins Bett zu gehen gedacht hatte.

Burton bemerkte den Blick. »Tut mir leid, heute gibt es kein Schäferstündchen, Chefin.«

Sie versuchte, die Tür zuzuschlagen, konnte den hundertzwanzig Kilo schweren Burton jedoch keinen Millimeter bewegen. Mit niederschmetternder Leichtigkeit schob er die Tür auf, trat herein und schlug sie hinter sich zu.

In der Diele stehend, musterte er die Stabschefin, die mittlerweile verzweifelt zu verstehen versuchte, was er hier wollte, und gleichzeitig danach trachtete, heikle Zonen ihres Körpers zu bedekken. Beides verlief erfolglos.

»Raus hier, Burton! Wie können Sie es wagen, hier einzudringen? Das werden Sie bereuen.«

Burton trat ins Wohnzimmer, wobei er sie wie beiläufig zur Seite schob.

»Entweder reden wir hier oder anderswo. Das liegt an Ihnen.« Sie folgte ihm ins Wohnzimmer.

»Wovon, zum Teufel, sprechen Sie? Ich habe gesagt, Sie sollen verschwinden. Sie vergessen wohl, wo Sie in der offiziellen Hierarchie stehen, was?«

Er wandte ihr den Blick zu. »Gehen Sie immer so angezogen an die Tür?« Collins Interesse an ihr konnte er verstehen. Das Nachthemd war kaum geeignet, die sinnliche Figur der Stabschefin zu verbergen. Wer hätte das gedacht? Trotz vierundzwanzig Jahren mit derselben Frau und vier Kindern, die dieser Ehe entstammten, hätte Burton sich diesen Reizen kaum verschließen können, wenn er die halbnackte Frau vor sich nicht so abgrundtief verabscheut hätte.

»Scheren Sie sich zum Teufel! Fahren Sie geradewegs zur Hölle, Burton.«

»Dort enden wir wahrscheinlich alle, also warum ziehen Sie sich nicht etwas an, wir unterhalten uns, und ich verschwinde wieder. Aber vorher gehe ich nirgendwo hin.«

»Sind Sie sich eigentlich bewußt, was Sie tun? Ich kann Sie zerquetschen.«

»Ach ja!?« Er holte die Fotos aus der Tische seines Jacketts hervor und warf sie auf den Tisch.

Russell gab sich Mühe, ihnen keine Beachtung zu schenken, doch schließlich hob sie die Bilder auf. Mit einer Hand mußte sie sich am Tisch abstützen, um die zitternden Beine zu entlasten.

»Sie und Collin sind ein hübsches Paar. Wirklich. Ich denke, die Medien werden das angemessen zum Ausdruck bringen. Könnte einen interessanten Aufmacher der Woche abgeben. Meinen Sie nicht auch? Stabschefin vögelt sich mit jungem Secret-Service-Agenten die Seele aus dem

Leib. Man könnte es auch den ›Fick, der um die Welt ging‹ nennen. Das klingt doch ziemlich reißerisch, was?«

Russell schlug ihn, härter als sie jemals jemanden geschlagen hatte. Schmerz schoß durch ihren Arm. Es fühlte sich an, als hätte sie gegen einen Baumstamm gedroschen. Burton packte ihre Hand und drehte sie ihr auf den Rücken, bis sie vor Schmerz nach Luft schnappte.

»Hören Sie zu, Lady, ich weiß über die ganze Scheiße Bescheid. Wirklich über alles. Über das Messer. Wer es hat. Wichtiger noch, wie er es bekommen hat. Und über die Post von unserem diebischen Spanner. Egal, wie man es dreht oder wendet, wir haben ein mächtiges Problem, und da Sie von Anfang an alles versaut haben, halte ich einen Kommandowechsel für angebracht. Also ziehen Sie jetzt diese Nuttenklamotten aus und kommen dann wieder her. Wenn Sie wollen, daß ich Ihren geilen kleinen Arsch rette, werden Sie genau tun, was ich Ihnen sage, verstanden? Denn wenn Sie das nicht tun, schlage ich vor, wir finden uns zu einem Plausch beim Präsidenten ein. Liegt ganz bei Ihnen, Stabschefin!« Das letzte Wort spie Burton aus, so daß unverhohlen seine ganze Abneigung gegen sie zur Geltung kam.

Langsam ließ er ihren Arm los, thronte aber

weiterhin über ihr wie ein Turm. Seine riesenhafte Gestalt schien ihre Denkfähigkeit zu hemmen. Behutsam rieb Russell den Arm und starrte beinahe ängstlich zu ihm hinauf, während sie sich der Hoffnungslosigkeit der Lage bewußt wurde.

Sie rannte ins Badezimmer und übergab sich. Damit schien sie zunehmend Zeit zu verbringen. Das kalte Wasser im Gesicht konnte schließlich die Wellen der Übelkeit verdrängen, so daß sie sich aufsetzen und danach ins Schlafzimmer schleppen konnte.

Während die Gedanken durch ihren Kopf rasten, zog sie lange Hosen und einen dicken Pullover an. Das Negligé warf sie aufs Bett. Es war ihr zu peinlich, das Kleidungsstück anzusehen, während es hinabschwebte. Ihr Traum von einer Nacht der Freuden war mit erschreckender Plötzlichkeit zerschmettert worden. Statt in die roten Stöckelschuhe schlüpfte sie in ein Paar brauner Pantoffeln.

Als sie das Blut aufsteigen spürte, tastete sie ihre Wangen ab. Sie fühlte sich, als hätte ihr Vater sie mit der Hand eines Jungen unter dem Rock erwischt. Das war tatsächlich geschehen, und es hatte vermutlich dazu beigetragen, daß sie sich völlig auf ihre Karriere konzentriert und alles andere hintangestellt hatte. So beschämt hatte sie der

Vorfall damals. Ihr Vater hatte sie als Hure beschimpft und sie so sehr verprügelt, daß sie eine Woche lang nicht zur Schule gehen konnte. Ihr ganzes Leben lang hatte sie gebetet, daß sie nie wieder derart bloßgestellt würde. Bis heute abend waren ihre Gebete erhört worden.

Russell zwang sich, gleichmäßig zu atmen. Als sie ins Wohnzimmer zurückkehrte, bemerkte sie, daß Burton das Jackett abgelegt hatte und daß auf dem Tisch eine Kanne Kaffee stand. Sie schielte auf den stabilen Schulterhalfter mit dem tödlichen Gegenstand.

»Milch und Zucker, richtig?«

Es gelang ihr, ihm in die Augen zu blicken. »Ja.«

Burton goß den Kaffee ein und nahm ihr gegenüber Platz.

Den Blick auf die Tasse geheftet, meinte sie: »Wieviel hat Ihnen Ti ... Collin erzählt?«

»Über Sie beide? Eigentlich gar nichts. Das ist nicht seine Art. Ich glaube, Sie haben es ihm ziemlich angetan. Sie haben ihm den Kopf verdreht und mit seinen Gefühlen gespielt. Haben Sie gut hinbekommen.«

»Sie verstehen aber auch überhaupt nichts, was?« Russell schoß geradezu aus dem Sessel hoch.

Burton blieb nervenaufreibend ruhig. »Ich verstehe soviel: Wir sind knapp einen Zentimeter von einem Abgrund entfernt, dessen Boden ich noch nicht einmal erkennen kann. Ganz ehrlich, mir ist scheißegal, mit wem Sie schlafen. Darum bin ich nicht hier.«

Russell setzte sich wieder hin und zwang sich, den Kaffee zu trinken. Endlich begann ihr Magen sich zu beruhigen.

Burton beugte sich vor und ergriff, so sanft es ihm möglich war, ihren Arm.

»Hören Sie, Ms. Russell. Ich bin nicht hier, um Sie zu verscheißern und Ihnen zu erzählen, daß ich Sie für die Größte halte und Ihnen aus der Patsche helfen will. Und Sie müssen nicht vorgeben, mich zu mögen. Aber so wie ich das sehe, stecken wir gemeinsam in der Sache drin, ob Ihnen das paßt oder nicht. Und die einzige Möglichkeit, die ich sehe, um das Ganze durchzustehen, heißt Zusammenarbeit. Das kann ich Ihnen anbieten.« Burton lehnte sich zurück und musterte sie.

Russell stellte die Tasse ab und tupfte sich mit einer Serviette die Lippen.

»In Ordnung.«

Sofort beugte sich Burton wieder vor. »Nur zur Auffrischung: Auf dem Brieföffner sind immer noch die Fingerabdrücke des Präsidenten und von Christine Sullivan. Und das Blut von beiden. Richtig?«

»Ja.«

»Jeder Staatsanwalt würde nach dem Ding geifern. Wir müssen es zurückbekommen.«

»Wir bezahlen dafür. Er will es verkaufen. In der nächsten Mitteilung sagt er uns, wieviel er will.«

Zum zweitenmal schockierte Burton sie. Er warf ihr einen Umschlag zu.

»Der Kerl hat Grips, aber irgendwann muß er uns sagen, wie die Übergabe ablaufen soll.«

Russell nahm den Brief heraus und las ihn. Wie zuvor war er in Blockschrift verfaßt. Die Mitteilung war kurz:

Einzelheiten folgen demnächst. Empfehle die finanziellen Mittel vorzubereiten. Schlage mittleren siebenstelligen Betrag für ein derart kostbares Gut vor. Möchte ferner anregen, die Folgen eines Fehlers gründlich zu überdenken. Antworten Sie bei Interesse über die Privatanzeigen der Washington Post.

»Interessanter Schreibstil, nicht? Kurz und bündig, aber man weiß, was er will.« Burton schenkte sich noch eine Tasse Kaffee ein. Dann warf er ihr ein weiteres Foto des Gegenstandes zu, den Russell sehnsüchtig wiederzuerlangen hoffte.

»Es gefällt ihm anscheinend, uns zu quälen, finden Sie nicht auch, Ms. Russell?«

»Zumindest klingt es so, als sei er verhandlungsbereit.«

»Wir reden hier von immensen Summen. Sind Sie darauf vorbereitet?«

»Lassen Sie das meine Sorge sein, Burton. Geld ist nicht das Problem.« Die Arroganz kehrte gerade rechtzeitig zurück.

»Wahrscheinlich nicht«, stimmte er zu. »Übrigens, warum durfte Collin das Ding nicht abwischen?«

»Darauf muß ich nicht antworten.«

»Nein, eigentlich nicht, *Mrs.* President.«

Russell und Burton lächelten einander tatsächlich an. Vielleicht hatte sie sich geirrt. Burton war zwar eine Landplage, doch er war gerissen und umsichtig. Nun erkannte sie, daß sie diese Eigenschaften dringender benötigte als Collins ritterliche Naivität, selbst wenn sie dort als Zugabe einen jungen, muskulösen Körper bekam.

»Eine Frage ist noch offen, Stabschefin.«

»Und die wäre?«

»Wie zimperlich sind Sie, wenn es an der Zeit ist, den Kerl umzubringen?«

Russell verschluckte sich an ihrem Kaffee, und Burton mußte ihr buchstäblich auf den Rücken klopfen, bis sie wieder normal atmen konnte.

»Ich schätze, damit ist die Frage beantwortet.«

»Was meinen Sie damit, Burton?«

»Sie verstehen immer noch nicht, worum es hier geht, was? Ich dachte, Sie wären irgendwo mal eine brillante Professorin gewesen. Die Universitäten sind wohl nicht mehr, was sie mal waren. Vielleicht brauchen Sie aber auch nur ein bißchen gesunden Menschenverstand. Ich werde es Ihnen ganz einfach erklären. Dieser Typ ist ein Augenzeuge. Er hat gesehen, wie der Präsident versucht hat, Christine Sullivan umzubringen, wie Christy den Gefallen erwidern wollte und wie Collin und ich unsere Arbeit getan und sie umgenietet haben, bevor sie den Präsidenten wie eine Rinderhälfte zerstückeln konnte. Ein Augenzeuge! Merken Sie sich den Begriff. Ich war nämlich der Meinung, wir wären ohnehin geliefert, schon bevor ich von dem netten Beweisstück erfahren habe, das Sie zurückgelassen haben. Der Kerl läßt die Geschichte irgendwie durchsickern, und wir werden von einer Fragenlawine überrollt. Irgend etwas hätten wir bestimmt nicht erklären können.

Aber es ist nichts geschehen, und ich nahm an,

wir hätten Glück gehabt, und er sei zu verängstigt, um sich zu melden. Und nun finde ich heraus, daß er uns erpreßt, und ich frage mich, was das bedeuten soll.«

Burton sah Russell fragend an.

»Er will ganz einfach Geld für den Brieföffner. Das ist sein großer Glückstreffer. Was sonst sollte es bedeuten?«

Burton schüttelte den Kopf. »Nein, es bedeutet, daß er uns verarscht. Er spielt mit uns. Es bedeutet, daß da draußen ein Augenzeuge ist, der ein bißchen verwegen, ein bißchen waghalsig wird. Außerdem konnte nur ein Profi in Sullivans Haus einbrechen. Er ist also bestimmt niemand, der sich leicht einschüchtern läßt.«

»Und? Haben wir nicht alles überstanden, wenn wir den Brieföffner zurück haben?« Russell begann ansatzweise zu begreifen, worauf Burton hinauswollte, doch es war ihr noch nicht völlig klar.

»Wenn er nicht Fotos davon behält, die jederzeit auf der Titelseite der Post erscheinen könnten. Ein vergrößertes Bild des Handflächenabdrucks des Präsidenten auf einem Brieföffner aus Christine Sullivans Schlafzimmer auf Seite eins. Würde wahrscheinlich eine interessante Artikelreihe abgeben. Auf jeden Fall Anlaß genug für die Zeitungen, tiefer zu graben. Der kleinste Hinweis auf eine Verbindung zwischen dem Präsidenten und dem Mord an Sullivan genügt, und alles ist vorbei. Sicher können wir argumentieren, daß der Typ ein Spinner und das Foto eine gute Fälschung ist, vielleicht kommen wir sogar damit durch. Aber eines dieser Bilder in der *Post* bereitet mir nicht halb so viel Sorgen wie unser anderes Problem.«

»Und das wäre?« Russell saß mittlerweile vorgebeugt. Sie sprach leise, beinahe heiser, denn etwas Entsetzliches dämmerte ihr.

»Anscheinend haben Sie vergessen, daß der Kerl alles gesehen hat, was wir in dieser Nacht gemacht haben. Alles. Was wir anhatten. Er kennt alle Namen. Er weiß, wie wir das Zimmer desinfiziert haben; ich bin sicher, darüber zerbricht sich die Polizei immer noch den Kopf. Er kann ihnen sagen, wie wir gekommen und gegangen sind. Er kann sie auffordern, den Arm des Präsidenten auf Spuren einer Schnittverletzung zu untersuchen. Er kann ihnen beschreiben, wie wir eine Kugel aus der Wand gekratzt haben und wo wir standen, als wir abgedrückt haben. Zuerst werden sie annehmen, er weiß nur deshalb soviel, weil er dort war und selbst geschossen hat. Aber dann werden die Bullen herausfinden, daß es für die ganze Sache mehr als einen Mann gebraucht hat. Sie werden sich fragen, woher er das alles weiß. Sie können einiges überprüfen, das er sich nicht ausgedacht haben kann. All die kleinen Einzelheiten, welche einfach keinen Sinn ergeben, die dieser Bursche aber einwandfrei zu erklären vermag.«

Russell stand auf, ging an die Bar und goß sich einen Scotch ein. Auch für Burton goß sie einen ein. Sie dachte über Burtons Ausführungen nach. Der Mann hatte alles mit angesehen. Einschließlich ihres Geschlechtsverkehrs mit dem bewußtlosen Präsidenten. Den gräßlichen Gedanken verdrängte sie.

»Weshalb sollte er sich stellen, nachdem er sein Geld kassiert hat?«

»Wer sagt, daß er sich stellen muß? Erinnern Sie sich nicht daran, was Sie damals gesagt haben? Er könnte es auch aus der Entfernung tun. Auf dem Weg zur Bank könnte er sich ins Fäustchen lachen und eine Regierung zu Fall bringen. Ach, er kann es auch niederschreiben und an die Bullen faxen. Sie müßten der Sache nachgehen, und wer unterschreibt mir, daß sie nicht irgend etwas finden? Wenn sie auch nur ein Beweisstück aus dem Schlafzimmer haben, eine Haarwurzel, Speichel, Samenflüssigkeit, brauchen sie nur noch jemanden, zu dem es paßt. Im Augenblick haben sie keinen Grund, bei uns nach demjenigen zu suchen, aber wer weiß, wie es dann aussieht? Wenn sie eine DNA-Probe haben, die zu Richmond paßt, sind wir erledigt. Erledigt.

Aber selbst, wenn der Kerl nichts dergleichen tut. Der Ermittler an dem Fall ist kein Dummkopf. Mein Gefühl sagt mir, daß er den Hundesohn irgendwie früher oder später aufspürt. Und jemand, der ein Leben im Gefängnis oder möglicherweise gar die Todesstrafe zu erwarten hat, redet sich den Mund fusselig, glauben Sie mir. Ich habe das oft genug miterlebt.«

Russell fühlte plötzlich Eiseskälte. Was Burton sagte, hörte sich durch und durch vernünftig an. Der Präsident hatte so überzeugend geklungen. Weder er noch sie hatten sich je Gedanken dieser Art gemacht.

»Außerdem, ich weiß ja nicht, wie das mit Ihnen ist, aber ich habe nicht vor, den Rest meines Lebens mit der Angst zu verbringen, das Beil könnte jeden Augenblick heruntersausen.«

»Aber wie sollen wir ihn finden?«

Es amüsierte Burton, daß die Stabschefin offensichtlich ohne große Widerworte mit seinem Plan einverstanden war. Ein Leben war dieser Frau anscheinend nicht viel wert, wenn ihr eigenes Wohlbefinden auf dem Spiel stand. Nichts anderes hatte er erwartet.

»Bevor ich von den Briefen erfahren habe, dachte ich, es sei aussichtslos. Aber bei einer Erpressung gibt es immer irgendwann eine Übergabe. Das ist sein wunder Punkt.«

»Er wird einfach verlangen, daß wir es überweisen. Wenn Sie recht haben, dann ist der Kerl zu gerissen, um in einem Abfalleimer nach dem Geld zu kramen. Und wir erfahren erst, wo sich das Messer befindet, nachdem er schon längst über alle Berge ist.«

»Vielleicht, vielleicht auch nicht. Darum kümmere ich mich. Wichtig ist nur, daß Sie ihn eine Weile hinhalten. Wenn er das Geschäft in zwei Tagen abwickeln will, machen Sie vier daraus. Was auch immer Sie in die Anzeige schreiben, es muß ehrlich klingen. Das überlasse ich Ihnen, Frau Professor. Aber Sie müssen ein wenig Zeit für mich herausschinden.« Burton erhob sich. Sie packte ihn am Arm.

»Was haben Sie vor?«

»Je weniger Sie darüber wissen, desto besser. Aber Ihnen ist doch klar, daß wir alle erledigt sind, wenn die Sache auffliegt, einschließlich des Präsidenten? Dagegen könnte und würde ich nichts unternehmen. Soweit es mich betrifft, verdienen Sie es nicht besser. Und Richmond auch nicht.«

»Sie nehmen kein Blatt vor den Mund, was?«

»Habe ich nie für besonders hilfreich gehalten.« Er zog den Mantel an.

»Übrigens, Sie wissen doch, daß Richmond Christine Sullivan brutal verprügelt hat, nicht? Im Autopsiebericht klingt es so, als hätte er versucht, einen Knoten in ihren Hals zu machen.«

»Ich weiß. Ist das wichtig für Sie?«

»Sie haben keine Kinder, nicht wahr?«

Russell schüttelte den Kopf.

»Ich habe vier. Davon zwei Töchter, die nicht viel jünger als Christine Sullivan sind. Als Vater denkt man über so etwas nach. Daß sie von einem Arschloch wie Richmond zusammengeschlagen werden könnten. Ich wollte nur, daß Sie wissen, was für ein Mensch unser Boß ist. Sollte er also mal zudringlich werden, denken Sie besser zweimal darüber nach.«

Er ließ sie im Wohnzimmer zurück, damit sie über ihr zerrüttetes Leben nachgrübeln konnte.

Als er in den Wagen stieg, nahm er sich die Zeit, eine Zigarette anzuzünden. Die vergangenen paar Tage hatte Burton damit verbracht, die letzten zwanzig Jahre seines Lebens zu überdenken. Der Preis, den er dafür zahlen sollte, diese Jahre zu bewahren, schnellte in astronomische Höhen. War es das wert? War er bereit, ihn zu bezahlen? Er konnte zu den Bullen gehen. Ihnen alles erzählen. Selbstverständlich wäre seine Karriere vorbei. Die Polizei konnte ihm Behinderung der Justiz und Verschwörung zum Mord vorwerfen, ihm eine blödsinnige Klage wegen Totschlags anhängen, weil er Christine Sullivan erschossen hatte, außerdem verschiedene Kleinigkeiten. Trotzdem würde einiges zusammenkommen. Selbst wenn er sich Vergünstigungen aushandelte, würde er eine gewisse Zeit absitzen müssen. Aber das konnte er überleben. Auch über den Skandal könnte er hinwegkommen. Über all den Mist, den die Zeitungen schreiben würden. Er würde als Krimineller in die Geschichte eingehen. Untrennbar wäre sein Name mit der eklatant korrupten Präsidentschaft Richmonds verbunden. Doch selbst das hätte er ertragen können, wenn es notwendig war. Was der knallharte Bill Burton hingegen nicht hätte ertragen können, war der Blick in den Augen seiner Kinder. Niemals wieder würde er darin Stolz und Liebe erblicken. Und das vollkommene und uneingeschränkte Vertrauen, daß ihr Daddy, dieser Berg von einem Mann, unbestreitbar zu den Guten zählte. Das war sogar für Burton zuviel.

Seit seiner Unterhaltung mit Collin war ihm genau das immer wieder durch den Kopf gegangen. Ein Teil von ihm wünschte, er hätte Collin nie gefragt und nie etwas von dem Erpressungsversuch erfahren. Denn das hatte ihm eine Möglichkeit eröffnet. Und Möglichkeiten bedeuteten stets, daß man eine Wahl hatte. Burton hatte die seine getroffen. Stolz war er nicht darauf. Sollte alles nach Plan verlaufen, würde er tunlichst versuchen zu vergessen, daß es je geschehen war. Und wenn es nicht funktionierte? Nun, das wäre ganz einfach Pech. Doch wenn er schon untergehen mußte, dann gewiß nicht allein.

Dieser Gedanke löste einen anderen Einfall aus. Burton beugte sich zur Seite und öffnete das Handschuhfach. Er holte ein Diktiergerät und ein paar Kassetten heraus. Während er die Zigarette paffte, blickte er hinauf zum Gebäude.

Burton legte den Gang ein. Als er am Haus der Stabschefin vorbeifuhr, nahm er an, daß die Lichter noch lange eingeschaltet bleiben würden.

Kapitel 16

Laura Simon hatte die Hoffnung schon fast aufgegeben, noch etwas zu finden.
Auf der Suche nach Fingerabdrücken war der Laster innen wie außen bepulvert und bedampft worden. Sogar einen Speziallaser hatte man vom Hauptquartier der Staatspolizei in Richmond gebracht, doch sooft Simon etwas fand, stammte der Abdruck von jemand anderem. Von jemandem, den sie bereits zuordnen konnten. Pettis' Abdrücke kannte sie mittlerweile auswendig.

Er hatte den Nachteil, daß seine Fingerabdrücke ausschließlich Bögen aufwiesen, eine der seltensten Zusammensetzungen überhaupt; außerdem hatte er eine winzige Narbe auf dem Daumen, durch die er seinerzeit wegen Autodiebstahls hatte verurteilt werden können. Gauner mit Narben auf den Fingern waren die besten Freunde eines Spurensicherungsexperten.

Budizinskis Abdrücke waren einmal aufgetaucht. Er hatte den Finger in eine Lösung gesteckt und danach gegen ein Stück Sperrholz gepreßt, das hinten auf dem Laster mitgeführt wurde. Der Abdruck war so perfekt, als hätte Simon ihn persönlich abgenommen.

Alles in allem gab es dreiunddreißig brauchbare Abdrücke, und sie suchte noch immer nach dem vierunddreißigsten, nach dem Siegestreffer. Mitten in dem Kastenwagen sitzend, sah sie sich im Inneren um. Jede Stelle, an der man vernünftigerweise einen Abdruck vermuten konnte, hatte sie bereits überprüft. Jeden Winkel des Fahrzeugs hatte sie mit dem Handlaser durchleuchtet. Langsam gingen ihr die Ideen aus, wo sie noch suchen konnte.

Zum zwanzigstenmal vollzog sie die Bewegungen der Männer nach: wie sie den Laster beluden, wie sie ihn fuhren – der Rückspiegel war ein idealer Platz für Abdrücke –, wie sie mit der Ausrüstung hantierten, die Flaschen mit Reiniger heraushoben, die Schläuche auszogen, die Türen öffneten und schlossen. Simons Aufgabe wurde durch den Umstand erschwert, daß Fingerabdrücke dazu neigen, mit der Zeit zu verschwinden. Das hängt von Oberfläche und Umfeld ab. In feuchter und warmer Umgebung halten sie sich am besten, in trockener und kühler am schlechtesten.

Sie öffnete das Handschuhfach und ging zum wiederholten Male den Inhalt durch. Jedes Stück war bereits verzeichnet und bepulvert worden. Müßig blätterte sie das Wartungsbuch des Lasters durch. Lila Flecken auf dem Papier erinnerten sie daran, daß der Ninhydrinvorrat im Labor zur Neige ging. Die Seiten waren abgegriffen, obwohl der Wagen äußerst wenig Pannen gehabt hatte, seit er vor drei Jahren in Betrieb genommen worden war. Offenbar achtete die Firma auf konsequente Wartung. Jeder Eintrag war gewissenhaft beschrieben und datiert. Die Firma unterhielt ein eigenes Wartungsteam.

Als sie die Seiten durchsah, sprang ihr ein Eintrag ins Auge. Alle anderen waren entweder mit »G. Henry« oder »H. Thomas« bestätigt worden, beide arbeiteten als Mechaniker bei Metro. Dieser Eintrag jedoch war mit »JP« abgezeichnet. Jerome Pettis. Er gab an, daß der Wagen zu wenig Öl hatte und ein paar Liter nachgefüllt wurden. All das war kaum besonders aufregend, abgesehen vom Datum. Es war der Tag, an dem Sullivans Haus gereinigt worden war.

Simon atmete heftiger, als sie mit gekreuzten Fingern aus dem Wagen stieg. Sie öffnete die Haube und ließ den Blick bedächtig über den Motor gleiten. Mit der Lampe leuchtete sie darüber, und in weniger als einer Minute fand sie, wonach sie suchte. Ein öliger Daumenabdruck prangte seitlich am Flüssigkeitsbehälter für die Scheibenwischanlage. Genau dort stützte man sich ab, wenn man sich vorbeugte, um den Öldeckel zu öffnen oder zu schließen. Mit einem Blick erkannte sie, daß es sich um keinen Abdruck von Pettis handelte. Ebensowenig von einem der Mechaniker. Sie holte eine Karteikarte mit Budizinskis Fingerabdrücken darauf. Zu neunundneunzig Prozent war sie überzeugt, daß er nicht von ihm stammte, und sie sollte recht behalten. Sorgsam bepulverte sie den Abdruck und nahm ihn ab, füllte eine Karte aus und rannte beinahe den ganzen Weg zu Franks Büro. Sie erwischte ihn mit Hut und Mantel, die er sogleich wieder ablegte.

»Du willst mich wohl auf den Arm nehmen, Laurie.«

»Frag doch Pettis, ob er sich erinnern kann, daß Rogers an dem Tag das Öl nachgefüllt hat.«

Frank rief bei der Reinigungsfirma an, doch Pettis hatte für heute bereits Feierabend gemacht. Bei ihm zu Hause ging niemand ans Telefon.

Simon betrachtete die Abdruckskarte, als handle es sich um das wertvollste Juwel auf Erden. »Laß gut sein. Ich vergleiche ihn mit unseren Aufzeichnungen. Wenn's sein muß, bleibe ich die ganze Nacht. Wir können Fairfax bitten, auf das AFIS der Staatspolizei zuzugreifen, unser verdammtes

Terminal ist noch immer kaputt.« Simon sprach vom ›Automatischen-Fingerabdruck-Identifikations-System‹, das in Richmond verwaltet wurde. Mit Hilfe dieses Systems konnten Fingerabdrukke, die am Tatort gefunden wurden, mit den im Computer der Staatspolizei erfaßten verglichen werden.

Frank überlegte einen Augenblick. »Ich weiß etwas Besseres.«

»Was denn?«

Frank zog eine Karte aus der Tasche, griff zum Hörer und wählte. Er sprach ins Telefon. »Agent Bill Burton, bitte.«

Burton holte Frank ab. Gemeinsam fuhren sie zum Hoover Building des FBI. Den meisten Touristen war das Gebäude als ziemlich häßlicher Betonklotz bekannt, den sie bei einem Besuch in Washington keinesfalls auslassen durften. Hier befand sich das National Crime Information Center (NCIC), eine vom FBI betriebene EDV-Anlage, welche vierzehn zentral verwaltete Datenbanken sowie zwei Untersysteme umfaßte. Zusammengenommen ergab das die größte Datensammlung der Welt über bekannte Verbrecher. Das Automatische Identifikations-System des NCIC war der beste Freund jedes Polizisten. Bei zig Millionen erfaßter Fingerabdruckskarten erhöhten sich die Chancen beträchtlich, daß Frank einen Treffer landete.

Burton und Frank standen in der Halle und tranken nervös Kaffee, nachdem sie den Abdruck an die Techniker des FBI übergeben hatten. Unmißverständlich hatte Burton sie angewiesen, den Auftrag möglichst weit vorne in der Liste einzureihen.

»Das wird eine Weile dauern, Seth. Der Computer wird einen Haufen Möglichkeiten ausspuken. Die endgültige Identifikation müssen die Techniker immer noch von Hand vornehmen. Ich bleibe hier und informiere Sie, sobald man eine Entsprechung gefunden hat.«

Frank sah auf die Uhr. Seine jüngste Tochter spielte in einer Schulaufführung mit, die in vierzig Minuten beginnen sollte. Zwar verkörperte sie bloß ein Gemüse, doch im Augenblick war es für das kleine Mädchen das Wichtigste auf der Welt.

»Sind Sie sicher?«

»Geben Sie mir nur eine Nummer, unter der ich Sie erreichen kann.«

Frank schrieb sie ihm auf und eilte hinaus. Der Abdruck konnte sich als bedeutungslos erweisen, vielleicht als der eines Tankstellenwärters, doch irgend etwas sagte Frank, daß dies nicht der Fall war. Christine Sullivan war mittlerweile seit einiger Zeit tot. Derart kalte Fährten blieben für gewöhnlich so kalt wie das Opfer, das zwei Meter unter der Erde ruhte. Die längsten zwei Meter, die ein Mensch zurücklegen mußte. Aber diese kalte Spur war mit einem Mal brennend heiß geworden. Nun blieb abzuwarten, ob sie sich wieder abkühlen würde. Im Augenblick genoß Frank die Wärme. Er lächelte, und nicht ausschließlich über den Gedanken an seine fünfjährige Tochter, die als Gurke über die Bühne hüpfen würde.

Burton schaute ihm nach. Auch er lächelte, doch aus ganz anderem Grund. Das FBI arbeitete mit einem Erkennungsgrad und einer Wahrscheinlichkeit von über neunzig Prozent, wenn Fingerabdrücke durch das AFIS bearbeitet wurden. Das System würde am Ende höchstens zwei mögliche Entsprechungen ausspucken, wahrscheinlich überhaupt nur eine. Zudem hatte Burtons Anfrage eine höhere Priorität erhalten, als Frank glaubte. All das bedeutete für Burton den Gewinn von Zeit – wertvoller Zeit.

Später an jenem Abend starrte Burton auf einen ihm völlig fremden Namen.

LUTHER ALBERT WHITNEY.

Geboren 5.8.1933. Sozialversicherungsnummer 179-82-1244; die ersten drei Ziffern, 179, deuteten darauf hin, daß sie in Pennsylvania ausgestellt worden war. Hundertdreiundsiebzig Zentimeter groß, etwa sechzig Kilo, fünf Zentimeter lange Narbe auf dem linken Unterarm.

Über die sogenannte 3I-Datenbank des NCIC, den Interstate Identification Index, hatte Burton auch einen Einblick in die Vergangenheit des Mannes erhalten. Der Bericht enthielt drei Vorstrafen wegen Einbruchs in drei verschiedenen Staaten. Whitney hatte einige Zeit eingesessen, zuletzt war er Mitte der siebziger Jahre aus dem Gefängnis gekommen. Seither gab es nichts mehr. Zumindest nichts, von dem die Behörden wußten. Burton war solchen Männern schon früher über den Weg gelaufen. Es waren Leute, die sich auf ein Gebiet spezialisierten und darin immer besser wurden. Whitney zählte todsicher zu diesem Typ.

Einen Haken gab es jedoch: Die letzte bekannte Adresse war in New York, und sie war fast zwanzig Jahre alt.

Burton entschied sich für die einfachste Methode. Er eilte den Flur entlang zu einer Telefonzelle und packte sich sämtliche Telefonbücher der Umgebung. Zuerst versuchte er es mit Washington; überraschenderweise gab es dort niemanden dieses Namens. Dann folgte Virginia Nord. Hier waren drei Luther Whitneys aufgeführt. Er rief bei der Staatspolizei von Virginia an, wo er alte Bekannte hatte. Über den Computer wurde auf die Abteilung für Kraftfahrzeuge zugegriffen. Zwei der Luther Whitneys waren zweiunddreißig beziehungsweise fünfundachtzig Jahre alt. Doch Luther Whitney, wohnhaft 1645 East Washington Avenue, Arlington, war am 5. August 1933 geboren, und die Sozialversicherungsnummer, die in Virginia zugleich als Führerscheinnummer verwendet wurde, bestätigte, daß es sich um den Mann handelte. Aber war er auch Rogers?

Burton holte sein Notizbuch hervor. Frank war sehr zuvorkommend gewesen und hatte Burton die Ermittlungsakten durchsehen lassen. Dreimal läutete das Telefon, ehe Jerome Pettis den Hörer abnahm. Burton gab sich vage als einer von Franks Mitarbeitern zu erkennen und stellte die Frage. Fünf Sekunden verstrichen, während Burton sich bemühte, Ruhe zu bewahren und dem flachen Atem des Mannes am anderen Ende der Leitung lauschte. Die Antwort lohnte das kurze Warten.

»Ja, verdammt, das stimmt. Der Motor hätte sich fast festgefressen. Irgend jemand hatte den Öldeckel nicht richtig zugeschraubt. Hab' Rogers gesagt, er soll's machen, weil er auf dem Ölkanister saß, den wir immer mithaben.«

Burton dankte ihm und hängte auf. Er sah auf die Uhr. Noch blieb ihm Zeit, bevor er Frank informieren mußte. Daß Luther Whitney sich nach dem Mord nicht in die Nähe seines Hauses gewagt hatte, war so sicher wie das Amen im Gebet. Doch Burton wollte eine bessere Vorstellung von dem Kerl gewinnen und vielleicht einen Hinweis darauf, wo er sich verkrochen haben konnte. Am besten war dies möglich, indem er sich dort umsah, wo Whitney gelebt hatte. Bevor die Bullen es taten. So rasch ihn die Beine trugen, lief er zum Wagen.

Kalt und regnerisch war es wieder geworden; Mutter Natur spielte mit der mächtigsten Stadt auf Erden. Unerbittlich flogen die Scheibenwischer über die Windschutzscheibe. Kate wußte nicht genau, weshalb sie hier war. In all den Jahren hatte sie den Ort ein einziges Mal besucht. Damals saß sie im Wagen, während Jack hineinging, um ihrem Vater zu erzählen, daß sein einziges Kind und Jack heiraten wollten. Jack hatte darauf bestanden, obwohl sie behauptete, es wäre dem Mann sowieso egal. Offenbar hatte sie sich geirrt. Er war auf die Veranda getreten und hatte mit einem Lächeln zu ihr herübergeschaut. Aus seiner Haltung erkannte sie, daß er zögerte, sich ihr zu nähern. Er wollte ihr gratulieren, wußte aber nicht, wie er es angesichts der schwierigen Umstände anstellen sollte. Also schüttelte er Jack die Hand, klopfte ihm auf den Rücken und sah dann zu ihr herüber, als erwarte er ihre Zustimmung.

Unnachgiebig hatte Kate den Blick abgewandt und die Arme verschränkt, bis Jack schließlich zurück in den Wagen stieg und losfuhr. Im Seitenspiegel beobachtete sie die kleine Gestalt, während sie wegrollten. Luther wirkte viel kleiner als in ihrer Erinnerung, geradezu schmächtig. In ihrem Gedächtnis würde ihr Vater auf ewig als ein gewaltiges Mal all dessen dastehen, was sie verabscheute und fürchtete, ein Klotz, der alles um sich herum ausfüllte und allein durch seine überwältigende Masse jedem den Atem raubte. Offensichtlich hatte ein solches Wesen nie existiert, dennoch weigerte sie sich, das zuzugeben. Doch obwohl sie sich vorgenommen hatte, an diesem Bild nie mehr zu rütteln, konnte sie nicht wegschauen. Mehr als eine Minute lang, während der Wagen beschleunigte, blieb ihr Blick auf das Spiegelbild des Mannes geheftet, der ihr das Leben geschenkt und später wieder genommen hatte, so wie das ihrer Mutter, mit grausamer Endgültigkeit.

Während der Wagen davonfuhr, schaute er ihr weiterhin nach. Seine Züge verrieten eine Mischung aus Traurigkeit und Resignation, was sie überraschte. Doch sie erklärte sich das als einen weiteren seiner Tricks, ihr Schuldgefühle einzuflößen. Keiner seiner Handlungen konnte sie positive Aspekte abgewinnen. Er war ein Dieb. Er achtete das Gesetz nicht. Er war ein Barbar inmitten einer zivilisierten Gesellschaft. In seiner Brust war kein Platz für auch nur ein Quentchen Aufrichtigkeit. Dann waren sie um eine Ecke gebogen und das Bild war verschwunden, als hätte es an einem Faden gehangen und wäre plötzlich weggezogen worden.

Kate bog in die Auffahrt ein. Das Haus war völlig dunkel. Von der Rückseite des vor ihr parkenden Autos wurde das Scheinwerferlicht zurückgeworfen und blendete sie. Sie schaltete die Lichter ab, holte tief Luft und stieg aus dem Wagen in das kalte Unwetter.

Der Schneefall der vergangenen Tage war nicht heftig gewesen; letzte Reste davon knirschten unter ihren Füßen, als sie zur Eingangstür hinaufstapfte. Die Temperaturen ließen erwarten, daß sich über Nacht Eis bilden würde. Sie stützte sich mit einer Hand am Wagen ihres Vaters ab, um nicht auszurutschen. Obwohl sie nicht erwartete, ihn zu Hause anzutreffen, hatte sie die Haare gewaschen und zurechtgemacht, eines der Kostüme angezogen, die sie üblicherweise nur vor Gericht trug, und tatsächlich mehr als bloß einen Hauch Make-up aufgetragen. Immerhin war sie eine erfolgreiche Frau, und sollten sie einander zufällig von Angesicht zu Angesicht gegenüberstehen, sollte er erkennen, daß sie trotz seiner Vernachlässigung nicht nur überlebt hatte, sondern daß es ihr gut ging.

Der Schlüssel befand sich immer noch an derselben Stelle, von der ihr Jack vor vielen Jahren erzählt hatte. Sie hatte es immer als widersprüchlich empfunden, daß ein berufsmäßiger Einbrecher sein Eigentum so leicht zugänglich zurückließ. Als sie die Tür aufschloß und langsam hineintrat, bemerkte sie weder den Wagen, der auf der gegenüberliegenden Straßenseite anhielt, noch den Fahrer, der sie wachsam beobachtete und bereits ihr Kennzeichen notierte.

Das Haus hatte den muffigen Geruch eines lange verlassenen Ortes entwickelt. Gelegentlich hatte sie überlegt, wie es wohl im Inneren aussehen mußte. Sie hatte sich stets vorgestellt, daß es sauber und ordentlich sein mußte, und sie wurde nicht enttäuscht.

Ohne das Licht einzuschalten, setzte sie sich auf einen Stuhl im Wohnzimmer. Sie konnte nicht wissen, daß es der Lieblingssessel ihres Vaters war und daß Luther dasselbe getan hatte, als er ihre Wohnung heimsuchte.

Das Foto, das auf dem Kaminsims stand, mußte beinahe dreißig Jahre alt sein. Kate, in den Armen ihrer Mutter, war von Kopf bis Fuß eingewickelt; unter dem rosa Häubchen lugten nur ein paar dunkle Haarbüschel hervor, obwohl sie mit einem auffallend dichten Wuschelkopf zur Welt gekommen war. Ihr Vater stand mit ruhigem Gesichtsausdruck und Schlapphut auf dem Kopf an der Seite ihrer Mutter. Seine mächtige Hand berührte Kates winzige Finger.

Dasselbe Foto hatte Kates Mutter bis zu ihrem Tod auf der Kommode stehen gehabt. Kate hatte es noch am Tag der Beerdigung weggeworfen. Sie fluchte auf die Intimität zwischen Vater und Tochter, die das Bild darstellte. Gleich nachdem ihr Vater in ihr Haus gekommen war, hatte sie es in den Müll verbannt. Sie war auf ihn losgegangen, mit einer Wut, einem Gefühlsausbruch, der immer unkontrollierter wurde, da er nicht darauf reagierte, sich in keiner Weise wehrte, sondern einfach dastand und den Hagel über sich ergehen ließ. Je ruhiger er wurde, desto weiter steigerte sich ihr Zorn, bis sie schließlich mit beiden Händen auf ihn einschlug. Man mußte sie mit Gewalt zurückhalten. Erst da setzte ihr Vater den Hut wieder auf, legte die mitgebrachten Blumen auf den Tisch, ging zur Tür hinaus und schloß sie hinter sich. Sein Gesicht war gerötet von den Schlägen gewesen, und in seinen Augen hatten, aus einem anderen Grund, Tränen gestanden.

Als Kate nun auf dem Stuhl ihres Vaters saß, erkannte sie, daß auch er an diesem Tag getrauert hatte, getrauert um eine Frau, die er ein Gutteil seines Lebens gekannt und auf seine Art geliebt hatte; auch sie hatte ihn zweifelsohne geliebt. Kate fühlte einen Kloß im Hals, den sie eilig bekämpfte, indem sie sich an die Kehle faßte.

Sie stand auf und wanderte durch das Haus. Vorsichtig lugte sie in jeden Raum und wich wieder zurück. Je tiefer sie in das Privatleben ihres Vaters eindrang, desto nervöser wurde sie. Die Schlafzimmertür war nur angelehnt, und schließlich rang sie sich dazu durch, sie ganz aufzustoßen. Sie trat in den Raum und wagte, das Licht anzudrehen. Sobald die Augen sich der neuen Helligkeit anpaßten, fiel ihr Blick auf den Nachttisch. Kate schritt näher darauf zu und setzte sich auf das Bett.

Die Fotosammlung war im wesentlichen ein ihr gewidmeter Schrein. Die Bilder erzählten ihr ganzes Leben, von den ersten Tagen an. Offenbar war sie das letzte, was ihr Vater jeden Abend sah, wenn er zu Bett ging. Am meisten jedoch überraschten sie die Fotos aus ihrem späteren Leben. Die Graduierung vom College und der Juristischen Fakultät. Ganz bestimmt war ihr Vater zu diesen Anlässen nicht eingeladen gewesen, doch hier waren sie dokumentiert. Auf keinem der Fotos blickte sie den Betrachter an. Entweder ging sie, oder sie winkte irgend jemandem zu, oder sie stand einfach da, augenscheinlich ohne sich der Kamera bewußt zu sein. Sie wandte sich dem letzten Bild zu. Darauf stieg sie die Stufen des Gerichtsgebäudes in Alexandria hinunter. Ihr erster Tag bei Gericht; höllisch nervös war sie gewesen. Zwar hatte es sich nur um eine Klage wegen eines geringfügigen Vergehens gehandelt, doch das breite Grinsen im Gesicht zeigte den absoluten Triumph.

Kate fragte sich, wie um alles in der Welt es möglich war, daß sie ihn nie bemerkt hatte. Vielleicht hatte sie ihn gesehen, wollte es sich aber nicht eingestehen.

Die erste Empfindung war Wut. All die Jahre hatte ihr Vater ihr nachspioniert. All diese außergewöhnlichen Augenblicke ihres Lebens. Er hatte sie vergewaltigt. Vergewaltigt durch seine unerwünschte Anwesenheit.

Die zweite Reaktion war wesentlich subtilerer Natur. Doch sie reichte aus, daß sie jäh von der Bettkante aufsprang und sich zur Tür wandte, um aus dem Zimmer flüchten.

Dabei krachte sie direkt in den riesenhaften Kerl, der dort stand.

»Nochmals Verzeihung, Ma'am, ich wollte Sie bestimmt nicht erschrecken.«

»Erschrecken? Mir ist vor Angst fast das Herz stehengeblieben.« Kate saß auf dem Bettrand und versuchte, sich wieder in den Griff zu bekommen, nicht mehr zu zittern. Die Kälte im Haus war dabei keine große Hilfe.

»Entschuldigen Sie die Frage, aber warum interessiert sich der Secret Service für meinen Vater?«

Sie betrachtete Bill Burton mit einem Blick, in dem so etwas wie Furcht lag. Zumindest deutete er es als Furcht. Er hatte sie im Schlafzimmer beobachtet, wie sie flink die Bilder durchsah, und er hatte aus den feinen Botschaften ihrer Körpersprache gelesen. Diese Fähigkeit hatte er im Laufe der Jahre entwickelt, in denen er unzählige Menschenmengen nach den ein oder zwei wirklich gefährlichen Gestalten absuchte, die dort lauern konnten. Tochter und Vater waren einander entfremdet. Schließlich war sie gekommen, um nach ihm zu sehen. Langsam fügte sich ein Bild zusammen, das Burton für seine Zwecke durchaus dienlich erschien.

»Tun wir eigentlich gar nicht, Ms. Whitney. Die Polizei in Middleton dafür um so mehr.«

»Middleton?«

»Ja, Ma'am. Sicher haben Sie vom Mord an Christine Sullivan gehört.« Er ließ die Bemerkung in der Luft hängen, um zu beobachten, wie sie darauf reagierte. Wie erwartet. Völlig ungläubig.

»Sie meinen, mein Vater hat etwas damit zu tun?« Es war eine berechtigte Frage. Und sie klang nicht, als wollte sie ihn schützen. Burton erachtete das als bedeutsam und ebenfalls positiv für den Plan, den er sich zurechtgelegt hatte, als er sie erblickte.

»Der mit dem Fall betraute Ermittler will es nicht ausschließen. Anscheinend war Ihr Vater kurz vor dem Mord als Mitarbeiter einer Teppichreinigungsfirma unter falschem Namen in Sullivans Haus.«

Kate schnappte nach Luft. Ihr Vater hatte Teppiche gereinigt? Natürlich hatte er den Ort ausgekundschaftet, nach Schwachstellen gesucht, wie er es stets zu tun pflegte. Er hatte sich kein bißchen verändert. Aber Mord?

»Ich kann nicht glauben, daß er die Frau umgebracht hat.«

»Gut, aber daß er versucht hat, in das Haus einzubrechen, das können Sie glauben, nicht wahr, Ms. Whitney? Ich meine, es wäre nicht das erste, auch nicht das zweite Mal, oder?«

Kate starrte auf ihre Hände. Schließlich nickte sie.

»Menschen ändern sich, Ma'am. Ich weiß zwar nicht, wie nahe Sie Ihrem Vater in letzter Zeit standen« – Burton bemerkte die winzige, doch erkennbare Regung in ihren Zügen –, »aber es weist alles darauf hin, daß er irgendwie darin verwickelt ist. Und die Frau ist tot. Vermutlich haben Sie schon mit weniger Beweisen Schuldsprüche erzielt.«

Kate bedachte ihn mit einem argwöhnischen Blick. »Woher wissen Sie so viel über mich?«

»Nun, wenn ich eine Frau in das Haus eines Mannes schleichen sehe, der von der Polizei gesucht wird, tue ich, was jeder Kriminalbeamte tun würde. Ich habe Ihr Kennzeichen überprüfen lassen. Ihr Ruf eilt Ihnen voraus, Ms. Whitney. Die Staatspolizei hält große Stücke auf Sie.«

Sie sah sich im Zimmer um. »Er ist nicht hier. Sieht aus, als wäre er schon länger nicht hier gewesen.«

»Ja, Ma'am, ich weiß. Sie haben nicht zufällig eine Ahnung, wo er sich aufhalten könnte? Er hat nicht versucht, mit Ihnen in Kontakt zu treten oder so?«

Kate dachte an Jack und seinen nächtlichen Besucher. »Nein.« Die Antwort kam rasch, ein wenig zu rasch für Burtons Geschmack.

»Es wäre besser, wenn er sich stellt, Ms. Whitney. Da draußen laufen eine Menge schießwütiger

Streifenpolizisten herum.« Vielsagend zog Burton die Augenbrauen hoch.

»Ich weiß nicht, wo er ist, Mr. Burton. Mein Vater und ich … wir standen uns … lange Zeit nicht sehr nahe.«

»Aber jetzt sind Sie hier, und Sie wußten, wo er den Reserveschlüssel aufbewahrt.«

Ihre Stimme schwoll um eine Oktave an. »Ich habe heute zum erstenmal einen Fuß in dieses Haus gesetzt.«

Burton studierte ihren Gesichtsausdruck und entschied, daß sie die Wahrheit sagte.

»Gibt es irgendeine Möglichkeit, wie Sie ihn erreichen können?«

»Wieso? Ich will mit der ganzen Sache wirklich nichts zu tun haben, Mr. Burton.«

»Nun, in gewisser Weise haben Sie das bereits, Ms. Whitney. Sie sollten besser mit uns zusammenarbeiten.«

Kate packte ihre Handtasche und erhob sich.

»Hören Sie, Agent Burton, Sie können mir nichts vormachen, ich bin schon zu lange im Geschäft. Wenn die Polizei unbedingt ihre Zeit damit verschwenden will, mich zu befragen, ich stehe im Telefonbuch. Im Bundestelefonbuch unter Staatsanwälte. Auf Wiedersehen.«

Sie ging auf die Tür zu.

»Ms. Whitney?«

Im Zurückdrehen bereitete sie sich auf ein verbales Gefecht vor. Secret Service oder nicht, sie würde sich von dem Kerl keinen Unsinn erzählen lassen.

»Wenn Ihr Vater ein Verbrechen begangen hat, dann sollte er vor unabhängige Geschworene gestellt und verurteilt werden. Ist er unschuldig, kommt er frei. So ist das System gedacht. Das wissen Sie besser als ich.«

Kate wollte eben antworten, als ihr Blick auf die Bilder fiel. Ihr erster Gerichtstag. Er schien ein Jahrhundert zurückzuliegen, und das traf die Sache weit besser, als sie sich je eingestanden hätte. Das Lächeln, die naiven Träume, mit denen jeder begann; Vollkommenheit das einzige Ziel. Schon vor langer Zeit war sie auf den Boden der Realität zurückgeholt worden, und nicht ausschließlich von der Schwerkraft.

Die bissige Bemerkung, die sie auf der Zunge gehabt hatte, entschwand ihr; verlor sich im Lächeln einer jungen Frau, die so viel aus ihrem Leben hatte machen wollen.

Bill Burton sah zu, wie sie sich umwandte und hinausging. Er schaute zu den Bildern hinüber und wieder zurück zu der Tür, durch die sie verschwunden war.

Kapitel 17

»Verdammt noch mal, das hätten Sie nicht tun sollen, Bill. Sie haben gesagt, Sie würden sich nicht in die Ermittlungen mischen. Ich sollte Sie gleich dafür einbuchten. Das würde Ihrem Boß sicher gut gefallen.« Seth Frank stieß die Schreibtischlade zu und stand auf. Seine Augen funkelten den großen Mann an.

Bill Burton, der bis dahin auf und ab gegangen war, setzte sich. Er hatte ein Donnerwetter erwartet.

»Sie haben recht, Seth. Aber, verflucht noch mal, ich war lange Zeit Bulle. Ich konnte Sie nicht erreichen, also bin ich bloß hingefahren, um mich umzusehen. Plötzlich sehe ich, wie eine Frau hineinhuscht. Was hätten Sie getan?«

Frank erwiderte nichts.

»Hören Sie, Seth, treten Sie mir ruhig in den Hintern; aber glauben Sie mir, mein Freund, diese Frau ist unser As im Ärmel. Mit ihr können wir den Kerl festnageln.«

Seths Züge entspannten sich, der Zorn löste sich auf

»Wovon reden Sie?«

»Das Mädchen ist seine Tochter, sein einziges Kind. Luther Whitney ist ein dreifach vorbestrafter Berufsverbrecher, der offenbar mit zunehmendem Alter besser geworden ist. Seine Frau hat sich letztlich von ihm scheiden lassen, richtig? Sie konnte es nicht mehr ertragen. Und als sie ihr Leben endlich in den Griff bekommt, stirbt sie an Brustkrebs.«

Er hielt inne.

Nun lauschte Seth Frank mit beiden Ohren. »Nur weiter.«

»Kate Whitney ist total am Boden zerstört, als ihre Mutter stirbt, und gibt ihrem Vater die Schuld. So verbittert ist sie, daß sie sich völlig von ihm lossagt. Sie studiert Jura und wird stellvertretende Staatsanwältin. Damit nicht genug, sie erarbeitet sich den Ruf, besonders unerbittlich bei Eigentumsdelikten wie Einbruch, Diebstahl und Raub zu sein. Für gewöhnlich beantragt sie in solchen Fällen die Höchststrafe, die sie, wie ich hinzufügen möchte, auch meist durchsetzt.«

»Woher wissen Sie das alles?«

»Aus ein paar gezielten Telefonaten. Die Menschen reden gerne über den Kummer anderer; es gibt ihnen das Gefühl, ihr eigenes Leben sei besser, auch wenn das selten zutrifft.«

»Und wohin führt uns das familiäre Chaos?«

»Seth, bedenken Sie doch die Möglichkeiten. Das Mädchen haßt seinen alten Herrn. Haßt ihn, fettgedruckt und groß geschrieben.«

»Sie wollen Sie also benützen, um an ihn heranzukommen. Wie soll das funktionieren, wenn die beiden einander so entfremdet sind?«

»Das ist der springende Punkt. So wie es aussieht, geht der Haß nur von ihr aus. Nicht von ihm. Er liebt sie, liebt sie mehr als alles andere. Er hat ihr einen regelrechten Schrein in seinem Schlafzimmer eingerichtet. Glauben Sie mir, er wird anbeißen.«

»Falls – und ich betrachte es nach wie vor als großes FALLS – sie bereit ist, mit uns zusammenzuarbeiten, wie soll sie mit ihm in Kontakt treten? Er wird nicht zu Hause vor dem Telefon lungern, soviel steht wohl fest.«

»Nein, aber ich möchte wetten, daß er den Anrufbeantworter abhört. Sie sollten sein Haus sehen. Der Kerl ist so was von penibel. Alles steht dort, wo es hingehört. Die Rechnungen sind wahrscheinlich im voraus bezahlt. Und er hat keine Ahnung, daß wir ihm auf den Fersen sind. Zumindest noch nicht. Vermutlich überprüft er den Anrufbeantworter ein- bis zweimal jeden Tag. Nur für alle Fälle.«

»Sie soll also eine Nachricht hinterlassen und einen Treffpunkt vereinbaren, wo wir ihn uns dann greifen?«

Burton stand auf, schnippte zwei Zigaretten aus der Packung und reichte Frank eine. Es dauerte einen Augenblick, bis beide angezündet waren.

»Ich persönlich glaube, es könnte funktionieren. Außer Sie haben eine bessere Idee.«

»Wir müssen sie erst noch überzeugen. Nach allem, was Sie erzählen, scheint sie nicht allzu bereitwillig zu sein.«

»Sie sollten besser allein mit ihr reden. Vielleicht bin ich zu grob mit ihr umgesprungen. Das passiert mir öfter.«

Frank nahm Hut und Mantel, dann hielt er inne.

»Hören Sie, ich wollte Ihnen nicht auf die Füße treten.«

Burton grinste. »Sicher wollten Sie das. Hätt' ich an Ihrer Stelle ebenso gemacht.«

»Ich bin dankbar für die Hilfe.«

»Jederzeit.«

Seth wollte hinausgehen.

»He, Seth, tun Sie einem alten Furz von einem Ex-Bullen einen Gefallen?«

»Welchen?«

»Lassen Sie mich dabei sein, wenn die Falle zuschnappt. Ich möchte unbedingt sein Gesicht sehen, wenn die Handschellen klicken.«

»Genehmigt. Ich ruf Sie an, nachdem ich mit ihr gesprochen habe. Dieser Bulle geht jetzt heim zu seiner Familie. Sie sollten das gleiche tun, Bill.«

»Nachdem ich meine Zigarette ausgeraucht habe.«

Frank verließ den Raum. Burton setzte sich, rauchte gemächlich zu Ende und löschte den Stummel in einer halbvollen Tasse Kaffee aus.

Natürlich hätte er Whitneys Namen dem Kommissar vorenthalten können; er hätte ihm nur zu sagen brauchen, das FBI habe nichts gefunden. Aber das war ein allzu gewagtes Spiel. Hätte Frank es jemals entdeckt – und dafür bestanden Dutzende Möglichkeiten –, dann hätte Burton dagehangen. Nur die Wahrheit hätte ihm dann noch helfen können, und die Wahrheit stand selbstverständlich nicht zur Debatte. Außerdem war es für Burton unerläßlich, daß Frank Whitneys Identität kannte. Der Plan des Secret-Service-Agenten sah vor, daß der Ermittler den Ex-Sträfling für ihn aufspüren sollte. Finden ja, verhaften nein.

Burton stand auf, zog sich den Mantel an. Luther Whitney. Zur falschen Zeit am falschen Ort, mit den falschen Leuten. Nun, zumindest würde er es nicht kommen sehen, wenn das ein Trost war. Er würde nicht einmal den Schuß hören. Sekundenbruchteile, bevor die Synapsen den Impuls an das Gehirn senden konnten, würde er bereits tot sein. So konnte sich das Blatt wenden. Manchmal zum Guten, manchmal zum Schlechten. Wäre ihm nun noch etwas eingefallen, wie er den Präsidenten und die Stabschefin dabei an den Kanthaken kriegen konnte, der Tag wäre ein voller Erfolg gewesen. Das jedoch, so fürchtete Burton, ging selbst über seine Möglichkeiten hinaus.

Collin parkte den Wagen ein Stück weiter unten an der Straße. Sanft segelten die letzten bunten Blätter, die träge in der abendlichen Brise trieben, auf ihn herab. Er war leger gekleidet: Jeans, Baumwollpullover und Lederjacke. Die Jacke war an der Schulter nicht ausgebeult. Sein Haar war noch feucht von einer hastigen Dusche. Die bloßen Knöchel lugten aus den Halbschuhen hervor. Er sah aus, als wäre er auf dem Weg in die Universitätsbibliothek, um noch spät zu lernen, oder zu einer Party nach dem allsamstäglichen Footballspiel.

Während er raschen Schrittes zum Haus hinaufging, wurde er nervös. Ihr Anruf hatte ihn überrascht. Geklungen hatte sie normal. In ihrer Stimme lag keine Schärfe, keine Strenge. Burton meinte, sie hätte es verhältnismäßig gut aufgenommen. Doch er wußte, wie grob Burton sein konnte, und deshalb machte er sich Sorgen. Burton an seiner Stelle zu dem Rendevouz gehen zu lassen, war vermutlich kein Geniestreich gewesen. Aber es stand zu viel auf dem Spiel. Das hatte Burton ihm klargemacht.

Auf sein Klopfen hin öffnete sich die Tür; Collin trat ein. Als er sich umdrehte, wurde die Tür geschlossen. Da stand sie und lächelte. Sie trug ein glattes, weißes Negligé, das an den richtigen Stellen zu kurz und zu eng war, und stellte sich auf die Zehenspitzen, um ihn zärtlich auf die Lippen zu küssen. Dann nahm sie ihn an der Hand und führte ihn ins Schlafzimmer.

Sie bedeutete ihm, sich aufs Bett zu legen. Vor ihm stehend, löste sie die Träger, die den dünnen Stoff hielten und ließ das Hemd zu Boden fallen. Er wollte sich aufrichten, doch sie drückte ihn sanft zurück.

Gemächlich bestieg sie ihn und fuhr ihm mit den Fingern durchs Haar. Eine Hand ließ sie nach unten auf seine Erektion gleiten und strich mit der Spitze ihres Fingernagels über die Jeans. Beinahe schrie er auf, als die Hose zu eng wurde. Abermals versuchte er, sie zu berühren, doch sie hielt ihn ab. Sie öffnete seinen Gürtel und machte die Hose auf, zog sie ihm aus. Dann befreite sie sein restlos steifes Glied. Es sprang ihr förmlich entgegen, und sie klemmte es zwischen die Beine, drückte es fest zwischen die Schenkel.

Die Lippen senkte sie auf die seinen hinab, dann flüsterte sie ihm ins Ohr.

»Tim, du willst mich doch, nicht wahr? Du willst mich so sehr, oder?«

Stöhnend faßte er ihr an den Hintern, doch sie schob die Hände sofort weg.

»Oder?«

»Ja.«

»Ich wollte dich vergangene Nacht auch so sehr. Und dann kam er.«

»Ich weiß, es tut mir leid deswegen. Wir haben geredet, und …«

»Ich weiß, er hat es mir erzählt. Auch, daß du nichts über uns gesagt hast. Daß du dich wie ein Ehrenmann verhalten hast.«

»Dieser Teil ging ihn nichts an.«

»Genau, Tim. Es ging ihn nichts an. Und jetzt willst du mich ficken, nicht?«

»Ja, ja, Gloria. Natürlich will ich.«

»So sehr, daß es weh tut.«

»Es bringt mich um. Verdammt, es bringt mich um.«

»Du fühlst dich so gut an, Tim. Gott, fühlst du dich gut an.«

»Warte, Baby, warte. Du weißt noch nicht, was gut ist.«

»Doch, Tim. Ich kann an nichts anderes mehr denken, als mit dir zu schlafen. Das weißt du doch, nicht wahr?«

»Ja.« Collins Verlangen schmerzte mittlerweile so sehr, daß seine Augen tränten.

Belustigt leckte sie an den Tränen.

»Und du bist sicher, daß du mich willst? Bist du ganz sicher?«

»JA!«

Collin wußte es, bevor der Verstand es tatsächlich registrierte. Es fühlte sich an wie ein kalter Luftstoß.

»Raus mit dir!« Die Worte kamen langsam, überlegt, als wären sie häufig geübt worden, damit sie auch bestimmt den richtigen Klang und Tonfall hatten. Jede Silbe war betont. Russell stieg von ihm herunter, sorgsam darauf bedacht, genug Druck auf seine Erektion auszuüben, daß er nach Luft schnappte.

»Gloria –«

Noch bevor er sich aufrichten konnte, flogen

ihm die Jeans ins Gesicht. Als er sie wegnahm und sich aufsetzte, hatte sie bereits einen dicken, knöchellangen Bademantel um sich geschlungen.

»Raus aus meinem Haus, Collin. Sofort.«

Rasch zog er sich an. Es war ihm peinlich, daß sie danebenstand und ihn beobachtete. Sie folgte ihm zum Eingang, und als er gerade hinausgehen wollte, stieß sie ihn durch die Tür und warf sie hinter ihm zu.

Einen Augenblick schaute er zurück und überlegte, ob sie hinter der Tür wohl lachte, weinte oder überhaupt keine Gefühlsregung zeigte. Verletzen hatte er sie nicht wollen. Bloßgestellt hatte er sie zweifellos. Aber sie hatte ihm die Erniedrigung heimgezahlt, indem sie ihn an die Schwelle äußerster Erregung brachte und wie ein Versuchskarnickel manipulierte, um dann das Beil auf ihn herabsausen zu lassen.

Während er die Straße hinunterging und an ihren Gesichtsausdruck zurückdachte, empfand er Erleichterung, weil die kurze Beziehung vorbei war.

Zum erstenmal, seit sie im Büro der Staatsanwaltschaft arbeitete, meldete Kate sich krank. Sie hatte die Bettdecke bis ans Kinn gezogen und starrte, auf Kissen gestützt, hinaus in den trostlosen Morgen. Sooft sie versuchte, aus dem Bett zu steigen, türmte sich das Bild von Bill Burton vor ihr auf wie ein scharfkantiger Granitblock, der sie zu zerquetschen drohte.

Kate rutschte tiefer unter die Decke, ließ sich in die weiche Matratze sinken wie in warmes Wasser, unter die Oberfläche, wo sie weder hören noch klar sehen konnte, was um sie herum vor sich ging.

Bald würden sie kommen. Wie bei ihrer Mutter, vor all den Jahren. Leute, die sich hereindrängten und Kates Mutter mit Fragen bombardierten, die sie unmöglich beantworten konnte. Auf der Suche nach Luther.

Sie dachte an Jacks Gefühlsausbruch in jener Nacht und schloß fest die Augen, als sie versuchte, seine Worte zu verdrängen.

Zum Teufel mit ihm!

Kate war müde, müder als je ein Prozeß sie gemacht hatte. Luther hatte ihr das angetan, genauso, wie er es ihrer Mutter angetan hatte. In sein Netz hatte er Kate hineingezogen, obwohl sie davon nichts wissen wollte, es verabscheute und vernichtet hätte, wäre das in ihrer Macht gestanden.

Unfähig zu atmen, setzte sie sich wieder auf. Fest umklammerte sie mit den Fingern die Kehle, während sie versuchte, einen weiteren Anfall zu unterdrücken. Als er vorüberging, rollte sie sich auf die Seite und betrachtete das Bild ihrer Mutter.

Er war alles, was sie noch hatte. Fast war ihr zum Lachen zumute. Luther Whitney war ihre ganze Familie. Gott helfe ihr!

Sie drehte sich auf den Rücken und wartete. Wartete auf das Klopfen an der Tür. Von Mutter zu Tochter. Nun war sie an der Reihe.

Im selben Augenblick, kaum zehn Minuten zu Fuß entfernt, starrte Luther abermals auf den alten Zeitungsartikel. Neben seinem Ellbogen stand unbeachtet eine Tasse Kaffee. Im Hintergrund summte der kleine Kühlschrank. In der Ecke lief CNN. Ansonsten war es völlig ruhig im Zimmer.

Wanda Broome war eine Freundin gewesen. Eine gute Freundin. Seit sie sich damals in Philadelphia bei der Bewährungshilfe kennengelernt hatten, nachdem Luther seine letzte und Wanda ihre erste und einzige Haftstrafe abgesessen hatte. Nun war auch sie tot. In dem Artikel stand, daß sie sich das Leben genommen hatte. Man hatte sie vornübergebeugt auf dem Vordersitz ihres Wagens gefunden, mit einem Haufen Pillen im Magen.

Luther hatte nie ein normales Leben geführt; dennoch wurde das hier selbst für ihn allmählich zuviel. Ein fortwährender Alptraum hätte es sein können, doch jedesmal, wenn er in den Spiegel blickte und Wasser von den rasch ergrauenden und mit jedem Tag eingefalleneren Zügen troff, wußte Luther, daß er nicht daraus erwachen würde. Dieser Alptraum hatte kein Ende.

Die Ironie im Schatten von Wandas tragischem Tod war, daß der Einbruch bei Sullivan ihre Idee gewesen war. Rückblickend war es eine lausige, eine schlimme Idee gewesen, doch sie war Wandas erstaunlichem Einfallsreichtum entsprungen. Und ungeachtet Luthers und ihrer Mutter Warnungen hatte sie unbeirrt daran festgehalten.

Gemeinsam hatten sie das Vorhaben geplant, ausgeführt hatte er es. So einfach war das. Und bei genauerer Überlegung mußte er sich eingestehen, daß er es als eine Herausforderung angesehen hatte, die zudem reiche Beute versprach. Zusammengenommen ergab das einen Reiz, dem zu widerstehen schwer fiel.

Wie Wanda sich wohl gefühlt haben mußte, als Christine Sullivan nicht in das Flugzeug gestiegen war und keine Möglichkeit bestand, Luther mitzuteilen, daß die Bahn nicht annähernd so frei war, wie sie angenommen hatten.

Sie war Christine Sullivans Freundin gewesen, hatte die Frau aufrichtig gemocht, den einzigen wirklichen Menschen in Walter Sullivans opulentem Leben, wo alle anderen nicht nur schön wie Christine Sullivan, sondern auch gebildet und niveauvoll waren und über hervorragende Beziehungen verfügten. Eigenschaften, die Christine Sullivan nie besaß und nie erlangt hätte. Aufgrund dieser sich entwickelnden Freundschaft hatte Christine Sullivan begonnen, Wanda von Dingen zu erzählen, die sie besser für sich behalten hätte, letztlich sogar vom Versteck und Inhalt des Tresors hinter dem Spiegel.

Wanda war überzeugt, die Sullivans besäßen so viel, daß sie auf das Wenige sicher verzichten konnten. Doch die Welt dreht sich nicht nach diesem Prinzip. Luther wußte das, vermutlich auch Wanda, aber es hatte keine Rolle gespielt. Nun schon gar nicht mehr.

Nach einem Leben voll harter Arbeit, in dem Geld stets Mangelware war, griff Wanda nach ihrem Glückstreffer. Genauso, wie Christy Sullivan es getan hatte. Keine der beiden hatte erkannt, wie hoch der Preis für solche Dinge tatsächlich war.

Luther war nach Barbados geflogen und hätte Wanda dort eine Nachricht zukommen lassen, wäre sie nicht bereits abgereist gewesen. So sandte er den Brief an ihre Mutter. Gewiß hatte Edwina ihn ihr gezeigt. Doch hatte sie ihm geglaubt? Christine Sullivans Leben war der Preis gewesen. Der

Preis für Wandas Gier und Sehnsucht nach Dingen, auf die sie kein Recht hatte; so hätte Wanda es empfunden. Luther konnte sich gut vorstellen, welche Gedanken seine Freundin bewegt hatten, als sie allein an die einsame Stelle hinausfuhr, den Deckel von dem Tablettenglas schraubte und in den Schlaf ohne Erwachen sank.

Und er hatte nicht einmal dem Begräbnis beiwohnen können. Ebensowenig konnte er Edwina Broome mitteilen, wie leid es ihm tat, ohne dabei zu riskieren, sie in seinen Alptraum hineinzuziehen. Edwina stand er genauso nahe wie früher Wanda, in mancher Hinsicht vielleicht noch näher. Zahlreiche Nächte hatten Edwina und er erfolglos versucht, Wanda von ihrem Vorhaben abzubringen. Erst als klar wurde, daß Wanda es mit oder ohne Luther getan hätte, bat Edwina Broome Luther, sich um ihre Tochter zu kümmern, sie nicht wieder ins Gefängnis wandern zu lassen.

Schließlich wandte er die Aufmerksamkeit den Privatanzeigen in der Zeitung zu. Nach wenigen Sekunden fand er, wonach er suchte. Kein Lächeln trat in sein Gesicht, als er die Anzeige las. Wie Bill Burton war Luther, wenn auch aus anderen Gründen, der Ansicht, daß Gloria Russell über keinerlei positive Eigenschaften verfügte.

Hoffentlich nahmen sie an, ihm ginge es nur

um Geld. Er holte ein Blatt Papier hervor und begann zu schreiben.

»Überprüfen Sie das Konto.« Burton saß der Stabschefin in ihrem Büro gegenüber. Er nippte an einer Cola Light, sehnte sich aber nach etwas Stärkerem.

»Ich bin schon dabei, Burton.« Russell steckte sich den Ohrring wieder an und legte den Telefonhörer zurück auf die Gabel.

Collin saß schweigend in einer Ecke. Die Stabschefin hatte bisher noch keine Notiz von seiner Anwesenheit genommen, obwohl er gemeinsam mit Burton ins Zimmer gekommen war. Collin nahm nicht an, daß sich daran etwas ändern würde.

»Wann will er noch mal das Geld?« Burton sah sie an.

»Wenn nicht bis Geschäftsschluß eine Überweisung auf dem angegebenen Konto eingeht, hat keiner von uns eine Zukunft.« Sie ließ den Blick zu Collin wandern, dann zurück zu Burton.

»Scheiße.« Burton stand auf.

Finster blickte Russell ihn an. »Ich dachte, Sie wollten sich darum kümmern, Burton?«

Er ignorierte den Blick. »Wie soll die Übergabe verlaufen?«

»Sobald er das Geld erhalten hat, teilt er uns mit, wo wir den Gegenstand finden.«

»Also müssen wir ihm vertrauen?«

»Sieht ganz so aus.«

»Woher weiß er überhaupt, daß Sie den Brief schon bekommen haben?« Burton begann, im Zimmer auf und ab zu laufen.

»Er lag heute morgen im Briefkasten. Die Post wird aber erst nachmittags zugestellt.«

Burton ließ sich in einen Stuhl fallen. »Im Briefkasten! Sie meinen, er war bei Ihrem Haus?«

»Ich bezweifle, daß er für diese besondere Mitteilung einen Überbringer gewählt hätte.«

»Wieso wußten Sie, daß Sie in den Briefkasten sehen mußten?«

»Die Flagge war oben.« Beinahe mußte Russell lächeln.

»Der Kerl hat wirklich Nerven, Chefin, das muß man ihm lassen.«

»Anscheinend bessere als Sie beide.« Sie verlieh der Bemerkung Nachdruck, indem sie Collin eine volle Minute lang anstarrte. Er wand sich unter ihrem Blick und schlug schließlich die Augen nieder.

Innerlich grinste Burton über den Blickwechsel. Es war gut so; in ein paar Wochen würde ihm der Junge dafür dankbar sein, daß er ihn aus dem Netz dieser schwarzen Witwe gerettet hatte.

»Mich überrascht gar nichts, Chefin. Nicht mehr. Wie steht's mit Ihnen?« Er sah erst sie, dann Collin an.

Russell überging die Anspielung. »Wenn wir das Geld nicht überweisen, müssen wir damit rechnen, daß er bald an die Öffentlichkeit geht. Was wollen Sie dagegen tun?«

Das kühle Gebaren der Stabschefin war nicht gespielt. Sie war zu dem Schluß gekommen, daß sie genug geweint hatte und daß sie es satt hatte, sich ständig übergeben zu müssen. Sie war so verletzt und bloßgestellt worden, daß es ihr bis ans Lebensende reichte. Was auch kommen mochte, sie fürchtete nichts mehr. Es war ein überraschend angenehmes Gefühl.

»Wieviel will er?« fragte Burton.

»Fünf Millionen«, antwortete sie trocken.

Burtons Augen weiteten sich. »Und Sie haben soviel Geld? Wo?«

»Das geht Sie nichts an.«

»Weiß der Präsident davon?« Burton stellte die Frage, obwohl er die Antwort bereits kannte.

»Auch das geht Sie nichts an.«

Burton ließ es dabei bewenden. Was kümmerte es ihn auch?

»Schon gut. Nun, um Ihre Frage zu beantworten, wir *werden* etwas dagegen unternehmen. Ich an Ihrer Stelle würde mir schon eine Möglichkeit überlegen, das Geld später zurückzuholen. Jemand, der nicht mehr unter den Lebenden weilt, kann mit fünf Millionen Dollar nicht viel anfangen.«

»Sie können niemanden töten, an den sie nicht rankommen«, schoß Russell zurück.

»Stimmt. Stimmt genau, Chefin.« Burton setzte sich wieder hin und dachte zurück an die Unterhaltung vom Vortage mit Seth Frank.

Als Kate ihren Besucher empfing, war sie vollständig angezogen. Aus irgendeinem Grund hatte sie das Gefühl gehabt, daß sie, bloß im Bademantel, die Befragung länger ausstehen, mit jeder Frage verwundbarer erscheinen müßte. Verwundbar wollte sie unter keinen Umständen wirken, denn genau so fühlte sie sich.

»Mir ist nicht klar, was Sie eigentlich von mir wollen.«

»Nur ein paar Auskünfte, das ist alles, Ms. Whitney. Ich weiß, daß Sie bei Gericht arbeiten, und glauben Sie mir, es widerstrebt mir, Sie mit all dem zu belasten, aber augenblicklich ist Ihr Vater mein Hauptverdächtiger in einem äußerst brisanten Fall.« Frank blickte sie ernst an.

Die beiden saßen in dem kleinen Wohnzimmer. Frank hatte sein Notizbuch herausgeholt.

Kate saß kerzengerade am Rand der Couch und versuchte, ruhig zu bleiben, obwohl ihre Finger ständig zu der zarten Halskette hinaufgingen und sie in kleine, wirre Knoten rollten.

»Nach allem, was Sie mir erzählen, Lieutenant, haben Sie nicht viel in der Hand. Wäre ich bei diesem Fall der Staatsanwalt, ich glaube nicht, daß ich genug hätte, um einen Haftbefehl ausstellen zu lassen, geschweige denn, um ein Verfahren einzuleiten.«

»Vielleicht, vielleicht auch nicht.« Frank beobachtete, wie sie mit der Kette spielte. Er war nicht wirklich hier, um Auskünfte einzuholen. Wahrscheinlich wußte er mehr über ihren Vater als sie selbst. Aber er mußte sie behutsam in die Falle locken. Denn so betrachtete er es, als Falle. Eine Falle für jemand anderen. Außerdem, wieso sollte sie Einwände haben? Es war eigentlich anzunehmen, daß es ihr ziemlich egal sein müßte, was mit ihrem Vater passierte; zumindest machte es die Sache für ihn einfacher.

Frank fuhr fort. »Ich erzähle Ihnen von ein paar interessanten Zufällen. Wir haben die Fingerabdrücke Ihres Vaters am Lastwagen einer Reinigungsfirma gefunden, von dem wir wissen, daß er kurz vor dem Mord bei Sullivans Haus war. Dadurch konnten wir ihn identifizieren. Ferner ist es eine Tatsache, daß er einen falschen Namen, eine falsche Adresse und eine falsche Sozialversicherungsnummer angegeben hat, als er sich um den Job bewarb. Außerdem wissen wir, daß Ihr Vater in dem Haus war, sogar in dem Schlafzimmer, kurz, bevor das Verbrechen verübt wurde. Dafür haben wir zwei Augenzeugen. Und es ist eine Tatsache, daß er anscheinend verschwunden ist.«

Kate sah ihn an. »Er ist vorbestraft. Wahrscheinlich hat er die richtigen Daten nicht angegeben, weil er fürchtete, die Arbeit sonst nicht zu bekommen. Dann meinen Sie, er sei verschwunden. Haben Sie je daran gedacht, er könnte unterwegs sein? Selbst Ex-Knackis machen mal Urlaub.« Unglaublich, aber wahr, die Prozeßanwältin ertappte sich dabei, daß sie instinktiv ihren Vater verteidigte. Greller Schmerz schoß durch ihren Kopf. Unwillkürlich rieb sie sich die Schläfen.

»Eine weitere aufschlußreiche Entdeckung ist, daß Ihr Vater mit Wanda Broome befreundet war, Christine Sullivans Hausdame und persönliche Vertraute. Ihr Vater und Wanda Broome hatten damals in Philadelphia denselben Bewährungshelfer. Offenbar haben die beiden in all den Jahren nie den Kontakt zueinander verloren. Ich wette, Wanda wußte von dem Safe im Schlafzimmer.«

»Und?«

»Also habe ich mit Wanda Broome gesprochen. Es war offensichtlich, daß sie mehr über die Angelegenheit wußte, als sie zugeben wollte.«

»Warum reden Sie dann nicht mit ihr, anstatt hier mit mir Ihre Zeit zu verschwenden? Vielleicht hat sie das Verbrechen selbst begangen.«

»Sie befand sich zu der Zeit außer Landes, das können hundert Augenzeugen bestätigen.« Frank ließ sich einen Augenblick Zeit und räusperte sich. »Außerdem kann ich nicht mehr mit ihr reden, denn sie hat Selbstmord begangen. Sie hat eine Nachricht hinterlassen, in der steht, es täte ihr leid.«

Kate erhob sich und starrte mit leerem Blick aus dem Fenster. Eiskalte Hände schienen sie zu umfassen.

Frank wartete ein paar Minuten. Während er sie betrachtete, überlegte er, wie sie sich wohl dabei fühlen mußte, den immer stichhaltigeren Indizien gegen ihren Vater zu lauschen. Gegen den Mann, der geholfen hatte, sie zu zeugen, und der sie dann offenbar im Stich gelassen hatte. War da noch Liebe? Frank hoffte nicht. Zumindest hoffte es der Fahnder der Mordkommission nicht. Der Vater von drei Kindern jedoch fragte sich, ob dieses Gefühl jemals völlig ausgelöscht werden konnte, ganz gleich, was vorgefallen sein mochte.

»Ms. Whitney, ist alles in Ordnung?«

Kraftlos wandte sich Kate vom Fenster ab. »Können wir irgendwo hingehen? Ich habe schon eine ganze Weile nichts mehr gegessen und habe nichts hier.«

Ihr Weg führte sie in dasselbe Restaurant, wo Jack und Luther sich getroffen hatten. Während Frank sich gierig über seine Portion hermachte, rührte Kate nichts an.

Er schaute auf ihren Teller hinüber. »Sie haben das Lokal ausgesucht, also nahm ich an, Sie mögen das Essen. Wissen Sie, das ist nichts Persönliches, aber Sie könnten ein paar Pfund mehr durchaus vertragen.«

Endlich blickte Kate zu ihm auf. Ein schwaches Lächeln trat in ihr Gesicht. »Sind Sie nebenher auch noch Gesundheitsapostel?«

»Ich habe drei Töchter. Die älteste ist siebzehn; sie führt sich auf wie eine Vierzigjährige und ist felsenfest davon überzeugt, fett zu sein. Ich meine, sie hat vielleicht fünfzig Kilo und ist schon beinahe so groß wie ich. Hätte sie nicht so rosige Wangen, könnte man sie für magersüchtig halten. Und erst meine Frau! Du lieber Himmel, sie macht ständig irgendeine Diät. Für meine Begriffe sieht sie großartig aus, aber es muß wohl irgendein merkwürdiges Ideal geben, das jede Frau anstrebt.«

»Jede Frau außer mir.«

»Essen Sie auf. Das sage ich meinen Töchtern jeden Tag. *Eßt!*«

Kate nahm die Gabel in die Hand und brachte die Hälfte ihrer Portion hinunter. Während sie ihren Tee trank und Frank an einer großen Tasse Kaffee nippte, kühlte sich die Atmosphäre wieder merklich ab, als die Unterhaltung zurück auf Luther Whitney kam.

»Wenn Sie so sicher sind, genug in der Hand zu haben, um ihn hochzunehmen, warum tun Sie es dann nicht?«

Frank schüttelte den Kopf und stellte die Tasse auf den Tisch. »Sie waren in seinem Haus. Er ist seit einer Weile weg. Wahrscheinlich hat er sich aus dem Staub gemacht, gleich nachdem es passiert ist.«

»*Wenn* er es getan hat. Ihr ganzer Fall beruht nur auf Indizien, die einer Beweiskraft noch nicht einmal nahe kommen, Lieutenant.«

»Kann ich offen mit Ihnen reden, Kate? Darf ich Sie Kate nennen?«

Sie nickte.

Frank stützte die Ellbogen auf den Tisch und blickte zu ihr hinüber. »Mal ganz im Ernst, warum fällt es Ihnen so schwer zu glauben, daß Ihr alter Herr diese Frau umgebracht hat? Drei Vorstrafen hat er bereits. Ganz offensichtlich hat der Kerl sein ganzes Leben am Rande der Legalität verbracht. Man hat ihn wegen einem Dutzend weiterer Einbrüche verhört, konnte ihm aber nie etwas nachweisen. Er ist Berufsverbrecher. Sie kennen solche Typen doch. Ein Menschenleben ist denen einen Scheißdreck wert.«

Kate trank den Tee aus, bevor sie antwortete. Berufsverbrecher? Natürlich war ihr Vater das. Sie hegte keinerlei Zweifel, daß er während all der Jahre weiterhin Verbrechen begangen hatte. Anscheinend lag ihm das im Blut. Wie bei einem Kokainabhängigen. Unheilbar.

»Er tötet nicht«, erwiderte sie ruhig. »Er mag zwar stehlen, aber er hat noch nie jemanden verletzt. Das ist nicht sein Stil.«

Was genau hatte Jack gesagt? Ihr Vater hatte Angst gehabt. Solche Angst, daß er sich übergeben mußte. Die Polizei hatte ihrem Vater niemals Angst eingejagt. Aber wenn er die Frau getötet *hatte*? Vielleicht war es nur ein Reflex gewesen, der die Waffe abfeuerte und Christine Sullivans Leben durch eine Kugel beendete. All das hätte sich im Bruchteil von Sekunden ereignen können. Keine Zeit zu überlegen, nur zu handeln. Um zu verhindern, daß er für immer ins Gefängnis wanderte. Verdammt noch mal! Es war durchaus möglich.

Wenn ihr Vater die Frau getötet hatte, würde er Angst haben; er wäre entsetzt, es *hätte* ihm auf den Magen geschlagen.

Trotz all des Kummers war ihr die Freundlichkeit ihres Vaters am deutlichsten im Gedächtnis geblieben. Wie seine großen Hände die ihren umschlossen hatten. Gegenüber den meisten Menschen war Luther von einer geradezu rigorosen Schweigsamkeit gewesen. Doch mit ihr hatte er sich unterhalten. Mit ihr, nicht von oben herab, auch nicht von unten hinauf, wie das die meisten Erwachsenen tun. Er hatte mit ihr über Dinge gesprochen, die ein kleines Mädchen interessierten. Über Blumen, Vögel und wie der Himmel plötzlich die Farbe änderte. Außerdem über Kleider, Haarreifen und Wackelzähne, mit denen sie ständig zu kämpfen hatte. Das waren kurze, aber herzliche Augenblicke gewesen, Augenblicke zwischen Vater und Tochter, die urplötzlich durch seine Verhaftung, seine Gefängnisstrafe abgeschnitten wurden. In den folgenden Jahren gab es nur noch wenige Gelegenheiten, mit ihm zu reden. Und als er endlich wieder frei war, hatte längst die Beschäftigung des Mannes mit der freundlichen Maske und den großen, sanften Händen ihr Leben, ihr Bild von Luther Whitney zu prägen begonnen.

Wie konnte sie behaupten, dieser Mann könnte nicht töten?

Frank beobachtete die heftig blinzelnden Augen. Sie wurde weich. Er fühlte es.

Der Fahnder griff nach dem Löffel und schaufelte mehr Zucker in den Kaffee. »Sie meinen also, es wäre unvorstellbar, daß Ihr Vater diese Frau getötet hat? Haben Sie nicht gesagt, Sie beide hätten in letzter Zeit keinen Kontakt miteinander gehabt?«

Kate wurde aus ihren Gedanken gerissen. »Daß es unvorstellbar ist, habe ich nicht gesagt. Ich meine nur ...« Sie verhaspelte sich. Hunderte von Zeugen hatte sie bereits verhört, doch sie konnte sich an keinen erinnern, der so stümperhaft aufgetreten war wie sie im Augenblick.

Hektisch kramte sie in ihrer Tasche nach der Packung Benson & Hedges. Der Anblick der Zigaretten ließ Frank nach seinem Kaugummi greifen.

Sie blies den Rauch von ihm weg und betrachtete den Kaugummi. »Versuchen Sie auch gerade aufzuhören?« Ein Anflug von Belustigung huschte über ihr Gesicht.

»Ja, allerdings erfolglos. Was wollten Sie gerade sagen?«

Sie nahm einen weiteren Zug und versuchte angestrengt, die Nerven im Zaum zu halten. »Wie ich schon sagte, ich habe meinen Vater seit Jahren nicht mehr gesehen. Wir stehen uns nicht sehr nahe. Möglich, daß er die Frau umgebracht hat. Alles ist möglich. Aber das zählt nicht vor Gericht. Vor Gericht zählen immer nur Fakten.«

»Und wir versuchen, einen Fall gegen ihn aufzubauen.«

»Haben Sie irgendwelche handfesten Beweise, die ihn mit dem Tatort in Verbindung bringen? Fingerabdrücke? Zeugen? Irgend etwas in der Art?«

Frank zögerte, dann entschloß er sich zu antworten. »Nein.«

»Haben Sie irgend etwas von der Beute aufgespürt?«

»Bislang ist nichts aufgetaucht.«

»Und die Ballistik?«

»Negativ. Ein unbrauchbares Projektil und keine Waffe.«

Kate lehnte sich im Sessel zurück. Nun, da sich die Unterhaltung in eine rechtliche Analyse des Falles wandelte, fühlte sie sich wesentlich wohler.

»Mehr haben Sie nicht?« Sie bedachte ihn mit einem skeptischen Blick.

Abermals zögerte er, dann zuckte er die Schultern. »Das ist alles.«

»Das ist nichts, Lieutenant. Gar nichts!«

»Ich habe meine Instinkte, und die sagen mir, daß Luther Whitney in jener Nacht im Haus und im Schlafzimmer war. Und ich will wissen, wo er jetzt ist.«

»Da kann ich Ihnen nicht helfen. Das habe ich gestern nacht schon Ihrem Kumpel gesagt.«

»Aber Sie waren in seinem Haus. Warum?«

Kate zuckte die Schultern. Sie war fest entschlossen, die Unterhaltung mit Jack nicht zu erwähnen. Hielt sie Beweismaterial zurück? Vielleicht.

»Ich weiß es nicht.« Das entsprach, zumindest teilweise, der Wahrheit.

»Kate, Sie machen mir den Eindruck eines Menschen, der niemals etwas grundlos tut.«

Jacks Gesicht tauchte vor ihr auf. Wütend schob sie es beiseite. »Sie wären überrascht, Lieutenant.«

Demonstrativ schloß Frank das Notizbuch und beugte sich vor.

»Ich brauche unbedingt Ihre Hilfe.«

»Wozu?«

»Was ich Ihnen jetzt sage, steht nicht im Protokoll, ist inoffiziell, wie Sie es auch nennen wollen. Ich bin mehr an Ergebnissen als an juristischen Spitzfindigkeiten interessiert.«

»Merkwürdig, daß Sie so etwas ausgerechnet einem Staatsanwalt erzählen.«

»Ich habe nicht gesagt, daß ich mich nicht an die Regeln halte.« Frank gab der Versuchung schließlich nach und holte seine Zigaretten hervor. »Ich sage nur, daß ich mich der Mittel bedienen muß, die sich mir bieten. Okay?«

»Schon gut.«

»Ich habe erfahren, daß Ihr Vater sich noch immer vor Sehnsucht nach Ihnen verzehrt, obwohl Sie nichts mehr von ihm wissen wollen.«

»Wer hat Ihnen das erzählt?«

»Himmel, ich bin Ermittler. Stimmt es also oder nicht?«

»Keine Ahnung.«

»Verdammt noch mal, Kate, treiben Sie keine dummen Spielchen mit mir. Stimmt es oder nicht?«

Zornig drückte sie die Zigarette aus. »Es stimmt! Zufrieden?«

»Noch nicht, aber es wird. Ich habe einen Plan, wie wir den Kerl hochnehmen können, und Sie müssen mir dabei helfen.«

»Ich kann mir nicht vorstellen, wie ich Ihnen dabei helfen könnte.« Kate wußte, was als nächstes kommen mußte. Sie konnte es von Franks Augen ablesen. In zehn Minuten hatte er seinen Plan erklärt. Dreimal lehnte sie ab. Eine halbe Stunde später saßen sie immer noch am Tisch.

Frank lehnte sich im Sessel zurück und schnellte dann unvermittelt nach vorne. »Hören Sie, Kate, wenn Sie es nicht tun, haben wir nicht die geringste Chance, den Kerl je in die Finger zu bekommen. Behalten Sie recht und haben wir nicht genügend Beweise, geht er frei. Aber wenn er es getan hat und wenn wir es beweisen können, dann sollten Sie eigentlich die letzte auf Erden sein, die mir einreden will, er sollte damit davonkommen. Wenn Sie der Meinung sind, ich liege falsch, bringe ich Sie zurück nach Hause und vergesse, daß ich je mit Ihnen gesprochen habe. Und Ihr alter Herr kann weiterhin stehlen … und vielleicht töten.« Unverwandt starrte er sie an.

Kate öffnete den Mund, brachte jedoch kein Wort heraus. Ihre Augen wanderten über seine Schulter, wo schemenhaft ein Bild aus der Vergangenheit auftauchte und plötzlich wieder verblaßte.

Mit fast dreißig Jahren war Kate Whitney längst nicht mehr das kleine Mädchen, das kicherte, wenn der Vater sie durch die Luft wirbelte; das ihm bedeutende Geheimnisse anvertraute, die sie mit keinem anderen teilte. Sie war verantwortungsbewußt und erwachsen und lebte seit geraumer Zeit ihr eigenes Leben. Darüber hinaus war sie Juristin, mehr noch, eine Staatsanwältin, die geschworen hatte, das Gesetz und die Verfassung des Staates Virginia zu verteidigen. Es war ihre Aufgabe sicherzustellen, daß Menschen, die das Gesetz verletzten, bestraft wurden. Ungeachtet der Herkunft und Verwandtschaftsverhältnisse.

Dann drang ein anderes Bild in ihre Gedanken. Das Bild ihrer Mutter, die Nacht für Nacht an der Tür saß und darauf wartete, daß er nach Hause kam; die sich sorgte, ob es ihm gut ging; die ihn im Gefängnis besuchte, eine Liste der Dinge machte, über die sie mit ihm reden wollte; die Kate für solche Besuche herausputzte und immer aufgeregter wurde, je näher das Entlassungsdatum rückte. Als handelte es sich um einen verdammten Helden, der die Welt rettete, und nicht um einen Dieb. Jacks Worte fielen ihr wieder ein und nagten an ihr. Er hatte ihr ganzes Leben als einzige Lüge bezeichnet. Seiner Meinung nach sollte sie Mitgefühl für einen Mann aufbringen, der sie im Stich gelassen hatte. Als wäre Luther Whitney schlecht behandelt worden und nicht sie. Nun, Jack sollte geradewegs zur Hölle fahren. Sie dankte Gott, daß sie damals beschlossen hatte, ihn nicht zu heiraten. Ein Mann, der ihr solch fürchterliche Dinge an den Kopf warf, verdiente sie nicht; verdiente nicht, glücklich zu sein. Und Luther Whitney verdiente alles, was ihm widerfuhr. Vielleicht hatte er die Frau nicht getötet. Vielleicht aber doch. Es war nicht ihre Aufgabe, diese Entscheidung zu fällen. Ihre Aufgabe war sicherzustellen, daß überhaupt eine Entscheidung getroffen werden konnte, und zwar von unabhängigen Geschworenen. Ihr Vater gehörte ohnehin ins Gefängnis. Zumindest konnte er dort niemanden verletzen und kein Leben mehr zerstören.

Mit diesem letzten Gedanken stimmte Kate zu, dabei zu helfen, ihren Vater der Polizei auszuliefern.

Als die beiden aufstanden, um zu gehen, hatte Frank fast so etwas wie ein schlechtes Gewissen. Ganz aufrichtig war er nicht mit Kate Whitney gewesen. Tatsächlich hatte er ihr, was – abgesehen von der großen Preisfrage, wo sich Luther Whitney augenblicklich aufhielt – den wichtigsten Punkt des Falles betraf, ins Gesicht gelogen. Er war nicht unbedingt stolz auf sich. Ordnungshüter mußten gelegentlich lügen, wie jeder andere auch. Diese Gewißheit machte es aber nicht leichter für ihn, vor allem, da er jemanden belog, den er auf Anhieb gemocht hatte und nunmehr aufrichtig bemitleidete.

Kapitel 18

Noch in jener Nacht rief Kate an. Frank wollte keine Zeit verlieren. Die Stimme auf dem Anrufbeantworter überraschte sie; zum erstenmal seit Jahren hörte sie diesen Klang. Ruhig, selbstbewußt, gemessen, wie die geübten Schritte eines Infanteristen. Als die Stimme erklang, begann sie tatsächlich zu zittern und mußte all ihre Willenskraft aufbieten, um die einfachen Worte aufzusagen, die ihn ködern sollten. Sie durfte nicht vergessen, wie gerissen er sein konnte. Sie wolle ihn sehen, sagte sie, mit ihm sprechen. So bald wie möglich.

Dann überlegte sie, ob sein verschlagener, alter Verstand die Falle riechen würde; als sie jedoch daran zurückdachte, wie sie sich zum letztenmal von Angesicht zu Angesicht gegenübergestanden waren, erkannte sie, daß er niemals damit rechnen würde. Niemals würde er dem kleinen Mädchen, das ihm seine größten Geheimnisse anvertraut hatte, eine solche Heimtücke zutrauen. Das mußte selbst sie ihm zugestehen.

Kaum eine Stunde später klingelte das Telefon. Als sie die Hand danach ausstreckte, wünschte sie inbrünstig, sie hätte Franks Bitte niemals zugestimmt. Es war eine Sache, in einem Restaurant zu sitzen und einen Plan auszuhecken, um einen mutmaßlichen Mörder zu schnappen. Sich tatsächlich an einer Hinterlist zu beteiligen, die ausschließlich dazu gedacht war, den Vater an die Behörden auszuliefern, war etwas ganz anderes.

»Katie.« Sie bemerkte das leichte Beben der Stimme. Ein Hauch Ungläubigkeit schwang darin mit.

»Hallo, Dad.« Dankbar nahm sie zur Kenntnis, daß die Worte wie von selbst kamen. Im Augenblick schien sie unfähig, selbst den einfachsten Gedanken auszudrücken.

Ihre Wohnung war nicht gut. Das verstand er. Zu klein, zu persönlich. Sein Haus kam aus offensichtlichen Gründen nicht in Frage, das wußte sie. Er schlug vor, sie könnten sich auf neutralem Boden treffen. Natürlich ging das. Sie wollte mit ihm reden, er war mehr als bereit zuzuhören. Er sehnte sich danach zuzuhören.

Eine Zeit wurde vereinbart, morgen, vier Uhr, in einem kleinen Café in der Nähe ihres Büros. Um diese Zeit würde es menschenleer und ruhig sein; sie könnten sich Zeit lassen. Luther sagte zu.

Kate war überzeugt, daß selbst der Tod ihn nur schwer würde aufhalten können.

Nachdem sie aufgelegt hatte, rief sie Frank an und nannte ihm Zeit und Ort. Während sie der eigenen Stimme lauschte, wurde ihr allmählich klar, was sie soeben getan hatte. Sie spürte, daß ihr plötzlich alles aus der Hand glitt und sie nichts dagegen tun konnte. Kate knallte den Hörer auf die Gabel und brach in Tränen aus.

Frank hatte den Hörer einen Augenblick länger am Ohr gehalten und wünschte nun, er hätte es nicht getan. Er schrie ins Telefon, doch sie hörte ihn nicht mehr. Nicht daß es irgend etwas geändert hätte. Sie handelte richtig. Es gab nichts, dessen sie sich schämen oder gar schuldig fühlen mußte. Wie ein Streichholz im Sturm verlosch der Augenblick der Freude darüber, daß er seinem Fang ein Stück näher gerückt war, als er endlich aufgab und den Hörer auflegte.

Seine Frage war somit beantwortet. Sie liebte ihn immer noch. Seth Frank, der Kriminalbeamte, empfand den Gedanken zwar als unangenehm, konnte aber damit leben. Seth Frank, dem Vater von drei Kindern, trieb der Gedanke Tränen in die Augen, und mit einem Mal mochte er seine Arbeit nicht mehr besonders.

Burton legte den Hörer auf. Frank hatte Wort gehalten und wollte den Agenten dabeisein lassen, wenn die Falle zuschnappte.

Minuten später saß Burton in Russells Büro.

»Ich will gar nicht wissen, wie Sie es machen.« Russell wirkte besorgt.

Innerlich lächelte Burton. Sie wurde zimperlich, wie er es vorhergesehen hatte. Die Stabschefin wollte die Arbeit erledigt wissen, ohne sich dabei die hübschen Hände schmutzig zu machen.

»Sie müssen lediglich dafür sorgen, daß der Präsident erfährt, wo es stattfindet. Außerdem müssen Sie unbedingt dafür sorgen, daß er es Sullivan vorher erzählt. Das *muß* er tun.«

Russell sah verwirrt drein. »Wieso?«

»Zerbrechen Sie sich darüber nicht den Kopf. Denken Sie daran, tun Sie nur, was ich sage.« Bevor Russell über ihn herfallen konnte, verließ er den Raum.

»Ist die Polizei sicher, daß sie den Richtigen hat?« In der Stimme des Präsidenten lag ein Hauch Besorgnis, als er vom Schreibtisch aufblickte.

Russell, die im Zimmer auf und ab schritt, hielt inne und sah ihn an. »Nun, Alan, ich nehme an, sie würden kaum den ganzen Ärger auf sich nehmen, um ihn zu verhaften, wären sie nicht sicher.«

»Sie haben schon öfter Fehler gemacht, Gloria.«

»Keine Frage. Genau wie wir alle.«

Der Präsident schloß die Mappe, die er gerade durchgesehen hatte, und erhob sich. Durch das Fenster betrachtete er das Grundstück um das Weiße Haus herum.

»Also wird der Mann bald in Haft sein?« Er drehte sich um und schaute Russell an.

»So ist es geplant.«

»Was soll das heißen?«

»Nun, selbst die besten Pläne schlagen bisweilen fehl.«

»Weiß Burton davon?«

»Burton scheint das Ganze eingefädelt zu haben.«

Der Präsident ging zu Russell hinüber und legte ihr die Hand auf den Arm.

»Was meinst du damit?«

Russell schilderte ihrem Boß die Ereignisse der letzten paar Tage.

Der Präsident rieb sich das Kinn. »Was hat Burton vor?« Die Frage war mehr an ihn selbst als an Russell gerichtet.

»Warum funkst du ihn nicht an und fragst ihn selbst? Alles, worauf er bestanden hat, war, daß du Sullivan die Nachricht übermittelst.«

»Sullivan? Warum sollte ich Sullivan …« Der Präsident führte den Satz nicht zu Ende. Er ließ Burton rufen, doch man teilte ihm mit, daß dieser plötzlich krank geworden sei und sich ins Krankenhaus begeben habe.

Die Augen des Präsidenten bohrten sich in die der Stabschefin. »Hat Burton das vor, was ich glaube?«

»Kommt darauf an, was du glaubst.«

»Laß diese Spielchen, Gloria. Du weißt genau, was ich meine.«

»Wenn du meinst, Burton will verhindern, daß man den Kerl verhaftet: Ja, der Gedanke ist mir auch schon durch den Kopf gegangen.«

Der Präsident nahm einen schweren Brieföffner vom Schreibtisch, setzte sich auf den Stuhl und starrte aus dem Fenster. Beim Anblick des Brieföffners schauderte Russell. Ihren eigenen hatte sie weggeworfen.

»Alan? Was soll ich tun?« Sie starrte auf seinen Hinterkopf. Er war der Präsident, und man mußte stillhalten und geduldig warten, auch wenn man am liebsten hinübergelangt und ihn erwürgt hätte.

Endlich drehte er sich herum. Die Augen waren dunkel, kalt, durch und durch berechnend. »Nichts. Du tust gar nichts. Ich sollte jetzt wohl besser Sullivan anrufen. Gib mir noch mal Zeit und Ort.«

Als Russell die Daten wiederholte, dachte sie, was sie bereits zuvor gedacht hatte. *Ein schöner Freund.*

Der Präsident griff zum Telefon. Russell faßte hinüber und legte die Hand auf die seine. »Alan, im Bericht steht, daß Christine Sullivan Blutergüsse im Gesicht und Würgemale am Hals hatte.«

Der Präsident schaute nicht auf. »Ach, wirklich?«

»Was genau ist im Schlafzimmer passiert, Alan?«

»Nun, soweit ich mich erinnern kann, wollte sie ein bißchen härter spielen als ich. Die Male am Hals?« Er hielt inne und legte den Hörer wieder auf. »Sagen wir so, Christy hatte eine Vorliebe für gewisse abartige Praktiken, Gloria. Du weißt schon, für manche ist es das höchste der Gefühle, wenn sie um Luft ringen und gleichzeitig zum Höhepunkt kommen.«

»Von so etwas habe ich schon gehört, Alan, ich hätte nur nie gedacht, daß du dich dafür hergibst.« Sie klang ziemlich barsch.

Der Präsident schnappte zurück. »Werde nicht übermütig, Russell. Ich bin weder dir noch sonst jemandem Rechenschaft schuldig.«

Zurückweichend erwiderte sie hastig: »Natürlich. Tut mir leid, Mr. President.«

Richmonds Züge entspannten sich. Er stand auf und breitete versöhnlich die Arme aus. »Ich habe es für Christy getan, Gloria, was soll ich noch sagen. Manchmal wirken Frauen merkwürdig auf Männer. Ich bin gewiß nicht dagegen gefeit.«

»Warum hat sie dann versucht, dich umzubringen?«

»Wie ich schon sagte, sie wollte härter spielen als ich. Sie war betrunken und verlor die Kontrolle. Bedauerlich, aber so etwas kommt vor.«

Gloria schaute an ihm vorbei zum Fenster hinaus. Das Stelldichein mit Christine Sullivan hatte sich nicht zufällig ergeben. Die Planung und Vorbereitung für das Rendezvous hatte beinahe das Ausmaß einer groß angelegten Wahlkampagne erreicht. Sie schüttelte den Kopf, als die Bilder jener Nacht auf sie eindrangen.

Der Präsident trat hinter sie, packte sie an den Schultern und drehte sie zu sich herum.

»Es war für uns alle eine entsetzliche Erfahrung, Gloria. Ich wollte bestimmt nicht, daß Christy getötet wird. Das war das letzte, was ich wollte. Ich bin dort hingefahren, um eine stille, romantische Nacht mit einer wunderschönen Frau zu verbringen. Mein Gott, ich bin doch kein Monster.«

Ein entwaffnendes Lächeln huschte über sein Gesicht.

»Ich weiß, Alan. Es ist nur – all die Frauen, immer wieder. Irgend etwas in der Art mußte mal passieren. Etwas Schlimmes.«

Der Präsident zuckte die Schultern. »Nun, ich bin nicht der erste in diesem Amt, der sich solchen kleinen Seitensprüngen hingibt. Und sicher nicht der letzte.« Er nahm ihr Kinn in die Hand. »Gloria, du kennst die Anforderungen meines Amtes, besser als die meisten. Auf der ganzen Welt gibt es keinen vergleichbaren Job.«

»Ich weiß, daß der Druck enorm ist. Ich weiß das, Alan.«

»Stimmt genau. Es ist eine Arbeit, die eigentlich mehr erfordert, als ein Mensch geben kann. Manchmal muß man sich der Tatsache stellen, indem man sich gelegentlich aus der Umklammerung, von dem Druck befreit. Wie ich mit dem Druck umgehe, ist wichtig, denn davon hängt ab, wie gut ich dem Volk dienen kann, das mich gewählt und sein Vertrauen in mich gesetzt hat.«

Er drehte sich wieder zum Schreibtisch um. »Im übrigen ist es eine relativ harmlose Art der Streßbekämpfung, die Gesellschaft schöner Frauen zu genießen.«

Wütend starrte Gloria auf seinen Rücken. Erwartete er ausgerechnet von ihr, daß sie auf die leeren Worte, dieses verlogene patriotische Gefasel hereinfallen sollte?

»Für Christine Sullivan war es alles andere als harmlos«, platzte sie heraus.

Richmond wandte sich zu ihr um; das Lächeln war verschwunden. »Ich habe wirklich keine Lust mehr, darüber zu reden, Gloria. Vorbei ist vorbei, denk lieber an die Zukunft. Verstanden?«

In formeller Zustimmung senkte sie das Haupt und verließ den Raum.

Erneut griff der Präsident zum Telefon. Er würde seinem guten Freund Walter Sullivan alle erforderlichen Einzelheiten über den Polizeieinsatz zukommen lassen. Der Präsident lächelte, als er den Anruf tätigte. Anscheinend würde bald, sehr bald, alles ausgestanden sein. Auf Burton war Verlaß. Man konnte darauf zählen, daß er das Richtige tat. Das Richtige für sie alle.

Luther sah auf die Uhr. Kurz vor eins. Er duschte, putzte sich die Zähne und stutzte den Bart, den er sich hatte wachsen lassen. Sein Haar bearbeitete er so lange, bis er vollauf damit zufrieden war. Sein Gesicht sah heute besser aus. Der Anruf von Kate hatte wahre Wunder gewirkt. Immer wieder klemmte er den Hörer zwischen Schulter und Ohr und spielte die Nachricht ab, nur um der Stimme und den Worten zu lauschen, die zu hören er niemals wieder erwartet hatte. Luther war das Wagnis eingegangen, einen Herrenausstatter in der Innenstadt aufzusuchen, wo er sich eine Hose, ein Sportjackett und Lederschuhe kaufte. Auch eine Krawatte zog er in Betracht, verwarf diese Idee jedoch wieder.

Er schlüpfte in die neue Jacke. Gut fühlte sie sich an. Die Hose war ein wenig weit, da er abgenommen hatte. Er mußte mehr essen. Beginnen konnte er damit vielleicht, indem er seine Tochter zu einem frühen Abendessen einlud. Wenn sie es erlaubte. Darüber mußte er noch nachdenken; drängen wollte er sie keinesfalls.

Jack! Es mußte Jack gewesen sein. Er hatte ihr von dem Treffen erzählt und daß ihr Vater in Schwierigkeiten steckte. Das war die Verbindung. Natürlich! Wie dumm von ihm, es nicht gleich zu erkennen. Doch was bedeutete es? Daß sie sich Sorgen um ihn machte? Ein Schauder kroch ihm vom Nacken bis in die Knie. Nach all den Jahren? Nur mußte es ausgerechnet jetzt sein? Verdammt, warum gerade jetzt! Doch er hatte einen Entschluß gefaßt; nichts konnte daran noch etwas ändern. Nicht einmal sein kleines Mädchen. Eine himmelschreiende Ungerechtigkeit mußte gesühnt werden.

Luther war sicher, daß der Präsident nichts von dem Briefwechsel mit der Stabschefin wußte. Russells einzige Chance bestand darin, so rasch wie möglich zurückzukaufen, was Luther hatte, und sicherzustellen, daß es niemand je zu Gesicht bekäme. Sie klammerte sich an die Hoffnung, er würde verschwinden, nachdem sie ihn ausbezahlt hatte, und die Welt erführe niemals etwas. Den ordnungsgemäßen Eingang des Geldes auf dem angegeben Konto hatte Luther überprüft. Das sollte die erste Überraschung werden.

Die zweite jedoch würde sie das Geld vollkommen vergessen lassen. Und das beste daran war, daß Richmond nichts von all dem ahnte, was auf ihn zukam. Luther hegte ernste Zweifel, ob der Präsident tatsächlich hinter Gitter wandern würde. Andererseits, wenn das hier nicht die Anforderungen für eine Amtsenthebung erfüllte, dann verstand er die Welt nicht mehr. Im Vergleich dazu wirkte Watergate wie ein harmloser Ulk. Er überlegte, was des Amtes enthobene ExPräsidenten wohl machten. Schmoren in den Flammen ihrer eigenen privaten Hölle, war zu hoffen.

Luther holte den Brief aus der Tasche. Er wollte dafür sorgen, daß die Stabschefin ihn just zu dem Zeitpunkt erhielt, wo sie die letzten Anweisungen erwartete. Die Abrechnung. Sie alle würden bekommen, was ihnen zustand. Es war die Mühe wert, Russell Blut schwitzen zu lassen, und das tat sie, ganz bestimmt sogar.

So sehr sich Luther bemühte, er konnte nicht vergessen, wie die Frau lustvoll den Präsidenten bestiegen hatte, neben einer noch warmen Leiche; als wäre die tote Frau ein Haufen Dreck, den man einfach links liegen ließ. Und dann Richmond. Dieser versoffene, schleimige Bastard! Abermals brachten die Bilder Luther zum Kochen. Er biß die Zähne zusammen, dann lächelte er plötzlich.

Was auch immer Jack für ihn herausschlagen konnte, er würde es akzeptieren. Zwanzig Jahre, zehn Jahre, zehn Tage. Für Luther spielte es keine Rolle mehr. Zum Teufel mit dem Präsidenten und seinem Gefolge! Zum Teufel mit der ganzen verfluchten Stadt!

Doch zuerst würde er ein wenig Zeit mit seiner Tochter verbringen. Danach war ihm alles egal.

Auf dem Weg zum Bett hinüber hielt Luther ruckartig inne. Etwas anderes war ihm gerade eingefallen. Etwas, das ihn schmerzte, das er jedoch verstehen konnte. Er setzte sich aufs Bett und trank ein Glas Wasser. Wenn es stimmte, konnte er sie dafür verdammen? Außerdem konnte er zwei Fliegen mit einer Klappe schlagen. Als er sich aufs Bett legte, kam er zu dem Schluß, daß Dinge, die zu schön schienen, um wahr zu sein, meist tatsächlich nicht wahr waren. Verdiente er etwas Besseres von ihr? Die Antwort war völlig klar: Nein.

Als die Überweisung bei der District Bank eintraf, liefen automatisch zuvor erteilte Buchungsaufträge an. Das Geld wurde unverzüglich auf Konten bei fünf verschiedenen Gebietsbanken überwiesen, in Beträgen von je einer Million Dollar. Von dort gelangte das Geld auf verschlungenen Pfaden wieder zurück auf ein einziges Konto.

Russell, die den Geldfluß von ihrer Seite aus verfolgen ließ, sollte früh genug herausfinden, was geschehen war. Besonders erfreut würde sie nicht darüber sein. Noch viel weniger erfreut jedoch würde sie über die nächste Nachricht sein.

Das Café Alonzo hatte seine Pforten vor etwa einem Jahr geöffnet. Es besaß die übliche Anordnung von Tischen mit bunten Sonnenschirmen, die auf engem Raum auf dem Gehsteig standen und von einem hüfthohen, schwarzen Eisenzaun umgeben waren. Der Kaffee war stark und in vielen Sorten erhältlich, die hauseigene Bäckerei bei den Morgen- und Mittagsgästen überaus beliebt. Da es mittlerweile schon kühl war, hatte man die

Sonnenschirme eingeholt; sie ähnelten einer Reihe gigantischer Strohhalme.

Das Café befand sich im Erdgeschoß eines modernen Bürogebäudes. Zwei Stockwerke höher hing ein Gerüst. Drei Arbeiter tauschten eine Glasscheibe aus. Die gesamte Fassade des Gebäudes bestand aus verspiegelten Fenstern, die ein exaktes Bild der direkt gegenüber liegenden Umgebung boten. Die Scheibe war so schwer, daß selbst die drei kräftigen Männer mit dem Gewicht des unhandlichen Gegenstandes zu kämpfen hatten.

Kate zog den Mantel enger und nippte an ihrem Kaffee. Die Nachmittagssonne versuchte zwar, der Kälte zu trotzen, doch sie ging rasch unter und ließ bereits lange Schatten über die Tische kriechen. Das grelle Licht blendete Kate, als sie zur Sonne emporblinzelte, die gerade hinter einer Gruppe baufälliger Reihenhäuser auf der anderen Seite verschwand. Die Häuser sollten abgerissen werden, um Platz für die weitere Renovierung des Viertels zu schaffen. Sie bemerkte nicht, daß im Obergeschoß eines der Häuser nun ein Fenster offen stand. Im angrenzenden Reihenhaus waren zwei Fenster herausgerissen worden. Die Eingangstür eines weiteren war teilweise eingedrückt.

Kate blickte auf die Uhr. Mittlerweile saß sie fast zwanzig Minuten hier. Da sie die Hektik der

Staatsanwaltschaft gewohnt war, hatte sich der Tag endlos hingezogen. Zweifellos verbargen sich in der Umgebung mindestens ein Dutzend Polizisten, die nur darauf warteten zuzuschlagen, sobald Luther auf sie zuging. Dann überlegte sie, ob sie überhaupt die Möglichkeit haben würden, ein paar Worte zu wechseln? Was wollte sie überhaupt sagen? Hallo, Dad, du sitzt in der Falle? Sie rieb sich die Wangen und wartete. Punkt vier Uhr würde er kommen. Und es war zu spät, noch etwas zu ändern. Zu spät für alles. Doch sie tat das Richtige, obwohl sie sich schuldig fühlte, obwohl sie zusammengebrochen war, nachdem sie den Ermittler angerufen hatte. Wütend preßte sie die Hände ineinander. Sie war im Begriff, ihren Vater der Polizei auszuliefern, und er verdiente es. Lange genug hatte sie sich den Kopf darüber zerbrochen. Nun wünschte sie nur noch, es möge bald vorbei sein.

McCarty gefiel die Sache nicht. Überhaupt nicht. Normalerweise beschattete er sein Ziel, oft wochenlang, bis der Mörder das Verhaltensmuster des Opfers besser kannte als das Opfer selbst. Das Töten wurde so um vieles einfacher. Die lange Beobachtung gab McCarty auch Zeit, die Flucht zu planen, selbst auf das Schlimmste vorbereitet zu sein. Bei diesem Auftrag war das nicht möglich gewesen. Sullivans Anweisung war kurz und bündig gewesen. Der Mann hatte ihm bereits eine enorme Summe an Taggeldern bezahlt, weitere zwei Millionen sollten nach Erledigung des Auftrages folgen. Aus welchem Blickwinkel man es auch betrachtete, McCarty war reichlich entlohnt worden; nun mußte er etwas dafür liefern. Mit Ausnahme seines ersten Mordes vor vielen Jahren konnte er sich an keinen Auftrag erinnern, bei dem er so nervös gewesen war. Daß die Gegend nur so von Bullen wimmelte, trug nicht zu seiner Beruhigung bei.

Doch er sagte sich immer wieder vor, daß alles glattgehen würde. Während der Wartezeit hatte er einen guten Plan ausgearbeitet. Nach Sullivans Anruf hatte er die Gegend ausgekundschaftet. Das Reihenhaus war ihm sofort ins Auge gesprungen. Tatsächlich war es der einzig logische Ort. Seit vier Uhr morgens saß er bereits hier. Die Hintertür des Hauses führte in eine Seitengasse. Sein Mietwagen parkte am Straßenrand. Vom Zeitpunkt des Schusses an brauchte er genau fünfzehn Sekunden, um die Waffe fallen zu lassen, die Treppe hinunterzulaufen und zur Tür hinaus in den Wagen zu springen. Bevor die Polizei überhaupt begriff, was los war, wäre er bereits zwei

Meilen entfernt. In fünfundvierzig Minuten sollte von einem Privatrollfeld zehn Meilen nördlich von Washington ein Flugzeug in Richtung New York abheben. Nur ein einziger Passagier würde an Bord sein, und in kaum mehr als vier Stunden von jetzt an würde McCarty bereits bequem in der Concorde sitzen, auf dem Weg nach Paris.

Zum zehntenmal überprüfte er Gewehr und Zielfernrohr, wobei er automatisch ein Staubkorn vom Lauf wischte. Ein Schalldämpfer wäre angenehm gewesen, doch McCarty hatte noch keinen gefunden, der auf ein Gewehr paßte, noch dazu auf ein Gewehr, das – wie seine Waffe – mit Präzisionsgeschossen geladen war. McCarty mußte sich auf das Überraschungsmoment verlassen, um den Schuß und die anschließende Flucht zu tarnen. Zuerst blickte er auf die Straße, dann auf die Uhr. Bald war es soweit.

War McCarty auch ein hervorragender Berufskiller, so konnte er doch unmöglich wissen, daß eine weitere Waffe auf den Kopf seines Opfers gerichtet sein würde. Und durch das Zielfernrohr dieser Waffe würde ein Auge blicken, das ebenso scharf war wie seines, vielleicht sogar noch schärfer.

Tim Collin hatte sich bei der Marine als Scharfschütze hervorgetan. Sein Ausbilder hatte in die Bewertung geschrieben, daß er noch nie einen besseren Schützen als Collin erlebt hatte. Der Träger dieser Auszeichnung warf soeben einen Blick durch das Zielfernrohr und entspannte sich. Collin sah sich in dem Kastenwagen um, in dem er sich befand. Das Auto parkte an der dem Café gegenüberliegenden Straßenseite; er hatte eine gerade Schußlinie auf sein Opfer. Abermals blickte er durch die Waffe. Kurz tauchte Kate Whitney im Fadenkreuz auf. Collin ließ das Seitenfenster des Wagens hinunter. Er stand im Schatten des hinter ihm befindlichen Gebäudes. Niemand konnte bemerken, was er tat. Außerdem verfügte er über den zusätzlichen Vorteil zu wissen, daß Seth Frank und ein paar Staatspolizisten rechter Hand des Cafés postiert waren, während sich weitere Polizisten in der Empfangshalle des Bürokomplexes aufhielten, zu dem das Café gehörte. Überall an der Straße parkten zivile Streifenwagen. Sollte Whitney zu fliehen versuchen, er würde nicht weit kommen. Collin jedoch wußte, daß der Mann nirgendwohin laufen würde.

Nach dem Schuß wollte Collin die Waffe mit wenigen Handgriffen zerlegen und im Auto verstecken. Dann würde er, mit Dienstpistole und Ausweis bewaffnet, hinausgehen und sich unter die anderen Beamten mischen, die sich den Kopf darüber zerbrachen, was geschehen war. Niemandem würde einfallen, einen Wagen des Secret Service nach der Waffe oder dem Schützen zu durchsuchen, der soeben das Opfer ausgelöscht hatte.

In den Augen des jungen Agenten war Burtons Plan hervorragend. Collin hatte zwar nichts gegen Luther Whitney, doch hier stand weit mehr auf dem Spiel als das Leben eines alternden Berufsverbrechers. Verdammt viel mehr. Es bereitete Collin nicht unbedingt Vergnügen, den Mann zu töten. Tatsächlich gedachte er den Vorfall so schnell wie möglich zu vergessen, nachdem die Sache erledigt war. Doch so war das Leben. Der junge Agent wurde für eine Aufgabe bezahlt, die sein Lebensinhalt war und die zu erfüllen er geschworen hatte. Brach er das Gesetz? Rechtlich gesehen, beging er einen Mord. Rechtlich. In Wirklichkeit tat er jedoch nur, was getan werden mußte. Der Präsident wußte Bescheid, ebenso Gloria Russell. Und Bill Burton, ein Mann, den er mehr als alle anderen respektierte, hatte ihm den Auftrag erteilt. Collins Ausbildung gestattete ihm nicht, solche Befehle zu mißachten. Außerdem war der Alte in das Haus eingebrochen. Dafür bekäme er bestimmt zwanzig Jahre. Die würde er nie und nimmer durchstehen. Und selbst wenn, wer wollte schon seinen achtzigsten Geburtstag im Gefängnis feiern? Collin ersparte ihm also eine Menge Elend. Collin an seiner Stelle hätte sich für eine Kugel entschieden.

Der junge Agent schaute hinauf zu den Arbeitern auf dem Gerüst, die sich gerade abmühten, die neue Scheibe einzusetzen. Einer der Männer ergriff ein Seil, das an einem Flaschenzug befestigt war. Langsam hob sich das Ersatzteil.

Kate sah von ihren Händen auf und erblickte ihn.

Geschmeidig kam er den Gehsteig entlang. Schlapphut und Schal verbargen einen Großteil seines Gesichts, doch der Gang war unverkennbar. Als kleines Mädchen hatte sie sich stets gewünscht, einmal so mühelos und selbstsicher wie ihr Vater über die Erde zu gleiten. Sie wollte aufstehen, besann sich jedoch eines Besseren. Frank hatte nicht gesagt, wann er eingreifen wollte, doch Kate nahm an, er würde sich nicht lange Zeit damit lassen.

Luther blieb vor dem Café stehen und betrachtete sie. So nahe war er seiner Tochter seit über zehn Jahren nicht mehr gekommen, und im Augenblick wußte er nicht recht, was er tun sollte.

Kate spürte die Unsicherheit und zwang sich zu einem Lächeln. Unverzüglich trat er an ihren Tisch und setzte sich, mit dem Rücken zur Straße.

Trotz der Kälte nahm er den Hut ab und steckte die Sonnenbrille in die Manteltasche.

McCarty schaute durch das Zielfernrohr. Das stahlgraue Haar kam ins Fadenkreuz; sein Finger entsicherte die Waffe und legte sich über den Abzug.

Kaum hundert Meter entfernt tat Collin dasselbe. Anders als McCarty ließ er sich Zeit, denn er hatte einen Vorteil: Er wußte, wann die Polizei einzuschreiten gedachte.

McCartys Finger am Abzug krümmte sich. Einoder zweimal war sein Blick auf die Männer oben auf dem Gerüst gefallen, doch er hatte sie nicht weiter beachtet. Dies war erst der zweite Fehler, den er je in seiner Laufbahn begangen hatte.

Die Spiegelscheibe bewegte sich ruckartig nach oben, als am Seil gezogen wurde, und neigte sich in McCartys Richtung. Die untergehende Sonne spiegelte sich auf der Oberfläche, und die grellroten Strahlen stachen unmittelbar in McCartys Augen.

Schmerz zuckte durch die Pupillen; unwillkürlich verriß er den Arm, als er feuerte. Fluchend schleuderte er die Waffe von sich. Fünf Sekunden vor Plan erreichte er die Hintertür.

Die Kugel traf die Sonnenschirmstange und knickte sie, ehe sie abprallte und sich in den Asphalt bohrte. Kate und Luther warfen sich gleichzeitig zu Boden; instinktiv schützte der Vater die Tochter mit seinem Körper. Ein paar Sekunden später bildeten Seth Frank und ein Dutzend uniformierter Polizisten mit gezückten Waffen einen Halbkreis um die beiden und ließen die Blicke in höchster Alarmbereitschaft über jeden Winkel der Straße schweifen.

»Riegelt die ganze verdammte Gegend ab«, brüllte Frank einem Sergeant zu, der Befehle in sein Funkgerät bellte. Polizisten schwärmten aus, zivile Streifenwagen rollten heran.

Die Arbeiter starrten auf die Straße hinab. Sie hatten keine Ahnung, wie sehr sie unwissentlich die Geschehnisse unter ihnen beeinflußt hatten.

Luther wurde von Kate weggezogen. Man legte ihm Handschellen an und zerrte ihn in die Vorhalle des Bürogebäudes. Einen Augenblick lang musterte Seth Frank den Mann, dann verlas er ihm seine Rechte. Luther schaute zu seiner Tochter hinüber. Zunächst konnte Kate ihm nicht in die Augen blicken, dann jedoch entschied sie, es sei das mindeste, was er verdiente. Seine Worte schmerzten mehr als alles, worauf sie gefaßt war.

»Bist du in Ordnung, Katie?«

Sie nickte. Dann brach sie in Tränen aus. Diesmal konnte sie nichts dagegen tun, obwohl sie die Kehle mit ehernem Griff umklammerte. Schluchzend sank sie zu Boden.

Bill Burton stand an der Tür zur Eingangshalle. Als der verblüffte Collin hereintrat, drohte Burtons Blick ihn zu vernichten. Bis Collin etwas in Burtons Ohr flüsterte.

Burton verarbeitete die Mitteilung rasch, und Sekunden später war ihm klar, was geschehen war. Der verdammte Sullivan hatte einen Berufskiller angeheuert. Der alte Mann hatte tatsächlich getan, was Burton ihm eigentlich in die Schuhe schieben wollte.

Der gerissene Milliardär war ein Stück in Burtons Achtung gestiegen.

Burton ging zu Frank hinüber.

Frank sah ihn an. »Haben Sie eine Ahnung, was die ganze Scheiße soll?«

»Vielleicht«, erwiderte Burton.

Er drehte sich um. Zum erstenmal standen er und Luther Whitney einander von Angesicht zu Angesicht gegenüber. Eine Welle der Erinnerungen an jene Nacht schlug über Luther zusammen. Doch er blieb ruhig, ließ keine Gefühlsregung erkennen.

Das nötigte Burton Bewunderung ab. Gleichzeitig bereitete es ihm auch Sorgen. Offensichtlich war Whitney nicht übermäßig bestürzt über seine Verhaftung. Burton hatte buchstäblich Tausenden von Verhaftungen beigewohnt. Normalerweise begannen erwachsene Männer zu brabbeln wie kleine Kinder. Der Blick des Mannes sagte ihm daher alles, was er wissen mußte. Der Bursche hatte ohnehin vorgehabt, zu den Bullen zu gehen. Burton wußte nicht genau, weshalb, und es war ihm eigentlich gleichgültig.

Er ließ Whitney nicht aus den Augen, während Frank sich mit seinen Leuten unterhielt. Dann blickte Burton hinüber zu dem zusammengekauerten Häufchen Elend in der Ecke. Luther hatte bereits versucht, dem Griff der Bewacher zu entkommen und zu ihr zu laufen, doch man hinderte ihn eisern daran. Eine Polizistin versuchte unbeholfen und erfolglos, Kate zu trösten. Tränen bahnten sich ihren Weg über die faltigen Wangen des alten Mannes, während er mit ansehen mußte, wie sein kleines Mädchen von unaufhörlichem Schluchzen geschüttelt wurde.

Als er Burton direkt neben sich bemerkte, warf er ihm einen haßerfüllten Blick zu, bis Burtons Blick den seinen wieder zurück zu Kate lenkte. Erneut sahen die Männer einander in die Augen.

Burton hob die Augenbrauen eine Spur, dann senkte er sie mit der Endgültigkeit einer Kugel, die Kates Kopf durchschlug. Der erfahrene Agent hatte bereits einige der abgebrühtesten Verbrecher des Landes in Grund und Boden gestarrt, und er konnte in der Tat bedrohlich wirken. Doch was harte Männer tatsächlich mit Schrecken erfüllte, war die absolute Unbeugsamkeit in Burtons Zügen. Luther Whitney war gewiß kein Hühnerdieb, das war unschwer zu erkennen. Er war keiner dieser Weichlinge, die bei einer Verhaftung in hilfloses Wimmern verfielen. Aber Luther Whitneys stählerne Nerven zeigten erste Risse. Rasch vertieften sich die Bruchstellen, bis schließlich nichts mehr von der Unbeugsamkeit übrig war, nur noch Angst um die schluchzende Frau in der Ecke.

Burton wandte sich um und schritt zur Tür hinaus.

Kapitel 19

Gloria Russell saß im Wohnzimmer und hielt das Schriftstück in den zitternden Händen. Sie sah auf die Uhr. Genau auf die Minute hatte ein Bote, ein älterer Mann mit Turban, der in einem verbeulten Subaru mit dem Logo »Metro Rush Couriers« vorgefahren war, es abgelie/ert. Vielen Dank Ma'am. Verabschieden Sie sich von Ihrem Leben. Sie hatte erwartet, endlich alles in die Hand zu bekommen, um die Alpträume der letzten Monate hinwegzufegen. All die Risiken, die sie eingegangen war.

Der Wind pfiff durch den Kamin, in dem ein gemütliches Feuer brannte. Dank Mary, der Teilzeithilfe, die gerade gegangen war, blitzte das Haus vor Sauberkeit. Russell wurde um acht Uhr zum Abendessen bei Senator Miles erwartet. Miles war überaus bedeutend für Russells politische Ambitionen, und er begann bereits, die richtigen Fäden zu ziehen. Das Leben hatte endlich wieder begonnen seinen gewohnten Lauf zu nehmen. Das Glück hatte ihr wieder zugelächelt, nach all den qualvollen, erniedrigenden Augenblicken. Doch nun? Doch nun?

Erneut las sie die Mitteilung. Ungläubigkeit hielt sie wie ein riesiges Schleppnetz gefangen, zog sie unaufhaltsam zu Boden.

Vielen Dank für die mildtätige Spende. Man wird sie zu schätzen wissen. Danke auch für den weiteren Strick, den ich Ihnen um den Hals legen kann. Der bewußte Gegenstand steht übrigens nicht mehr zum Verkauf. Ich will ihn ja nicht für mich, aber die Bullen brauchen ihn vermutlich für den Prozeß. Ach ja, noch etwas: LECK MICH AM ARSCH!

Russell konnte nur nach Luft ringen. Weiterer Strick? Keinen klaren Gedanken konnte sie fassen, nichts funktionierte mehr. Zuerst wollte sie Burton anrufen, doch dann fiel ihr ein, daß er sich ja krank gemeldet hatte. Plötzlich dämmerte es ihr. Sie stürmte zum Fernseher. In den Sechs-Uhr-Nachrichten wurde gerade von einem aktuellen Knüller berichtet. Eine gemeinsame gewagte Aktion der Middleton-County-Polizei und der Polizei von Alexandria City hatte zur Verhaftung eines Verdächtigen im Mordfall Christine Sullivan geführt. Ein unbekannter Schütze hatte einen Schuß abgefeuert. Vermutliches Ziel war der Verdächtige.

Russell betrachtete die Bilder vom Polizeirevier Middleton. Sie sah einen Mann die Stufen hinaufsteigen; er blickte stur geradeaus und versuchte in keiner Weise, sein Gesicht zu verbergen. Er war alt, weit älter, als sie ihn sich vorgestellt hatte. Der Bursche wirkte wie ein Schuldirektor. Das war also der Mann, der sie beobachtet hatte …

Der Gedanke, daß Luther Whitney für ein Verbrechen verhaftet worden war, das er gar nicht begangen hatte, kam ihr überhaupt nicht in den Sinn. Unternommen hätte sie deshalb ohnehin nichts. Als der Kameramann herumschwenkte, fiel ihr Blick auf Bill Burton. Collin stand hinter ihm. Die beiden hörten zu, während Lieutenant Seth Frank eine Erklärung an die Presse abgab.

Diese gottverdammten Idioten! Er saß in Haft! Er saß in Haft, und sie hatte einen Kassiber in der Hand, der ihr schwarz auf weiß bekundete, daß der Kerl alles tun würde, damit sie untergingen. Sie hatte Burton und Collin vertraut; der Präsident hatte ihnen vertraut. Doch die beiden hatten versagt, kläglich versagt. Es war ihr unbegreiflich, wie Burton so ruhig dastehen konnte, während ihre ganze Welt zu zerplatzen drohte wie ein plötzlich aufgebrauchter Stern.

Der nächste Gedanke war selbst für Russell überraschend. Sie rannte ins Badezimmer, riß das Medikamentenschränkchen auf und ergriff die erste Flasche, die sie erblickte. Wieviele Pillen würden reichen? Zehn? Hundert?

Sie zerrte am Deckel, doch mit den zitternden Händen gelang es ihr nicht, ihn zu öffnen. So lange fingerte sie daran herum, bis die Pillen schließlich ins Waschbecken kullerten. Eine Handvoll schöpfte sie heraus; dann hielt sie inne. Aus dem Spiegel starrte ihr ein Gesicht entgegen. Zum erstenmal bemerkte sie, wie sehr sie gealtert war. Ihre Augen lagen tief in den Höhlen, die Wangen waren eingefallen, und ihr Haar schien zusehends zu ergrauen.

Sie blickte auf die grüne Masse in ihrer Hand. Das brachte sie nicht fertig. Trotz allem, obwohl ihre Welt im Zusammenbruch begriffen war, brachte sie es nicht über sich. Sie spülte die Pillen im Waschbecken hinunter und schaltete das Licht aus. Dann rief sie im Büro des Senators an. Sie fühle sich nicht wohl und könne nicht kommen. Gerade als sie sich hingelegt hatte, klopfte es an der Tür.

Zuerst hörte es sich an wie entferntes Trommeln. Ob sie wohl einen Haftbefehl hatten? Gab es irgend etwas Belastendes im Haus? Die Nachricht! Sie zog sie aus der Tasche und warf sie in den Ofen. Während das Papier verbrannte und eine Flamme im Kamin aufloderte, glättete sie ihr Kleid, schlüpfte in die Schuhe und ging zur Tür.

Zum zweitenmal zuckte ein stechender Schmerz durch ihre Brust, als sie Bill Burton im Eingang erblickte. Wortlos trat er ein, schleuderte den Mantel auf die Couch und marschierte schnurstracks an die Bar.

Russell warf die Tür zu.

»Großartig gemacht, Burton. Einfach brillant. Sie haben sich hervorragend um alles gekümmert. Wo ist Ihr Anhängsel? Beim Augenarzt?«

Burton setzte sich mit einem Drink hin. »Halten Sie die Klappe und hören Sie zu.«

Normalerweise hätte eine derartige Bemerkung die Stabschefin auf die Palme getrieben. Doch sein Tonfall hielt sie zurück. Die Jacke spannte sich über seinem Pistolenhalfter. Mit einem Mal wurde ihr bewußt, daß sie von bewaffneten Leuten umgeben war. Überall schienen sie zu sein. Mittlerweile machten sie auch Gebrauch von den Waffen. Sie hatte sich mit sehr gefährlichen Leuten eingelassen. Schweigend nahm sie Platz und schaute ihn an.

»Collin hat gar nicht gefeuert.«

»Aber –«

»Aber irgend jemand hat geschossen.« Er nahm einen großen Schluck. Russell überlegte, ob sie sich selbst einen Drink holen sollte, beschloß aber, es bleiben zu lassen.

Der Agent sah sie an. »Walter Sullivan. Dieser Hundesohn. Ich habe ihn unterschätzt. Richmond hat es ihm erzählt, nicht wahr?«

Russell nickte. »Glauben Sie, Sullivan steckt dahinter?«

»Wer sonst? Er denkt, daß dieser Kerl seine Frau getötet hat. Er hat das nötige Geld, um die besten Berufskiller der Welt anzuheuern. Und er war der einzige Außenstehende, der genau wußte, wo und wann die Sache steigen würde.« Er sah sie an, schüttelte dann angewidert den Kopf. »Stellen Sie sich nicht so blöd, Lady, dafür haben wir keine Zeit.«

Burton erhob sich und ging im Zimmer auf und ab.

Russell dachte zurück an die Fernsehnachrichten. »Aber der Mann sitzt in Haft. Er wird der Polizei alles erzählen. Ich habe gedacht, die Bullen stehen vor der Tür.«

Burton hielt inne. »Der Kerl wird überhaupt nichts erzählen. Zumindest vorläufig nicht.«

»Wovon reden Sie?«

»Ich rede von einem Mann, der alles tut, um

das Leben seines kleinen Mädchens zu schützen.«

»Sie – Sie haben ihm gedroht?«

»Ich bin sicher, er hat mich auch ohne Worte verstanden.«

»Woher wissen Sie das ?«

»Augen lügen nicht, Lady. Er weiß, wie das läuft. Redet er, heißt es Abschied nehmen vom Töchterchen.«

»Sie – Sie würden doch nicht wirklich -«

Burton packte die Stabschefin, hob sie mühelos hoch und hielt sie in Augenhöhe vor sich.

»Ich werde verdammt noch mal jeden umbringen, der mir den Arsch aufreißen kann, verstanden?« Er warf sie zurück auf den Stuhl.

Kreidebleich starrte sie zu ihm hinauf.

Burtons Gesicht war rot vor Zorn. »Sie haben mich da hineingezogen. Vom ersten Augenblick an wollte ich die Bullen rufen. Ich habe nur meine Arbeit getan. Gut, ich habe die Frau getötet, aber kein Geschworener auf der ganzen Welt würde mich dafür schuldig sprechen. Mit Ihrem Geschwafel von einer weltweiten Katastrophe und der Sorge um den Präsidenten haben Sie mich rumgekriegt. Ich Idiot bin darauf hereingefallen. Jetzt drohen zwanzig Jahre meines Lebens im Ausguß zu verschwinden, und das stimmt mich nicht unbedingt fröhlich. Falls Sie das überhaupt begreifen.«

Schweigend saßen die beiden sich einige Minuten lang gegenüber. Russell wagte nicht, Burton von der Nachricht zu erzählen, die sie erhalten hatte. Was würde es auch bringen? Am ehesten würde Burton die Pistole ziehen und sie auf der Stelle erschießen. Der Gedanke an den drohenden Tod ließ ihr das Blut in den Adern gefrieren.

Unsicher lehnte Russell sich zurück. Im Hintergrund tickte eine Uhr; es war, als zähle sie die letzten Sekunden ihres Lebens.

»Sind Sie sicher, daß er nichts sagen wird?« fragte sie.

»Sicher ist gar nichts.«

»Aber Sie haben doch gesagt -«

»Ich sagte, der Kerl wird alles tun, damit seinem kleinen Mädchen nichts passiert. Aber er ist gerissen. Wenn er diese Gefahr beseitigt weiß, atmen wir die nächsten paar Jahre gesiebte Luft.«

»Wie will er das machen?«

»Wenn ich das wüßte, brauchte ich mir keine solchen Sorgen zu machen. Aber ich kann Ihnen versichern, der Kerl sitzt jetzt in seiner Zelle und zerbricht sich genau darüber den Kopf.«

»Und was können wir da tun?«

Er nahm den Mantel und packte sie am Arm. »Kommen Sie, es ist an der Zeit, mit Richmond zu reden.«

Jack blätterte seine Notizen durch, dann blickte er in die Runde. Sein Team für die Transaktion bestand aus vier Soziussen, drei Kanzleimitarbeitern und zwei Teilhabern. Jacks Coup mit Sullivan hatte sich rasch in der Firma herumgesprochen. Jeder der Männer sah mit einer Mischung aus Ehrfurcht, Respekt und etwas Furcht zu Jack auf.

»Sam, Sie kümmern sich bitte um die Rohmaterialverkäufe, die über Kiew laufen. Unser Mann vor Ort ist ein fähiger Kopf, aber er liebt das Risiko. Lassen Sie ihm weitgehend freie Hand, doch behalten Sie ihn im Auge!«

Sam, seit zehn Jahren Teilhaber, schloß die Aktentasche. »Alles klar.«

»Ben, ich habe Ihren Bericht über die politische Werbung für das Projekt durchgesehen. Ich bin mit Ihnen einer Meinung; wir sollten Druck auf das Außenministerium ausüben. Kann nicht schaden, wenn wir die auf unserer Seite haben.« Jack schlug eine weitere Mappe auf.

»Wir haben etwa einen Monat Zeit, um das Projekt auf die Beine zu stellen und ins Rollen zu bringen. Unsere Hauptsorge ist die Ungewisse politische Zukunft der Ukraine. Wenn wir ins Geschäft kommen wollen, müssen wir es rasch tun. Das letzte, was wir brauchen können, wäre, daß

Rußland unseren Klienten annektiert. Jetzt möchte ich gerne kurz über –«

Die Tür öffnete sich, und Jacks Sekretärin lugte herein. Sie wirkte nervös.

»Tut mir schrecklich leid, daß ich Sie stören muß.«

»Ist schon in Ordnung, Martha, was gibt's?«

»Ich habe jemanden für Sie in der Leitung.«

»Ich habe Lucinda gesagt, sie soll meine Anrufe entgegennehmen, außer, es geht um einen Notfall. Morgen erledige ich sämtliche Rückrufe.«

»Ich glaube, es handelt sich um einen Notfall.«

Jack drehte sich samt Stuhl herum. »Wer ist es?«

»Sie sagte, ihr Name sei Kate Whitney.«

Fünf Minuten später saß Jack in seinem Wagen, einem brandneuen, kupferfarbenen Lexus 300. Seine Gedanken rasten. Kate hatte sich beinahe hysterisch angehört. Luther war verhaftet worden. Weshalb, wußte er nicht.

Auf das erste Klopfen hin öffnete Kate die Tür und stürzte geradezu in seine Arme. Einige Minuten verstrichen, ehe sie wieder normal atmen konnte.

»Kate, was ist los? Wo ist Luther? Was wirft man ihm vor?«

Sie sah ihn an; ihre Wangen waren so geschwollen und rot, daß man glauben konnte, sie wäre verprügelt worden.

Als sie das Wort endlich über die Lippen brachte, lehnte Jack sich verblüfft zurück.

»Mord?« Er ließ den Blick durch das Zimmer schweifen. Gedanken wirbelten in rasender Geschwindigkeit durch seinen Kopf. »Das ist unmöglich. Wen, um alles in der Welt, soll er umgebracht haben?«

Kate setzte sich gerade hin und strich sich die Haare aus dem Gesicht. Unverwandt blickte sie ihn an. Diesmal waren die Worte klar und deutlich und bohrten sich wie Glassplitter in Jacks Herz.

»Christine Sullivan.«

Einen Augenblick saß Jack wie gelähmt, dann sprang er auf. Er wollte etwas erwidern, doch seine Stimme versagte. Er taumelte ans Fenster, riß es auf und ließ sich die kalte Luft ins Gesicht wehen. Aus dem Magen stieg ihm die Säure hoch, bis er sie fast nicht mehr zurückdrängen konnte. Nur langsam kehrte die Kraft in die Beine zurück. Er schloß das Fenster und setzte sich zu Kate auf die Sesselkante.

»Erzähl mir, was ist passiert?«

Mit einem ausgefransten Taschentuch tupfte sie die geröteten Augen. Ihr Haar war völlig aufgelöst. Sie hatte noch nicht einmal den Mantel ausgezogen. Die Schuhe lagen neben dem Sessel, wo sie abgestreift worden waren. So gut es ging, sammelte sie sich. Dann wischte sie eine Haarsträhne aus dem Mund und blickte ihn an.

Die Worte drangen stoßweise über ihre Lippen. »Er sitzt in Untersuchungshaft. Die Polizei … sie glaubt, daß er in Sullivans Haus eingebrochen ist. Es sollte eigentlich niemand dort sein … Aber Christine Sullivan war dort.« Kate hielt inne und holte tief Luft. »Die denken, Luther hat sie erschossen.« Unmittelbar nachdem sie die letzten Worte gestammelt hatte, schloß sie die Augen. Die Lider klappten herunter, als lastete ein unglaubliches Gewicht auf ihnen. Die Stirn in Falten gelegt, schüttelte sie langsam den Kopf, als die stechenden Schmerzen sich noch um einen Grad steigerten.

»Das ist doch Wahnsinn, Kate. Luther würde nie jemanden umbringen.«

»Ich weiß es nicht, Jack. Ich … ich weiß nicht, was ich glauben soll.«

Jack stand auf und zog seinen Mantel aus. Er fuhr sich mit der Hand durchs Haar, während er angestrengt überlegte. Dann blickte er zu ihr hinab.

»Wie hast du es erfahren? Wie haben sie ihn überhaupt geschnappt?«

Statt einer Antwort begann Kate am ganzen Leib zu zittern. Der Schmerz schien beinahe sichtbar über ihr zu hängen und in Wellen immer und immer wieder auf sie herabzustoßen. Mit einem weiteren Taschentuch wischte sie sich das Gesicht. Sie drehte sich zu ihm, so langsam, daß ihre Bewegungen wie die einer alten Frau wirkten. Ihre Augen waren immer noch geschlossen, ihre Atemzüge von krampfhaftem Keuchen unterbrochen, als wäre die Luft in ihr gefangen und müßte sich erst den Weg nach draußen erkämpfen.

Endlich schlug sie die Augen auf. Ihre Lippen bewegten sich, lautlos zunächst. Dann gelang es ihr zu sprechen; langsam, deutlich, als wollte sie den Schmerz jedes Wortes so lange wie möglich hinausziehen. »Ich habe ihnen geholfen.«

Luther saß in orangefarbener Gefängniskleidung im selben Befragungsraum wie einst Wanda Broome. Seth Frank hatte ihm gegenüber Platz genommen und musterte ihn eingehend. Luther starrte unbewegt geradeaus. Er wirkte nicht entmutigt oder gedrückt. Der Kerl dachte über etwas nach.

Zwei weitere Männer kamen herein. Einer trug ein Aufnahmegerät bei sich, das er mitten auf den Tisch stellte. Er schaltete es ein.

»Rauchen Sie?« Frank hielt Luther eine Zigarette hin; beide Männer bliesen kleine Rauchwölkchen in die Luft.

Für die Aufzeichnung wiederholte Frank Wort für Wort Luthers Rechte. Diesmal würde es keine Verfahrensfehler geben.

»Verstehen Sie Ihre Rechte?«

Unbestimmt gestikulierte Luther mit der Zigarette durch die Luft. Der Bursche war anders, als Frank erwartet hatte. Seine Akte zeichnete zweifelsfrei das Bild eines Berufsverbrechers. Drei Vorstrafen, jedoch keine in den letzten zwanzig Jahren. Das allein hatte noch nichts zu bedeuten. Aber keine Handgreiflichkeiten, keine Gewaltanwendung. Auch das mußte noch nichts bedeuten, doch irgend etwas war an diesem Mann.

»Auf diese Frage brauche ich ein Ja oder ein Nein.«

»Ja.«

»Gut. Sie sind sich bewußt, daß Sie im Zusammenhang mit dem Mord an Christine Sullivan verhaftet wurden ?«

»Ja.«

»Und Sie sind sicher, daß Sie auf Ihr Recht verzichten wollen, einen Anwalt dabei zu haben? Wir können Ihnen einen Anwalt besorgen, oder Sie können Ihren eigenen anrufen.«

»Ich bin sicher.«

»Und Sie wissen, daß Sie der Polizei gegenüber keine Aussage machen müssen? Daß alles, was Sie jetzt sagen, später gegen Sie verwendet werden kann?«

»Weiß ich.«

Die jahrelange Erfahrung hatte Frank gelehrt, daß frühe Geständnisse sich oft als Katastrophe für die Staatsanwaltschaft erwiesen. Sogar ein freiwillig abgelegtes Geständnis konnte von der Verteidigung in der Luft zerrissen werden, wodurch alle Beweise, die aus dem Geständnis folgerten, als unzulässig abgewiesen wurden. Der Täter konnte einen direkt zur Leiche führen und doch am nächsten Tag als freier Mann gehen, während sein Anwalt einen anlächelte und zu Gott flehte, sein Klient möge niemals in der Nachbarschaft auftauchen. Franks Fall jedoch stand felsenfest. Alles, was Whitney zu sagen hatte, konnte sich nur zusätzlich gegen ihn auswirken.

Er wandte alle Aufmerksamkeit dem Häftling zu. »Dann möchte ich Ihnen einige Fragen stellen. In Ordnung?«

»Gut.«

Frank nannte für die Aufzeichnung Monat, Tag, Jahr und Uhrzeit, dann fragte er Luther nach dessen vollständigem Namen.

Weiter kamen sie nicht. Die Tür öffnete sich. Ein uniformierter Polizist steckte den Kopf herein.

»Draußen steht sein Anwalt.«

Verwirrt schaute Frank zu Luther und schaltete den Rekorder aus.

»Was für ein Anwalt?«

Bevor Luther antworten konnte, drängte Jack sich bereits an dem Beamten vorbei ins Zimmer.

»Jack Graham. Ich bin der Anwalt des Angeklagten. Schaffen Sie dieses Aufzeichnungsgerät hinaus. Meine Herren, ich will allein mit meinem Klienten sprechen. Und zwar sofort.«

Luther starrte ihn an. »Jack –«, begann er scharf.

»Halt die Klappe, Luther.« Jack schaute die Beamten an. »Jetzt gleich!«

Widerwillig verließen die Männer den Raum. Frank und Jack warfen einander einen Blick zu, dann wurde die Tür geschlossen. Jack legte den Aktenkoffer auf den Tisch, setzte sich aber nicht.

»Willst du mir nicht erzählen, was hier los ist?«

»Jack, halt dich da raus. Ich meine es ernst.«

»Du bist zu mir gekommen. Ich mußte dir versprechen, ich würde für dich da sein. Nun, hier bin ich.«

»Großartig, du hast Wort gehalten, jetzt kannst du gehen.«

»Gut, ich gehe. Und was machst du?«

»Das geht dich nichts an.«

Jack beugte sich dicht zu Luther hinab. »Was hast du vor?«

Zum erstenmal schwoll Luthers Stimme an. »Ich plädiere auf schuldig! Ich habe es getan.«

»Du hast sie ermordet?«

Luther wandte den Blick ab.

»Hast du Christine Sullivan umgebracht?« Luther antwortete nicht. Jack packte ihn an der Schulter.

»Hast du sie getötet?«

»Ja.«

Prüfend musterte Jack Luthers Gesicht. Dann ergriff er den Aktenkoffer.

»Ich bin dein Anwalt, ob es dir paßt oder nicht. Und laß dir bloß nicht einfallen, mit den Bullen zu reden, solange ich nicht weiß, warum du mich belügst. Ich würde dich einfach für unzurechnungsfähig erklären lassen.«

»Jack, ich weiß zu schätzen, was du tust, aber –«

»Hör mal, Luther, Kate hat mir erzählt, was passiert ist; was sie getan hat, und warum sie es getan hat. Aber laß es mich dir unmißverständlich erklären. Wenn du diesmal ins Gefängnis wanderst, wird sich dein kleines Mädchen niemals davon erholen. Kapierst du das?«

Luther brachte nie zu Ende, was er sagen wollte. Plötzlich schien der Raum auf die Größe einer Konservendose zu schrumpfen. Er hörte nicht, wie Jack hinausging. Er saß nur da und starrte vor sich hin. Es war eines der wenigen Male in seinem Leben, daß Luther Whitney einfach nicht mehr weiter wußte. Jack ging auf die Männer zu, die im Gang warteten.

»Wer leitet den Fall?«

Frank sah ihn an. »Lieutenant Seth Frank.«

»In Ordnung, Lieutenant. Nur für das Protokoll: Mein Klient nimmt all seine Rechte wahr. Sie werden nicht versuchen, in meiner Abwesenheit mit ihm zu sprechen. Verstanden?«

Frank faltete die Arme vor der Brust. »Okay.«

»Wer vertritt die Anklage?«

»Staatsanwalt George Gorelick.«

»Ich nehme an, es gibt einen Anklagebeschluß?«

Frank beugte sich vor. »Das Schwurgericht hat die Anklageschrift letzte Woche bestätigt.«

Jack zog den Mantel an. »Das kann ich mir denken.«

»Ihnen ist klar, daß Sie ihn nicht auf Kaution freikriegen.«

»Nun, wie ich die Sache sehe, ist er bei euch hier wohl sicherer. Passen Sie gut auf ihn auf, ja?«

Jack warf Frank seine Karte zu und marschierte zielstrebig den Gang hinunter. Bei der letzten Bemerkung wich das Lächeln von Franks Lippen. Er schaute auf die Karte, zum Befragungsraum, dann zurück zu dem davoneilenden Anwalt.

Kapitel 20

Kate hatte sich geduscht und umgezogen. Das feuchte Haar hatte sie gerade nach hinten gekämmt, wo es offen bis auf die Schultern hing. Kate trug einen dicken, indigoblauen Pullover mit V-Ausschnitt, darunter ein weißes T-Shirt. Die verblichenen Jeans hingen lose um ihre schmalen Hüften. An den Füßen trug sie dicke Wollsocken. Jack betrachtete die Füße, die keinen Moment still standen, da ihre Besitzerin von Ruhelosigkeit geplagt war.

Gegenüber früher hatte sie sich etwas erholt. Doch der Schrecken stand ihr nach wie vor ins Gesicht geschrieben. Durch das Hinundhergehen schien sie ihn bekämpfen zu wollen.

Jack nahm sich sein Glas Mineralwasser und sank zurück in den Stuhl. Seine Schultern fühlten sich an wie ein Stück Holz. Als hätte sie es gespürt, blieb Kate bei ihm stehen und begann, ihn zu massieren.

»Er hat mir nichts davon erzählt, daß ein Anklagebeschluß vorliegt.« Kate klang wütend.

»Also hat er nicht die ganze Wahrheit gesagt. Seit wann nehmen es Bullen mit der Wahrheit so genau?«

»Wie ich sehe, denkst du schon wieder ganz wie ein Strafverteidiger.«

Sie bohrte kraftvoll in seine Schultern; es fühlte sich herrlich an. Als sie die steifsten Stellen bearbeitete, fiel ihr feuchtes Haar in Jacks Gesicht. Er schloß die Augen. Im Radio spielten sie Billy Joels *River of Dreams.* Was ist mein Traum, fragte sich Jack. Immer wieder schien ihm die Antwort zu entgleiten, wie ein Sonnenstrahl, den man als Kind einzufangen versucht.

»Wie geht es ihm?« Kates Frage holte ihn zurück ins Reich der Wirklichkeit. Jack trank sein Glas leer.

»Er ist verwirrt. Verängstigt. Nervös. All das, was ich mir an ihm nie vorstellen konnte. Übrigens hat man das Gewehr gefunden. Im Obergeschoß eines der alten Reihenhäuser entlang der Straße, wo du dich mit Luther getroffen hast. Wer auch immer die Kugel abgefeuert hat, er ist längst untergetaucht. Ich glaube, den Bullen ist es sogar egal.«

»Wann findet die Verlesung der Anklageschrift statt?«

»Übermorgen, zehn Uhr.« Er legte den Kopf

zurück und ergriff ihre Hand. »Man wird ihn wegen Mordes anklagen, Kate.«

Sie hörte auf, ihn zu massieren.

»Das ist doch Quatsch. Ein Tötungsdelikt in Tateinheit mit Einbruch ist ein schweres Verbrechen mit Todesfolge, bestenfalls Totschlag. Sag dem Staatsanwalt, er soll das im Gesetzbuch nachlesen.«

»Hey, das klingt doch ganz nach mir, oder?« Erfolglos versuchte er, sie aufzuheitern. »Die Theorie des Staatsanwalts lautet, daß Luther in das Haus einbrach und von ihr auf frischer Tat ertappt wurde. Man wird die nachweisbare Gewaltanwendung – Würgemale, Schläge, zwei Schüsse – vorbringen, um das Tötungsdelikt vom Einbruch abzugrenzen. So will man die Handlungsweise als besonders verabscheuungswürdige und verwerfliche Tat darstellen. Außerdem ist da noch die Tatsache, daß Mrs. Sullivans Schmuck fehlt. Mord in Tateinheit mit bewaffnetem Raubüberfall rechtfertigt die Todesstrafe.«

Kate setzte sich hin und strich sich über die Schenkel. Sie trug kein Make-up; sie war eine jener Frauen, die das nicht nötig hatten. Dennoch war die Belastung unverkennbar, besonders durch die Ringe unter den Augen und die hängenden Schultern.

»Was weißt du über Gorelick? Auf dessen Mist ist die Theorie gewachsen.« Jack steckte einen Eiswürfel in den Mund.

»Er ist ein arrogantes Arschloch – großkotzig, eingebildet und ein verdammt gerissener Hund.«

»Toll.« Jack erhob sich aus dem Stuhl und setzte sich neben sie. Er ergriff ihren verletzten Knöchel und rieb ihn. Sie sank auf das Sofa und legte den Kopf zurück. So war es zwischen den beiden schon immer gewesen; sie fühlten sich in der Gesellschaft des anderen so wohl und entspannt, als wären die letzten vier Jahre nie vergangen.

»Die Beweise, von denen Frank mir erzählte, hätten nicht annähernd für einen Haftbefehl gereicht, geschweige denn für eine Anklage. Ich verstehe das nicht, Jack.«

Jack zog ihr die Socken aus und massierte ihre Füße mit beiden Händen, wobei er die kleinen, zierlichen Knochen fühlte. »Die Polizei hat einen anonymen Hinweis auf das Kennzeichen eines Fahrzeugs bekommen, das in der mutmaßlichen Mordnacht in der Nähe des Anwesens der Sullivans gesehen wurde. Die Überprüfung ergab, daß der fragliche Wagen in jener Nacht auf dem Verwahrungsparkplatz für beschlagnahmte Fahrzeuge in Washington stand.«

»Also war der Hinweis falsch.«

»Nein. Luther hat mir oft erzählt, wie einfach es ist, aus dem Verwahrungsparkplatz einen Wagen zu klauen, ein Ding zu drehen und das Auto dann zurückzustellen.«

Kate blickte ihn nicht an, sondern schien die Decke zu studieren.

»Nette Unterhaltungen habt ihr beide geführt.« Der altvertraute Tonfall kehrte zurück.

»Was soll das, Kate.«

»Tut mir leid.« Nun klang ihre Stimme wieder brüchig.

»Man hat die Fußmatten des Wagens überprüft und Fasern von dem Teppich aus Sullivans Schlafzimmer gefunden. Außerdem Spuren von Mutterboden. Genau denselben Mutterboden verwendet Sullivans Gärtner im Maisfeld neben dem Haus. Die Erde dort ist eine speziell hergestellte Mischung. Anderswo ist sie in dieser Zusammensetzung gar nicht zu finden. Ich habe mich mit Gorelick unterhalten. Er ist sich seiner Sache ziemlich sicher, das kann ich dir sagen. Noch habe ich keine Akten gesehen. Morgen reiche ich den Antrag auf Akteneinsicht ein.«

»Na schön, aber wo ist die Verbindung zu meinem Vater?«

»Die Polizei hatte einen Durchsuchungsbefehl für Luthers Haus und Wagen. Man hat auf der

Fußmatte im Auto dieselbe Erde gefunden und Fasern auf dem Läufer im Wohnzimmer.«

Mühevoll öffnete Kate die Augen. »Er war doch im Haus und hat die beknackten Teppiche gereinigt. Von da könnten die Fasern stammen.«

»Und dann ist er durch das Maisfeld gelaufen? Komm schon.«

»Jemand anders könnte die Erde ins Haus geschleppt haben, und er ist nur hineingetreten.«

»Genau so hätte ich argumentiert, wäre da nicht eine Sache.«

Sie richtete sich auf. »Welche?«

»Außer den Fasern und dem Dreck hat man noch ein Lösungsmittel auf Erdölbasis entdeckt. Die Polizei hat Spuren davon im Teppich gefunden und glaubt, daß der Täter versucht hat, Blut zu entfernen. Sein eigenes Blut. Ich bin sicher, es gibt eine Handvoll Zeugen, die beschwören, daß weder vor noch zum Zeitpunkt der Teppichreinigung eine solche Lösung verwendet wurde. Deshalb konnte Luther nur hineingetreten sein, wenn er *nach* der Reinigung noch einmal im Haus war. Das ist die Verbindung zu ihm.«

Kate sackte in sich zusammen.

»Außerdem hat man das Hotel ausfindig gemacht, in dem Luther in der Stadt gewohnt hat. Dort hat man einen falschen Paß gefunden, mit dessen Hilfe man seine Spur nach Barbados zurückverfolgen konnte. Zwei Tage nach dem Mord flog er nach Texas, dann nach Miami, schließlich weiter auf die Insel. Anscheinend war er etwa einen Monat dort. Sieht doch sehr nach Flucht aus, oder? Die Polizei hat die beeidete Erklärung eines Taxifahrers, der Luther zu Sullivans Haus auf Barbados gefahren hat. Luther hat ihm gegenüber erwähnt, er sei schon in Sullivans Haus in Virginia gewesen. Darüber hinaus gibt es Zeugen, die bestätigen, daß sie Luther und Wanda Broome vor dem Mord mehrere Male zusammen gesehen haben. Eine gute Freundin von Wanda wird bezeugen, Wanda habe ihr anvertraut, daß sie dringend Geld brauche. Und daß Christine Sullivan ihr von dem Safe erzählt habe. Das bedeutet, Wanda Broome hat die Polizei belogen.«

»Ich kann gut verstehen, warum Gorelick so freigebig mit den Informationen war. Trotzdem beruht der ganze Fall nur auf Indizien.«

»Nein, Kate. Das ist das perfekte Beispiel eines Falles, in dem es keinen unwiderlegbaren Beweis gibt, der Luther mit dem Verbrechen in Verbindung bringt, aber so viele Hinweise, daß die Jury sagen wird: ›Also wirklich, wen willst du zum Narren halten, du Hundesohn?‹ So viel wie möglich werde ich entschärfen, aber die haben einige ziemlich schwere Geschütze. Und wenn Gorelick die Vorstrafen deines Vaters einbringen kann, sind wir vermutlich geliefert.«

»Die liegen zu lange zurück. Sie sind eher vorurteilsfördernd als beweiskräftig. Der Richter wird sie nicht zulassen.« Ihre Worte klangen sicherer, als sie sich fühlte. Wie sollte man nach all dem überhaupt etwas als sicher annehmen?

Das Telefon klingelte. Sie zögerte. »Weiß irgend jemand, daß du hier bist?«

Jack schüttelte den Kopf.

Kate ergriff den Hörer. »Hallo?«

Die Stimme am anderen Ende hörte sich brüsk und geschäftsmäßig an. »Ms. Whitney, hier Robert Gavin von der *Washington Post*. Ob ich Ihnen wohl ein paar Fragen über Ihren Vater stellen dürfte? Am liebsten würde ich Sie persönlich treffen, wenn sich das einrichten ließe.«

»Was wollen Sie von mir?«

»Na was wohl, Ms. Whitney? Ihr Vater ist auf allen Titelseiten. Sie sind Staatsanwältin. Das riecht doch nach einer tollen Story.«

Kate legte auf. Jack sah sie an.

»Wer war das?«

»Ein Reporter.«

»Himmel, sind die schnell.«

Sichtlich erschöpft setzte sie sich wieder hin.

Besorgt ging Jack zu ihr und ergriff ihre Hand. Plötzlich nahm sie sein Gesicht zwischen die Hände und wandte es zu ihr. Angsterfüllt blickte sie ihn an. »Jack, du kannst den Fall gar nicht übernehmen.«

»Kann ich wohl. Ich bin aktives Mitglied der Anwaltskammer von Virginia und habe ein halbes Dutzend Mordprozesse hinter mir. Ich bin eindeutig qualifiziert dafür.«

»Das habe ich nicht gemeint. Ich weiß, daß du qualifiziert bist. Aber Patton, Shaw & Lord bearbeiten keine Strafrechtssachen.«

»Na und? Irgendwann muß man damit anfangen.«

»Jack, bleib ernst. Sullivan ist ein enorm wichtiger Klient für euch. Du hast für ihn gearbeitet. Das habe ich in der *Legal Times* gelesen.«

»Es gibt keinen Interessenkonflikt. Nichts, was ich aus meiner Anwalt-Klient-Beziehung mit Sullivan weiß, kann in diesem Fall verwendet werden. Außerdem ist Sullivan nicht der Ankläger. Wir treten gegen den Staat an.«

»Jack, man wird dich den Fall nicht übernehmen lassen.«

»Na gut, dann kündige ich eben und mache mich selbständig.«

»Das darfst du nicht tun. Im Augenblick läuft

alles so gut für dich. Du kannst nicht einfach alles aufgeben. Nicht dafür.«

»Wofür dann? Derzeit gibt es nichts Wichtigeres für mich. Ich weiß mit Sicherheit, daß dein alter Herr die Frau nicht verprügelt und ihr dann seelenruhig das Gehirn weggepustet hat. Wahrscheinlich ist er in das Haus eingebrochen, aber er hat niemanden umgebracht, ganz bestimmt nicht. Und soll ich dir noch etwas sagen? Ich bin verdammt sicher, daß er weiß, wer sie getötet hat. Deshalb hat er eine Heidenangst. Er hat in dem Haus etwas gesehen, Kate. Er hat irgendwen gesehen.«

Bedächtig blies Kate den Atem aus, als sie begriff, was er meinte.

Seufzend blickte Jack zu Boden.

Er stand auf und zog den Mantel an. Spielerisch zupfte er an ihrem Hosenbund. »Wann hast du zum letztenmal richtig gegessen?«

»Daran kann ich mich nicht erinnern.«

»Früher mal hast du diese Hose ästhetischer ausgefüllt.«

Diesmal lächelte sie. »Danke.«

»Es ist noch nicht zu spät, was dagegen zu tun.«

Kate ließ den Blick durch die Wohnung schweifen, konnte aber beim besten Willen nichts Heimeliges daran entdecken.

»Woran denkst du?«

»Rippchen, Krautsalat und etwas Stärkeres als Cola. Einverstanden?«

Kate zögerte keine Sekunde. »Ich hole nur rasch meinen Mantel.«

Jack hielt ihr die Tür des Lexus auf. Er sah, wie sie jede Einzelheit des Luxuswagens registrierte.

»Ich habe deinen Rat angenommen und fange an, mein sauer verdientes Geld auszugeben.« Gerade war er ins Auto gestiegen, als an der Beifahrerseite ein Mann auftauchte.

Er trug einen Schlapphut und hatte einen graumelierten Vollbart mit einem schmalen Oberlippenbärtchen. Sein brauner Mantel war bis oben zugeknöpft. In einer Hand hielt er ein Diktiergerät, in der anderen einen Presseausweis.

»Bob Gavin, Ms. Whitney. Ich glaube, wir wurden vorhin unterbrochen.«

Nach einem Blick auf Jack zog er überrascht die Brauen hoch. »Sie sind Jack Graham. Luther Whitneys Anwalt. Ich habe Sie auf der Polizeiwache gesehen.«

»Gratuliere, Mr. Gavin. Offenbar haben Sie gute Augen und ein gewinnendes Lächeln. Bis bald.«

Gavin hielt sich am Auto fest. »Einen Augenblick, nur einen kleinen Augenblick. Die Öffentlichkeit hat ein Recht, etwas über diesen Fall zu erfahren.«

Jack wollte etwas erwidern, doch Kate kam ihm zuvor.

»Das wird sie auch, Mr. Gavin. Dafür sind Prozesse da. Ich bin sicher, Sie haben einen Sitz in der ersten Reihe. Auf Wiedersehen.«

Der Lexus fuhr los. Gavin überlegte, ob er zu seinem Wagen sprinten sollte, entschied sich aber dagegen. Mit sechsundvierzig Jahren wandelte er mit seinem schlaffen und nikotinsüchtigen Körper stets im Schatten des Herzinfarkts. Außerdem stand die Sache erst am Anfang. Früher oder später würde er sie erwischen. Er schlug den Kragen hoch und stakste davon.

Als der Lexus wieder vor Kates Apartment anhielt, war es fast Mitternacht.

»Bist du sicher, daß du es tun willst, Jack?«

»Ich habe die Deckenmalereien nie wirklich gemocht, Kate.«

»Was ?«

»Leg dich schlafen. Wir müssen beide ausgeruht sein.«

Kate griff bereits zur Tür, doch dann zögerte sie. Sie drehte sich um und schaute Jack an, wobei sie nervös die Haare hinters Ohr schnippte. Diesmal entdeckte Jack in ihren Augen keinen Schmerz, sondern etwas anderes, das er nicht genau zu deuten vermochte. War es Erleichterung?

»Jack, was du damals in der Nacht zu mir gesagt hast …«

Schwer schluckend umklammerte er das Lenkrad. Er hatte sich schon gefragt, wann sie es erwähnen würde. »Kate, ich habe darüber nachgedacht, und –«

Sie legte ihm einen Finger auf den Mund. »Mit vielem hattest du recht, Jack.«

Er sah ihr nach, wie sie langsam im Haus verschwand, dann fuhr er davon.

Als er nach Hause kam, war dem Anrufbeantworter das Band ausgegangen. Die Maschine war so voll, daß die Blinklichtanzeige für hinterlassene Nachrichten nur noch als rotes Dauerlicht erkennbar war. Jack erschien es am sinnvollsten, das Leuchtfeuer zu ignorieren. Er zog den Telefonstecker aus der Wand, schaltete das Licht aus, legte sich ins Bett und versuchte zu schlafen.

Kein leichtes Unterfangen.

Vor Kate hatte er sich so zuversichtlich gegeben. Doch wem wollte er etwas vormachen? Diesen Fall auf eigene Faust anzunehmen, ohne mit irgend jemandem von Patton, Shaw & Lord darüber zu reden, kam beruflichem Selbstmord gleich. Aber was hätte es schon genützt? Die Antwort kannte er ohnehin. Vor die Wahl gestellt, hätten sich die versammelten Teilhaber von PS&L vermutlich lieber die schlaffen Pulsadern aufgeschnitten, als Luther Whitney als Klienten anzunehmen.

Aber Jack war Anwalt, und Luther brauchte einen Anwalt. Entscheidungen wie diese waren niemals so einfach, doch deshalb bemühte er sich ja so krampfhaft, die Dinge so schwarz und weiß wie möglich zu sehen. Gut – böse. Richtig – falsch. Das war nicht einfach für einen Firmenanwalt, der ständig in den Grauzonen des Gesetzes arbeitete und den Standpunkt je nach Klient wechselte, um täglich Honorarnoten ausstellen zu können.

Nun, er hatte seine Entscheidung getroffen. Ein alter Freund kämpfte um sein Leben und hatte Jack um Hilfe gebeten. Für Jack spielte es keine Rolle, daß sein Klient plötzlich unerwartet widerspenstig zu werden schien. Angeklagte in Strafrechtsverfahren zeichneten sich nur selten durch Kooperationsbereitschaft aus. Aber Luther hatte ihn um Hilfe gebeten, nun würde er sie bekommen, so wahr ihm Gott helfe. In diesem Fall gab es kein Grau mehr. Und kein Zurück.

Kapitel 21

Dan Kirksen schlug die Washington Post *auf und wollte gerade einen Schluck Orangensaft trinken. Dazu kam er nicht mehr. Der Fall Sullivan war zwar inzwischen von der Titelseite in den Innenteil gerückt. Doch ein Großteil des heutigen Berichts war der Meldung gewidmet, daß Jack Graham, seit kurzem Teilhaber bei Patton, Shaw & Lord, als Verteidiger des Angeklagten fungierte.*

Sofort rief Kirksen bei Jack zu Hause an. Niemand ging ans Telefon. Er zog sich an, ließ den Wagen vorfahren, und um halb neun marschierte er durch die Eingangshalle der Firma.

Sein Weg führte an Jacks altem Büro vorbei, wo immer noch Schachteln und persönliche Dinge verstreut lagen. Nur wenige Schritte von Lords Büro entfernt befand sich Jacks neues Quartier, ein wunderschöner, sechs mal sechs Meter großer Raum mit einer kleinen, gut bestückten Bar, antiken Möbeln und einem herrlichen Ausblick über die Stadt. Schöner als sein eigenes Büro, kam es Kirksen in den Sinn. Er verzog das Gesicht. Der Stuhl stand von der Tür weggedreht. Kirksen machte sich nicht die Mühe anzuklopfen. Er trat in den Raum und warf die Zeitung auf den Tisch.

Gemächlich drehte Jack sich um und blickte auf die Zeitung.

»Nun, zumindest ist der Firmenname richtig geschrieben. Großartige Werbung. Bringt bestimmt jede Menge Klienten.«

Ohne den Blick von Jack abzuwenden, nahm Kirksen Platz. Langsam, bedächtig sprach er, als hätte er ein kleines Kind vor sich: »Sind Sie verrückt geworden? Wir übernehmen keine Strafrechtssachen. Wir bearbeiten überhaupt keine Streitfälle.«

»Das stimmt nicht ganz. Bisher war das so, jetzt nicht mehr«, erwiderte Jack. Lächelnd musterte er Kirksen. Vier Millionen gegen sechshunderttausend, Kumpel. Also zieh Leine, du Schwachkopf.

»Jack, vielleicht sind Sie nicht ganz mit der Vorgehensweise vertraut, wie in dieser Firma ein neues Projekt in Angriff genommen wird. Ich werde meine Sekretärin anweisen, Ihnen die entsprechenden Bestimmungen auszuhändigen. Ich vertraue darauf, daß Sie inzwischen alles Nötige veranlassen, um sich und die Firma unverzüglich von dieser Angelegenheit zu distanzieren. Danke.«

Als wäre die Sache damit abgetan, erhob sich Kirksen und wollte gehen. Auch Jack stand auf.

»Hören Sie, Dan, ich habe den Fall übernommen und bringe ihn auch zu Ende, ganz gleich, was Sie und die Firmenpolitik dazu meinen. Schließen Sie die Tür, wenn Sie hinausgehen.« Langsam drehte sich Kirksen herum und starrte Jack bedrohlich an.

»Jack, überlegen Sie, was Sie sagen. Ich bin der geschäftsführende Teilhaber der Firma.«

»Ich weiß, Dan. Darum sollte es auch kein allzu großes Problem für Sie sein, auf dem Weg nach draußen die verdammte Tür zu schließen!«

Wortlos wandte Kirksen sich um und warf die Tür hinter sich zu.

Endlich ließ das Pochen in Jacks Schläfen nach. Er machte sich wieder an die Arbeit. Die Schriftsätze hatte er fast fertig. Bevor man ihn zur Rede stellen und aufhalten konnte, wollte er sie einreichen. Nachdem die Vorlagen ausgedruckt waren, unterschrieb er sie und rief persönlich den Botendienst an. Danach lehnte er sich im Stuhl zurück. Es war neun Uhr. Bald mußte er los, um zehn sollte er Luther treffen.

In Jacks Kopf drängten sich die Fragen, die er

seinem Mandanten stellen wollte. Dann dachte er an jene Nacht zurück. Jene eisige Nacht an der Mall. An den Blick in Luthers Augen.

Die Fragen zu stellen war kein Problem. Jack hoffte nur, er würde stark genug für die Antworten sein.

Er schlüpfte in den Mantel. Wenige Minuten später saß er bereits im Wagen und war unterwegs zum Bezirksgefängnis von Middleton.

Gemäß der Verfassung des Staates Virginia sowie der Verfahrensregeln für Strafrechtsprozesse muß der Staat dem Angeklagten jedwedes entlastende Beweismaterial zur Verfügung stellen. Die Mißachtung dieser Bestimmung kann die Karriere eines Staatsanwalts gehörig aus der Bahn werfen. Ganz abgesehen davon, daß eine Verurteilung nicht zustande kommen oder der Angeklagte Berufung einlegen kann.

Genau diese Vorschriften bereiteten Seth Frank schweres Kopfzerbrechen.

In seinem Büro sitzend, grübelte er über den Häftling nach, der weniger als eine Minute entfernt in einer Zelle schmorte. Die ruhige und scheinbar harmlose Art machte Frank wenig zu schaffen. Einige der schlimmsten Verbrecher, die er je verhaftet hatte, sahen aus, als wären sie gerade vom Kirchgesang gekommen, nachdem sie nur so zum Spaß irgend jemandem den Schädel gespaltet hatten. Gorelick bereitete seinen Fall gewissenhaft vor, indem er methodisch einzelne Fäden sammelte, die er vor den Geschworenen zu einem robusten Strick zu knüpfen gedachte, an dem sich Luther Whitney selbst erhängen würde. Auch das machte Frank nicht zu schaffen.

Was ihm sehr wohl zu schaffen machte, waren all die Kleinigkeiten, die nach wie vor keinen Sinn ergaben. Die Wunden. Zwei Waffen. Die Kugel aus der Wand. Die klinische Desinfektion des Raumes. Die Tatsache, daß der Kerl in Barbados gewesen und wieder zurückgekommen war. Luther Whitney war ein Profi. In den letzten vier Tagen hatte Frank sich überwiegend damit beschäftigt, alles über Luther Francis Whitney in Erfahrung zu bringen. Der alte Mann hatte einen gewaltigen Coup gelandet, der ohne einen winzigen Schönheitsfehler vermutlich ungelöst geblieben wäre. Millionen Dollar als Beute, eine eiskalte Spur für die Polizei; er ist schon außer Landes, und der Kerl kommt zurück! So etwas machte kein Profi. Frank hätte eingesehen, wenn er wegen seiner Tochter nach Hause gekommen wäre, doch der Fahnder hatte sich bei den Fluggesellschaften informiert. Luther Whitney war unter falschem Namen in die Vereinigten Staaten zurückgereist, lange bevor Frank den Plan mit Kate ausgeheckt hatte.

Der Gipfel jedoch war: Sollte Frank tatsächlich glauben, daß Luther Whitney einen nachvollziehbaren Grund hätte haben können, Christine Sullivans Vagina zu überprüfen? Darüber hinaus hatte jemand versucht, den Kerl umzubringen. Es war einer der seltenen Fälle, bei denen Frank nach der Verhaftung des Tatverdächtigen praktisch mehr Fragen hatte als davor.

In der Jackentasche kramte er nach einer Zigarette. Die Kaugummiphase lag bereits weit hinter ihm. Nächstes Jahr wollte er es erneut versuchen. Als er aufblickte, stand Bill Burton vor ihm.

»Verstehen Sie, Seth, ich kann nichts beweisen. Ich wollte Ihnen nur sagen, wie sich das Ganze meiner Meinung nach abgespielt hat.«

»Und Sie sind sicher, daß der Präsident es Sullivan erzählt hat?«

Burton nickte und spielte mit einer Tasse, die auf Franks Schreibtisch stand. »Ich komme gerade von Richmond. Ich hätte ihm sagen müssen, daß er den Mund halten soll. Tut mir leid, Seth.«

»Zum Teufel noch mal, er ist der Präsident,

Bill. Wie wollen Sie dem Präsidenten vorschreiben, was er zu tun und zu lassen hat?«

Burton zuckte die Schultern. »Also, was glauben Sie?«

»Klingt einleuchtend. Ich werde das nicht auf sich beruhen lassen, da können Sie sicher sein. Wenn Sullivan dahintersteckt, kriege ich auch ihn dafür dran. Mir ist völlig egal, welche Beweggründe er hatte. Der Schuß hätte wer weiß wen treffen können.«

»Wie ich Sullivan einschätze, werden Sie nicht viel rausfinden. Wahrscheinlich ist der Schütze inzwischen auf irgendeiner Insel im Pazifik, hat ein neues Gesicht und hundert Zeugen, die beschwören, daß er noch nie in den Staaten war.«

Frank beendete die Eintragungen in sein Notizbuch. Burton musterte ihn.

»Haben Sie aus Whitney etwas herausbekommen?«

»Ach was! Sein Anwalt hat ihn zum Schweigen verdonnert.«

Burton blieb scheinbar gelassen. »Wer ist der Anwalt?«

»Jack Graham. War früher Pflichtverteidiger im District. Jetzt ist er ein mordsmäßig hohes Tier bei einer ungemein angesehenen Anwaltskanzlei. Im Augenblick ist er bei Whitney in der Zelle.«

»Ist er gut?«

Frank rührte seinen Kaffee um. »Er weiß, was er tut.«

Burton stand auf und wandte sich zum Gehen. »Wann ist die Verlesung der Anklageschrift?«

»Morgen um zehn.«

»Bringen Sie Whitney hin?«

»Ja. Wollen Sie dabei sein, Bill?«

Burton legte die Hände über die Ohren. »Davon will ich gar nichts wissen.«

»Wieso das?«

»Ich will nicht, daß irgend etwas zu Sullivan durchdringt. Darum.«

»Glauben Sie, er würde es noch mal versuchen?«

»Ich weiß nur, daß weder Sie noch ich die Anwort darauf kennen. An Ihrer Stelle würde ich einige Sondermaßnahmen treffen.«

Frank sah Burton eindringlich an.

»Geben Sie acht auf Ihren Schützling, Seth. Er hat eine Verabredung in der Todeszelle in Greensville.«

Burton ging zur Tür hinaus.

Einige Minuten saß Frank schweigend am Schreibtisch. Was Burton gesagt hatte, klang einleuchtend. Vielleicht würde Sullivan einen neuerlichen Versuch starten. Der Fahnder griff zum Telefon, wählte eine Nummer, sprach ein paar Minuten und legte dann auf. Er hatte alles nur Erdenkliche veranlaßt, um Luthers Transport abzusichern. Frank war überzeugt, daß diesmal nichts nach außen dringen würde.

Jack ließ Luther im Befragungsraum sitzen und marschierte den Gang hinunter zur Kaffeemaschine. Ein großer Kerl in einem guten Anzug versperrte ihm mit seinem breiten Kreuz den Weg. Der Mann drehte sich um, als Jack gerade an ihm vorbei wollte. Die beiden stießen zusammen.

»Entschuldigung.«

Jack rieb sich die Schulter, wo er gegen die im Halfter getragene Pistole gestoßen war.

»Schon gut.«

»Sie sind Jack Graham, nicht wahr?«

»Kommt darauf an, wer das wissen will.« Jack musterte den Mann. Da er eine Waffe trug, handelte es sich offensichtlich nicht um einen Reporter. Er wirkte mehr wie ein Bulle; durch die Art, wie er die Hände hielt, so daß die Finger im Bruchteil einer Sekunde reagieren konnten; durch die Art, wie die Augen unauffällig alles überschauten.

»Bill Burton, United States Secret Service.«

Die beiden schüttelten einander die Hände.

»Ich bin bei diesem Fall so etwas wie der Berichterstatter für den Präsidenten.«

Jack studierte Burtons Züge. »Ach ja, die Pressekonferenz. Ich nehme an, Ihr Boß ist heute morgen recht glücklich.«

»Wäre er, steckte nicht der Rest der Welt in einem derartigen Schlamassel. Was Ihren Mandanten betrifft, nun, für mich ist jemand erst dann schuldig, wenn das Gericht ihn dafür befindet.«

»Freut mich zu hören. Wollen Sie sich nicht unter die Geschworenen mischen?«

Burton grinste. »Halten Sie die Ohren steif. War nett, mit Ihnen zu plaudern.«

»Ganz meinerseits.«

Jack stellte die zwei Kaffeetassen auf den Tisch und blickte Luther an.

»Luther, wenn du mir nicht bald etwas erzählst, muß ich mir selbst etwas Passendes ausdenken.«

Luther nahm einen Schluck von dem starken Kaffee und starrte durch die vergitterten Fenster hinaus auf einen vereinzelten, kahlen Ahornbaum, der neben dem Polizeirevier wuchs. Dichter, feuchter Schnee fiel vom Himmel. Die Temperaturen sanken, Chaos beherrschte bereits die Straßen.

»Was gibt es schon groß zu erzählen, Jack? Handle die bestmöglichen Bedingungen für mich aus, erspar allen Beteiligten einen mühsamen Prozeß, und der Fall ist abgeschlossen.«

»Ich glaube, du verstehst mich nicht, Luther. Soll ich dir sagen, wie die bestmöglichen Bedingungen aussehen? Man will dich auf eine Bahre fesseln, eine Nadel in deinen Arm jagen, eine hübsche Dosis Gift in dich pumpen und so tun, als wärst du ein Labortier. Aber ich glaube, der Staat läßt den Verurteilten sogar die Wahl. Du kannst also auch den Wunsch äußern, auf dem elektrischen Stuhl gegrillt zu werden. Das sind die Bedingungen.«

Jack stand auf und blickte aus dem Fenster. Einen Augenblick lang blitzte ihm die Vorstellung an einen gemütlichen Abend durch den Kopf, vor einem heimeligen Kaminfeuer in der riesigen Villa, in deren gewaltigem Garten lauter kleine Jacks und Jennifers herumtollten. Er schluckte, schüttelte den Kopf und wandte sich wieder Luther zu.

»Hörst du, was ich sage?«

»Ich hab's gehört.« Zum erstenmal sah Luther unmittelbar in Jacks Augen.

»Luther, bitte, erzähl mir, was passiert ist. Du warst vielleicht in dem Haus, vielleicht hast du auch den Safe geplündert, aber du kannst mir niemals, unter gar keinen Umständen einreden, daß du etwas mit dem Tod der Frau zu tun hast. Ich kenne dich, Luther.«

Luther lächelte. »Wirklich, Jack? Das trifft sich

gut, dann kannst du mir vielleicht bei Gelegenheit sagen, wer ich bin.«

Jack warf den Notizblock in den Koffer und schlug ihn zu. »Ich plädiere auf nicht schuldig. Vielleicht rückst du mit der Sprache heraus, bevor wir vor Gericht müssen.« Kurz setzte er ab, dann fügte er leise hinzu. »Zumindest hoffe ich das.«

Er wandte sich zum Gehen. Luther legte Jack die Hand auf die Schulter. Jack drehte sich um und schaute in Luthers zuckendes Gesicht.

»Jack.« Mühevoll schluckte er; seine Zunge fühlte sich faustgroß an. »Ich würde dir alles erzählen, wenn ich könnte. Aber das wäre weder für dich noch für Kate oder sonst irgend jemanden gut. Tut mir leid.«

»Kate? Was meinst du damit?«

»Bis bald, Jack.« Luther wandte sich ab und starrte aus dem Fenster.

Jack betrachtete seinen Freund, schüttelte wiederum den Kopf und klopfte nach der Wache.

Der Niederschlag hatte sich von dichten, weichen Flocken in winzige Eiskügelchen verwandelt, die wie Kieselsteine gegen die riesigen Scheiben prasselten.

Kirksen schenkte dem Wetter keinerlei Aufmerksamkeit. Seine hohe Stirn war vor Ärger und

Entrüstung gerötet. Der kleine Scheißer würde bekommen, was er verdiente! Niemand durfte so mit ihm reden …

Sandy Lord betrachtete die dunklen Türme, aus denen sich das Stadtbild zusammensetzte. In seiner rechten Hand glomm eine Zigarre. Das Jakkett hatte er abgelegt, der mächtige Bauch berührte die Fensterscheibe. Die roten Hosenträger hoben sich ab vom Hintergrund des gestärkten, weißen Hemdes mit Monogramm. Angestrengt starrte er hinunter auf eine Gestalt, die hektisch die Straße hinablief, um ein Taxi anzuhalten.

Die Fliege des geschäftsführenden Teilhabers saß etwas schief. Lord nahm es aus den Augenwinkeln im Spiegelbild des Fensters wahr, doch Kirksen schien es in seinem Zorn gar nicht zu bemerken.

»Er untergräbt die Beziehung, die unsere Firma, die Sie zu Walter Sullivan unterhalten. Ich wage kaum, mir vorzustellen, was Walter gedacht haben muß, als er heute morgen die Zeitung las. Seine Firma, sein eigener Anwalt vertritt dieses … *Subjekt*. Großer Gott!«

Lord bekam nur teilweise mit, was der schmächtige Mann von sich gab. Schon seit einigen Tagen hatte er nichts mehr von Sullivan gehört. Sowohl Anrufe ins Büro wie auch nach Hause waren unbeantwortet geblieben. Niemand schien zu wissen, wo er sich aufhielt. Das sah seinem alten Freund ganz und gar nicht ähnlich, der ständigen Kontakt zu einem ausgewählten Kreis zu halten pflegte, dem auch Sandy Lord seit langer Zeit angehörte.

»Sandy, ich schlage vor, daß wir unverzüglich Sanktionen gegen Graham einleiten. Wir dürfen das nicht auf sich beruhen lassen. Es wäre ein verheerender Präzedenzfall. Mir ist egal, ob er Baldwin als Klienten hat. Zum Teufel, Baldwin ist ein Bekannter von Sullivan. Er muß selbst stinksauer über diese bedauerliche Lage sein. Wir können noch für heute abend eine Sitzung der Geschäftsführung einberufen. Ich glaube nicht, daß wir lange brauchen, um zu einem Entschluß zu kommen. Dann –«

Endlich hob Lord die Hand und gebot Kirksens Gefasel Einhalt.

»Ich kümmere mich darum.«

»Aber, Sandy, als geschäftsführender Teilhaber bin ich der Meinung, daß –«

Lord wandte sich um und starrte ihn an. Die roten Augen beiderseits der riesigen Knollennase bohrten sich in die schmächtige Gestalt.

»Ich sagte, ich kümmere mich darum.«

Lord drehte sich weg und starrte wieder aus

dem Fenster. Kirksens verletzter Stolz interessierte ihn einen Dreck. Sorgen bereitete Lord, daß irgend jemand versucht hatte, den Mann zu ermorden, den man des Mordes an Christine Sullivan beschuldigte. Und niemand konnte Walter Sullivan erreichen.

Jack stieg aus dem Wagen, blickte über die Straße und schloß die Augen. Doch es half nichts, das Wunschkennzeichen – SUCCESS – schien in sein Gehirn gebrannt zu sein. Er sprang aus dem Wagen und kämpfte sich über die rutschige Straße durch den Verkehr.

Als er den Schlüssel in die Tür steckte, holte er tief Luft. Dann drehte er den Knauf herum.

Sie saß auf dem kleinen Sessel neben dem Fernseher. Zu dem kurzen, schwarzen Rock trug sie passende schwarze Stöckelschuhe und gemusterte, dunkle Strümpfe. Die weiße Bluse war am Kragen aufgeknöpft und gab den Blick frei auf ein Smaragdhalsband, das den Raum mit schimmernden Farben erfüllte. Auf der Decke, die über die Couch gebreitet war, lag ein knöchellanger Nerzmantel. Als er hereinkam, klopfte sie mit den Fingernägeln gegen den Fernseher. Wortlos blickte sie ihn an. Die vollen rosa Lippen bildeten eine feste, gerade Linie.

»Hallo, Jenn.«

»Du mußt ja während der letzten vierundzwanzig Stunden ziemlich beschäftigt gewesen sein, Jack.« Ohne zu lächeln, klackte sie weiter mit den Nägeln.

»Du weißt doch, man muß immer am Ball bleiben.«

Jack zog den Mantel aus, legte die Krawatte ab und ging in die Küche, um sich ein Bier zu holen. Als er zurückkam, setzte er sich ihr gegenüber auf die Couch.

»Hey, heute habe ich ein neues Projekt in Angriff genommen.«

Jennifer faßte in die Handtasche und warf ihm die Post zu.

»Ich weiß.«

Er schaute hinunter auf die Schlagzeilen.

»Die Firma wird das nicht zulassen.«

»Pech gehabt, dafür ist es zu spät.«

»Du weißt schon, was ich meine. Was, in Gottes Namen, ist bloß in dich gefahren?«

»Jenn, ich kenne den Mann, in Ordnung? Ich kenne ihn, er ist mein Freund. Ich glaube nicht, daß er die Frau ermordet hat, und ich werde ihn verteidigen. Rechtsanwälte tun das jeden Tag, überall, wo es welche gibt; und in diesem Land gibt es praktisch überall welche.«

Sie beugte sich vor. »Es geht um Walter Sullivan, Jack. Überleg doch, was du tust.«

»Ich weiß, daß es um Walter Sullivan geht, Jenn. Und? Verdient Luther Whitney keinen guten Anwalt, weil irgend jemand meint, er habe Walter Sullivans Frau getötet? Entschuldige, aber wo genau steht das geschrieben?«

»Walter Sullivan ist dein Klient.«

»Luther Whitney ist mein Freund, und ich kenne ihn um einiges länger als Walter Sullivan.«

»Jack, der Mann, den du verteidigst, ist ein Gewohnheitsverbrecher. Er hat sein halbes Leben hinter Gittern verbracht.«

»Tatsächlich war er seit über zwanzig Jahren nicht mehr im Gefängnis.«

»Er ist ein verurteilter Verbrecher.«

»Wegen Mordes ist er nie verurteilt worden.«

»Jack, in dieser Stadt gibt es mehr Anwälte als Kriminelle. Warum kann kein anderer Verteidiger den Fall übernehmen?«

Jack schaute auf das Bier. »Willst du auch eines?«

»Beantworte meine Frage.«

Jack sprang auf und schleuderte die Bierflasche an die Wand.

»Weil er mich darum gebeten hat, zum Teufel!«

Jennifer starrte zu ihm hoch. Der verängstigte Blick verschwand, sobald die Glassplitter und das Bier zu Boden gefallen waren. Sie nahm den Mantel und zog ihn an.

»Du machst einen gewaltigen Fehler. Hoffentlich kommst du zur Vernunft, bevor du einen nicht wiedergutzumachenden Schaden anrichtest. Mein Vater hatte beinahe einen Herzinfarkt, als er den Bericht las.«

Jack legte ihr eine Hand auf die Schulter, drehte ihr Gesicht zu sich herum und meinte leise: »Jenn, ich *muß* das ganz einfach tun. Ich hatte gehofft, du würdest mich unterstützen.«

»Jack, warum hörst du nicht auf, Bier zu trinken, und fängst an, darüber nachzudenken, was du mit dem Rest deines Lebens anfangen willst.«

Als die Tür hinter ihr ins Schloß fiel, lehnte Jack sich dagegen und rieb sich die Schläfen, bis er glaubte, die Haut müßte sich unter dem Druck seiner Finger lösen.

Durch das kleine, schmutzige Fenster beobachtete er, wie das Wunschkennzeichen im Schneegestöber verschwand. Er setzte sich und betrachtete neuerlich die Schlagzeilen.

Luther wollte ein Abkommen mit der Justiz treffen, doch es gab nichts zu vereinbaren. Die Bühne war errichtet. Jeder wollte diesen Prozeß sehen. In den Fernsehnachrichten hatte man eine eingehende Analyse des Falles gebracht. Luthers Bild mußte mittlerweile Millionen Menschen ein Begriff sein. Sogar eigene Meinungsumfragen über Luthers Schuld oder Unschuld gab es bereits; keine von ihnen fiel günstig für ihn aus. Gorelick leckte sich schon die Lippen, da er annahm, dieser Fall könnte ihn in ein paar Jahren in den Sitz des Generalstaatsanwaltes katapultieren. Und in Virginia kandidierten Generalstaatsanwälte oft für das Gouverneursamt – zumeist erfolgreich.

Der kleinwüchsige, glatzköpfige, großspurige Gorelick war tödlich wie ein Güterzug mit Höchstgeschwindigkeit. Er scherte sich den Teufel um einen fairen Prozeß und wartete nur darauf, seinem Gegner bei erstbester Gelegenheit das Messer in den Rücken zu stoßen. Jack wußte, daß er sich auf einen langen, harten Kampf gefaßt machen mußte.

Zu allem Überdruß wollte Luther nicht reden. Er hatte Angst. Doch was hatte Kate mit der Sache zu tun? Nichts paßte zusammen. Und morgen sollte Jack vor Gericht auftreten und für Luther auf »nicht schuldig« plädieren, obwohl er keine Möglichkeit hatte, Luthers Unschuld zu beweisen. Die Beweisführung war zwar Aufgabe des Staates; das Problem jedoch war, die Anklagevertretung hatte genug, um den Fall zweimal zu gewinnen. Jack würde verbissen kämpfen, aber sein Mandant war ein dreifacher Verlierer, auch wenn sich Luther laut seiner Akte während der letzten zwanzig Jahre nichts hatte zuschulden kommen lassen. Dafür interessierte sich niemand. Warum auch? Sein Schützling war der perfekte Hauptdarsteller für den Schluß einer tragischen Geschichte. Ein Musterbeispiel für die »Dreier-Regel«. Drei schwere Vergehen, und dein Leben ist vorbei; in der Hauptrolle Luther Whitney.

Quer durchs Zimmer schleuderte er die Zeitung, dann putzte er Glassplitter und Bier weg. Er rieb sich den Nacken, betastete die unterstrapazierte Armmuskulatur, trottete ins Schlafzimmer und schlüpfte in einen Trainingsanzug.

Das YMCA lag etwa zehn Minuten entfernt. Überraschenderweise fand Jack unmittelbar davor einen Parkplatz und marschierte hinein. Die schwarze Limousine hinter ihm hatte weniger Glück. Der Fahrer mußte mehrmals um den Block fahren und selbst dann noch ein Stück die Straße zurücksetzen, damit er an der gegenüberliegenden Seite parken konnte.

Der Lenker wischte die Scheibe an der Beifahrerseite frei und schaute zur Vorderseite des Gebäudes. Dann faßte er einen Entschluß, stieg aus dem Wagen und lief die Treppe hinauf. Er sah sich um, betrachtete den blitzenden Lexus und ging hinein.

Nach drei Runden Basketball strömte der Schweiß über Jacks Körper. Er ließ sich auf eine Bank sinken, während die Teenager mit unerschöpflicher Energie weiter über den Platz tobten. Jack stöhnte auf, als einer der schlaksigen schwarzen Jungen in weiten Turnhosen, trägerlosem T-Shirt und viel zu großen Sportschuhen ihm den Ball zuwarf. Er warf ihn zurück.

»Tut mir leid, Jungs, aber das war's für mich.«

»Hey, Mann, bist du müde?«

»Nein, bloß alt.«

Jack stand auf, rieb sich die Krämpfe aus den schmerzenden Oberschenkeln und humpelte hinaus.

Als er das Gebäude verlassen wollte, fühlte er eine Hand auf der Schulter.

Jack fuhr. Er warf einen Blick auf seinen neuen Passagier.

Seth Frank begutachtete die Innenausstattung. »Ich hab' schon tolle Dinge von diesen Autos gehört. Wieviel hat der hier gekostet, wenn die Frage gestattet ist?«

»Neunundvierzigtausendfünfhundert, mit allen Extras.«

»Teufel auch. In einem Jahr verdiene ich nicht annähernd so viel.«

»Ich bis vor kurzem auch nicht.«

»Pflichtverteidiger machen nicht das große Geld, habe ich gehört.«

»Das ist wohl wahr.«

Die Männer verfielen in Schweigen. Frank war sich bewußt, daß er mehr Vorschriften mißachtete, als es wahrscheinlich überhaupt gab; auch Jack wußte das.

Schließlich schaute Jack hinüber. »Hören Sie, Lieutenant, ich nehme an, Sie sind nicht gekommen, um sich mit mir über Autos zu unterhalten. Wollen Sie etwas Bestimmtes von mir?«

»Gorelick sieht aus wie der sichere Sieger gegen Ihren Mandanten.«

»Vielleicht. Vielleicht auch nicht. Ich werfe nicht das Handtuch, falls es das ist, was Sie glauben.«

»Sie plädieren auf ›nicht schuldig‹?«

»Nein, ich fahre ihn ins Greensville Correctional Center und spritze ihm die Scheiße selbst. Nächste Frage.«

Frank lächelte. »Okay, das habe ich verdient. Ich denke, wir beide sollten uns unterhalten. Einiges an dem Fall ergibt immer noch keinen Sinn. Ob das gut oder schlecht für Ihren Freund ist, weiß ich nicht. Sind Sie bereit zuzuhören?«

»In Ordnung, aber gehen Sie nicht davon aus, daß dies ein beiderseitiger Informationsaustausch wird.«

»Ich kenne einen Laden, wo man das Steak mit dem Buttermesser schneiden kann und auch der Kaffee genießbar ist.«

»Liegt der Schuppen etwas abgelegen? Als Streifenpolizist kann ich Sie mir nicht gut vorstellen.«

Frank blickte zu ihm hinüber und grinste. »Nächste Frage.«

Jack brachte ein Lächeln zustande und fuhr dann nach Hause, um sich umzuziehen.

Jack bestellte eine zweite Tasse Kaffee, während Frank noch die erste vor sich hin und her schob. Das Steak war hervorragend gewesen, und der Ort war so abgelegen, daß Jack gar nicht sicher war, wo sie sich befanden. Vermutlich irgendwo im südlichen Maryland. Er ließ den Blick über die wenigen Gäste des rustikalen Speisesaals schweifen. Niemand schien ihnen unerwünschte Aufmerksamkeit zu schenken. Dann wandte er sich wieder seinem Gesprächspartner zu.

Amüsiert betrachtete Frank ihn. »Soweit ich

weiß, hatten Sie und Kate Whitney vor einer Weile eine Beziehung.«

»Hat sie Ihnen das gesagt?«

»Himmel, nein. Sie kam heute ins Polizeirevier, ein paar Minuten, nachdem Sie gegangen waren. Ihr Vater wollte sie nicht sehen. Ich hab' mich ein bißchen mit ihr unterhalten. Hab' ihr gesagt, daß es mir leid tut, wie sich die Dinge entwickelt haben.« Franks Augen verschleierten sich für einen Moment, dann fuhr er fort. »Jack, ich hätte das nicht tun dürfen. Sie zu benutzen, um ihren alten Herrn zu schnappen. Niemand verdient das.«

»Funktioniert hat es. Manch einer würde sagen, der Zweck heiligt die Mittel.«

»Genau. Nun, wie auch immer, wir sind auf Sie zu sprechen gekommen. Ich bin noch nicht so alt, daß ich ein Glitzern in den Augen einer Frau nicht mehr erkenne.«

Die Kellnerin brachte Jacks Kaffee. Er trank einen Schluck. Beide Männer starrten aus dem Fenster. Mittlerweile schneite es nicht mehr, und die Welt schien mit einer weichen, weißen Decke verhüllt zu sein.

»Hören Sie, Jack, ich weiß, daß die ganze Anklage gegen Luther Whitney nur auf Indizien beruht. Aber das hat schon oft genug gereicht, um einen Menschen ins Gefängnis zu schicken.«

»Das bestreite ich nicht.«

»Die Wahrheit ist, Jack, daß ich noch eine ganze Menge Mist habe, der einfach keinen Sinn ergibt.«

Jack setzte den Kaffee ab und beugte sich vor. »Ich höre.«

Frank sah sich im Raum um, dann schaute er zurück zu Jack. »Ich weiß, daß ich mich gerade auf dünnem Eis bewege, aber ich bin nicht Bulle geworden, um Menschen für Verbrechen hinter Gitter zu schicken, die sie gar nicht begangen haben. Da draußen laufen genug Schuldige herum.«

»Was genau ergibt keinen Sinn?«

»Über einiges werden Sie selbst stolpern, wenn Sie die Akten durchgehen. Tatsache ist, ich bin davon überzeugt, daß Luther Whitney in das Haus eingebrochen ist. Ebenso bin ich davon überzeugt, daß er Christine Sullivan nicht getötet hat. Aber –«

»Aber Sie glauben, daß er gesehen hat, wer es war.«

Frank lehnte sich zurück und glotzte Jack überrascht an. »Wann ist Ihnen der Gedanke gekommen?«

»Erst vor kurzem. Haben Sie schon eine Idee?«

»Ich glaube, Ihr Freund wäre fast mit der Hand

im Honigtopf erwischt worden und mußte sich dann im Honigtopf verstecken.«

Jack sah verwirrt drein. Rasch klärte Frank ihn über den Tresor, das Beweismaterial und seine eigenen Fragen auf.

»Luther sitzt also im Tresor und beobachtet, wie irgend jemand mit Mrs. Sullivan herummacht. Dann passiert etwas, und sie wird umgelegt. Und Luther wird Zeuge, wie dieser Jemand sämtliche Spuren beseitigt.«

»So könnte es gewesen sein, Jack.«

»Er geht nicht zur Polizei, weil er sich sonst stellen müßte.«

»Das erklärt vieles.«

»Nur nicht, wer es getan hat.«

»Der einzig offensichtlich Tatverdächtige ist der Ehemann, und ich glaube nicht, daß er es war.«

Jack rief sich Walter Sullivan ins Gedächtnis. »Okay. Aber wenn nicht er, wer dann?«

»Derjenige, mit dem sie sich an diesem Abend getroffen hat.«

»Nach allem, was Sie mir über das Liebesleben der Verstorbenen erzählt haben, engt das den Täterkreis auf ein paar Millionen Männer ein.«

»Ich habe nie behauptet, daß es einfach sein würde.«

»Nun, ich habe so eine Ahnung, daß es kein Durchschnittstyp war.«

»Warum das?«

Jack trank einen Schluck Kaffee und blickte auf seinen Apfelkuchen. »Hören Sie, Lieutenant –«

»Nennen Sie mich doch Seth.«

»In Ordnung, Seth, ich bewege mich hier ebenfalls auf dünnem Eis. Ich weiß, woher Sie kommen, und ich bin Ihnen dankbar für die Informationen. Aber …«

»Aber Sie sind nicht hundertprozentig davon überzeugt, daß Sie mir vertrauen können, und überhaupt wollen Sie nichts sagen, was sich nachteilig für Ihren Mandanten auswirken könnte?«

»So ungefähr.«

»Absolut verständlich.«

Die beiden Männer bezahlten und gingen. Während der Rückfahrt setzte wieder so starker Schneefall ein, daß die Scheibenwischer kaum mithalten konnten.

Jack warf einen Blick auf Frank, der geradeaus starrte; entweder war er in Gedanken verloren, oder er wartete darauf, daß Jack das Wort ergriff.

»Also gut. Ich gehe das Risiko ein, viel habe ich ohnehin nicht zu verlieren, oder?«

Frank starrte weiterhin geradeaus. »So wie ich die Sache sehe, nicht.«

»Nehmen wir mal an, Luther war in dem Haus und hat gesehen, wie die Frau ermordet wurde.«

Frank schaute zu Jack hinüber. In seinen Zügen lag deutliche Erleichterung.

»Gut.«

»Man muß Luther kennen und wissen, wie er denkt, um zu verstehen, wie er auf so etwas reagieren würde. Er ist einer der gewissenhaftesten Menschen, die ich je getroffen habe. Ich weiß, sein Vorstrafenregister läßt auf etwas anderes schließen, aber man kann kaum zuverlässiger und vertrauenswürdiger sein als er. Hätte ich Kinder und brauchte jemanden, der auf sie aufpaßt, dann würde ich sie Luther anvertrauen. Ich könnte völlig sicher sein, daß ihnen nichts geschieht, solange sie bei ihm sind. Seine Vorsicht grenzt schon fast an Paranoia. Er ist unglaublich ausgebufft, sieht alles im voraus.«

»Außer, daß ihn seine Tochter in eine Falle lokken könnte.«

»Genau, das nicht. Niemals hätte er das vorhergesehen. Nicht in tausend Jahren.«

»Aber ich weiß schon, welche Art Mensch Sie meinen, Jack. Einige der Kerle, die ich in meiner Laufbahn verhaftet habe, gehören – abgesehen von der dummen Angewohnheit, anderer Leute Eigentum zu stehlen – zu den anständigsten Menschen, die ich kenne.«

»Hätte Luther gesehen, wie die Frau umgebracht wurde, er hätte einen Weg gefunden, den Täter an die Bullen auszuliefern, das kann ich Ihnen versichern. Damit hätte er ihn nicht davonkommen lassen. Niemals!« Grimmig starrte Jack aus dem Fenster.

»Außer?«

Jack schaute zu ihm hinüber. »Außer er hatte einen verdammt guten Grund dafür. Vielleicht kannte er den Mörder oder wußte etwas über ihn.«

»Sie meinen jemanden, dem man so etwas unmöglich zutrauen würde? Daß Luther es deshalb gar nicht erst versuchen wollte?«

»Mehr noch, Seth.« Jack bog um eine Kurve und hielt auf das YMCA-Gebäude zu. »Bevor das alles passiert ist, habe ich Luther noch nie ängstlich erlebt. Aber jetzt hat er Angst. Eine Heidenangst, um genau zu sein. Er hat sich damit abgefunden, die Schuld für den ganzen Schlamassel auf sich zu nehmen, und ich weiß einfach nicht, weshalb. Ich meine, schließlich war er ja schon außer Landes.«

»Und ist zurückgekommen.«

»Richtig, und ich kann mir nicht vorstellen, wieso. Übrigens, haben Sie das Datum?«

Frank schlug sein Notizbuch auf und nannte ihm den genauen Tag.

»Was zur Hölle ist also nach Christine Sullivans Ermordung und vor diesem Datum geschehen, das Luther bewogen hat, zurückzukommen?«

Frank schüttelte den Kopf. »Könnte alles mögliche gewesen sein.«

»Nein, es war etwas ganz Bestimmtes. Und wenn wir herausfinden, was es war, könnten wir vielleicht Licht in die Sache bringen.«

Frank steckte das Notizbuch in die Tasche und fuhr beiläufig mit der Hand über die Armaturen.

Jack stellte den Motor ab und lehnte sich in seinen Sitz zurück.

»Er hat nicht bloß um sich selbst Angst. Aus irgendeinem Grund hat er Angst wegen Kate.«

Frank wirkte verblüfft. »Glauben Sie, Kate wurde von jemandem bedroht?«

Jack schüttelte den Kopf. »Nein. Das hätte sie mir erzählt. Ich glaube, irgend jemand hat Luther zu verstehen gegeben, daß er besser den Mund halten soll, wenn ihm das Leben seiner Tochter lieb ist.«

»Glauben Sie, es waren dieselben Leute, die versucht haben, ihn auszuschalten?«

»Vielleicht. Ich weiß es nicht.«

Frank ballte beide Hände zur Faust und blickte aus dem Seitenfenster. Er holte tief Atem und sah Jack an. »Hören Sie, Sie müssen Luther zum Sprechen bringen. Wenn er uns denjenigen ans Messer liefert, der Christine Sullivan umgebracht hat, empfehle ich im Gegenzug für seine Zusammenarbeit Bewährung und Sozialarbeit. Keinen einzigen Tag wird er absitzen. Ach, Sullivan würde ihn vermutlich sogar die Beute behalten lassen, wenn wir den Kerl festnageln könnten.«

»Sie empfehlen?«

»Sagen wir, ich werde es Gorelick in seinen dikken Schädel hämmern. Einverstanden?« Frank streckte Jack die Hand hin.

Jack ergriff sie. »Einverstanden.«

Frank stieg aus dem Wagen, steckte den Kopf jedoch nochmals herein. »Soweit es mich betrifft, wenn mich jemand fragt, hat es unser heutiges Treffen nie gegeben. Alles, was Sie mir erzählt haben, behalte ich für mich, ausnahmslos. Selbst im Zeugenstand. Das meine ich ernst.«

»Danke, Seth.«

Gemächlich schlenderte Seth Frank zurück zu seinem Wagen, während der Lexus die Straße entlangrollte, um die Ecke bog und verschwand.

Burschen wie Luther Whitney kannte er ganz genau. Was, zur Hölle, konnte einem solchen Mann nur soviel Angst einjagen?

Kapitel 22

Um halb acht Uhr morgens bog Jack auf den Parkplatz der Polizeiwache von Middleton. Es war ein klarer, aber bitterkalter Morgen. Zwischen ein paar schneebedeckten Streifenwagen stand die schwarze Limousine. Die Motorhaube war bereits abgekühlt, was Jack verriet, daß Seth Frank Frühaufsteher war.

Luther sah heute anders aus; er hatte die orangefarbene Gefängniskleidung gegen einen zweiteiligen braunen Anzug mit Hemd und gestreifter Krawatte getauscht. Das dichte, graue Haar war ordentlich frisiert, die Sonnenbräune erinnerte noch an Luthers Aufenthalt auf Barbados. Er hätte als Versicherungsvertreter oder altgedienter Teilhaber einer Anwaltskanzlei durchgehen können. Mancher Strafverteidiger hob sich die gutbürgerliche Kleidung für den eigentlichen Prozeß auf, damit die Geschworenen sahen, daß der Angeklagte doch kein so übler Kerl war, sondern lediglich nicht mit seinem Leben zurechtkam. Doch Jack hatte darauf bestanden, daß man seinem Mandanten die ganze Zeit über zivile Kleidung zur Verfügung stellte. Und nicht bloß aus taktischen Gründen. Seiner Meinung nach verdiente Luther es nicht, in Grellorange vorgeführt zu werden. Wohl mochte er ein Krimineller sein, doch er war keiner jener Sorte, in deren Nähe man jederzeit eine Klinge zwischen die Rippen oder Reißzähne in die Kehle bekommen konnte. Diese Typen verdienten es, Orange zu tragen, und sei es nur, damit ständig ein Sicherheitsabstand zwischen ihnen und allen anderen gewahrt werden konnte.

Diesmal sparte Jack sich die Mühe, die Aktentasche zu öffnen. Der Ablauf war ihm vertraut. Man würde die Anklageschrift gegen Luther verlesen. Der Richter mußte Luther fragen, ob er die Anklage verstanden hatte; danach war es an Jack, seine Klageerwiderung abzugeben. In der Folge würde der Richter ein Brimborium ablassen, um festzustellen, ob Luther sich bewußt war, welche Konsequenzen es hatte, auf nicht schuldig zu plädieren, und ob Luther mit seinem Rechtsbeistand zufrieden war.

Jack hegte die entsetzliche Befürchtung, Luther könnte ihm vor dem Richter sagen, er möge sich zum Teufel scheren, und sich selbst schuldig bekennen. So etwas war bereits vorgekommen. Unter Umständen akzeptierte der beknackte Richter das auch noch. Zweifellos jedoch würde er sämtliche Verfahrensregeln einhalten, denn in einem Mordfall konnte jede Unregelmäßigkeit zu einer Berufung führen. Und Berufungen gegen die Todesstrafe zogen sich für gewöhnlich schier endlos hin. Jack mußte das Risiko einfach eingehen.

Mit ein bißchen Glück sollte die ganze Anklageerhebung nicht mehr als fünf Minuten in Anspruch nehmen. Dann würde man ein Prozeßdatum festsetzen, und der Spaß konnte beginnen.

Da der Staat Anklage gegen Luther erhoben hatte, konnte Jacks Mandant kein Recht auf eine Vorverhandlung geltend machen. Eine solche hätte Jack zwar nicht weitergeholfen, doch zumindest hätte er einen ersten Eindruck vom Ermittlungsstand der Staatsanwaltschaft und den vorgesehenen Belastungszeugen bekommen, obwohl die Richter gewöhnlich darauf bedacht waren, Anhörungen nicht in Sondierungsverfahren für den Verteidiger ausarten zu lassen.

Es wäre auch möglich gewesen, auf die Verlesung der Anklageschrift zu verzichten, doch Jack hatte vor, der Staatsanwaltschaft nichts zu schenken. Außerdem wollte er Luther in den Gerichtssaal bekommen, wo die Öffentlichkeit sehen und hören konnte, wie laut und vernehmlich auf »nicht schuldig« plädiert wurde. Danach wollte er Gorelick mit einem Verweisungsantrag schockieren und den Fall schleunigst aus dem County Middleton verlegen. Mit ein wenig Glück würde Gorelick durch einen neuen Anklagevertreter ersetzt, und der Möchtegern-Generalstaatsanwalt der Zukunft hätte jahrzehntelang an der Enttäuschung zu kauen. Dann mußte er Luther dazu bewegen zu sprechen. Kate mußte unter Polizeischutz gestellt werden. Luther würde mit seiner Geschichte herausrücken, und Jack könnte für ihn den Deal des Jahrhunderts aushandeln.

Er musterte Luther. »Du siehst gut aus.«

Luther verzog den Mund zu einem Lächeln, das mehr ein Grinsen war.

»Kate möchte dich vor der Verlesung der Anklageschrift sehen.«

Die Antwort kam wie der Blitz. »Nein!«

»Warum nicht? Mein Gott, Luther, du wolltest dein ganzes Leben lang eine Beziehung mit ihr aufbauen, und nun, da sie endlich dazu bereit ist, blockst du total ab. Verdammt noch eins, manchmal verstehe ich dich beim besten Willen nicht.«

»Ich will sie nicht in meiner Nähe haben.«

»Hör mal, es tut ihr leid, was sie getan hat. Sie zerbricht daran, das kannst du mir ruhig glauben.«

Luther fuhr herum. »Sie glaubt, ich sei böse auf sie?«

Jack nahm Platz. Endlich, zum erstenmal, hatte er Luthers volle Aufmerksamkeit. Das hätte er schon früher versuchen sollen.

»Natürlich. Warum sonst solltest du sie nicht sehen wollen?«

Luther starrte hinunter auf den schlichten Holztisch und schüttelte angewidert den Kopf.

»Sag ihr, daß ich ihr nicht böse bin. Sie hat das Richtige getan. Sag ihr das.«

»Wieso sagst du es ihr nicht selbst?«

Hastig stand Luther auf und lief im Zimmer auf und ab. Vor Jack blieb er stehen.

»An diesem Ort gibt es zu viele Augen, verstehst du? Wenn jemand sie in meiner Nähe sieht, könnte jemand vielleicht annehmen, sie wüßte etwas, das sie gar nicht weiß. Und glaub mir, das wäre nicht gut.«

»Von wem redest du?«

Luther setzte sich wieder hin. »Erzähl ihr einfach, was ich dir gesagt habe. Sag ihr, daß ich sie liebe, daß ich sie immer geliebt habe und immer lieben werde. Du mußt ihr das sagen, Jack. Unbedingt.«

»Du meinst also, dieser Jemand könnte auch annehmen, du hättest mir was erzählt, obwohl du das gar nicht hast?«

»Ich habe dir davon abgeraten, den Fall zu übernehmen, Jack, aber du wolltest nicht auf mich hören.«

Jack zuckte mit den Schultern, öffnete die Aktentasche und holte ein Exemplar der *Post* heraus. »Lies die Titelgeschichte.«

Luther schaute auf die Titelseite. Zornig schleuderte er die Zeitung an die Wand. »Dieser Dreckskerl! Dieser miese Dreckskerl!« Der alte Mann spie die Worte förmlich aus.

Die Tür flog auf, und ein fettleibiger Wächter steckte den Kopf herein, mit der Hand an der Waffe. Jack bedeutete ihm, daß alles in Ordnung sei. Zögernd zog der Mann sich zurück, ohne dabei die Augen von Luther abzuwenden.

Jack ging hinüber und hob die Zeitung auf. Ein Foto von Luther vor dem Polizeirevier begleitete die Titelgeschichte. Die Schlagzeile war fett und in Großbuchstaben gedruckt, wie sie normalerweise nur den Siegen der Skins bei der Super Bowl vorbehalten waren: »HEUTE ANKLAGE IM MORDFALL SULLIVAN«. Jack überflog den Rest der Titelseite. Weitere Morde in der früheren Sowjetunion im Zuge der ethnischen Säuberung. Das Verteidigungsministerium machte sich auf eine neue Budgetkürzung gefaßt. Seine Augen wanderten auch über Präsident Alan Richmond, registrierten ihn aber nicht wirklich. Der Präsident kündigte an, erneut Schritte in Sachen Sozialreform unternehmen zu wollen. Das Begleitbild, das den Präsidenten in einem Kinderheim im ärmlichen Südwesten von Washington zeigte, paßte wunderbar dazu.

Das lächelnde Gesicht hatte Luther wie ein Schlag in die Magengrube getroffen. Vor den Augen der ganzen Welt wiegte er arme schwarze Babys. Dieses miese, verlogene Arschloch! Auf brutalste Weise drosch die Faust auf Christine Sullivan ein. Blut spritzte durch die Luft. Hände legten sich wie eine hinterhältige Schlange um ihre Kehle und wollten das Leben aus ihr pressen, ohne auch nur einen Gedanken zu verschwenden. Ein Leben hatte er gestohlen, genau das. Er küßte Babys und tötete Frauen.

»Luther? Luther?« Sanft legte Jack eine Hand auf Luthers Schulter. Der alte Mann zitterte am ganzen Leib wie ein Motor, der dringend gewartet werden muß, der zu zerspringen droht, als sei die alte, verrostete Hülle ihm nicht mehr gewachsen. Einen entsetzlichen Augenblick lang fragte sich Jack, ob Luther die Frau tatsächlich getötet, ob sein alter Freund womöglich die Grenze überschritten hatte. Doch seine Befürchtungen wurden zerstreut, als Luther sich umwandte und ihn ansah. Die Ruhe war zurückgekehrt, die Augen waren wieder klar und konzentriert.

»Erzähl ihr einfach, was ich dir gesagt habe, Jack. Und dann laß uns das hier zu Ende bringen.«

Lange Zeit galt das Gerichtsgebäude von Middleton als Herzstück des County. Einhundertfünfundneunzig Jahre war es alt und hatte im Krieg von 1812 die Briten überdauert, danach im Krieg der Nördlichen Aggression beziehungsweise im Bürgerkrieg – je nachdem, ob man es aus der Sicht eines Nordstaatlers oder Südstaatlers betrachtete – die Yankees und die Konföderierten. 1947 hauchte eine aufwendige Renovierung dem Gebäude neues Leben ein, und die guten Bürger der Stadt erwarteten, daß es noch für ihre Urenkel bereit stehen würde, damit sich diese daran erfreuen und gelegentlich hineinspazieren konnten, hoffentlich um nichts Schlimmeren als eines Strafzettels wegen oder um eine Heiratsurkunde ausstellen zu lassen.

Hatte es zuvor allein am Ende der zweispurigen Straße gestanden, die das Geschäftsviertel von Middleton bildete, so teilte es sich den Platz nun mit Antiquitätengeschäften, Restaurants, einem Supermarkt, einem riesigen Motel und einer Tankstelle, die ganz aus Ziegelsteinen gebaut war, um die architektonische Tradition des Umfeldes nicht zu stören. Ein paar Gehminuten entfernt stieß man auf unzählige Kanzleien, in denen die Diplome zahlreicher angesehener Bezirksanwälte dekorativ und durchaus würdevoll an der Wand hingen.

Außer am Freitag vormittag, dem Antragstermin für Zivil- und Strafprozesse, war es im Gerichtsgebäude von Middleton normalerweise recht ruhig. Im Augenblick jedoch spielten sich davor Szenen ab, bei deren Anblick sich die Gründerväter der Stadt in ihren Gräbern herumgedreht hätten. Auf den ersten Blick konnte man vermuten, daß die Blau- und die Grauröcke abermals zusammengetroffen waren, um ein für allemal Frieden zu schließen.

Sechs Übertragungswagen mit dicken Lettern an beiden Seiten hielten unmittelbar vor den Stufen zum Gericht. Die Sendeantennen waren bereits himmelwärts ausgefahren. Zehnreihige Menschentrauben drückten und drängten gegen eine Mauer von Sheriffs und grimmig wirkenden Staatspolizisten, die schweigend die Schar der Reporter im Zaum hielten, welche mit Notizblökken, Mikrophonen und Kugelschreibern vor ihren Nasen herumfuchtelten.

Zum Glück verfügte das Gerichtsgebäude über

einen Seiteneingang, der im Augenblick von einem Halbkreis aus Polizisten abgeschirmt wurde. Alle trugen Sturmgewehre und Schilde vor sich, um anzudeuten, daß es gefährlich war, sich zu nähern. Hier sollte der Wagen mit Luther ankommen. Leider besaß das Gebäude keine Garageneinfahrt. Dennoch war die Polizei sicher, alles im Griff zu haben. Luther würde bestenfalls ein paar Sekunden im Freien sein.

Auf der gegenüberliegenden Straßenseite marschierten bewaffnete Polizeibeamte mit rastlosem Blick auf und ab und hielten Ausschau nach dem Glitzern von Metall aus offenen Fenstern, die eigentlich verschlossen sein sollten.

Jack stand an dem kleinen Fenster des Gerichtssaals, das auf die Straße hinausblickte. Der Raum entsprach der Größe eines Hörsaals und war mit einer handgeschnitzten, zweieinhalb Meter hohen und fünfeinhalb Meter langen Richterbank ausgestattet. Rechts und links der Richterbank hingen die amerikanische Flagge und die Staatsflagge von Virginia. An einem winzigen Tisch vor der Richterbank saß – wie ein Schleppkahn vor einem Ozeanriesen – ein Gerichtsdiener.

Jack sah auf die Uhr, vergewisserte sich, daß die Sicherheitskräfte an Ort und Stelle waren, und betrachtete dann den Medienrummel. Reporter konnten sich entweder als beste Freunde oder als schlimmster Alptraum eines Strafverteidigers erweisen. Vieles hing davon ab, was Reporter von einem bestimmten Angeklagten und dem ihm zur Last gelegten Verbrechen hielten. Manche Journalisten verstanden es, ihre Berichte objektiv erscheinen zu lassen und den Angeklagten dabei trotzdem in die Pfanne zu hauen, bevor überhaupt ein Schuldspruch erfolgt war. Weibliche Berichterstatter neigten dazu, weniger hart mit Angeklagten in Vergewaltigungsfällen umzuspringen, da sie jeden Anschein von geschlechtsspezifischen Vorurteilen vermeiden wollten. Aus ähnlichen Gründen schlugen männliche Berichterstatter geradezu Purzelbäume für mißhandelte Frauen, die schließlich Selbstjustiz übten. Luther fiel in keine dieser Kategorien. Ex-Knackis, die reiche, junge Frauen ermordeten, wurden, ungeachtet ihres Geschlechts, von allen Fronten der berichterstattenden Zunft bombardiert.

Jack hatte bereits ein Dutzend Anrufe von Filmunternehmen aus Los Angeles erhalten, die sich lauthals um Luthers Geschichte bewarben, noch bevor er überhaupt eine Klageerwiderung abgegeben hatte. Sie wollten die Geschichte und waren bereit, dafür zu bezahlen, sehr viel sogar. Jack hätte nicht übel Lust gehabt, ihnen zu sagen: Ja, macht nur, aber unter einer Bedingung. Wenn er euch irgend etwas erzählt, müßt ihr es mir weitersagen, denn im Augenblick habe ich gar nichts, Leute. Null.

Er schaute über die Straße. Die bewaffneten Sicherheitskräfte beruhigten ihn. Obwohl auch letztes Mal die Polizei dabeigewesen und dennoch ein Schuß gefallen war. Doch diesmal waren die Beamten zumindest vorgewarnt. Sie hatten die Lage recht gut im Griff. Nur mit einem hatten sie nicht gerechnet, und das bewegte sich gerade die Straße herunter.

Jack fuhr herum und beobachtete, wie die Schar der Reporter und Schaulustigen en masse auf die Wagenkolonne zustürmte. Zunächst glaubte Jack, es handle sich um Walter Sullivan, doch dann sah er die Polizeimotorräder, gefolgt von den Kastenwagen des Secret Service und schließlich die Limousine mit der amerikanischen Flagge auf beiden Seiten der Motorhaube.

Die Armee dieses Mannes ließ jene winzig erscheinen, die sich auf die Ankunft von Luther Whitney vorbereitete.

Jack beobachtete, wie Richmond aus dem Wagen stieg. Hinter ihm tauchte der Agent auf, mit dem er sich schon einmal unterhalten hatte. Burton. Das war der Name gewesen. Ein zäher, respekteinflößender Bursche. Wie ein Radarstrahl suchten seine Augen die Umgebung ab. Nur wenige Zentimeter waren die Hände des Agenten vom Präsidenten entfernt, bereit, ihn innerhalb von Sekundenbruchteilen zu Boden zu ziehen. Die Wagen des Secret Service parkten an der gegenüberliegenden Straßenseite. Einer bog in eine Seitenstraße gegenüber dem Gerichtsgebäude. Dann schaute Jack zurück zum Präsidenten.

Rasch wurde ein provisorisches Podium errichtet, und Richmond begann seine eigene Pressekonferenz. Kameras blitzten, über fünfzig angeblich reife Erwachsene mit einem Diplom in Journalismus versuchten, sich an ihrem Nachbarn vorbeizudrängen. Ein paar gewöhnliche und weniger verrückte Bürger blieben im Hintergrund, einige hielten mit Videokameras ein für sie zweifellos außergewöhnliches Ereignis fest.

Jack drehte sich herum. Neben ihm stand plötzlich der Gerichtsdiener, ein wahrer Berg von einem Schwarzen.

»Seit siebenundzwanzig Jahren bin ich schon hier, aber noch nie war der Präsident in der Gegend. Und jetzt gleich zweimal in einem Jahr. Kaum zu glauben.«

Jack lächelte ihn an. »Nun, wenn Ihr Freund einige hunderttausend Dollar in Ihre Wahlkampagne gesteckt hätte, würden Sie sich vermutlich auch hier blicken lassen.«

»Sie haben ziemlich einflußreiche Leute gegen sich.«

»Das ist schon in Ordnung, ich habe einen riesigen Boxhandschuh dabei …«

»Samuel. Samuel Long.«

»Jack Graham, Samuel.«

»Den werden Sie auch brauchen, Jack. Einen mit Blei drin.«

»Was meinen Sie, Samuel? Wird mein Kumpel hier drin einen fairen Prozeß bekommen?«

»Hätten Sie mich das vor zwei, drei Jahren gefragt, ich hätte gesagt, ja, da können Sie Gift drauf nehmen.« Er blickte hinaus auf die Menschenmassen. »Wenn Sie mich heute fragen, ich weiß es nicht. Es ist egal, vor welchem Gericht man steht. Ob Oberster Gerichtshof oder Verkehrsgericht. Die Dinge ändern sich. Und nicht bloß die Gerichte. Alles. Jeder. Die ganze verrückte Welt verändert sich, und keiner weiß, was alles passieren kann.«

Beide schauten wieder aus dem Fenster.

Die Tür zum Gerichtssaal öffnete sich, und Kate trat herein. Instinktiv fuhr Jack herum und schaute sie an. Heute trug sie nicht ihre Gerichtskleidung, sondern einen schwarzen Faltenrock, der eng an den Hüften anlag und von einem schmalen, schwarzen Gürtel gehalten wurde. Die Bluse war schlicht und bis zum Hals zugeknöpft. Das Haar hatte sie aus der Stirn gekämmt; es hing ihr auf die Schultern. Die Wangen waren von der Eiseskälte gerötet, über dem Arm trug sie einen Mantel.

Zusammen setzten sie sich an den Tisch der Verteidigung. Diskret zog sich Samuel zurück.

»Gleich ist es soweit, Kate.«

»Ich weiß.«

»Hör zu, Kate, ich hab's dir schon am Telefon gesagt: Es ist nicht so, daß er dich nicht sehen will. Er hat Angst. Angst um dich. Der Mann liebt dich über alles.«

»Jack, du weißt, was passiert, wenn er nicht bald mit der Sprache rausrückt.«

»Vielleicht, aber ich habe ein paar Hinweise, denen ich nachgehen muß. Der Fall der Staatsanwaltschaft ist nicht ganz so bombensicher, wie jeder glaubt.«

»Woher weißt du das?«

»Vertrau mir einfach. Hast du den Präsidenten draußen gesehen?«

»Wie könnte man ihn übersehen? Aber das paßt mir ganz gut. Niemand hat mich beim Hereingehen auch nur im geringsten beachtet.«

»Neben ihm wirkt einfach jeder wie ein Mauerblümchen.«

»Ist Luther schon da?«

»Bald.«

Kate öffnete die Handtasche und kramte nach einem Kaugummi. Lächelnd schob Jack ihre zitternden Finger beiseite und holte die Packung für sie heraus.

»Kann ich nicht wenigstens am Telefon mit ihm sprechen?«

»Ich werde sehen, was ich tun kann.«

Die beiden saßen nebeneinander da und warteten. Jack legte seine Hand auf Kates Hand. Sie schauten hinauf zu der gewaltigen Richterbank, vor der in wenigen Minuten alles beginnen sollte. Im Augenblick aber warteten sie nur. Zusammen.

Der weiße Kastenwagen bog um die Ecke, rollte an dem Halbkreis der Polizisten vorbei und kam nur wenige Schritte von der Tür entfernt zum Halten. Seth Frank hielt sein Auto unmittelbar hinter dem Wagen an und stieg aus, das Funkgerät in der Hand. Zwei Beamte stiegen aus dem Transporter und überprüften die Umgebung. Es sah gut aus. Die gesamte Menschenmenge drängte sich vor dem Gebäude, um den Präsidenten zu begaffen. Der Einsatzleiter wandte sich um und nickte einem weiteren Mann im Kastenwagen zu. Wenige Sekunden später stieg Luther Whitney aus. An Armen und Beinen war er gefesselt, über dem Anzug trug er einen dunklen Regenmantel. Seine Füße berührten den Boden, und von zwei Beamten flankiert begann er den Weg ins Gerichtsgebäude.

In diesem Augenblick kam die Menschenmenge an die Ecke. Sie folgte dem Präsidenten, der zielstrebig den Gehsteig entlang auf seine Limousine zuschritt. Als er an der Ecke des Gerichtsgebäudes vorbeimarschierte, blickte er herüber. Auch Luther, dessen Augen bis dahin stur zu Boden blickten, schaute hinüber, als hätte er Richmonds Anwesenheit gefühlt. Einen entsetzlichen Augenblick lang trafen sich die Blicke der beiden Männer. Noch bevor er wußte, was geschah, drangen die Worte über Luthers Lippen. »Mieser Scheißkerl.« Er murmelte es leise, doch beide Beamten vernahmen etwas, denn auch sie fuhren herum, als der Präsident kaum dreißig Meter entfernt vorbeiging. Sie waren überrascht. Dann beherrschte nur noch eines ihre Gedanken.

Luthers Beine knickten ein. Zunächst glaubten die beiden Polizisten, er wollte ihnen die Arbeit erschweren; dann erst erblickten sie das Blut, das ihm übers Gesicht lief. Einer der beiden fluchte laut und packte Luthers Arm. Der andere zog die Waffe und schwang sie in weitem Bogen in die Richtung, aus der erden Schuß vermutete.

Die meisten der Anwesenden sollten sich später nur noch verschwommen an die Ereignisse der nächsten Minuten erinnern. Der Schuß war durch den Lärm der Menschenmenge nicht eindeutig vernehmbar gewesen. Die Secret-Service-Agenten hatten ihn dennoch gehört. Burton hatte Richmond im Handumdrehen zu Boden geworfen. Zwanzig Männer in schwarzen Anzügen und mit automatischen Waffen bildeten einen menschlichen Schutzwall um sie herum.

Seth Frank beobachtete, wie der Wagen des Secret Service aus der Gasse schoß und den Präsidenten gegen die mittlerweile hysterische Menschenmasse abschirmte. Aus dem Wagen sprang ein Agent, mit der Maschinenpistole im Anschlag. Prüfend ließ er den Blick über die Straße schweifen, während er in ein Funkgerät bellte.

Frank befahl seiner Truppe, jeden Quadratzentimeter des Areals zu überprüfen; sämtliche Straßenkreuzungen sollten abgeriegelt, jedes einzelne Gebäude durchsucht werden. In Kürze würden ganze Wagenladungen von Beamten eintreffen, doch irgendwie wußte Frank, daß es zu spät war.

Einen Augenblick danach war Frank bei Luther. Ungläubig starrte er auf das Blut, das den Schnee tränkte und ihn zu einer schauerlich roten Pfütze schmolz. Eine Ambulanz wurde gerufen, die binnen weniger Minuten eintreffen würde. Doch Frank wußte, daß es auch dafür bereits zu spät war. Luthers Gesicht war bleich; die Augen starrten blicklos ins Leere, die Finger waren zusammengekrampft. Luther Whitneys Kopf wies zwei neue Öffnungen auf; die verdammte Kugel hatte sogar noch ein Loch in den Kastenwagen geschlagen, nachdem sie ihr Opfer durchdrungen hatte. Irgend jemand hatte kein Risiko eingehen wollen.

Frank schloß die Augen, danach sah er sich um. Der Präsident war wieder auf den Beinen und wurde in die Limousine gedrängt. Sekunden später waren Limousine und Begleitfahrzeuge verschwunden. Reporter stürmten in Scharen an den Schauplatz des Mordes, doch Frank gab seinen Leuten einen Wink, und die Journalisten stießen auf eine Mauer zorniger und gereizter Polizisten, die ihre Schlagstöcke zur Schau stellten und nur darauf warteten, daß jemand versuchte, an ihnen vorbeizukommen.

Seth Frank blickte auf die Leiche hinab. Trotz der Kälte zog er das Jackett aus und bedeckte damit Luthers Körper und Gesicht.

Sekunden, nachdem die ersten Schreie ertönt waren, war Jack bereits zum Fenster gestürzt. Sein Puls raste, die Stirn war mit einem Mal schweißüberströmt.

»Bleib hier, Kate.« Er sah sie an. Sie stand wie erstarrt, ihr Gesicht widerspiegelte eine Ahnung, von der er hoffte, sie möge nicht zutreffen, so unwahrscheinlich das auch war.

Samuel stürzte aus den heiligen Hallen des Gerichts.

»Was ist passiert?«

»Samuel, bitte, behalten Sie sie im Auge.«

Samuel nickte, Jack stürmte zur Tür hinaus.

Draußen waren mehr bewaffnete Männer, als Jack jemals außerhalb eines Hollywood-Kriegsfilms gesehen hatte. Er rannte zum Seiteneingang des Gebäudes; ein über hundert Kilo schwerer, schlagstockschwingender Polizist wollte ihm gerade den Schädel einschlagen, als Frank noch rechtzeitig dazwischenbrüllte.

Vorsichtig trat Jack näher. Jeder Schritt im harschen Schnee dauerte eine Ewigkeit. Alle Blicke schienen sich auf ihn zu heften. Unter einem Mantel lag eine zusammengekrümmte Gestalt. Blut sickerte in den einst blütenweißen Schnee. In Seth Franks Gesicht stand Bestürzung geschrieben. An all das sollte Jack sich noch in vielen schlaflosen

Nächten erinnern, vielleicht sogar für den Rest seines Lebens.

Schließlich kniete er sich neben seinen Freund. Eben wollte er das Jackett wegziehen, als er unvermittelt innehielt. Er fuhr herum und schaute in die Richtung, aus der er gekommen war. Das Meer der Journalisten hatte sich geteilt. Sogar die Mauer der Polizisten war einen Schritt auseinandergetreten, um sie durchzulassen.

Ohne Mantel stand Kate eine Minute lang da, zitternd im eisigen Wind, der sich wie in einem Trichter zwischen den Gebäuden fing. Sie starrte geradeaus; ihre Augen blickten so intensiv, daß sie gleichzeitig nichts und doch alles zu erfassen schienen. Jack wollte aufstehen, auf sie zugehen, doch die Beine versagten ihm den Dienst. Noch kurz zuvor war er energiegeladen und kampfbereit gewesen, außerdem fuchsteufelswild auf seinen störrischen Mandanten; nun war ihm selbst das letzte Quentchen Kraft urplötzlich abhanden gekommen. Ihm war übel, doch er wußte, daß er selbst zum Erbrechen zu schwach war.

Mit Franks Hilfe schaffte er es zitternd auf die Beine und torkelte zu ihr. Einmal in ihrem Leben stellten die neugierigen Reporter keine Fragen. Die Fotografen vergaßen, die obligatorischen Bilder zu schießen. Als Kate sich neben ihren Vater kniete und behutsam die Hand auf seine reglose Schulter legte, waren nur der Wind und die entfernte Sirene einer Ambulanz zu vernehmen. Ein paar Minuten lang blieb die Zeit vor dem Gerichtsgebäude von Middleton stehen.

Während die Limousine ihn zurück in die Stadt fuhr, strich Alan Richmond seine Krawatte glatt und schenkte sich ein Ginger Ale ein. Seine Gedanken galten den Schlagzeilen, die zweifellos die nächsten Ausgaben der Zeitungen beherrschen würden. Die großen Nachrichtensender würden sich um ihn reißen, was er zu nützen gedachte. Er würde weiter seinem normalen Tagesplan folgen. Der unerschütterliche Präsident. Schüsse waren auf ihn abgefeuert worden, doch er verkroch sich nicht, sondern ging weiter seiner Pflicht nach, das Land zu regieren, das Volk zu *führen.* Vor seinem geistigen Auge sah er bereits die Meinungsumfragen. Mindestens weitere zehn Punkte Vorsprung. Man konnte sagen, daß er zwei Fliegen mit einer Klappe geschlagen hatte. Und alles war so einfach gewesen. Wann würde er je auf eine richtige Herausforderung stoßen?

Bill Burton schaute zum Präsidenten hinüber, während sich die Limousine der Bezirksgrenze von Washington näherte. Luther Whitney hatte soeben Bekanntschaft mit dem tödlichsten Stück Munition gemacht, das Collin in sein Gewehr stopfen konnte, und dieser Kerl saß da und schlürfte seelenruhig sein Schweppes. Burton war speiübel.

Dabei war es noch nicht zu Ende. Nicht in seinen wildesten Träumen wagte er zu hoffen, er könnte die Angelegenheit je vergessen; zumindest aber konnte er den Rest seiner Zeit als freier Mann verleben. Als Mann, den seine Kinder achteten, auch wenn er inzwischen jede Selbstachtung verloren hatte.

Während er den Präsidenten weiter anstarrte, bekam Burton plötzlich den Eindruck, daß der Hundesohn auch noch stolz auf sich war. Schon zuvor hatte er diese Gelassenheit inmitten extremer, vorsätzlicher Gewalt erlebt. Richmond zeigte keine Anzeichen von Reue, obwohl soeben ein Menschenleben geopfert worden war. Statt dessen empfand er Euphorie. Triumph. Burton erinnerte sich an die Male an Christine Sullivans Hals. An den mißhandelten Kiefer. An die ominösen Geräusche, die er schon aus anderen Schlafzimmern vernommen hatte. Der Mann des Volkes.

Dann dachte er zurück an das Treffen mit Richmond, bei dem er seinem Boß alle Fakten unterbreitet hatte. Abgesehen davon, daß Russell sich wie ein Wurm krümmte und wand, war es keine angenehme Erfahrung gewesen.

Richmond hatte sie alle angestarrt. Burton und Russell saßen nebeneinander. Collin stand an der Tür. Sie befanden sich in den Privatgemächern der Familie, in einem Trakt, zu dem die neugierige Öffentlichkeit keinen Zugang hatte. Der Rest der First Family machte einen kurzen Urlaub und besuchte Verwandte. Es war am besten so. Das wichtigste Familienmitglied war in keiner besonders verträglichen Stimmung.

Endlich kannte der Präsident sämtliche Einzelheiten. Einschließlich der Sache mit dem Brieföffner, an dem besonders belastende Beweise hafteten und der sich in den Händen ihres cleveren, verbrecherischen Augenzeugen befand. Dem Präsidenten gerann beinahe das Blut in den Adern, als Burton es ihm erklärte. Die Worte des Agenten hingen noch in der Luft, als der Präsident sich langsam zu seiner Stabschefin herumdrehte.

Als Collin Russells Anweisungen wiedergab, die Klinge und den Griff nicht abzuwischen, erhob sich der Präsident und beugte sich über die Stabschefin, die so weit in den Sessel zurückwich, daß sie wie ein Teil des Stoffes wirkte. Sein Blick war vernichtend. Schließlich bedeckte sie die Augen mit der Hand. Ihre Bluse war an den Achseln schweißgetränkt. Sie brachte kein Wort heraus; aber was hätte sie auch sagen sollen?

Richmond setzte sich wieder hin, zerbiß langsam das Eis aus seinem Cocktail und wandte schließlich seinen Blick zum Fenster hinaus. Er war noch in voller Gala von einem Pflichttermin, hatte jedoch die Krawatte gelöst. Immer noch starrte er hinaus, als er die Stimme erhob.

»Wie lange wird es gutgehen, Burton?«

Burton blickte vom Boden auf. »Wer weiß? Vielleicht ewig.«

»Das sollten Sie doch besser wissen. Ich will Ihre professionelle Einschätzung.«

»Nicht sehr lange. Er hat jetzt einen Anwalt. Irgendwie wird er es jemandem stecken.«

»Hat man schon eine Ahnung, wo das Ding sich jetzt befindet?«

Unbehaglich rieb Burton sich die Hände. »Nein, Sir. Die Polizei hat sein Haus und seinen Wagen durchsucht. Hätte man den Brieföffner gefunden, wüßte ich davon.«

»Aber es ist bekannt, daß er aus Sullivans Villa fehlt?«

Burton nickte. »Die Polizei weiß um seine Bedeutung. Sollte er auftauchen, können sie durchaus etwas damit anfangen.«

Der Präsident erhob sich und strich mit den

Fingern über eine ausgenommen häßliche Kristallsammlung seiner Frau, die auf einem der Tische zur Schau stand. Daneben befanden sich Familienfotos. Die Gesichter darauf nahm er gar nicht wahr; er sah nur die Flammen, in denen seine Regierung unterging. Sein Antlitz schien sich vor der unsichtbaren Feuersbrunst zu röten. Es bestand die Gefahr, daß die Geschichte neu geschrieben werden mußte, und alles nur wegen eines kleinen geilen Flittchens und einer allzu ehrgeizigen und unglaublich dummen Stabschefin.

»Irgendeine Ahnung, wen Sullivan angeheuert haben könnte?«

Abermals antwortete Burton. Russell war längst aus dem Spiel. Collin war ausschließlich anwesend, um Befehle entgegenzunehmen. »Vermutlich einen von zwanzig oder dreißig hochbezahlten Berufskillern. Wer auch immer es war, er ist längst untergetaucht.«

»Aber Sie haben unseren Freund, den Ermittler, doch auf die richtige Fährte gelenkt?«

»Er weiß, daß Sie ›unbedarft‹ das Wo und Wann an Walter Sullivan weitergegeben haben. Der Typ ist ohne weiteres schlau genug, um sich darauf einen Reim zu machen.«

Urplötzlich packte der Präsident eine der Kristallvasen und schleuderte sie gegen die Wand, daß sie in tausend Scherben zerschellte; sein Gesicht verzerrte sich zu einer Grimasse aus Haß und Zorn, die selbst Burton erschaudern ließ. »Verdammt noch mal, es wäre perfekt gewesen, hätte der Kerl nicht danebengeschossen.«

Russell betrachtete die winzigen Glassplitter auf dem Teppich. Das war ihr Leben. All die Jahre der Vorbereitung, all die Mühe, all die Hundert-Stunden-Wochen. Für nichts und wieder nichts.

»Die Polizei wird Walter Sullivan überprüfen, davon können wir ausgehen«, fuhr Burton fort. »Aber selbst wenn er der offensichtliche Hauptverdächtige ist, er wird alles leugnen. Man wird ihm nichts nachweisen können. Ich bin nicht sicher, was uns das bringt, Sir.«

Richmond lief im Zimmer auf und ab. Es sah aus, als bereitete er sich auf eine Rede vor, oder darauf, einer Pfadfindertruppe aus irgendeinem Staat im Mittelwesten die Hände zu schütteln. Tatsächlich jedoch überlegte er, wie er jemanden beseitigen konnte, ohne auch nur den geringsten Verdacht auf sich selbst zu lenken.

»Was, wenn er es noch mal versuchte? Und diesmal erfolgreich?«

Verwirrt sah Burton ihn an. »Wie können wir beeinflussen, was Sullivan tut?«

»Indem wir es selbst tun.«

Die nächsten paar Minuten schwiegen alle. Russell starrte ihren Boß ungläubig an. Ihr ganzes Leben war soeben zum Teufel gegangen, und nun war sie auch noch gezwungen, sich an einem Mordkomplott zu beteiligen. Seit dem Beginn des ganzen Schlamassels fühlte sie sich emotional wie betäubt. Sie war völlig sicher gewesen, die Lage könnte sich nicht mehr verschlimmern. Und sie hatte sich noch nie so getäuscht.

Schließlich wagte Burton eine Analyse. »Ich bin nicht sicher, ob die Polizei glauben würde, daß Sullivan so verrückt ist. Er müßte wissen, daß man ein Auge auf ihn hat, ihm aber nichts beweisen kann. Ich bezweifle, daß man an Sullivan denkt, wenn wir Whitney umnieten.«

Der Präsident hielt inne. Er stand unmittelbar vor Burton. »Lassen Sie die Polizei doch selbst zu diesem Schluß kommen.«

In Wirklichkeit war es so, daß Richmond Walter Sullivan nicht mehr für seine Wiederwahl ins Weiße Haus brauchte. Vielleicht noch wichtiger war, daß sich hier auch die Möglichkeit bieten könnte, die Verpflichtung abzuschütteln, Sullivan bei seinem Geschäft mit der Ukraine den Rücken gegen Rußland freizuhalten. Das war ohnehin eine Entscheidung, die sich mehr und mehr in eine mögliche politische Verbindlichkeit wandelte.

Brächte man Sullivan auch nur andeutungsweise mit dem Tod des Mörders seiner Frau in Verbindung, er würde keine weltumspannenden Geschäfte mehr tätigen. Richmond könnte seine Unterstützung unauffällig zurückziehen. Jeder, der in irgendeiner Weise von Bedeutung war, würde diesen stillschweigenden Rückzug verstehen.

»Alan, du willst Sullivan einen Mord anhängen?« Es waren die ersten Worte von Russell. Ihr Gesicht verriet fassungsloses Erstaunen.

Er blickte sie an; aus seinen Augen sprach unverhohlene Geringschätzung.

»Alan, bedenke, was du da sagst. Es geht um Walter Sullivan, nicht um irgendeinen dahergelaufenen Gauner, für den sich keiner interessiert.«

Richmond lächelte. Ihre Dummheit belustigte ihn. So intelligent, so unglaublich kompetent hatte sie gewirkt, als er sie damals in sein Team holte. Er hatte sich geirrt. Ihre Fähigkeiten waren ziemlich begrenzt.

Der Präsident stellte einige Überschlagsrechnungen an. Die Chance, daß Sullivan wegen des Mordes verurteilt werden konnte, lagen bestenfalls bei zwanzig Prozent. Unter ähnlichen Umständen wäre Richmond das Risiko eingegangen. Sullivan war ein großer Junge, der für sich selbst sorgen konnte. Und wenn er doch stolperte? Nun, dafür waren Gefängnisse schließlich da. Er schaute zu Burton.

»Burton, haben *Sie* es kapiert?«

Burton antwortete nicht.

Der Präsident sagte scharf: »Zweifellos waren Sie zuvor bereit, den Mann zu töten, Burton. Soweit ich das beurteilen kann, ist der Einsatz immer noch unverändert. Tatsächlich ist er wahrscheinlich höher geworden. Für uns alle.« Richmond hielt einen Augenblick inne, dann wiederholte er die Frage. »Verstehen Sie, was ich meine, Burton?«

Endlich schaute Burton auf und murmelte leise: »Ich verstehe.«

Während der nächsten zwei Stunden arbeiteten sie den Plan aus. Als die beiden Secret-Service-Agenten und Russell sich erhoben, um zu gehen, wandte sich der Präsident an die Stabschefin.

»Sag mal, Gloria, was ist eigentlich aus dem Geld geworden?«

Russell blickte ihn unverwandt an. »Es wurde anonym dem Roten Kreuz gespendet. Ich habe gehört, es soll die größte Einzelspende in der Geschichte gewesen sein.«

Die Tür war ins Schloß gefallen, und der Präsident lächelte. *Netter Abschiedsgag. Genieße ihn, Luther Whitney. Genieße ihn, solange du noch kannst, du unbedeutender kleiner Niemand.*

Kapitel 23

Mit einem Buch setzte er sich in den Stuhl, doch er öffnete es nicht. Walter Sullivan dachte zurück an Ereignisse, die geradezu unwirklich erschienen und seinem Wesen weniger entsprachen als alles, was ihm bisher in seinem Leben widerfahren war. Er hatte einen Mann angeheuert, der für ihn töten sollte. Jemanden töten, der des Mordes an seiner Frau angeklagt wurde. Der Killer hatte den Auftrag vermasselt. Insgeheim war Sullivan dankbar dafür. Denn mittlerweile hatte sich sein Kummer so weit gelegt, daß er erkannte, wie falsch sein Vorhaben gewesen war.

Eine zivilisierte Gesellschaft mußte gewissen Regeln folgen, wollte sie nicht in die Barbarei zurückverfallen. Und gleichgültig, wie schmerzhaft es für ihn auch sein mochte, er war ein zivilisierter Mensch. Er würde die Regeln einhalten.

Bei diesem Gedanken schaute er auf die Zeitung. Inzwischen war sie viele Tage alt, dennoch ging ihm der Inhalt nicht aus dem Sinn. Die in dicken, schwarzen Lettern gedruckte Schlagzeile leuchtete ihm vom weißen Grund der Seite entgegen. Als er sich ihr mit neuer Aufmerksamkeit zuwandte, begannen sich vage Verdachtsmomente in seinem Hinterkopf zu verdichten. Walter Sullivan war nicht nur Milliardär, er verfügte auch über einen brillanten und regen Verstand, dem neben dem Gesamtbild auch keine Einzelheit entging.

Luther Whitney war tot. Die Polizei hatte keine Verdächtigen. Sullivan hatte das Offensichtliche überprüft, doch McCarty hatte sich am fraglichen Tag in Hongkong aufgehalten. Der Mann befolgte Sullivans letzte Anweisung tatsächlich. Walter Sullivan hatte die Jagd abgeblasen. Doch jemand anderer hatte sie an seiner Stelle fortgesetzt.

Und neben dem glücklosen Berufskiller war Walter Sullivan der einzige Außenstehende, der davon wußte.

Sein Blick fiel auf die antike Uhr. Es war beinahe sieben Uhr morgens, und Sullivan war bereits seit vier Stunden auf den Beinen. Die vierundzwanzig Stunden eines Tages hatten für ihn nur noch wenig Bedeutung. Je älter er wurde, desto weniger kümmerten ihn die Gesetzmäßigkeiten der Zeit. Manchmal saß er hellwach um vier Uhr morgens in einem Flugzeug über dem Pazifik und holte sich den nötigen Schlaf um zwei Uhr nachmittags.

Zahlreiche Fakten ging er durch; sein Verstand arbeitete auf Hochtouren. Bei seiner letzten ärztlichen Untersuchung hatte eine Computertomographie ergeben, daß er über das Gehirn eines Zwanzigjährigen verfügte. Und dieses hervorragend funktionierende Gehirn sichtete augenblicklich einen Berg von Spekulationen, überflog unbestreitbare Tatsachen und führte Walter Sullivan zu einem Schluß, der selbst ihn überraschte.

Der alte Mann griff zum Telefon auf dem Schreibtisch und betrachtete die frisch polierte Kirschholztäfelung des Arbeitszimmers, während er die Nummer wählte.

Einen Augenblick später wurde er zu Seth Frank durchgestellt. Zunächst hatte ihn der Mann in keiner Weise beeindruckt, aber nach der Verhaftung von Luther Whitney mußte Sullivan ihm widerstrebend Anerkennung zollen. Doch nun?

»Ja, Mr. Sullivan, was kann ich für Sie tun?«

Sullivan räusperte sich. Er verlieh seiner Stimme einen demütigen Klang, der sich so sehr von seiner gewohnten Ausdrucksweise unterschied, daß selbst Frank es bemerkte.

»Ich hätte eine Frage bezüglich der Auskunft, die ich Ihnen über Christys ... äh ... Christines plötzlichen Rückzieher auf dem Weg zum Flughafen für die Reise zu unserem Haus in Barbados gegeben habe.«

Frank setzte sich aufrecht hin. »Ist Ihnen dazu noch etwas eingefallen?«

»Eigentlich möchte ich nur wissen, ob ich Ihnen einen Grund dafür genannt habe, weshalb sie nicht mitfliegen wollte.«

»Ich verstehe Sie nicht recht.«

»Nun, ich fürchte, mir macht mein Alter zu schaffen. Zwar will ich es mir nicht eingestehen – geschweige denn jemand anderem –, doch ich glaube, meine Knochen sind nicht das Einzige, was im Verfall begriffen ist, Lieutenant. Um es genauer auszudrücken, ich war der Meinung, ich hätte Ihnen gesagt, sie sei krank gewesen und deshalb nach Hause zurückgefahren. Zumindest dachte ich, ich hätte Ihnen das erzählt.«

Seth brauchte einen Augenblick, um die Akte zu holen, obwohl er sicher war, die Antwort zu kennen. »Sie haben zu Protokoll gegeben, ihre Gattin hätte Ihnen keinen Grund gesagt, Mr. Sullivan. Sie wollte einfach nicht mitkommen, und Sie ließen es dabei bewenden.«

»Aha. Nun, ich schätze, damit hätte sich das erledigt. Vielen Dank, Lieutenant.«

Frank stand auf. Mit einer Hand hob er eine Tasse Kaffee an die Lippen, setzte sie jedoch wieder ab. »Einen Augenblick, Mr. Sullivan. Warum glauben Sie, Sie hätten mir erzählt, ihre Frau sei krank gewesen? War sie krank?«

Sullivan zögerte, bevor er antwortete. »Eigentlich nicht, Lieutenant Frank. Sie war bemerkenswert gesund. Um Ihre Frage zu beantworten, ich glaubte, ich hätte Ihnen etwas anderes erzählt, weil ich, um ehrlich zu sein, abgesehen von meinen gelegentlichen Gedächtnislücken, mir die ganzen letzten Monate Gedanken darüber gemacht habe, daß es einen tieferen Grund gegeben haben muß, weshalb Christine zu Hause blieb. Irgendeinen Grund.«

»Sir?«

»Wissen Sie, ich glaube nicht an Zufälle, Lieutenant. Für mich hat alles einen Sinn und Zweck. Ich nehme an, ich wollte mir nur vormachen, daß es auch dafür einen Grund gab, daß Christine zu Hause blieb.«

»Oh.«

»Sollte Ihnen die Dummheit eines alten Mannes unnötige Verwirrung gestiftet haben, so möchte ich mich dafür entschuldigen.«

»Ganz und gar nicht, Mr. Sullivan.«

Nachdem Frank den Hörer aufgelegt hatte, starrte er gute fünf Minuten an die Wand. Was hatte das zu bedeuten?

Frank war Bill Burtons Andeutung nachgegangen und stellte diskrete Ermittlungen an, ob Sullivan möglicherweise einen Berufsmörder engagiert hatte, der sicherstellen sollte, daß der Mörder seiner Frau nie einen Richter zu Gesicht bekäme. Die Nachforschungen gingen nur schleppend voran; in solchen Gewässern galt es, vorsichtig zu fischen. Frank hatte eine Karriere zu verlieren und eine Familie zu ernähren. Männer wie Walter Sullivan, die über ganze Horden einflußreicher Freunde in der Politik verfügten, konnten einem einfachen Kriminalbeamten das Leben ziemlich vermiesen.

Am Tag, nachdem die Kugel Luther Whitneys Leben ein Ende bereitet hatte, holte Seth Frank unverzüglich Informationen über Sullivans Aufenthaltsort zum fraglichen Zeitpunkt ein, wenngleich er sich nicht der Illusion hingab, der alte Mann könnte selbst den Abzug der Waffe betätigt haben, die Luther Whitney ins Jenseits beförderte. Aber bezahlter Mord war eine abscheuliche Tat, und obwohl der Ermittler die Beweggründe des Milliardärs verstand, blieb doch die Tatsache, daß Sullivan wahrscheinlich versucht hatte, den falschen Mann erschießen zu lassen. Dieses jüngste Gespräch mit Sullivan warf noch mehr Fragen auf und brachte keinerlei neue Antworten.

Seth Frank setzte sich wieder und fragte sich,

ob dieser Alptraum von einem Fall je von seinem Schreibtisch verschwinden würde.

Eine halbe Stunde danach rief Sullivan bei einem örtlichen Fernsehsender an, dessen Mehrheitsaktionär er war. Seine Forderung formulierte er klar und unmißverständlich. Eine Stunde später wurde ein Päckchen per Boten angeliefert. Nachdem ihm eines der Hausmädchen die rechteckige Schachtel übergeben hatte, schickte er die Frau aus dem Zimmer, schloß die Tür ab und betätigte einen kleinen Hebel an der Wand. Die dünne Wandverkleidung glitt geräuschlos nach unten und gab ein hochqualitatives Kassettendeck frei. Hinter dem Großteil der Wand lag Unterhaltungselektronik verborgen, die dem neuesten Stand der Technik entsprach. Christine Sullivan hatte das System in einem Kaufhaus entdeckt und es einfach haben müssen, obwohl ihr Geschmack zwischen Pornofilmen und Seifenopern lag und die technischen Möglichkeiten dieser High-Tech-Anlage in keiner Weise ausreizte.

Sorgfältig packte Sullivan die Kassette aus und legte sie ein. Automatisch schloß sich die Lade, und das Band begann zu laufen. Eine Zeitlang lauschte Sullivan. Als er die Worte vernahm, ließen seine zerfurchten Gesichtszüge keine Regung erkennen.

Nichts anderes hatte er zu hören erwartet. Er hatte dem Ermittler ins Gesicht gelogen. Sein Gedächtnis war ausgezeichnet. Wäre sein Weitblick doch nur halb so gut gewesen. Denn er hatte sich gegenüber dieser Wahrheit als völlig blind erwiesen. Endlich schlich sich eine Gefühlsregung in die unergründlichen Falten um den Mund und die tiefgrauen Augen; es war Wut. Wut, wie er sie lange nicht empfunden hatte. Selbst nach Christys Tod nicht. Ein Zorn, der nur durch Handeln besänftigt werden konnte. Und Sullivan war fest davon überzeugt, daß der erste Schuß immer auch der letzte sein sollte; entweder traf man den Gegner, oder man wurde getroffen, und Sullivan war nicht daran gewöhnt zu verlieren.

Es war ein bescheidenes Begräbnis, dem außer dem Priester lediglich drei Leute beiwohnten. Striktester Geheimhaltung hatte es bedurft, um den voraussehbaren Großansturm der Journalisten zu verhindern. Luthers Sarg war geschlossen. Der Anblick eines durch Waffengewalt entstellten Gesichtes entsprach nicht unbedingt dem Bild, das die Angehörigen im Gedächtnis behalten wollten.

Weder das Vorleben des Verstorbenen noch die Umstände seines Ablebens waren für den Mann Gottes von Belang, und so gestaltete er die Messe entsprechend würdevoll. Die Fahrt zum nahe gelegenen Friedhof war ebenso kurz wie der Trauerzug selbst. Jack und Kate fuhren gemeinsam; hinter ihnen folgte Seth Frank. In der Kirche hatte er in einer der letzten Reihen gesessen und sich unbeholfen und fehl am Platze gefühlt. Jack schüttelte ihm die Hand, Kate hingegen ignorierte ihn vollkommen.

An den Wagen gelehnt, beobachtete Jack Kate, die auf einem kleinen Klappstuhl am Rande des Grabes saß, in das man ihren Vater soeben hinabgelassen hatte. Jack sah sich um. Der Friedhof beherbergte keine grandiosen Gedenkmonumente. Nur an wenigen Stellen ragten Grabsteine aus dem Boden; die meisten waren verkommen und zeigten als dunkle Rechtecke lediglich den Namen des Verstorbenen sowie dessen Geburts- und Sterbedatum. Auf einigen wenigen stand »In lieber Erinnerung« zu lesen, die meisten jedoch trugen überhaupt keine Grabinschriften.

Jack schaute wieder zu Kate; er beobachtete, wie Seth Frank ein paar Schritte auf sie zu machte, sich jedoch offenbar eines Besseren besann und schweigend auf den Lexus zugestapft kam.

Frank nahm die Sonnenbrille ab. »Eine schöne Messe.«

Jack zuckte mit den Schultern. »Eigentlich ist

gar nichts schön daran, ermordet zu werden.« Wenngleich er Kates Abneigung gegen den Kommissar sicherlich nicht teilte, konnte er Frank doch nicht ganz verzeihen, daß Luther auf diese Weise ums Leben gekommen war.

Frank verfiel in Schweigen, betrachtete die Karosserie des Lexus, holte eine Zigarette heraus, überlegte es sich jedoch wieder. Er steckte die Hände in die Taschen.

Bei Luther Whitneys Autopsie war er dabeigewesen. Die temporäre Kaverne, der durch Gewebszerfall entstandene Hohlraum, war enorm. Radial vom Kugelweg waren derart gewaltige Schockwellen ausgegangen, daß sich zwei Drittel des Gehirns des Mannes praktisch aufgelöst hatten. Das aus dem Sitz des Polizeiwagens geborgene Projektil versetzte sie alle in Erstaunen. Eine 460er Magnum-Patrone. Die Gerichtsmedizinerin hatte Frank erklärt, daß diese Art von Munition häufig zu Jagdzwecken verwendet wurde, insbesondere bei der Großwildjagd. Und daß von Whitneys Kopf kaum noch etwas übrig geblieben war, war kein Wunder, weil die Kugel ihn mit einer Eintrittskraft von mehr als 4.000 Kilonewton getroffen hatte. Ebensogut hätte man ein Flugzeug auf den armen Kerl fallen lassen können. Und es war während seines Dienstes passiert, vor seinen Augen, um genau zu sein. Darüber würde er niemals hinwegkommen.

Frank schaute über die grünen Weiten der letzten Ruhestätte für über zwanzigtausend Verstorbene. Jack lehnte sich gegen den Wagen zurück und folgte Franks Blick.

»Irgendwelche Hinweise?«

Der Ermittler scharrte mit dem Fuß in der Erde. »Ein paar. Aber nichts wirklich Brauchbares.«

Beide richteten sich auf, als Kate sich erhob, ein kleines Blumengebinde auf den Erdhaufen legte und dann mit leerem Blick verharrte. Der Wind hatte nachgelassen; zwar war es kalt, doch die Sonne schien hell und wärmend.

Jack knöpfte den Mantel zu. »Und nun? Ist der Fall abgeschlossen? Verübeln könnte Ihnen das niemand.«

Frank lächelte und beschloß, sich die Zigarette doch zu gönnen. »Keineswegs, mein Freund, keineswegs.«

»Und was hast du nun vor?« fragte er, jede Förmlichkeit fallenlassend.

Seth Frank setzte den Hut wieder auf und kramte die Autoschlüssel hervor.

»Ganz einfach, Jack. Ich suche einen Mörder.«

»Kate, ich weiß, wie du dich fühlst, aber du mußt

mir glauben. Er hat dir keine Schuld gegeben. Nichts von dem hier war deine Schuld. Wie du gesagt hast, du bist unfreiwillig in das Ganze hineingezogen worden. Du wolltest es nicht. Luther hat das sehr wohl gewußt.«

Die beiden saßen in Jacks Wagen und fuhren zurück in die Stadt. Mittlerweile stand die Sonne in Augenhöhe und sank mit jeder Meile merklich tiefer. Auf dem Friedhof hatten sie noch beinahe zwei Stunden im Auto verharrt, weil Kate nicht wegfahren wollte. Als stiege er aus dem Grab, wenn sie nur lange genug wartete.

Sie kurbelte das Fenster einen Spalt hinunter; ein zarter Luftzug strömte herein und überlagerte den Geruch von neuem Kunststoff mit drückender Feuchtigkeit, die einen weiteren Sturm erahnen ließ.

»Der Kommissar will den Fall nicht zu den Akten legen, Kate. Er sucht weiter nach Luthers Mörder.«

Schließlich sah sie ihn an. »Was er *sagt*, interessiert mich nicht im geringsten.« Sie faßte sich an die Nase, die rot und geschwollen war und höllisch schmerzte.

»Komm schon, Kate. Er wollte doch nicht, daß Luther erschossen wurde.«

»Ach ja? Zuerst hatten wir einen durch und

durch löchrigen Fall, der beim Prozeß auseinandergebrochen wäre und alle Beteiligten, einschließlich des verantwortlichen Ermittlers, wie komplette Idioten aussehen hätte lassen. Statt dessen haben wir jetzt eine Leiche und einen abgeschlossenen Fall. Kannst du noch mal wiederholen, wofür sich unser großer Kommissar entscheiden wird?«

Jack hielt an einer roten Ampel und sank in den Sitz zurück. Er wußte, daß Frank mit offenen Karten spielte, sah aber keine Möglichkeit, auch Kate davon zu überzeugen.

Die Ampel schaltete um, und er schlängelte sich durch den Verkehr. Sein Blick fiel auf die Uhr. Er mußte zurück ins Büro; sofern er überhaupt noch ein Büro hatte, in das er zurückkehren konnte.

»Kate, ich glaube, du solltest im Augenblick nicht allein sein. Was hältst du davon, wenn ich ein paar Tage bei dir übernachte? Du machst morgens den Kaffee, ich bin fürs Abendessen zuständig. Ist das ein Vorschlag?«

Jack hatte eine ebenso spontane wie deutliche Ablehnung erwartet und hatte sich bereits eine Erwiderung zurechtgelegt.

»Bist du sicher?«

Er schaute zu ihr hinüber; große, verquollene Augen blickten ihn an. Ihr ganzer Körper war ein einziges Nervenbündel. Als er sich die Abfolge der für sie beide tragischen Ereignisse vergegenwärtigte, wurde ihm mit einem Mal bewußt, daß er das Ausmaß der Qualen und Schuldgefühle, die sie durchmachte, immer noch völlig verkannte. Die Erkenntnis traf ihn wie ein Schock, mehr noch als der Aufschrei der Menge, während er dagesessen und ihre Hand gehalten hatte und, noch bevor sich ihre Finger trennten, gewußt hatte, daß Luther tot war.

»Ich bin sicher.«

In jener Nacht legte er sich auf die Couch. Die Decke zog er bis ans Kinn hoch. Er lag genau im Luftzug, der in Brusthöhe aus einer unsichtbaren Spalte im Fenster zu ihm herüberwehte. Plötzlich hörte er eine Tür knarren, und Kate kam aus dem Schlafzimmer. Sie trug denselben Morgenmantel wie damals, das Haar war zu einem ordentlichen Zopf geflochten. Ihr Gesicht wirkte frisch und rein, lediglich ein leichter roter Schimmer um die Wangen verriet das innerliche Trauma.

»Brauchst du irgend etwas ?«

»Mir geht's gut. Die Couch ist weit bequemer, als ich dachte. Ich habe immer noch die alte aus unserer Wohnung in Charlottesville. Ich glaube, keine einzige Sprungfeder funktioniert mehr. Die haben sich wahrscheinlich alle längst zur Ruhe gesetzt.«

Sie lächelte nicht, setzte sich jedoch neben ihn.

Als sie noch zusammengelebt hatten, hatte sie jeden Abend ein Bad genommen. Wenn sie ins Bett kam, roch sie so gut, daß es ihm beinahe den Verstand raubte. Ihr Duft war rein und vollkommen wie der Atem eines Neugeborenen. Und dann tat sie eine Weile, als ob sie überhaupt nichts begreife, bis er schließlich erschöpft auf ihr lag. Danach setzte sie stets ein ausgesprochen verruchtes, wissendes Lächeln auf und streichelte ihn, während er minutenlang darüber nachgrübelte, warum es für ihn so glasklar war, daß Frauen die Welt beherrschten.

Als sie den Kopf gegen seine Schulter lehnte, spürte er eine merkliche Regung seiner niederen Instinkte. Doch ihr erschöpfter Anblick, die völlige Teilnahmslosigkeit, bändigte seine weltlichen Gelüste rasch und flößte ihm mehr als nur leise Schuldgefühle ein.

»Ich bezweifle, daß ich eine gute Gesellschaft abgebe.« Hatte sie gefühlt, was in ihm vorging? Wie konnte sie? Ihre Gedanken mußten meilenweit von Jack entfernt sein.

»Ich bin nicht hiergeblieben, um mich von dir unterhalten zu lassen. Ich komme schon allein zurecht, Kate.«

»Ich bin wirklich dankbar, daß du hier bist.«

»Ich wüßte nicht, was mir im Augenblick wichtiger wäre.«

Sie drückte seine Hand. Als sie sich erhob, flatterte das Unterteil des Morgenmantels und gab den Blick frei auf mehr als bloß die schlanken Beine; Jack war froh, daß sie die Nacht in einem anderen Zimmer verbringen würde. Bis in die frühen Morgenstunden wälzte er Visionen von weißen Rittern mit großen dunklen Flecken auf der sonst makellosen Rüstung und idealistischen Anwälten, die sich einsam durch schlaflose Nächte quälten.

In der dritten Nacht, als er erneut auf der Couch lag, kam sie wieder aus dem Schlafzimmer. Als er das leise Knarren vernahm, legte er die Zeitschrift beiseite, in der er gerade las. Doch diesmal kam sie nicht zur Couch. Er drehte er sich um und erblickte sie; sie beobachtete ihn. In jener Nacht wirkte sie nicht teilnahmslos. Und sie trug keinen Morgenmantel. Sie wandte sich um und ging zurück ins Schlafzimmer. Die Tür blieb offen.

Einen Augenblick lang rührte er sich nicht. Dann stand er auf, schlich an die Tür und spähte hinein. In der Dunkelheit erkannte er ihre Konturen auf dem Bett. Die Decke lag am Fußende. Der Anblick des einst so vertrauten Körpers offenbarte sich ihm. Kate schaute ihn an. Jack sah nur die runden Augen, die ihn musterten. Die Hand streckte sie nicht nach ihm aus; das hatte sie nie getan, fiel ihm ein.

»Bist du sicher?« Er fühlte sich verpflichtet, die Frage zu stellen. Er wollte keine verletzten Gefühle am nächsten Morgen, keine verwirrten, bestürzten Emotionen.

Zur Antwort erhob sie sich und zog ihn aufs Bett. Die Matratze war fest und warm, wo sie gelegen hatte. Sekunden später war er ebenfalls nackt. Instinktiv fuhr er den Halbmond nach und streichelte mit der Hand um den schiefen Mund herum, der nun den seinen berührte. Ihre Augen waren geöffnet, und diesmal, zum erstenmal seit langer Zeit, gab es keine Tränen, keine verquollenen Augen; nur den Blick, an den er sich so gewöhnt hatte, den er für immer um sich haben wollte. Behutsam schlang er die Arme um sie.

Das Anwesen von Walter Sullivan war bereits Schauplatz von Besuchen höchster Würdenträger aus den erlauchtesten Kreisen der Welt gewesen. Doch dieser Abend war selbst im Vergleich zu vergangenen Ereignissen etwas Besonderes.

Alan Richmond erhob das Weinglas und sprach einen kurzen, aber angemessenen Toast auf den Gastgeber aus, während die vier anderen sorgfältig ausgewählten Paare mit den Gläsern anstießen. Die First Lady lächelte den Milliardär an. Sie trug ein einfaches, schwarzes Kleid; das aschblonde Haar umrahmte ein feines Gesicht, das sich über die Jahre hinweg bemerkenswert gut gehalten hatte und bei Fototerminen vorzüglich zur Geltung kam. Wenngleich sie daran gewöhnt war, von reichen, intelligenten und vornehmen Menschen umgeben zu sein, empfand sie Walter Sullivan gegenüber, wie die meisten Leute, eine gewisse Ehrfurcht, und sei es nur deshalb, weil es auf dieser Welt so wenig Persönlichkeiten wie ihn gab.

Obwohl Sullivan offiziell noch in Trauer war, präsentierte er sich heute in geselliger Stimmung. Beim edlen Kaffee in der geräumigen Bibliothek schweifte die Unterhaltung von der Weltwirtschaft über die jüngsten Aktionen der Notenbank und die Chancen der »Skins« gegen die »Fortyniners« am Sonntag bis zu den Wahlen im nächsten Jahr. Niemand der Anwesenden war der Meinung, Alan Richmond müßte sich nach der Stimmenauszählung um eine andere Arbeit umsehen.

Mit einer Ausnahme.

Bei der Verabschiedung beugte sich der Präsident zu Walter Sullivan vor, um den betagten Mann zu umarmen. Sullivan lächelte über die Bemerkungen des Präsidenten. Dann stolperte der

Milliardär, fing sich jedoch, indem er sich an den Armen des Präsidenten festhielt.

Nachdem die Gäste gegangen waren, rauchte Sullivan in seinem kleinen Arbeitszimmer eine Zigarre. Er trat ans Fenster; die Lichter der Wagenkolonne des Präsidenten verloren sich rasch in der Ferne. Sullivan mußte über sich selbst lächeln. Das leichte Zucken in den Augen des Präsidenten, als Sullivan dessen Unterarm packte, war für Sullivan ein außergewöhnlicher Triumph gewesen. Ein gewagter Versuch, doch manchmal rechneten sich Risiken. Kommissar Frank hatte dem Milliardär seine Theorien zu dem Fall recht offen dargelegt. Eine davon, die Walter Sullivan besonders interessierte, ging davon aus, daß Sullivans Frau ihren Angreifer mit dem Brieföffner möglicherweise am Arm oder Bein verletzt hatte. Der Schnitt mußte tiefer gewesen sein, als die Polizei vermutet hatte. Vielleicht waren sogar die Nerven angeritzt worden. Eine oberflächliche Wunde wäre in der Zwischenzeit zweifellos verheilt.

Ohne Hast verließ Sullivan sein Arbeitszimmer und schaltete beim Hinausgehen das Licht aus. Gewiß hatte Präsident Alan Richmond nur geringen Schmerz empfunden, als sich Sullivans Finger in das Fleisch bohrten. Doch wie bei einem Herzanfall folgte auf einen schwachen oft ein viel stärkerer Schmerz.

Mit einem breiten Lächeln auf dem Gesicht spielte Sullivan die Möglichkeiten durch.

Von der Hügelkuppe aus blickte Walter Sullivan hinab auf das kleine Holzhaus mit dem grünen Blechdach. Er hatte sich eine warme Mütze über die Ohren gezogen und stützte sich auf einen dikken Spazierstock. Um diese Jahreszeit war es bitterkalt in den Hügeln im Südwesten Virginias, und die Wettervorhersage kündigte Schnee an.

Über den mittlerweile steinhart gefrorenen Boden bahnte er sich den Weg hinab. Das Haus befand sich in exzellentem Zustand, einerseits aufgrund seiner uneingeschränkten finanziellen Mittel, andererseits aufgrund seiner tief verwurzelten Nostalgie, die ihn zunehmend in Besitz zu nehmen schien, je mehr er sich dem Zeitpunkt näherte, an dem er selbst Teil der Vergangenheit werden würde. Woodrow Wilson hatte im Weißen Haus regiert, und die Erde steckte mitten im Ersten Weltkrieg, als Walter Patrick Sullivan mit Hilfe einer Hebamme und durch den eisernen Willen seiner Mutter, Millie Sullivan, das Licht der Welt erblickte. Zuvor hatte sie bereits drei Kinder verloren, zwei davon waren bei der Geburt gestorben.

Sein Vater war Bergarbeiter gewesen – jedermanns Vater in dieser Gegend von Virginia schien damals Bergarbeiter gewesen zu sein. Den zwölften Geburtstag seines Sohnes erlebte er noch; danach ging er an einer Folge von Krankheiten zugrunde, die von zu viel Kohlenstaub und zu wenig Erholung herührten. Jahrelang hatte der künftige Milliardär miterleben müssen, wie sein Vater völlig erschöpft ins Haus wankte und mit kohlrabenschwarzem Gesicht im Hinterzimmer auf das kleine Bett fiel. Zu müde, um zu essen, schon gar, um mit seinem kleinen Jungen zu spielen, der jeden Tag auf ein wenig Aufmerksamkeit hoffte, jedoch keine von einem Vater bekam, dessen ständige Erschöpfung so schmerzlich mit anzusehen war.

Seine Mutter hatte lange genug auf Erden ausgeharrt, um mitzuerleben, wie ihr Sprößling zu einem der reichsten Männer der Welt aufstieg. Ihr pflichtbewußter Sohn unternahm alles nur Erdenkliche, um sicherzustellen, daß ihr jede Annehmlichkeit zuteil wurde, die seine enormen finanziellen Möglichkeiten ihr zu bieten vermochten. Zum Gedenken an seinen verstorbenen Vater kaufte er die Mine, die ihn umbrachte. Für fünf Millionen Dollar in bar. Jedem Kumpel im Werk bezahlte er fünfzigtausend Dollar Prämie. Danach hatte er das Bergwerk feierlich stillgelegt.

Der alte Mann öffnete die Tür und trat ein. Der gasbeheizte Ofen verströmte auch ohne Holz angenehme Wärme im Raum. Die Speisekammer enthielt genügend Proviant für die nächsten sechs Monate. Hier war er gänzlich unabhängig. Niemand durfte je an diesem Ort bei ihm verweilen. Dies war seine Heimstätte gewesen. Mit Ausnahme seiner selbst waren alle, die das Recht gehabt hatten, hier zu sein, inzwischen tot. Er war allein und wollte es so.

Lustlos stocherte er in dem einfachen Mahl, das er sich zubereitet hatte, während er mürrisch aus dem Fenster starrte, wo er im schwindenden Licht gerade noch den Kreis kahler Ulmen neben dem Haus erkennen konnte; die Zweige winkten ihm mit langsamen, geradezu melodischen Bewegungen zu.

Die Innenausstattung des Hauses war nicht wieder in den ursprünglichen Zustand versetzt worden. Dies war die Stätte seiner Geburt, doch inmitten der scheinbar nie enden wollenden Armut hatte er keine glückliche Kindheit verlebt. Das Gefühl der Not jener Zeit leistete Sullivan wertvolle Dienste für seine Karriere, denn es erfüllte ihn mit einem Hunger, einer Entschlossenheit, vor der manches Hindernis dahingeschmolzen war.

Sullivan wusch das Geschirr ab und begab sich

in den winzigen Raum, der einst als Schlafzimmer seiner Eltern gedient hatte. Nun standen darin ein bequemer Sessel, ein Tisch und mehrere Bücherregale mit ausgewählter Lektüre. In der Ecke befand sich ein kleines Feldbett, denn der Raum stellte gleichzeitig das Schlafzimmer dar.

Sullivan griff nach dem modernen schnurlosen Telefon, das auf dem Tisch lag. Er wählte eine Nummer, die nur einer Handvoll Leuten bekannt war. Am anderen Ende meldete sich eine Stimme. Einen Augenblick lang legte man Sullivan auf die Warteleitung, danach ertönte eine andere Stimme.

»Großer Gott, Walter, ich weiß, daß du nicht gerade früh zu Bett gehst, aber du solltest wirklich versuchen, einen Gang zurückzuschalten. Wo bist du?«

»In meinem Alter kann man nicht mehr zurückschalten, Alan. Wenn man das tut, schafft man unter Umständen den nächsthöheren Gang nicht mehr. Lieber explodiere ich mit lautem Knall, als nach und nach in der Versenkung zu verschwinden. Ich hoffe, ich störe dich bei nichts Wichtigem.«

»Bei nichts, das nicht warten kann. Langsam weiß ich, welche Prioritäten ich den Weltkrisen beimessen muß. Kann ich irgend etwas für dich tun?«

Sullivan nahm sich die Zeit, ein kleines Aufnahmegerät neben dem Hörer einzuschalten. Man konnte nie wissen.

»Ich hätte nur eine Frage, Alan.« Sullivan hielt inne. Er bemerkte, daß er die Unterhaltung genoß. Dann dachte er an Christys Gesicht im Leichenschauhaus, und sein Gesicht wurde hart.

»Und die wäre?«

»Warum hast du so lange gewartet, bis du den Mann umgebracht hast?«

In der folgenden Stille vernahm Sullivan am anderen Ende der Leitung ein Atmen. Er mußte Alan Richmond zugute halten, daß dieser nicht zu keuchen begann, sondern völlig normal weiteratmete. Sullivan war beeindruckt und ein wenig enttäuscht.

»Wie war das?«

»Hätten deine Leute danebengeschossen, würdest du jetzt vermutlich mit deinem Anwalt zusammensitzen, um die Verteidigung gegen eine Amtsenthebung vorzubereiten. Du mußt zugeben, es war ziemlich gewagt.«

»Walter, geht es dir gut? Stimmt irgendwas nicht mit dir? Wo bist du?«

Sullivan hielt den Hörer einen Augenblick vom Ohr weg. Das Telefon war mit einer Störeinheit ausgestattet, die das Ausforschen seines Aufenthaltsortes unmöglich machte.

Sollten sie versuchen, den Anruf zurückzuverfolgen – und zu dieser Annahme hatte er berechtigten Grund –, sie wären mit einem Dutzend von Orten konfrontiert, von denen der Anruf ausgehen konnte; und keiner davon läge auch nur in der Nähe des kleinen Hauses. Fünfzigtausend Dollar hatte ihn das Gerät gekostet, aber das war schließlich nur Geld. Abermals lächelte er. Er konnte reden, so lange er wollte.

»Tatsächlich habe ich mich schon lange nicht mehr so wohl gefühlt.«

»Walter, du redest wirr. Wer wurde getötet?«

»Weißt du, eigentlich war ich gar nicht allzu überrascht, daß Christy nicht mit nach Barbados kommen wollte. Ehrlich gesagt, ich dachte mir schon, daß sie zu Hause bleiben wollte, um mit den jungen Männern zur Sache zu gehen, die sie während des Sommers ins Auge gefaßt hatte. Es war geradezu komisch, als sie meinte, sie fühle sich nicht wohl. Ich weiß noch, daß ich in der Limousine saß und mir überlegte, welche Entschuldigung sie wohl vorbringen würde. Das arme Mädchen war nicht übermäßig einfallsreich. Besonders auffällig gekünstelt war ihr Husten. Vermutlich hat sie in der Schule mit erschreckender Regelmäßigkeit die Ausrede gebraucht, ihr Hund hätte die Hausaufgaben gefressen.«

»Walt –«

»Das Dumme war nur, als die Polizei mich fragte, warum Christy nicht mitgekommen sei, wurde mir plötzlich klar, daß ich Krankheit nicht als Grund angeben konnte. Gewiß erinnerst du dich, daß damals in den Zeitungen Gerüchte über Affären kursierten. Ich wußte, hätte ich gesagt, sie habe sich nicht wohlgefühlt, die Boulevardblätter hätten die Tatsache, daß sie mich nicht auf die Insel begleitete, ausgeschlachtet für die Schlagzeile, sie wäre von einem anderen Mann schwanger oder so was. Die Menschen nehmen gerne von allen das Schlimmste an, Alan, du weißt das. Wenn man dich anklagt, wird man auch von dir das Schlimmste annehmen. Berechtigterweise.«

»Walter, sag mir bitte, wo du bist. Ganz offensichtlich geht es dir nicht gut.«

»Soll ich dir das Band vorspielen, Alan? Das Band von der Pressekonferenz, bei der du den außergewöhnlich bewegenden Satz über Dinge gesagt hast, die anscheinend grundlos geschehen? Hat sich recht hübsch angehört. Eine private Bemerkung zwischen zwei alten Freunden, die von jedem Fernseh- und Radiosender in der Gegend übertragen wurde. Du hast behauptet, es hätte keinen Mord gegeben, wäre sie nicht krank geworden, Alan. Christy wäre mit mir auf die Insel geflogen und könnte noch am Leben sein.

Alan, ich war der einzige, dem Christy erzählt hat, sie wäre krank. Wie gesagt, der Polizei gegenüber habe ich es nie erwähnt. Woher also hast du es gewußt?«

»Du mußt es mir wohl anvertraut haben.«

»Vor der Pressekonferenz habe ich dich weder getroffen noch gesprochen. Das läßt sich problemlos bestätigen. Mein Tagesplan ist minutengenau aufgezeichnet. Da du Präsident bist, weiß man meist auch Bescheid über deinen Aufenthaltsort und Terminkalender. Ich sage absichtlich ›meist‹, denn in der Nacht, als Christy ermordet wurde, warst du eindeutig nicht, wo du sein solltest. Vielmehr warst du in meinem Haus, in meinem Schlafzimmer, um genau zu sein. Während der Pressekonferenz waren wir ständig von Dutzenden von Leuten umgeben. Jedes Wort, das wir gewechselt haben, ist auf dem einen oder anderen Band aufgezeichnet. Von mir hast du es nicht erfahren.«

»Walter, ich habe wirklich keine Lust, diese Unterhaltung fortzusetzen. Bitte, sag mir, wo du bist. Ich will dir helfen.«

»Allzu diskret war Christy eigentlich nie. Sie muß unheimlich stolz auf ihre List gewesen sein.

Wahrscheinlich hat sie dir gegenüber damit geprahlt, nicht wahr? Wie sie den alten Mann aufs Kreuz gelegt hat? Denn tatsächlich war meine verblichene Frau die einzige Person auf der Welt, die dir etwas von der angeblichen Krankheit erzählen konnte. Und du hast dies mir gegenüber leichtfertigerweise geäußert. Ich weiß nicht, warum ich so lange gebraucht habe, um diese schlichte Wahrheit zu erkennen. Vermutlich war ich so besessen davon, Christys Mörder zu finden, daß ich die Einbruchtheorie ohne Fragen hingenommen habe. Ich nehme an, es war auch unterbewußte Selbstverleugnung. Denn in Wirklichkeit ist mir Christys Verlangen nach dir nie völlig entgangen. Sie hat sich ja auch keine übermäßige Mühe gegeben, es vor mir zu verheimlichen. Aber wahrscheinlich wollte ich nicht wahrhaben, daß du mir so etwas antun könntest. Einfach ausgedrückt, das war es, was ich empfunden habe. Ich hätte das Schlimmste im Menschen annehmen müssen, dann wäre ich nicht enttäuscht worden. Doch wie lautet das Sprichwort? Besser spät als nie.«

»Walter, warum rufst du mich an?«

Sullivans Stimme wurde ruhiger, ohne jedoch an Kraft, an Intensität einzubüßen. »Weil ich dir deine neue Zukunft vor Augen führen wollte, du Bastard. Darin kommen nämlich Anwälte, Gerichtshöfe und mehr öffentliche Aufmerksamkeit vor, als selbst ein Präsident je für möglich gehalten hätte. Ich wollte nicht, daß du völlig überrascht bist, wenn die Polizei vor deiner Tür steht. Vor allem aber wollte ich, daß du genau weißt, wem du es zu verdanken hast.«

Die Stimme des Präsidenten nahm einen scharfen Klang an. »Walter, wenn du mich läßt, helfe ich dir. Aber ich bin der Präsident der Vereinigten Staaten. Obwohl du einer meiner ältesten Freunde bist, lasse ich mir diese Art Anschuldigung weder von dir noch von sonst jemandem gefallen.«

»Das ist gut, Alan. Sehr gut. Du weißt, daß ich die Unterhaltung aufzeichne. Obwohl es keine Rolle spielt.« Sullivan hielt einen Augenblick inne, ehe er fortfuhr. »Du bist mein Schützling, Alan. Ich habe dir alles beigebracht, was ich wußte, und du hast schnell gelernt. Du hast genug gelernt, um das höchste Amt im Land zu bekleiden. Zum Glück wirst du entsprechend tief fallen.«

»Walter, in letzter Zeit stehst du unter enormem Streß. Zum letztenmal, bitte, laß dir von irgend jemandem helfen.«

»Komisch, Alan, genau das wollte ich dir eben raten.«

Sullivan schaltete Telefon und Aufzeichnungsgerät aus. Sein Herz schlug ungewöhnlich schnell.

Er legte eine Hand an die Brust und zwang sich zur Ruhe. Einen Herzinfarkt durfte er sich nicht leisten. Das hier wollte er unbedingt zu Ende bringen.

Der Milliardär schaute aus dem Fenster, dann betrachtete er das Zimmer. Seine kleine Heimstätte. In diesem Raum war sein Vater gestorben. Aus unerfindlichem Grund beruhigte ihn das.

Im Stuhl zurückgelehnt, schloß er die Augen. Am Morgen würde er die Polizei anrufen, ihnen alles erzählen und das Band übergeben. Danach würde er sich zurücklehnen und zusehen. Selbst wenn man Richmond nicht verurteilte, seine Karriere war vorbei. Mit anderen Worten: Der Mann war beruflich, moralisch, geistig so gut wie tot. Wen kümmerte es schon, ob er physisch weitervegetierte? Das war sogar noch viel besser. Sullivan lächelte. Er hatte sich geschworen, am Mörder seiner Frau Rache zu nehmen.

Ein plötzlicher Reflex ließ seine Hand hochfahren. Er öffnete die Augen. Dann schlossen sich seine Finger um einen kalten, harten Gegenstand. Erst als der Lauf seine Schläfe berührte, reagierte er. Doch da war es bereits zu spät.

Während der Präsident noch auf das Telefon starrte, schaute er auf die Uhr. Eigentlich mußte es mittlerweile vorbei sein. Sullivan hatte ihn gut unterrichtet. Zu gut für den Lehrer. Richmond war fast sicher gewesen, daß Sullivan ihn anrufen würde, bevor er die Fehlbarkeit des Präsidenten in die Welt hinausposaunte. Dadurch war die Sache relativ einfach geworden.

Der Präsident stand auf und begab sich nach oben in seine Privatgemächer. Der verstorbene Walter Sullivan war bereits aus seinem Kopf gewichen. Zu viele Gedanken an einen bezwungenen Feind zu verschwenden, war weder wirtschaftlich noch produktiv und behinderte nur die nächste Herausforderung. Auch das hatte Sullivan ihn gelehrt.

Im Halbdunkel starrte der jüngere Mann zum Haus. Er hatte den Schuß gehört, konnte jedoch die Augen nicht von dem erleuchteten Fenster abwenden.

Innerhalb weniger Sekunden war Bill Burton wieder bei Collin. Er konnte seinen Partner nicht einmal ansehen. Zwei ausgebildete und getreue Secret-Service-Agenten, Mörder junger Frauen und alter Männer.

Während der Rückfahrt sank Burton zurück in den Sitz. Es war vorbei. Drei Menschen waren tot, Christine Sullivan mitgezählt. Und warum sollte man sie nicht mitzählen? Damit hatte schließlich der ganze Alptraum begonnen.

Burton starrte auf seine Hand hinab; immer noch konnte er es kaum fassen, daß sie kurz zuvor den Griff einer Pistole umschlossen, den Abzug gedrückt und damit das Leben eines Menschen ausgelöscht hatte. Mit der anderen Hand hatte Burton den Kassettenrecorder samt Band mitgenommen. Beides befand sich in seiner Tasche und war auf dem Weg zum Verbrennungsofen.

Als er das Abhörband überprüft und Sullivans Unterhaltung mit Seth Frank gelauscht hatte, war Burton völlig schleierhaft gewesen, worauf der alte Mann mit Christine Sullivans »Krankheit« hinauswollte. Aber als er die Information dem Präsidenten zutrug, starrte Richmond minutenlang aus dem Fenster, und zwar etwas bleicher als zuvor. Dann rief er die Medienabteilung des Weißen Hauses an. Ein paar Minuten später hatten sich die beiden das Band von jener ersten Pressekonferenz auf den Stufen des Gerichtsgebäudes von Middleton angehört. Sie hörten, wie der Präsident seinem alten Freund sein Mitgefühl aussprach und sich über die seltsamen Wendungen im Leben ausließ; daß Christine Sullivan noch am Leben sein könnte, wäre sie nicht krank geworden. Richmond hatte vergessen, daß Christine Sullivan ihm das an ihrem Todestag anvertraut hatte. Es war eine überprüfbare Tatsache. Eine Tatsache, die sie alle den Kopf kosten konnte.

Burton sackte im Sessel zusammen; er starrte seinen Boß an, der schweigend das Band betrachtete, als könnte er durch bloße Gedankenkraft die Worte ungeschehen machen. Ungläubig schüttelte Burton den Kopf. Richmond war über sein eigenes, verworrenes Gerede gestolpert, ein echter Politiker.

»Was machen wir jetzt, Boß? Hauen wir mit der *Air Force One* ab?« Burton meinte das nur halb im Scherz, während er den Teppich studierte. Er war zu ausgelaugt, um überhaupt noch zu denken.

Als er aufblickte, stellte er fest, daß die Augen des Präsidenten auf ihm ruhten. »Abgesehen von uns ist Walter Sullivan der einzige Mensch, der über diese Information verfügt.«

Burton erhob sich aus dem Stuhl und erwiderte den Blick. »Es gehört nicht zu meinen Aufgaben, Menschen umzubringen, nur weil Sie mir das sagen.«

Der Präsident nahm den Blick nicht von Burtons Gesicht.

»Walter Sullivan ist jetzt eine unmittelbare Bedrohung für uns. Außerdem will er uns ans Leder, und ich mag es nicht, wenn man mir ans Leder will. Sie vielleicht?«

»Dafür hat er auch einen verflucht guten Grund, finden Sie nicht?«

Richmond ergriff einen Füllfederhalter vom Schreibtisch und drehte ihn zwischen den Fingern. »Wenn Sullivan auspackt, verlieren wir alles. Alles.« Der Präsident schnippte mit den Fingern. »Aus und vorbei. So einfach ist das. Und ich werde alles nur Erdenkliche unternehmen, um das zu vermeiden. Denn wenn es geschieht, gibt es für keinen von uns noch Rettung.«

Burton ließ sich wieder auf den Stuhl fallen; ihm war plötzlich speiübel. »Woher wollen Sie wissen, daß er es nicht schon getan hat?«

»Ich kenne Walter«, antwortete der Präsident schlicht. »Er macht es auf seine Weise. Es wird in irgendeiner Form spektakulär, aber überlegt über die Bühne gehen. Er übereilt nie etwas. Wenn er jedoch handelt, treten die Folgen rasch und unerbittlich ein.«

»Großartig.« Burton stützte den Kopf in die Hände. Seine Gedanken drehten sich schneller, als er es je für möglich gehalten hätte. Durch jahrelanges Training hatte er sich die Fähigkeit angeeignet, Informationen unverzüglich zu verarbeiten, in Sekundenbruchteilen zu überlegen und schneller als jeder andere zu reagieren. Nun war sein Gehirn ein einziges Durcheinander, wie abgestandener Kaffee; dick und undurchsichtig; nichts war mehr klar. Der Agent blickte auf. »Aber wir können ihn doch nicht einfach töten.« »Ich kann Ihnen versichern, daß sich Walter Sullivan in dieser Minute den Kopf darüber zerbricht, wie er uns am besten zerstören kann. Solche Absichten nötigen mir nicht gerade Sympathie ab.«

Der Präsident lehnte sich im Sessel zurück. »Dieser Mann hat schlicht und einfach beschlossen, uns zu bekämpfen. Und man muß mit den Konsequenzen einer Entscheidung leben. Niemand weiß das besser als Walter Sullivan.« Abermals fingen die Augen des Präsidenten Burtons Augen ein. »Die Frage ist: Sind wir bereit, den Kampf aufzunehmen?«

Collin und Burton hatten die letzten drei Tage damit verbracht, Walter Sullivan zu folgen. Als der Wagen ihn mitten im Nirgendwo abgesetzt hatte, konnte Burton einerseits sein Glück nicht fassen, andererseits empfand er tiefes Mitgefühl für sein Opfer, das er nun auf dem Präsentierteller hatte.

Nun waren Gatte und Gattin beseitigt. Während der Wagen zurück in die Hauptstadt raste, rieb Burton unbewußt seine Hände und versuchte, den Dreck abzuwischen, den er in jeder Furche spürte. Was ihm am meisten zusetzte, war die Erkenntnis, daß er das, was er getan und was er dabei gefunden hatte, niemals loswerden würde. Diese Last würde er für den Rest seines Lebens mit sich herumtragen müssen. Für sein eigenes Leben hatte er das eines anderen Menschen geopfert. Und das nicht nur einmal. Er hatte sich für einen Mann aus Stahl gehalten und war doch weich wie Gummi. Das Leben hatte ihn vor die größte Herausforderung gestellt, und er hatte versagt.

Er grub die Finger in die Sitzlehne und starrte hinaus in die Finsternis.

Kapitel 24

Der tragische Tod Walter Sullivans erschütterte nicht nur die Finanzwelt. Angesehene und mächtige Persönlichkeiten aus aller Welt wohnten dem feierlichen Begräbnis bei. Im Zuge einer angemessen prunkvollen Zeremonie in der St-Matthew's-Kathedrale in Washington hielt ein halbes Dutzend von Würdenträgern Lobreden auf den Mann.

Der berühmteste Redner erging sich gute zwanzig Minuten darin, was für ein großartiger Mensch Walter Sullivan doch gewesen sei, unter welch gewaltigem Druck er gelitten habe und daß Menschen unter solcher Anspannung manchmal Dinge taten, die sie andernfalls nie in Erwägung gezogen hätten. Nachdem Alan Richmond seine Ansprache beendet hatte, blieb kein Auge in der Kirche trocken; selbst die Tränen, die über das Gesicht des Präsidenten rannen, waren augenscheinlich echt. Schon immer war er von seinen eigenen rhetorischen Fähigkeiten beeindruckt gewesen.

Der lange Trauerzug strömte hinaus und hielt

dreieinhalb Stunden später an dem winzigen Haus, in dem Walter Sullivans Leben begonnen und geendet hatte. Während sich die Limousinen auf der schmalen, schneebedeckten Straße drängten, wurde Walter Sullivan hinuntergetragen und auf dem kleinen Hügel, dessen einziger Reichtum die Aussicht ins Tal war, neben seinen Eltern zur letzten Ruhe gebettet.

Während Erde auf den Sarg rieselte und Walter Sullivans Freunde sich den Weg zurück ins Reich der Lebenden bahnten, musterte Seth Frank jedes Gesicht. Er beobachtete den Präsidenten auf dem Weg zurück zu seiner Limousine. Bill Burton sah ihn, wirkte einen Augenblick überrascht, nickte dann jedoch. Frank nickte zurück.

Nachdem die Trauergäste allesamt gegangen waren, wandte Frank seine Aufmerksamkeit dem kleinen Haus zu. An der Umzäunung hingen noch die gelben Polizeiabsperrungen; zwei uniformierte Polizisten standen Wache.

Frank ging hinüber, zeigte seinen Ausweis und trat ein.

Es erschien als der Gipfel der Ironie, daß einer der reichsten Männer der Welt sich ausgerechnet diesen Ort zum Sterben ausgesucht hatte. Walter Sullivan war die Verkörperung einer Romanfigur von Horatio Alger. Frank bewunderte Männer, die mit Einsatz, Verstand und Entschlossenheit den Aufstieg schafften. Wer tat das nicht?

Erneut betrachtete er den Stuhl, in dem man die Leiche gefunden hatte; die Pistole hatte daneben gelegen. Die Waffe war gegen Sullivans linke Schläfe gepreßt worden. Die sternförmige Wunde, groß und gezackt, war der massiven Berstfraktur vorausgegangen, die letztlich dem Leben des Mannes ein Ende bereitet hatte. Die Pistole war linker Hand zu Boden gefallen.

Da eine Kontaktwunde wie auch Pulverspuren an der Handfläche des Verstorbenen vorhanden waren, hatten die örtlichen Behörden den Fall als Selbstmord zu den Akten gelegt; nichts schien dagegen zu sprechen. Der trauernde Walter Sullivan hatte Rache am Mörder seiner Frau geübt und sich daraufhin das Leben genommen. Seine Mitarbeiter bestätigten, daß Sullivan seit Tagen nicht erreichbar gewesen war, ein äußerst ungewöhnlicher Umstand. Nur selten fuhr er an seinen Zufluchtsort, und wenn, dann wußte irgend jemand davon. Die Zeitung, die man neben der Leiche fand, verkündete den Tod des mutmaßlichen Mörders seiner Frau. Alles wies auf einen Mann hin, der sich vorsätzlich das Leben genommen hatte.

Nur eine winzige Tatsache, die er mit Absicht niemandem mitgeteilt hatte, störte Frank. Er hatte

Walter Sullivan kennengelernt. Sullivan hatte die Papiere für die Aushändigung der wenigen Habseligkeiten seiner Gattin unterschrieben.

Und diese Formulare hatte Sullivan mit der *rechten* Hand unterzeichnet.

Das allein war kein schlüssiger Beweis. Sullivan konnte die Waffe aus unzähligen Gründen in der linken Hand gehalten haben. Seine Fingerabdrücke waren klar und deutlich auf der Pistole zu finden. Vielleicht sogar zu deutlich, dachte Frank bei sich.

Dann der Zustand der Waffe: Ihre Herkunft war nicht festzustellen. Die Seriennummer war derart fachmännisch entfernt worden, daß selbst unter dem Mikroskop nichts zum Vorschein kam. Eine völlig reingewaschene Waffe, wie man sie für gewöhnlich an Schauplätzen eines Verbrechens vorfand. Doch warum sollte Walter Sullivan sich Gedanken wegen der Überprüfung einer Waffe machen, mit der er sich umzubringen gedachte? Die Antwort lautete: Es gab keinen Grund. Auch diese Tatsache war nicht schlüssig, da die Person, die Sullivan die Waffe verschafft hatte, sie illegal erworben haben konnte; allerdings zählte Virginia zu den Staaten, in denen der Kauf einer Handfeuerwaffe nicht allzu problematisch war, sehr zum Verdruß der Polizeireviere im nordöstlichen Teil des County.

Frank schloß die Begutachtung der inneren Räumlichkeiten ab und trat ins Freie. Nach wie vor war die Erde mit einer dicken Schneeschicht bedeckt. Sullivan war bereits tot gewesen, bevor der Schneefall eingesetzt hatte; die Autopsie bestätigte das. Glücklicherweise wußten seine Mitarbeiter, wo sich das Haus befand. Man hatte nach ihm gesucht und die Leiche etwa zwölf Stunden nach Todeseintritt entdeckt.

Nein, der Schnee würde Frank nicht weiterhelfen. Der Ort war so abgelegen, daß man sich nicht einmal bei irgend jemandem erkundigen konnte, ob in der Nacht zu Sullivans Tod etwas Verdächtiges aufgefallen war.

Sein Kollege aus der Abteilung des Countysheriffs kletterte aus dem Wagen und eilte zu Frank hinüber. Der Mann hatte eine wenige Seiten dikke Akte bei sich. Er und Frank unterhielten sich ein paar Minuten; dann dankte ihm Frank, stieg in seinen Wagen und fuhr davon.

Der Autopsiebericht gab an, daß Walter Sullivan in der Zeit zwischen elf Uhr nachts und ein Uhr morgens gestorben sein mußte. Doch zehn Minuten nach zwölf hatte Walter Sullivan noch ein Telefongespräch geführt.

In den Hallen von PS&L herrschte beklemmende Stille. Die Lebensadern einer florierenden Anwaltskanzlei waren schrillende Telefone, piepende Faxe, plappernde Mäuler und klappernde Tastaturen. Selbst Lucinda, die ausschließlich für die Direktverbindungen der Firma zuständig war, nahm für gewöhnlich acht Anrufe pro Minute entgegen. Heute blätterte sie müßig im *Vogue*-Magazin. Die Mehrzahl der Bürotüren war geschlossen; dahinter führten bis auf einige wenige die Mitarbeiter der Firma heftige und teils heiße Diskussionen.

Sandy Lords Bürotür war nicht nur geschlossen, sie war zugesperrt. Die wenigen Partner, die kühn genug waren, an das massive Portal zu klopfen, bedachte der einzige, mißmutige Anwesende im Zimmer unverzüglich mit einer obszönen Schimpfkanonade.

Er hatte die Schuhe ausgezogen und die Füße in Strümpfen auf den Tisch gelegt. Die Krawatte hatte er abgelegt, der Kragen war aufgeknöpft. Rasiert hatte er sich auch nicht, und in Reichweite stand eine nahezu leere Flasche seines stärksten Alkohols. Mehr denn je glichen Sandy Lords Augen roten Flecken. In der Kirche hatten diese Augen lange und eindringlich auf den blankpolierten Messingsarg mit Sullivans Leiche gestarrt; in Wahrheit enthielt dieser Sarg ihrer beider sterbliche Überreste.

Seit Jahren hatte Lord für Sullivans Tod vorgesorgt und hatte mit Hilfe eines Dutzends Spezialisten von PS&L gefinkelte Schutzvorkehrungen getroffen; dazu gehörten auch die Bemühungen um einige loyale Freunde im Vorstand der Holdinggesellschaft von Sullivan Enterprises. Im Verbund sollte dies auch künftig die Vertretung von Sullivans gigantischem Firmenimperium durch PS&L im allgemeinen und Lord im speziellen sichern. Das Leben wäre weitergegangen. Der PS&L-Zug hätte weiterrollen können, das Haupttriebwerk wäre noch intakt gewesen, ja, sogar frisch überholt. Doch jetzt war eine Entwicklung eingetreten, die keiner vorhergesehen hatte.

Wohl war man sich auf den Finanzmärkten bewußt, daß Sullivans Ableben früher oder später unvermeidbar war. Die Geschäfts- und Investmentkreise waren jedoch nicht bereit, die Umstände seines Todes zu akzeptieren. Durch eigene Hand war er gestorben, außerdem kursierten immer lauter werdende Gerüchte, Sullivan habe den mutmaßlichen Mörder seiner Frau beseitigen lassen; dieser Umstand habe ihn später dazu getrieben, sich eine Kugel durch den Kopf zu jagen. Auf derartige Offenbarungen war der Markt nicht vorbereitet. Ein überraschter Markt, so hätte mancher Wirtschaftsexperte prophezeit, reagiert oft unkontrolliert und jäh. Und so war es auch. Die Aktien von Sullivan Enterprises verloren am Morgen nach der Entdeckung der Leiche einundsechzig Prozent ihres Wertes an der New Yorker Börse und erfuhren den heftigsten Abverkauf einer einzelnen Aktie in den letzten zehn Jahren.

Da die Aktien gute vier Dollar unter Wert gehandelt wurden, dauerte es nicht allzu lange, bis die Geier zu kreisen begannen.

Auf Lords Anraten schlug der Vorstand das schwache Angebot von Centrus Corp. aus; die nervösen Aktionäre jedoch, die praktisch über Nacht einen großen Teil ihres Vermögens schwinden sahen, nahmen das Angebot in der Folge mit überwältigender Mehrheit an. In zwei Monaten sollte die Übernahme abgeschlossen sein. Der Rechtsberater von Centrus Corp., Rhoads, Director & Minor, zählte zu den größten Anwaltskanzleien des Landes und verfügte in allen Bereichen des Rechts über erfahrene Anwälte.

Worauf alles hinauslief, war völlig klar. PS&L würde nicht mehr benötigt. Der wichtigste Klient der Firma, der über zwanzig Millionen Dollar für Rechtsbeistand lockermachte – was einem Drittel des Gesamtumsatzes entsprach –, würde einfach verschwinden. Lebensläufe flatterten bereits aus der Firma. Einige Anwälte versuchten, bei Rhoads unterzukommen, indem sie vorbrachten, sie seien vertraut mit Sullivans Geschäften und könnten Rhoads die langwierige und kostspielige Lernphase ersparen. Bereits zwanzig Prozent der bis dato treu ergebenen PS&L-Mitarbeiter hatten ihre Kündigung eingereicht, und ein Ende des Abzugs war kurzfristig nicht zu erwarten.

Langsam tastete Lords Hand über den Schreibtisch zur Whiskeyflasche; er hob sie und trank den Rest aus. Dann fuhr er herum, blickte in den düsteren Wintermorgen hinaus und lächelte.

Für ihn gab es keine Möglichkeit, bei Rhoads, Director & Minor anzuheuern. Somit war es nun doch geschehen: Lord war verwundbar. Er hatte schon öfter erlebt, wie Klienten mit besorgniserregender Geschwindigkeit untergingen, vor allem in den letzten zehn Jahren, wo man in der einen Minute auf dem Papier noch Milliardär sein konnte, in der nächsten jedoch bereits ein Verbrecher und so arm wie eine Kirchenmaus. Doch nie hätte er für möglich gehalten, daß sein eigener Fall, falls überhaupt, so unglaublich rasant und schmerzlich endgültig erfolgen könnte.

Das war das Problem, wenn man so einen Mammut-Klienten hatte, der achtstellige Dollarbeträge wert war. Er nahm alle Zeit und Aufmerksamkeit in Anspruch. Alte Kunden wanderten ab und verschwanden. Neue Geschäftsbeziehungen wurden nicht gepflegt. Lord hatte es sich in den letzten Jahren auf seinem weichen Polster bequem gemacht, nun wurde es ihm unter dem fetten Hintern weggezogen.

Überschlagsmäßig stellte er eine Berechnung an. Während der letzten zwanzig Jahre hatte er grob dreißig Millionen Dollar verdient. Unglücklicherweise war es ihm nicht nur gelungen, die gesamten dreißig Millionen zu verprassen, sondern eine Menge mehr. Im Laufe der Jahre hatte er zahlreiche luxuriöse Eigenheime besessen, dazu eine Ferienwohnung in Hilton Head, außerdem ein geheimes Liebesnest in New York, wohin er sich mit seinen verheirateten Gespielinnen zurückzog. Luxuskarossen, verschiedenste Sammlungen, die ein Mann von Welt und Geld einfach haben mußte, einen kleinen, doch unglaublich erlesenen Weinkeller, sogar einen eigenen Helikopter; all diese Dinge besaß er, aber drei Scheidungen, von denen keine freundschaftlich verlaufen war, hatten sein Vermögen beträchtlich in Mitleidenschaft gezogen.

Auch die derzeitige Wohnung entsprang unmittelbar den Seiten des *Architectural Digest*, und die Hypothek entsprach dem erstaunlichen Prunk in jeder Hinsicht. Was Lord dagegen nur spärlich besaß, war Bargeld. Die flüssigen Mittel gingen ihm aus. Bei PS&L fraß man, was man erbeutete, und Lords Teilhaber jagten nicht im Rudel. Deshalb waren Lords monatliche Bezüge auch stets höher als die aller anderen. Von nun an jedoch würde der monatliche Scheck kaum reichen, um die Kreditkartenrechnungen zu bezahlen. Allein die American-Express-Card verschlang durchschnittlich jeden Monat fünfstellige Summen.

Flüchtig lenkte er die Aufmerksamkeit der angestrengt arbeitenden grauen Zellen auf seine anderen Klienten. Eine grobe Hochrechnung ergab bestenfalls eine halbe Million möglichen Umsatz, doch nur, wenn er sich dahinterklemmte und die Klienten einen nach dem anderen abklapperte. Doch das wollte er nicht, dazu hatte er nun wirklich keine Lust. Mittlerweile stand er über solchen Dingen. Zumindest war es so gewesen, bis der gute, alte Walter Sullivan beschloß, das Leben sei trotz mehrerer Milliarden Dollar nicht mehr lebenswert. *Jesus Christus. Und alles wegen einer kleinen, dummen Schlampe.*

Fünfhunderttausend! Das war sogar weniger, als der kleine Scheißer Kirksen hatte. Lord zuckte zusammen, als ihm das klar wurde.

Er drehte sich um und betrachtete die Kunstwerke an der gegenüberliegenden Wand. Zwischen den Pinselstrichen eines unbedeutenden

Künstlers aus dem neunzehnten Jahrhundert fand er einen Grund, wieder zu lächeln. Eine Möglichkeit blieb ihm noch. Hatte sein wichtigster Klient auch Lords Leben durcheinandergebracht, so blieb ihm doch noch ein As im Ärmel. Er griff zum Telefon.

Eiligen Schrittes schob Fred Martin den Wagen den Flur entlang. Da es erst der dritte Tag in dem Job war und er zum erstenmal den Anwälten der Firma die Post auslieferte, war Martin besonders bemüht, die Aufgabe rasch und sorgfältig zu erfüllen. Martin war einer von zehn Botenjungen, die von der Firma beschäftigt wurden, und er bekam bereits den Druck seines Vorgesetzten zu spüren, er möge doch sein Arbeitstempo erhöhen. Nachdem er vier Monate, nur mit einem Magisterdiplom für Geschichte der Universität Georgetown bewaffnet, auf der Straße zugebracht hatte, sah Martin als einzigen Ausweg ein Studium der Rechtswissenschaften. Und gab es einen besseren Ort, um die Möglichkeiten einer solchen Karriere auszuloten, als die angesehenste Anwaltskanzlei in Washington? Außerdem lehrten ihn die unzähligen Vorstellungsgespräche, daß man gar nicht früh genug damit beginnen konnte, Verbindungen zu knüpfen.

Er warf einen Blick auf seinen Belegungsplan mit den Namen der Anwälte in Kästchen, die das jeweilige Büro darstellten. Martin hatte den Plan vom Schreibtisch in seiner Kabine genommen und nicht bemerkt, daß eine überarbeitete Version unter der fünftausendseitigen Schlußakte einer multinationalen Transaktion begraben lag, die er heute nachmittag noch mit einem Inhaltsverzeichnis zu versehen und zu binden hatte.

Als er um die Ecke bog, hielt er inne und schaute auf die geschlossene Tür. Alle Türen schienen heute geschlossen zu sein. Er nahm das Päckchen des Federal Express zur Hand, überprüfte den Namen auf der Karte und verglich ihn mit der gekritzelten Handschrift auf dem Adreßetikett des Pakets. Die Namen stimmten überein. Dann betrachtete er den leeren Namensschildhalter und zog verwirrt die Augenbrauen hoch.

Er klopfte, wartete einen Augenblick, klopfte abermals und öffnete danach die Tür.

Der Raum war ein einziges Chaos. Überall verstellten Kartons den Boden, die Möbel standen kreuz und quer. Dokumente lagen auf dem Schreibtisch. Sein erster Gedanke war, bei seinem Vorgesetzten nachzufragen. Vielleicht lag ein Fehler vor. Er blickte auf die Uhr. Schon zehn Minuten zu spät. Hastig griff er zum Telefon und wählte die Nummer seines Vorgesetzten. Keine Antwort. Da erblickte er das Foto der Frau auf dem Schreibtisch. Groß, rothaarig, überaus teuer gekleidet. Es mußte das Büro des Mannes sein. Wahrscheinlich zog er gerade ein. Wer verließ schon ein derart prachtvolles Büro? Mit dieser Überzeugung legte Fred das Päckchen vorsichtig auf den Sessel am Schreibtisch, damit es auch bestimmt nicht übersehen werden konnte. Auf dem Weg nach draußen zog er die Tür zu.

»Es tut mir leid wegen Walter, Sandy. Aufrichtig leid.« Jack betrachtete den Ausblick auf die Skyline. Er befand sich in einem Penthouse im Nordwesten von Washington. Allein die Wohnung mußte unglaublich teuer gewesen sein, doch auch in die Einrichtung waren zweifelsohne Unsummen geflossen. Wohin Jack auch blickte, überall entdeckte er Originalgemälde, weiches Leder und Skulpturen. Er sagte sich, daß es nicht viele Sandy Lords auf Erden gab, und die wenigen mußten schließlich irgendwo leben.

Lord saß am Feuer, das angenehm im Kamin knisterte. Die mächtige Gestalt war in einen weiten Seidenmorgenmantel gehüllt, die bloßen Füße steckten in bequemen Lederpantoffeln. Kalter Regen prasselte gegen die breite Fensterfront. Jack trat näher an das Feuer; sein Verstand schien den Flammen gleich zu hüpfen und zu tänzeln. Ein vereinzelter Funke sprang auf die Marmoreinfassung, flammte auf und verglühte rasch. Jack griff nach seinem Glas und wandte sich seinem Gastgeber zu.

Der Anruf war nicht völlig unerwartet gekommen. »Wir müssen uns unterhalten, Jack, je eher, desto besser für mich. Aber nicht im Büro.«

Als Jack eintraf, nahm Lords alternder Hausdiener ihm Mantel und Handschuhe ab und zog sich danach in die hinteren Bereiche der Wohnung zurück.

Die beiden Männer befanden sich in Lords mahagonigetäfeltem Arbeitszimmer, einem Zufluchtsort, der männlichen Bedürfnissen entgegenkam und auf den Jack wider Willen neidisch war. Flüchtig tauchte das Bild der riesigen Villa vor seinem inneren Auge auf. Sie verfügte über eine Bibliothek, die diesem Arbeitszimmer ähnelte. Nur mühevoll gelang es Jack, die Aufmerksamkeit wieder auf Lord zu richten.

»Ich bin im Arsch, Jack.« Die ersten Worte aus Lords Mund brachten Jack beinahe zum Lächeln. Man mußte die Offenheit dieses Mannes einfach schätzen. Doch er riß sich zusammen. Der Klang in Lords Stimme gebot einen gewissen Respekt.

»Die Firma wird es überstehen, Sandy. Viel werden wir nicht mehr verlieren. Wir vermieten einfach ein paar Räume, das ist keine große Sache.«

Schließlich erhob sich Lord und marschierte geradewegs an die gut ausgestattete Bar in der Ecke. Bis oben hin füllte er ein Whiskeyglas und leerte es mit geübtem Schwung.

»Entschuldige, Jack, ich glaube, ich habe mich nicht klar ausgedrückt. Die Firma hat einen Schlag erlitten, aber keinen, der sie in die Knie zwingt. Du hast recht, Patton, Shaw wird die Breitseite überleben. Wovon ich rede ist, ob die Firma weiterhin als Patton, Shaw und Lord in den Kampf ziehen wird.«

Lord schlurfte durch das Zimmer und ließ sich schwerfällig auf die burgunderfarbene Ledercouch fallen. Jack betrachtete die Metallnieten, die am Saum des schweren Möbelstücks hervortraten. Er trank einen Schluck und musterte das massige Gesicht. Die Augen waren klein, tatsächlich kaum mehr als pfenniggroße Öffnungen.

»Du bist das Zugpferd der Firma, Sandy. Ich kann mir nicht vorstellen, daß sich daran etwas ändert, auch wenn dein Klientenstamm angeschlagen ist.«

Sandy grunzte in horizontaler Haltung.

»Angeschlagen? Nur angeschlagen? Eine gottverdammte Atombombe hat eingeschlagen, Jack, mitten hinein. Der Schwergewichtsmeister im Boxen hätte mich nicht härter treffen können. Ich bin am Boden. Die Geier kreisen, und Lord ist ihre Beute. Ich bin das Spanferkel mit dem Apfel in der Schnauze und der Zielscheibe auf dem Hintern.«

»Kirksen?«

»Kirksen, Packard, Mullins, der verfluchte Townsend. Das sind noch lange nicht alle, Jack; die Liste geht weiter, bis alle Teilhaber drauf sind. Ich muß gestehen, ich hege eine höchst ungewöhnliche Haß-Haß-Beziehung zu meinen Teilhabern.«

»Aber nicht mit Graham, Sandy. Nicht mit Graham.«

Mühsam richtete Lord sich auf und stützte sich auf einen fleischigen Arm, während er Jack betrachtete.

Jack überlegte, warum er den Mann so mochte. Vermutlich fand sich die Antwort in dem Mittagessen bei *Fillmore's* vor einiger Zeit. Kein dummes Gewäsch. Damals hatte er die harte Wirklichkeit erfahren, in der man Worte zu hören bekam, bei denen sich die Eingeweide zusammenkrampften und das Gehirn einem Antworten einhämmerte, die man andernfalls nie auszusprechen gewagt hätte. Nun steckte der Mann in Schwierigkeiten. Jack hatte die Macht, ihn zu beschützen. Zumindest im Moment; seine derzeitige Beziehung zu den Baldwins war alles andere als gefestigt.

»Sandy, wenn sie dir ans Leder wollen, müssen sie erst an mir vorbei.« Nun hatte er es ausgesprochen. Und er meinte es auch so. Es war ebenso eine Tatsache, daß Lord ihm die Gelegenheit eröffnet hatte, in der obersten Riege mitzuspielen. Mitten ins kalte Wasser hatte er ihn gestoßen. Doch wie sonst ließ sich feststellen, ob man schwimmen konnte oder nicht? Auch diese Erfahrung war durchaus wertvoll gewesen.

»Auf uns beide könnten stürmische Zeiten zukommen, Jack.«

»Ich bin ziemlich wetterfest, Sandy. Außerdem ist das nicht ganz selbstlos von mir. Du bist ein Vermögenswert der Firma, deren Teilhaber ich bin. Du bist ein erstklassiger Kundenwerber. Im Augenblick liegst du am Boden, aber du kommst wieder auf die Beine. Fünfhunderttausend jetzt bedeuten, daß du in zwölf Monaten wieder die Nummer eins bist. Ich habe nicht vor, einen derart wertvollen Posten einfach ziehen zu lassen.«

»Das werde ich dir nicht vergessen, Jack.«

»Das würde ich auch nicht zulassen.«

Nachdem Jack gegangen war, wollte sich Lord

einen weiteren Drink einschenken, hielt jedoch plötzlich inne. Er schaute hinunter auf die zitternden Hände und stellte behutsam Glas und Flasche ab. Bis zur Couch schaffte er es gerade noch, bevor die Knie unter ihm nachgaben. Im prunkvollen Spiegel über dem Kamin konnte er sich erkennen. Vor zwanzig Jahren war die letzte Träne über das derbe Gesicht gerollt, damals beim Tod seiner Mutter. Nun aber entwickelte sich ein steter Fluß. Er hatte um seinen Freund Walter Sullivan geweint. Jahrelang hatte Lord sich selbst eingeredet, der alte Mann sei für ihn nicht mehr als ein vergoldeter Scheck am Monatsende. Den Preis für diese Selbsttäuschung hatte er bei der Beerdigung bezahlt, wo Lord so bitterlich geweint hatte, daß er zurück zum Wagen hatte gehen müssen, bis es an der Zeit gewesen war, seinen Freund zu Grabe zu tragen.

Auch jetzt rieb er sich wieder über die aufgeschwemmten Wangen und wischte die salzige Flüssigkeit weg. Verfluchter junger Mistkerl. Bis in die letzte Einzelheit hatte Lord alles geplant. Der Schachzug hätte perfekt sein können. Auf jede mögliche Antwort war er vorbereitet gewesen, bis auf jene, die er bekommen hatte. Er hatte den jungen Mann falsch eingeschätzt. Lord war davon ausgegangen, daß Jack tun würde, was auch Lord getan hätte: ihm für den enormen Gefallen, um den er Jack gebeten hatte, alles Mögliche abzuverlangen.

Doch er empfand nicht nur Schuld. Es war auch Scham. Das erkannte er während eines Anfalls heftiger Atemnot; Übelkeit senkte sich auf ihn, und er beugte sich dicht über den dicken, weichen Teppich. Scham. Auch das hatte er lange nicht gefühlt. Als er wieder normal atmen konnte, betrachtete er abermals das Wrack im Spiegel; Lord nahm sich vor, Jack nicht zu enttäuschen. Er würde wieder an die Spitze klettern. Und er würde es Jack nicht vergessen.

Kapitel 25

Nicht in seinen wildesten Träumen hatte Frank sich vorzustellen gewagt, je hier zu sitzen. Er sah sich um und stellte mit einem Blick fest, daß es sich tatsächlich um ein ovales Büro handelte. Die Möbel wirkten insgesamt solide und konservativ, wiesen jedoch an manchen Stellen ausgefallene Farben oder Streifen auf. Ein Paar teure Freizeitschuhe auf einem Schuhregal deuteten darauf hin, daß der Inhaber des Raumes nicht im entferntesten an den Ruhestand dachte.

Schwer schluckend, zwang Frank sich zur Ruhe. Als Polizist war er ein alter Hase, und hierbei handelte es sich um nicht mehr oder weniger als eine weitere Routinebefragung. Er folgte lediglich einer Spur, das war alles. In ein paar Minuten würde er die heiligen Hallen wieder verlassen.

Doch dann erinnerte ihn sein Verstand, daß Frank den Präsidenten der Vereinigten Staaten zu befragen gedachte. Gerade als die Nervosität wieder heftig über ihn hereinbrach, öffnete sich die Tür.

Flugs sprang er auf, drehte sich um und starrte einen Augenblick auf die ihm entgegengestreckte Hand, bis er mit dem Denken nachkam und sie ergriff.

»Vielen Dank, daß Sie hierher in meine Hütte gekommen sind, Lieutenant.«

»Das macht überhaupt keine Umstände, Sir. Ich meine, Sie haben schließlich Wichtigeres zu tun, als im Verkehr festzusitzen. Obwohl ich vermute, daß es für Sie eigentlich keine Staus gibt, nicht wahr, Mr. President?«

Richmond nahm hinter dem Schreibtisch Platz und bedeutete Frank, sich wieder zu setzen. Gelassen schloß Bill Burton, den Frank bis zu diesem Augenblick nicht bemerkt hatte, die Tür und nickte dem Ermittler zu.

»Ich fürchte, meine Reiserouten werden bereits im vorhinein abgesteckt. Stimmt, für mich gibt es deshalb zwar nicht viele Staus, aber auch keine Spontaneität.« Der Präsident grinste; Frank spürte, wie er den Mund ebenfalls automatisch zu einem Grinsen verzog.

Der Präsident beugte sich vor und blickte ihn unmittelbar an. Er verschränkte die Hände ineinander, legte die Stirn in Falten und wechselte den Tonfall ansatzlos von freundschaftlich zu todernst.

»Ich möchte Ihnen danken, Seth.« Sein Blick wanderte zu Burton. »Bill hat mir erzählt, wie kooperativ Sie bei den Ermittlungen zu Christine Sullivans Tod waren. Ich weiß das wirklich zu schätzen. So mancher Beamte wäre alles andere als hilfsbereit gewesen und hätte versucht, aus eigennützigen Gründen einen großen Medienrummel daraus zu machen. Von Ihnen hatte ich etwas anderes erhofft, und meine Erwartungen wurden übertroffen. Nochmals danke.«

Frank strahlte übers ganze Gesicht, als wäre ihm soeben der erste Preis im Buchstabierwettbewerb in der ersten Klasse überreicht worden.

»Wissen Sie, das ist eine ganz entsetzliche Geschichte. Haben Sie irgend etwas über eine Verbindung zwischen Walters Selbstmord und dem erschossenen Verbrecher in Erfahrung bringen können?«

Frank schüttelte sich den Sternenstaub von den Augen und musterte mit aufmerksamem Blick die fein geschnittenen Züge des Präsidenten.

»Kommen Sie schon, Lieutenant. Ich kann Ihnen versichern, daß sich in diesem Augenblick ganz Washington offiziell und inoffiziell in wilden Spekulationen ergeht, ob Walter Sullivan einen Mörder angeheuert hat, um den Tod seiner Frau zu rächen, und sich danach das Leben genommen hat. Sie können den Leuten ihre Gerüchteküche nicht verbieten. Ich möchte nur wissen, ob Ihre Nachforschungen etwas ergeben haben, das untermauern könnte, daß Walter den Mörder seiner Frau umbringen ließ.«

»Ich fürchte, darüber kann ich Ihnen keine Auskunft geben, Sir. Ich hoffe, Sie haben Verständnis, aber es handelt sich um eine noch nicht abgeschlossene polizeiliche Untersuchung.«

»Schon gut, Lieutenant, ich will Ihnen nicht zu nahe treten. Aber Sie können mir glauben, für mich ist das eine reichlich harte Zeit. Ist nicht einfach, sich mit dem Gedanken vertraut zu machen, daß Walter Sullivan sich das Leben genommen hat. Einer der brillantesten und einfallsreichsten Männer seiner Zeit, überhaupt aller Zeiten.«

»Das habe ich schon von unglaublich vielen Leuten gehört.«

»Aber ganz unter uns: Ich kannte Walter recht gut und halte nicht für ausgeschlossen, daß er konkrete Schritte eingeleitet hat, damit sich jemand um den Mörder seiner Frau … kümmerte.«

»Den mutmaßlichen Mörder, Mr. President. Unschuldig, bis die Schuld bewiesen ist.«

Der Präsident blickte zu Burton. »Nun, mir wurde gesagt, der Fall war so sicher wie ein Stahlsafe.«

Seth Frank kratzte sich am Ohr. »Einige Verteidiger lieben solche Fälle, Sir. Sie wissen ja, läßt man Stahl lange genug im Wasser, beginnt er zu rosten. Und ehe man sich versieht, hat man überall Löcher.«

»Und dieser Verteidiger war ein solcher Typ?«

»Und ob. Ich wette nicht gern, aber ich hätte uns höchstens eine vierzigprozentige Chance eingeräumt, eine saubere Verurteilung durchzubringen. Uns hätte ein echter Kampf bevorgestanden.«

Der Präsident lehnte sich zurück, während er darüber nachdachte. Dann schaute er wieder zu Frank.

Endlich erkannte Frank den erwartungsvollen Gesichtsausdruck und schlug sein Notizbuch auf. Allmählich beruhigte sich sein Puls, als er das vertraute Gekritzel überflog.

»Ist Ihnen bewußt, daß Walter Sullivan kurz vor seinem Tod hier angerufen hat?«

»Ich kann mich erinnern, mit ihm telefoniert zu haben. Damals wußte ich aber nicht, daß sein Tod unmittelbar bevorstand. Nein.«

»Mich überrascht ein wenig, daß Sie mir das nicht schon früher mitgeteilt haben.«

Der Präsident setzte eine betretene Miene auf. »Kann ich verstehen. Ich wundere mich selbst ein bißchen. Ich glaube, ich wollte Walter, oder zumindest sein Andenken, vor weiteren Verunglimpfungen schützen. Obwohl ich natürlich wußte, daß die Polizei den Anruf früher oder später entdecken mußte. Es tut mir leid, Lieutenant.«

»Ich brauche alle Einzelheiten des Telefongesprächs.«

»Möchten Sie etwas zu trinken, Seth?«

»Eine Tasse Kaffee wäre fein, danke.«

Wie auf ein Stichwort griff Burton zu einem Telefon in der Ecke. Nur eine Minute später wurde auf einem silbernen Tablett Kaffee serviert.

Die Männer nippten an dem dampfend heißen Gebräu; der Präsident warf einen Blick auf die Uhr und bemerkte, daß Frank ihn dabei beobachtete.

»Tut mir leid, Seth, ich nehme Ihren Besuch durchaus ernst. Aber in ein paar Minuten kommt eine Kongreßdelegation zum Mittagessen. Ehrlich gesagt, freue ich mich nicht gerade darauf. So merkwürdig das klingen mag, ich hege keine spezielle Sympathie für Politiker.«

»Ich verstehe. Dauert nur ein paar Minuten. Weshalb hat er angerufen?«

Im Stuhl zurückgelehnt, gab der Präsident vor nachzudenken. »Ich würde den Anruf als Verzweiflungsakt beschreiben. Eindeutig war er nicht ganz bei sich. Er wirkte unausgeglichen, außer Kontrolle. Oft sagte er längere Zeit überhaupt nichts. Ganz anders als der Walter Sullivan, den ich kannte.«

»Worüber hat er gesprochen.«

»Über alles und nichts. Manches ergab gar keinen richtigen Sinn. Auch über Christines Tod hat er geredet. Und über den Mann, den Sie wegen des Mordes verhaftet hatten. Wie sehr er ihn haßte, weil er sein Leben zerstört hatte. Es war schrecklich anzuhören.«

»Was haben Sie erwidert?«

»Nun, ich habe ihn ständig gefragt, wo er war. Ich wollte ihn finden und ihm Hilfe schicken. Aber er hat es mir nicht gesagt. Ich bin gar nicht sicher, ob er überhaupt mitbekommen hat, was ich sagte. Er war völlig durcheinander.«

»Also würden Sie sagen, er klang selbstmordgefährdet?«

»Ich bin zwar kein Psychiater, Lieutenant, aber müßte ich als Laie ein Urteil über seine geistige Verfassung abgeben, ja, dann würde ich sagen, Walter Sullivan hörte sich in jener Nacht zweifellos wie ein Selbstmordkandidat an. Es war einer der wenigen Augenblicke meiner Präsidentschaft, in denen ich völlige Hoffnungslosigkeit empfand. Offen gestanden, nach der Unterhaltung, die ich mit ihm führte, war ich nicht besonders überrascht, als ich erfuhr, daß er tot war.« Richmond warf einen Blick auf Burtons unbewegtes Gesicht, dann schaute er zurück zu Frank. »Das war mit ein Grund, warum ich Sie gefragt habe, ob an dem Gerücht etwas Wahres sein könnte, daß Walter Sullivan tatsächlich mit der Erschießung dieses Mannes zu tun hatte. Ich muß gestehen, der Gedanke kam mir nach Walters Anruf in den Sinn.«

Frank schaute zu Burton hinüber. »Ich nehme an, Sie haben keine Aufzeichnung der Unterhaltung? Ich weiß, daß manche Gespräche hier aufgenommen werden.«

Der Präsident erwiderte: »Sullivan hat unter meiner Privatnummer angerufen, Lieutenant. Das ist ein gesicherter Geheimanschluß, auf dem keine Aufzeichnungen erlaubt sind.«

»Ich verstehe. Hat er Ihnen direkt zu verstehen gegeben, daß er etwas mit dem Tod von Luther Whitney zu tun hatte?«

»Nein, nicht direkt. Offensichtlich war er nicht bei klarem Verstand. Aber ich weiß, welch unglaublichen Zorn er fühlte; außerdem ließ es sich leicht heraushören. Nun, ich hasse es, das über einen Verstorbenen sagen zu müssen, aber für mich ist ziemlich klar, daß er den Mann umbringen ließ. Natürlich habe ich keinen Beweis dafür, aber genau diesen Eindruck hatte ich.«

Frank schüttelte den Kopf. »Muß eine ziemlich unangenehme Unterhaltung gewesen sein.«

»Ja. Ja, sie war äußerst unangenehm. Lieutenant, wenn Sie mich nun entschuldigen würden, die Pflicht ruft.«

Frank rührte sich nicht von der Stelle. »Was glauben Sie, warum hat er Sie angerufen, Sir? Noch dazu um diese Zeit?«

Der Präsident sank zurück in den Stuhl und tauschte einen weiteren flüchtigen Blick mit Burton. »Walter war einer meiner engsten persönlichen Freunde. Er hatte einen ungewöhnlichen Tagesrhythmus, aber den habe ich auch. Für ihn war es nicht ungewöhnlich, um diese Zeit anzurufen. In den letzten Monaten habe ich nicht viel von ihm gehört. Wie Sie wissen, stand er unter starkem persönlichen Druck. Walter war einer der Sorte, die im Stillen leiden. Wenn Sie mich nun entschuldigen würden, Seth.«

»Mir erscheint nur seltsam, daß er von all den Leuten, die er hätte anrufen können, ausgerechnet Sie gewählt hat. Ich meine, es wäre leicht möglich gewesen, daß er Sie gar nicht angetroffen hätte. Die Reisepläne eines Präsidenten sind zumeist recht dicht gedrängt. Ich frage mich, was er sich wohl dabei gedacht hat.«

Der Präsident lehnte sich zurück, spreizte die

Finger und betrachtete die Decke. *Der Bulle will sich wichtig machen und zeigen, wie schlau er ist.* Lächelnd blickte er zurück zu Frank. »Wäre ich Gedankenleser, so müßte ich nicht ständig nach den Umfragen schielen.«

Frank lächelte zurück. »Man muß wohl kein Hellseher sein, um zu wissen, daß Sie weitere vier Jahre auf diesem Stuhl sitzen werden, Sir.«

»Danke, Lieutenant. Ich kann Ihnen nur sagen, daß Walter mich angerufen hat. Wenn er vorhatte, sich umzubringen, wen sollte er anrufen? Seine Familie hat sich seit der Heirat mit Christine von ihm distanziert. Wohl hatte er zahlreiche Geschäftspartner, aber nur wenige, die ich als echte Freunde bezeichnen würde. Walter und ich kannten einander schon seit vielen Jahren; für mich war er eine Art Vaterersatz. Wie Sie wissen, hatte ich reges Interesse an den Ermittlungen zum Tod seiner Frau. All das zusammengenommen könnte erklären, warum er ausgerechnet mit mir sprechen wollte, insbesondere wenn er an Selbstmord dachte. Mehr kann ich Ihnen wirklich nicht sagen. Es tut mir leid, daß ich Ihnen keine größere Hilfe bin.«

Die Tür öffnete sich. Frank konnte nicht sehen, daß der Grund dafür ein winziger Knopf an der Unterseite des Schreibtisches des Präsidenten gewesen war.

Der Präsident schaute zu seiner Sekretärin. »Ich komme gleich, Lois. Lieutenant, wenn ich noch etwas für Sie tun kann, dann sagen Sie es bitte Bill.«

Frank schlug sein Notizbuch zu. »Danke, Sir.«

Nachdem Frank gegangen war, starrte Richmond auf die Tür.

»Wie war der Name von Whitneys Anwalt, Burton?«

Burton überlegte einen Augenblick. »Graham. Jack Graham.«

»Der Name klingt irgendwie vertraut.«

»Er arbeitet bei Patton, Shaw & Lord. Ist dort Teilhaber.«

Der Blick des Präsidenten heftete sich auf das Gesicht des Agenten.

»Was ist los?«

»Ich bin nicht sicher.« Richmond sperrte eine Schublade seines Schreibtisches auf und holte ein Notizbuch hervor, das er ausschließlich für diese außergewöhnliche Geschichte angelegt hatte. »Burton, vergessen Sie nicht, das ungemein wichtige und belastende Beweisstück, für das wir fünf Millionen Dollar bezahlt haben, ist immer noch nicht aufgetaucht.«

Der Präsident blätterte durch die Seiten des Notizbuchs. In diesem kleinen Schauspiel waren an zahlreiche Personen verschiedenste Rollen vergeben worden. Hätte Whitney seinem Anwalt den Brieföffner samt einer Schilderung der Ereignisse übergeben, so wüßte die ganze Welt längst darüber Bescheid. Richmond dachte zurück an die Verleihungszeremonie für Ransome Baldwin im Weißen Haus. Graham hatte den Brieföffner bestimmt nicht. Doch wem, falls überhaupt irgend jemandem, hätte Whitney das Ding anvertraut?

Während sein scharfer Verstand eine Analyse der Tatsachen erstellte und mögliche Szenarien durchspielte, stach dem Präsidenten plötzlich ein Name aus dem sauber geschriebenen Text ins Auge. Eine Person, die niemals richtig in Erscheinung getreten war.

Jack klemmte die Essenstüte unter einen Arm, den Koffer unter den anderen und schaffte es so, den Schlüssel aus der Tasche zu kramen. Bevor er ihn jedoch ins Schloß stecken konnte, öffnete sich die Tür.

Jack war überrascht. »Ich habe dich noch nicht zu Hause erwartet.«

»Du hättest nichts mitbringen müssen. Ich hätte was kochen können.«

Jack trat ein, warf den Koffer auf den Kaffeetisch und marschierte in die Küche. Kate blickte ihm nach.

»Hey, du arbeitest schließlich auch den ganzen Tag. Wieso solltest du auch noch kochen müssen?«

»Frauen auf der ganzen Welt machen das jeden Tag, Jack. Sieh dich bloß mal um.«

Er lugte aus der Küche. »Da hast du wohl recht. Willst du süßsauer oder Chop Suy? Ich habe auch noch extra Frühlingsrollen.«

»Ich nehme, was du nicht magst. So hungrig bin ich gar nicht.«

Jack verschwand wieder und kam mit zwei gehäuften Tellern zurück.

»Wenn du nicht mehr ißt, weht dich noch mal der Wind weg. Am liebsten würde ich dir Steine in die Tasche stopfen, so wie du jetzt aussiehst.«

Mit verschränkten Beinen saß er neben ihr am Boden. Sie stocherte nur in ihrem Essen, während er seine Portion verschlang.

»Wie war die Arbeit? Es hätte dir wahrscheinlich nicht geschadet, ein paar Tage länger frei zu nehmen. Du steigerst dich ohnehin viel zu sehr in deinen Beruf hinein.«

»Das mußt ausgerechnet du sagen.« Kate nahm eine Frühlingsrolle in die Hand, überlegte es sich jedoch wieder.

Jack legte die Gabel weg und betrachtete sie.

»Ich höre.«

Sie zog sich auf die Couch hoch; da saß sie und spielte mit ihrer Halskette. Mit der Arbeitskleidung, die sie noch trug, wirkte sie völlig ausgezehrt, wie eine im Wind umgeknickte Blume.

»Ich mache mir viele Gedanken darüber, was ich Luther angetan habe.«

»Kate –«

»Laß mich ausreden!« Ihr Tonfall traf ihn wie ein Peitschenhieb. Gleich darauf entspannte sie sich wieder. Ruhiger fuhr sie fort. »Ich habe erkannt, daß ich niemals darüber hinwegkommen werde, also kann ich es genauso gut als Tatsache hinnehmen. Aus vielerlei Gründen war es vielleicht nicht falsch, was ich getan habe. Aber zumindest aus einem Grund war es unbestreitbar falsch: Er war mein Vater. So abgedroschen das auch klingen mag, dieser Grund hätte genügen müssen.« Unaufhörlich drehte sie die Kette, bis sie nur noch einer Anhäufung winziger Knoten glich. »Ich glaube, weil ich Anwältin bin, vor allem eine ganz spezielle Art Anwältin, ist aus mir ein Mensch geworden, den ich nicht besonders mag. Das ist nicht unbedingt eine angenehme Feststellung, wenn man auf die Dreißig zugeht.«

Jack streckte die Hand aus, um ihre bebenden Finger zu ergreifen. Sie wich nicht zurück. Er spürte, wie das Blut durch die Venen floß.

»Nachdem ich mir über all das klar geworden bin, glaube ich, daß eine radikale Veränderung notwendig ist. In meinem Leben, in meiner Karriere, ganz allgemein.«

»Was willst du damit sagen?« Er stand auf und setzte sich neben sie. Sein Puls beschleunigte sich, denn er ahnte, was als nächstes kommen würde.

»Ich will keine Staatsanwältin mehr sein, Jack. Eigentlich will ich überhaupt keine Anwältin mehr sein. Ich habe heute morgen meine Kündigung eingereicht. Ich muß gestehen, man war ziemlich schockiert. Die sagten, ich sollte noch mal darüber nachdenken. Ich habe erwidert, das hätte ich bereits getan. Es gibt nichts mehr zu überlegen.«

Die Ungläubigkeit war deutlich in seiner Stimme zu hören. »Du hast gekündigt? Jesus, Kate, du hast verdammt viel in deine Karriere gesteckt. Das kannst du doch nicht einfach alles wegwerfen.«

Unvermittelt stand sie auf und ging ans Fenster. Sie starrte hinaus.

»Genau darum geht es, Jack. Ich werfe gar nichts weg. Die Erinnerung an die letzten vier Jahre gleicht einem endlosen Horrorfilm. So habe ich mir das nicht vorgestellt, als ich im ersten Studienjahr im Seminar für Strafrecht saß und Rechtsgrundsätze diskutierte.«

»Setz dich doch nicht so herab. Die Straßen

sind durch deine Arbeit um einiges sicherer geworden.«

Kate wandte sich zu ihm um. »Ich kann den Fluß längst nicht mehr eindämmen. Schon vor langem bin ich weit hinaus aufs Meer getrieben worden. Ich kann noch nicht einmal mehr das Ufer erkennen.«

»Aber was willst du sonst tun? Du bist Anwältin.«

»Nein. Falsch. Nur kurze Zeit meines Lebens war ich Anwältin. Die Zeit davor hat mir bei weitem besser gefallen.« Sie hielt inne und blickte ihn mit vor der Brust verschränkten Armen an. »Du hast mir das klargemacht, Jack. Ich bin Anwältin geworden, um es meinem Vater heimzuzahlen. Drei Jahre Pauken und vier Jahre ohne ein Leben außerhalb des Gerichtssaals sind ein stolzer Preis dafür.« Ein tiefer Seufzer entrang sich ihrer Kehle; einen Augenblick schwankte sie, ehe sie das Gleichgewicht wiederfand. »Außerdem glaube ich, mittlerweile habe ich es ihm doppelt und dreifach heimgezahlt.«

»Kate, es war nicht deine Schuld, nichts war deine Schuld.« Als sie sich von ihm abkehrte, verstummte er.

Die nächsten Worte trafen ihn wie ein Hammerschlag.

»Ich gehe fort, Jack. Wohin weiß ich noch nicht genau. Ich habe etwas Geld gespart. Der Südwesten könnte mir ganz gut gefallen. Vielleicht auch Colorado. Ich will die größtmögliche Veränderung. Vielleicht ist das ein neuer Anfang.«

»Du gehst fort?« Jack sprach mehr mit sich selbst als mit ihr. »Du gehst fort«, wiederholte er, als versuchte er einerseits, den Satz verschwinden zu lassen, andererseits, ihn so zu begreifen und aufzufassen, daß es nicht ganz so sehr schmerzte wie im Augenblick.

Kate starrte auf ihre Hände hinab. »Hier hält mich nichts, Jack.«

Er sah sie an; die wütende Erwiderung fühlte er bereits, bevor sie über seine Lippen drang.

»Gottverdammt! Wie kannst du so etwas nur sagen?«

Endlich sah sie ihn an. Der Klumpen im Hals war beinahe sichtbar, als sie sprach. »Ich denke, du gehst jetzt besser.«

Jack saß am Schreibtisch und verspürte keine Lust, sich dem Haufen Arbeit zu widmen, dem kleinen Berg rosaroter Mitteilungen, der sich vor ihm auftürmte. Er überlegte, ob sein Leben wohl noch schlimmer werden konnte. Da trat Dan Kirksen ein. Jack seufzte innerlich.

»Dan, ich habe wirklich keine –«

»Sie waren heute morgen nicht bei der Teilhaberversammlung.«

»Niemand hat mir gesagt, daß eine anberaumt war.«

»Wir haben ein Memo verschickt, aber in letzter Zeit sind Ihre Dienstzeiten etwas unregelmäßig.« Mißbilligend betrachtete er das heillose Durcheinander auf Jacks Schreibtisch. Sein eigener war zweifelsfrei in makellosem Zustand und gab vor allem Zeugnis davon, wie wenig juristische Arbeit er tatsächlich leistete.

»Jetzt bin ich hier.«

»Ich hörte, Sie haben sich mit Sandy in seinem Haus getroffen.«

Jack warf ihm einen scharfen Blick zu. »Es gibt wohl überhaupt keine Privatsphäre mehr.«

Kirksen lief vor Zorn rot an. »Teilhaberangelegenheiten sollten von der versammelten Teilhaberschaft diskutiert werden. Wir können keine Splittergruppen brauchen, die das Unternehmen noch weiter dezimieren, als es ohnehin schon der Fall ist.«

Beinahe hätte Jack lauthals aufgelacht. Dan Kirksen war der unangefochtene König der Splittergruppen.

»Ich glaube, das Schlimmste ist überstanden.«

»Ach? Das glauben Sie, Jack?« Kirksen lächelte spöttisch. »Ich wußte gar nicht, daß Sie über derartige Erfahrung in solchen Dingen verfügen.«

»Nun, wenn Sie anderer Meinung sind, warum verlassen Sie die Firma dann nicht, Dan?«

Das höhnische Grinsen im Gesicht des kleinen Mannes verpuffte. »Seit fast zwanzig Jahren bin ich bei dieser Firma.«

»Dann ist es vielleicht Zeit für eine Veränderung. Könnte Ihnen nur guttun.«

Kirksen setzte sich und entfernte einen Fleck von seiner Brille. »Ein gut gemeinter Rat, Jack: Lassen Sie sich nicht mit Sandy ein. Das wäre ein großer Fehler. Er ist am Ende.«

»Danke für den Rat.«

»Ich meine es ernst, Jack. Gefährden Sie nicht Ihre eigene Position durch den nutzlosen, wenn auch gut gemeinten Versuch, ihn zu retten.«

»Meine Position gefährden? Sie meinen Baldwins Position, oder nicht?«

»Das ist Ihr Klient … im Augenblick.«

»Versuchen Sie, das Ruder an sich zu reißen? Wenn ja, dann viel Glück. Sie könnten es höchstens eine Minute halten.«

Kirksen erhob sich. »Nichts hält ewig, Jack. Sandy Lord kann Ihnen das genauso gut bestätigen wie jeder andere. Was geschehen soll, geschieht.

Sie können in dieser Stadt ruhig alle Brücken hinter sich verbrennen. Sie sollten sich nur vergewissern, daß niemand überlebt, der darauf steht.«

Jack kam um den Schreibtisch herum und baute sich vor Kirksen auf. »Waren Sie schon als kleiner Junge so, Dan? Oder haben Sie sich erst in der Pubertät in einen solchen Schleimklumpen verwandelt?«

Kirksen lächelte und wandte sich zum Gehen. »Wie gesagt, man kann nie wissen, Jack. Beziehungen zwischen Anwälten und Klienten sind immer recht zerbrechlich. Nehmen Sie nur Ihre eigene als Beispiel. Sie beruht hauptsächlich auf Ihren Heiratsplänen mit Jennifer Ryce Baldwin. Wenn nun Ms. Baldwin beispielsweise herausfände, daß Sie nachts nicht nach Hause fahren, sondern die Wohnung mit einer gewissen jungen Frau teilen, wäre sie möglicherweise weniger geneigt, Ihnen rechtliche Anliegen anzuvertrauen. Geschweige denn, Ihre Frau zu werden.«

Es dauerte keine Sekunde. Kirksen krachte mit dem Rücken gegen die Wand; Jack beugte sich so dicht an das Gesicht des Mannes, daß sich die Brillengläser beschlugen.

»Machen Sie keinen Unsinn, Jack. Ganz gleich, was Sie hier für einen Status haben, die Teilhaber würden es nicht durchgehen lassen, daß ein frischgebackener Partner einen alteingesessenen zusammenschlägt. Es gibt immer noch gewisse Umgangsformen bei Patton, Shaw.«

»Mischen Sie sich nicht auf diese Weise in mein Leben, Kirksen. Niemals.« Mühelos schleuderte Jack ihn gegen die Tür und ging zum Schreibtisch zurück.

Kirksen glättete sein Hemd und lächelte innerlich. Graham war so einfach zu manipulieren. So waren die großen, gutaussehenden Kerle eben. Stark wie Mulis und nichts als Stroh im Kopf.

»Wissen Sie, Jack, Sie sollten sich darüber klarwerden, wofür Sie sich entschieden haben. Aus irgendeinem Grund scheinen Sie Sandy Lord blind zu vertrauen. Hat er Ihnen die Wahrheit über Barry Alvis erzählt? Hat er das getan, Jack?«

Langsam wandte sich Jack wieder um und glotzte den Mann an.

»Hat er es mit der Masche ›Ständiger-Sozius-und-bringt-kein-Geld‹ erklärt? Oder hat er Ihnen weisgemacht, Alvis hätte ein großes Projekt versaut?«

Jack stierte ihn weiter an.

Kirksen lächelte triumphierend.

»Ein einziger Anruf, Jack. Töchterchen beklagt sich, daß Mr. Alvis ihre Pläne und die ihres Vaters stört. Und Barry Alvis verschwindet. So läuft das Spiel nun mal, Jack. Vielleicht wollen Sie gar nicht mitspielen. Wenn dem so ist, dann hält niemand Sie davon ab, die Firma zu verlassen.«

Kirksen hatte diese Strategie schon vor längerer Zeit ausgetüftelt. Da Sullivan Enterprises nicht mehr von der Firma betreut wurden, konnte er jetzt Baldwin höchste Priorität zusichern, und Kirksen verfügte nach wie vor über einige der besten Anwälte der Stadt. Vier Millionen Dollar Umsatz zusammen mit seinem bisherigen würden ihn zum ergiebigsten Goldesel der Kanzlei machen. Und der Name Kirksen sollte am Türschild einen anderen ersetzen, den man ohne viel Aufhebens streichen würde.

Der geschäftsführende Teilhaber lächelte Jack an. »Sie können mich vielleicht nicht ausstehen, Jack, aber ich sage Ihnen die Wahrheit. Sie sind erwachsen, es liegt an Ihnen, ob Sie damit zurechtkommen.«

Kirksen schloß die Tür hinter sich.

Jack stand noch eine Weile reglos da, dann sackte er auf den Stuhl. Er beugte sich vor und fegte den Schreibtisch mit heftigen, rasenden Handbewegungen leer. Danach ließ er kraftlos den Kopf auf den Tisch sinken.

Kapitel 26

Seth Frank musterte den alten Mann. Er war klein und trug Kordhosen, einen dicken Pullover, Winterstiefel und auf dem Kopf einen Filzhut. Offenbar fühlte er sich im Polizeirevier unbehaglich, gleichzeitig jedoch wirkte er ziemlich aufgeregt darüber, hier zu sein. In der Hand hielt er einen rechteckigen Gegenstand, der in braunes Papier gewickelt war.

»Ich glaube, ich verstehe nicht recht, Mr. Flanders.«

»Nun, ich war da draußen vorm Gericht an dem Tag. Sie wissen schon, als der Mann umgebracht wurde. Bin nur hingegangen, um zu sehen, was all der Trubel sollte. Hab' hier mein ganzes Leben verbracht, aber noch nie einen ähnlichen Auftrieb erlebt, das kann ich Ihnen sagen.«

»Glaub' ich gern«, erwiderte Frank trocken.

»Wie auch immer, ich hatte meine neue Videokamera dabei. Ein tolles Ding, mit Bildschirm und allem Drum und Dran. Man braucht nur zu zielen, durchzugucken und aufzunehmen, Spitzenqualität. Drum hat meine Frau gemeint, ich sollte runterlaufen.«

»Das ist ja wirklich interessant, Mr. Flanders. Und warum erzählen Sie mir das alles?« Fragend blickte Frank ihn an.

Allmählich trat Verständnis in Flanders Züge. »Oh. Tut mir leid, Lieutenant. Ich stehe hier rum und quassle. Mache ich öfter, fragen Sie bloß meine Frau. Bin erst seit einem Jahr in Pension. Bei der Arbeit hab' ich nie viel geredet. Stand an der Fertigungsstraße in einer Fabrik. Jetzt tratsche ich ganz gern und höre auch gern zu. Zum Beispiel in dem kleinen Café hinter der Bank. Die haben dort guten Kaffee und richtige Muffins, nicht dieses kalorienarme Zeug.«

Frank wirkte verzweifelt.

Hastig fuhr Flanders fort: »Nun, ich bin nur gekommen, um Ihnen das hier zu zeigen. Eigentlich, um es Ihnen zu geben. Natürlich hab' ich eine Kopie zu Hause.« Er übergab das Päckchen.

Frank öffnete es und betrachtete die Videokassette. Flanders nahm den Hut ab und entblößte einen kahlen Schädel mit einem flaumigen Haarkranz um die Ohren. Aufgeregt erzählte er weiter. »Wie schon gesagt, ich hab' wirklich ein paar tolle Bilder gemacht. Zum Beispiel vom Präsidenten und wie dieser Kerl erschossen wird. Alles auf dem

Band. Ehrlich. Wissen Sie, ich bin dem Präsidenten nämlich nachgelaufen; er hat mich mitten in die Knallerei reingeführt.«

Frank starrte den Mann an.

»Ist alles drauf, Lieutenant. Hoffentlich können Sie was damit anfangen.« Er sah auf die Uhr. »Oh. Ich muß los. Bin schon spät dran fürs Mittagessen. Das mag mein Frauchen gar nicht.« Flanders wandte sich zum Gehen. Seth Frank betrachtete die Videokassette.

»Oh, Lieutenant. Noch etwas.«

»Ja.«

»Sollte sich aus meinem Band irgendwas ergeben, glauben Sie, es könnte meinen Namen kriegen, wenn man drüber schreibt?«

Frank schüttelte den Kopf. »Darüber schreibt?« Freudig erregt, erwiderte der alte Mann: »Ja. Sie wissen schon, die Historiker. Sie könnten es das Flanders-Band nennen oder so ähnlich. Vielleicht das Flanders-Video. Wie damals, nicht?«

Erschöpft rieb Frank sich die Schläfen. »Wie damals?« »Ja, Lieutenant. Sie wissen schon, wie Zapruder bei Kennedy.«

Begreifend sackten Franks Züge zusammen. »Ich werde gegebenenfalls darauf hinweisen, Mr. Flanders. Für die Nachwelt.«

»Genau.« Mit einem Finger wies Flanders fröhlich auf Frank. »Für die Nachwelt, das gefällt mir. Schönen Tag noch, Lieutenant.«

»Alan?«

Gedankenabwesend bedeutete Richmond, Russell möge hereinkommen. Dann vertiefte er sich wieder in das Notizbuch, das vor ihm lag. Nachdem er fertig war, schloß er es und blickte zu seiner Stabschefin, musterte sie mit ausdruckslosem Blick.

Russell zögerte, starrte auf den Teppich und verschränkte nervös die Hände. Dann durchquerte sie eilenden Schrittes den Raum und ließ sich geradezu auf einen der Stühle fallen.

»Ich weiß nicht, was ich sagen soll, Alan. Ich bin mir bewußt, daß mein Verhalten unentschuldbar und völlig deplaciert war. Hätte ich die Möglichkeit, würde ich auf zeitweilige Unzurechnungsfähigkeit plädieren.«

»Du versuchst also nicht, zu erklären, es sollte nur zu meinem Besten sein?« Richmond lehnte sich im Stuhl zurück, ohne den Blick von Russell abzuwenden.

»Nein, versuche ich nicht. Ich bin hier, um meinen Rücktritt anzubieten.«

Der Präsident lächelte. »Möglicherweise habe ich dich doch unterschätzt, Gloria.«

Er stand auf, ging um den Schreibtisch herum, lehnte sich dagegen und betrachtete sie. »Im Gegenteil, dein Verhalten war absolut angebracht. Ich an deiner Stelle hätte dasselbe getan.«

Sie blickte zu ihm auf. Ihre Miene verriet Erstaunen.

»Versteh mich nicht falsch, Gloria. Wie jede Führungspersönlichkeit erwarte ich Loyalität. Aber ich erwarte von Menschen nichts Übermenschliches. Und zur Natur des Menschen gehören eben auch Schwächen und Überlebensinstinkte. Letztlich sind wir doch nur Tiere. Meine Position habe ich dadurch erreicht, daß ich eine Tatsache nie außer acht gelassen habe: Die wichtigste Person auf Erden bin ich selbst. Ganz gleich in welcher Lage, ganz gleich vor welchem Hindernis, diese einfache Binsenweisheit habe ich nie, wirklich *nie* vergessen. Was du in jener Nacht getan hast, beweist, daß du diese Ansicht teilst.«

»Du weißt, was ich vorhatte?«

»Selbstverständlich. Gloria, ich verurteile dich nicht, weil du die Lage nutzen und für dich den größtmöglichen Vorteil herausschlagen wolltest. Mein Gott, das ist doch der Grundstein, auf dem dieses Land und diese Stadt im besonderen errichtet wurden.«

»Aber als Burton es dir erzählt hat –«

Richmond hielt eine Hand hoch. »Ich muß gestehen, damals habe ich mich ein wenig hinreißen lassen. Vor allem diese Hinterlist hat mich wütend gemacht. Mittlerweile bin ich zu dem Schluß gekommen, daß dein Verhalten Charakterstärke, nicht Charakterschwäche beweist.«

Russell war immer noch schleierhaft, worauf das alles hinauslaufen sollte. »Dann darf ich also annehmen, daß du meinen Rücktritt nicht willst?«

Der Präsident beugte sich vor und ergriff ihre Hand. »Ich kann mich nicht erinnern, daß du das Wort je in den Mund genommen hast, Gloria. Nicht auszudenken, unsere Beziehung jetzt abzubrechen, wo wir einander schon so gut kennen. Belassen wir es einfach dabei?«

Russell erhob sich und wollte gehen. Der Präsident kehrte an den Schreibtisch zurück.

»Ach, Gloria. Ich möchte heute abend noch ein paar Dinge mit dir durchsprechen. Die Familie ist nicht in der Stadt. Also könnten wir auch in meinen Privaträumen arbeiten.«

Russell drehte sich zu ihm um.

»Es könnte lange dauern, Gloria. Bring besser etwas zum Umziehen mit.« Der Präsident lächelte nicht. Sein Blick schien sie zu durchbohren, dann wandte er sich wieder der Arbeit zu.

Als sie die Tür schloß, zitterte Russells Hand.

Jack hämmerte so heftig gegen das massive, polierte Holz der Tür, daß er es in seinen Knöcheln spürte.

Der Hausdiener öffnete, doch Jack stürmte an ihm vorbei, bevor er auch nur ein Wort sagen konnte. Graziös schritt Jennifer Baldwin die geschnitzte Treppe herab in die marmorne Eingangshalle. Sie trug eines ihrer teuren Abendkleider. Die Haare fielen bis über die Schultern und bildeten einen Rahmen um die vollen Wölbungen ihrer Brüste. Jennifer lächelte nicht.

»Jack, was machst du denn hier?«

»Ich muß mit dir reden.«

»Jack, ich habe noch etwas vor. Das wird warten müssen.«

»Nein!« Er packte sie an der Hand, sah sich um, stieß eine geschnitzte Doppeltür auf, zog sie mit einem schnellen Griff in die Bibliothek und warf die Tür hinter sich zu.

Sie riß sich los und schleuderte ihm entgegen: »Bist du verrückt, Jack?«

Sein Blick schweifte durch den halbdunklen Raum mit den riesigen Bücherregalen voller goldgefaßter Erstausgaben. Alles nur zum Herzeigen; vermutlich war noch kein einziger Band je aufgeschlagen worden. Alles nur zum Herzeigen, genau wie Jack.

»Ich will dir nur eine einfache Frage stellen, dann verschwinde ich wieder.«

»Jack –«

»*Eine Frage.* Dann verschwinde ich.«

Mit verschränkten Armen beäugte sie ihn mißtrauisch. »Worum geht's?«

»Hast du oder hast du nicht bei meiner Firma angerufen und ihnen gesagt, sie sollten Barry Alvis rauszuwerfen, weil er mich in jener Nacht mit Arbeit eingedeckt hat, als wir im Weißen Haus waren?«

»Wer hat dir das erzählt ?«

»Beantworte nur die Frage, Jenn.«

»Jack, warum ist das so wichtig für dich?«

»Hast du ihn rauswerfen lassen?«

»Jack, ich möchte, daß du aufhörst, darüber nachzudenken, und dir bewußt wirst, was für eine Zukunft wir gemeinsam haben werden. Wenn wir –«

»Beantworte die verdammte Frage!«

Jennifer fuhr förmlich aus der Haut. »Ja! Ich habe den kleinen Scheißkerl feuern lassen. Na und? Er hat es verdient. Wie einen Untergebenen hat er dich behandelt, aber damit hat er sich geschnitten. Ein Nichts war er. Er hat mit dem Feuer gespielt und sich dabei die Finger verbrannt, und ich empfinde nicht das geringste Mitgefühl für ihn.« In ihrem Blick war kein Funken Reue zu erkennen.

Nachdem er die erwartete Antwort vernommen hatte, ließ Jack sich auf einen Stuhl sinken und starrte auf den massiven Schreibtisch am anderen Ende des Raumes. Der hochlehnige Ledersessel am Schreibtisch war ihnen abgewandt. Jacks Blick ging über die Ölgemälde an der Wand; die riesigen Fenster mit den kunstvoll gearbeiteten Faltvorhängen, die vermutlich mehr kosteten, als er sich überhaupt vorstellen konnte; die Holzschnitzereien; die allgegenwärtigen Metall- und Marmorskulpturen; die verfluchte Decke mit einer weiteren Legion mittelalterlicher Charaktere. Das war die Welt der Baldwins. So gefiel es ihnen. Erschöpft schloß Jack die Augen.

Jennifer wischte sich das Haar aus der Stirn und betrachtete ihn mit besorgtem Blick. Einen Augenblick war sie unschlüssig, dann ging sie zu ihm, kniete sich neben ihn hin und berührte ihn an der Schulter. Der Geruch ihres parfümierten Körpers stieg Jack in die Nase. Sie sprach sanft, dicht an seinem Gesicht. Ihr Atem kitzelte sein Ohr.

»Jack, ich habe dir doch schon gesagt, so etwas mußt du dir nicht gefallen lassen. Und jetzt, da dieser lächerliche Mordfall aus der Welt ist, können wir unser gemeinsames Leben fortsetzen. Das

Haus ist fast fertig; es ist wirklich prachtvoll. Außerdem müssen wir unsere Hochzeitspläne weiterspinnen. Schatz, alles wird jetzt wieder wie früher.« Mit ihrem betörendsten Schlafzimmerblick sah sie ihm in die Augen; dann küßte sie ihn lang und innig; ganz sanft löste sie die Lippen von den seinen. Rasch suchte sie seinen Blick, fand darin aber nicht, was sie erhofft hatte.

»Du hast recht, Jenn. Der lächerliche Mordfall ist vorbei. Einem Mann, den ich respektiert und gemocht habe, hat man das Gehirn weggepustet. Der Fall ist abgeschlossen, das Leben geht weiter. Schließlich habe ich noch ein Vermögen anzuhäufen.«

»Du weißt, wie ich das meine. Von Anfang an hättest du dich nie auf so etwas einlassen dürfen. Es war nicht dein Problem. Könntest du nur einmal klar sehen, du würdest erkennen, daß die ganze Sache deiner nicht würdig war, Jack.«

»Und dir nur schwerlich in den Kram paßte, was?«

Unvermittelt stand Jack auf. Er wirkte unglaublich erschöpft.

»Ich wünsche dir ein schönes Leben, Jenn. Ich würde ja sagen, wir sehen uns mal, aber das kann ich mir beim besten Willen nicht vorstellen.« Er wandte sich zum Gehen.

Sie packte ihn am Ärmel. »Jack, kannst du mir bitte sagen, was ich denn so Schreckliches getan habe?«

Einen Augenblick zögerte er, dann wandte er sich ihr zu.

»Daß du überhaupt fragen mußt. Herrgott!« Müde schüttelte er den Kopf. »Du hast dich in das Leben eines Menschen gemischt, Jenn, eines Menschen, den du noch nicht einmal kennst, und hast es zerstört. Und warum hast du es getan? Weil dir etwas ›ungelegen‹ kam, was er mir aufgehalst hat. Also hast du einfach mir nichts, dir nichts zehn Jahre seiner Karriere ausgelöscht. Mit einem einzigen Anruf. Ohne einen Gedanken daran zu verschwenden, was das für ihn und seine Familie bedeutet. Er hätte sich erschießen, seine Frau ihn verlassen können. Dir war das egal. Vielleicht hast du überhaupt nicht daran gedacht. Alles läuft darauf hinaus, daß ich niemals jemanden lieben könnte, niemals mein Leben mit jemandem verbringen könnte, der so etwas fertig bringt. Wenn du das nicht begreifst, wenn du wirklich glaubst, du hättest nichts Falsches getan, dann ist das nur ein Grund mehr, warum wir uns jetzt gleich voneinander verabschieden sollten. Es ist wohl am besten, wenn wir die unvereinbaren Unterschiede vor der Hochzeit zur Kenntnis nehmen.

Das spart allen Beteiligten eine Menge Zeit und Ärger.«

Lächelnd drehte er den Türknauf. »All meine Bekannten würden mich jetzt wahrscheinlich für verrückt erklären und mir sagen, du seist die perfekte Frau: klug, reich, wunderschön; das alles bist du auch, Jenn. Sie würden sagen, wir hätten ein vollkommenes Leben vor uns. Wir hätten alles. Wie könnten wir nicht glücklich sein? Aber der springende Punkt ist, ich könnte dich nicht glücklich machen, weil für uns nicht dieselben Dinge von Bedeutung sind. Ich mache mir nichts aus Millionenumsätzen durch Geschäftstransaktionen; ich mache mir nichts aus Häusern der Größe von Mietblocks; ich mache mir nichts aus Autos, die ein durchschnittliches Jahresgehalt kosten. Ich mag dieses Haus nicht; ich mag deinen Lebensstil nicht; ich mag deine Freunde nicht. Und ich schätze, es läuft darauf hinaus, daß ich dich nicht mag. Vermutlich bin ich der einzige Mann auf Erden, der dir so etwas sagen könnte. Aber ich bin ein ziemlich einfacher Junge, Jenn, und ich würde dich niemals belügen. Sehen wir der Wahrheit doch ins Gesicht: In ein paar Tagen klopfen dutzendweise Kerle an deine Tür, die besser zu dir passen. An Einsamkeit wirst du bestimmt nicht leiden.«

Er musterte sie und fühlte leichten Schmerz, als er die Verwunderung in ihrem Gesicht sah.

»Sollte jemand fragen, so hast du mit mir Schluß gemacht. Ich war unter dem Niveau der Baldwins. Ihrer nicht würdig. Leb wohl, Jenn.«

Nachdem er gegangen war, stand sie noch gute fünf Minuten da. Verschiedenste Gefühle stritten sich um Ausdruck in ihrem Gesicht, keinem gelang es, die Oberhand zu gewinnen. Schließlich verließ sie das Zimmer. Das Klicken der hohen Absätze auf dem Marmorboden verlor sich, während sie die mit Teppich ausgelegte Treppe hinaufeilte.

Ein paar Minuten lang herrschte Totenstille in der Bibliothek.

Dann schwang der Schreibtischstuhl herum, und Ransome Baldwin starrte auf den Türrahmen, wo seine Tochter verschwunden war.

Jack spähte durch das Guckloch und erwartete fast, Jennifer Baldwin mit einer Pistole vor der Tür zu sehen. Als er den Besucher erkannte, zog er die Augenbrauen hoch.

Seth Frank trat ein, warf den Mantel ab und schaute sich anerkennend in Jacks chaotischem kleinen Apartment um.

»Oh, Mann, da werden bei mir Erinnerungen

an längst vergangene Zeiten wach, das kann ich dir sagen.«

»Laß mich raten. Studentenheim, so um 1975. Du warst Getränkewart und zuständig für den Biernachschub.«

Frank grinste. »Damit liegst du näher an der Wahrheit, als ich zugeben möchte. Genieß dieses Leben, so lange du kannst, mein Freund. Ich will ja nicht politisch inkorrekt klingen, aber eine anständige Frau wird eine derartige Lebensweise kaum erlauben.«

»Dann habe ich wohl Glück.«

Jack verschwand in der Küche und kam mit einem Pack Sam Adams zurück.

Die beiden machten es sich in der Sitzecke mit dem Bier bequem.

»Ärger im gelobten Voreheland, Anwalt?«

»Auf einer Skala von eins bis zehn, entweder eins oder zehn, je nachdem, wie man es betrachtet.«

»Wieso bloß habe ich das Gefühl, daß dir nicht die Tochter von Baldwin so zu schaffen macht?«

»Du kannst wohl nie aufhören, Bulle zu sein?«

»Nicht, wenn es sich vermeiden läßt. Willst du darüber reden?«

Jack schüttelte den Kopf. »Vielleicht heule ich dir ein andermal die Ohren voll, aber nicht heute.«

Frank zuckte die Schultern. »Ruf einfach an. Ich bringe das Bier mit.«

Jack bemerkte das Päckchen auf Franks Schoß. »Ein Geschenk?«

Frank packte die Kassette aus. »Ich nehme an, irgendwo unter all dem Müll ist auch ein Videorecorder?«

Als das Band anlief, wandte sich Frank an Jack.

»Jack, das hier ist eindeutig nicht jugendfrei. Und ich sag's dir gleich im voraus, man sieht darauf alles, auch was mit Luther passiert ist. Kannst du es ertragen?«

Jack überlegte einen Augenblick. »Glaubst du, wir finden etwas, womit wir den Mörder schnappen können?«

»Das hoffe ich. Du hast ihn viel besser gekannt als ich. Vielleicht fällt dir etwas auf, das ich nicht bemerkt habe.«

»Dann kann ich es ertragen.«

Obwohl vorgewarnt, war Jack nicht darauf gefaßt. Frank beobachtete ihn genau, während der entscheidende Augenblick näherrückte. Als der Schuß ertönte, sah er, wie Jack unwillkürlich zurückzuckte und das Gesicht abwandte.

Frank schaltete das Video aus. »Reiß dich zusammen, ich habe dich gewarnt.«

Vornübergebeugt saß Jack im Sessel. Sein Atem ging stoßweise, auf der Stirn standen kalte Schweißperlen. Ein Schauder durchlief seinen Körper, dann bekam er sich allmählich wieder in den Griff. Er wischte sich über die Stirn.

»O Gott!«

Flanders letzte Bemerkung über den Vergleich mit Kennedy war nicht abwegig gewesen. »Wir können auch aufhören, Jack.«

Jack preßte die Lippen zusammen. »Einen Scheiß können wir!«

Erneut spulte Jack zurück. Mittlerweile hatten sie das Band etwa ein dutzendmal abgespielt, dennoch wurde es nicht leichter, mit anzusehen, wie der Kopf seines Freundes praktisch explodierte. Der einzig mildernde Umstand war, daß Jacks Zorn mit jedem Mal wuchs.

Frank schüttelte den Kopf. »Zu schade, daß der Bursche nicht in die andere Richtung gefilmt hat. Dann hätten wir vielleicht ein Bild vom Schützen bekommen. Aber das wäre wohl zu einfach gewesen. He, hast du Kaffee da? Ohne Koffein fällt mir das Denken furchtbar schwer.«

»Ich hab' noch ziemlich frischen in der Kanne. Bring mir auch eine Tasse. Geschirr ist über der Spüle.«

Als Frank mit zwei dampfenden Tassen zurückkam, hatte Jack das Band zurückgespult; Alan Richmond hielt gerade seine demonstrative Rede auf dem improvisierten Podium vor dem Gerichtsgebäude.

»Der Kerl ist ein Dynamo.«

Frank schaute auf den Bildschirm. »Vor kurzem habe ich ihn getroffen.«

»Ja? Ich auch. Das war noch in meinen Ich-heirate-in-reiche-Kreise-Tagen.«

»Was hältst du von ihm?«

Jack trank einen Schluck Kaffee; er griff nach der Packung Cracker, die auf der Couch lag, und hielt sie Frank hin, der sich einen nahm. Der Ermittler fügte sich problemlos in das zwanglose Junggesellenleben.

Jack zuckte die Achseln. »Ich weiß nicht. Ich meine, er ist der Präsident. Ich habe ihn immer für präsidentenwürdig gehalten. Was hältst du von ihm?«

»Gerissen. Absolut gerissen. Die Art von Gerissenheit, mit der man sich nicht unbedingt messen möchte, es sei denn, man ist felsenfest von den eigenen Fähigkeiten überzeugt.«

»Ist wohl ganz gut, daß er auf Amerikas Seite steht.«

»Ja.« Frank schaute wieder auf den Bildschirm. »Ist dir etwas aufgefallen?«

Jack drückte einen Knopf auf der Fernbedienung. »Eine Sache. Sieh dir das mal an.« Das Video lief im schnellen Vorlauf. Die Gestalten sprangen wie Schauspieler in einem Stummfilm herum.

»Jetzt kommt es.«

Auf dem Bildschirm stieg Luther aus dem Kastenwagen. Die Augen waren zu Boden gerichtet; ganz offensichtlich behinderten ihn die Fußfesseln beim Gehen. Plötzlich marschierte eine Menschenmenge ins Bild, angeführt vom Präsidenten. Luther war teilweise verdeckt. Jack schaltete auf Standbild.

»Schau.«

Prüfend betrachtete Frank den Bildschirm, während er einen Cracker mampfte und Kaffee schlürfte. Er schüttelte den Kopf.

Jack sah ihn an. »Schau dir Luthers Gesicht an. Zwischen den Leuten kann man es erkennen. Schau dir das Gesicht an.«

Frank beugte sich vor, bis er den Bildschirm beinahe mit der Nase berührte. Mit großen Augen lehnte er sich wieder zurück.

»Teufel, sieht so aus, als sagt er etwas.«

»Nein, sieht so aus, als sagt er etwas zu *jemandem.*«

Frank blickte zu Jack hinüber. »Du meinst, er

hat jemanden erkannt, vielleicht sogar den Kerl, der ihn umgelegt hat?«

»Unter den gegebenen Umständen nehme ich nicht an, daß er sich mit einem Fremden über das Wetter unterhalten wollte.«

Frank schaute wieder auf den Monitor und betrachtete ihn eingehend. Schließlich schüttelte er den Kopf. »Dafür brauchen wir einen Spezialisten.« Er stand auf. »Komm mit.«

Jack ergriff seinen Mantel. »Wohin?«

Frank lächelte, als er das Band zurückspulte und seinen Hut nahm.

»Zuallererst spendiere ich uns beiden ein Abendessen. Ich bin verheiratet, außerdem fetter und älter als du. Cracker als Abendessen sind für mich nicht unbedingt die Erfüllung. Danach fahren wir zum Polizeirevier. Es gibt da jemanden, den ich dir vorstellen möchte.«

Zwei Stunden später betraten Seth Frank und Jack die Polizeistation von Middleton, nachdem sie sich die Mägen mit Steaks und Shrimps und ein paar Stück Nußkuchen zum Nachtisch gefüllt hatten. Laura Simon war im Labor. Die Ausrüstung hatte sie bereits aufgebaut.

Laura und Jack wurden einander vorgestellt, dann legte Laura das Band ein. Die Bilder erschienen auf einem 117-Zentimeter-Bildschirm in der Ecke des Labors. Im schnellen Vorlauf spulte Frank an die entscheidende Stelle.

»Da«, deutete Jack, »genau da.«

Frank schaltete auf Standbild.

Laura saß an einer Tastatur und gab eine Reihe von Befehlen ein. Auf dem Bildschirm wurde der Teil mit Luthers Gesicht ausgeschnitten und stetig vergrößert, wie ein Luftballon, der aufgeblasen wird. Dieser Vorgang setzte sich fort, bis Luthers Gesicht die gesamten 117 Zentimeter auszufüllen schien.

»Weiter kann ich nicht gehen.« Laura schwang im Stuhl herum und nickte Frank zu. Der drückte einen Knopf auf der Fernbedienung, und das Band lief weiter.

Die Tonqualität war miserabel; Schreie, Gebrüll, Verkehrslärm und die Geräusche von Hunderten Menschen machten unverständlich, was Luther sagte. Sie beobachteten, wie sich seine Lippen öffneten und schlossen.

»Er ist stocksauer. Was auch immer er sagt, er ist alles andere als glücklich.« Frank holte eine Zigarette hervor, empfing einen bösen Blick von Simon und steckte sie zurück in die Tasche.

»Kann irgend jemand Lippenlesen?« Laura sah die beiden Männer an.

Jack starrte auf den Bildschirm. Was mochte Luther wohl sagen? Der Ausdruck in seinem Gesicht. Jack hatte ihn schon einmal gesehen, wenn ihm nur einfiele, wann. Erst vor kurzem war es gewesen, dessen war Jack gewiß.

»Kannst du etwas erkennen, das uns entgeht?« Jack wandte den Blick zur Seite und bemerkte, daß Frank ihn beobachtete.

Kopfschüttelnd rieb Jack sich über das Gesicht. »Ich weiß es nicht. Da ist irgend etwas, ich kann es bloß nicht einordnen.«

Frank bedeutete Simon, die Anlage auszuschalten. Er stand auf und streckte sich. »Nun, schlaf erst mal darüber. Wenn dir etwas einfällt, dann laß es mich wissen. Danke, daß du gekommen bist, Laurie.«

Die beiden Männer spazierten zusammen hinaus. Frank warf einen Blick auf Jack; dann faßte er hinüber, betastete dessen Nacken. »Um Himmels willen, du bist ja geladen wie eine Granate, die jeden Moment hochgehen kann.«

»Ach, ich wüßte nicht, wieso. Die Frau, die ich heiraten sollte, heirate ich nicht; die Frau, die ich heiraten möchte, will, daß ich aus ihrem Leben verschwinde; und ich bin ziemlich sicher, daß ich morgen früh keinen Job mehr habe. Oh, nicht zu vergessen, jemand hat einen Menschen getötet, der mir viel bedeutet hat, und wir finden vielleicht niemals heraus, wer dieser Jemand ist. Teufel auch, mein Leben könnte kaum vollkommener sein, was meinst du?«

»Tja, vielleicht ist jetzt ein bißchen Glück für dich fällig.«

Jack sperrte den Lexus auf. »Ja. He, wenn du jemanden kennst, der einen fast brandneuen Wagen will, dann sag's mir.«

Franks Augen glitzerten, als er Jack ansah. »Tut mir leid, ich kenne niemanden, der ihn sich leisten könnte.«

Jack lächelte zurück. »Ich auch nicht.«

Auf der Rückfahrt warf Jack einen Blick auf die Uhr im Wagen. Beinahe Mitternacht. Er fuhr am Bürogebäude von Patton, Shaw und Lord vorbei und blickte hinauf zu den dunklen Fenstern. Dann machte er kehrt und lenkte das Auto in die Garage. Er schob den Sicherheitsausweis ein, winkte der vor dem Garagentor angebrachten Kamera zu und war ein paar Minuten später im Aufzug unterwegs nach oben.

Was er hier wollte, wußte er nicht genau. Seine Tage bei PS&L waren zweifellos gezählt. Ohne Baldwin als Klienten würde Kirksen ihn mit einem Tritt vor die Tür setzen. Wegen Lord tat es ihm ein wenig leid. Er hatte versprochen, den Mann zu schützen. Aber er hatte nicht vor, Jennifer Baldwin nur zu heiraten, um Lords ansehnliches Einkommen zu sichern. Außerdem hatte dieser ihn über Barry Alvis' Entlassung belogen. Lord würde auch ohne seine Hilfe auf den Füßen landen. Jack hatte ernst gemeint, was er über sein Vertrauen in die Unverwüstlichkeit des Mannes sagte. Viele Firmen würden sich Arme und Beine ausreißen, um ihn zu bekommen. Lords Zukunft schien gesicherter als Jacks eigene.

Die Aufzugtüren öffneten sich, und Jack betrat die Eingangshalle der Firma. Die Lichter an der Wand waren abgedunkelt. Wäre Jack nicht so gedankenversunken gewesen, die zahlreichen Schatten hätten vermutlich beunruhigend auf ihn gewirkt. Er ging den Flur entlang auf sein Büro zu und machte einen Zwischenstopp in der Küche, um sich ein Glas Mineralwasser zu holen. Selbst um Mitternacht waren sonst normalerweise ein paar Leute da und versuchten, unmögliche Termine einzuhalten. Heute nacht jedoch herrschte Totenstille.

Jack schaltete das Licht in seinem Büro ein und schloß die Tür. Dies war sein Königreich, wenn auch nur noch für einen Tag, und als Statussymbol seiner Teilhaberschaft war es beeindruckend. Die

Möbel waren geschmackvoll und teuer, der Teppich und die Tapeten schlichtweg luxuriös. Sein Blick wanderte über die Diplome an der Wand. Einige davon hatte er sich hart erarbeitet, andere hatte er allein deshalb erhalten, weil er Anwalt war. Ihm fiel auf, daß der Papiersalat aufgeräumt worden war, zweifellos das Werk der gründlichen, manchmal geradezu peniblen Reinigungsmannschaft. Diese Leute waren an die Schlampigkeit der Anwälte ebenso gewöhnt wie an den gelegentlichen Anblick von Büros, die einem Bombenkrater glichen.

Er setzte sich und lehnte sich im Stuhl zurück. Das weiche Leder war gemütlicher als sein Bett. Jack malte sich aus, wie Jennifer mit ihrem Vater sprach. Ransome Baldwin würde kochen angesichts der für ihn unverzeihlichen Beleidigung seines geliebten kleinen Mädchens. Morgen früh würde der Mann zum Telefon greifen und Jacks Karriere im Körperschaftsrecht beenden.

Nichts hätte Jack gleichgültiger sein können. Bedauerlich war nur, daß er es nicht schon früher herbeigeführt hatte. Er hoffte, man würde ihn wieder als Pflichtverteidiger beschäftigen. Dort war ohnehin sein Platz. Niemand konnte ihn davon abhalten, dorthin zurückzukehren. Nein, der eigentliche Ärger hatte erst begonnen, als er versuchte, jemand zu sein, der er schlicht und einfach nicht war. Diesen Fehler wollte er nie wieder begehen.

Seine Gedanken wanderten zu Kate. Wohin würde sie ziehen? War es ihr wirklich Ernst damit, ihre Arbeit aufzugeben? Jack erinnerte sich an den fatalistischen Ausdruck in ihrem Gesicht und kam zu dem Schluß, daß es ihr ziemlich Ernst war. Abermals hatte er sie angefleht. Genau wie vor vier Jahren. Er hatte sie angefleht, nicht zu gehen, nicht wieder aus seinem Leben zu verschwinden. Doch da war etwas, das er nicht zu durchdringen vermochte. Jack wußte nicht, ob es die enormen Schuldgefühle waren, die sie mit sich herumschleppte. Vielleicht liebte sie ihn einfach nicht. Hatte er eigentlich je an diese Möglichkeit gedacht? Nein. Nicht bewußt. Aber spielte das jetzt noch eine Rolle?

Luther war tot; Kate zog weg. Trotz der jüngsten Ereignisse hatte sich sein Leben kaum verändert. Die Whitneys waren nunmehr unwiderruflich aus seinem Leben geschieden.

Er betrachtete den Stapel rosaroter Mitteilungen auf dem Schreibtisch. Alles Routine. Dann drückte er einen Knopf auf dem Telefon, um die auf Band gesprochenen Mitteilungen abzuhören, was er zum letztenmal vor ein paar Tagen getan hatte. PS&L ließen ihren Klienten die Wahl zwischen den altmodischen schriftlichen und den technisch ausgefeilten Bandmitteilungen. Die anspruchsvolleren Klienten bevorzugten letzteres. Auf diese Weise mußten sie zumindest nicht warten, bis sie einen anbrüllen konnten.

Zwei Anrufe kamen von Tarr Crimson. Für Tarr würde er einen neuen Anwalt finden. PS&L waren ohnehin zu teuer für ihn. Es folgten einige Mitteilungen, die mit Baldwin-Projekten zu tun hatten. Gut so. Die konnten auf den nächsten Kerl warten, den Jennifer Baldwin in die Finger bekam. Bei der letzten Nachricht fuhr Jack hoch. Es war die Stimme einer Frau. Eine dünne, stokkende ältere Stimme, der offensichtlich das Konzept auf Band gesprochener Mitteilungen nicht ganz geheuer war. Jack spulte zurück.

»Mr. Graham, Sie kennen mich nicht. Mein Name ist Edwina Broome. Ich war eine Freundin von Luther Whitney.« *Broome? Der Name klang vertraut.* Die Mitteilung lief weiter. »Luther hat mir aufgetragen, eine Zeitlang zu warten und Ihnen dann ein Päckchen zu schicken, falls ihm etwas zustoßen sollte. Er hat gesagt, ich dürfte es nicht aufmachen, und das habe ich auch nicht. Luther meinte, es wäre wie die Büchse der Pandora. Wenn man hineinschaut, kann man Schaden nehmen. Gott sei seiner Seele gnädig, Luther war ein guter Mann. Ich habe nichts von Ihnen gehört. Das habe ich auch nicht erwartet. Aber ich dachte nur, ich sollte Sie vielleicht anrufen, um sicherzugehen, daß Sie die Sendung bekommen haben. So etwas mußte ich noch nie verschicken. Man nennt es Übernachtexpress. Ich glaube, ich habe es richtig gemacht, aber ich bin nicht sicher. Wenn Sie es nicht bekommen haben, rufen Sie mich bitte an. Luther meinte, es sei sehr wichtig. Und Luther hat niemals was gesagt, das nicht stimmte.«

Jack hörte sich die Telefonnummer an und schrieb sie auf. Er überprüfte die Zeit des Anrufes. Gestern vormittag. Rasch durchsuchte er sein Büro. Da war kein Päckchen. Den Gang hinunter lief er zum Arbeitsplatz seiner Sekretärin. Auch da war kein Päckchen. Er ging zurück in sein Büro. *Mein Gott, ein Paket von Luther. Edwina Broome?* Mit der Hand fuhr er sich durch die Haare und malträtierte die Kopfhaut, um sich zum Denken zu bringen. Plötzlich erkannte er den Namen. Frank hatte ihm von ihr erzählt. Edwina Broome war die Mutter der Frau, die Selbstmord begangen hatte. Luthers mutmaßlicher Komplizin.

Jack griff zum Telefon. Es schien eine Ewigkeit zu läuten.

»H-hallo?« Die Stimme klang verschlafen und weit entfernt.

»Mrs. Broome? Hier ist Jack Graham. Entschuldigen Sie, daß ich so spät noch anrufe.«

»Mr. Graham?« Die Stimme wirkte nicht mehr schläfrig, sondern aufmerksam und konzentriert. Jack konnte sich fast vorstellen, wie sie sich im Bett aufsetzte, die schweißnassen Finger in das Nachthemd grub und nervös den Telefonhörer anstarrte.

»Es tut mir leid, ich habe Ihre Nachricht eben erst erhalten. Das Päckchen habe ich nicht bekommen, Mrs. Broome. Wann haben Sie es weggeschickt?«

»Lassen Sie mich schnell überlegen.« Jack hörte den angestrengten Atem. »Ach ja, es war vor fünf Tagen, heute mitgerechnet.«

Jack überlegte fieberhaft. »Haben Sie die Quittung mit der Nummer?«

»Der Mann hat mir einen Zettel gegeben. Ich muß ihn holen.«

»Ich bleibe dran.«

Mit den Fingern auf den Schreibtisch trommelnd, versuchte er, seine sieben Sinne zusammenzuhalten. *Durchhalten, Jack. Durchhalten.*

»Ich habe ihn, Mr. Graham.«

»Bitte nennen Sie mich Jack. Haben Sie es mit Federal Express geschickt?«

»Stimmt. Ja.«

»Gut, wie ist die Aufgabenummer?«

»Die was?«

»Entschuldigung. Die Nummer an der rechten oberen Ecke des Zettels. Es müßte eine lange Zahlenfolge sein.«

»Oh, ja.« Sie nannte ihm die Nummer. Er kritzelte sie nieder und las sie ihr zur Bestätigung nochmals vor.

»Jack, das alles muß ziemlich ernst sein, nicht? Ich meine, nach der Art, wie Luther gestorben ist und so.«

»Hat Sie irgend jemand angerufen, den Sie nicht kannten? Außer mir?«

»Nein.«

»Gut. Falls das noch passiert, möchte ich, daß Sie Seth Frank vom Polizeirevier in Middleton anrufen.«

»Ich kenne ihn.«

»Er ist in Ordnung, Mrs. Broome. Sie können ihm vertrauen.«

»Gut, Jack.«

Nachdem er aufgelegt hatte, rief er beim Federal Express an. Er hörte, wie am anderen Ende an einem Computer getippt wurde.

Die Frauenstimme klang geschäftsmäßig und förmlich. »Ja, Mr. Graham, die Lieferung erfolgte am Donnerstag um 10:02 Uhr vormittags in die

Kanzlei Patton, Shaw & Lord und wurde von einer Ms. Lucinda Alvarez entgegengenommen.«

»Danke. Ich nehme an, das Päckchen muß hier irgendwo sein.« Enttäuscht und verzweifelt wollte er gerade auflegen.

»Gibt es mit dieser Lieferung ein besonderes Problem, Mr. Graham?«

Jack sah verwirrt drein. »Ein besonderes Problem? Nein, warum?«

»Nun, ich habe die Lieferanmerkungen zu dieser Sendung aufgerufen. Hier steht, daß heute schon einmal danach gefragt wurde.«

Jack richtete sich auf seinem Sessel auf. »Heute? Welche Uhrzeit?«

»Sechs Uhr dreißig abends.«

»Wissen Sie, wer nachgefragt hat?«

»Tja, das ist das Ungewöhnliche. Laut meinen Aufzeichnungen hat sich die Person als Jack Graham zu erkennen gegeben.« Ihre Stimme ließ unmißverständlich schließen, daß sie keineswegs überzeugt von Jacks Identität war.

Jack fühlte einen eiskalten Schauder über seinen Rücken laufen.

Behutsam legte er den Hörer auf. Jemand anders interessierte sich für das Paket, was immer es auch enthalten mochte. Und dieser Jemand wußte, daß es an ihn adressiert war. Seine Hände zitterten, als er erneut zum Telefon griff. Rasch wählte er Seth Franks Nummer, doch der war bereits nach Hause gegangen. Die Stimme am anderen Ende weigerte sich, ihm Franks Privatnummer zu geben. Jack hatte sie zwar, doch zu Hause in seiner Wohnung. Er stieß einen leisen Fluch aus. Auch ein rascher Anruf bei der Auskunft blieb erfolglos; Frank hatte eine Geheimnummer.

Jack lehnte sich zurück. Sein Atem ging schneller. Sein Herz drohte plötzlich, aus der Brust zu springen. Bislang hatte er sich stets für überdurchschnittlich mutig gehalten. Nun war er nicht mehr so sicher.

Krampfhaft dachte er nach. Das Paket war ausgeliefert worden. Lucinda hatte die Lieferung bestätigt. Das Verfahren bei PS&L war strikt; für Anwaltskanzleien war Post von lebenswichtiger Bedeutung. Sämtliche Übernachtlieferungen wurden der firmeninternen Zustellmannschaft zur Auslieferung mit der gewöhnlichen Post übergeben. Die Zustellung erfolgte mit einem Schubwagen. Die Leute wußten, wo Jacks Büro sich befand. Und selbst wenn nicht, die Firma gab einen Plan heraus, der regelmäßig auf den neuesten Stand gebracht wurde. Solange man den korrekten Plan benutzte …

Jack stürzte zur Tür, riß sie auf und stürmte

den Gang hinunter. Er hatte keine Ahnung, daß in der entgegengesetzten Richtung, um die Ecke, in Sandy Lords Büro soeben das Licht eingeschaltet wurde.

Jack drehte das Licht an und sah sich rasch im Raum um. Hektisch suchte er den Schreibtisch ab. Dann zog er den Stuhl heraus, um sich hinzusetzen, und sein Blick fiel auf das Päckchen. Jack nahm es in die Hand. Instinktiv sah er sich um, bemerkte die offenen Jalousien und ließ sie hastig herunter.

Er las das Adreßetikett: Edwina Broome an Jack Graham. Das war es. Das Päckchen war sperrig, aber leicht. In der Schachtel war eine weitere Schachtel, das hatte Edwina gesagt. Gerade wollte er es öffnen, hielt jedoch inne. Sie wußten, daß die Lieferung hier angekommen war. Sie? Ihm fiel keine andere Benennung ein. Wenn »sie« wußten, daß das Paket hier war, sogar heute beim Federal Express angerufen hatten, was würden sie wohl tun? Offensichtlich war der Inhalt von größter Wichtigkeit. Wäre es bereits geöffnet worden, dann wüßten sie schon Bescheid. Da dies nicht geschehen war, was würden sie wohl tun?

Jack rannte den Gang zurück zu seinem Büro. Das Päckchen hielt er fest unter den Arm geklemmt. Er warf den Mantel über, packte die Autoschlüssel vom Schreibtisch, wobei er um ein Haar das halbleere Glas Mineralwasser umstieß, und wandte sich zur Tür. Wie vom Donner gerührt blieb er stehen.

Lärm. Mit Gewißheit vermochte er nicht zu sagen, woher er kam. Das Geräusch schien leise durch den Flur zu hallen, wie Wasser, das durch einen Tunnel plätschert. Es war nicht der Aufzug. Jack war überzeugt, daß er den Aufzug gehört hätte. Aber hätte er das tatsächlich? Das Gebäude war riesig. Der Hintergrundlärm dieses Transportmittels war so allgegenwärtig; hätte er ihn überhaupt wahrgenommen? Darüber hinaus hatte er telefoniert und seine ganze Aufmerksamkeit auf das Gespräch konzentriert. Vielleicht war es ja bloß einer der Anwälte der Firma, der noch ein wenig arbeiten oder etwas holen wollte. Zwar spürte Jack in jeder Faser, daß dies der falsche Schluß war. Doch dies war ein sicheres Gebäude, zumindest so sicher, wie ein öffentliches Gebäude überhaupt sein konnte. Leise schloß er die Bürotür.

Da war es wieder. Mit gespitzten Ohren versuchte er festzustellen, woher das Geräusch kam, doch es gelang ihm nicht. Wer immer es war, er bewegte sich langsam und verstohlen. Niemand, der hier arbeitete, würde das tun. Jack schlich an die Wand, schaltete das Licht aus, wartete anschließend einen Augenblick und öffnete dann vorsichtig die Tür.

Er spähte hinaus. Der Flur war verlassen. Für wie lange noch? Sein taktisches Problem war offensichtlich. Die Raumanordnung der Firma war so angelegt, daß er, wenn er eine Richtung einschlug, diese mehr oder weniger beibehalten mußte. Außerdem würde er keinerlei Deckung vorfinden; kein einziges Möbelstück befand sich in den Gängen. Sollte er in einer Richtung auf wen auch immer stoßen, er hätte keine Chance.

Jack stellte eine praktische Überlegung an und sah sich im Dunkel seines Büros um. Schließlich fiel sein Blick auf einen Briefbeschwerer aus Granit, eines der Präsente, die er anläßlich seiner Ernennung zum Teilhaber erhalten hatte. Dieses Ding konnte beträchtlichen Schaden anrichten, wenn man es richtig einsetzte. Und Jack fühlte sich dazu durchaus imstande. Sollten sie ihn schnappen, würde er es ihnen nicht einfach machen.

Ein paar Sekunden wartete er noch, bevor er sich in den Gang hinauswagte. Wer auch immer hinter ihm her war, mußte vermutlich von Tür zu Tür schleichen, um Jacks Büro zu finden.

Als er sich der Ecke näherte, duckte er sich. Sehnlichst wünschte er sich nun völlige Finsternis herbei. Er holte tief Luft und spähte um die Ekke. Der Weg war frei, zumindest im Augenblick. Rasch überlegte er. Wenn da mehr als ein Eindringling war, würden sie sich vermutlich aufteilen, um die Zeit für die Suche zu halbieren. Konnten sie überhaupt wissen, daß Jack im Gebäude war? Vielleicht waren sie ihm gefolgt. Dieser Gedanke war besonders beunruhigend. In dieser Sekunde konnten sie dabei sein, ihn aus beiden Richtungen einzukreisen.

Die Geräusche klangen inzwischen näher. Er vernahm die Schritte mindestens einer Person. Fast konnte er die Person atmen hören; zumindest bildete er sich das ein. Jack mußte eine Entscheidung treffen. Schließlich fiel sein Blick auf etwas an der Wand, das ihn förmlich anzuleuchten schien: der Feueralarm.

Als er gerade darauf losrennen wollte, kam ein Bein am anderen Ende des Ganges in Sicht. Jack zuckte zurück und wartete nicht, bis der Rest des Körpers folgte. So rasch er konnte, lief er in die entgegengesetzte Richtung. Er stürzte um die Ekke, weiter den Gang hinunter und kam an eine Tür. Als er sie aufriß, knarrte sie laut.

Dann das Geräusch laufender Füße.

»Mist!« Jack warf die Tür hinter sich zu und floh die Treppe hinunter.

Der Mann hastete um die Ecke. Eine schwarze

Skimaske verdeckte sein Gesicht. In der rechten Hand hielt er eine Pistole.

Eine Bürotür öffnete sich, und Sandy Lord stolperte in Unterwäsche und an den Knien baumelnder Hose heraus. Unbeabsichtigterweise rannte er genau in den Mann. Die beiden fielen hart zu Boden. Lords fuchtelnde Hand ergriff unwillkürlich die Maske und zog sie herunter.

Lord rollte auf die Knie und schnüffelte Blut aus der eingeschlagenen Nase.

»Was ist hier los? Wer sind Sie?« Wütend sah er dem Mann ins Gesicht. Dann erblickte Lord die Waffe und erstarrte.

Tim Collin erwiderte den Blick. Halb ungläubig, halb angewidert schüttelte er den Kopf. Es gab keine andere Möglichkeit mehr. Er hob die Waffe.

»Nein! Bitte nicht!« jammerte Lord und stolperte rückwärts.

Die Waffe feuerte; Blut schoß aus der Mitte des Unterhemds. Lord keuchte auf, seine Augen wurden glasig, und er landete mit dem Rücken an der Tür, die dadurch gänzlich aufgestoßen wurde und den Blick freigab auf die fast völlig nackte Gestalt der jungen Rechtsgehilfin, die schockiert auf den toten Anwalt starrte. Sie hob den Kopf. Collin stieß einen leisen Fluch aus. Sie wußte, was sie erwartete; Collin erkannte es an den schreckensgeweiteten Augen.

Falscher Ort, falsche Zeit. Tut mir leid, Lady!

Ein zweiter Schuß krachte; die Wucht der Kugel warf den schlanken Körper um. Mit gespreizten Beinen und verkrampften Fingern starrte sie blicklos an die Decke. Ihre Nacht der Freuden hatte sich abrupt in ihre letzte Nacht auf Erden verwandelt.

Bill Burton rannte auf seinen knienden Partner zu und betrachtete das Blutbad mit Ungläubigkeit, die sogleich rasender Wut wich.

»Bist du völlig verrückt?« brüllte er.

»Sie haben mein Gesicht gesehen; was hätte ich denn tun sollen? Sie versprechen lassen, es niemandem zu sagen? Leck mich doch am Arsch!«

Die Nerven der beiden Männer waren bis zum Zerreißen gespannt. Fest umklammerte Collin die Pistole.

»Was ist mit Graham? Wo ist er?« fragte Burton.

»Ich glaube, die Feuertreppe hinunter.«

»Also ist er weg.«

Collin sah ihn an und stand auf. »Noch nicht. Ich habe nicht zwei Menschen umgelegt, um ihn jetzt entkommen zu lassen.« Eben wollte er losstürzen. Burton hielt ihn zurück.

»Gib mir deine Kanone, Tim.«

»Verdammt noch mal, Bill, spinnst du?«

Burton schüttelte den Kopf, holte seine Waffe hervor und übergab sie ihm. Collins Pistole nahm er an sich.

»Und jetzt sieh zu, daß du ihn schnappst. Ich versuche hier inzwischen, ein bißchen Schadensbegrenzung zu betreiben.«

Collin lief zur Tür und verschwand im Treppenhaus.

Burton betrachtete die beiden Leichen. Als er Sandy Lord erkannte, rang er nach Luft. »Verdammt. Verdammt noch mal«, fluchte er. Er wandte sich um und ging eilig zu Jacks Büro. Während er seinem rennenden Partner folgte, hatte er diesen Raum im selben Augenblick entdeckt, als der erste Schuß fiel. Er öffnete die Tür und schaltete das Licht ein. Rasch suchte er den Raum ab. Das Paket hatte Graham bei sich, das stand außer Frage. Teufel, dabei waren sie so nah dran gewesen. Wie hätten sie ahnen können, daß Graham oder jemand anders um diese Zeit noch hier waren? Das ganze Unternehmen entwickelte sich zunehmend zu einem schwarzen Loch ohne Boden.

Abermals ließ er den Blick durch den Raum schweifen. Am Schreibtisch verharrte er. In Sekundenschnelle entwickelte er einen Plan. Endlich schien ihnen ein wenig Glück beschieden zu sein. Er ging auf den Schreibtisch zu.

Jack erreichte das Erdgeschoß und rüttelte am Türknauf. Er rührte sich nicht. Sein Herz machte einen Satz. Mit der Tür hatte es schon des öfteren Probleme gegeben. Sie war bei Feueralarmübungen verschlossen gewesen. Die Gebäudeverwaltung gab an, das Problem sei behoben worden. Toll! Nun konnte ihn dieser Fehler das Leben kosten. Und nicht wegen einer Feuersbrunst.

Er schaute die Treppe hinauf. Rasch kamen die Schritte näher; seine Verfolger gaben sich keine Mühe mehr, leise zu sein. Jack stürmte die Treppe zum ersten Stock zurück und sandte ein stummes Stoßgebet gen Himmel, bevor er den Türknauf packte. Ein Fels fiel ihm vom Herzen, als die Tür sich in unter seiner schwitzenden Hand öffnete. Er sprintete um die Ecke zum Aufzug und drückte den Knopf. Über die Schulter blickte er zurück, rannte an die gegenüberliegende Ecke und kauerte sich nieder.

Komm schon! Er hörte den Aufzug herauffahren. Dann kam ihm ein entsetzlicher Gedanke. Sein Verfolger könnte im Aufzug sein; er könnte erraten haben, was Jack vorhatte, und nun versuchen, ihn zu überrumpeln.

Der Aufzug hielt in diesem Stockwerk. Im selben Augenblick, als die Türen aufglitten, hörte Jack die Tür zur Feuertreppe an die Wand knallen. Er stürzte auf den Aufzug zu, hechtete hinein und krachte gegen die Kabinenwand. Hektisch sprang er auf die Beine und drückte den Knopf für die Garage.

Jack spürte den Fremden mehr, als er ihn sah, das angestrengte Atmen. Er nahm nur einen schwarzen Schatten wahr, dann das Blinken der Waffe. Jack schleuderte den Briefbeschwerer und warf sich in die Ecke.

Ein Schmerzensschrei war alles, was er hörte, ehe die Türen endlich zuglitten.

Durch die düstere Parkgarage rannte er zu seinem Wagen; wenige Sekunden später passierte er die automatische Schranke und trat aufs Gas. Der Wagen schoß die Straße hinauf. Jack schaute zurück. Nichts. Er betrachtete sich im Spiegel. Sein Gesicht war schweißüberströmt. Sein ganzer Körper war ein einziger Krampf. Dann rieb er sich die Schulter, mit der er gegen die Kabinenwand geprallt war. Himmel, war das knapp gewesen! Zu knapp.

Während er fuhr, überlegte er, wohin er sich wenden sollte. Sie kannten ihn, schienen alles über ihn zu wissen. Nach Hause konnte er selbstverständlich nicht. Wohin dann? Zur Polizei? Nein. Nicht bevor er wußte, wer hinter ihm her war. Wer in der Lage gewesen war, Luther trotz all der Polizisten umzubringen. Wer ständig alles zu wissen schien, was auch die Polizei wußte. Heute nacht wollte er sich irgendwo in der Stadt ein Zimmer suchen. Er hatte Kreditkarten. Morgen früh würde er als erstes Seth Frank anrufen. Dann käme alles in Ordnung.

Doch heute abend, dachte Jack und betrachtete die Schachtel, wollte er erst mal herausfinden, was ihn um ein Haar das Leben gekostet hätte.

Gloria Russell lag unter der Decke. Richmond war soeben zum Höhepunkt gekommen. Wortlos stieg er von ihr herunter und verließ das Zimmer. Für ihn hatte sie ihren Zweck erfüllt. Sie rieb sich die Handgelenke, an denen er sie umklammert hatte. Deutlich spürte sie die geschwollenen Druckstellen. Auch die von ihm arg malträtierten Brüste schmerzten. Burtons Warnung fiel ihr ein. Auch Christine Sullivan war übel zugerichtet worden, und zwar bereits bevor die beiden Agenten auf sie geschossen hatten.

Langsam reckte sie den Kopf und versuchte, die Tränen zurückzuhalten. So sehnlich hatte sie es sich gewünscht. Gloria Russell hatte davon geträumt, mit Alan Richmond zu schlafen. Doch sie hatte es sich romantisch, harmonisch vorgestellt. Zwei intelligente, energiegeladene und dynamische Menschen. Das perfekte Paar. So wunderschön hätte es sein können. Doch dann hatte der Mann sie zurück auf den Boden der Realität gezogen. Richmond hatte sie so emotionslos durchgestoßen, als masturbierte er auf der Toilette mit der neuesten Ausgabe des *Penthouse*-Magazins. Nicht einmal hatte er sie geküßt, kein einziges Wort verloren. Gleich nachdem er ins Schlafzimmer gekommen war, hatte er ihr die Kleider vom Leib gerissen. Dann war er in sie eingedrungen, und nun war er weg. Das Ganze hatte kaum zehn Minuten gedauert. Jetzt war sie allein. *Stabschefin! Eher Stabshure.*

Laut wollte sie hinausschreien: *Ich habe dich gevögelt! Du Bastard! Damals in dem Zimmer habe ich dich gevögelt, und du Hundesohn konntest nicht das Geringste dagegen unternehmen.*

Das Kissen war von ihren Tränen getränkt. Sie verfluchte sich, weil sie schon wieder heulte. So sicher war sie ihrer Fähigkeiten gewesen, so überzeugt davon, *ihn* zu kontrollieren. Gott, wie hatte sie sich geirrt! Der Mann tötete Menschen. Walter Sullivan. *Walter Sullivan* war getötet, ermordet worden, mit dem Wissen, ja mit dem Segen des Präsidenten der Vereinigten Staaten. Als Richmond ihr davon erzählt hatte, konnte sie es kaum glauben. Er meinte, sie müßte über alles informiert sein. Genau. Entsetzt entsprach eher ihren Gefühlen. Was er als nächstes vorhatte, wußte sie nicht. Sie gehörte nicht mehr zum Kern seiner Truppe und dankte dem Himmel dafür.

Russell setzte sich im Bett auf und bedeckte den bebenden Körper mit dem zerrissenen Nachthemd. Sie bebte vor Scham. Natürlich war sie nun seine persönliche Hure. Und seine Gegenleistung dafür bestand in seinem stillschweigenden Versprechen, sie nicht zu zerstören. Aber war das alles? War das wirklich alles?

In die Decke gewickelt, sah sie sich in dem düsteren Zimmer um. Sie war eine Komplizin. Doch sie war noch mehr. Sie war eine *Zeugin.* Auch Luther Whitney war ein Zeuge gewesen. Und nun war er tot. Außerdem hatte Richmond seelenruhig die Hinrichtung eines seiner ältesten und besten Freunde angeordnet. Wenn er dazu imstande war, wieviel war ihr Leben dann noch wert? Die Antwort darauf war entsetzlich klar.

Russell biß sich in die Hand, bis es schmerzte, und schaute zu der Tür, durch die er verschwunden war. War er dort drinnen in der Dunkelheit und lauschte? Dachte er darüber nach, was er mit ihr tun sollte? Ein kalter Schauder der Angst packte sie und ließ sie nicht mehr los. Sie war gefangen. Zum erstenmal in ihrem Leben hatte sie keine Wahl. Selbst ob sie überleben würde, war ungewiß.

Jack stellte die Schachtel auf das Bett, zog den Mantel aus, schaute aus dem Fenster des Hotelzimmers und setzte sich. Er war ziemlich sicher, daß ihm niemand gefolgt war. Zu schnell war er aus dem Gebäude geflüchtet. In letzter Minute war ihm eingefallen, daß er den Wagen irgendwo stehenlassen mußte. Zwar wußte er nicht genau, wer ihm auf den Fersen war, doch er ging davon aus, daß sie gerissen genug waren, den Wagen aufzuspüren.

Er sah auf die Uhr. Vor etwa fünfzehn Minuten hatte ihn das Taxi vor dem Hotel abgesetzt. Es war ein unscheinbares Gebäude, ein Hotel, in dem Billigtouristen wohnten und dann in die Stadt hinausströmten, um sich die Monumente des Landes anzusehen, bevor sie wieder nach Hause fuhren. Es lag ziemlich abgelegen, und genau das brauchte Jack.

Nach eingehender Betrachtung der Schachtel entschied er, daß er lange genug gewartet hatte. Wenig später hatte er sie geöffnet und begutachtete den Gegenstand in dem Plastikbeutel.

Ein Messer? Jack schaute genauer hin. Nein, es war ein Brieföffner, einer der altmodischen Art. Den Beutel am Rand haltend, beäugte er den Gegenstand gewissenhaft. Da er kein ausgebildeter Gerichtsmediziner war, entging ihm, daß die schwarze Kruste an Griff und Klinge altes, geronnenes Blut war. Auch die Fingerabdrücke auf dem Leder bemerkte er nicht.

Behutsam legte er den Beutel hin und lehnte sich zurück. Der Brieföffner hatte etwas mit dem Mörder der Frau zu tun. Das stand fest. Doch was? Erneut betrachtete er ihn. Offensichtlich handelte es sich um ein wichtiges Beweisstück. Die Mordwaffe war es nicht; Christine Sullivan war erschossen worden. Doch Luther hatte dem Brieföffner anscheinend entscheidende Bedeutung beigemessen.

Jack fuhr hoch. Weil er den Mörder von Christine Sullivan identifizierte! Abermals packte er den Beutel und hielt ihn ans Licht. Jeden Millimeter suchten seine Augen ab. Nun konnte er sie vage ausmachen, wie einen Wirbel schwarzer Spuren: Fingerabdrücke. Auf dem Brieföffner waren die Fingerabdrücke des Täters. Jack studierte die Klinge. Blut. Auch auf dem Griff. Es mußte Blut sein. Was hatte Seth Frank gesagt? Angestrengt versuchte er, sich zu erinnern. Sullivan hatte ihren Angreifer möglicherweise verletzt. Mit einem Brieföffner, am Arm oder am Bein. Zumindest war das eine der Vermutungen des Ermittlers, die er Jack anvertraut hatte. Was Jack in Händen hielt, schien diese Theorie zu bestätigen.

Vorsichtig legte er den Beutel zurück in die Schachtel und schob sie unters Bett.

Er ging hinüber ans Fenster und schaute zum wiederholten Male hinaus. Der Wind war stärker geworden. Das billige Fenster zitterte und schepperte.

Hätte Luther ihm bloß alles erzählt, sich ihm anvertraut. Doch er hatte Angst um Kate. Wie hatten sie Luther glauben lassen, Kate wäre in Gefahr?

Jack dachte zurück. Solange Luther im Gefängnis war, hatte er nichts bekommen, dessen war Jack sicher. Wie dann? War der große Unbekannte einfach zu Luther marschiert und hatte geradeheraus zu ihm gesagt: Sprich und deine Tochter stirbt? Woher konnten sie überhaupt wissen, daß Luther eine Tochter hatte? Jahrelang hatte man die beiden nicht zusammen im selben Raum gesehen.

Jack legte sich aufs Bett und schloß die Augen. Nein, das stimmte nicht ganz. Einmal waren die beiden zusammen zu sehen gewesen. Am Tag, an dem Luther verhaftet wurde. Das war das einzige Mal, daß Vater und Tochter zusammen waren. Es war möglich, daß irgend jemand Luther ohne Worte eine unmißverständliche Botschaft übermittelt hatte. Jack hatte schon Fälle bearbeitet, die fallengelassen wurden, weil die Zeugen zu verängstigt waren, um auszusagen. Niemand hatte auch nur ein Wort zu ihnen gesagt. Stumme Einschüchterung, das war nichts Unbekanntes.

Wer also war vor Ort gewesen, der so etwas tun konnte? Der Luther eine Botschaft übermitteln konnte, die ihn zum Schweigen brachte, als wären seine Lippen zusammengewachsen?

Soweit Jack wußte, waren ausschließlich Polizisten anwesend gewesen. Es hätte höchstens Luthers Attentäter sein können. Aber wie wäre das möglich gewesen? Wie hätte diese Person einfach hineinspazieren, zu Luther gehen und ihm in die Augen sehen können, ohne daß jemand Verdacht schöpfte?

Jack riß die Augen auf.

Außer, diese Person *war* ein Bulle. Sein erster Gedanke traf ihn wie ein Stich ins Herz.

Seth Frank.

Rasch verwarf er die Idee wieder. Da war kein Motiv, nicht der Hauch eines Motivs. Beim besten Willen konnte er sich nicht vorstellen, daß der Kommissar und Christine Sullivan ein Techtelmechtel gehabt haben könnten, und darauf lief es doch letztlich hinaus, nicht wahr? Sullivans Liebhaber hatte sie umgebracht, und Luther hatte das Ganze beobachtet. Seth Frank konnte es nicht sein. Jack hoffte bei Gott, es möge nicht Seth Frank sein, denn er verließ sich darauf, daß ihn der Mann aus diesem Schlamassel herausholte. Doch was, wenn Jack morgen früh genau das an Frank lieferte, wonach dieser schon verzweifelt suchte? Vielleicht hatte er den Gegenstand kurz hingelegt und den Raum verlassen. Luther war aus seinem Versteck gekommen, hatte den Brieföffner mitgenommen und war geflohen. Das war durchaus möglich. Und der Tatort war so sauber gewesen, es *mußte* einfach ein Profi dahinterstekken. Ein Profi. Ein erfahrener Fahnder des Morddezernats, der genau wußte, wie man einen Tatort desinfizierte.

Jack schüttelte den Kopf. Nein! Verdammt noch mal, nein! An etwas, an jemanden mußte er glauben können. Es mußte anders gewesen sein. Jemand anders. Auf jeden Fall. Jack war bloß müde. Seine Überlegungen drifteten langsam ins Lächerliche. Seth Frank war kein Mörder.

Erneut schloß er die Augen. Vorläufig fühlte er sich sicher. Morgen gab es einen neuen Kampf zu bestehen. Wenige Minuten später sank er in einen unruhigen Schlaf.

Klar und frostig brach der neue Morgen an. Der Sturm der vorigen Nacht hatte die abgestandene Luft vertrieben.

Jack war bereits auf den Beinen. Er hatte angezogen geschlafen, entsprechend sah seine Kleidung aus. In dem kleinen Badezimmer wusch er sich das Gesicht, kämmte sich, schaltete das Licht aus und ging zurück ins Schlafzimmer. Auf dem Bett sitzend, sah er auf die Uhr. Noch würde Frank nicht im Büro sein, aber es würde nicht mehr lange dauern. Jack zog die Schachtel unter dem Bett hervor und legte sie neben sich. Wie eine Zeitbombe kam sie ihm vor.

Er schaltete den kleinen Farbfernseher in der Ecke des Zimmers ein. Die lokalen Morgennachrichten liefen gerade. Die aufgeweckte Blondine, die sich zweifellos mit beträchtlichen Mengen Kaffee über Wasser hielt, bis sie einen Sendeplatz zur besten Zeit bekommen würde, brachte die wichtigsten Meldungen.

Jack erwartete die übliche Litanei der Weltkrisengebiete. Der Mittlere Osten war jeden Morgen für mindestens eine Sendeminute gut. Vielleicht hatte es ein weiteres Erdbeben in Südkalifornien gegeben. Oder der Präsident lag im Clinch mit dem Kongreß.

Doch heute morgen gab es nur eine wichtige Meldung. Jack lehnte sich vor, als ein ihm wohlbekannter Ort über den Bildschirm flimmerte.

Patton, Shaw & Lord. Die Eingangshalle von PS&L. Was erzählte die Frau da? Menschen getötet? *Sandy Lord ermordet?* In seinem Büro erschossen? Jack taumelte durch das Zimmer und drehte lauter. Mit wachsendem Erstaunen beobachtete er, wie zwei Bahren aus dem Gebäude geschoben wurden. In der rechten oberen Ecke des Bildschirms erschien ein Bild von Lord. Kurz wurde seine außergewöhnliche Karriere zusammengefaßt. Doch nun war er tot, unbestreitbar tot. Jemand hatte ihn in seinem Büro erschossen.

Jack ließ sich zurück aufs Bett fallen. Sandy Lord war letzte Nacht dagewesen? Aber wer war die zweite Person? Die auf der anderen Bahre? Er wußte es nicht, konnte es nicht wissen. Doch er glaubte zu wissen, was geschehen war. Der Mann, der ihn verfolgte, der Mann mit der Waffe. Lord mußte irgendwie mit ihm zusammengestoßen sein. Hinter Jack waren sie her, und Lord war mitten hineingeraten.

Jack schaltete den Fernseher aus, ging zurück ins Badezimmer und ließ sich kaltes Wasser übers

Gesicht laufen. Seine Hände zitterten, seine Kehle war wie ausgetrocknet. Er konnte nicht fassen, daß dies alles tatsächlich geschehen war. Und so rasend schnell. Zwar war es nicht seine Schuld, doch Jack konnte sich nicht dagegen wehren; er fühlte sich schuldig am Tod seines Mentors. Schuldig, wie Kate sich schuldig gefühlt hatte. Es war eine niederschmetternde Erfahrung.

Er griff zum Telefon und wählte.

Seth Frank war bereits seit einer Stunde im Büro. Ein Freund vom Morddezernat in Washington hatte ihm von den zwei Toten in der Anwaltskanzlei berichtet. Frank hatte keine Ahnung, ob sie irgendwie mit Sullivan in Verbindung standen. Doch es gab einen gemeinsamen Nenner. Einen gemeinsamen Nenner, der ihm bereits um sieben Uhr morgens hämmernde Kopfschmerzen bereitete.

Seine Direktleitung klingelte. Frank nahm den Hörer ab und zog ungläubig die Augenbrauen hoch.

»Jack, wo steckst du?«

In der Stimme des Kommissars lag eine Schärfe, auf die Jack nicht gefaßt war.

»Ja, ich wünsche dir auch einen guten Morgen.«

»Jack, weißt du, was passiert ist?«

»Ich habe es gerade in den Nachrichten gesehen. Seth, ich war letzte Nacht dort. Die waren hinter mir her; ich weiß nicht wie, aber Sandy muß da hineingeraten sein, und sie haben ihn umgebracht.«

»Wer? Wer hat ihn umgebracht?«

»Ich weiß es nicht! Ich war im Büro und habe Lärm gehört. Dann hat mich irgend jemand mit einer Pistole durchs Haus gejagt; ich konnte nur mit knapper Not entkommen. Hat die Polizei schon Verdächtige?«

Frank holte tief Luft. Die Geschichte klang so fantastisch. Er glaubte an Jack, vertraute ihm. Aber wem konnte man heutzutage schon gänzlich vertrauen?

»Seth? Seth?«

An einem Fingernagel kauend, überlegte Frank fieberhaft. Je nachdem, was er als nächstes sagte, gab es zwei völlig unterschiedliche Entwicklungen. Flüchtig dachte er an Kate Whitney. An die Falle, die er für sie und ihren Vater aufgestellt hatte. Darüber war er noch nicht hinweggekommen. Zwar war er ein Bulle, ein Mensch war er jedoch schon viel länger. Er beschloß, auf seine menschlichen Qualitäten zu vertrauen.

»Jack, die Polizei hat einen Verdächtigen, einen Hauptverdächtigen, könnte man sagen.«

»Okay, wer ist es?«

Nach einem Augenblick des Zögerns meinte er: »Du, Jack. Du bist der Verdächtige. Du bist derjenige, nach dem die gesamten Polizeikräfte des Distrikts gerade die Stadt abkämmen.«

Langsam glitt Jack der Hörer aus der Hand. Durch seinen Körper schien kein Blut mehr zu fließen.

»Jack? Jack, verdammt, sprich mit mir.« Jack nahm die Worte des Fahnders nicht mehr wahr.

Er starrte aus dem Fenster. Da draußen suchten sie nach ihm. Leute, die ihn umbringen wollten, und Leute, die ihn wegen Mordes verhaften wollten.

»Jack!«

Mit beträchtlicher Anstrengung gelang es Jack zu sprechen. »Ich habe niemanden umgebracht, Seth.«

Die Worte klangen, als würden sie einen Ausguß hinuntergeschüttet, in dem sie verschwinden sollten.

Frank hörte, was zu hören er sich sehnlichst gewünscht hatte. Es waren nicht die Worte. Schuldige logen fast immer. Es war der Klang der Worte. Verzweiflung, Fassungslosigkeit, Entsetzen, all das schwang mit.

»Ich glaube dir, Jack«, antwortete Frank leise.

»Was, zur Hölle, ist bloß los, Seth?«

»Soweit ich weiß, hat man auf Band, wie du etwa um Mitternacht in die Garage gefahren bist. Anscheinend waren Lord und seine Gespielin schon vor dir da.«

»Ich hab' sie nie zu Gesicht bekommen.«

»Nun, wahrscheinlich wären die beiden darüber auch nicht allzu erfreut gewesen.« Kopfschüttelnd fuhr er fort. »Offenbar waren sie nicht vollständig angezogen, als man sie fand, vor allem die Frau nicht. Ich nehme an, sie sind gerade fertig geworden, als es sie erwischt hat.«

»O Gott!«

»Man hat außerdem das Video, wie du aus der Garage rast, kurz, nachdem die beiden umgebracht wurden.«

»Aber was ist mit der Waffe? Hat man die Waffe gefunden?«

»Ja. In einem Mülleimer in der Garage.«

»Und?«

»Deine Fingerabdrücke waren auf der Pistole, Jack. Es waren die einzigen Abdrücke darauf. Nachdem dich die Bullen aus Washington auf dem Video gesehen haben, riefen sie deine Fingerabdrücke aus der Datenbank der Anwaltskammer von Virginia ab. Sie haben wunderbar übereingestimmt.«

Jack sank auf den Sessel zusammen.

»Ich habe nie eine Pistole angerührt, Seth. Jemand hat versucht, mich umzubringen, und ich bin weggelaufen. Ich hab' den Kerl erwischt, mit einem Briefbeschwerer, den ich von meinem Schreibtisch mitgenommen hatte. Mehr weiß ich nicht.« Einen Augenblick hielt er inne. »Was soll ich jetzt tun?«

Frank hatte die Frage befürchtet. Offen gestanden, hatte er keine Ahnung, was er darauf antworten sollte. Nüchtern betrachtet, unterhielt er sich mit einem wegen Mordes gesuchten Flüchtigen. Für einen Ordnungshüter hätte eigentlich klar sein sollen, was zu tun war, doch das war es eben nicht.

»Wo auch immer du bist, rühr dich nicht von der Stelle. Ich mache mich mal schlau. Geh unter keinen Umständen irgendwo hin. Ruf mich in drei Stunden wieder an. In Ordnung?«

Jack legte auf und dachte über alles nach. Die Polizei suchte ihn wegen Mordes an zwei Menschen. Seine Fingerabdrücke waren auf einer Waffe, die er nie berührt hatte. Er war ein Flüchtiger vor dem Gesetz. Müde lächelte er, dann runzelte er die Stirn. Ein Flüchtiger. Und soeben hatte er ein Gespräch mit einem Polizisten beendet. Frank hatte nicht gefragt, wo er war. Aber sie hätten den Anruf zurückverfolgen können. Das wäre ganz einfach für sie gewesen. Doch so etwas würde Frank nicht tun.

Dann dachte Jack an Kate.

Bullen erzählten nie die ganze Wahrheit. Der Fahnder hatte Kate zum Narren gehalten. Danach hatte es ihm leid getan; zumindest gab Frank das vor.

Draußen heulte eine Sirene auf, und Jacks Herzschlag setzte aus. Er stürzte ans Fenster und schaute hinaus, doch der Streifenwagen fuhr weiter, bis sich die Einsatzlichter in der Ferne verloren.

Aber sie konnten immer noch kommen. Vielleicht waren sie gerade auf dem Weg zu ihm. Jack packte seinen Mantel und zog ihn an. Dann schaute er aufs Bett hinunter.

Die Schachtel.

Frank gegenüber hatte er kein Sterbenswörtchen darüber verloren. Noch letzte Nacht war das Päckchen das Wichtigste in Jacks Leben gewesen, heute jedoch hatte etwas anderes es völlig in den Hintergrund gedrängt.

»Habt ihr da draußen in den Wäldern nicht genug zu tun?« Craig Miller war schon seit vielen Jahren Fahnder des Morddezernats in Washington. Er war groß, hatte dichtes, gewelltes Haar, und das Gesicht verriet seine Schwäche für guten Whiskey. Frank kannte ihn seit Jahren. Sie unterhielten eine freundschaftliche Beziehung und teilten die Überzeugung, daß Mord ausnahmslos bestraft werden mußte.

»Ich bin nie zu beschäftigt, um nachzuschauen, ob du's endlich mal lernst«, antwortete Frank mit schelmischem Grinsen.

Miller lächelte. Die beiden Kollegen befanden sich in Jacks Büro. Die Spurensicherung packte gerade zusammen.

Frank sah sich in dem geräumigen Zimmer um. Im Augenblick war Jack meilenweit entfernt von einem solchen Leben, dachte er bei sich.

Miller musterte ihn. Ihm war etwas eingefallen. »Dieser Graham hatte doch etwas mit dem Fall Sullivan bei dir draußen zu tun, nicht wahr?«

Frank nickte. »Der Anwalt des Verdächtigen.«

»Genau! Mann, das ist ja ein Ding. Vom Strafverteidiger zum künftigen Angeklagten.« Miller lächelte.

»Wer hat die Leichen gefunden?«

»Die Hausschließerin. Sie kommt immer gegen vier Uhr früh.«

»Und hat sich schon ein Motiv in deinem Dickschädel eingenistet?«

Miller musterte seinen Freund. »Mal ehrlich. Es

ist acht Uhr morgens. Du machst doch nicht den weiten Weg vom Arsch der Welt hierher, bloß um mich das zu fragen. Was ist los ?«

Frank zuckte die Schultern. »Ich weiß nicht. Hab' den Kerl im Verlauf des Falls kennengelernt. Hat mich mordsmäßig überrascht, sein Gesicht in den Morgennachrichten zu sehen. Ich weiß auch nicht, ist bloß so ein Gefühl.«

Miller musterte ihn noch ein paar weitere Sekunden, beschloß jedoch, nicht weiter zu graben.

»Das Motiv scheint ziemlich eindeutig. Walter Sullivan war der wichtigste Klient des Verstorbenen. Dieser Graham hat, ohne irgend jemanden in der Firma zu informieren, die Verteidigung des Burschen übernommen, der des Mordes an Sullivans Frau beschuldigt wurde. Das hat Lord offenbar nicht besonders gefallen. Anscheinend haben sich die beiden in Lords Wohnung getroffen. Vielleicht haben sie damals versucht, alles zu bereinigen, die Dinge aber nur schlimmer gemacht.«

»Woher hast du bloß all die Informationen?«

»Vom geschäftsführenden Teilhaber.« Miller schlug sein Notizbuch auf. »Daniel J. Kirksen. Er war bei dem ganzen Hintergrundzeugs wirklich sehr hilfreich.«

»Und was bringt dich nun darauf, Graham

könnte hierhergekommen sein und zwei Leute ermordet haben?«

»Ich habe nie behauptet, es wäre vorsätzlicher Mord gewesen. Die Zeitleiste der Videos zeigt recht deutlich, daß die Opfer schon ein paar Stunden hier waren, bevor Graham kam.«

»Und?«

»Also wußten die beiden nicht, daß der jeweils andere hier war. Oder aber Graham hat das Licht in Lords Büro gesehen, als er gerade vorbeifuhr. Das Fenster weist zur Straße hin; man kann leicht erkennen, ob jemand im Büro ist.«

»Ja, aber wenn der Anwalt und die Frau es gerade miteinander getrieben haben, glaube ich kaum, daß sie es zur Unterhaltung der ganzen Stadt taten.«

»Das nicht, aber überleg mal, Lord war nicht unbedingt ein Hengst. Ich bezweifle, daß die ganze Zeit über etwas lief. Tatsächlich brannte das Licht im Büro, als man sie fand. Wie auch immer, ob Zufall oder nicht, die beiden sind sich über den Weg gelaufen. Die Diskussion flammt wieder auf. Die Stimmung wird feindselig, vielleicht werden sogar Drohungen ausgestoßen. Und PENG! In der Hitze des Gefechts. Möglicherweise ist es Lords Pistole. Die beiden kämpfen. Graham nimmt dem alten Kerl die Waffe ab. Ein Schuß wird abgefeuert. Die Frau sieht das Ganze und muß auch ins Gras beißen. Und nach ein paar Sekunden ist alles vorbei.«

Frank schüttelte den Kopf. »Tut mir leid, wenn ich das sagen muß, Craig, aber das klingt alles entsetzlich weit hergeholt.«

»Ach ja? Nun, wir haben einen Burschen, der mit kalkweißem Gesicht aus dem Gebäude gestürmt ist. Die Kamera hat tolle Bilder von ihm gemacht. Ich habe sie gesehen; das Gesicht des Mannes war völlig blutleer, Seth, das kannst du mir ruhig glauben.«

»Wie kommt es, daß die Sicherheitsmannschaft nicht nach dem Rechten gesehen hat?«

Miller lachte. »Sicherheitsmannschaft? Scheiße. Die meiste Zeit schauen die Typen doch gar nicht auf die Monitore. Sie nehmen alles auf Bänder auf, man muß schon froh sein, wenn sie die ab und zu durchsehen. Glaub mir, es ist keine Kunst, nach Dienstschluß in eines dieser Bürogebäude zu kommen.«

»Vielleicht hat das eben jemand getan.«

Grinsend schüttelte Miller den Kopf. »Kann ich mir nicht vorstellen, Seth. Genau das ist dein Problem. Du suchst ständig nach einer komplizierten Antwort, wenn dir die einfache schon fast ins Gesicht springt.«

»Und wo soll diese geheimnisvolle Waffe hergekommen sein?«

»Eine Menge Leute haben in ihren Büros Pistolen versteckt.«

»Eine Menge? Wieviel genau ist das, Craig?«

»Du wärst überrascht, Seth.«

»Vielleicht wäre ich das!« schoß Frank zurück.

Miller sah ihn verwirrt an. »Warum regst du dich wegen der Sache bloß so auf?«

Frank sah seinen Freund nicht an. Er schaute zum Schreibtisch hinüber.

»Ich weiß nicht. Wie gesagt, ich habe den Kerl kennengelernt. Er schien einfach nicht der Typ dafür zu sein. Auf der Waffe waren also seine Fingerabdrücke?«

»Zwei Volltreffer. Rechter Daumen und Zeigefinger. Hab' noch nie deutlichere gesehen.«

Etwas an den Worten seines Kollegen ließ Frank hellhörig werden. Er schaute zum Schreibtisch. Die auf Hochglanz polierte Tischplatte war schmutzig. Ein dünner Wasserrand war deutlich erkennbar.

»Wo ist das Glas?«

»Wie?«

Frank deutete auf die Stelle. »Das Glas, das diesen Rand hinterlassen hat. Hast du es?«

Schulterzuckend kicherte Miller. »Die Spüle in

der Küche habe ich nicht durchsucht, wenn du das meinst. Kannst du aber gerne machen.«

Miller wandte sich ab, um einen Bericht zu unterschreiben. Frank nutzte die Gelegenheit, um den Tisch eingehender zu begutachten. In der Mitte des Tisches war ein leichter Staubring. Etwas hatte hier gestanden. Etwas quadratisches mit einem Durchmesser von etwa acht Zentimetern. Der Briefbeschwerer. Frank lächelte.

Wenig später war Seth Frank auf dem Weg in die Halle. Auf der Waffe befanden sich perfekte Abdrücke. Fast zu perfekt. Außerdem hatte Frank die Waffe selbst und den Polizeibericht darüber gesehen. Kaliber 44, Seriennummer entfernt, nicht überprüfbar. Genau wie die Waffe, die man neben Walter Sullivan gefunden hatte.

Frank mußte lächeln. Er hatte das Richtige getan, besser noch, das Richtige unterlassen.

Jack Graham hatte die Wahrheit gesagt. Der Anwalt hatte niemanden getötet.

»Wissen Sie, Burton, ich habe es langsam satt, soviel Zeit für diese Angelegenheit zu verschwenden. Falls Sie es vergessen haben, ich habe tatsächlich ein Land zu regieren.« Richmond saß im Oval Office auf einem Stuhl vor dem offenen Kaminfeuer. Die Augen hatte er geschlossen; die Finger bildeten eine Pyramide. Bevor Burton etwas erwidern konnte, fuhr der Präsident fort. »Statt den Gegenstand in unseren Besitz zu bringen, sind Ihnen lediglich zwei weitere Einträge zur katastrophalen Mordstatistik der Stadt gelungen. Außerdem läuft Whitneys Strafverteidiger jetzt irgendwo da draußen herum und hat das Beweismaterial bei sich, um uns alle zu begraben. Ich bin wirklich überwältigt von Ihrer Arbeit.«

»Graham geht nicht zur Polizei. Es sei denn, er steht auf Gefängniskost und wünscht sich einen großen, haarigen Mann als Geschlechtspartner auf Lebenszeit.« Burton starrte hinunter auf den reglosen Präsidenten. Er dachte daran, was er alles durchgemacht hatte, um ihrer aller Hintern zu retten, während dieser Snob sicher hinter der Front blieb. Und nun übte er sich in Kritik. Als hätte es dem altgedienten Secret-Service-Agenten Freude bereitet, zwei weitere unschuldige Menschen sterben zu sehen.

»Dazu muß ich Ihnen gratulieren. Ein Beweis spontaner Entscheidungskraft. Trotzdem glaube ich nicht, daß wir uns als Langzeitlösung darauf verlassen können. Wenn die Polizei Graham verhaftet, rückt er bestimmt mit dem Brieföffner heraus, sofern er ihn hat.«

»Aber ich habe Zeit für uns herausgeschunden.«

Der Präsident erhob sich und legte Burton die Hand auf die mächtige Schulter. »Und diese Zeit werden Sie nutzen, um Jack Graham zu finden und ihn davon zu überzeugen, daß jede Handlung zu unserem Schaden nicht gut für ihn wäre.«

»Soll ich ihm das sagen, bevor oder nachdem ich ihm eine Kugel durch den Kopf gejagt habe?«

Der Präsident lächelte grimmig. »Das überlasse ich Ihrem professionellen Urteil.« Er wandte sich dem Schreibtisch zu.

Burton betrachtete den Rücken des Präsidenten. Einen Augenblick stellte er sich vor, eine Kugel aus seiner Waffe in den Nacken des Präsidenten abzufeuern, den ganzen Mist hier und jetzt zu beenden. Wenn es jemand verdient hatte, dann dieser Dreckskerl.

»Haben Sie eine Ahnung, wo er stecken könnte, Burton?«

Burton schüttelte den Kopf. »Nein, aber ich habe eine ziemlich zuverlässige Quelle.« Jacks Anruf bei Seth Frank heute morgen erwähnte er nicht. Früher oder später würde Jack dem Polizisten seinen Aufenthaltsort bekanntgeben. Dann war Burton am Zug.

Der erfahrene Agent holte tief Luft. Wenn man Herausforderungen unter Druck liebte, konnte man es kaum besser treffen. Es war die zweite

Halbzeit, das Heimteam lag ein Tor vorne, etliche Spieler waren bereits ausgeschlossen, doch der wichtigste Mann des Gegners rannte mit dem Ball auf das Tor zu. Würde Burton ihn rechtzeitig abfangen können, oder mußten sie alle hilflos zusehen, wie er das Leder im Netz versenkte?

Als Burton hinausmarschierte, hoffte mehr als nur ein kleiner Teil seines Inneren auf letzteres.

Seth Frank saß wartend am Schreibtisch und starrte auf die Uhr. In dem Augenblick, als der Minutenzeiger die Zwölf passierte, klingelte das Telefon.

Jack stand in der Telefonzelle. Er dankte Gott für die Kälte draußen. Der schwere Parka mit Kapuze, den er heute morgen gekauft hatte, fügte sich hervorragend ins Bild der übrigen Menschen, die sich ähnlich vermummten. Dennoch konnte er den Eindruck nicht abschütteln, daß jeder ihn beobachtete.

Frank bemerkte den Lärm im Hintergrund. »Wo zur Hölle steckst du? Ich hab' dir doch gesagt, du sollst dich nicht von der Stelle rühren.«

Jack antwortete nicht sofort.

»Jack?«

»Hör zu, Seth, es liegt mir nicht, wie eine Maus in der Falle zu warten. Und in meiner Lage kann ich mir nicht leisten, irgend jemandem blindlings zu vertrauen. Verstehst du?«

Zunächst wollte Frank protestieren, statt dessen lehnte er sich im Stuhl zurück. Der Bursche hatte völlig recht.

»Schon gut. Möchtest du wissen, wie man dich aufs Kreuz gelegt hat?«

»Ich höre.«

»Du hattest ein Glas auf dem Tisch. Anscheinend hast du was getrunken. Erinnerst du dich?«

»Ja, ein Mineralwasser, und?«

»Wer auch immer hinter dir her war, lief Lord und der Frau über den Weg, genau wie du gesagt hast. Also mußten die beiden sterben. Du bist entkommen. Die wußten, daß man auf dem Video aus der Garage sehen würde, wie du etwa zur Mordzeit verschwindest. Sie haben deine Fingerabdrücke vom Glas abgenommen und auf die Kanone übertragen.«

»Sowas gibt's?«

»Da kannst du deinen Hintern drauf verwetten. Wenn man sich damit auskennt und die richtige Ausrüstung zur Hand hat. Und die haben sie wahrscheinlich im Geräteraum deiner Firma gefunden. Hätten wir das Glas, so könnten wir beweisen, daß es sich um eine Fälschung handelt. Genauso, wie jeder Mensch einzigartige Fingerabdrücke hat, könnte dein Abdruck auf der Pistole und dem Glas unmöglich identisch sein. Allein durch den unterschiedlichen Druck und ähnliches müßte er sich unterscheiden.«

»Kaufen dir deine Freunde im Polizeipräsidium diese Erklärung ab?«

Frank mußte beinahe lachen. »Darauf würde ich nicht bauen, Jack. Wirklich nicht. Die wollen dich nur einbuchten. Um den Rest sollen sich dann andere kümmern.«

»Großartig. Was nun?«

»Eins nach dem anderen. Warum waren die überhaupt hinter dir her?«

Jack hätte sich ohrfeigen können. Er schaute hinunter auf die Schachtel.

»Ich habe eine Sonderlieferung von jemandem bekommen, und zwar von Edwina Broome. Es ist etwas, bei dessen Anblick du wahrscheinlich aus den Stiefeln kippst.«

Seth stand auf und wünschte, er könnte durch den Hörer fassen und das Paket packen. »Was ist es?«

Jack erzählte es ihm.

Rasch überlegte Frank. Blut und Fingerabdrükke. Ein Festtag für Laura Simon. »Ich kann dich jederzeit, überall treffen.«

Auch Jack überlegte fieberhaft. Ironischerweise waren öffentliche Plätze im Moment vermutlich gefährlicher als private. »Wie wär's mit der U-Bahnstation Farragut West, Ausgang 18. Straße, gegen elf Uhr nachts?«

Frank kritzelte die Daten nieder. »Ich bin da.«

Jack hängte ein. Schon vor der vereinbarten Zeit wollte er an der Station sein. Nur für alle Fälle. Sollte ihm irgend etwas auch nur ansatzweise verdächtig vorkommen, würde er untertauchen, so tief er konnte. Er zählte sein Geld. Die Dollars schwanden schnell. Die Kreditkarten kamen augenblicklich nicht in Frage. Jack mußte das Risiko eingehen und ein paar Bankomaten anzapfen. Das würde ihm ein paar Hunderter bringen, und damit konnte er über die Runden kommen, zumindest eine Weile.

Jack verließ die Telefonzelle und blickte prüfend in die Menschenmenge. Das für die Union-Train-Station typische rege Leben herrschte. Niemand schien sich auch nur im geringsten für ihn zu interessieren. Jack zuckte leicht zusammen. Zwei Streifenpolizisten kamen in seine Richtung. Hastig trat er zurück in die Telefonzelle und wartete, bis die beiden vorbeigegangen waren.

Im Restaurationsbereich kaufte Jack einen Hamburger mit Pommes frites; dann sprang er in ein Taxi. Während der Taxifahrer ihn durch die

Stadt chauffierte und er aß, hatte er Gelegenheit, über die Möglichkeiten nachzudenken, die sich ihm boten. Würden seine Probleme wirklich vorbei sein, sobald er Frank den Brieföffner übergeben hatte? Die Abdrücke und das Blut stammten mit ziemlicher Sicherheit von demjenigen, der in jener Nacht in Sullivans Haus war. Doch dann übernahm Jacks Strafverteidigermentalität das Kommando. Und die wies ihn darauf hin, daß einer derart simplen Lösung fast unüberwindliche Hürden im Wege standen. Zunächst bestand die Gefahr, daß der Beweis sich als unbrauchbar erwies. Vielleicht fand man keine Entsprechung, weil die DNA und Abdrücke der entsprechenden Person nirgends archiviert waren. Zum wiederholten Male erinnerte sich Jack an Luthers Gesichtsausdruck damals an der Mall. Es mußte sich um eine bedeutende Persönlichkeit handeln, um jemanden, den die Leute kannten. Das war ein weiteres Hindernis. Wenn man Anschuldigungen gegen so jemanden erhob, hatte man besser verdammt gute Beweise dafür, andernfalls erblickte der Fall noch nicht einmal das Licht der Welt.

Zweitens waren sie mit einem gewaltigen Verfahrensproblem konfrontiert. Konnten sie überhaupt beweisen, daß der Brieföffner aus Sullivans Haus stammte? Sullivan selbst war tot. Die Dienerschaft konnte es vielleicht nicht mit Bestimmtheit sagen. Christine Sullivan mußte ihn in der Hand gehalten haben. Vermutlich hatte der Mörder ihn kurze Zeit in seinem Besitz. Luther besaß ihn mehrere Monate. Nun hatte ihn Jack und konnte ihn hoffentlich bald an Seth Frank weitergeben. Der Schluß, den Jack daraus zog, war ernüchternd.

Die Beweiskraft des Brieföffners war gleich Null. Selbst wenn sie eine Entsprechung fanden, ein guter Strafverteidiger würde erreichen, daß der Beweis nicht zugelassen wurde. Zur Hölle, vermutlich würde das Ding noch nicht einmal für eine Anklageerhebung reichen. »Belastetes« Beweismaterial war überhaupt kein Beweismaterial.

Jack hörte auf zu essen und lehnte sich in den schmutzigen Vinylsitz zurück.

Aber halt! Sie hatten versucht, ihn zurückzubekommen! Dafür hatten sie sogar getötet. Sie waren bereit, Jack zu töten, nur um in den Besitz dieses Brieföffners zu gelangen. Es mußte wichtig für sie sein, lebenswichtig. Unabhängig vom rechtlichen Gewicht verfügte der Brieföffner also über einen gewissen Wert. Und alles, was Wert besaß, ließ sich nutzen. Vielleicht hatte er doch eine Chance.

Es war zehn Uhr abends, als Jack mit der Rolltreppe hinunter in die U-Bahnstation Farragut West fuhr. Die Station gehörte zum orangen und zum blauen Streckennetz der Washingtoner Verkehrsbetriebe und war untertags stark frequentiert, da sie nahe am Geschäftsbezirk in der Innenstadt lag, wo unzählige Anwalts- und Steuerberatungskanzleien, Handelsgesellschaften und Körperschaften ihren Sitz hatten. Um zehn Uhr nachts jedoch war Farragut West ziemlich verlassen.

Jack stieg von der Rolltreppe und sah sich um. Die unterirdischen U-Bahnstationen im Verkehrssystem glichen riesigen Tunnels mit honigwabenförmigen Gewölben und Fußböden aus sechseckigen Ziegelsteinen. Ein breiter Korridor mit Zigarettenwerbeplakaten an der einen und Fahrkartenautomaten an der anderen Seite führte zum Kiosk in der Mitte des Ganges, an dessen beiden Seiten sich Drehkreuze befanden. An der Wand neben den beiden Telefonzellen hing eine riesige Stadtkarte mit dem mehrfarbigen Streckennetz, den Abfahrtszeiten und Fahrkartenpreisen.

Ein gelangweilter U-Bahnangestellter lümmelte auf einem Sessel hinter den Glasscheiben des Kiosks. Jack blickte sich um und erspähte die Uhr über dem Kiosk. Dann drehte er sich wieder zur Rolltreppe und erstarrte. Ein Polizeibeamter kam die Rolltreppe herunter. Jack zwang sich, so unauffällig wie möglich die Richtung zu ändern, und lief an der Wand entlang zur Telefonzelle. An die Kabinenwand gepreßt, versteckte er sich. Tief Luft holend, wagte er hervorzuspähen. Der Polizist schlenderte zu den Fahrkartenautomaten, nickte dem U-Bahnangestellten zu und ließ den Blick durch die Station schweifen. Jack zuckte zurück. Er mußte warten. Bald würde der Kerl weitergehen; er mußte weitergehen.

Die Zeit verstrich. Eine laute Stimme riß Jack aus seinen Gedanken. Vorsichtig blickte er hinaus. Ein Mann kam die Rolltreppe herunter, offensichtlich ein Stadtstreicher. Er war in Lumpen gekleidet und trug eine dicke, zusammengerollte Decke über der Schulter. Bart und Haare waren strähnig und zerzaust. Das Gesicht war wettergegerbt und flekkig. Draußen herrschte grimmige Kälte. Die warmen U-Bahnstationen boten für solche Menschen stets einen willkommenen Zufluchtsort, bis man sie hinauswarf. Die Eisengitter an den Eingängen zu den Rolltreppen waren dafür bestimmt, genau diesen Menschenschlag draußen zu halten.

Jack sah sich um. Der Polizist war verschwunden. Vermutlich überprüfte er die Bahnsteige. Oder er tratschte mit dem Burschen im Kiosk. Jack schaute in die Richtung. Doch auch dort war keiner mehr da.

Jack blickte zurück zu dem Stadtstreicher, der mittlerweile zusammengekauert in einer Ecke saß und seine spärlichen Habseligkeiten durchsah. Dabei rieb er die unbehandschuhten Hände aneinander und versuchte, Blut in völlig steif gefrorenen Glieder zu massieren.

Schuldgefühle überkamen Jack. In der Innenstadt stieß man ständig auf Leute wie diesen Mann. Ein freigebiger Mensch konnte innerhalb eines Häuserblocks seine Taschen bis auf den letzten Cent leeren. Jack hatte das schon des öfteren getan.

Abermals sah er sich um. Sonst war da niemand. Der nächste Zug würde erst in fünfzehn Minuten halten. Er trat aus der Telefonzelle und schaute direkt zu dem Mann hinüber. Der schien Jack gar nicht zu bemerken; all seine Aufmerksamkeit galt seiner eigenen kleinen Welt, die weit abseits der Realität lag. Dann fiel Jack ein, daß seine eigene Wirklichkeit auch nicht mehr normal war, sofern sie das überhaupt je gewesen war. Sowohl er als auch das Mitleid erregende Häufchen Elend ihm gegenüber hatten ihren ganz persönlichen Kampf zu bestreiten. Sie beide konnte der Tod jederzeit ereilen. Nur würde Jacks Ableben vermutlich etwas gewaltvoller und plötzlicher erfolgen. Vielleicht war das sogar besser als der schleichende Tod, der dem anderen wahrscheinlich bevorstand.

Er schüttelte den Kopf; solche Gedanken waren nicht gut für ihn. Wenn er überleben wollte, mußte er wachsam bleiben und fest daran glauben, daß er die Kräfte zu bezwingen vermochte, die gegen ihn aufmarschierten.

Jack machte ein paar Schritte, dann hielt er inne. Kalt schoß das Blut durch seine Adern. Der urplötzliche Gesinnungswandel machte ihn schwindlig.

Der Obdachlose trug neue Schuhe! Weichsohlige, braune Lederschuhe, die vermutlich über hundertfünfzig Dollar gekostet hatten. Sie stachen aus der Masse dreckiger Lumpen hervor wie ein blauer Diamant auf weißem Sand.

Nun schaute der Mann zu ihm auf. Sein Blick verharrte in Jacks Gesicht. Die Augen wirkten vertraut. Jack hatte diese Augen unter den tiefen Falten, dem verfilzten Haar und den wettergegerbten Wangen schon einmal gesehen. Er war ganz sicher. Der Mann stand vom Boden auf, weit kraftvoller, als er zuvor hereingewankt war.

Hektisch blickte Jack sich um. Der Platz war verlassen wie ein Grab. Sein Grab. Er schaute zurück. Der Mann ging bereits auf ihn zu. Jack stolperte rückwärts und preßte die Schachtel an die Brust. Er rief sich die knappe Flucht im Aufzug ins Gedächtnis. Die Pistole. Gleich würde er sie wieder sehen, und sie würde genau auf ihn gerichtet sein.

Rückwärts taumelte Jack den Tunnel hinunter auf den Kiosk zu. Der Mann steckte die Hand unter den Mantel, einen abgetragenen und zerschlissenen Fetzen, dessen Futter bei jedem Schritt weiter herausragte. Über die Schulter schaute Jack zurück. Schritte näherten sich. Er blickte wieder zu dem Mann und überlegte, ob er zum Zug rennen sollte oder nicht. Dann sah er ihn.

Vor Erleichterung hätte Jack beinahe aufgeschrien.

Der Polizist bog um die Ecke. Jack lief auf ihn zu und deutete den Tunnel hinunter auf den Obdachlosen, der nun stocksteif in der Mitte des Ganges verharrte.

»Der Mann da – das ist kein Obdachloser. Er ist ein Schwindler.« Jack war der Gedanke gekommen, daß der Bulle ihn möglicherweise erkannte, wenngleich die Züge des jungen Polizisten nichts dergleichen verrieten.

»Wie?« Der verwirrte Beamte starrte Jack an.

»Sehen Sie sich seine Schuhe an.« Jack wurde klar, daß er sich verrückt anhörte, doch wie sollte es anders sein, solange er dem Bullen nicht die ganze Geschichte erzählen konnte?

Der Polizist schaute den Gang hinunter und erblickte den Stadtstreicher, der dort mit verzerrtem Gesicht stand. In seiner Verwirrung griff der Ordnungshüter auf die Standardfrage zurück.

»Hat er Sie belästigt, Sir?«

Nach kurzem Zögern antwortete Jack: »Ja.«

»Hey!« brüllte der Bulle dem Mann zu.

Jack beobachtete, wie der Polizist lossprintete. Der Obdachlose wandte sich um und flüchtete. Er schaffte es bis zur Rolltreppe, doch die war nicht in Betrieb. Flugs machte er kehrt und rannte den Tunnel entlang, bog um eine Ecke und verschwand, dicht gefolgt von dem Polizisten.

Nun war Jack allein. Er schaute zum Kiosk. Der U-Bahnangestellte war immer noch nicht zurück.

Jack fuhr herum. Ein Geräusch! Etwas wie ein Schmerzensschrei, aus der Richtung, in der die beiden Männer verschwunden waren. Er lief los. In diesem Augenblick kam der Beamte, ziemlich außer Atem, wieder um die Ecke, erblickte Jack und bedeutete ihm mit langsamen Armbewegungen, er solle herüberkommen. Der Bursche sah aus, als hätte er etwas gesehen oder getan, was ihm Übelkeit verursachte.

Jack eilte zu ihm.

Der Bulle schnappte nach Luft. »Verdammt noch mal! Ich weiß nicht, was hier eigentlich los ist, Kumpel.« Abermals rang der Polizist nach Luft. Mit einer Hand stützte er sich an der Wand.

»Haben Sie ihn erwischt?«

Der Beamte nickte. »Sie hatten recht.«

»Was ist passiert?«

»Sehen Sie selbst. Ich muß den Vorfall erst mal melden.« Der Ordnungshüter richtete sich auf und wies mit einem drohenden Finger auf Jack. »Aber Sie bleiben hier. Das hier werde ich nicht allein erklären, und ich vermute, Sie wissen eine Menge mehr darüber, als Sie zugeben. Verstanden?«

Bereitwillig nickte Jack. Der Polizist eilte davon. Jack bog um die Ecke. Der Bulle hatte gesagt, er müsse warten ... darauf warten, daß sie ihn verhafteten. Eigentlich sollte er sich aus dem Staub machen. Aber das konnte er nicht. Er wollte unbedingt wissen, um wen es sich handelte. Den Kerl kannte er. Er mußte einfach nachsehen.

Jack schaute nach vorn in den Gang. Es war ein Dienstkorridor für U-Bahnpersonal und Arbeitsgeräte. In der Dunkelheit, weit hinten im Tunnel, konnte er einen großen Lumpenhaufen erkennen. Angestrengt versuchte Jack, trotz der Düsternis deutlicher zu sehen. Als er näher rückte, erkannte er tatsächlich den Stadtstreicher. Einige Augenblicke verharrte Jack reglos. Er wünschte, die Bullen kämen. Es war so still, so dunkel. Das Bündel auf dem Boden rührte sich nicht. Kein Atemzug war zu hören. War der Kerl tot ? Hatte der Bulle ihn getötet?

Endlich ging Jack weiter und kniete sich neben den Mann. Was für eine aufwendige Verkleidung. Flüchtig fuhr Jack mit der Hand über das verfilzte Haar. Sogar der durchdringende Gestank eines Penners war wirklichkeitsgetreu. Dann erblickte Jack das Blut, das von der Schläfe des Mannes zu Boden rann. Er schob das Haar beiseite. Da war eine gewaltige Platzwunde. Das mußte das Geräusch gewesen sein, das er gehört hatte. Es mußte zu einem Kampf gekommen sein, aus dem der Bulle als Sieger hervorging. Nun war es vorbei. Sie hatten versucht, Jack hereinzulegen, und waren in die eigene Falle getappt. Er verspürte den Wunsch, die Perücke und Teile der übrigen Maskerade herunterzureißen, um zu sehen, wer sein Verfolger gewesen war. Doch das mußte warten. Vielleicht war es ganz gut, daß die Polizei nun eingriff. Jack würde ihnen den Brieföffner übergeben und sein Glück bei ihnen versuchen.

Er stand auf, drehte sich um und erblickte den Polizisten, der rasch den Tunnel entlangkam. Jack schüttelte den Kopf. Der Bursche würde eine ziemliche Überraschung erleben. Kannst du dir als Glückstag im Kalender anstreichen, Kumpel.

Jack ging auf den Bullen zu und blieb stehen, als dieser plötzlich die 9mm aus dem Halfter zog.

Der Polizist musterte ihn. »Mr. Graham.«

Lächelnd zuckte Jack die Schultern. Endlich erkannte ihn der Mann. »In Fleisch und Blut.« Er hielt die Schachtel hoch. »Ich habe hier etwas für Sie.«

»Ich weiß, Jack. Genau das will ich haben.«

Tim Collin sah das Lächeln von Jacks Lippen verschwinden. Sein Finger legte sich um den Abzug, als er näher auf Jack zuging.

Seth Frank spürte, wie sein Herz schneller schlug, während er sich der Station näherte. Endlich würde er bekommen, was er suchte. Er konnte sich gut vorstellen, wie Laurie Simon sich über das Beweisstück hermachte wie über ein gut abgehangenes Steak. Und Frank war nahezu völlig sicher, daß sie in irgendeiner Datenbank etwas finden würden. Mit einem Paukenschlag würden sich die Teile urplötzlich zusammenfügen. Endlich würden die Fragen, die bohrenden, nagenden Fragen beantwortet.

Jack musterte das Gesicht, nahm jede Einzelheit in sich auf. Auch wenn ihm das nichts half. Er warf einen Blick auf das zusammengekauerte Lumpenbündel am Boden und die neuen Schuhe an den inzwischen leblosen Füßen. Wahrscheinlich hatte der arme Kerl die ersten neuen Schuhe seit Jahren ergattert. Erfreuen konnte er sich nun nicht mehr daran.

Jack schaute zurück zu Collin und sagte wütend: »Der Mann ist tot. Sie haben ihn umgebracht.«

»Geben Sie mir die Schachtel, Jack.«

»Wer sind Sie?«

»Das spielt doch wirklich keine Rolle, oder?« Collin öffnete eine Tasche an seinem Gürtel und zog einen Schalldämpfer heraus, den er flink auf den Lauf der Pistole schraubte.

Jack betrachtete die auf seine Brust gerichtete Waffe. Er mußte an die Bahren denken, auf denen Lord und die Frau aus dem Gebäude geschoben wurden. Morgen würde er in der Zeitung stehen. Jack Graham und ein Obdachloser. Wieder zwei Bahren. Natürlich würden sie es so deichseln, daß man Jack die Schuld am Tod des armen, vom Leben geprügelten Stadtstreichers gab. Jack Graham, vom Teilhaber bei Patton, Shaw zum verstorbenen Massenmörder.

»Für mich spielt es eine Rolle.«

»Ach ja?« Beide Hände um die Waffe gelegt, trat Collin näher.

»Leck mich! Da, fang!« Jack schleuderte die

Schachtel genau in dem Augenblick auf Collins Kopf, als der gedämpfte Schuß ertönte. Die Kugel durchschlug den Rand des Pakets und grub sich in die Betonmauer. Gleichzeitig warf Jack sich mit aller Wucht vorwärts, Collin war ein durchtrainiertes Kraftpaket, doch Jack war auch kein Schwächling. Und sie waren etwa gleich groß. Als Jacks Schulter sich in das Zwerchfell des Mannes grub, blieb Collin die Luft weg. Instinktiv setzte Jack Ringergriffe aus der Vergangenheit ein; er hob den Agenten hoch und schleuderte ihn auf den unwirtlichen Steinboden. Als es Collin endlich gelang, auf die Füße zu kommen, war Jack bereits um die Ecke verschwunden.

Zunächst hob Collin die Pistole, dann das Paket auf. Einen Augenblick hielt er inne; Übelkeit packte ihn, sein Kopf schmerzte vom Aufprall auf den harten Boden. Der junge Agent kniete sich hin und kämpfte dagegen an, sich übergeben zu müssen. Jack war längst über alle Berge, doch zumindest hatte er das Ding. Endlich hatte er es. Collin umklammerte die Schachtel.

Jack hetzte am Kiosk vorbei, stürmte durch das Drehkreuz und sprintete über den Bahnsteig auf die Rolltreppe zu. Vage nahm er wahr, daß Leute ihn anstarrten. Die Kapuze war ihm vom Kopf gerutscht. Sein Gesicht war deutlich zu erkennen.

Hinter ihm ertönte ein Schrei. Der Kerl vom Kiosk. Doch Jack rannte weiter und verließ die Station an der 17. Straße. Der Mann war vermutlich nicht alleine gekommen. Und das letzte, was er brauchen konnte, war jemand, der ihm an den Fersen klebte. Aber er bezweifelte, daß sie beide Ausgänge sicherten. Wahrscheinlich gingen sie davon aus, daß er die Station mit den Füßen voran verlassen würde. Seine Schulter schmerzte von dem Zusammenstoß, und er atmete angestrengt, da die kalte Luft in den Lungen brannte. Erst nachdem er zwei Blocks zurückgelegt hatte, hielt er an. Er zog den Mantel enger. Dann erinnerte er sich. Jack schaute auf die leeren Hände hinunter. Die Schachtel! Er hatte die verfluchte Schachtel zurückgelassen. Kraftlos sank er gegen die Scheibe eines dunklen McDonalds.

Wagenlichter näherten sich. Mit abgewandtem Blick huschte Jack um die Ecke. Wenig später saß er in einem Bus. Er wußte nicht, wohin er fuhr.

Der Wagen bog von der L-Street in die 19. Straße ein. Seth Frank fuhr weiter bis zur Eye-Street, dann lenkte er in die 18. Straße. Gegenüber der U-Bahnstation stellte er das Auto ab, stieg aus und ging die Rolltreppe hinunter.

Von der gegenüberliegenden Straßenseite aus

beobachtete ihn Bill Burton, verborgen hinter einer Ansammlung von Mülltonnen, Schutt und Metallgittern, die von einem Abrißprojekt übriggeblieben war. Burton stieß einen leisen Fluch aus, trat die Zigarette aus, blickte einmal prüfend nach links und rechts und eilte hinüber zur Rolltreppe.

Als Frank von der Rolltreppe trat, sah er sich um und schaute auf die Uhr. Eigentlich wollte er schon früher hier sein. Sein Blick fiel auf einen Haufen Müll, der an der Wand stand. Dann schwenkten seine Augen zu dem verlassenen Kiosk. Außer ihm war niemand da. Es war still. Zu still. Sofort schaltete Franks interner Gefahrendetektor sich ein. Automatisch zog er die Waffe. Seine Ohren vernahmen ein Geräusch. Es kam von rechts. Rasch lief er von den Drehkreuzen weg den Gang entlang, wo er auf einen dunklen Korridor stieß. Der Fahnder spähte um die Ecke; zunächst erkannte er gar nichts. Doch dann, als die Augen sich der düsteren Beleuchtung anpaßten, sah er zwei Dinge. Eines bewegte sich, das andere nicht.

Frank beobachtete, wie der Mann mühsam auf die Beine kam. Das war nicht Jack. Der Kerl trug eine Uniform und hatte in der einen Hand eine Pistole, in der anderen eine Schachtel. Frank umfaßte die eigene Waffe fester; sein Blick haftete an der Pistole des anderen Mannes. Geräuschlos schlich er vorwärts. So etwas hatte er schon lange nicht mehr getan. Das Bild seiner Frau und seiner drei Töchter schob sich vor sein inneres Auge, bis er es verdrängte. Er mußte sich konzentrieren.

Endlich war er nah genug. Er betete, sein angestrengtes Atmen möge ihn nicht verraten. Dann zielte er mit der Pistole auf den breiten Rücken.

»Halt! Polizei!«

Tatsächlich verharrte der Mann mitten in der Bewegung.

»Legen Sie die Waffe mit dem Griff voraus auf den Boden. Ich will Ihren Finger nicht in der Nähe des Abzugs sehen, sonst muß ich ein Loch in ihren Hinterkopf pusten. Machen Sie schon. Sofort!«

Langsam wurde die Waffe zu Boden gelegt. Frank beobachtete den Vorgang mit Argusaugen. Plötzlich verschwamm seine Sicht. Sein Kopf dröhnte, er taumelte, dann sah er den Boden auf sich zukommen.

Bei dem Geräusch wandte Collin sich vorsichtig um und erkannte Bill Burton, der da stand und seine Pistole am Lauf gepackt hielt. Er blickte auf Frank hinab.

»Gehen wir, Tim.«

Zittrig kam Collin auf die Beine, schaute auf den gestürzten Ordnungshüter hinunter und setzte die Waffe an Franks Kopf. Burtons kräftiger Arm hielt seinen jungen Kollegen zurück.

»Das ist ein Polizist. Wir töten keine Polizisten. Wir töten überhaupt *niemanden* mehr, Tim.« Die Gelassenheit und Selbstverständlichkeit, mit denen sein junger Partner wieder in die Rolle des skrupellosen Mörders schlüpfen wollte, bereitete Burton allmählich Unbehagen.

Schulterzuckend steckte Collin die Pistole weg.

Burton nahm die Schachtel an sich, blickte erneut auf den Ermittler hinunter, dann hinüber zu dem zusammengesunkenen Häufchen Mensch. Mißbilligend schüttelte er den Kopf und bedachte seinen Partner mit einem vorwurfsvollen Blick.

Einige Minuten, nachdem die beiden abgezogen waren, stöhnte Seth Frank auf, versuchte sich hochzurappeln und fiel zurück in tiefe Bewußtlosigkeit.

Kapitel 27

Kate lag im Bett, an Schlaf war jedoch gar nicht zu denken. Die Decke im Schlafzimmer war durch einen Sturzbach von Bildern ersetzt worden, jedes grauenvoller als das vorige. Sie schaute hinüber zu der kleinen Uhr auf dem Nachttisch. Drei Uhr morgens. Das Springrollo war weit hochgezogen und gab den Blick frei auf die pechschwarze Nacht. Regentropfen prasselten gegen die Fensterscheibe. Für gewöhnlich wirkte das Geräusch beruhigend, im Augenblick aber trug es nur zu dem unbarmherzigen Pochen in ihrem Kopf bei.

Als das Telefon klingelte, rührte sie sich zunächst nicht. Ihre Glieder schienen selbst für den Versuch einer Bewegung zu schwer, als zirkuliere überhaupt kein Blut mehr durch sie.

Einen entsetzlichen Augenblick fürchtete Kate, sie hätte einen Schlaganfall erlitten. Endlich, nach dem fünften Läuten, gelang es ihr, den Hörer abzunehmen.

»Hallo?« Zittrig, nur noch einen Schritt vom

Umkippen entfernt klang ihre Stimme. Sie war mit den Nerven am Ende.

»Kate. Ich brauche Hilfe.«

Vier Stunden später saßen sie einander in der kleinen Imbißstube am Founder's Park gegenüber, die vor vielen Jahren Schauplatz ihres ersten Rendezvous' gewesen war. Das Wetter hatte sich verschlechtert; mittlerweile schneite es so heftig, daß Autofahren nahezu unmöglich war und nur noch besonders Verwegene es wagten, zu Fuß zu gehen.

Jack blickte zu ihr hinüber. Die Kapuze hatte er abgenommen, doch eine Skimütze, ein wenige Tage alter Bart und eine dunkle Sonnenbrille entstellten ihn dermaßen, daß Kate zweimal hinschauen mußte, ehe sie ihn erkannte.

»Bist du sicher, daß dir niemand gefolgt ist?« Ängstlich sah er sie an. Heißer Dampf, der von einer Tasse Kaffee aufstieg, verschleierte ihr die Sicht, dennoch entging ihr nicht die Anspannung in seinem Gesicht. Zweifelsfrei stand er kurz vor dem Zusammenbruch.

»Ich hab' getan, was du gesagt hast. Die U-Bahn, zwei Taxis und einen Bus. Wenn mir bei dem Wetter jemand auf den Fersen geblieben ist, dann ist es kein Mensch.«

Jack setzte den Kaffee ab. »Nach allem, was ich bisher weiß, könnte das sogar zutreffen.«

Am Telefon hatte er den Treffpunkt nicht genau genannt. Mittlerweile ging er davon aus, daß sie jeden abhörten, der mit ihm in Verbindung stand. Lediglich vom »alten Lokal« hatte er gesprochen und sich darauf verlassen, daß Kate es verstehen würde. Jack starrte aus dem Fenster. Jedes vorbeihuschende Gesicht stellte eine Bedrohung dar. Er schob ihr eine Ausgabe der *Post* hin. Als er selbst die äußerst interessante Titelseite zum erstenmal gelesen hatte, war ihm die Zornesröte ins Gesicht gestiegen.

Seth Frank lag mit einer Gehirnerschütterung im George Washington University Hospital; sein Zustand war stabil. Der bisher noch nicht identifizierte Obdachlose hatte weniger Glück gehabt. Und im Mittelpunkt des Berichts stand Jack Graham, der Serienkiller. Nachdem sie die Seite gelesen hatte, schaute Kate zu ihm auf.

»Wir müssen in Bewegung bleiben.« Während er den Kaffee austrank, sah er sie an. Dann erhob er sich.

Das Taxi setzte die beiden vor Jacks Motel etwas außerhalb von Old Town Alexandria ab. Auf dem Weg zu seinem Zimmer behielt er ständig die Umgebung im Auge. Nachdem er die Tür abgeschlossen und verriegelt hatte, nahm er Skimütze und Sonnenbrille ab.

»Gott, Jack, es tut mir so leid, daß du da hineingezogen worden bist.«

Kate zitterte. Sogar vom anderen Ende des Raumes aus konnte er es sehen. Einen Augenblick später legte er die Arme um sie, bis sie sich beruhigt hatte. Dann blickte er sie an.

»Ich habe mich selbst hineingezogen. Jetzt muß ich zusehen, daß ich wieder herauskomme.« Jacks Versuch eines Lächelns konnte ihre Angst um ihn nicht vertreiben; die entsetzliche Furcht, er könnte ihrem Vater bald folgen.

»Ich habe ein Dutzend Nachrichten auf deinem Anrufbeantworter hinterlassen.«

»Hab' nie daran gedacht, ihn abzuhören, Kate.« In der nächsten halben Stunde schilderte er ihr die Ereignisse der letzten Tage. In ihren Augen spiegelte sich Entsetzen, das sich mit jeder neuen Offenbarung steigerte.

»Mein Gott!«

Eine Weile schwiegen sie beide.

»Jack, hast du eine Ahnung, wer hinter all dem steckt?«

Jack schüttelte den Kopf; ein leiser Seufzer entrang sich seiner Kehle. »Mir schwirren lose Teile dieses Puzzles im Kopf herum, aber bisher ergeben sie noch keinen Zusammenhang. Ich hoffe, das ändert sich. Bald.«

Die Endgültigkeit, mit der er das letzte Wort aussprach, traf sie wie ein Schlag. Seine Augen sprachen Bände. Die Botschaft war unmißverständlich. Trotz aller Tarnung, trotz noch so sorgfältig überlegter Sicherheitsvorkehrungen, trotz seines angeborenen Talents zur Konfliktbewältigung würden sie ihn aufspüren. Entweder die Bullen oder seine mordlüsternen Verfolger. Es war nur eine Frage der Zeit.

»Aber sie haben doch jetzt, was sie wollten?« Ihre Stimme kippte. Fast flehentlich sah sie ihn an.

Jack legte sich aufs Bett und streckte die erschöpften Glieder, die nicht mehr ihm zu gehören schienen.

»Darauf kann ich kaum bauen, Kate.« Er richtete sich auf und schaute durch das Zimmer auf die gegenüberliegende Wand. Auf das billige Jesusbild, das da hing. Im Augenblick käme ein wenig höhere Unterstützung gut gelegen. Ein kleines Wunder hätte schon gereicht.

»Aber du hast niemanden getötet, Jack. Frank hat das schon begriffen. Die Leute aus dem Polizeipräsidium werden es auch noch kapieren.«

»Meinst du? Frank kennt mich, Kate. Er kennt mich, und trotzdem habe ich anfangs Zweifel in seiner Stimme gehört. Zwar hat er die Sache mit dem Glas herausgefunden, aber es gibt keinen Beweis dafür, daß sich jemand daran oder an der Waffe zu schaffen gemacht hat. Andererseits gibt es einiges, das eindeutig, ja, unzweifelhaft darauf hinweist, daß ich zwei Menschen getötet habe. Mein Anwalt würde mir vorschlagen, einen Vergleich anzustreben und auf zwanzig Jahre bis lebenslänglich mit möglicher Bewährung zu hoffen. Das würde ich als Anwalt selbst empfehlen. Wenn es zum Prozeß kommt, habe ich keine Chance. Es gibt nur einen Haufen Spekulationen, daß Luther, Walter Sullivan und alle übrigen irgendwie in eine Verschwörung verwickelt waren, die – das mußt du zugeben – über jede Vorstellungskraft hinausgeht. Der Richter würde mich unter schallendem Gelächter aus dem Gerichtssaal befördern lassen. Die Geschworenen müßten es sich gar nicht erst anhören. Im übrigen, was sollte ich ihnen auch erzählen?«

Jack stand auf, steckte die Hände in die Taschen und lehnte sich an die Wand. Er sah sie nicht an. Sowohl seine unmittelbare als auch seine längerfristige Zukunft bot lediglich apokalyptische Aussichten.

»Ich werde als alter Mann im Knast sterben, Kate, das heißt, wenn ich überhaupt alt werde, was an sich schon ziemlich fragwürdig ist.«

Sie setzte sich aufs Bett und faltete die Hände im Schoß. Hoffnungslosigkeit schnürte ihr die Kehle zu, nahm ihr fast den Atem, so wie ein Felssturz sich ergießt in einen tiefen, dunklen See.

Seth Frank schlug die Augen auf.

Zunächst erkannte er überhaupt nichts. Was er sah, glich einer riesigen, weißen Leinwand, Übergossen mit Hunderten Litern schwarzer, weißer und grauer Farbe, die ein klumpiges, sinnbetäubendes Durcheinander ergaben. Nach ein paar furchterfüllten Augenblicken erkannte er die Umrisse eines Krankenhauszimmers, mit all den grellweißen, chromfarbenen und scharfen Winkeln.

Als er versuchte, sich aufzusetzen, drückte ihn eine Hand zurück.

»Na, na, Lieutenant. Nicht so schnell.«

Frank blickte hinauf in das Gesicht von Laurie Simon. Das Lächeln vermochte die besorgten Züge um die Augen nicht ganz zu verbergen. Ihr Seufzer der Erleichterung war klar vernehmbar.

»Deine Frau ist gerade gegangen, um nach den Kindern zu sehen. Sie war die ganze Nacht hier. Ich hab' ihr gleich gesagt, daß du aufwachen würdest, sobald sie geht.«

»Wo bin ich?«

»Im George Washington Hospital. Zumindest

hast du dir einen Platz in der Nähe eines Krankenhauses ausgesucht, um dir eins über den Schädel ziehen zu lassen.« Simon beugte sich weiterhin übers Bett, damit Frank den Kopf nicht drehen mußte. Er schaute zu ihr auf.

»Seth, erinnerst du dich, was passiert ist?«

Frank dachte zurück an die letzte Nacht. War es überhaupt die letzte Nacht gewesen?

»Welchen Tag haben wir heute?«

»Donnerstag.«

»Also ist es gestern nacht passiert?«

»Gegen elf Uhr. Zumindest hat man dich um die Zeit gefunden. Dich und den anderen.«

»Welchen anderen?« Frank fuhr mit dem Kopf herum. Schmerz schoß durch seinen Nacken.

»Vorsichtig, Seth.« Simon legte ein Kissen neben Franks Kopf.

»Da war noch ein anderer Bursche. Ein Obdachloser. Man hat ihn noch nicht identifiziert. Hat auch einen Schlag auf den Hinterkopf bekommen. Wahrscheinlich war er auf der Stelle tot. Du hast Glück gehabt.«

Behutsam berührte Frank seine pochenden Schläfen. Allzu glücklich fühlte er sich nicht.

»Sonst noch jemand?«

»Wie?«

»Hat man sonst noch jemanden gefunden?«

»Ach so. Nein, aber du wirst es nicht für möglich halten. Erinnerst du dich an den Anwalt, mit dem wir das Video angeschaut haben?«

Frank versteifte sich. »Ja, Jack Graham.«

»Genau. Der Typ hat zwei Leute in seiner Anwaltskanzlei umgebracht und wurde gesehen, wie er aus der U-Bahnstation flüchtete, etwa zu der Zeit, als du und der andere Kerl niedergeschlagen wurden. Er ist ein wandelnder Alptraum. Und dabei sah er aus wie der nette Junge von nebenan.«

»Bist du sicher, daß er entkommen ist?«

Laurie bedachte ihn mit einem merkwürdigen Blick. »Er ist aus der U-Bahnstation entkommen, wenn du das meinst. Aber es ist nur eine Frage der Zeit, bis sie ihn kriegen.« Sie schaute aus dem Fenster und ergriff ihre Handtasche. »Die Bullen aus Washington möchten mit dir reden, sobald es dir besser geht.«

»Ich glaube nicht, daß ich eine große Hilfe bin. Ich erinnere mich an kaum etwas, Laurie.«

»Zeitweilige Amnesie. Wahrscheinlich kommt dein Gedächtnis wieder.«

Sie zog die Jacke an. »Ich muß los. Irgend jemand muß schließlich die Reichen und Berühmten in Middleton beschützen, während du hier Schäfchen zählst.« Sie lächelte. »Laß das nicht zur Gewohnheit werden, Seth. Wir haben uns ernsthaft Sorgen gemacht, ob wir uns wohl einen neuen Kommissar suchen müssen.«

»Wo könntet ihr schon einen so netten Kerl wie mich auftreiben?«

Laurie lachte. »Deine Frau kommt in etwa einer Stunde wieder. Aber du brauchst sowieso ein bißchen Ruhe.« Sie wandte sich der Tür zu.

»Übrigens, Seth, was hast du überhaupt um diese Zeit in der Farragut West gemacht?«

Frank antwortete nicht sofort. Er litt nicht unter Amnesie. Sehr deutlich erinnerte er sich an die Ereignisse der vergangenen Nacht.

»Seth?«

»Ich … ich weiß es nicht, Laurie.« Er schloß die Augen, öffnete sie wieder. »Ich erinnere mich einfach nicht.«

»Mach dir keine Sorgen. Das wird schon wieder. Inzwischen wird man Graham schnappen. Wahrscheinlich klärt sich dann ohnehin alles auf.«

Nachdem Simon gegangen war, fand Frank keineswegs Ruhe. Jack war da draußen. Und vermutlich hatte er anfangs geglaubt, die Polizei hätte ihm eine Falle gestellt, obwohl Jack wissen mußte – sofern er die Zeitung gelesen hatte –, daß Seth Frank in die Falle getappt war, die man eigentlich für ihn, Jack, aufgestellt hatte.

Doch nun hatten sie den Brieföffner. Das war

der Inhalt der Schachtel gewesen, dessen war Frank sicher. Was für eine Chance hatten sie ohne das Beweisstück, diese Leute festzunageln?

Erneut versuchte Frank, sich aufzurappeln. In seinem Arm steckte eine Infusionsnadel. Der Druck auf sein Gehirn zwang ihn, sich sofort wieder hinzulegen. Er mußte hier raus. Und er mußte sich mit Jack in Verbindung setzen. Im Augenblick hatte er weder eine Ahnung, wie er das eine, noch das andere anpacken sollte.

»Du hast gesagt, du brauchst meine Hilfe? Was kann ich tun?« Kate sah Jack unmittelbar ins Gesicht. Ihre Züge verrieten keine Schuldgefühle.

Jack setzte sich neben sie aufs Bett. Er wirkte besorgt. »Ich habe ernsthafte Zweifel, ob ich dich da überhaupt mit hineinziehen soll. Tatsächlich überlege ich gerade, ob es nicht ein Fehler war, dich anzurufen.«

»Jack, während der letzten vier Jahre war ich ständig von Vergewaltigern, Räubern und Mördern umgeben.«

»Ich weiß. Aber zumindest hast du gewußt, wer sie waren. In dem Fall könnte es jeder sein. Links und rechts von mir werden Leute umgebracht, Kate. Schlimmer könnte es kaum kommen.«

»Ich gehe nicht, bevor du mich helfen läßt.«

Zögernd wandte Jack den Blick von ihr ab.

»Jack, wenn du mich nicht läßt, melde ich dich bei der Polizei. Denn das wäre das geringere Risiko für dich.«

Er sah sie an. »Das würdest du wirklich tun, nicht wahr?«

»Da kannst du Gift drauf nehmen. Ich breche jede Menge Gesetze, indem ich hier bei dir bin. Wenn du mich mitmachen läßt, vergesse ich, daß ich dich heute gesehen habe. Andernfalls …«

Trotz all der entsetzlichen Gefahren, die ihm durch den Kopf gingen, lag etwas in ihren Augen, das ihn froh sein ließ, sie im Augenblick hier zu haben.

»Na gut. Ich brauche dich als Verbindung zu Seth. Außer dir ist er der einzige, dem ich trauen kann.«

»Aber du hast das Paket verloren. Wie kann er uns helfen?« Kate konnte ihre Antipathie für den Fahnder des Morddezernats einfach nicht unterdrücken.

Jack erhob sich und lief auf und ab. Schließlich hielt er inne und schaute zu ihr hinunter. »Du weiß, daß dein Vater ein Perfektionist war? Daß er immer einen Reserveplan hatte?«

Trocken erwiderte Kate: »Daran erinnere ich mich.«

»Nun, auf diese Eigenschaft baue ich.«

»Wie meinst du das?«

»Ich meine«, sagte Jack, »Luther hatte auch hierfür einen Reserveplan.«

Mit offenem Mund starrte sie ihn an.

»Mrs. Broome?«

Die Tür öffnete sich einen weiteren Spalt, als Edwina Broome herauslugte.

»Ja?«

»Mein Name ist Kate Whitney. Luther Whitney war mein Vater.«

Als die alte Frau sie mit einem Lächeln begrüßte, entspannte sich Kate.

»Ich wußte doch, daß ich Sie schon mal gesehen habe. Luther hat mir immer Bilder von Ihnen gezeigt. Sie sind sogar noch hübscher als auf den Fotos.«

»Danke.«

Edwina öffnete die Tür. »Wo hab' ich bloß meinen Kopf. Sie müssen ja frieren. Bitte, kommen Sie doch rein.«

Edwina führte sie in das kleine Wohnzimmer, in dem drei Katzen auf den Möbeln der Ruhe pflegten.

»Ich habe gerade frischen Tee gemacht. Möchten Sie auch einen?«

Kate zögerte. Die Zeit war knapp. Dann betrachtete sie die winzige Wohnung. In der Ecke stand ein abgegriffenes Klavier mit einer dicken Staubschicht. Kate blickte in die erschöpften Augen der Frau; selbst die Freude am Musizieren war ihr nicht mehr vergönnt. Mann und Tochter waren tot. Wie viele Besucher mochte sie wohl haben?

»Danke, gerne.«

Die beiden Frauen ließen sich auf den alten, aber gemütlichen Möbeln nieder. Kate nippte an dem kräftigen Tee, der sie tatsächlich aufwärmte. Sie strich sich die Haare aus dem Gesicht und schaute zu der alten Dame, die sie mit traurigen Augen musterte.

»Es tut mir leid wegen Ihres Vaters, Kate. Wirklich. Ich weiß, daß Sie beide unterschiedliche Auffassungen hatten. Aber Luther war ein guter Mensch, einer der besten, die ich je kennengelernt habe.«

Kate fühlte, wie sie auftaute. »Danke. Ich glaube, die letzte Zeit war nicht einfach – für Sie auch nicht.«

Edwinas Augen wanderten zu einem kleinen Tisch neben dem Fenster. Kate folgte dem Blick. Auf dem Tisch bildeten zahlreiche Fotos einen Schrein für Wanda Broome; sie zeigten sie in glücklichen Tagen. Wanda sah ihrer Mutter sehr ähnlich.

Ein Schrein. Plötzlich erinnerte sich Kate, daß auch ihr Vater eine Bildersammlung der Höhepunkte ihres Lebens gehabt hatte.

»Ja, das stimmt.« Abermals blickte Edwina sie an.

Kate stellte den Tee ab. »Mrs. Broome, ich komme ungern gleich zur Sache, aber ich habe leider nicht viel Zeit.«

Erwartungsvoll beugte sich die alte Frau vor. »Es geht um den Tod Luthers und meiner Tochter, nicht wahr?«

Kate wirkte überrascht. »Wieso glauben Sie das?«

Edwina beugte sich noch weiter vor, ihre Stimme verwandelte sich in ein Flüstern. »Weil ich weiß, daß Luther Mrs. Sullivan nicht getötet hat. Ich weiß es so genau, als hätte ich es mit eigenen Augen gesehen.«

Kate sah sie fragend an. »Haben Sie eine Ahnung, wer –«

Edwina schüttelte bereits traurig den Kopf. »Nein. Nein, habe ich nicht.«

»Woher wissen Sie dann, daß mein Vater es nicht getan hat?«

Nun zögerte sie merklich. Die alte Dame lehnte sich in den Stuhl zurück und schloß die Augen. Bis Edwina sie wieder aufschlug, verharrte Kate reglos.

»Sie sind Luthers Tochter, deshalb glaube ich, Sie sollten die Wahrheit erfahren.« Edwina hielt inne, trank einen Schluck Tee, tupfte sich die Lippen mit einer Serviette ab und machte es sich wieder bequem im Stuhl. Eine schwarze Perserkatze schlich herüber und ließ sich auf ihrem Schoß nieder. »Ich wußte über Ihren Vater Bescheid. Über seine Vergangenheit, um genau zu sein. Wanda und er haben sich gekannt. Vor Jahren hatte sie Ärger mit dem Gesetz, und Luther hat ihr geholfen. Er hat ihr geholfen, wieder auf die Beine zu kommen und ein rechtschaffenes Leben zu beginnen. Dafür werde ich ihm ewig dankbar sein. Luther war immer da, wenn Wanda oder ich etwas brauchten. Die Wahrheit ist, Kate, daß Ihr Vater in jener Nacht nur um Wandas willen in dem Haus war.«

Edwina sprach ein paar Minuten. Nachdem sie geendet hatte, lehnte Kate sich zurück und bemerkte, daß sie den Atem anhielt. Hörbar stieß sie die Luft aus; das Geräusch schien den Raum zu erfüllen.

Edwina schwieg und betrachtete die junge Frau unablässig mit ihren großen, traurigen Augen.

Endlich bewegte sie sich. Eine faltige Hand tätschelte Kates Knie.

»Luther hat dich geliebt, Kind. Mehr als alles andere.«

»Ich weiß das …«

Langsam schüttelte Edwina den Kopf. »Er hat dir nie zum Vorwurf gemacht, was du empfunden hast. Tatsächlich meinte er, du hättest völlig recht damit.«

»Das hat er gesagt?«

»Er war so stolz darauf, daß du Anwältin bist. Immer wieder erzählte er: ›Meine Tochter ist Anwältin, und zwar eine verteufelt gute. Recht und Ordnung sind ihr wichtig, und das ist gut so, verdammt gut.‹«

In Kates Kopf wirbelten die Gedanken; Empfindungen, denen sie sich momentan nicht stellen konnte – oder wollte. Sie rieb sich den Nacken und blickte hinaus. Eine schwarze Limousine fuhr am Haus vorbei. Rasch schaute sie zurück zu Edwina.

»Mrs. Broome, ich weiß zu schätzen, daß Sie mir das alles erzählen. Aber ich bin aus einem bestimmten Grund hier. Ich brauche Ihre Hilfe.«

»Ich tue alles, was in meiner Macht steht.«

»Mein Vater hat Ihnen ein Päckchen geschickt.«

»Ja. Und ich habe es an Mr. Graham weitergeschickt, wie Luther es mir aufgetragen hat.«

»Ja, ich weiß. Jack hat das Päckchen bekommen. Aber jemand, jemand hat es ihm weggenommen. Nun fragen wir uns, ob Ihnen mein Vater noch etwas gegeben hat, etwas, das uns helfen könnte.«

Edwinas Augen wirkten nicht mehr traurig. Statt dessen blickten sie hellwach über Kates Schulter.

»Hinter dir, mein Kind, im Klaviersessel. Im Notenbuch auf der linken Seite.«

Kate öffnete den Klaviersessel und holte das Notenbuch heraus. Zwischen den Seiten lag ein schmales Päckchen.

»Luther war der umsichtigste Mensch, den ich je getroffen habe«, fuhr Edwina fort. »Er meinte, falls mit dem Paket irgend etwas schieflaufen sollte, müßte ich diesen Umschlag da an Mr. Graham senden. Ich wollte es schon tun, als ich in der Zeitung über ihn gelesen habe. Habe ich recht, wenn ich annehme, daß Mr. Graham nichts von all diesen Dingen getan hat?«

Kate nickte. »Ich wünschte, jeder dächte wie Sie.«

Kate wollte den Umschlag öffnen.

Scharf ertönte Edwinas Stimme. »Halt, Kate.

Dein Vater hat gesagt, nur Mr. Jack Graham dürfte sehen, was da drin ist. Nur er. Ich denke, wir sollten uns daran halten.«

Kate zögerte und kämpfte mit ihrer angeborenen Neugierde, dann schloß sie das Päckchen wieder.

»Hat er noch etwas gesagt? Wußte er, wer Christine Sullivan getötet hat?«

»Er wußte es.«

Kate musterte sie eingehend. »Aber er hat es Ihnen nicht anvertraut?«

Heftig schüttelte Edwina den Kopf. »Nur eines hat er gesagt?«

»Was?«

»Er meinte, wenn er es mir erzählte, würde ich ihm nicht glauben.«

Kate setzte sich wieder hin und überlegte angestrengt.

»Was wollte er damit wohl sagen?«

»Nun, ich war ziemlich überrascht, das kannst du mir glauben.«

»Warum? Warum waren Sie überrascht?«

»Weil Luther der aufrichtigste Mensch war, den ich je kannte. Ich hätte ihm alles geglaubt, was er mir gesagt hätte. Für mich war sein Wort die Heilige Schrift.«

»Also muß er etwas, *jemanden* gesehen haben,

den man dort so wenig erwartet hätte, daß es schier unglaublich war. Selbst für Sie.«

»Richtig. Genau zu dem Schluß bin ich auch gekommen.«

Kate erhob sich. »Danke, Mrs. Broome.«

»Bitte, nenn mich Edwina. Ist ein komischer Name, aber ich habe keinen anderen.«

Kate lächelte. »Wenn das alles vorbei ist, Edwina, würde ich Sie gerne noch mal besuchen und mich ein bißchen ausgiebiger mit Ihnen unterhalten.«

»Ich wüßte nicht, was mir mehr Freude bereiten könnte. Alt zu sein hat seine guten und schlechten Seiten. Alt und einsam zu sein hat nur schlechte Seiten.«

Kate zog den Mantel an und ging zur Tür. Das Päckchen verstaute sie sicher in der Handtasche.

»Das sollte die Suche doch einschränken, nicht wahr, Kate?«

»Wie ?«

»Jemand, der so unglaublich ist. Davon kann es doch nicht allzu viele geben.«

Der Sicherheitsbeamte des Krankenhauses war ein Hüne von einem Mann und wurde gerade gehörig zur Schnecke gemacht.

»Ich weiß nicht genau, was passiert ist. Ich war höchstens zwei, drei Minuten weg.«

»Sie hätten den Posten überhaupt nicht verlassen dürfen, Monroe!« brüllte der kleinwüchsige Vorgesetzte in Monroes Gesicht. Dem Hünen standen Schweißperlen auf der Stirn.

»Wie ich schon sagte, die Dame hat mich gebeten, ihr mit der Tasche zu helfen, also hab' ich ihr geholfen.«

»Welche Dame?«

»Hab' ich Ihnen doch erklärt, irgendeine Dame. Jung, gutaussehend, adrett gekleidet.« Angewidert wandte sich der Vorgesetzte ab. Er konnte nicht wissen, daß die Dame Kate Whitney war, die inzwischen fünf Blocks entfernt mit Seth Frank in ihrem Wagen saß.

»Tut es weh?« Kate sah ihn an. Weder ihre Züge noch ihre Stimme verrieten besondere Sympathie.

Behutsam berührte Frank den Verband um seinen Kopf. »Das soll wohl 'n Witz sein? Meine Sechsjährige schlägt härter zu.« Er sah sich im Wagen um. »Haben Sie Zigaretten da? Seit wann darf man in Krankenhäusern nicht mehr rauchen?«

Kate kramte in der Handtasche und hielt ihm eine offene Packung hin.

Der Fahnder zündete sich eine Zigarette an und musterte sie durch den Rauch. »Übrigens, den Sicherheitsbeamten haben Sie ganz schön an der Nase herumgeführt. Sie sollten ins Filmgeschäft einsteigen.«

»Großartig! Ich denke ohnehin gerade an einen Karrierewechsel.«

»Wie geht's unserem Freund?«

»Gut. Im Augenblick. Und wir sollten zusehen, daß es so bleibt.«

Während sie um die Kurve bog, warf sie ihm einen feindseligen Blick zu.

»Wissen Sie, es war nicht unbedingt geplant, daß Ihr alter Herr vor meinen Augen eine Kugel abgefangen hat.«

»Das hat Jack mir schon gesagt.«

»Aber Sie glauben ihm nicht?«

»Spielt es eine Rolle, was ich glaube?«

»Ja. Für mich schon, Kate.«

An einer roten Ampel hielt sie an. »Nun gut. Lassen Sie es mich so ausdrücken: Ich versuche, mich an den Gedanken zu gewöhnen, daß es nicht in Ihrer Absicht lag. Ist das in Ordnung?«

»Nein, aber für den Augenblick reicht es.«

Jack bog um die Ecke und versuchte, sich zu entspannen. Die letzte Sturmfront war der Hauptstadt endlich überdrüssig geworden, doch obwohl kein Schneeregen mehr niederprasselte, blieb das

Thermometer konstant unter Null, und ein eisiger Wind hatte wieder Einzug gehalten. Jack hauchte in die steif gefrorenen Hände und rieb sich die vom Schlafentzug geröteten Augen. Gegen den dunklen Himmel zeichnete sich sanft leuchtend der Mond ab. Das Gebäude an der gegenüberliegenden Straßenseite war dunkel und verlassen. Auch das Haus, vor dem er stand, hatte schon vor langem seine Türen geschlossen. Ein paar Passanten trotzten den unfreundlichen Bedingungen, doch zumeist stand Jack alleine da. Schließlich suchte er Schutz im Eingang des Gebäudes und wartete.

Drei Häuserblöcke entfernt fuhr ein rostiges Taxi an den Gehsteig. Die Hintertür öffnete sich, ein Paar Füße in Damenschuhen trat auf den Asphalt. Gleich darauf rollte das Taxi weiter, und die Straße war wieder in Stille gehüllt.

Kate zog den Mantel zu und marschierte eilenden Schrittes los. Als sie den nächsten Block erreichte, bog ein anderer Wagen mit ausgeschalteten Lichtern um die Ecke und rollte hinter ihr her. Kate konzentrierte sich zu sehr auf den Weg vor ihr, als daß sie sich umgedreht hätte.

Jack sah sie um die Ecke kommen. Bevor er auf sie zuging, blickte er in alle Richtungen; eine Gewohnheit, die er sich rasch angeeignet hatte und die er hoffte, bald wieder ablegen zu können. Hastig lief er auf sie zu. Die Straße war still. Weder Kate noch Jack bemerkten die Kühlerhaube der Limousine, die um die Ecke lugte. Im Wagen nahm der Fahrer das Paar mit einem Nachtsichtgerät ins Visier, das im Versandhauskatalog als neuester Stand der Sowjet-Technologie angepriesen wurde. Wenngleich die früheren Kommunisten offenbar keinen blassen Schimmer hatten, wie man eine demokratische, kapitalistische Gesellschaftsform errichtete, verstanden sie es, hervorragendes militärisches Gerät herzustellen.

»Mein Gott, du frierst ja, wie lange wartest du schon?« Kate hatte Jacks Hand berührt; die Eiseskälte war durch ihren ganzen Körper geschossen.

»Länger als notwendig. Das Motelzimmer schien immer kleiner zu werden. Ich mußte einfach raus. Ich gebe bestimmt einen lausigen Häftling ab. Also?«

Kate öffnete die Handtasche. Von einer Telefonzelle aus hatte sie Jack angerufen. Was sie bei sich trug, konnte sie ihm nicht sagen, lediglich, daß sie etwas hatte. Jack schloß sich Edwina Broomes Meinung an, daß er es sein sollte, der Risiken einging, wenn es schon sein mußte. Kate hatte bereits genug getan.

Jack nahm das Päckchen an sich. Was sich darin befand, war nicht schwer zu erkennen. Fotos.

Danke, Luther. Du hast mich nicht enttäuscht.

»Wie fühlst du dich?« Jack musterte sie.

»Besser.«

»Wo ist Seth?«

»Ganz in der Nähe. Er bringt mich nach Hause.«

Die beiden sahen einander an. Jack wußte, daß es am vernünftigsten wäre, Kate gehen zu lassen, vielleicht sogar, sie außer Landes zu schicken, bis dies hier entweder vorbei war oder er wegen Mordes verurteilt wurde. Gesetzt den letzteren Fall, war ihre Absicht, irgendwo ein neues Leben zu beginnen, vermutlich die beste Lösung überhaupt.

Aber er wollte nicht, daß sie ging.

»Danke.« Die Worte schienen vollkommen unangebracht, als hätte sie ihm gerade ein Lunchpaket oder saubere Wäsche gebracht.

»Jack, was hast du jetzt vor?«

»Darüber habe ich noch nicht genau nachgedacht. Aber das werd' ich noch. Kampflos gebe ich mich nicht geschlagen.«

»Ja, aber du weißt nicht einmal, mit wem du in den Ring steigst. Das ist nicht fair.«

»Wer hat denn behauptet, das Leben sei fair?«

Jack lächelte sie an; der Wind wehte ein paar alte Zeitungen die Straße herunter.

»Du gehst jetzt besser. Hier sind wir nicht sicher.«

»Ich hab' meine Pfefferschleuder dabei.«

»Braves Mädchen.«

Kate wandte sich zum Gehen, dann ergriff sie seinen Arm.

»Jack, bitte sei vorsichtig.«

»Ich bin immer vorsichtig. Ich bin Anwalt. Vorsicht ist unser oberstes Gebot.«

»Jack, ich meine es ernst.«

Er zuckte die Schultern. »Weiß ich. Ich verspreche dir, so vorsichtig wie möglich zu sein.« Mit diesen Worten trat Jack auf sie zu und nahm die Kapuze ab.

Die Nachtsichtgläser schwenkten auf Jacks freigelegtes Gesicht, dann senkten sie sich. Zittrige Hände griffen zum Autotelefon.

Die beiden umarmten einander flüchtig. Zwar verspürte Jack den heißen Drang, sie zu küssen, doch unter den gegebenen Umständen ließ er es dabei bewenden, ihr sanft die Lippen an den Hals zu legen. Als sie auseinandertraten, standen Tränen in Kates Augen. Jack wandte sich um und eilte davon.

Kate ging die Straße zurück. Den Wagen bemerkte sie erst, als er quer über die Straße auf sie zuschoß und beinahe auf den Gehsteig raste. Als die Fahrertür aufgerissen wurde, taumelte sie rückwärts.

Im Hintergrund schwoll Sirenengeheul an, das in ihre Richtung kam. In Jacks Richtung. Instinktiv blickte sie zurück. Er war nicht mehr zu sehen. Als sie sich zurückdrehte, starrte sie in selbstgefällige Augen, über denen buschige Brauen wucherten.

»Ich wußte doch, daß sich unsere Wege wieder kreuzen würden, Ms. Whitney.«

Kate musterte den Mann, erkannte ihn jedoch nicht.

Er wirkte enttäuscht. »Bob Gavin. Von der *Post.*«

Sie betrachtete den Wagen. Schon einmal hatte sie dieses Fahrzeug gesehen. Als es an Edwina Broomes Haus vorbeigefahren war.

»Sie sind mir gefolgt.«

»Ja. Ich dachte mir schon, daß Sie mich über kurz oder lang zu Graham führen.«

»Die Polizei?« Sie fuhr herum und sah einen Streifenwagen mit schrillender Sirene die Straße herunter auf sie zubrausen. »Sie haben sie gerufen.«

Lächelnd nickte Gavin. Offensichtlich war er höchst zufrieden mit sich.

»Ich denke, bevor die Polizei hier ist, könnten wir ein kleines Geschäft aushandeln. Sie geben mir eine Exklusivstory. Der Abstieg des Jack Graham. Und mein Bericht ändert sich gerade so viel, daß

Sie nicht als Komplizin, sondern als unschuldig in das Schlamassel gezogenes Opfer dastehen.«

Kate starrte den Mann an. Die während eines Monats voller persönlicher Schrecken aufgestaute Wut drohte einem Vulkan gleich auszubrechen. Und Bob Gavin stand unmittelbar über dem Epizentrum.

Gavin schaute zum herannahenden Streifenwagen. Dahinter folgten zwei weitere Einsatzautos.

»Machen Sie schon, Kate«, drängte er. »Ihnen bleibt nicht viel Zeit. Sie müssen nicht in den Knast, und ich bekomme meinen längst überfälligen Pulitzer und meine Viertelstunde Ruhm. Was meinen Sie?«

Kate knirschte mit den Zähnen; aber die Antwort erfolgte so beunruhigend gelassen, als hätte sie monatelang geübt. »Schmerz, Mr. Gavin. Sie bekommen Ihre Viertelstunde Schmerz.«

Während er sie verständnislos anglotzte, holte sie den handflächengroßen Behälter hervor, zielte direkt auf sein Gesicht und betätigte den Zerstäuber. Als die Bullen aus dem Wagen stiegen, wand sich Bob Gavin mit den Händen im Gesicht auf dem Asphalt; vergeblich versuchte er, sich Tausende winziger Pfefferpartikel aus den Augen zu reiben.

Beim Klang der ersten Sirene war Jack in eine Seitengasse gesprintet.

Den Rücken an eine Hauswand gelehnt, schnappte er nach Luft. Seine Lungen brannten, die Kälte schlug ihm ins Gesicht. Daß er sich in einer ziemlich menschenleeren Gegend befand, hatte sich in einen gewaltigen taktischen Nachteil verwandelt. Wohl konnte er in Bewegung bleiben, doch er würde einer schwarzen Ameise auf einem Blatt weißem Papier gleichen. Die Sirenen brüllten mittlerweile mit solcher Gewalt auf ihn ein, daß er nicht mehr feststellen konnte, aus welcher Richtung sie kamen.

Tatsächlich kamen sie aus allen Richtungen. Und sie näherten sich. Er rannte zur nächsten Ekke, hielt an und spähte hinaus. Der Anblick war wenig ermutigend. Am Ende der Straße errichtete die Polizei gerade eine Straßensperre. Die Strategie war leicht durchschaubar. Sie wußten ungefähr, wo er sich aufhielt. Sie würden einfach einen großen Radius abriegeln und systematisch näher rücken. Die Polizei hatte die Mittel und die Zeit dafür, Jack keines von beiden.

Sein einziger Vorteil war die Kenntnis der Gegend. Viele seiner Klienten in den alten Zeiten als Pflichtverteidiger lebten hier. Sie träumten nicht vom College, von guten Jobs, einer Familie und einem Häuschen in der Vorstadt; ihre Gedanken kreisten darum, wieviel sie verdienen konnten, indem sie Crack verkauften; wie sie Tag für Tag überleben konnten. Überleben. Das war ein starker, menschlicher Urinstinkt. Jack hoffte, seiner würde ausgeprägt genug sein.

Als er die Gasse hinunterpreschte, hatte er keine Ahnung, was ihn erwartete, doch er hoffte, das rauhe Wetter würde das Gesindel in den Häusern halten. Er mußte beinahe lachen. Keiner seiner früheren Partner bei PS&L hätte sich diesem Ort je genähert, nicht einmal mit einer bewaffneten Armee im Rücken. Ebenso gut hätte er auf dem Pluto umherlaufen können.

Mit einem einzigen Sprung überwand er den Maschendrahtzaun und verlor bei der Landung etwas das Gleichgewicht. Als er die Hand an die rauhe Ziegelwand legte, um sich abzustützen, vernahm er zwei Geräusche: sein angestrengtes Atmen und den Klang rennender Füße. Vieler Füße. Sie hatten ihn entdeckt. Sie kreisten ihn ein. Als nächstes würde man die Polizeihunde herbringen, und vierbeinigen Bullen konnte man unmöglich entkommen. Jack rannte aus der Gasse auf die Indiana Avenue zu.

Als kreischende Reifen auf ihn zurasten, bog Jack in eine weitere Straße. Auch hier begrüßte ihn eine neue Verfolgerfront. Es war nur noch eine Frage der Zeit. In der Manteltasche fühlte er nach dem Päckchen. Was konnte er damit anfangen? Er vertraute niemandem mehr. Verfahrensgemäß würde man eine Bestandsaufnahme der Besitztümer des Verhafteten machen und sie ihm abnehmen, mit den entsprechenden Unterschriften und Etiketten. Auf all das gab Jack nichts. Wem es möglich war, inmitten Hunderter Polizeibeamter einen Menschen zu töten und sich spurlos aus dem Staub zu machen, der konnte zweifellos auch das persönliche Hab und Gut eines Häftlings aus dem Polizeirevier von Washington entwenden. Und was er in der Tasche hatte, war seine einzige Chance. Zwar gab es in Washington nicht die Todesstrafe, doch lebenslang ohne Bewährung war kaum besser, in mancher Hinsicht sogar viel schlimmer.

Jack raste zwischen zwei Gebäuden entlang, rutschte auf einer Eisplatte aus und stürzte über ein paar Mülltonnen. Hart fiel er zu Boden. Beim Versuch sich aufzurappeln, schlitterte er auf die Straße; dabei rieb er sich den brennenden Ellbogen; die Schwäche im Knie war neu. Als er sich endlich fing, gelang es ihm, sich aufzusetzen; er erstarrte.

Die Scheinwerfer des Wagens schossen geradewegs auf ihn zu. Das Einsatzlicht peitschte ihm ins Gesicht, als die Reifen kaum fünf Zentimeter von seinem Kopf entfernt zum Stillstand kamen. Kraftlos sank er auf den Asphalt zurück. Er war zu erschöpft, um sich zu bewegen.

Die Wagentür flog auf. Verwirrt schaute Jack auf. Es war die Beifahrertür. Dann wurde die Fahrertür aufgerissen. Kräftige Hände schoben sich unter seine Achseln.

»Verdammt noch mal, Jack, schwing deinen Hintern rein.«

Jack blickte in Seth Franks Gesicht.

Kapitel 28

Bill Burton steckte den Kopf in den Aufenthaltsraum des Secret Service. Tim Collin saß an einem der Schreibtische und ging einen Bericht durch.

»Komm mit, Tim.«

Fragend schaute Collin ihn an.

Leise sagte Burton: »Sie haben ihn in der Nähe des Gerichtsgebäudes eingekreist. Ich will dabei sein. Nur für alle Fälle.«

Die Limousine raste die Straße hinunter; das blaue Einsatzlicht forderte unverzüglichen Respekt von Verkehrsteilnehmern, die nicht daran gewöhnt waren, diesen Respekt anderen Kraftfahrern gegenüber zu zeigen.

»Wo ist Kate?« Jack lag unter einer Decke auf dem Rücksitz.

»Im Augenblick liest man ihr vermutlich ihre Rechte vor. Danach überhäuft man sie wohl mit Klagen wegen Beihilfe, weil sie dir Unterstützung geleistet hat.«

Jack sprang auf. »Wir müssen zurück, Seth. Ich stelle mich. Dann läßt man sie gehen.«

»Ja, sicher.«

»Ich meine es ernst, Seth.« Jack hatte sich halb über den Vordersitz gebeugt.

»Ich auch, Jack. Wenn du zurückgehst und dich stellst, dann hilft das Kate überhaupt nicht, aber du verlierst selbst die kleine Chance, die du noch hast, dein Leben wieder in Ordnung zu bringen.«

»Aber Kate –«

»Ich kümmere mich um Kate. Hab' schon einen Kumpel in Washington angerufen. Er erwartet sie bereits. Das ist 'n netter Kerl.«

Jack ließ sich zurückplumpsen. »Scheiße.«

Frank öffnete das Fenster, faßte hinaus, schaltete das Einsatzlicht aus und warf es auf den Beifahrersitz.

»Was zur Hölle ist passiert?«

Frank schaute in den Rückspiegel. »Weiß ich nicht genau. Ich kann mir nur vorstellen, daß Kate sich irgendwo einen Schatten eingefangen hat. Ich bin in der Gegend herumgefahren. Wir wollten uns nach der Übergabe am Convention Center treffen. Über Polizeifunk hörte ich, daß man dich entdeckt hat. Ich habe die Jagd über Funk mitverfolgt und versucht zu erraten, wohin du laufen könntest. Hab' wohl Glück gehabt. Ich konnte es kaum glauben, als ich dich aus der Gasse stürzen sah. Um ein Haar hätte ich dich über den Haufen gefahren. Wie geht's dir übrigens?«

»Blendend. Ich sollte diesen Mist ein- oder zweimal im Jahr machen, um in Form zu bleiben. Zur Vorbereitung auf die Olympiade der Verbrecher auf der Flucht.«

Frank kicherte. »Du bist noch wohlauf, mein Freund. Danke deinem Schutzengel. Übrigens, hast du ein hübsches Geschenk bekommen?«

Jack stieß einen leisen Fluch aus. Die Flucht vor der Polizei hatte ihn dermaßen beschäftigt, daß er noch gar keinen Blick darauf geworfen hatte. Er holte das Päckchen hervor.

»Hast du Licht hier drinnen?«

Frank schaltete die Innenbeleuchtung ein.

Jack sah die Fotos durch.

Frank blickte in den Spiegel. »Und, was haben wir?«

»Fotos. Vom Brieföffner oder Messer – wie auch immer du das Ding nennen willst.«

»Tja. Keine große Überraschung, würde ich sagen. Kann man etwas erkennen?«

Eingehend studierte Jack die Bilder in dem kärglichen Licht. »Nicht viel. Deine Leute werden eine Menge Gerätschaften brauchen, um da was rauszuholen.«

Frank seufzte. »Ich will ehrlich mit dir sein, Jack.

Wenn das alles ist, haben wir keine große Chance. Selbst wenn es uns gelingt, etwas Fingerabdruckähnliches zu bekommen, wer kann feststellen, woher der Abdruck stammt? Und man kann keine DNA-Analyse mit Blut auf einem verfluchten Foto durchführen, zumindest ist mir nichts davon bekannt.«

»Ich weiß. In den vier Jahren als Pflichtverteidiger habe ich nicht in der Nase gebohrt.«

Seth verlangsamte den Wagen. Sie befanden sich auf der Pennsylvania Avenue, und der Verkehr wurde dichter. »Was also hast du vor?«

Jack fuhr sich durch die Haare, dann bohrte er die Finger ins Bein, bis der Schmerz im Knie nachließ. Er legte sich zurück auf den Sitz. »Wer auch immer hinter dem Ganzen steckt, wollte den Brieföffner um jeden Preis zurückhaben, war bereit, dich, mich, jeden, der im Weg stand, dafür zu töten. Das deutet auf ausgeprägte Paranoia hin.«

»Was genau zu unserer Theorie vom hohen Tier paßt, das sehr viel zu verlieren hat. Und? Jetzt haben sie ihn zurück. Was bringt uns das, Jack?«

»Luther hat diese Fotos nicht bloß für den Fall gemacht, daß etwas mit dem ursprünglichen Gegenstand schieflaufen könnte.«

»Was meinst du damit?«

»Luther ist in die USA zurückgekommen, Seth,

erinnerst du dich? Darauf haben wir uns nie einen Reim machen können.«

Frank hielt an einer roten Ampel. Er drehte sich auf dem Sitz herum.

»Stimmt. Er ist zurückgekommen. Und du glaubst, du wüßtest warum?«

Vorsichtig richtete Jack sich auf dem Rücksitz auf, bedacht darauf, den Kopf unter dem Fenster zu halten. »Ja, das glaube ich. Ich hab' dir doch gesagt, Luther war nicht der Typ, der so etwas auf sich hätte beruhen lassen. Wenn er etwas tun konnte, hätte er es auch getan.«

»Aber er hat sich ins Ausland abgesetzt. Zunächst.«

»Ich weiß. Vielleicht war das sein ursprünglicher Plan. Möglicherweise hatte er das die ganze Zeit über vor, wenn alles glatt gelaufen wäre. Tatsache aber bleibt, daß er zurückgekommen ist. Irgend etwas muß ihn umgestimmt haben. Und er hat diese Bilder geschossen.« Jack hielt die Fotos fächerartig hoch.

»Ich begreife das nicht, Jack. Wenn er den Kerl festnageln wollte, warum hat er das ganze Zeug dann nicht zur Polizei geschickt?«

»Ich glaube, letzten Endes hatte er genau das vor. Aber er hat Edwina Broome gesagt, daß sie ihm nicht glauben würde, wenn er ihr erzählte, wen er gesehen hatte. Und wenn selbst sie, eine gute Freundin, ihm die Geschichte nicht abgekauft hätte, dann dachte er wahrscheinlich, seine Glaubwürdigkeit wäre gleich Null, zumal er außerdem einen Einbruch zu gestehen hatte.«

»Gut, er hatte also ein Problem mit seiner Glaubwürdigkeit. Wie passen die Fotos dazu?«

»Nehmen wir mal an, es geht um einen glatten Tausch. Bargeld gegen einen gewissen Gegenstand. Was ist die schwierigste Phase?«

Franks Antwort kam wie aus der Pistole geschossen. »Die Übergabe. Wie man an das Geld rankommt, ohne dabei umgebracht oder geschnappt zu werden. Für das Abholen des Gegenstandes kann man später Anweisungen schicken. Das wirklich Schwierige ist, das Geld zu bekommen. Deshalb ist auch die Zahl der Entführungen zurückgegangen.«

»Wie würdest du es abwickeln?«

Frank überlegte einen Augenblick. »Da wir es hier mit Leuten zu tun haben, die nicht die Polizei einschalten, würde ich die Sache so schnell wie möglich durchziehen. Geringstmögliches persönliches Risiko, genug Zeit abzuhauen.«

»Wie würdest du das anstellen?«

»Elektronischer Geldtransfer. Eine Überweisung. In New York hatte ich mal mit einem Veruntreuungsfall bei einer Bank zu tun. Der Kerl hat alles über die Überweisungsabteilung der eigenen Bank abgewickelt. Du kannst dir gar nicht vorstellen, welche Summen da Tag für Tag durchschwirren. Unglaublich ist auch, wieviel dabei verloren geht. Ein gerissener Gauner könnte hier und da ein wenig abzweigen; bis man es bemerkt, könnte er längst über alle Berge sein. Man erteilt Überweisungsaufträge. Das Geld wird angewiesen. Dauert nur ein paar Minuten. Ist viel angenehmer, als im Park in einer Mülltonne rumzuwühlen, wo man ein wunderbares Ziel für feindliche Kanonen abgibt.«

»Aber der Absender kann die Überweisung doch weiterverfolgen?«

»Sicher. Man muß die Bestimmungsbank angeben. Die Bankleitzahl. Außerdem muß man ein Konto bei der Bank haben. All so was.«

»Nehmen wir mal an, der Absender ist raffiniert genug und überprüft die Überweisung. Was dann?«

»Dann kann er den Geldfluß verfolgen. Möglicherweise könnte er irgendeine Information aus dem Konto ablesen. Obwohl niemand so blöd wäre, seinen richtigen Namen oder die eigene Sozialversicherungsnummer anzugeben. Außerdem hätte ein gerissener Bursche wie Whitney vermutlich Vorausanweisungen bei der Bank hinterlassen. Sobald der Betrag bei der Bank eingeht, wird er auch schon zu einer andern weiterüberwiesen, dann zur nächsten und so weiter. Irgendwo verliert sich die Spur wahrscheinlich. Letztlich ist es schnelles Geld. Sofort verfügbar.«

»Nicht schlecht. Ich wette, Luther hat etwas in der Art gemacht.«

Behutsam kratzte Frank sich an den Rändern des Verbands. Den Hut hatte er tief ins Gesicht gezogen; das Ganze war ziemlich unbequem. »Ich kann mir bloß nicht vorstellen, warum er das Risiko überhaupt einging. Nach der Sache bei Sullivan brauchte er das Geld bestimmt nicht. Er hätte einfach in Deckung bleiben können. Gras über die Sache wachsen lassen. Nach einer Weile hätten die gedacht, er wäre für immer verschwunden. Nach dem Motto: Ihr tut mir nichts, ich tu' euch nichts.«

»Du hast recht. Das hätte er tun können. Sich zurückziehen. Aufgeben. Aber er ist zurückgekommen. Mehr noch, er ist zurückgekommen und hat anscheinend Christine Sullivans Mörder erpreßt. Und da er es vermutlich nicht des Geldes wegen getan hat, weshalb dann?«

Der Fahnder überlegte einen Augenblick. »Um sie schwitzen zu lassen. Um ihnen zu zeigen, daß er da draußen war. Mit dem Beweis, der sie zerstören konnte.«

»Aber er war nicht sicher, ob der Beweis ausreichen würde.«

»Weil der Täter eine angesehene Persönlichkeit war.«

»Genau. Also, was würdest du unter den gegebenen Umständen tun?« Frank fuhr an den Straßenrand und stellte den Motor ab. Er drehte sich herum. »Ich würde versuchen, noch einen Beweis ranzuschaffen. Das würde ich tun.«

»Wie? Indem du jemanden erpreßt?«

Schließlich breitete Frank die Arme aus. »Ich geb's auf.«

»Du hast gesagt, die Überweisung könnte vom Absender weiterverfolgt werden.«

»Und?«

»Wie steht's mit der anderen Richtung? Vom Empfänger ausgehend?«

»Mann, bin ich blöd.« Vorübergehend vergaß Frank die Gehirnerschütterung und schlug sich auf die Stirn. »Whitney hat die Überweisung zurückverfolgt, *in die andere Richtung*. Die Absender haben die ganze Zeit gedacht, sie spielten Katz und Maus mit Whitney. Sie die Katze, Luther die Maus. Die glaubten, daß er sich versteckt hielt und nur darauf wartete, abhauen zu können.«

»Nur hat Luther ihnen nicht gesagt, daß die Rollen vertauscht waren. Daß er die Katze und sie die Maus waren.«

»Und die Rückverfolgung würde letztlich zu den Tätern führen, ganz gleich, wie viele Schutzbarrieren sie auch aufgebaut haben, wenn sie daran überhaupt dachten. Jede Überweisung des Landes muß über die Nationalbank laufen. Sobald man die Überweisungsnummer der Nationalbank oder die Leitzahl der absendenden Bank kennt, hat man schon etwas, mit dem man anfangen kann. Selbst wenn Luther die Überweisung nicht zurückverfolgt hat, ist allein schon die Tatsache, daß er eine größere Summe Geld erhalten hat, schlimm genug. Hätte er diese Information den Bullen gegeben, mit dem Namen des Absenders, und hätte man die Sache überprüft ...«

Jack führte den Gedanken zu Ende »... dann wäre das Unglaubliche plötzlich doch glaubhaft geworden. Banküberweisungen lügen nicht. Geld wurde verbucht. Wenn es eine Menge Geld ist – und da bin ich in diesem Fall ganz sicher –, läßt sich das nicht so einfach vom Tisch wischen. Das kommt einem unwiderlegbaren Beweis schon ziemlich nahe. Mit der eigenen Geldübergabe hat er sie reingelegt.«

»Mir ist gerade etwas anderes eingefallen, Jack.

Wenn Whitney Beweismaterial gegen diese Leute gesammelt hat, dann hatte er vor, letzten Endes zur Polizei zu gehen. Er wollte einfach bei uns reinspazieren und sich samt Beweismaterial stellen.«

Jack nickte. »Deshalb brauchte er mich. Leider aber sind die uns zuvorgekommen und haben Kate als Garantie für sein Schweigen benutzt. Und später eine Kugel, um endgültig jedes Risiko auszuschalten.«

»Also wollte er sich stellen.«

»Stimmt.«

Frank rieb sich das Kinn. »Weißt du, was ich glaube?«

Ohne zu überlegen, antwortete Jack. »Er hat es gewußt.« Die beiden Männer sahen einander an.

Frank sprach zuerst, leise, fast flüsternd: »Er wußte, daß Kate eine Falle war. Trotzdem ist er hingegangen. Und ich hab' mich für so verdammt schlau gehalten.«

»Wahrscheinlich dachte er, es sei die letzte Möglichkeit, sie noch einmal zu sehen.«

»Scheiße. Ich weiß, der Kerl war ein Krimineller, aber ich kann dir sagen, meine Hochachtung vor ihm wächst von Minute zu Minute.«

»Ich weiß, was du meinst.«

Frank ließ den Motor wieder an und fädelte sich in den Verkehr ein.

»Gut, wohin führen uns nun all diese Folgerungen?«

Jack schüttelte den Kopf und legte sich wieder hin. »Ich weiß es nicht genau.«

»Ich meine, solange wir keinen Hinweis darauf haben, wer es ist, weiß ich nicht, was wir tun können.«

Jack sprang wieder auf. »Aber wir haben doch Hinweise.« Als wäre damit alle Energie schon verbraucht, legte er sich zurück. »Ich kann mir nur noch keinen Reim darauf machen.«

Ein paar Minuten lang fuhren die beiden Männer schweigend weiter.

»Jack, ich weiß, aus dem Mund eines Polizisten klingt das komisch, aber vielleicht solltest du dir überlegen, so schnell wie möglich abzuhauen. Hast du ein bißchen Geld gespart? Vielleicht solltest du dich früh zur Ruhe setzen.«

»Und Kate einfach ihrem Schicksal überlassen? Wenn wir diese Typen nicht festnageln, wieviel kriegt sie dann? Zehn bis fünfzehn Jahre wegen Beihilfe? Nein, Seth, das kommt nicht in Frage, nicht in einer Million Jahren. Lieber lasse ich mich auf dem Stuhl rösten.«

»Du hast recht. Entschuldige, war eine dumme Idee.«

Als Seth in den Spiegel blickte, versuchte der

Wagen unmittelbar vor ihm eine Kehre. Frank trat auf die Bremse, und der Wagen schleuderte seitwärts gegen den Randstein. Das Kansas-Nummernschild des Fahrzeugs, mit dem sie beinahe zusammengeprallt wären, verschwand in der Ferne.

»Blöde Touristen. Miese Scheißkerle!« Aufgeregt schnaufend, umklammerte Frank das Lenkrad. Der Sicherheitsgurt hatte seine Pflicht erfüllt, sich dabei jedoch tief ins Fleisch gegraben. Sein verletzter Kopf pochte.

»*Mieser Scheißkerl!*« brüllte Frank abermals, ohne bestimmtes Ziel. Dann fiel ihm sein Mitfahrer ein; besorgt schaute er auf den Rücksitz.

»Jack! Jack, alles in Ordnung?«

Jack preßte das Gesicht gegen die Scheibe. Er war bei Bewußtsein, tatsächlich starrte er intensiv auf etwas.

»Jack?« Frank öffnete seinen Gurt und packte Jack an der Schulter. »Geht's dir gut? *Jack!*«

Jack blickte Frank an, dann zurück aus dem Fenster. Frank überlegte, ob der Aufprall seinem Freund den Verstand gekostet hatte. Instinktiv suchte er Jacks Kopf nach Verletzungen ab, bis dieser ihn an der Hand packte und aus dem Fenster deutete. Frank schaute hinaus.

Selbst für seine stählernen Nerven war es ein

harter Schlag. Das Weiße Haus erfüllte sein Gesichtsfeld.

Jacks Gedanken rasten. Vor seinem geistigen Auge sah er, wie der Präsident vor Jennifer Baldwin zurückzuckte und sich mit seinem Tennisarm herausredete. Tatsächlich war der Arm mit einem gewissen Brieföffner verletzt worden, der die ganze Sache auslöste. Das ungewöhnliche Interesse des Präsidenten und des Secret Service am Fall Christine Sullivan. Alan Richmonds zeitgerechtes Auftauchen am Tag der Verlesung von Luthers Anklageschrift. *Er hat mich genau zu ihm geführt.* Laut Frank hatte es der Videofilmer so und nicht anders beschrieben. *Er hat mich genau zu ihm geführt.* Das erklärte auch Mörder, die inmitten einer Armee von Polizisten töteten und davonspazierten. Wer sollte einen Secret-Service-Agenten aufhalten, der den Präsidenten beschützte? Niemand. Kein Wunder, daß Luther annahm, keiner würde ihm glauben.

Der Präsident der Vereinigten Staaten!

Und es hatte ein bedeutendes Ereignis gegeben, kurz bevor Luther ins Land zurückkehrte. Alan Richmond hatte eine Pressekonferenz abgehalten, anläßlich der er der Öffentlichkeit erklärte, wie unglaublich betroffen er von dem grausamen Mord an Christine Sullivan sei. Wahrscheinlich hatte er

Walter Sullivans Frau gevögelt, dann aus irgendeinem Grund getötet, und dieser Schleimklumpen gewann noch politisches Prestige, indem er zeigte, was für ein einfühlsamer und guter Freund er doch wäre. Eine *Mords*vorstellung war es gewesen. Und das im wahrsten Sinne des Wortes. Kein einziges ehrliches Wort war gefallen. Das Ereignis wurde in die ganze Welt übertragen. Was mußte Luther wohl gedacht haben, als er es sah? Jack glaubte, es zu wissen. Deshalb, nur deshalb war Luther zurückgekommen. Um die Rechnung zu begleichen.

Für Jack war die Erkenntnis nicht unbedingt eine Überraschung, denn die Teile des Puzzles schwirrten schon lange in seinem Kopf herum und warteten nur noch auf den richtigen Katalysator.

Grimmig lächelnd blickte Jack zu Seth Frank. Er dachte an die Worte, die Luther unmittelbar vor seinem Tod gesprochen hatte. Endlich erinnerte sich Jack, wo er sie bereits gehört hatte. Die Zeitung, die Luther im Gefängnis an die Wand schleuderte. Mit dem lächelnden Präsidenten auf der Titelseite.

Vor dem Gerichtsgebäude, als er genau diesen Mann angestarrt hatte, fielen dieselben Worte, mit all der Wut und Kraft, die der alte Mann aufbringen konnte.

»Mieser Scheißkerl«, flüsterte Jack.

Alan Richmond stand am Fenster und fragte sich, ob er denn von Nichtsnutzen umgeben sei. Gloria Russell saß teilnahmslos auf einem Stuhl ihm gegenüber. Ein halbes dutzendmal hatte er die Frau mittlerweile gevögelt und jedwedes Interesse an ihr verloren. Sobald die Zeit reif war, wollte er sie hinauswerfen. Sein nächster Verwaltungsstab würde sich aus einem weit fähigeren Team zusammensetzen. Aus Untergebenen, die es ihm ermöglichten, sich voll und ganz seinen Visionen für das Land zu widmen. Er war nicht Präsident geworden, um sich mit Details herumzuschlagen.

»Wie ich sehe, haben wir bei den Umfragen nicht einen einzigen Punkt dazugewonnen.« Russell sah er nicht an. Ihre Antwort kannte er bereits im voraus.

»Spielt es denn wirklich eine Rolle, ob du mit sechzig oder mit siebzig Prozent gewinnst?«

Er wirbelte herum. »Ja«, zischte er. »Ja, verdammt noch mal, es spielt eine Rolle.«

Sie biß sich auf die Lippe und kuschte. »Ich gebe mir mehr Mühe, Alan. Vielleicht schaffen wir ja im Wahlmännergremium eine Zweidrittelmehrheit.«

»Zumindest das sollte möglich sein, Gloria.«

Sie schlug die Augen nieder. Nach der Wahl wollte sie reisen. Um die ganze Welt. An Orte, wo sie niemanden kannte und wo niemand sie kannte. Einen neuen Start, genau das brauchte sie. Danach würde alles wieder in Ordnung kommen.

»Nun, zumindest ist unser kleines Problem beseitigt.« Mit auf dem Rücken verschränkten Händen musterte er sie. Groß, schlank, makellos gekleidet und frisiert. Wie der Oberbefehlshaber einer unbesiegbaren Armada wirkte er. Doch die Geschichte hatte bewiesen, daß selbst die unbesiegbare Armada weit verwundbarer war, als gemeinhin angenommen wurde.

»Hast du den Brieföffner verschwinden lassen?«

»Nein, Gloria, ich habe ihn hier in meinem Schreibtisch. Möchtest du ihn sehen? Vielleicht willst du dich wieder damit davonmachen?« Er gab sich so unglaublich herablassend, daß sie das dringende Bedürfnis verspürte, die Unterhaltung zu beenden. Sie stand auf.

»Gibt es sonst noch etwas?«

Kopfschüttelnd trat er wieder ans Fenster. Gerade als sie die Hand auf den Türknauf gelegt hatte, drehte sich dieser.

»Wir haben ein Problem.« Bill Burton stand in der Tür und sah die beiden an.

»Und was will er?« Der Präsident betrachtete das Foto.

Burton antwortete sofort. »Davon steht nichts in der Nachricht. Ich könnte mir denken, daß er dringend Geld braucht, schließlich sind die Bullen ihm auf den Fersen.«

Der Präsident bedachte Russell mit einem schneidenden Blick. »Ich möchte zu gerne wissen, woher Jack Graham wußte, daß er das Foto hierhersenden mußte.«

Burton bemerkte den Blick des Präsidenten. Zwar lag ihm nichts ferner, als Russell zu verteidigen, doch er hielt es rein gefühlsmäßig für ausgeschlossen, daß sie etwas damit zu tun hatte.

»Gut möglich, daß Whitney es ihm gesagt hat«, gab er zu bedenken.

»Wenn das stimmt, dann hat er aber ziemlich lange gewartet, bis er mit uns in den Ring steigt«, schoß der Präsident zurück.

»Vielleicht hat Whitney es ihm nicht direkt gesagt. Graham könnte selbst dahintergekommen sein. Wahrscheinlich hat er es sich zusammengereimt.«

Der Präsident warf das Bild auf den Tisch. Rasch wandte Russell die Augen ab. Der bloße Anblick des Brieföffners ließ sie erstarren.

»Burton, wie kann er uns damit wohl schaden?« Unbewegt starrte der Präsident den Agenten an und schien sich durch dessen Gedanken zu wühlen.

Burton setzte sich und rieb sich mit der Handfläche das Kinn. »Darüber habe ich schon nachgedacht. Kann sein, daß Graham nur nach einem Strohhalm greift. Er sitzt selbst ziemlich in der Klemme. Und seine Freundin kühlt sich ihr Mütchen gerade in der Untersuchungshaft. Ich glaube, er ist ganz einfach verzweifelt. Ihm ist wohl plötzlich eine Idee gekommen; er hat zwei und zwei zusammengezählt, uns auf gut Glück das Foto geschickt und gehofft, es würde uns seinen Preis wert sein, wie hoch der auch sein mag.«

Der Präsident erhob sich und spielte mit seiner Kaffeetasse. »Gibt es eine Möglichkeit, ihn ausfindig zu machen? Schnell?«

»Es gibt immer Möglichkeiten. Wie schnell kann ich nicht sagen.«

»Und wenn wir seinen Brief einfach ignorieren?«

»Vielleicht tut er gar nichts, sondern versucht einfach abzuhauen.«

»Aber wir sind trotzdem wieder mit der Möglichkeit konfrontiert, daß ihn die Polizei erwischt –«

»– und ihn zum Reden bringt«, beendete Burton den Satz. »Ja, das ist gut möglich. Sehr gut möglich.«

Der Präsident nahm das Bild in die Hand. »Und mehr als das hat er nicht, um seine Geschichte zu belegen?« Er sah ungläubig drein. »Weshalb sollten wir uns Sorgen machen?«

»Es ist nicht der Belastungswert des Fotos an sich, der mich beunruhigt.«

»Sie fürchten, seine Anschuldigungen und eventuelle Hinweise oder Vermutungen aus dem Bild könnten unangenehme Fragen der Polizei nach sich ziehen.«

»Etwas in der Art. Vergessen Sie nicht, es sind die Anschuldigungen, die Sie Kopf und Kragen kosten können. Sie stehen mitten in der Wahlkampagne. Wahrscheinlich sieht er das als Pluspunkt für sich. Eine schlechte Presse kann im Augenblick tödlich für Sie sein.«

Einen Augenblick überlegte der Präsident. Nichts und niemand würde sich seiner Wiederwahl in den Weg stellen. »Ihn zu bezahlen ist sinnlos, Burton, das wissen Sie. Solange Graham atmet, bleibt er gefährlich.« Richmond warf einen Blick auf Russell, die mit im Schoß gefalteten Händen und niedergeschlagenen Augen die ganze Zeit schweigend dasaß. Sein Blick durchbohrte sie. *So schwach.*

Der Präsident nahm an seinem Schreibtisch Platz und begann, Dokumente durchzugehen. Beiläufig meinte er: »Tun Sie es, Burton, und tun Sie es bald.«

Frank schaute zur Wanduhr, ging an die Tür, schloß diese und griff zum Telefon. Sein Kopf schmerzte nach wie vor, doch der Arzt hatte ihm versichert, er würde keine Folgeschäden davontragen.

Am anderen Ende wurde abgenommen. »Washington Executive Inn.«

»Zimmer 233 bitte.«

»Einen Augenblick.«

Sekunden verstrichen, und Frank wurde nervös. Jack sollte in seinem Zimmer sein.

»Hallo?«

»Ich bin's.«

»Wie geht's?«

»Vermutlich besser als dir.«

»Wie geht's Kate?«

»Sie ist auf Kaution draußen. Ich habe durchgesetzt, daß sie in meine Verantwortung überstellt wird.«

»Ich bin sicher, das freut sie ungemein.«

»Wohl eher nicht. Hör zu, es wird langsam, aber sicher brenzlig. Was hast du vor?«

»Ich arbeite daran.«

»Es ist nur eine Frage der Zeit, bis sie dich finden, Jack. Mein Hals steckt hier genauso in der Schlinge. Nimm meinen Rat an und sieh zu, daß du dich aus dem Staub machst. Du verschwendest nur kostbare Zeit.«

»Aber Kate –«

»Komm schon, Jack, es gibt die Zeugenaussage eines einzigen Mannes, der versucht hat, von ihr ein Exklusivinterview zu erpressen. Sein Wort steht gegen ihres. Sonst hat dich niemand gesehen. Aus der Anklage windet sie sich hundertprozentig heraus. Hundertprozentig. Ich habe mit dem Staatsanwalt gesprochen. Er überlegt sogar ernsthaft, die Klage fallenzulassen.«

»Ich weiß nicht recht.«

»Verdammt noch mal, Jack. Kate kommt bei der ganzen Sache um einiges besser weg als du, wenn du dir nicht bald Gedanken über deine Zukunft machst. Du mußt von hier verschwinden. Das ist nicht nur meine Meinung. Auch ihre.«

»Kate?«

»Ich habe sie gestern getroffen. Wir sind uns nicht in vielen Dingen einig, darin aber schon.«

Jack entspannte sich und stieß einen tiefen Seufzer aus. »In Ordnung. Wo soll ich hin, und wie komme ich dahin?«

»Um neun ist mein Dienst zu Ende. Ich bin um zehn bei dir. Pack schon mal deine Sachen. Um den Rest kümmere ich mich. Halt in der Zwischenzeit die Ohren steif.«

Frank legte auf und holte tief Luft. Es war besser, nicht über das Risiko nachzudenken, das er einging.

Jack sah auf die Uhr, dann auf die Tasche am Bett. Viel Gepäck hatte er nicht. Sein Blick fiel auf den Fernseher in der Ecke, doch es würde kein Programm laufen, das ihn interessierte. Plötzlich fühlte er sich durstig, kramte Kleingeld aus der Tasche, öffnete die Zimmertür und spähte hinaus. Der Getränkeautomat stand ein Stück den Flur hinunter. Er setzte eine Baseballmütze und eine dicke Sonnenbrille auf und glitt hinaus. Jack hörte nicht, daß sich die Tür zum Treppenhaus am anderen Ende des Ganges öffnete. Außerdem vergaß er, die Zimmertür abzuschließen.

Als er zurückkam, fiel ihm sofort auf, daß kein Licht brannte. Aber er hatte es eingeschaltet gelassen. Als er nach dem Schalter faßte, wurde die Tür hinter ihm zugeworfen, und er aufs Bett geschleudert. Behende drehte er sich herum. Nachdem die Augen sich den neuen Lichtverhältnissen angepaßt hatten, erkannte er die beiden Männer. Diesmal trugen sie keine Masken. Allein das sprach Bände.

Jack wollte sich aufrichten, doch zwei Pistolen ließen ihn innehalten. Er setzte sich zurück und musterte die beiden Gesichter.

»Was für ein Zufall, daß ich Sie beide schon getrennt kennengelernt habe.« Er deutete auf Collin. »Sie haben versucht, mir den Kopf wegzupusten.« Dann fuhr er zu Burton herum. »Und Sie haben erfolgreich versucht, mir das Leben zur Hölle zu machen. Burton, nicht wahr? Bill Burton. Ich vergesse nie einen Namen.« Jack schaute zu Collin. »Ihren Namen kenne ich noch nicht.«

Collin blickte zu Burton, dann zurück zu Jack. »Secret-Service-Agent Tim Collin. Einen hübschen Schlag haben Sie am Leibe, Jack. Sie müssen wohl in der Schule Sport getrieben haben.«

»Ja, meine Schulter erinnert sich noch an Sie.«

Burton setzte sich neben Jack aufs Bett.

Jack sah ihn an. »Ich war der Meinung, ich hätte meine Spuren recht gut verwischt. Überrascht mich, daß Sie mich gefunden haben.«

Burton blickte an die Decke. »Ein kleiner Vogel hat es uns gezwitschert, Jack.«

Jack schaute zu Collin hinüber, dann wieder zu Burton. »Hören Sie, ich verschwinde aus der Stadt und komme nie wieder. Ich glaube nicht, daß es nötig ist, mich auf die Totenliste zu setzen.«

Burton erblickte die Tasche auf dem Bett. Er stand auf und steckte die Waffe zurück in den Halfter. Dann packte er Jack und zerrte ihn an die Wand. Der erfahrene Agent untersuchte ihn gründlichst. Die nächsten zehn Minuten verbrachte Burton damit, den Raum nach Abhörgeräten und sonstigen interessanten Gegenständen zu durchsuchen. Zuletzt war Jacks Tasche an der Reihe. Er zog die Fotos heraus und betrachtete sie.

Zufrieden ließ Burton sie in der Innentasche seines Jacketts verschwinden und lächelte Jack an. »Tut mir leid, aber Paranoia ist ein wesentlicher Aspekt meines Berufs.« Er setzte sich wieder hin. »Ich möchte gerne wissen, weshalb Sie das Foto an den Präsidenten geschickt haben.«

Jack zuckte die Schultern. »Nun, da ich hier keine Zukunft habe, dachte ich, Ihr Boß möchte vielleicht etwas zu meinem Fluchtfond beisteuern. Den Betrag hätten Sie einfach überweisen können, wie bei Luther.«

Collin grunzte, schüttelte den Kopf und grinste. »So funktioniert das leider nicht, Jack. Sie hätten eine andere Lösung für Ihr Problem finden sollen.«

»Ich hätte wohl Ihrem Beispiel folgen sollen, was? Hast du ein Problem? Beseitige es einfach«, schoß Jack zurück.

Collins Lächeln löste sich auf. Finster funkelten seine Augen den Anwalt an.

Burton erhob sich und begann, im Zimmer auf und ab zu laufen. Er holte eine Zigarette heraus, überlegte es sich jedoch und steckte sie zurück in die Tasche. An Jack gewandt, meinte er ruhig: »Sie hätten einfach wie der Blitz von hier verschwinden sollen, Jack. Vielleicht hätten Sie es geschafft.«

»Nicht mit Ihnen auf den Fersen.«

Burton zuckte die Schultern. »Wer weiß?«

»Wie können Sie sicher sein, daß ich der Polizei noch keines der Fotos geschickt habe?«

Burton holte die Bilder hervor und betrachtete sie. »Polaroid-Land-Kamera. Die Filme gibt es in Standardpackungen zu je zehn Stück. Whitney hat zwei an Russell geschickt. Eines haben Sie dem Präsidenten geschickt. Sieben halte ich hier in der Hand. Tut mir leid, Jack. Trotzdem, netter Versuch.«

»Vielleicht habe ich auch Seth Frank erzählt, was ich weiß?«

Burton schüttelte den Kopf. »Wäre das der Fall, hätte es mir wahrscheinlich das kleine Vögelchen erzählt. Wenn Sie aber darauf bestehen, können wir gerne warten, bis der Lieutenant hier aufkreuzt und sich der Party anschließt.«

Jack schoß vom Bett hoch und stürzte auf die Tür zu. Genau als er sie erreichte, traf ihn eine stahlharte Faust in die Nieren. Jack sackte zu Boden. Einen Augenblick später wurde er auf die Beine gezogen und zurück aufs Bett geworfen.

Als der Schmerz nachließ, schaute Jack in Collins Gesicht hinauf.

»Jetzt sind wir quitt, Jack.«

Jack stöhnte, sank aufs Bett zurück und kämpfte gegen die Übelkeit an, die der Schlag hervorrief. Als der Anfall vorüber war, richtete er sich erneut auf. Collin beugte sich vor und wiederholte: »Jetzt sind wir quitt, Jack.«

Endlich gelang es Jack aufzuschauen. Seine Augen suchten Burtons Gesicht. Ungläubig schüttelte er den Kopf.

Eingehend musterte Burton den Anwalt und meinte: »Was ist?«

»Ich dachte, Sie wären die Guten«, antwortete Jack leise.

Lange Zeit erwiderte Burton nichts.

Collin schlug die Augen nieder und starrte zu Boden.

Schließlich antwortete Burton mit einer Stimme, als hätte sein Kehlkopf einen plötzlichen Zusammenbruch erlitten. »Das habe ich auch geglaubt, Jack. Das habe ich auch geglaubt.« Er hielt inne, schluckte schwer und fuhr fort: »Ich habe mir dieses Problem nicht gewünscht. Könnte Richmond seinen Schwanz in der Hose behalten, wäre nichts von all dem geschehen. Aber es ist nun mal passiert. Und wir mußten es geradebiegen.«

Burton stand auf und blickte auf die Uhr. »Es tut mir leid, Jack. Aufrichtig leid. Sie mögen das vielleicht lächerlich finden, aber es ist die Wahrheit.«

Er schaute zu Collin und nickte. Collin bedeutete Jack, er solle sich aufs Bett legen.

»Ich hoffe, der Präsident weiß zu schätzen, was Sie für ihn tun«, meinte Jack verbittert.

Burton brachte ein müdes Lächeln zustande. »Sagen wir, er erwartet es, Jack.«

Langsam glitt Jack zurück und beobachtete, wie der Lauf näher und näher an sein Gesicht rückte. Das Metall konnte er bereits riechen. Vor sich sah er schon den Rauch und das Projektil, das unfaßbar schnell aus dem Lauf schießen würde.

Dann donnerte ein gewaltiger Schlag gegen die Zimmertür. Collin wirbelte herum. Beim zweiten Schlag krachte die Tür nach innen, und ein halbes Dutzend Polizisten stürmte mit Waffen im Anschlag herein.

»Halt! Keiner rührt sich. Waffen auf den Boden. Sofort!«

Rasch legten Collin und Burton ihre Pistolen auf den Boden. Jack sank aufs Bett zurück und schloß die Augen. Er faßte sich an die Brust, in der ihm das Herz zu zerspringen drohte.

Burton blickte zu den Männern in Blau. »Wir sind vom United States Secret Service. Unsere Ausweise sind in den Jacken. Wir haben diesen Mann hier ausgeforscht. Er hat den Präsidenten bedroht. Wir wollen ihn festnehmen.«

Vorsichtig holten die Polizisten die Ausweise heraus und überprüften sie. Zwei weitere Beamte zogen Jack grob auf die Beine. Einer begann, ihm seine Rechte vorzulesen. Handschellen schlossen sich um Jacks Handgelenke.

Die Ausweise wurden zurückgegeben.

»Nun, Agent Burton, Sie werden sich gedulden müssen, bis wir mit Mr. Graham fertig sind. Mord hat sogar Vorrang vor Bedrohung des Präsidenten. Sofern der Kerl nicht neun Leben hat, warten Sie vermutlich vergebens.«

Der Polizist betrachtete Jack, dann die Tasche auf dem Bett. »Sie hätten verduften sollen, als noch Zeit dazu war, Graham. Früher oder später mußten wir Sie ja finden.« Er bedeutete seinen Leuten, Jack abzuführen.

Der schaute über die Schulter zu den beiden verwirrten Agenten und grinste breit. »Wir haben einen Tip bekommen, daß er hier sei. Die meisten Tips sind einen Furz wert. Aber der hier könnte mir die längst überfällige Beförderung bringen. Schönen Tag noch, meine Herren. Grüßen Sie den Präsidenten von mir.«

Die Beamten zogen aus dem Zimmer ab. Burton schaute zu Collin, dann zog er die Fotos aus der Jackentasche. Nun hatte Graham gar nichts mehr. Er konnte der Polizei ruhig alles erzählen, was sie ihm gerade gesagt hatten, man würde ihn höchstens als reif für die Klapsmühle betrachten. Der Kerl konnte einem fast leid tun! Eine Kugel wäre weit angenehmer gewesen als das, was ihm bevorstand. Die beiden Agenten hoben die Waffen auf und gingen.

Stille herrschte im Zimmer. Zehn Minuten später öffnete sich die Tür zum Nebenzimmer, und eine Gestalt schlich herein. Der Fernseher in der Ecke wurde herumgedreht, die hintere Abdeckung abgenommen. Hände faßten hinein und holten ebenso geräuschlos wie flink die Überwachungskamera heraus. Das Kabel wurde durch die Wand geschoben, bis es darin verschwand.

Die Gestalt schlich durch die Tür zurück ins Nebenzimmer. Auf einem Tisch an der Wand stand ein Aufzeichnungsgerät. Das Kabel wurde aufgewickelt und verschwand in einer Tasche. Die Gestalt drückte einen Knopf am Gerät, ein Band glitt heraus.

Wenig später spazierte der Mann mit einem großen Rucksack durch die Eingangstür des Executive Inn, wandte sich nach links und marschierte an den hinteren Rand des Parkplatzes, wo ein Wagen mit laufendem Motor wartete. Im Vorbeigehen warf Tarr Crimson die Kassette durch das offene Fenster auf den Beifahrersitz. Dann lief er weiter zu einer Harley-Davidson 1200 CC, der Freude seines Daseins, startete und donnerte davon.

Die Videoanlage aufzubauen war ein Kinderspiel gewesen. Eine stimmaktivierte Kamera. Das Aufzeichnungsgerät schaltete sich gleichzeitig mit der Kamera ein. Standard-VHS-Kassetten. Er wußte nicht, was auf dem Band war, doch es mußte sich um etwas verdammt Wichtiges handeln. Jack hatte ihm für den Gefallen ein Jahr kostenlosen Rechtsbeistand versprochen. Als er den Highway entlangbrauste, lächelte Tarr. Er dachte zurück an ihr letztes Treffen, bei dem Jack dem neuen Zeitalter der Überwachungstechnologie noch äußerst skeptisch gegenübergestanden hatte.

Der Wagen auf dem Parkplatz fuhr an. Mit einer Hand bediente der Fahrer das Lenkrad, in der anderen hielt er schützend das Band. Seth Frank bog auf die Hauptstraße. Er machte sich nicht viel aus Videofilmen, doch das versprach ein interessantes Programm zu werden.

Bill Burton befand sich in dem kleinen, aber gemütlichen Schlafzimmer, in dem er mit seiner Frau vier geliebte Kinder gezeugt hatte. Vierundzwanzig gemeinsame Jahre. Unzählige Male hatten sie sich geliebt. Bevor er zur Frühschicht losmußte, hatte Bill Burton oft in der Ecke am Fenster in einem verschlissenen Schaukelstuhl gesessen und seine Sprößlinge gefüttert, um seiner Frau noch ein paar Minuten willkommener Erholung zu ermöglichen.

Es waren gute Jahre gewesen. Besonders viel Geld hatte er nie verdient, doch das hatte keine Rolle gespielt. Nachdem der jüngste Sproß mit der High-School angefangen hatte, ging seine Frau wieder zur Schule und schloß ihre Ausbildung zur Krankenschwester ab. Das zusätzliche Einkommen war zwar ganz angenehm, doch viel wichtiger für Burton war, daß sie endlich etwas nur für sich tat, nachdem sie sich so viele Jahre ausschließlich für andere aufgeopfert hatte. Alles in allem führte er ein großartiges Leben. Ein hübsches Haus in einer ruhigen, malerischen Nachbarschaft, bisher noch unberührt von den sich ausweitenden Verbrechenszonen um sie herum. Böse Menschen würde es immer geben. Und es würde immer Menschen wie Bill Burton geben, die sie bekämpften. Menschen, wie Bill Burton einmal einer gewesen war.

Er schaute aus dem Mansardenfenster. Heute hatte er seinen freien Tag. Mit den Jeans, dem roten Flanellhemd und den Timberline-Stiefeln hätte man ihn ohne weiteres für einen kräftigen Holzfäller halten können.

Seine Frau lud den Wagen aus. Heute war Einkaufstag. Seit zwanzig Jahren immer derselbe Tag. Mit bewunderndem Blick beobachtete er, wie sie sich hinunterbückte, um die Einkaufstaschen herauszuheben. Sein Sohn Chris, fünfzehn Jahre, und seine Tochter Sidney, neunzehn, eine wirkliche Schönheit und in ihrem ersten Jahr an der Johns-Hopkins-Universität, Studienrichtung Medizin, halfen ihrer Mutter. Die anderen beiden Kinder führten bereits ein eigenes Leben, ein gutes Leben. Gelegentlich riefen sie ihren alten Herrn an und fragten ihn um Rat, wenn es darum ging, ein Auto oder ein Haus zu kaufen. Oder um langfristige Karriereziele. Und er liebte jeden Augenblick davon. Bill Burton und seine Frau hatten vier prächtige Kinder in die Welt gesetzt, und das war ein wundervolles Gefühl.

Burton setzte sich an den kleinen Schreibtisch in der Ecke, sperrte eine Schublade auf und holte die Schachtel heraus. Er nahm den Deckel ab und stapelte die fünf Tonkassetten neben dem Brief, den er heute morgen verfaßt hatte, auf dem Tisch.

Der Name auf dem Umschlag war in großen, deutlichen Buchstaben geschrieben. »Seth Frank.« Oh, Mann, er schuldete dem Kerl so viel.

Gelächter drang zu ihm herauf, und er ging zurück ans Fenster. Sidney und Chris lieferten sich eine wilde Schneeballschlacht; Sherry, Burtons Frau, stand mittendrin. Der Spaß war groß, und es endete damit, daß sie allesamt in einem Schneehaufen an der Auffahrt landeten.

Burton wandte sich vom Fenster ab und tat etwas, an das er sich schon fast nicht mehr erinnern konnte. Nach zehn Jahren als Polizist, in deren Verlauf winzige Babys in seinen Armen gestorben waren, zu Tode geprügelt von denen, die sie eigentlich lieben und beschützen sollten; nach zehn Jahren, in deren Verlauf er Tag für Tag die schrecklichsten Seiten der menschlichen Natur kennengelernt hatte. Die Tränen waren salzig. Er wischte sie nicht weg. Bald würde seine Familie hereinkommen. Sie wollten heute abend ausgehen. Ironischerweise war heute Bill Burtons fünfundvierzigster Geburtstag.

Über den Schreibtisch gebeugt, holte er mit einer geübten Bewegung den Revolver aus dem Halfter an der Wand. Ein Schneeball flog ans Fenster. Sie wollten, daß ihr Daddy hinunterkam und mitmachte.

Es tut mir leid. Ich liebe euch. Ich wünschte, ich könnte dabeisein. Es tut mir so leid, was ich getan habe. Bitte, vergebt eurem Dad. Bevor er den Mut verlor, schob er die 357er, so tief es ging, in den Mund. Kalt und schwer fühlte sie sich an. Sein Zahnfleisch blutete aus einem Kratzer.

Bill Burton hatte alles in seiner Macht Stehende getan, um zu verhindern, daß die Wahrheit ans Licht kam. Verbrechen hatte er begangen, einen unschuldigen Menschen getötet, sich an fünf weiteren Morden beteiligt. Nun schien alles klar; der Schrecken lag hinter ihm. Nach Monaten wachsender Abscheu vor dem, was er getan hatte, und nach einer schlaflosen Nacht an der Seite der Frau, die er seit zwei Jahrzehnten aus ganzem Herzen liebte, erkannte Bill Burton, daß er nicht vertreten konnte, was er getan hatte. Ebensowenig konnte er mit dieser Erkenntnis leben.

Ohne Selbstachtung, ohne Stolz war sein Leben nicht lebenswert. Und die uneingeschränkte Liebe seiner Familie machte es nicht besser, eher schlimmer. Denn das Ziel dieser Liebe und dieser Achtung, Agent Bill Burton, wußte, daß er beides nicht länger verdiente.

Er schaute zu dem Stapel Kassetten hinüber. Seine Versicherungspolice. Nun wurde daraus sein Vermächtnis, sein eigener bizarrer Nachruf.

Zumindest würde etwas Gutes daraus erwachsen. Dafür dankte er Gott.

Seine Lippen formten ein kaum erkennbares Lächeln. Der Secret Service, dachte er. Nun, bald würden die Geheimnisse ans Licht kommen. Kurz dachte er an Alan Richmond, und seine Augen begannen zu funkeln. *Ich hoffe, du bekommst lebenslänglich ohne Bewährung und wirst über hundert Jahre alt, du mieser Scheißkerl.*

Sein Finger legte sich um den Abzug.

Ein weiterer Schneeball flog ans Fenster. Ihre Stimmen drangen herauf zu ihm. Die Tränen brachen wieder los, als er daran dachte, was er zurückließ. »Verdammt.« Das Wort entrang sich seiner Kehle und barg mehr Schuld, mehr Qual in sich, als er zu ertragen vermochte.

Es tut mir leid. Haßt mich nicht. Bitte, Gott, laß sie mich nicht hassen.

Beim Krachen des Schusses brach die Balgerei ab, und drei Augenpaare schauten gleichzeitig zum Haus. Sekunden später waren sie drinnen. Kaum eine Minute danach ertönten die Schreie. Die stille Nachbarschaft war nicht mehr.

Kapitel 29

Das Klopfen an der Tür kam unerwartet. Präsident Alan Richmond befand sich in einer Krisensitzung mit seinem Kabinett. Die Presse kritisierte in letzter Zeit die Innenpolitik der Regierung aufs schärfste, und er wollte wissen weshalb. Die politische Problematik an sich interessierte ihn weniger. Wichtig war ihm der Eindruck, der dadurch vermittelt wurde. Letztlich war der Eindruck alles, was wirklich zählte. Das war das Einmaleins der Politik.

»Wer ist da?« Der Präsident bedachte die Sekretärin mit einem wütenden Blick. »Wer es auch sein mag, er steht nicht auf dem Tagesprogramm.« Er blickte in die Runde. Zum Teufel, die Stabschefin hatte es heute nicht für notwendig befunden, zur Arbeit zu erscheinen. Vielleicht hatte sie das einzig Richtige getan und sich mit Tabletten vollgestopft. Kurzfristig würde ihn das zwar stören, doch er hatte sich bereits eine eindrucksvolle Erklärung für ihren Selbstmord zurechtgelegt. Außerdem lag er in den Meinungsumfragen so weit voran, daß es wirklich keine Rolle spielte.

Zaghaft schob sich die Sekretärin in den Raum. Ihre Verwunderung war offensichtlich. »Es ist eine große Gruppe, Mr. President. Mr. Bayliss vom FBI, mehrere Polizisten und ein Herr aus Virginia, der seinen Namen nicht nennen wollte.«

»Die Polizei? Schicken Sie die Leute weg. Die sollen sich einen Termin geben lassen. Und sagen Sie Bayliss, er soll mich heute abend anrufen. Hätte ich seine Ernennung zum Direktor nicht durchgeboxt, er säße jetzt in irgendeinem Büro in der tiefsten Provinz. Eine derartige Respektlosigkeit nehme ich nicht so einfach hin.«

»Die Leute lassen sich aber nicht abwimmeln, Sir.« Der Präsident lief rot an und sprang auf. »Sagen Sie denen, sie sollen Leine ziehen. Ich bin beschäftigt, Sie Trampel.«

Rasch zog sich die Frau zurück. Bevor sie die Tür erreichte, wurde diese bereits aufgeschoben. Vier Agenten des Secret Service traten ein, darunter Johnson und Varney, gefolgt von einer Truppe der Distriktpolizei. Mit dabei war auch Polizeichef Nathan Brimmer, außerdem FBI-Direktor Bayliss, ein kleiner, rundlicher Mann mit zweireihigem Anzug; sein Gesicht war bleicher als das Gebäude, in dem sie sich befanden.

Zuletzt kam Seth Frank herein und schloß leise die Tür. In der Hand trug er einen schlichten braunen Aktenkoffer. Richmonds Blick wanderte von einem zum anderen, bis er schließlich bei dem Fahnder des Morddezernats verharrte.

»Lieutenant ... Frank, richtig? Falls Sie es nicht wissen, Sie stören gerade eine vertrauliche Kabinettssitzung. Ich muß Sie auffordern zu gehen.« Er schaute zu den vier Agenten, zog die Augenbrauen hoch und deutete mit dem Kopf zur Tür. Die Männer erwiderten den Blick, ohne sich von der Stelle zu rühren.

Frank trat vor. Schweigend holte er ein Dokument aus dem Mantel, entfaltete es und überreichte es dem Präsidenten. Richmond betrachtete es, während sein Kabinett die Szene völlig verblüfft beobachtete. Schließlich wandte Richmond sich wieder an den Ermittler.

»Soll das ein Witz sein?«

»Das ist eine Kopie des Haftbefehls gegen Sie wegen mehrfachen Mordes, begangen im Staat Virginia. Polizeichef Brimmer hat einen ähnlichen Haftbefehl gegen Sie, der auf Beihilfe zum Mord lautet. Dafür haben Sie sich hier in Washington, D. C., zu verantworten. Das heißt, nachdem der Staat Virginia mit Ihnen fertig ist.«

Der Präsident schaute zu Brimmer hinüber, der seinem Blick nicht auswich und wortlos nickte. In den Augen des Ordnungshüters lag eine Kälte, die unmißverständlich deutlich machte, was er für den höchsten Repräsentanten des Volkes empfand.

»Ich bin der Präsident der Vereinigten Staaten. Sie können mir überhaupt nichts wollen. Und jetzt raus.« Der Präsident drehte sich um und wollte an seinen Platz zurückkehren.

»Theoretisch mag das zutreffen. Mir ist das ziemlich gleichgültig. Wenn das Amtsenthebungsverfahren abgeschlossen ist, sind Sie nicht mehr Präsident Alan Richmond, sondern nur noch Alan Richmond. Und sobald das geschehen ist, bin ich wieder hier. Verlassen Sie sich darauf.«

Der Präsident drehte sich um. Sein Gesicht war kalkweiß. »Amtsenthebung?«

Frank trat vor, bis er dem Mann von Angesicht zu Angesicht gegenüberstand. Normalerweise hätte dies sofortiges Handeln seitens des Secret Service zur Folge gehabt. Nun jedoch verharrten die Agenten reglos. Nichts ließ darauf schließen, daß jeder von ihnen innerlich schäumte vor Wut über den Verlust eines geachteten Kollegen. Johnson und Varney waren außerdem erzürnt, weil sie in jener Nacht in Sullivans Haus für dumm verkauft worden waren. Und der Mann, dem sie dafür die Schuld gaben, wand sich nun vor ihnen wie ein Wurm.

Frank sagte: »Reden wir doch Klartext. Tim Collin und Gloria Russell sitzen bereits in Haft.

Beide haben auf einen Anwalt verzichtet und umfangreiche Aussagen bezüglich aller Geschehnisse abgegeben, einschließlich der Morde an Christine Sullivan, Luther Whitney, Walter Sullivan und der beiden bei Patton, Shaw & Lord. Ich glaube, sie haben sich bereits mit der Staatsanwaltschaft geeinigt, die ohnehin nur an Ihnen interessiert ist. Glauben Sie mir, für die Karriere eines Staatsanwalts ist dieser Fall ein Katapult.«

Der Präsident stolperte einen Schritt zurück, dann fing er sich.

Frank öffnete den Aktenkoffer und holte ein Videoband sowie fünf Tonkassetten heraus. »Ich bin sicher, Ihr Anwalt wird sich dafür interessieren. Das Video zeigt die Agenten Burton und Collin beim versuchten Mord an Jack Graham. Die Tonkassetten beinhalten mehrere Treffen, bei denen Sie anwesend waren und bei denen die verschiedenen Verbrechen geplant wurden. Über sechs Stunden Zeugenaussage, Mr. President. Kopien wurden an den Kongreß geschickt, das FBI, die CIA, die *Washington Post*, den Generalstaatsanwalt, die Rechtsabteilung des Weißen Hauses und alle anderen, die mir eingefallen sind. Die Bänder sind durchgehend bespielt. Dabei ist auch das Band, das Walter Sullivan von Ihrem Telefongespräch in der Nacht seines Todes angefertigt hat.

Es stimmt nicht genau mit der Version überein, die Sie mir angeboten haben. Das Ganze ist ein Geschenk von Bill Burton. Im Brief schrieb er, er wolle seine Versicherungspolice einlösen.«

»Wo ist Burton jetzt?« Die Stimme des Präsidenten war wuterfüllt.

»Als er heute morgen um zehn Uhr dreißig im Fairfax Hospital ankam, konnte nur noch sein Tod festgestellt werden. Selbst beigebrachte Schußverletzung.« Richmond schaffte es mit Müh und Not zu seinem Stuhl. Keiner erbot sich, ihm zu helfen.

»Sonst noch etwas?«

»Ja. Burton hat noch ein Dokument hinterlassen. Eine Stimmrechtsvollmacht. Für die nächste Wahl. Tut mir leid, aber seine Stimme haben Sie nicht bekommen.«

Die Kabinettsmitglieder standen nacheinander auf und verließen den Raum. Politischer Selbstmord durch Unterstützung der falschen Seite war in der Bundeshauptstadt weit verbreitet. Die Ordnungshüter und Secret-Service-Agenten folgten. Nur der Präsident blieb zurück. Mit leerem Blick starrte er an die Wand.

Seth Frank steckte noch einmal den Kopf zur Tür herein.

»Vergessen Sie nicht, wir sehen uns bald.« Leise schloß er die Tür.

Epilog

Die Jahreszeiten in Washington nahmen den vertrauten Verlauf. Auf eine kurze Frühlingswoche mit angenehmen Temperaturen und einer Luftfeuchtigkeit von weniger als fünfzig Prozent folgte abrupt hochsommerliche Hitze mit Luftfeuchtigkeitswerten, die für Schweißbäder sorgten, sobald man vors Haus trat. Bis Juli hatten sich die Washingtoner, so gut es ging, an die Luft gewöhnt, die man kaum atmen konnte, und an Bewegungen, die gar nicht langsam genug sein konnten, um einen plötzlichen Schweißausbruch zu vermeiden.

Doch bei all der schier unerträglichen Hitze gab es auch gelegentlich einen Abend, der nicht durch plötzlich auftretende, peitschende Gewitterstürme zerstört wurde, mit Hunderten von Blitzen, die bei jedem Donnerschall die Erde zu berühren drohten. Abende, an denen statt dessen eine kühle Brise wehte, die Luft süß roch und der Himmel klar blieb. Heute abend war ein solcher Abend.

Jack saß am Rand des Swimmingpools auf dem

Dach. Aus den Khakishorts ragten muskulöse, sonnengebräunte Beine mit von der Sonne gekräuselten Härchen. Er war schlanker geworden, auch das letzte Gramm Bürospeck war in Monaten körperlicher Betätigung beseitigt worden. Unter dem weißen T-Shirt traten wohlgeformte Muskelstränge hervor. Sein Haar war kurz, das Gesicht ebenso braun wie die Beine. Das Wasser plätscherte zwischen den nackten Zehen. Zum Himmel hochschauend, atmete Jack tief ein. Noch drei Stunden zuvor hatte es hier von Leuten gewimmelt, die ihre blassen Bürogestalten an das erholsame Wasser schleppten. Nun war Jack allein. Nichts trieb ihn ins Bett. Am nächsten Morgen würde kein Wekker seinen Schlaf stören.

Die Tür zum Dach öffnete sich mit leisem Knarren. Jack drehte sich um und erblickte den beigen, verknitterten Sommeranzug, der alles andere als bequem aussah. Der Mann trug eine braune Papiertüte.

»Der Gebäudeaufseher hat mir gesagt, du seist zurück.« Seth Frank lächelte. »Stört dich ein wenig Gesellschaft?«

»Nicht, wenn in dieser Tüte das ist, was ich vermute.«

Frank ließ sich auf einem Korbstuhl nieder und warf Jack ein Bier zu. Sie stießen mit den Dosen an, dann trank jeder der beiden einen langen Schluck.

Frank sah sich um. »Wo auch immer du warst, wie hat es dir gefallen?«

»Nicht schlecht. Hat gut getan wegzukommen. Tut aber auch gut, wieder hier zu sein.«

»Das hier sieht wie ein guter Ort zum Nachdenken aus.«

»Ab sieben ist es ein paar Stunden lang ziemlich voll. Ansonsten ist es fast immer so wie jetzt.«

Sehnsüchtig betrachtete Frank den Pool, dann begann er die Schuhe auszuziehen. »Stört's dich?«

»Mach nur.«

Frank rollte die Hose hoch, stopfte die Socken in die Schuhe und setzte sich neben Jack, wobei er die käsigen Beine bis zu den Knien ins Wasser steckte.

»Verdammt, das tut gut. Bezirksdetectives mit drei Töchtern und einer Hypothek am Hals kommen selten mit Swimmingpools in Berührung.«

»Hab' ich schon gehört.«

Frank rieb sich die Waden und musterte seinen Freund. »Das Rumtreiberdasein tut dir gut. Vielleicht solltest du dabei bleiben.«

»Hab' ich mir auch schon überlegt. Der Gedanke gefällt mir jeden Tag besser.«

Frank erblickte den Umschlag neben Jack.

»Etwas Wichtiges?« Er deutete auf den Brief.

Jack hob ihn auf und überflog nochmals den Inhalt. »Ransome Baldwin. Erinnerst du dich an ihn?«

Frank nickte. »Na, hat er beschlossen, dich zu verklagen, weil du sein Baby verschmäht hast?«

Jack schüttelte den Kopf und lächelte. Er trank die Dose leer, griff in die Tüte und holte sich ein weiteres kaltes Bier heraus. Auch Frank warf er eine zweite Dose zu.

»Da kommst du nie drauf. Der Kerl meint, ich sei zu gut für Jennifer. Zumindest im Augenblick. Sie sei noch weit davon entfernt, erwachsen zu sein. Ein Jahr lang will er sie für irgendwelche karitativen Tätigkeiten der Baldwin Charitable Foundation einspannen. Er schreibt, wenn ich irgend etwas brauche, soll ich es ihn wissen lassen. Mann, er schreibt sogar, daß er mich bewundert und respektiert.«

Frank trank sein Bier. »Verdammt. Viel besser geht's kaum noch.«

»Doch. Baldwin hat Barry Alvis zum Chef seiner hausinternen Rechtsabteilung gemacht. Alvis war der Kerl, den Jenn bei Patton, Shaw rauswerfen ließ. Alvis ist dann gleich zu Dan Kirksen ins Büro gegangen und hat es ihm unter die Nase gerieben. Ich glaube, zuletzt hat man Dan am Gebäudesims eines Hochhauses gesehen.«

»Ich hab' gelesen, daß die Firma geschlossen wurde.«

»Die guten Anwälte sind von der Stelle weg engagiert worden. Die schlechten sollten sich besser nach einem neuen Job umsehen. Die Räumlichkeiten sind schon vermietet. Die ganze Firma hat sich in Luft aufgelöst.«

»Das gleiche ist mit den Dinosauriern passiert. Bei euch Anwaltstypen dauert es eben ein bißchen länger.« Er stupste Jack in den Arm.

Jack lachte. »Danke, daß du gekommen bist, um mich aufzuheitern.«

»Teufel, das hätte ich mir um nichts in der Welt nehmen lassen.«

Jack betrachtete ihn mit ernster Miene. »Also, was ist passiert?«

»Sag bloß, du liest noch immer keine Zeitungen?«

»Seit Monaten nicht. Nach dem Ansturm der Reporter, Talk-Show-Gastgeber, Privatkläger, Hollywood-Produzenten und Neugierigen, mit denen ich mich rumschlagen mußte, wollte ich nichts hören und sehen. Ein dutzendmal habe ich meine Telefonnummer geändert, aber die Mistkerle haben sie immer wieder herausgekriegt. Deshalb waren die letzten beiden Monate so angenehm. Niemand hat mich erkannt.«

Frank brauchte einen Augenblick, um seine Gedanken zu ordnen. »Also, Collin hat sich der Verschwörung, zweifachen Totschlags, vorsätzlicher Behinderung polizeilicher Ermittlungen und weiterer minder schwerwiegender Vergehen schuldig bekannt. Das war die Anklage in Washington. Ich glaube, der Richter hatte Mitleid mit ihm. Collin ist ein Junge vom Land, aus Kansas, und hat es über die Marine bis zum Secret Service gebracht. Die meiste Zeit seines Lebens hat er nur Befehle befolgt. Ich meine, wenn dir der Präsident sagt, du sollst etwas tun, dann tust du es einfach. Er bekam zwanzig Jahre bis lebenslänglich, in meinen Augen ein Geschenk, aber er hat auch ein volles Geständnis abgelegt. Vielleicht war es das wert. Wahrscheinlich kommt er rechtzeitig zum fünfzigsten Geburtstag raus. Der Staat Virginia hat sich entschlossen, ihn im Gegenzug für seine konstruktive Zusammenarbeit nicht weiter gerichtlich zu verfolgen.«

»Was ist mit Russell?«

Frank verschluckte sich fast am Bier. »Jesus, die Frau hat sich die Seele aus dem Leib geredet. Die Protokollführung muß ein Vermögen gekostet haben. Sie wollte einfach nicht aufhören zu quasseln. Hat auch die besten Bedingungen von allen bekommen. Überhaupt kein Gefängnis. Tausend Stunden Sozialarbeit. Zehn Jahre Bewährung. Für Verschwörung zum Mord. Kannst du dir das vorstellen? Aber ganz unter uns, ich denke, sie wandelt ohnehin an der Grenze zum Wahnsinn. Sie wurde von einem Gerichtspsychiater untersucht. Ich glaube, sie muß ein paar Jahre in einer Anstalt verbringen, bevor sie wieder fähig ist, ein normales Leben zu führen. Ich kann dir sagen, Richmond hat sie ziemlich hart rangenommen, wenn nur die Hälfte von dem wahr ist, was sie erzählt hat. Ein richtiger Psychoterror.«

»Und was ist mit Richmond?«

»Du hast wohl wirklich auf dem Mars gelebt, was? Der Prozeß des Jahrtausends, und du hast ihn verschlafen.«

»Irgendwer ist immer der Dumme.«

»Er hat bis zum Ende gekämpft, das muß man ihm lassen. Muß jeden Cent ausgegeben haben, den er besaß. Er hat sich keinen Gefallen damit getan, selbst auszusagen, das kannst du mir glauben. Der Kerl war so verdammt arrogant und hat ganz offensichtlich gelogen wie gedruckt. Außerdem hat man die Überweisung zum Weißen Haus zurückverfolgt. Russell hat das Geld aus vielen Konten abgezogen, dabei aber den Fehler begangen, die fünf Millionen auf einem Konto zu sammeln, bevor sie den Betrag überwiesen hat. Wahrscheinlich hatte sie Angst, daß Luther zu den Bullen gegangen wäre, hätte er das Geld nicht rechtzeitig bekommen. Sein Plan hat funktioniert, auch wenn er es leider nicht mehr miterleben kann. Richmond hatte keine Antwort darauf, wie auf so vieles nicht. Im Kreuzverhör hat man ihn auseinandergenommen. Er hat die Creme der amerikanischen Oberschicht als Zeugen geholt, aber es hat ihm einen Furz genützt, diesem Hundesohn. Wenn du mich fragst, er ist ein gefährlicher, kranker Mann.«

»Und der hatte die Atomwaffencodes. Wirklich toll. Was hat er bekommen?«

Frank starrte eine Weile auf die sanften Wellen im Wasser, bevor er antwortete. »Er hat die Todesstrafe gekriegt, Jack.«

Jack starrte ihn an. »Unsinn. Wie hätte man die Todesstrafe durchsetzen können?«

»Aus juristischer Sicht war es ein kleiner Trick. Man hat ihn nach dem Paragraphen für bezahlten Mord verfolgt. Das ist der einzige, in dem es nicht darauf ankommt, wer die Waffe abgefeuert hat.«

»Wie hat es der Staatsanwalt geschafft, den Paragraphen anzuwenden?«

»Man hat argumentiert, Burton und Collin seien bezahlte Untergebene gewesen, deren einzige Aufgabe darin bestand, das zu tun, was ihnen der Präsident befahl. Er hat ihnen befohlen zu töten. Wie bezahlte Mafiakiller. Man hat das Gesetz zwar ein wenig gebeugt, aber der Richter hat es durchgehen lassen, und die Geschworenen haben Schuldspruch und Strafe bestätigt.«

»Jesus Christus!«

»Nur weil der Kerl Präsident war, heißt das noch lange nicht, daß er bevorzugt behandelt wird. Zum Teufel, eigentlich sollten wir uns gar nicht so darüber wundern, was passiert ist. Weißt du, was man für ein Mensch sein muß, um Präsident zu werden? Kein gewöhnlicher. Am Anfang sind solche Leute vielleicht ganz in Ordnung, aber bis sie dieses Niveau erreichen, gehen sie über so viele Leichen, daß sie definitiv nicht mehr wie du und ich sind.

Schweigend betrachtete Frank die Tiefen des Pools; endlich sprach er weiter. »Aber man wird ihn nicht hinrichten.«

»Warum nicht?«

»Seine Anwälte werden Berufung einlegen, die Bürgerrechtler werden sich beschweren, ebenso alle anderen Gegner der Todesstrafe; Protestbriefe aus aller Welt werden eintreffen. Der Typ hat zwar einen Sturzflug in der Beliebtheitsskala gemacht, aber er hat immer noch einflußreiche Freunde. Und die werden irgend etwas finden. Außerdem, das Land hat diesen Schleimbeutel vielleicht verurteilt, aber ich glaube nicht, daß die Vereinigten Staaten tatsächlich jemanden hinrichten könnten, den sie mal zu ihrem Präsidenten gewählt haben. Gibt nicht unbedingt ein gutes Bild. Selbst mir ist nicht wohl bei dem Gedanken, obwohl das Arschloch es verdient hat.«

Jack schaufelte sich mit den Händen warmes Wasser über die Arme. Gedankenverloren starrte er in die Nacht.

Frank betrachtete Jack eingehend. »Das ganze hat sogar ein paar positive Aspekte. Stell dir vor, Fairfax will mich zum Abteilungsleiter machen. Ich habe Angebote von etwa einem Dutzend Städten, die mich als Polizeichef wollen. Der Oberstaatsanwalt im Fall Richmond hat bei der nächsten Wahl gute Chancen auf den Posten des Generalstaatsanwalts.«

Der Ermittler trank einen Schluck Bier. »Was ist mit dir, Jack? Du hast den Kerl zur Strecke gebracht. Burton und den Präsidenten hereinzulegen war deine Idee. Mann, als ich rausgefunden habe, daß meine Leitung angezapft war, wäre ich fast aus der Haut gefahren. Aber du hattest recht. Also was springt für dich bei der ganzen Sache raus?«

Jack schaute seinen Freund an und erwiderte schlicht: »Ich lebe noch. Ich praktiziere nicht mehr bei Patton, Shaw für reiche Typen, und ich heirate Jennifer Baldwin nicht. Das ist mehr als genug.«

Frank betrachtete die blauen Venen seiner Beine. »Hast du etwas von Kate gehört?«

Jack trank noch einen Schluck Bier, ehe er antwortete. »Sie ist in Atlanta. Zumindest war sie dort, als sie das letzte Mal geschrieben hat.«

»Bleibt sie dort?«

Jack zuckte die Schultern. »Sie ist nicht sicher. Ihr Brief klang allgemein etwas unsicher.« Jack setzte ab. »Luther hat ihr in seinem Testament sein Haus vermacht.«

»Würde mich überraschen, wenn sie es nähme. Du weißt schon, unredlich erworbener Besitz und so.«

»Luther hatte es von seinem Vater geerbt; es wurde gekauft und bezahlt. Luther kannte seine Tochter. Ich glaube, er wollte, daß sie ... irgend etwas hatte. Ein Zuhause ist kein schlechter Start.«

»Ja? Zu einem Zuhause gehören zwei, wenn du mich fragst. Außerdem schmutzige Windeln und Babyfutter. Verdammt, Jack, ihr beide seid füreinander bestimmt. Glaub mir.«

»Ich fürchte, das ist nicht der Punkt, Seth.« Er wischte die dicken Tropfen von den Armen. »Sie hat eine Menge durchgemacht. Vielleicht zu viel. Und mit den ganzen bösen Erinnerungen habe ich irgendwie zu tun. Ich kann ihr nicht übelnehmen, daß sie weg möchte. Reinen Tisch machen.«

»Du warst nicht das Problem, Jack. Soweit ich weiß, warst du alles andere.«

Jack schaute zu einem Helikopter auf, der über den Himmel zog. »Ich bin's leid, immer den ersten Schritt zu tun, Seth. Verstehst du das?«

»Ich glaube schon.«

Frank blickte auf die Uhr, was Jack bemerkte. »Mußt du noch wohin?«

»Ich dachte nur gerade, wir könnten etwas Kräftigeres als Bier gebrauchen. Ich kenne da einen Schuppen außerhalb von Dulles. Dort haben sie ellenlange Rippchen, kiloschwere Maiskolben und Tequila bis zum Morgengrauen. Und falls es dich interessiert, auch ein paar recht hübsche Kellnerinnen. Da ich verheiratet bin, werde ich mich wohl damit begnügen, dir aus sicherer Entfernung zuzusehen, wie du dich zum Narren machst. Nach Hause fahren wir mit einem Taxi, weil wir beide dann voll wie Strandhaubitzen sind. Du kannst bei mir übernachten. Was hältst du davon?«

Jack grinste. »Klingt zwar verlockend, aber kann ich es mir für ein andernmal aufheben?«

»Bist du sicher?«

»Ich bin sicher, Seth, danke.«

»In Ordnung.« Frank stand auf, rollte die Hose wieder hinunter, drehte sich um und zog Socken und Schuhe an.

»Wie ist's, kommst du Samstag bei mir vorbei? Wir grillen. Burger, Fritten, Hot Dogs. Außerdem habe ich Eintrittskarten für die Camden Yards.«

»Da sage ich nicht nein.«

Frank stand auf und schritt auf die Tür zu. Er wandte sich noch einmal um. »Noch etwas, Jack: Grüble nicht zuviel, in Ordnung? Manchmal ist das nicht gut.«

Jack hielt seine Dose hoch. »Danke für das Bier.«

Nachdem Frank gegangen war, legte Jack sich auf den Betonboden und starrte in den Himmel, der mit unzähligen Sternen übersät war. Manchmal erwachte er aus tiefem Schlaf und merkte, daß er verflucht wirres Zeug träumte. Doch was er träumte, war ihm tatsächlich widerfahren; kein angenehmes Gefühl. Und es trug erschwerend zu der Verwirrung bei, die er in diesem Alter eigentlich längst hinter sich haben wollte.

Die beste Antwort auf seine Qualen waren vermutlich eineinhalb Flugstunden Richtung Süden. Kate Whitney mochte zurückkommen oder auch nicht. Sicher war nur, daß er ihr nicht nachlaufen konnte. Diesmal lag es an ihr, in sein Leben zurückzukehren. Nicht Verbitterung ließ Jack zu diesem unumstößlichen Schluß kommen. Kate mußte ihr Leben in den Griff bekommen. Sie mußte sich klarwerden, wie sie es gestalten wollte. Das emotionale Trauma, das sie mit ihrem Vater durchlebt hatte, war unter der überwältigenden Schuld und dem Kummer begraben worden, die sie nach seinem Tode empfand. Die Frau hatte über einiges nachzudenken. Und sie hatte deutlich gezeigt, daß sie es allein tun wollte. Wahrscheinlich war es richtig so.

Er zog das T-Shirt aus, glitt ins Wasser und schwamm ein paar Züge. Kraftvoll schnitten die Arme durch das Wasser; danach zog er sich wieder auf den gekachelten Beckenrand. Er ergriff das Handtuch und schlang es sich um die Schultern. Die Nachtluft war kühl; jeder Wassertropfen fühlte sich an wie eine winzige Klimaanlage auf der Haut. Abermals schaute er zum Himmel hinauf. Weit und breit keine Deckenmalereien. Doch leider auch keine Kate.

Gerade zog er in Betracht, in die Wohnung zurückzukehren, um ein wenig zu schlafen, als erneut die Tür knarrte. Frank mußte etwas vergessen haben. Jack schaute hinüber. Einige Sekunden lang konnte er sich nicht rühren. Er saß einfach mit dem Handtuch um die Schultern da und wagte nicht, sich zu rühren. Er fürchtete, er könnte ein Trugbild vor sich haben. Einen weiteren Traum, der mit den ersten Sonnenstrahlen verschwinden würde. Langsam stand er auf; das Wasser troff von ihm, während er auf die Tür zuschritt.

Unten auf der Straße verweilte Seth Frank ein paar Augenblicke neben seinem Wagen und genoß die schlichte Schönheit des Abends. Die Luft, die er einsog, erinnerte mehr an einen feuchten Frühling denn an einen schwülen Sommer. Er würde nicht spät nach Hause kommen. Vielleicht hatte Mrs. Frank noch Lust auf einen Besuch bei Dairy Queen. Nur sie beide. Vom Karameleis dort hatte er nur Gutes gehört. Es wäre ein fantastischer Abschluß für den Tag. Er stieg in den Wagen und fuhr los.

Als Vater dreier Kinder wußte Seth Frank, was für ein wundervolles und kostbares Gut das Leben war. Als Fahnder des Morddezernats hatte er erfahren, daß man dieses kostbare Gut auf grausamste Weise verlieren konnte. Lächelnd blickte er hinauf zum Dach des Apartmentgebäudes. Genau das war das Großartige am Leben, dachte er. An manchen Tagen lief es nicht gut, doch es gab immer einen neuen Tag, an dem alles wieder besser werden konnte.